Ruth Rendell

Der Liebesbetrug

Ruth Rendell

Der Liebesbetrug

Roman

Aus dem Englischen
von Cornelia C. Walter

Blanvalet

Die Originalausgabe erschien unter dem Titel
»Adam and Eve and Pinch Me« bei Hutchinson,
The Random House Group Ltd, London.

Umwelthinweis:
Dieses Buch und der Schutzumschlag wurden auf
chlorfrei gebleichtem Papier gedruckt.
Die Einschrumpffolie (zum Schutz vor Verschmutzung) ist aus
umweltschonender und recyclingfähiger PE-Folie.

Der Blanvalet Verlag
ist ein Unternehmen der Verlagsgruppe Random House
2. Auflage

Satz: DTP Service Apel, Hannover
Druck und Bindung: GGP Media, Pößneck
Printed in Germany
ISBN 3-7645-0053-0
www.blanvalet-verlag.de

1

Minty wusste, dass das, was da auf dem Stuhl saß, ein Geist war, denn sie hatte Angst. Wenn es nur Einbildung gewesen wäre, hätte sie keine Angst gehabt. Wie sollte man auch, wenn es doch etwas war, was man sich ausgedacht hatte.

Es war früh am Abend, aber weil Winter war, war es schon recht dunkel. Sie war eben von der Arbeit nach Hause gekommen, hatte die Haustür aufgeschlossen und das Licht im Flur angemacht. Die Wohnzimmertür stand offen, und das Gespenst saß auf einem Stuhl mitten im Zimmer und hatte ihr den Rücken zugewandt. Den Stuhl hatte sie sich morgens dorthin gestellt, um eine Glühbirne auszuwechseln, und dann vergessen, ihn wieder an seinen Platz zu bringen. Beide Hände fest auf den Mund gepresst, um nicht laut aufzuschreien, ging sie einen Schritt auf die Gestalt zu. *Was mach ich, wenn es sich umdreht?*, dachte sie. In Geschichten sind Gespenster immer grau wie die Leute im Schwarzweiß-Fernsehen oder aber durchsichtig, doch dieses hier hatte kurzes, dunkelbraunes Haar, einen gebräunten Hals und eine schwarze Lederjacke an. Minty brauchte das Gesicht gar nicht zu sehen, um zu wissen, dass es ihr verstorbener Verlobter Jock war.

Und wenn es dort sitzen blieb und sie den Raum nicht mehr benutzen konnte? Völlig reglos war es nicht. Der Kopf bewegte sich ein wenig und dann das rechte Bein. Beide Füße schoben sich zurück, als ob es gleich aufstehen wollte. Minty kniff die Augen fest zu. Alles war still. Als eins der Kinder von gegenüber auf der Straße draußen aufkreischte, fuhr sie zusammen und schlug die Augen auf. Das Gespenst war weg. Sie machte Licht und befühlte die Sitzfläche des Stuhls. Dass sie noch warm war, überraschte sie. Man stellt sich Gespenster doch immer als kalt vor. Sie schob den Stuhl an seinen Platz am Tisch zurück. Wenn er nicht mitten im Zimmer stand, würde der Geist vielleicht nicht zurückkommen.

Sie ging nach oben und rechnete fast damit, ihn dort zu sehen. Er hätte an ihr vorbeischleichen und heraufkommen können, während sie die Augen geschlossen hatte. Weil Gespenster kein Licht mögen, schaltete sie alle Lampen an, sämtliche guten Hundert-Watt-Birnen, doch er war nirgends zu sehen. Zwar hatte sie ihn einmal geliebt, hatte sich ihm wie ehelich verbunden gefühlt, obwohl sie nicht verheiratet waren, aber seinen Geist wollte sie nicht um sich haben. Es regte sie zu sehr auf.

Nun gut, jetzt war er weg, und es war Zeit, sich ausgiebig zu waschen. Eins der Dinge, die Jock an ihr gemocht hatte – da war Minty sich sicher –, war die Tatsache, dass sie immer makellos sauber war. Bevor sie heute Morgen zu Immacue gegangen war, hatte sie natürlich gebadet und die Haare gewaschen, nicht im Traum würde ihr einfallen, einfach so aus dem Haus zu gehen, aber das war schon acht Stunden her, und sie hatte bestimmt allen möglichen Dreck aufgeschnappt in der Harrow Road und von den Leuten, die in den Laden gekommen waren, ganz zu schweigen von den Sachen, die sie zum Reinigen gebracht hatten.

Es war herrlich, ein Badezimmer ganz für sich allein zu haben. Sooft sie es betrat, sprach sie ein Dankgebet zu Tantchen, als wäre die eine Heilige (wofür Minty sie zu Lebzeiten selten gehalten hatte), weil sie es ihr ermöglicht hatte. *Liebes Tantchen, danke, dass du gestorben bist und mir ein Bad hinterlassen hast. Ich bin dir ja so dankbar, es ist wirklich was Besonderes. Deine dich ewig liebende Nichte Araminta.* Sie zog alle Sachen aus und warf sie in den Wäschekorb mit dem Deckel. Es war teuer, mehr als einmal pro Tag zu baden. Sobald sie es sich leisten könnte, würde sie eine Dusche einbauen lassen. Eines Tages, wenn auch nicht so bald, wie sie gehofft hatte. Bis dahin wusch sie sich auf der Badematte am Becken stehend, mit dem großen *Natur*schwamm, den ihre Nachbarin Sonovia ihr zu Weihnachten geschenkt hatte.

Wie alles im Badezimmer hatte auch die Nagelbürste Tantchen gehört. Sie war türkisblau und hatte einen Griff, damit man sie gut festhalten konnte. Minty schrubbte sich die Nägel. Diese Hygienemaßnahme hatte sie zur hohen Kunst entwickelt. Es brachte nichts, mit der Bürste einfach über die Fingerkuppen zu fahren, sondern man musste die äußeren Randborsten direkt unter die Nägel schieben und dann zügig hin und her bewegen. Ihre Füße wusch sie zuletzt, wobei sie darauf achtete, reichlich Seife zwischen die Zehen zu bekommen und danach ihre Zehennägel mit der Nagelbürste zu traktieren. Tantchen hatte einmal gesagt, Seife würde zusehends aus den Geschäften verschwinden. Man könne sich darauf verlassen, bald würde man kein anständiges Stück Seife mehr finden. Dieses ganze Gelzeug und die Fläschchen mit Essenzen heutzutage, Puderkram und Waschstücke, ganz zu schweigen von Seife, die überhaupt keine Seife war, sondern irgendein Zeug voller Rosenknospen und Samen und Grasstückchen. Auf den ganzen Krempel konnte Minty verzichten. Sie schwor seit jeher auf Wright's Teerseife.

Im Bad fühlte sie sich sicher. Ein Gespenst im Badezimmer konnte man sich irgendwie nicht vorstellen, das ginge doch gar nicht. Was war mit ihrem Haar? Sollte sie es waschen? Es sah eigentlich recht sauber aus, das feine, flusige helle Haar, das wie üblich in alle Richtungen davonstob. Am besten ging sie auf Nummer sicher und hielt den Kopf kurz unter den Wasserhahn. Sie hatte vor, später mit Sonovia und Laf auszugehen und wollte keinen Anstoß erregen – es gibt doch nichts Unangenehmeres als fettiges Haar neben sich. Schließlich wusch sie es gleich richtig, konnte ja nicht schaden.

Minty trocknete sich ab und warf das benutzte Badetuch in den Wäschekorb. Sie benutzte ein Badetuch immer nur einmal und Körperlotion oder Parfum nie. Deodorant ja, und zwar auf den Fußsohlen und Handflächen sowie in den Achselhöhlen. Körperlotion machte saubere Haut doch nur schmutzig, genauso wie Make-up. Außerdem konnte sie sich den ganzen Mist gar nicht leisten. Sie war ziemlich stolz auf die Tatsache, das kein Lippenstift je ihren Mund und keine Wimperntusche je ihre blassen Wimpern besudelt hatte. Normalerweise wäre Minty – nachdem Tantchen ja das Zeitliche gesegnet hatte – nackt über den schmalen Treppenabsatz in ihr Schlafzimmer gegangen, was sie auch getan hätte, wenn der lebende Jock im Haus gewesen wäre. Mit einem Geist war es aber etwas ganz Anderes, der war tot und durfte eigentlich keine Lust verspüren, aus dem Jenseits eine nackte Frau zu betrachten. Sie holte ein sauberes Badetuch aus dem Schrank, wickelte es um sich und machte behutsam die Tür auf. Nichts und niemand. In dem grellen Licht hätte kein Gespenst überleben können.

Minty zog saubere Unterwäsche an, ein sauberes Paar Baumwollhosen und einen frischen Pullover. Keine Accessoires, keinen Schmuck. Man konnte nie wissen, was für Keime sich in solchen Dingen einnisteten. Um halb acht sollte sie am Nachbarhaus klopfen. Das Kino, in das sie gehen wollten, war das Odeon am Marble Arch, und der Film fing um acht Uhr fünfzehn an. Erst etwas essen und vielleicht eine Tasse Tee.

Wieso war er in dieser Gestalt wiedergekehrt? Es hieß, Geister kämen zurück, wenn sie sich noch um unerledigte Dinge kümmern mussten. Und ob er das musste! Eine Verlobung erledigt sich erst, wenn sie in einer Ehe mündet. Weder hatte sie seine Leiche gesehen, noch war sie zur Beerdigung gebeten worden oder hatte einen Topf mit Asche gekriegt wie damals, als ihr Tantchen eingeäschert worden war. Das Einzige, was sie hatte, war dieser Brief, in dem stand, er sei in dem Unglückszug gewesen und zu Asche verbrannt. Tatsache war, dass sie allmählich darüber hinwegkam, sie hatte aufgehört zu weinen und ihr Leben wieder aufgenommen, so wie es sich offenbar gehörte, und jetzt war sein Geist erschienen und hatte alles wieder aufgewühlt. Aber vielleicht war er bloß gekommen, um ein letztes Mal Lebewohl zu sagen. Das hoffte sie.

Die Küche war blitzsauber und roch stark nach Chlorbleiche – ein Duft, den Minty mochte. Falls sie je Parfum getragen hätte, dann eines, das nach Chlorbleiche roch. Obwohl sie sich gerade gründlich gewaschen hatte, wusch sie sich erneut die Hände. Was ihre Ernährung anging, war sie sehr wählerisch. Manche Lebensmittel konnten vertrackt sein und einen schmutzig machen. Suppe zum Beispiel oder Pasta oder alles mit Sauce. Sie aß viel kaltes Hühnchen, Schinken, Salat und Brot, aber das weiße, nicht das dunkle, in dem womöglich irgendwelche ekligen Substanzen drin waren, damit es diese Farbe bekam, und Eier und frische, ungesalzene Butter. Ihre wöchentlichen Ausgaben für Papiertaschentücher, Papierservietten und Küchenkrepp waren ruinös, doch da war nichts zu machen. Auch ohne Leinenservietten nutzte sie die Waschmaschine täglich maximal aus. Nachdem sie gegessen hatte, spülte sie das ganze benutzte Geschirr ab und räumte es auf, bevor sie sich die Hände unter fließendem Wasser wusch.

Sollte sie sämtliche Lichter brennen lassen, wenn sie wegging? Tantchen hätte es üble Verschwendung genannt. Die im Obergeschoss mussten wohl eingeschaltet bleiben. Sie würde nicht hinaufgehen und die Lichter ausschalten, um dann – *die totale Finsternis hinter sich* – die Treppe herunterkommen zu müssen. Im Hauseingang nahm sie ihren Mantel vom Haken und zog ihn an. Mäntel waren immer ein Problem, denn man konnte sie nicht wirklich sauber halten. Minty hatte sich beholfen, so gut sie konnte, und sich auf der Nähmaschine bei Immacue rasch ein paar Baumwollfutter genäht. Die konnte sie waschen und vor jedem Tragen eins in den Mantel stecken. Um ihres Seelenfriedens willen war es am besten, gar nicht an den Schmutz auf der Außenseite des Mantels zu denken, doch das war jedes Mal ein Kampf und gelang ihr nicht immer.

Im Wohnzimmer brannte grelles Licht. Minty ging ein Stückchen hinein, wich dann wieder zurück und griff vom Flur aus mit der Hand um den Türrahmen, um den Lichtschalter auszuknipsen. Unwillkürlich waren ihre Augen dabei geschlossen. Nun hatte sie Angst, sie wieder aufzumachen, falls Jocks Geist ihre zeitweilige Blindheit dazu ausgenutzt hatte, sich erneut auf den Stuhl zu setzen. Da der Stuhl an den Tisch gerückt stand, würde es ihm aber vielleicht nicht gelingen. Sie schlug die Augen auf. Kein Geist. Sollte sie es Sonovia erzählen? Minty war unschlüssig.

Die Hauseingänge in der Syringa Road gingen auf winzige rechteckige Vorgärten hinaus. Mintys Garten war vollständig asphaltiert, dafür hatte Tantchen gesorgt, im Nachbargarten wuchsen jedoch Blumen aus der Erde, die im Sommer direkt üppig wucherten. Sonovia sah Minty kommen und winkte ihr vom Fenster aus zu. Sie trug ihren neuen roten Hosenanzug und ein längliches, schalähnliches Tuch in Taubenblau, das sie Pashmina nannte, zum Anzug passenden Lippenstift und eine neue Frisur, die genauso aussah wie der glänzende Dreispitz bei dem Mann auf dem Bierkrug, den Tantchen von einem Ausflug nach Southend mitgebracht hatte.

»Wir haben uns gedacht, wir fahren mit dem Bus«, sagte Sonovia. »Laf meint, er würde ganz bestimmt nicht dort parken und womöglich 'ne Radkralle verpasst kriegen. Er muss doch aufpassen, er ist schließlich Ordnungshüter.«

Sonovia sagte immer »Ordnungshüter«, nie »Polizist«. Minty war enttäuscht, weil sie nicht mit dem Auto fuhren, sagte jedoch nichts. Sie vermisste die Fahrten mit Jock, obwohl sein Auto alt gewesen war und, wie er sagte, ein »Klapperkasten«. Laf kam aus dem Wohnzimmer und gab ihr einen Kuss. Eigentlich hieß er Lafcadio, was aber ein ziemlicher Bandwurm von einem Namen war, wie Sonovia sich ausdrückte, und so nannten ihn alle Laf. Er und Sonovia waren zwar erst Ende Vierzig, hatten aber schon mit achtzehn geheiratet und hatten vier erwachsene Kinder, die inzwischen alle aus dem Haus waren und entweder eigene Wohnungen hatten oder noch im Studentenwohnheim lebten. Tantchen sagte immer, so wie Sonovia daherredete, könnte man meinen, andere Leute hätten keinen Arzt als Sohn und keine Rechtsanwältin als Tochter, und noch eine Tochter auf der Uni und den Jüngsten, der auf die Guildhall School für Dingsbums ging. Eigentlich fand Minty, dass man darauf schon stolz sein durfte, konnte gleichzeitig aber nicht wirklich begreifen oder sich vorstellen, wie viel Arbeit, Fleiß und Zeit sie dafür aufgewandt hatten, um dahin zu gelangen, wo sie nun waren.

»Ich hab ein Gespenst gesehen«, sagte sie. »Als ich von der Arbeit nach Hause kam. Im Wohnzimmer saß es – auf einem Stuhl. Es war Jock.«

Sie waren Jock zwar nie begegnet, wussten aber, wen sie meinte. »Na, na, Minty, red doch keinen Unsinn«, sagte Laf. »Gespenster gibt's doch gar nicht«, meinte Sonovia und fügte ein blasiertes »meine Liebe« hinzu, was sie immer tat, wenn sie einem zeigen wollte, dass sie älter und klüger als man selber war. »Absolut nicht.«

Minty kannte Laf und Sonovia, seit sie zehn war und die beiden ins Nachbarhaus gezogen waren. Später, als sie ein bisschen älter war, hatte sie ihre Kinder gehütet. »Es war Jocks Geist«, sagte sie. »Und als er wieder weg war, hab ich den Stuhlsitz angefasst, und der war warm. Es war wirklich er.«

»Ich will gar nichts davon hören«, sagte Sonovia.

Laf tätschelte Minty die Schulter. »Du hattest Halluzinationen, stimmt's? Hat dich doch alles ziemlich mitgenommen in letzter Zeit.«

»Vernimm die weisen Worte von Sergeant Lafcadio Wilson, meine Liebe.« Sonovia sah in den Spiegel, betätschelte ihr Haar und fuhr fort: »Gehen wir. Ich will den Anfang nicht versäumen.«

Sie gingen zur Bushaltestelle, die sich gegenüber der hohen Friedhofsmauer befand. Wenn ihr etwas Sorgen bereitete, trat Minty nie auf die Fugen im Gehweg, sondern immer darüber hinweg. »Wie ein kleines Kind«, sagte Sonovia. »Meine Corinne hat das auch immer gemacht.«

Minty gab keine Antwort. Sie trat weiter über die Fugen hinweg, und nichts hätte sie dazu gebracht, darauf zu treten. Auf der anderen Seite der Mauer waren Gräber und Grabsteine, hohe dunkle Bäume, der Gasometer und der Kanal. Sie hätte Tantchen gern dort drin beerdigt haben wollen, aber das wurde nicht gestattet, es gab keinen Platz, und so wurde Tantchen eingeäschert. Die Bestattungsfirma hatte ihr geschrieben und gesagt, sie könne die Asche abholen. Niemand fragte, was sie denn damit vorhatte. Sie hatte das Kästchen mit der Asche auf den Friedhof getragen und ein wunderschönes Grab ausgesucht, das, das ihr am besten gefiel mit einem Engel drauf, der eine zerbrochene Art Violine in der Hand hielt und sich mit der anderen Hand die Augen bedeckte. Mit einem alten Esslöffel hatte sie ein Loch ins Erdreich gegraben und die Asche hineingetan. Danach war ihr wohler um Tantchen gewesen, doch für Jock hatte sie es nicht tun können. Jocks Asche hatte bestimmt seine Exfrau oder seine alte Mutter bekommen.

Sonovia erzählte von ihrer Corinne, die Anwältin bei Gericht war, und was der Leiter der Kanzlei zu ihr gesagt hatte. Lauter Komplimente und Lobhudeleien natürlich. Nie sagte jemand etwas Unangenehmes zu Sonovias Kindern, ebenso wenig wie ihnen etwas Unangenehmes passierte. Minty dachte daran, dass Jock im Zug, im Feuer einen gewaltsamen Tod gestorben war – was wohl ein Grund war, aus dem Jenseits wiederzukehren.

»Du bist ja so still«, sagte Laf.
»Ich denk grade an Jocks Geist.«
Der 18er-Bus kam.

»Da haben wir uns ja nicht gerade den passenden Film ausgesucht«, meinte Sonovia, »wenn man daran denkt ...«

Das fand Minty auch. Der Film hieß *The Sixth Sense* und handelte von einem armen kleinen verrückten Jungen, der die Geister der Toten nach einem Mord sah. Sonovia sagte, der Film mochte zwar gut sein, doch mache sie sich Gedanken, welche Wirkung die Rolle wohl auf den jungen Schauspieler hatte. Es könne doch nicht richtig sein, dass ein Kind das alles zu sehen kriegte, selbst wenn es bloß gespielt war. Sie gingen in ein Pub an der Harrow Road, und Laf spendierte Minty ein Glas Weißwein. Wenn es das Pub gewesen wäre, in dem sie Jock begegnet war, hätte sie nicht bleiben können, es hätte sie überfordert. Hier kannte sie aber keinen.

»Na, ist es denn okay, wenn du allein in dein Haus gehst?«

»Geh du mit ihr, Sonny. Mach alle Lichter an.«

Minty war dankbar. Sie hätte sich nicht darum gerissen, allein reinzugehen. Morgen und übermorgen und am nächsten Tag blieb ihr natürlich nichts anderes übrig. Schließlich wohnte sie dort. Als das Haus wieder im hellen Licht erstrahlte, gab Sonovia ihr einen Kuss, was selten vorkam, und überließ sie der leuchtenden Leere. Das Problem war nur, dass sie vor dem Schlafengehen die Lichter hinter sich ausmachen musste. Sie ging in die Küche und wusch sich die Hände und auch Sonovias Lippenstift vom Gesicht. Nachdem sie das Küchenlicht hinter sich ausgeschaltet hatte, ging sie über den schmalen Korridor und rechnete damit, gleich Jocks Hand im Nacken zu spüren. Er hatte die Angewohnheit gehabt, ihr die Hand in den Nacken zu legen und ihren Kopf zu sich hochzuheben, bevor er ihr einen seiner intensiven Küsse gab. Sie erzitterte, doch es geschah nichts. Tapfer schaltete sie das Wohnzimmerlicht aus, drehte sich um und ging, die tiefe Finsternis hinter sich, zur Treppe. So schnell sie konnte, rannte sie hinauf und ins Bad, ohne die Tür zuzumachen, denn sie wusste, dann würde sie sich nicht mehr trauen, sie wieder zu öffnen.

Sie putzte sich gründlich die Zähne, wusch sich erneut Gesicht, Hals und Hände, dann die Achselhöhlen und Füße sowie die Stelle zwischen den Beinen, die Jock geweiht war. Da würde sie kein anderer Mann jemals anfassen oder darin eindringen, das war versprochen. Bevor sie das Bad verließ, klopfte sie auf jede Holzoberfläche, wobei sie drei *verschieden* farbige Hölzer auswählte, das Weiß der Paneele um die Badewanne herum, die rosa Bilderleiste und den blassgelben Griff an der Rückenbürste. Sie war sich nicht sicher, ob etwas Tragbares auch galt, vielleicht musste es zur fest installierten Einrichtung gehören. Drei Oberflächen sollten es sein oder noch besser sieben, doch im Badezimmer gab es keine sieben verschiedenen Farben. Niemand, auch kein Geist, stand draußen vor der Tür. Sie hatte ihr Glas Wasser vergessen, doch das war egal, da war jetzt nichts zu machen, dann musste sie eben darauf verzichten. Sie trank sowieso nicht besonders viel.

Auf dem Bett sitzend, betete sie zum heiligen Tantchen. *Liebes Tantchen, bitte halt mir Jocks Geist vom Leib. Lass ihn in der Nacht nicht wiederkommen. Ich hab doch nichts getan, dass er mir so nachstellt. Von nun an bis in Ewigkeit. Amen.* Sie machte das Licht aus und dann gleich wieder an. Im Dunkeln sah sie Jocks Gesicht vor sich, und obwohl sie wusste, dass es nicht sein Geist war, sondern ein Traum oder eine Vision, bekam sie es mit der Angst. Bei eingeschaltetem Licht konnte sie nicht sehr gut schlafen, doch wenn es aus war, würde sie überhaupt nicht schlafen. Sie vergrub das Gesicht in den Laken, so dass es keinen Unterschied machte, ob es im Zimmer hell oder dunkel war. Tantchen hatte immer Stimmen gehört, die sie »meine Stimmen« nannte, und manchmal auch Dinge gesehen. Besonders wenn sie in Kontakt mit so einem Medium gewesen war. Minty begriff es nicht, ihr hatte auch niemand erklärt, wieso es »Medium« hieß, also »so etwa mittel« und nicht »beste« oder »schlechteste«. Tantchens Schwester Edna war so ein Medium gewesen, in Mintys Augen sicher das schlechteste, und wenn Edna im Haus war oder sie bei ihr waren, hatte sie die ganze Zeit Angst.

Der Verlust von Jock war ein böser Schock gewesen, besonders weil es noch kein Jahr her war, dass sie Tantchen verloren hatte. Sie war seither nicht mehr die Gleiche gewesen, obwohl sie nicht hätte sagen können, wie sie sich verändert hatte. Etwas in ihrem Kopf schien aus dem Lot geraten zu sein. Er hätte dazu gesagt, aber auf eine nette Art und Weise: »Du warst doch nie ganz im Lot, Polo«, und vielleicht hatte er ja Recht.

Jetzt würde sie wohl nie heiraten. Aber sie hatte ja ihr Haus und die Arbeit und nette Nachbarn. Vielleicht würde sie mit der Zeit über den Verlust von Jock hinwegkommen, so wie sie über den Verlust von Tantchen hinwegkam. Sie hatte ziemlich gut geschlafen, den tiefen, traumlosen Schlaf von einer, die alle ihre Träume in den wachen Stunden träumt. Die Wanne füllte sich mit heißem Wasser, so heiß, dass es gerade noch auszuhalten war. Lass nie unbeaufsichtigt Badewasser einlaufen, hatte Tantchen ihr eingeschärft. Das hatte ihre Schwester Edna, die Geister sehen konnte, nämlich getan, war hinunter zur Haustür gegangen, hatte Briefe und ein Päckchen hereingebracht und als sie sich umdrehte, hatte sie das Wasser durch die Decke tropfen sehen. Tantchen hatte eine Menge Geschichten über ihre Schwester Edna und ihre Schwester Kathleen zu erzählen, besonders Sachen, die sie getan hatten, als sie klein waren. Manchmal waren Tantchens »Stimmen« deren Stimmen und manchmal die von Gott oder dem Herzog von Windsor.

Das Wasser war heiß und klar, unverfälscht von Badeessenzen. Sie legte sich zurück und tauchte den Kopf unter, rieb zuerst Shampoo in ihr Haar und seifte ihren ganzen Körper ordentlich ein. Jock sagte, sie sei zu dünn, sie bräuchte ein bisschen Fleisch auf die Knochen, aber es war ganz natürlich, dagegen war nichts zu machen. Jetzt war es egal, dass sie nicht wohl gerundet war. Sie spülte ihr Haar aus, kniete sich hin und hielt den Kopf unters fließende Wasser. Trocknen konnte es auf natürliche Weise. Sie mochte keine Haartrockner, die einem die staubige Luft über den ganzen Kopf bliesen, nicht einmal den, den er ihr gekauft hatte, von dem es hieß, er würde die Luft reinigen, die er auspustete. Die Zähne gut geputzt, spülte sie Mundwasser in die Mundhöhle, unter die Zunge und um die Backenzähne. Deodorant, saubere Unterwäsche, saubere Baumwollhosen und ein langärmeliges T-Shirt. »Schweißhemmend« stand auf den Mitteln, die sie im Supermarkt verkauften, ein Ausdruck, den Minty überhaupt nicht mochte. Beim Gedanken an Schweiß erschauerte sie.

Das Frühstück bestand aus Toast mit Hefepaste, hübsch sauber und trocken. Dazu eine Tasse Tee mit reichlich Milch und Zucker. Minty steckte zwei Badetücher, zwei Handtücher, zwei Sets Unterwäsche, zwei Paar Hosen und zwei T-Shirts und das Mantelinnenfutter in die Waschmaschine, stellte das Programm ein und ließ sie laufen. Wenn sie in der Mittagspause wiederkam, würde sie die Wäsche in den Trockner stecken und vielleicht Zeit für einen Besuch an Tantchens Grab erübrigen können. Es war ein grauer, diesiger, windstiller Morgen. Am 18er-Bus standen die Leute Schlange, und so ging sie zu Fuß in die Reinigung, vorbei an der Fifth und Sixth Avenue, immer über die Fugen tretend. Minty war mit diesen Straßennamen aufgewachsen und fand nichts Komisches daran, aber Jock brachten sie zum Lachen. Er wohnte erst seit ein paar Monaten in der Gegend und verdrehte jedes Mal die Augen, wenn er den Namen sah, stieß sein lautloses Lachen aus und sagte: »Fifth Avenue! Nicht zu glauben.«

Zugegeben, es war kein besonders hübsches Viertel, aber »heruntergekommen« und »ein echtes Slum«, wie Jock es nannte, war doch ein bisschen übertrieben. Völlig daneben, um seinen Ausdruck zu benutzen. Minty kam es grau und düster vor, aber vertraut, und vor diesem Hintergrund spielte sich seit nahezu achtunddreißig Jahren ihr Leben ab, denn sie war noch ein Baby gewesen, als Agnes sie »höchstens ein Stündchen« bei Tantchen gelassen hatte und nie zurückgekommen war. Die Geschäfte auf der Harrow Road erstreckten sich von der Second bis zur First Avenue. Zwei Läden hatten zugemacht und waren mit Brettern vernagelt worden, weil sie sonst verwüstet worden wären. Den Imbiss mit den Eintopfgerichten gab es noch, ein Geschäft für Badezimmereinrichtungen, ein Baufachgeschäft, einen Damen/Herren-Friseur und an der Ecke Immacue. Zum Glück hatte Minty ihren Schlüssel dabei, denn Josephine war noch nicht da.

Sie schloss die Tür auf, zog die Jalousie vor der Ladentür hoch und schob die Fensterverriegelung zurück. Seltsames Gelichter streifte nachts auf der Harrow Road herum. Nichts war sicher. Minty verharrte einen Moment, um den Geruch von Immacue einzuatmen, eine Mischung aus Seife, Waschpulver, sauberer Bettwäsche, Reinigungstinkturen und Fleckentferner. Sie hätte gern gehabt, dass es in der Syringa Road 39 auch so roch, aber dazu fehlte ihr das nötige Drum und Dran. Es war ein Duft, der sich über Jahre hinweg durch das Reinigen auf relativ beengtem Raum entwickelte. Und den einzuatmen war das Gegenteil dessen, was Minty manchmal erlebte, wenn sie die Kleiderberge sortieren musste, die die Kunden hereinbrachten und aus denen – während sie herumgeschoben, hochgehoben und herumgedreht wurden – der üble Geruch von abgestandenem Schweiß und Essensflecken emporstieg.

Punkt halb zehn. Sie drehte das Schild innen an der Tür auf »Geöffnet« und ging ins Hinterzimmer, wo die Bügelwäsche schon auf sie wartete. Immacue bot einen Hemdendienst an, und an Werktagen sowie samstags war es ihre Aufgabe, vor der Mittagspause fünfzig Hemden zu bügeln. Meistens wurden sie von Frauen gebracht und abgeholt, und manchmal fragte sich Minty, wer sie wohl trug. Die meisten Leute hier in der Gegend waren arm, allein erziehende Mütter, Rentner und arbeitslose Jugendliche, die nur dummes Zeug im Kopf hatten. Aber viele Yuppies, die in der Stadt arbeiteten, hatten sich hier in der Nähe Häuser gekauft, die nach heutigem Maßstab billig waren und nicht weit vom West End entfernt lagen, wenngleich es sich um Häuser handelte, die ihre Eltern keines weiteren Blickes gewürdigt hätten. Das mussten die Männer sein, die für ihre Jobs in Büros und Banken diese schneeweißen und rosa und blau gestreiften Hemden trugen, diese zweihundert makellosen Hemden, die jetzt einzeln in Zellophan gehüllt und mit einem ordentlichen Pappkartonkragen und einer Pappkartonfliege versehen waren.

Als Josephine schließlich eintraf, hatte Minty schon fünf gebügelt. Immer wenn sie morgens ankam, ging Josephine auf Minty zu und gab ihr einen Kuss. Minty ließ diese Begrüßung über sich ergehen, streckte ihr sogar die Wange hin, obwohl sie nicht besonders scharf darauf war, von Josephine geküsst zu werden, die einen dicken, wachsartigen, dunkelroten Lippenstift trug, von dem Mintys reine, bleiche Haut unweigerlich etwas abbekam. Als sie weg war, um ihren Mantel aufzuhängen, ging Minty ans Waschbecken, um sich erst die Wange zu waschen und dann die Hände. Zum Glück gab es bei Immacue immer reichlich Reinigungsmaterial wie Lappen, Schwämme und Bürsten.

Dann begannen die Kunden hereinzukommen, um die sich aber Josephine kümmerte. Minty kam nur dann nach vorn, wenn jemand speziell nach ihr verlangte oder Josephine sie rief. Es gab immer noch Leute, die nicht wussten, was mit Jock passiert war, und sich erkundigten, wie es ihrem Verlobten ginge oder wann sie denn heiratete. Dann musste Minty sagen »Er ist bei dem Paddington-Zugunglück umgekommen.« Sie wollte kein Mitgefühl, es war ihr peinlich, besonders jetzt, wo sie gestern Abend seinen Geist gesehen hatte. Zu sagen, er sei tot, und die mitfühlenden Worte entgegenzunehmen, kam ihr irgendwie wie Betrug vor.

Um elf machten sie Kaffeepause. Minty trank ihren aus und wusch sich gleich die Hände. Josephine fragte: »Wie fühlst du dich, Liebes? Meinst du, du kommst so allmählich drüber weg?«

Minty überlegte, ob sie ihr von dem Geist erzählen sollte, entschied sich aber dagegen. Eine Kundin hatte mal erzählt, sie hätte im Traum ihre Mutter gesehen und am nächsten Morgen einen Anruf bekommen, dass sie tot sei. Sie sei genau zum Zeitpunkt des Traums gestorben. »Das ist doch nicht Ihr Ernst«, hatte Josephine ziemlich grob erwidert und dabei verächtlich gelacht. Sie hielt also besser den Mund.

»Das Leben muss weitergehen, stimmt's?«, sagte sie.

Josephine stimmte ihr zu. »Da hast du Recht, es ist nicht gut, zu viel rumzugrübeln.« Sie war eine stattliche, vollbusige Frau mit langen Beinen, hatte leuchtend blondes Haar, lang wie bei einer Achtzehnjährigen, aber ein gutes Herz. Sagten jedenfalls alle. Minty lebte in der ständigen Furcht, dass von ihrem dunkelroten Nagellack ein Stück absplittern und in den Kaffee fallen könnte. Josephine hatte einen chinesischen Freund, der kein Wort Englisch konnte und Koch in einem Restaurant namens Lotus Dragon in Harlesden war. Beide hatten Jock kennen gelernt, als er sie einmal von der Arbeit abgeholt hatte.

»Er war schon ein toller Kerl«, meinte Josephine. »Das Leben ist doch ganz schön beschissen, wenn man sich's recht überlegt.«

Minty hätte lieber nicht darüber geredet, besonders jetzt nicht. Um zehn vor eins hatte sie das fünfzigste Hemd fertig und ging für eine Stunde nach Hause. Zum Mittagessen gab es Rührei aus Freilandhaltung auf weißem Toast. Vor dem Essen wusch sie sich die Hände und danach noch einmal, das

Gesicht ebenfalls, und steckte die Wäsche in den Trockner.

Der Blumenverkäufer hatte seinen Stand vor dem Friedhofstor aufgebaut. Obwohl es noch gar nicht Frühling war, sondern immer noch Februar, hatte er Narzissen und Tulpen und dazu die Chrysanthemen und Nelken, die es den ganzen Winter über schon gegeben hatte. Minty hatte eine leere Bleichlaugeflasche mit Wasser gefüllt und mitgenommen. Sie kaufte sechs rosa Tulpen und sechs weiße Narzissen mit orangegelben Innenblüten.

»Zum Gedenken an Ihr Tantchen, stimmt's?«

Minty bejahte und meinte, wie nett, schon Frühlingsblumen zu sehen.

»Stimmt«, sagte der Blumenverkäufer, »und es tut einem richtig gut, wenn man so ein junges Ding sieht wie Sie, das an die alten Leutchen denkt. Heutzutage gibt's viel zu viel Gleichgültigkeit auf der Welt.«

Mit siebenunddreißig ist man zwar kein »junges Ding«, doch wurde Minty von vielen für weit jünger gehalten, als sie war. Sie sahen nicht aufmerksam genug hin, um die Falten um ihre Augenwinkel wahrzunehmen, und die kleinen Runzeln um ihren Mund. Der Barkeeper im Queen's Head wollte nicht glauben, dass sie auch nur einen Tag älter als siebzehn war. Es lag an ihrer weißen Haut, die um die Nase herum glänzte, und an dem hellen Haar und daran, dass sie so dünn war wie ein Fotomodell. Minty bezahlte den Mann und lächelte ihn an, weil er sie ein junges Ding genannt hatte, dann ging sie mit den Blumen in der Hand auf den Friedhof.

Wären dort keine Gräber gewesen, hätte man bei all den Bäumen, Büschen und dem Gras meinen können, man sei auf dem Land. Das führte aber doch zu nichts, meinte Jock. Die Gräber seien doch der Grund, dass hier Bäume wuchsen. Viele berühmte Leute lagen hier begraben, deren Namen sie aber nicht kannte und die sie nicht interessierten. Dort drüben war der Kanal, und dahinter lag das Gaswerk. Der Gasometer überragte den Friedhof wie ein riesiger alter Tempel, zum Gedenken an die Toten. Von allen Pflanzen wuchs der Efeu hier drinnen am üppigsten, kroch über Steine und Platten und an Säulen hoch, wand sich um Statuen und schob seine Ranken durch die Spalten und Ritzen an den Grabstätten. Ein paar Bäume hatten schwarz glänzende, spitz zulaufende Blätter wie lederne Ausschneidbildchen, die meisten waren jetzt im Winter jedoch ohne Laub, und wenn der Wind blies, ächzten und zitterten ihre kahlen Äste, hingen in der gegenwärtigen Windstille aber schlaff herunter. Es war immer ruhig hier, als befände sich über der Mauer eine unsichtbare Schranke, die sogar den Verkehrslärm draußen hielt.

Tantchens Grab befand sich am Ende des nächsten Weges, an der Ecke, wo er in einen der Hauptdurchgänge mündete. Es war natürlich gar nicht ihr Grab, sondern nur die Stelle, an der Minty ihre Asche vergraben hatte. Das Grab gehörte Maisie Julia Chepstow, der geliebten Gattin von John Chepstow, die am 15. Dezember 1897 im Alter von dreiundfünfzig Jahren entschlafen war und nun in Jesu Armen ruhte. Als sie mit Jock hier gewesen war und ihm erzählt hatte, dies sei Tantchens Großmutter, war er schwer beeindruckt gewesen. Womöglich stimmte es ja sogar. Tantchen musste doch zwei Großmütter gehabt haben wie jeder andere Mensch auch, wie *sie* selbst auch. Sie würde Tantchens Namen auf den Stein setzen lassen, hatte sie gesagt. Jock fand das Grab schön und bewegend und meinte, der steinerne Engel habe bestimmt schon damals ein Vermögen gekostet.

Minty nahm die welken Stängel aus dem steinernen Topf und packte sie in das Papier, in dem die Tulpen und Narzissen eingewickelt gewesen waren. Das Wasser schüttete sie aus der Bleichlaugenflasche in die Vase um. Als sie sich nach den Blumen umdrehte, sah sie Jocks Geist über den Hauptdurchgang auf sich zukommen. Er trug Jeans, einen dunkelblauen Pullover und seine Lederjacke, war aber nicht fest und massiv wie gestern Abend. Sie konnte durch ihn hindurchschauen.

Beherzt, obwohl sie die Worte kaum herausbrachte, sagte sie: »Was willst du, Jock? Wieso bist du zurückgekommen?«

Er sagte nichts. Als er etwa zwei Meter von ihr entfernt war, löste er sich plötzlich auf. Verschwand einfach wie ein Schatten, wenn die Sonne sich verzieht. Minty hätte gern auf Holz geklopft oder sich bekreuzigt, wusste aber nicht, mit welcher Seite sie anfangen sollte. Sie zitterte am ganzen Körper. Sie kniete sich auf Tantchens Grab und betete. *Liebes Tantchen, halt ihn mir vom Leib. Wenn du ihn da siehst, wo du bist, dann sag ihm, ich will nicht, dass er herkommt. Für immer und ewig deine dich liebende Nichte Araminta.*

Zwei Leute kamen den Weg entlang, die Frau mit einem Nelkensträußchen in der Hand. Sie sagten: »Guten Tag«, was niemand täte, wenn man sich draußen auf der Straße begegnete. Minty rappelte sich auf und erwiderte den Gruß. Sie nahm ihr Päckchen mit den welken Stängeln und die leere Bleichlaugenflasche und warf beides in einen Mülleimer. Inzwischen hatte es angefangen zu regnen. Jock hatte immer gesagt, mach dir nichts draus, ist doch bloß Wasser. Aber war es das? Man konnte ja nicht wissen, was für Dreck der Regen auf dem Weg vom Himmel mitbrachte.

2

Tantchens richtiger Name war Winifred Knox. Sie hatte zwei Schwestern und einen Bruder, und alle wohnten zusammen mit ihren Eltern in der Syringa Road 39. Arthur ging als Erster aus dem Haus. Als er heiratete, waren nur noch die Schwestern zu Hause. Sie waren viel älter als Tantchen, die ein Nachzügler gewesen war, das Nesthäkchen der Familie. Kathleen heiratete, Edna auch, und dann starb ihr Vater. Tantchen blieb mit ihrer Mutter allein und verdiente sich ihren Lebensunterhalt mit dem Putzen von Büros. Sie war schon seit Jahren mit Bert verlobt, konnte ihn aber nicht heiraten, solange ihre Mum noch auf sie angewiesen war, im Rollstuhl saß und rundum versorgt werden musste.

Mum starb einen Tag vor Tantchens vierzigstem Geburtstag. Sie und Bert warteten anstandshalber eine Weile ab, dann heirateten sie. Doch es klappte nicht, es war ein Albtraum.

»Ich wusste ja nicht, was mich erwartete«, sagte Tantchen. »Ich hab bis dahin wohl ein ziemlich behütetes Leben geführt, hatte keine Ahnung von Männern. Es war ein Albtraum.«

»Was hat er denn getan?«, fragte Minty.

»Das willst du lieber gar nicht wissen, du kleines Unschuldslamm. Nach vierzehn Tagen hab ich dem ein Ende gesetzt. Das Haus hatte ich zum Glück behalten. Wenn ich überhaupt was bereut hab, dann dass ich keine eigenen Kinderchen hatte, aber dann bist ja du aufgetaucht wie ein Blitz aus heiterem Himmel.«

Minty war der Blitz, und ihre Mutter der heitere Himmel. Sie hieß Agnes und war Tantchens beste Schulfreundin gewesen, obwohl sie sich seither nicht oft gesehen hatten. Niemand wunderte sich, als Agnes mit einem Baby daherkam, sie hatte es schließlich darauf angelegt, war mit allem, was Hosen trug, mitgegangen. Vom Vater des Babys war nie die Rede, es hätte auch eine Jungfrauengeburt sein können, so wenig wie der zur Sprache kam. Es war Anfang der sechziger Jahre, und man war bei weitem nicht so streng wie damals, als Tantchen jung gewesen war. Trotzdem wurde Agnes schief angeschaut, und man bedeutete ihr, das Baby sei doch eine schwere Verantwortung. Manchmal brachte Agnes die Kleine mit in die Syringa Road, und dann schoben die beiden den Kinderwagen im Queen's Park herum.

An jenem Nachmittag im Mai, als Minty ein halbes Jahr alt war, sagte niemand was von einem Spaziergang im Park. Agnes fragte, ob sie Minty vielleicht eine Stunde bei Tantchen lassen könne, solange sie ihre Mutter im Krankenhaus besuchte. Sie hatte einen Vorrat an Windeln mitgebracht und eine Flasche Milch und eine Dose Pflaumenpüree für Babys. Es war schon komisch, Tantchen ließ das Pflaumenpüree nie aus, wenn sie Minty diese Geschichte erzählte.

Als Agnes kam, war es gerade zwei gewesen, und als es auf vier zuging, begann Tantchen sich zu fragen, was wohl mit ihr los war. Ihr war natürlich klar, wenn jemand sagte, er käme in einer Stunde zurück, kam er eigentlich erst in zwei bis drei Stunden zurück, das sagte man eben so zur Besänftigung, sie machte sich also keine Sorgen. Dann aber doch, als es auf sechs und sieben zuging. Zum Glück waren die paar Geschäfte in der Umgebung rund um die Uhr geöffnet, deshalb bat sie die Dame im Nachbarhaus – Laf und Sonovia waren damals noch nicht eingezogen –, nach Agnes Ausschau zu halten, und ging mit Minty im Kinderwagen Babybrei, zusätzliche Milch und Bananen kaufen. Obwohl Tantchen nie eigene Kinder gehabt hatte, schwor sie auf Bananen und behauptete, sie seien nahrhaft, von allen Früchten am einfachsten zu essen und allseits beliebt.

»Ich persönlich«, hatte sie gesagt, »würde jemandem, der bei Bananen die Nase rümpft, nicht über den Weg trauen.«

Agnes kam an dem Tag nicht wieder und auch nicht am nächsten. Sie kam überhaupt nie wieder. Tantchen bemühte sich redlich, sie ausfindig zu machen. Sie suchte Agnes' Eltern auf und erfuhr, dass ihre Mutter überhaupt nicht im Krankenhaus gewesen, sondern kerngesund war. Nein danke, das Baby wollten sie nicht, das hätten sie alles schon durchgemacht, als ihre eigenen Kinder klein waren, und hätten auch nicht die Absicht, noch mal von vorn anzufangen. Agnes' Vater meinte, sie hätte wohl jemanden kennen gelernt, der sie nehmen würde, das Kind aber nicht, und hätte das Problem eben auf ihre Art gelöst.

»Warum behältst du die Kleine nicht einfach, Winnie? Du hast doch keine eigenen. Sie könnte dir Gesellschaft leisten.«

Und das hatte Tantchen getan. Sie gaben ihr die Geburtsurkunde des Babys, und Agnes' Vater legte noch zwei Zehnpfundscheine mit in den Umschlag. Manchmal, als sie Minty bereits ins Herz geschlossen hatte und sie als ihr eigen betrachtete, machte sich Tantchen ein wenig Sorgen, Agnes könnte kommen und sie holen und sie würde überhaupt nichts dagegen ausrichten können. Agnes kam aber nie, und als Minty zwölf war, schaute eines Tages die Mutter, die nicht im Krankenhaus gewesen war, bei ihnen vorbei und sagte, Agnes habe geheiratet und sich scheiden lassen und wieder geheiratet und sei mit ihrem zweiten Mann und ihren drei eigenen und seinen vier Kindern nach Australien gegangen. Ihr fiel ein ziemlicher Stein vom Herzen.

Tantchen hatte Minty nie adoptiert oder offiziell in Pflege genommen oder etwas in der Art. »Ich hab keinen rechtlichen Anspruch auf dich«, sagte sie oft. »Schwer zu sagen, wem du gehörst. Na ja, scheint nicht so, als ob dich jemand mitnehmen wollte, was? Keinem gehörst du, armes kleines Ding.«

Als Minty sechzehn war, verließ sie die Schule und bekam eine Stelle in der Textilfabrik in Craven Park. Tantchen hatte sie zu höchster Reinlichkeit erzogen, und obwohl sie bis zur Maschinistin befördert wurde, behagten ihr die Staubflocken und Fusseln nicht, die überall hingerieten. Damals rauchte jeder, und Minty mochte den Geruch nicht und auch nicht die Asche. Tantchen kannte die Leute, die die chemische Reinigung betrieben. Damals hieß sie noch nicht Immacue, sondern Harrow Road Dry-Cleaning und gehörte einem alten Mann namens Mr. Levy. Minty blieb die folgenden achtzehn Jahre. Zuerst übernahm Mr. Levys Sohn den Laden, dann wurde es Quicksilvers Cleaners, und schließlich arbeitete sie für Josephine O'Sullivan. Ihr Leben verlief ganz simpel und unkompliziert. Sie ging morgens zu Fuß zur Arbeit, arbeitete acht Stunden, die sie meistens mit Bügeln verbrachte, und ging zu Fuß nach Hause oder nahm den 18er-Bus. Die Abende verbrachte sie mit Tantchen, sie sahen fern und aßen zusammen. Einmal pro Woche gingen sie ins Kino.

Tantchen war schon recht alt, als das mit ihren Stimmen anfing. Ihre beiden Schwestern waren inzwischen gestorben, aber ihre Stimmen waren es, die sie hörte. Kathleen sagte ihr, sie solle nach dem Kino doch ins Pub gehen und Minty mitnehmen, es sei an der Zeit, dass Minty ein bisschen was erlebte, ins Queen's Head sollten sie gehen, das sei das Einzige in der Gegend, das ordentlich sauber sei. Sie sei mit George immer hingegangen, als er ihr den Hof gemacht hatte. Tantchen hatte ihre Zweifel, doch die Schwestern ließen nicht locker, und als sie sich mit Minty im Kino *Heavenly Creatures* angesehen hatte, wagten sich die beiden ins Queen's Head, ein Pub in College Park. Es war *tatsächlich* sauber, jedenfalls so sauber wie möglich. Ständig wischte der Barkeeper die Tischflächen ab, und zwar mit einem sauberen Tuch, nicht mit irgendeinem alten Fetzen.

Edna redete nicht von Pubs oder vom Amüsieren. Sie bekniete Tantchen immer wieder, sich zu konzentrieren, dann könnte sie nämlich ihren toten Gatten Wilfred sehen. Er mühe sich zu Tode, um zu ihr »durchzukommen«, was immer das heißen mochte. Allerdings war Tantchen schleierhaft, weshalb sie das von ihr verlangte, wo sie Wilfred Cutts doch noch nie hatte leiden können. Dann fing Gott an, zu Tantchen zu sprechen, und die Schwestern traten in den Hintergrund. Der junge Mr. Levy sagte: »Wenn man zu Gott spricht, heißt es Beten, aber wenn Gott zu einem spricht, heißt es Schizophrenie.«

Minty lachte nicht. Es machte ihr Angst, Gott im Haus zu haben, der Tantchen immer einredete, er würde sie zu einem Engel des Herrn ausbilden, und sie solle kein rotes Fleisch essen. Tantchen hatte schon immer eine Schwäche für die königliche Familie gehabt und konnte sich noch gut daran erinnern, wie Edward der Achte aus Liebe zu einer Frau auf den Thron verzichtet hatte. Es war also kaum verwunderlich, als seine Stimme sich zu der Gottes gesellte. Er sagte ihr, er habe einen heimlich in Paris geborenen Sohn, der wiederum einen Sohn habe, und sie solle der Königin ausrichten, ihr Platz stehe ihr gar nicht zu und dieser König Edward der Zehnte müsse die Krone tragen. Als sie versuchte, sich Zutritt zum Buckingham-Palast zu verschaffen, wurde Tantchen festgenommen, und man wollte sie wegsperren, was Minty aber nicht zuließ. Solange sie gesund und bei Kräften war, blieb Tantchen da, wo sie war.

»Sie war wie eine Mutter zu mir«, sagte sie zum jungen Mr. Levy, der meinte, sie sei aber ein braves Mädchen und es sei schade, dass es nicht mehr gäbe wie sie.

Am Ende musste Tantchen dann doch gehen, lebte auf der geriatrischen Station aber nicht mehr lang. Vor langer Zeit hatte sie ein Testament gemacht und Minty das Haus in der Syringa Road überschrieben, samt allen Möbeln und ihren Ersparnissen, die sich auf 1.650 Pfund beliefen. Die Höhe des Betrags verriet Minty niemandem, ließ aber durchblicken, dass Tantchen ihr Einiges vererbt hatte. Es bewies, dass Tantchen sie geliebt hatte. Als sie es zu ihren eigenen Ersparnissen hinzufügte, waren es insgesamt 2.500 Pfund. Jeder Betrag über eintausend Pfund war ein echter Batzen, fand Minty und war stolz auf ihr Angespartes. Danach hatte sie Tantchens Asche im Bestattungsinstitut abgeholt und in Maisie Chepstows Grab bestattet.

Bis zu ihrem nächsten Besuch im Pub verging viel Zeit. Weil Laf und Sonovia in der folgenden Woche den Film nicht hatten sehen wollen, war sie allein gegangen, es machte ihr nichts aus, es war ja nicht so, dass sie im Kino plaudern wollte. Klugerweise ging sie in die Vorführung um zehn nach sechs, in die kaum jemand ging. Außer ihr saßen nur acht Leute da. Sie war gern allein – niemand, der ihr etwas zuflüsterte oder Pralinen herüberreichte. Auf dem Rückweg ging sie kurz ins Queen's Head und bestellte sich einen Orangensaft. Wieso, wusste sie eigentlich auch nicht recht. Das Pub war fast leer und schien weniger verraucht als sonst. Sie wählte einen Tisch in der Ecke.

In ihrem ganzen Leben hatte Minty noch mit keinem Mann gesprochen, der nicht der Ehemann von jemandem war oder ihr Arbeitgeber oder der Postbote oder der Busschaffner. Mit solchen Leuten eben. Sie hatte nie ernsthaft daran gedacht, einen Freund zu haben, geschweige denn zu heiraten. Als sie jünger war, hatte Sonovia sie manchmal ein bisschen aufgezogen und gefragt, wann sie sich denn einen Mann anlachen würde, und Minty hatte immer erwidert, sie sei nicht der Typ zum Heiraten. Tantchens mysteriöser, aber beunruhigender Bericht über ihre Eheerfahrungen hatte sie abgeschreckt. Außerdem kannte sie keine ungebundenen Männer, und niemand machte Anstalten, sie kennen lernen zu wollen.

Bis Jock auftauchte. Nicht bei ihrem ersten, aber bei ihrem zweiten Besuch im Pub sah sie, wie er sie anschaute. Sie saß wieder allein an dem gleichen Ecktisch, wie immer in einem sauberen Paar Baumwollhosen und einem langärmligen T-

Shirt, das Haar frisch gewaschen, die Nägel geschrubbt. Der Mann, dem sie verstohlene Blicke zuwarf, war groß und gut gebaut, mit langen Beinen, die in Bluejeans steckten, und trug eine dunkelblaue Steppjacke. Er hatte ein attraktives, leicht sonnengebräuntes Gesicht, wirkte sauber, und sein kurzes braunes Haar war gut geschnitten. Minty hatte ihren Orangensaft fast ausgetrunken. Sie starrte auf den goldenen, faserigen Bodensatz, um nicht den Mann ansehen zu müssen.

Er kam herüber und fragte: »Warum so traurig?«

Minty konnte ihn vor lauter Angst gar nicht ansehen. »Ich bin nicht traurig.«

»Hätte ich jetzt doch glatt gedacht.«

Er setzte sich an ihren Tisch und fragte dann, ob sie was dagegen hätte. Minty schüttelte den Kopf. »Ich würd dir gern einen richtigen Drink spendieren.«

Tantchen genehmigte sich manchmal einen Gin-Tonic, also sagte Minty, das würde sie nehmen. Während er ihren Gin und für sich ein halbes Pint Lager holte, geriet Minty an den Rand der Verzweiflung. Sie wollte schon aufstehen und davonlaufen, aber um zur Tür zu gelangen, hätte sie an ihm vorbei gemusst. Was würden Sonovia und Josephine sagen? Was hätte Tantchen gesagt? Lass dich bloß nicht mit dem ein. *Trau ihm nicht, o schöne Maid, wenn er säuselnd dich umgarnt.* Er kam mit den Getränken wieder, setzte sich und sagte, er heiße Jock, Jock Lewis, und wollte wissen, wie sie hieß.

»Minty.«

»Hmm, lecker«, meinte Jock. »Klingt wie etwas, was man zur Lammschulter isst.« Sein Lachen klang nicht unfreundlich. »So kann ich dich nicht nennen.«

»Eigentlich heiß ich Araminta.«

Er musterte sie erstaunt. »Minty, Minty, Rick-Stick Stinty, Kurzschwanz, Stutzschwanz, bravo, Minty.« Er lachte ihr ins fassungslose Gesicht. »Ich werd Polo zu dir sagen.«

Sie überlegte, dann begriff sie. Polo. Die Lutschbonbons

mit Pfefferminzgeschmack. Er brauchte es nicht zu erklären. »Ich heiße Jock. Eigentlich John, aber alle nennen mich Jock. Wohnst du hier in der Gegend?«

»In der Syringa Road.«

Er schüttelte den Kopf. »Ich bin noch fremd hier, aber bald nicht mehr. Ich hab eine Wohnung in Queen's Park, bin am Samstag eingezogen.« Er warf einen Blick auf ihre Hände. »Du bist nicht verheiratet, was, Polo? Hast aber sicher einen Freund, mein Pech, wie immer.«

Sie dachte daran, dass Tantchen tot war und Agnes in Australien. »Ich hab gar niemanden.«

Das gefiel ihm aber gar nicht. Warum, wusste sie nicht, es gefiel ihm eben nicht. Sie hatte es sehr ernst gesagt, natürlich, ihr war es ja auch ernst. Zur Auflockerung versuchte sie zu lächeln. Der Gin war ihr zu Kopf gestiegen, obwohl sie bloß ein paar Mal daran genippt hatte.

»Warte«, sagte er. »Ich bring dich zum Lachen. Pass auf. Adam und Eva und Zwickmich gingen zum Baden an den Fluss. Adam und Eva ertrunken. Wer wurde gerettet?«

Das war einfach. »Zwickmich.«

Er tat es. Ganz sanft in den Oberarm. »Jetzt hab ich dich aber erwischt, Polo.«

Sie lachte nicht. »Ich müsste jetzt eigentlich gehen.«

Sie rechnete damit, dass er sie aufhielt, was er aber nicht tat. »Wie wär's mit einem für unterwegs?« Er bot ihr keinen Drink, sondern ein Polo-Minzbonbon an. »Ich begleite dich zu Fuß nach Hause. Ich bin ohne Auto da.«

Das mit dem Auto nahm sie ihm nicht ab. Damals nicht. Davon abgesehen – falls er eins gehabt und ihr angeboten hätte mitzufahren, hätte sie abgelehnt. Sie wusste ganz genau, dass man mit fremden Männern nicht mitfuhr. Oder Süßigkeiten annahm. Womöglich war es Rauschgift. Aber wäre es nicht genauso gefährlich, sich zu Fuß nach Hause begleiten zu lassen? Sie wusste nicht, wie sie hätte ablehnen sollen. Er hielt ihr die Pubtür auf. Die Straßen hier in der Gegend waren nachts verlassen bis auf Grüppchen von jungen Männern, die schweigend über die gesamte Breite des Gehsteigs schlenderten und ab und zu laut herumbrüllten. Oder aber man begegnete einem einzelnen, der zum ohrenbetäubenden Wummern eines Gettoblasters dahinschlurfte. Wenn sie allein gewesen wäre, hätte sie es nicht riskiert, sondern den Bus genommen. Er fragte sie, was sich hinter der hohen Mauer verbarg.

»Der Friedhof.« Sie wusste nicht, weshalb sie hinzufügte: »Dort liegt die Asche von meinem Tantchen.«

»Tatsächlich?« Er sagte es so, als hätte sie ihm gerade etwas ganz Wunderbares erzählt, etwa dass sie im Lotto gewonnen hatte, und von dem Moment an begann sie ihn zu mögen.

»Dein Tantchen war dir sehr wichtig, stimmt's?«

»O ja. Sie war wie eine Mutter zu mir. Sie hat mir ihr Haus vererbt.«

»Das hast du auch verdient. Du hast dich für sie aufgeopfert und alles Mögliche für sie getan, stimmt's?« Sie nickte stumm und verwundert. »Das war der Lohn für deine guten Dienste.«

Die Syringa Road zweigte nicht direkt von der Harrow Road ab, sondern von einer Seitenstraße, die davor abbog. Er las den Straßennamen in einem Ton vor, in dem man sonst Buckingham-Palast oder Millennium Dome sagen würde. Seine Stimme war wunderschön, wie etwas Süßes, Dunkelbraunes, Glattes – Schokoladenmousse vielleicht. Doch sie befürchtete, er könnte womöglich mit hereinkommen wollen, und sie wüsste nicht, wie sie ihn daran hindern sollte. Wenn er nun versuchte, sie zu küssen? Laf und Sonovia waren nicht zu Hause. Im Nachbarhaus brannte kein Licht. Der alte Mr. Kroot wohnte auf der anderen Seite, aber der war fünfundachtzig und wäre keine große Hilfe.

Jock zerstreute ihre Befürchtungen. »Ich warte hier, bis du drin bist.«

Sie ging drei Schritte auf dem Gartenweg und wandte sich um. Mit fünf wäre sie bis zur Haustür gekommen. »Danke«, sagte sie.

»Für was denn? Es war mir ein Vergnügen. Stehst du im Telefonbuch, Polo?«

»Tantchen stand drin. Miss W. Knox.«

Wenn sie nicht gewollt hätte, dass er anrief, hätte sie ja sagen können, sie stünde nicht drin, was auch stimmte. Sie stand nicht drin. Aber vielleicht wollte sie, dass er anrief. Pfeifend ging er davon. Es war die Melodie von *Walk on By* – wir sind Fremde, wenn wir uns begegnen.

Jock verschwendete keine Zeit. Gleich am nächsten Tag rief er an. Es war noch früh am Abend, sie war eben erst von Immacue nach Hause gekommen und wusch sich gerade die Haare. Völlig nass und mit triefendem Haar ans Telefon zu gehen war ausgeschlossen. Sie ließ es läuten. Es war bestimmt bloß Sonovia, die ihr erzählen wollte, was Corinne diesmal gemacht hatte oder von dem Preis, den Julianna gewonnen hatte, oder wie gut Florian bei seinen Prüfungen abgeschnitten hatte. Das Telefon klingelte erneut, als sie sich zum Abendessen kalte Schinkenscheiben, kalte Pellkartoffeln und gewürfelte Gurke auf einem Teller anrichtete, und zum Nachtisch selbst gemachte Schokoladenmousse. Die Stimme, die wie Mousse klang, sagte, hier sei Jock und ob sie gern mit ihm ins Kino ginge.

»Vielleicht«, sagte Minty, und dann sagte sie: »Na gut.«

Und so fing es an.

Hatte sie herausgekriegt, ob er verheiratet war, wollte Josephine wissen. Sonovia sagte, sie wisse ja gar nichts über ihn und ob Laf sich sein Vorleben mal ansehen sollte, was auf dem Polizeicomputer kein Problem sei. Als sie es ihm erzählte, meinte Laf, sie mache wohl Witze, ein Kerl mit einem Namen wie John Lewis? Davon gäbe es bestimmt Tausende. Ganz zu schweigen von dem gleichnamigen Kaufhaus. Minty gefiel das alles überhaupt nicht. Das ging die anderen doch überhaupt nichts an. Was würden die denn sagen, wenn sie anfinge, ihre Freunde unter die Lupe zu nehmen? Laf und Sonovia hielten sich für was ganz Besonderes, bloß weil er landesweit der erste schwarze Polizist war, der zum Sergeanten befördert worden war. Sie fand Jock nun viel interessanter, als wenn sie sich nicht eingemischt hätten.

Sie trafen sich in dem Pub und gingen ins Kino. Danach kam er sie einmal in seinem, wie er es nannte, »Klapperkasten« in der Syringa Road 39 besuchen. Das Auto war ungefähr zwanzig Jahre alt, aber immerhin sauber, denn er war unterwegs in der Autowaschanlage gewesen. Sonovia lag hinter ihren gerüschten Spitzenvorhängen auf der Lauer, musste zwei Minuten vor seiner Ankunft aber gehen, weil Julianna anrief. Einmal besuchte er Minty auch bei Immacue. Danach schwärmte Josephine in den höchsten Tönen, der sähe aber gut aus, als wäre sie überrascht, dass Minty jemanden wie ihn hatte finden können. Als Jock das nächste Mal vorbeikam, saß Josephine ganz zufällig auf der Ladentheke, wo sie ihre Beine in den teuren Glanzstrumpfhosen vorführen konnte. Falls Jock beeindruckt war, ließ er es sich nicht anmerken. Er nahm Minty mit nach Walthamstow zum Hunderennen und ging mit ihr zum Kegeln. Sie war noch nie im Leben an solchen Orten gewesen.

Es dauerte ziemlich lange, bis sie sich ein Herz fasste und ihn fragte, ob er verheiratet sei. Da summte er gerade das Lied: »*Walk on By* – geh vorbei, wart an der Ecke.«

»Geschieden«, erwiderte er. »Macht dir doch nichts aus, oder?«

Sie schüttelte den Kopf. »Wieso sollte es?«

Er arbeitete in der Baubranche. Seine Hände wären bestimmt schrecklich zugerichtet, wenn er Schwerarbeit geleistet hätte, doch da sie es nicht waren, vermutete sie, dass er Klempner oder vielleicht Elektriker war. Er nahm sie nie mit zu sich nach Hause nach Queen's Park. Sie wusste nicht, ob es ein Haus, eine Wohnung oder bloß ein Zimmer war, nur dass es in der Harvist Road lag, aber die Hausnummer kannte sie nicht. Er hatte keine Geschwister, niemanden außer seiner alten Mutter, die im West Country lebte, im Südwesten, und die er alle paar Wochen besuchte und dazu die ganze Strecke mit dem Zug fuhr. Bei seiner Scheidung hatte er seiner Exfrau das Haus überlassen müssen. Es war traurig.

Sie kannten sich sechs Wochen, als er sie zum ersten Mal küsste. Er legte ihr die Hand auf den Nacken und zog ihr Gesicht zu sich herüber. Es gefiel ihr, womit sie eigentlich nicht gerechnet hatte. Sie fing an, sich noch mehr zu waschen. Es war doch wichtig, sich für Jock hübsch reinlich zu halten, besonders jetzt, wo er angefangen hatte, sie zu küssen. Er war selber auch sauber, zwar nicht so sauber wie sie, aber das war ja keiner. Darauf hielt sie sich etwas zugute. An einem Samstagabend, als sie im Queen's Head gewesen waren, nahmen sie zum Abendessen einen Eintopf vom Balti-Imbiss mit nach Hause. Jock jedenfalls. Sie aß ein selbst belegtes Sandwich und eine Banane. Jock sagte, er hasse Bananen, es sei, als würde man süße Seife essen, und unwillkürlich fiel Minty wieder ein, dass Tantchen gesagt hatte, man könnte einem, der Bananan nicht mochte, nicht über den Weg trauen. Doch was dann geschah, verscheuchte alle derartigen Gedanken. Er sagte, er würde gern über Nacht bei ihr bleiben. Sie wusste, was das bedeutete. Damit meinte er nicht, dass er sich auf dem Sofa im Wohnzimmer aufs Ohr legen wollte. Er küsste sie, sie erwiderte seinen Kuss, doch als sie oben waren, ließ sie ihn im Schlafzimmer allein, um ein Bad zu nehmen. Es beunruhigte sie, dass sie sich nicht die Haare waschen konnte, aber mit nassen Haaren konnte sie ja schlecht ins Bett gehen. Auch wünschte sie, die Bettwäsche wäre nicht schon seit Mittwoch drauf. Wenn sie geahnt hätte, was kommen würde, hätte sie sie gewechselt.

Was mit Jock dann geschah, entsprach nicht dem, was Tantchen angedeutet hatte. Es tat zwar weh, aber irgendwie wusste sie, dass es nicht immer wehtun würde. Jock war überrascht, dass sie es noch nie gemacht hatte, und konnte es kaum fassen, genauso wenig wie die Tatsache, dass sie schon siebenunddreißig war. Er war jünger, sagte aber nicht, um wie viel.

»Jetzt gehöre ich dir«, sagte sie. »Ich werde es nie mit einem anderen tun.«

»Prima«, sagte er.

Sie stand frühmorgens auf, weil sie vor dem Einschlafen eine zündende Idee gehabt hatte. Sie wollte ihm eine Tasse Tee machen und sie ihm raufbringen. Dann hätte sie auch gleich die Gelegenheit, sich zu waschen. Als er aufwachte, war sie gebadet und hatte die Haare gewaschen. In frischer Hose und T-Shirt stand sie verlegen neben dem Bett, in der einen Hand den Henkelbecher mit Tee, in der anderen die Zuckerdose.

»Das erste Mal«, sagte er. »Das hat noch keine Frau für mich gemacht.«

Sie war nicht so erfreut, wie er erwartet hatte. Wer waren diese anderen Frauen, die ihm keinen Tee gemacht hatten? Vielleicht bloß seine Mutter und die eine, die seine Frau gewesen war. Er trank den Tee, stand auf und ging zur Arbeit, ohne sich ordentlich gewaschen zu haben, worüber sie ziemlich entsetzt war. Eine ganze Woche verging, bevor sie wieder von ihm hörte. Sie wurde daraus nicht schlau. Mit dem Bus fuhr sie zur Harvist Road hinauf, ging die Straße auf und ab und trat an ein paar Haustüren, um die Namen auf den Klingelschildern zu lesen. Seiner stand nicht dabei. Sie suchte alle umliegenden Straßen nach dem Klapperkasten ab, fand ihn aber nicht. In der Woche klingelte das Telefon zweimal. Sie klopfte auf drei verschiedenfarbige Hölzer, bevor sie sich meldete und betete: *Liebes Tantchen, mach, dass er es ist. Bitte.* Doch beim ersten Mal war es Corinne mit der Bitte, Sonovia etwas auszurichten, weil das Telefon nebenan außer Betrieb war, und beim zweiten Mal war es ein Verkäufer mit dem Angebot, ihr Isolierglasfenster einzubauen. Als Jock schließlich anrief, hatte sie die Hoffnung schon aufgegeben.

»Ich hatte keine Ahnung, wo du warst. Ich dachte, du wärst gestorben«, sagte sie mit tränenerstickter Stimme.

»Bin ich nicht«, sagte er. »Ich war im West Country, meine Mutter besuchen.«

Er wollte vorbeikommen. In einer halben Stunde wollte er bei ihr sein. Sie badete, zog saubere Sachen an, zum zweiten Mal innerhalb von drei Stunden. Als die halbe Stunde um war und er noch nicht gekommen war, betete sie zu Tantchen und klopfte auf sieben verschiedenfarbige Hölzer, die eichenfarben gebeizte Wohnzimmertür, die cremefarbene Haustür, den Kiefernholztisch, den grün gestrichenen Küchenstuhl, dann oben auf die weiße Badewannenumrandung, die rosa Bilderleiste und den gelben Griff an der Rückenbürste. Zehn Minuten später traf er ein. Sie gingen ins Bett, obwohl es mitten am Samstagnachmittag war. Diesmal gefiel es ihr sogar noch besser, und sie fragte sich, ob nun mit Tantchen etwas nicht stimmte oder mit ihr selbst? Jock nahm sie mit in *Sie liebt ihn, sie liebt ihn nicht* und dann zum Essen ins Café Uno an der Edgware Road. Weil der nächste Tag ein Sonntag war, sagte sie, sollte er etwas Besonderes zu sehen bekommen, und sie gingen auf den Friedhof, wo sie ihm Tantchens Grab zeigte.

»Wer ist denn diese Maisie Chepstow?«, sagte er. »Die ist ja schon ewig tot.«

»Das war die Großmutter von meinem Tantchen.« Diese Wunschvorstellung ging ihr leicht von den Lippen. Vielleicht stimmte es ja sogar. Was wusste sie eigentlich über Tantchens Vorfahren? »Ich lass einen neuen Grabstein machen, mit ihrem Namen drauf.«

»Das wird aber teuer.«

»Ich kann's mir leisten«, entgegnete Minty leichthin. »Sie hat mir Geld vererbt. Ziemlich viel Geld sogar und das Haus.«

Einen Monat lang ging Jock seine Mutter nicht besuchen, und als es wieder so weit war, waren sie verlobt. Heiraten würden sie erst, wenn er einen besseren Job hatte und ordentlich Geld verdiente, sagte er. In der Zwischenzeit borgte er sich zweihundertfünfzig Pfund von ihr, um einen Ring zu kaufen. Die Idee stammte von ihr. Er sagte immer wieder, nein, nein, nicht einmal im Traum, doch als sie darauf bestand, gab er nach. Er nahm an ihrem Finger Maß und brachte ihr den Ring am darauf folgenden Tag, drei Brillanten auf einem schmalen Goldreif.

»Ich tu ihm ja vielleicht Unrecht«, meinte Sonovia zu ihrem Mann, »aber heutzutage können sie Brillanten im Labor herstellen, und das ist nicht viel teurer als Glas. Hab ich in der *Mail on Sunday* gelesen.«

Am 30. Juni blieb Jock über Nacht, und morgens drehte er sich im Bett herum, zwickte Minty leicht in die Schulter, schnippte sie am Arm und sagte: »Pling, plang, der Monat fängt an, was sich wehrt, macht's verkehrt.«

Wieder so ein Scherz mit Zwicken. Er behauptete, es würde Glück bringen. Aber nur dem, der damit anfing, denn wehren durfte man sich ja nicht. Am 1. April, sagte er, könne man die Leute nur bis zwölf Uhr mittags in den April schicken, danach sei Tailpike Day. Da müsste man einem anderen einen Schwanz anheften, ohne dass der etwas merkte.

»Was für einen Schwanz denn?«

»Aus Papier, Schnur, irgendwas, ganz egal.«

»Und der läuft dann rum und merkt nicht, dass er einen Schwanz hat?«

»Genau, Polo. Man macht sich über ihn lustig!«

Es stellte sich heraus, dass er Bauhandwerker war und alles machen konnte. Sie bat ihn, mal zu sehen, ob er etwas gegen das klappernde Badezimmerfenster machen könnte, was er zwar versprach, aber genauso wenig tat, wie er das wacklige Bein am Küchentisch reparierte. Wenn er ein bisschen Kapital hätte, meinte er, könnte er sein eigenes Geschäft aufbauen und sicher erfolgreich werden. Fünftausend in der Tasche, und alles wäre in Butter.

»Ich hab bloß zweieinhalbtausend«, sagte Minty, »keine fünf.«

»Es geht um unser Glück, Polo. Du könntest doch eine Hypothek aufnehmen.«

Minty wusste aber nicht, wie. In geschäftlichen Dingen kannte sie sich nicht aus. Darum hatte Tantchen sich immer gekümmert, und seit Tantchen nicht mehr war, hatte sie schon genug damit zu tun, die Gemeindesteuer und die Gasrechnung zu bezahlen. Zuvor hatte sie das nie machen müssen, es hatte ihr nie jemand gezeigt.

»Überlass das nur mir«, sagte Jock. »Du brauchst bloß die Formulare zu unterschreiben.«

Doch zuerst händigte sie ihm fast ihr gesamtes Geld aus. Sie hatte ihm eigentlich einen Scheck geben wollen, so ausgefüllt wie der an die Gemeindeverwaltung, bloß mit »J. Lewis« an Stelle von »London – Stadtbezirk Brent«, doch er meinte, Bargeld wäre einfacher für ihn, er sei nämlich gerade dabei, die Bank zu wechseln. Mit dem Geld könnte er einen gebrauchten Lieferwagen kaufen, etwas Besseres als den Klapperkasten, und hätte auch noch etwas für die Werbung übrig. Sie erzählte keinem davon, sie würden es ja doch nicht verstehen. Als er wieder von der Hypothek anfing, saß er in ihrem Bett in der Syringa Road 39 und trank den Tee, den sie ihm gebracht hatte. Er wollte, dass sie zum Kuscheln wieder ins Bett kam, aber sie wollte nicht, weil sie gerade gebadet hatte. Ihr Verlobungsring war gründlich gereinigt und über Nacht in Gin eingelegt worden. Das Haus, meinte er, sei etwa achtzigtausend wert. Weil Laf ihr das Gleiche gesagt hatte, war sie schnell überzeugt. Das Naheliegendste wäre jetzt, eine Hypothek in Höhe von zehntausend Pfund aufzunehmen, einem Achtel des Wertes.

Minty war zwar kein besonders praktisch veranlagter Mensch, doch hatte Tantchen ihr die Grundlagen der Sparsamkeit beigebracht und ihr eingeschärft, nie zu verleihen und nie zu borgen. Verliehen hatte sie bereits, und nun sollte sie auch noch mit dem Borgen anfangen – und auch noch so viel? »Ich muss erst mal sehen«, sagte sie. »Darüber muss ich nachdenken.«

Jock hatte jeden Abend mit ihr verbracht und die meisten Nächte auch. Als er drei Tage lang weder vorbeigekommen war noch telefoniert hatte, rief sie die Nummer in der Harvist Road an, die er schließlich herausgerückt hatte, aber dort meldete sich niemand. Vielleicht war er bloß wieder bei seiner Mum. Wenn er nun nie wieder kam, lag es bestimmt daran, dass sie bei der Hypothek so gezögert hatte. Sie erlegte sich alle möglichen Rituale auf, betete, brachte Extrablumen auf Tantchens Grab und tat im Haus fast keinen Schritt mehr, ohne auf Holz zu klopfen, hangelte sich durch den Raum wie eine Greisin, die nur vorankommt, wenn sie sich an Tischen und Stühlen festhält. Die Rituale brachten ihn zurück, dazu die Gebete und die Blumen. Sie beschloss, ihm die Zehntausend zu überlassen.

Er war nicht so glücklich, wie sie erwartet hatte. Er schien ein wenig zerstreut, als wären seine Gedanken und Interessen anderswo. Sie wusste nicht, woran sie es festmachen sollte, doch er hatte sich verändert. Als er es ihr erklärte, begriff sie. Seine Mum sei krank, sagte er. Seit Monaten stehe sie schon auf der Warteliste des Krankenhauses. Er würde sie gern aus dem staatlichen Gesundheitssystem nehmen und ihre Operation privat bezahlen, wenn er es sich nur leisten könnte. Die ganze Sache mache ihm große Sorgen. Er müsse vielleicht hinfahren und eine Weile bei ihr bleiben. In der Zwischenzeit würde er die Antragsformulare von der Bausparkasse besorgen.

Minty sagte, sie hätte noch ungefähr zweihundertfünfzig Pfund auf der Bank, die sollte er für die Operation seiner Mutter haben. Weil seine Bank den Wechsel zu der anderen Filiale noch immer nicht vollzogen hatte, hob sie Bargeld ab und räumte ihr Konto leer. Er steckte die Scheine in die Brusttasche seiner schwarzen Lederjacke und sagte, sie sei ein Engel. Die Jacke sah neu aus, sie wirkte so steif und glänzend, aber er sagte, nein, die hätte er schon seit Jahren und sei bloß nie dazu gekommen, sie zu tragen. Am nächsten Tag rief er sie von seinem Mobiltelefon aus an – sie wusste gar nicht, dass er eins hatte – und sagte, er säße im Zug Richtung West Country. Ihr sei es zu verdanken, dass seine Mutter nächste Woche ihre Hüfte gerichtet bekäme.

Minty erzählte Sonovia von der Operation, verschwieg aber ihre persönliche Beteiligung daran. Sie saßen im Kino und warteten, dass der Hauptfilm anfing und Laf von der Herrentoilette zurückkam. Es war das erste Mal, dass Minty mit ihnen ausging, seit Jock auf der Bildfläche erschienen war.

»Für zweihundertfünfzig Pfund kriegt seine Mum eine neue Hüfte? Das soll wohl ein Witz sein.«

»Privatoperationen kosten eine Menge«, sagte Minty.

»Ich meine damit nicht, dass es viel ist, meine Liebe, ich will sagen, dass es gar nichts ist.«

Das gefiel Minty nicht. Sie hatte immer den Verdacht, Sonovia sei eifersüchtig, weil ihre Corinne keinen Freund hatte. Dann gingen die Lichter aus, und sie nahm die Tüte mit Popcorn, die Laf ihr herüberreichte. Normalerweise mochte sie Popcorn, es war trocken und sauber und kleckerte nicht beim Essen, an diesem Abend schmeckte es aber irgendwie schal. Es wäre doch schade, wenn Sonovia und Laf gegen Jock eingestellt wären, wo er doch bald für immer im Nachbarhaus wohnte.

Wie der Rest des Landes sah sie das Zugunglück von Paddington im Fernsehen, brachte es aber mit niemandem in Verbindung, den sie kannte. Jock hatte sie wie versprochen am Vortag von seiner Mutter aus angerufen, aber nichts davon gesagt, dass er bald nach Hause käme. Als er drei Tage nicht angerufen hatte und auch nicht erschienen war, sah sie so blass und krank aus, dass Josephine fragte, was denn los sei.

»Jock ist verschwunden«, sagte sie. »Ich weiß nicht, wo er steckt.«

Zu Minty sagte Josephine nicht viel, wohl aber zu Ken. Er verstand zwar kein Wort, doch sie redete trotzdem auf ihn ein. Er mochte den Klang ihrer Stimme und lächelte beim Zuhören mit der inneren Gelassenheit des Buddhisten, der mit sich und der Welt im Einklang ist.

»Vielleicht wohnt Jocks Ma ja doch in Gloucester, Ken, oder da in der Nähe. Wer weiß denn, ob er nicht vielleicht in dem Zug saß, in den der Nahverkehrszug reingerast ist? Sie haben noch nicht alle Opfer genannt, es gab ja entsetzliche Verletzungen. Minty wird am Boden zerstört sein, sie wird bestimmt vollends zusammenbrechen.«

So war es auch. Sie erhielt den Brief, als Jock seit einer Woche vermisst wurde.

3

Das Gespenst kam zu Immacue herein. Minty war gerade hinten beim Hemdenbügeln, behielt den Ladenraum aber im Auge, während Josephine kurz zu Whiteley's einkaufen gegangen war. Sie hörte die Türglocke und kam nach vorn. Jocks Geist saß in Jeans und schwarzer Lederjacke da und las die Karte auf dem Ladentisch, auf der das Spezialangebot für Rentner erläutert wurde. Wenn man drei Teile brachte, bekam man eins gratis gereinigt. Sie fasste sich ein Herz und sprach das Gespenst an. »Du bist doch tot«, sagte sie. »Bleib gefälligst da, wo du herkommst.«

Es hob die Augen, um sie anzusehen. Sie hatten die Farbe geändert, diese Augen, und waren nicht mehr blau, sondern von einem blassen, wässrigen Grau. Sie fand den Ausdruck bedrohlich und grausam.

»Ich hab keine Angst vor dir.« Hatte sie zwar, sie war aber entschlossen, es sich nicht anmerken zu lassen. »Wenn du wiederkommst, werd ich wissen, wie ich dich loswerde.«

Es läutete, als die Tür aufging und Josephine hereinkam. Sie trug eine Tüte mit Lebensmitteln und eine von dem Geschäft, in dem man Make-up und Parfum zu Sonderpreisen bekam. »Mit wem hast du da eigentlich grade geredet?«

Minty konnte durch das Gespenst hindurch zu Josephine hinübersehen. Es verschwamm allmählich, wurde an den Rändern undeutlich. »Mit niemand«, sagte sie.

»Das erste Anzeichen für Wahnsinn, heißt es, wenn man mit sich selber redet.«

Minty sagte nichts. Das Gespenst schmolz dahin, so wie der Flaschengeist damals wieder in die Flasche zurückgewichen war bei dem Weihnachtsspiel, in das Tantchen sie als Kind einmal mitgenommen hatte.

»Ich seh das eher so: Wenn man verrückt ist, weiß man gar nicht, dass man mit sich selber redet. Man denkt, man redet mit jemand anderem, weil man Dinge sieht, die Normale nicht sehen.«

Da ihr dieses Gerede überhaupt nicht behagte, kehrte Minty zu ihrer Bügelwäsche zurück. Fünf Monate war es inzwischen her, dass Jock ums Leben gekommen war. Sie hatte sich schreckliche Sorgen gemacht, obwohl sie seltsamerweise nie darauf gekommen war, dass er in dem Zug verunglückt sein konnte. Ihr war gar nicht klar gewesen, dass der Expresszug aus dem West Country gekommen war, und selbst wenn, so hätte sie doch keine Ahnung gehabt, wo Gloucester lag oder dass Jocks Mutter dort lebte. Außerdem hatte er am Telefon gesagt, dass er erst am folgenden Tag zurückkommen würde. Die Opferlisten wurden zwar in den Zeitungen veröffentlicht, doch las Minty nicht oft Zeitung. Laf brachte den *Evening Standard* vorbei, wenn sie ihn ausgelesen hatten, aber meistens begnügte Minty sich mit Fernsehen. Man bekam einen besseren Einblick, wenn man Bilder sah, sagte Tantchen immer, und der Nachrichtensprecher konnte einem immer alles erklären.

Sie bekam auch nicht viele Briefe. Es war immer ein Ereignis, wenn Post kam, und selbst dann waren es meist nur Rechnungen. Der Brief, den sie schließlich erhielt, nachdem sie eine Woche nichts von Jock gehört hatte, trug in großen, schrägen Lettern die Aufschrift *Great Western* und war mit dem Computer erstellt. Das behauptete jedenfalls Laf. Man nannte sie *Sehr geehrte Dame* und bedauerte, ihr die Mitteilung machen zu müssen, dass ihr Verlobter Mr. John Lewis sich unter den tödlich verunglückten Fahrgästen des Gloucester-Express befunden hatte. Minty las das Schreiben, während sie noch im Flur in der Syringa Road 39 stand. Sie ging hinaus – wie sie gerade war, ohne Mantel, ließ die Tür hinter sich zuknallen und ging nach nebenan. Sonovias Sohn Daniel, der Arzt, der nach einer langen Nacht dort vorbeischaute, saß gerade am Küchentisch beim Frühstück.

Minty streckte Sonovia den Brief hin und brach in heftige Tränen aus. Sie weinte nicht oft, und wenn sie es dann doch einmal tat, war es eine gewaltige Explosion lang aufgestauten Jammers. Nicht nur um Jock trauerte sie, auch um Tantchen und ihre verloren gegangene Mum und weil sie allein war und niemanden hatte. Sonovia las den Brief und reichte ihn Daniel, der ihn ebenfalls las. Dann stand er auf und holte einen Schluck Brandy in einem Glas, das er Minty persönlich verabreichte.

»Ich hab da so meine Zweifel«, sagte Sonovia. »Ich werd deinen Vater mal nachforschen lassen.«

»Lass sie nicht zur Arbeit, Mum«, sagte Daniel. »Sieh zu, dass sie sich hinlegt und ausruht, du kannst ihr auch was Warmes zu trinken geben. Ich muss jetzt weg, sonst komm ich zu spät zu meiner Sprechstunde.«

Minty blieb bis zum Nachmittag liegen, und Sonovia brachte ihr mehrere warme Getränke, gesüßten Tee und Cappuccino nach eigenem Rezept. Zum Glück hatte ihre Nachbarin einen Schlüssel für Nummer 39, sonst wäre Minty nicht wieder hineingekommen. Ob Laf tatsächlich nachgeforscht hatte, erfuhr sie nie. Sie dachte, sie hätte vielleicht geträumt, dass Sonovia es gesagt hatte. Jock war jedenfalls bestimmt tot, sonst hätten die von der Eisenbahn ihr doch nicht geschrieben. Netterweise ließ Josephine sie den Tag freinehmen. Das sei nach all den Jahren, in denen Minty immer auf die Minute pünktlich gekommen sei, doch das Mindeste, was sie tun könne. Minty erfuhr eine Menge Mitgefühl. Sonovia arrangierte persönlich einen Termin bei einer Psychotherapeutin für sie, und der alte Mr. Kroot auf der anderen Seite, der seit Jahren nicht mehr mit ihr gesprochen hatte, ließ von seiner Haushaltshilfe eine Karte mit schwarzem Trauerrand durch den Briefschlitz stecken. Während Josephine Blumen schickte, brachte Ken Zitronenhähnchen mit gebratenem Reis und Glücksplätzchen vorbei. Er brauchte ja nicht zu erfahren, dass sie nie was aus Restaurantküchen aß.

Fünf Tage lang weinte sie ohne Unterlass. Auf Holz klopfen oder beten hätte eigentlich helfen sollen, zeigte jedoch keinerlei Wirkung. Sie war so schwach, dass sie in dieser ganzen Zeit nur einmal pro Tag badete. Erst als ihr das Geld wieder einfiel, hörte sie mit Weinen auf. Seit der Brief gekommen war, hatte sie nicht mehr daran gedacht, aber jetzt dachte sie daran. Es ging ihr nicht so sehr darum, dass ihre Ersparnisse futsch waren, sondern um das Geld, das Tantchen ihr hinterlassen hatte und das sie als heiliges, ihr anvertrautes Gut betrachtet hatte, als etwas, das betreut und geschätzt werden musste. Sie hätte es genauso gut in den Ausguss schütten können. Sobald sie sich wieder im Stande fühlte auszugehen, badete sie und wusch sich die Haare, zog frische Sachen an und brachte ihren Verlobungsring zu einem Juwelier in Queensway.

Er sah sich den Ring an, betrachtete ihn prüfend durch ein Vergrößerungsglas und meinte achselzuckend, der sei vielleicht fünfundzwanzig Pfund wert, mehr als zehn könne er ihr aber nicht geben. Minty sagte, vielen Dank auch, in dem Fall würde sie den Ring behalten. Es dauerte noch ein paar Wochen, bis ihre Liebe zu Jock abgeflaut war und sich in Abneigung verwandelt hatte.

Laf sagte zu Sonovia, unter den Opfern des Zugunglücks sei gar kein Jock oder John Lewis gewesen, niemand mit einem auch nur ähnlich lautenden Namen. Er setzte sich mit Great Western in Verbindung und erfuhr, dass das Verschicken derartiger Briefe nicht ihrer Geschäftspraxis entsprach, und die Frau, die den Brief unterzeichnet hatte, überhaupt nicht existierte. Laf wusste sehr wohl, dass die Nachricht von einem derartigen Todesfall von der Polizei überbracht wurde. Dann wären zwei Polizeibeamte an Mintys Tür gekommen. Höchstwahrscheinlich wäre er dabei gewesen. Aber natürlich nur, wenn sie von ihrer Existenz gewusst hätten. Woher hätten sie aber Bescheid wissen sollen? Minty war mit Jock ja nicht verheiratet, lebte nicht einmal mit ihm zusammen. Die Frau, die sie kontaktiert hätten, wäre wohl Jocks Mutter gewesen – falls er eine Mutter hatte, falls von dem, was er Minty erzählt hatte, überhaupt etwas stimmte.

»Darüber ist sie nun vollends übergeschnappt«, sagte Sonovia.

»Was soll das heißen, übergeschnappt?«

»Sie war doch schon immer etwas merkwürdig, nicht? Also, ich bitte dich, Laf, ein normaler Mensch badet doch nicht zweimal am Tag und wäscht sich alle zehn Minuten die Hände. Und überspringt die Fugen zwischen den Pflastersteinen wie ein kleines Kind? Hast du gesehen, dass sie auf Holz klopft, wenn sie sich vor irgendwas fürchtet?«

Laf machte ein besorgtes Gesicht. Wenn ihn etwas beunruhigte, bekam sein Gesicht, das von einem ebenso kräftigen dunklen Kastanienbraun war wie seine Schuhe und ebenso glänzte, lauter kleine Grübchen, und seine Unterlippe schob sich vor. »Er hat sie zum Narren gehalten«, überlegte er. »Und als sich was Besseres fand, ist er abgehauen. Oder vielleicht hat ihn auch der Gedanke an die Ehe abgeschreckt. Eins ist sicher, bei einem Zugunglück ist der nicht umgekommen, aber das sagen wir ihr nicht. Wir nehmen sie jetzt eben ein bisschen öfter mit, wenn wir ausgehen. Damit sie auf andere Gedanken kommt.«

Und so kam es, dass sich für Minty, die von Jock die Welt gezeigt bekommen hatte und Gefallen daran gefunden hatte, die spät im Leben Sex entdeckt hatte und bald heiraten sollte, das gesellschaftliche Leben auf einen alle zwei Wochen stattfindenden Kinobesuch mit ihren Nachbarn reduzierte.

Sie erwähnte Jock ihnen gegenüber mit keinem Wort mehr, bis sie seinen Geist auf dem Stuhl im Wohnzimmer sitzen sah. Nachdem sie gesagt hatten, sie solle doch keinen Unsinn reden und sie würde halluzinieren, beschloss sie, diesen beiden überhaupt nichts mehr davon zu erzählen. Sie hätte gern jemanden gehabt, mit dem sie reden konnte und der ihr glauben würde, jemanden, der nicht sagte, es gäbe doch überhaupt keine Geister. Keine Psychotherapeutin, das meinte sie damit gar nicht. Den Termin, den Sonovia für sie arrangiert hatte, hatte sie zwar wahrgenommen, die Therapeutin hatte ihr aber bloß geraten, den Kummer nicht aufzustauen, sondern ihn herauszulassen und mit anderen Leuten zu sprechen, die bei dem Zugunglück ebenfalls jemanden verloren hatten. Wie konnte sie? Sie kannte diese Leute doch gar nicht. Sie war überhaupt nicht auf die Idee gekommen, ihren Kummer aufzustauen, sondern hatte eine Woche lang geheult. Wie das wohl aussähe, ein Verkehrsstau aus Kummer? Eine graue, zähe Masse, reglos und starr. Na, jedenfalls lief es nicht so ab, wie man ihr versprochen hatte. Sie fühlte sich immer noch furchtbar schlecht wegen Jock und wünschte, sie wäre ihm nie begegnet, dann hätte er nicht ihr Leben ruinieren können. Sie wünschte sich jemanden, der wusste, wie man Geister loswurde. Es musste doch Leute geben, Pfarrer oder so etwas Ähnliches, die ihr sagten, was sie tun sollte oder es für sie erledigten. Das Problem war, dass niemand an ihren Geist glaubte. Manchmal sah es so aus, als müsste sie ihn sich selbst vom Hals schaffen.

Nachdem er ihr bei Immacue erschienen war, sah sie ihn eine Woche nicht mehr. Inzwischen war es abends nicht mehr so dunkel, und sie kam bei Tageslicht von der Arbeit nach Hause. Sie achtete darauf, den gewissen Stuhl nie in der Mitte des Zimmers stehen zu lassen, und schärfte Josephine ein, sie im Laden nie allein zu lassen, weil sie sonst nervös würde. Seit dem Verlust von Jock hatten ihre Nerven ziemlich gelitten. Es war ein seltsames Gefühl, jemanden zu hassen und ihn gleichzeitig zu vermissen. Einmal ging sie in die Harvist Road, um sich das Haus anzusehen, in dem er – wie er ihr nach langem Hin und Her verraten hatte – angeblich gewohnt hatte. Sie dachte, die Frau, bei der er das Zimmer mietete, hätte vielleicht einen schwarzen Kranz in ein Fenster gehängt oder zumindest die Vorhänge zugezogen gelassen, aber nichts dergleichen. Was würde sie tun, wenn der Geist aus der Haustür träte und die Treppe herunterkäme? Minty bekam solche Angst, dass sie den ganzen Weg bis zur Bushaltestelle rannte.

»Es ist doch das Beste für sie, wenn sie denkt, er ist tot«, sagte Sonovia zu ihrer Tochter Corinne. »Dein Dad meint, den würde er gern in die Finger kriegen, und wenn der sich nach allem, was er angerichtet hat, hier noch mal blicken lässt, kann er für nichts garantieren. Was soll das Gerede, kann ich dazu bloß sagen. Lass sie nur erst mal anständig trauern, das ist das Beste, und dann kann sie ihr Leben weiterleben.«

»Was für ein Leben denn, Mum? Ich wusste gar nicht, dass sie eins hat. Hat er ihr denn Geld abgeluchst?«

»Sie hat nie was erzählt, aber ich hab da so meinen Verdacht. Winnie hat ihr ein bisschen was hinterlassen, wie viel, weiß ich nicht, und ich will auch nicht fragen. Dein Dad meint, er sieht direkt vor sich, wie sich das Ganze abgespielt hat. Dieser Jock ist im Pub ins Gespräch gekommen und jemand – Brenda wahrscheinlich, die kann ja den Mund nicht halten – hat ihm Minty gezeigt und erzählt, dass Winnie Knox ihr das Haus und etwas Geld vererbt hat. Bestimmt hat sie's mal zehn genommen, und schon hat Jock eine Gans vor sich gesehen, die man rupfen könnte.«

Corinne trat ans Fenster und sah in den hinteren Garten hinaus, der nur durch einen Maschendrahtzaun vom Nachbargrundstück getrennt war. Auf der anderen Seite stand Minty auf einer schwarzen Plastikmülltüte, die sie im Gras ausgebreitet hatte, und hängte Wäsche auf. »Ich mein's ernst,

Mum. Woher weißt du, dass er überhaupt existiert hat? Habt ihr ihn jemals gesehen?«

Sonovia starrte sie verblüfft an. »Nein, haben wir nicht. Wir bleiben ja meistens für uns, wie du weißt.« Ihre Tochter sah aus, als wüsste sie es nicht, als wäre ihr das völlig neu, sagte aber nichts. »Aber warte mal. Wir haben sein Auto gesehen, eine uralte Schrottkiste. Und dein Dad hat seine Stimme durch die Wand gehört. Als er lachte. Er hatte ein sehr tiefes, warmes Lachen.«

»Na gut. Bloß, manche Leute bilden sich Sachen auch ein. Und jetzt sieht sie seinen Geist, stimmt's? Weißt du, ob sie schon mal in psychiatrischer Behandlung war?«

»Wer? Minty?«

»Nein, Mum, Mr. Kroots Katze. Wer denn sonst außer Minty?«

»Da fragst du mich?«

»Ich frag bloß, weil sich normale Menschen nicht so wie sie verhalten. Gespenster sehen und vor Jock keine Männerbekanntschaften haben und immer die gleiche Art von Sachen anziehen, haargenau die gleichen. Und lauter so zwanghaftes Zeug.«

»Jetzt, wo du's ansprichst … Genau das hab ich zu deinem Dad auch gesagt.«

»Ich hatte mal so eine Mandantin. Sie war wegen schwerer Körperverletzung angeklagt, wobei sich die Körperverletzung aber hauptsächlich gegen sie selber richtete. Sie hat sich Schnittverletzungen zugefügt, um ihre Anspannung zu lösen, behauptete sie. Ihr Verhalten war derart zwanghaft, dass sie ihre Stelle verlor, weil sie zu beschäftigt damit war, Dinge in der richtigen Reihenfolge anzuordnen, und x-mal wieder umkehrte, um etwas zu überprüfen, so dass sie am Ende keine Zeit mehr für ihre Arbeit hatte.«

»So jemand muss doch verrückt sein.«

»Du sagst es, Mum«, erwiderte Corinne.

Tantchen sagte, eigentlich hätte Agnes sie Arabella nennen wollen. Aber dann bekam ihre nach Tantchen zweitbeste Freundin, die anständig verheiratet war, ein Baby und nannte es Arabella, so dass Agnes sich für Araminta entschied, weil es ein klein bisschen anders war. Einmal hatten sie und Jock sich über Namen unterhalten, und er hatte gesagt, obwohl er eigentlich John heiße, habe seine Mutter ihn Jock genannt, weil sie aus Schottland stammte. Das war so ziemlich das Einzige, was Minty über Mrs. Lewis wusste: dass sie Schottin war und irgendwo in der Nähe von Gloucester wohnen musste.

Jock hatte gar keine Zeit gehabt, einen Kleinlaster zu kaufen oder ein Geschäft aufzumachen, musste ihr ganzes Geld also noch gehabt haben, als er starb. Wo es jetzt wohl war? Minty erkundigte sich bei Josephine, natürlich ohne Namen zu nennen, was mit Geld geschah, wenn jemand starb und im Gegensatz zu Tantchen kein Testament gemacht hatte. Sie wusste, dass er kein Testament gemacht hatte, weil er es ihr erzählt und gesagt hatte, sie müssten beide eins aufsetzen, sobald sie verheiratet wären.

»Dann würde es wohl an die nächsten Verwandten gehen«, sagte Josephine.

Das wäre aber nicht seine Exfrau, denn die war ja Ex, sondern die alte Mrs. Lewis. *Die* müsste Minty das Geld eigentlich zurückgeben. Rechtmäßig gehörte es ihr gar nicht, es war Jock nur geliehen, nicht geschenkt, und Mrs. Lewis war es schon gar nicht geliehen. Zu sagen, sie hätte es gestohlen, wäre auch nicht ganz falsch. Minty musste oft daran denken, wie Mrs. Lewis es sich damit gut gehen ließ. Wie sie in ihrem netten Häuschen in Gloucester wohnte, mit Mintys Geld Bingo spielte und sich Luxusartikel wie belgische Pralinen und Kirschlikör kaufte. Sie hatte das Geld eigentlich für den Einbau einer Dusche verwenden wollen. Unter der Dusche verbrauchte man nicht so viel Wasser und wurde auch sauberer. Sie könnte leicht zweimal am Tag duschen und sich gleichzeitig die Haare waschen. Dabei schwebte ihr aber nicht bloß ein Duschschlauch am Wasserhahn vor, sondern eine richtige begehbare Duschkabine mit Glastür und gefliesten Wänden. Jetzt würde sie nie eine bekommen, oder zumindest lange Jahre nicht.

Als Jock wieder auftauchte, diesmal auf dem Küchenstuhl, hatte sie nicht so viel Angst wie beim ersten Mal. Das lag vielleicht daran, dass er so verschwommen und dunstig aussah, fast durchsichtig. Durch seinen Brustkorb hindurch konnte sie die grün gestrichenen Streben der Rückenlehne sehen. Sie stellte sich vor ihn hin und wollte wissen, wieso er ihr Geld seiner Mutter überlassen hatte. Er gab wie immer keine Antwort und ging bald wieder, indem er seine Flaschengeist-Nummer abzog und wie dahinschmelzender Schnee verschwand.

Nachts sprach er jedoch zu ihr. Zumindest *sprach* er, vielleicht nicht zu ihr oder zu irgendjemandem sonst. Seine Stimme weckte sie aus dem Tiefschlaf mit den Worten: »Sie ist tot, sie ist tot …«

Diese weiche, süße, braune Stimme. Sie hörte sich gar nicht traurig an, aber das tat sie sowieso nie. Wen meinte er mit »sie«? Seine Exfrau wohl nicht, die wäre wohl zu jung. Minty lag im Bett und dachte nach. Die Dunkelheit war undurchdringlich, wenn die Vorhänge zugezogen waren und die Straßenlampen nicht brannten. Vergeblich hielt sie nach seinem Geist Ausschau und spähte in die toten, leeren Winkel.

Er hatte wohl seine Mutter gemeint. Und er war deswegen nicht traurig, weil sich die alte Mrs. Lewis zu ihm gesellen würde, wo auch immer er war. Minty machte die Augen wieder zu, doch es dauerte lange, bis sie wieder einschlief.

4

Zillahs Erfahrung nach kam es nur in altmodischen Romanen vor, dass einem Männer Heiratsanträge machten. Sie redeten bloß davon, einen »irgendwann einmal« zu heiraten oder »sich zu binden«, oder aber sie betrachteten es, was wahrscheinlicher war, als unangenehme Pflicht, weil man schwanger war. Nie sagten sie das, was Jims soeben gesagt hatte: »Willst du mich heiraten?« Sie wusste nicht recht, ob sie ihn ernst nehmen sollte. Außerdem gab es noch einen anderen Grund, weshalb er sie unmöglich fragen konnte, ob sie ihn heiraten wollte. »Hab ich da grade richtig gehört?«, fragte sie.

»Ja, Liebling, hast du. Lass es dir erklären. Ich will dich heiraten, ich will mit dir leben und zwar für den Rest unseres Lebens. Ich mag dich. Ich glaube, wir würden uns gut verstehen.«

Zillah, vor einer Woche durch schiere Armut dazu gezwungen, das Rauchen aufzugeben, nahm sich eine Zigarette aus dem Päckchen, das er auf den Tisch gelegt hatte. Jims gab ihr Feuer. »Aber du bist doch schwul«, sagte sie.

»Darum geht's ja gerade. Ich bin auch der konservative Abgeordnete für South Wessex und habe, unter uns gesagt, die Befürchtung, innerhalb des nächsten halben Jahres geoutet zu werden, wenn ich nichts dagegen unternehme.«

»Ja, okay, aber heutzutage wird doch jeder geoutet oder hat sein Coming-out. Ich weiß ja, dass du deins noch nicht hattest, aber das war doch immer bloß eine Frage der Zeit.«

»Nein, war es nicht. Wie kommst du denn darauf? Ich bin peinlich darauf bedacht, viel in Gesellschaft von Frauen gesehen zu werden. Seit Wochen ziehe ich jetzt schon mit dieser Icon, diesem grässlichen Fotomodell, herum. Denk doch mal an meinen Wahlkreis. Du lebst dort, du musst wissen, wie es ist. Nicht bloß, dass sie noch nie was anderes als einen Konservativen zum Abgeordneten gewählt haben, vor mir war es auch noch nie ein unverheirateter Mann. Das sind die rechtslastigsten Typen im ganzen Vereinigten Königreich. Die hassen Schwule. In seiner Ansprache beim jährlichen Dinner letzte Woche verglich der Vorsitzende des Konservativen Wählerverbands von North Wessex die so genannten ›Invertierten‹ mit Leichenschändern, Sodomisten, Pädophilen und Satansjüngern. In einem knappen Jahr sind Parlamentswahlen. Ich will meinen Sitz nicht verlieren. Außerdem …« Jims setzte jenen mysteriösen Ausdruck auf, den sein attraktives Gesicht oft dann trug, wenn er auf die verschlungenen Pfade der Macht anspielte. »Außerdem habe ich hintenrum erfahren, dass ich bei der nächsten Kabinettsumbildung eine klitzekleine Chance auf einen Posten habe, wenn meine Pfötchen sauber bleiben.«

Zillah, die James Isambard Melcombe-Smith kannte, seit ihre Eltern vor fünfundzwanzig Jahren in das Cottage eingezogen, das ihnen mit der Anstellung als Verwalter und Haushälterin auf dem Grundstück seiner Eltern zur Verfügung gestellt wurde, lehnte sich in ihrem Sessel zurück und musterte ihn mit einem völlig neuen Blick. Er war so ziemlich der attraktivste Mann, den sie je gesehen hatte: hoch gewachsen, dunkel, mit dem Aussehen eines Filmstars von damals, als Schönheit noch zu den Grundvoraussetzungen in Hollywood gehörte, schlank, elegant und zu gut aussehend – dachte sie manchmal – für einen Hetero und viel zu gut aussehend für einen Unterhausabgeordneten. Sie fand es erstaunlich, dass Leute wie dieser Vorsitzende und der Fraktionschef ihn nicht schon vor Jahren durchschaut hatten. Sie hätte sich sogar selber in ihn verknallt, wenn ihr nicht seit ihrem sechzehnten Lebensjahr klar gewesen wäre, dass es hoffnungslos war. »Was springt für mich dabei raus?«, wollte sie wissen. »Kein Sex, so viel ist sicher.«

»Hm, nein. Nennen wir das Kind doch beim Namen, Liebling. Es wäre sozusagen eine *marriage blanc,* aber auch eine offene Ehe, bloß dass dieser Teil unser kleines Geheimnis bliebe. Apropos, was für dich dabei herausspringt, ist auch nicht von schlechten Eltern, das kann man nicht behaupten. Wie du sicher weißt, bin ich recht gut bei Kasse. Damit meine ich nicht die paar Kröten, die ich vom guten alten Parlament beziehe. Oder mein reizendes Domizil in Fredington Crucis oder mein schickes Apartment in Hörweite der Parlamentsglocke – erst letzte Woche, wie ich hinzufügen möchte, auf eine Million geschätzt. Du kriegst meinen Namen, bist aller Geldsorgen ledig, kriegst jede Menge hübsche Kleider, ein Auto deiner Wahl, Auslandsreisen, ordentliche Schulen für die Kinder ...«

»Ja, Jims, was ist mit den Kindern?«

»Ich liebe Kinder, das weißt du doch. Liebe ich deine denn nicht? Eigene werde ich wohl kaum bekommen, es sei denn, ich lasse mich auf eine *stabile* homophile Beziehung ein und bringe es zu Wege, eins zu adoptieren. Deine dagegen hätte ich schon fertig da, ein hübsches Taubenpärchen mit blonden Locken und Dorset-Akzent.«

»Einen Dorset-Akzent haben sie aber *nicht.*«

»O doch, Liebling. Aber das werden wir bald ändern. Also, was hältst du davon?«

»Das muss ich mir noch überlegen, Jims«, sagte Zillah.

»Okay, okay, überleg aber nicht zu lang. Ich ruf dich morgen an.«

»Nicht morgen, Jims. Am Donnerstag. Bis Donnerstag hab ich mich entschieden.«

»Du entscheidest dich doch zu meinen Gunsten, oder, meine Süße? Wenn du willst, sag ich auch, dass ich dich liebe, es stimmt ja auch fast. Ach ja, und was die offene Ehe betrifft: Du verstehst doch, dass ich bei deinem Exmann die Grenze ziehe, ja? Ich bin sicher, du weißt, was ich meine.«

Nachdem er abgefahren war, im Range Rover, nicht im Ferrari, zog Zillah ihren Dufflecoat an, einen abgelegten Schal ihrer Mutter und ein Paar viel zu große Gummistiefel, die ein Mann nach einem »einmaligen Gastspiel« dagelassen hatte. Während sie die Dorfstraße entlangging, dachte sie über sich und ihre Situation nach, über Jerry und die Zukunft, über Jims und ihr Verhältnis zu ihren Eltern, vor allem aber über sich. Sie war auf den Namen Sarah getauft, wie sechs andere Mädchen in ihrer Grundschulklasse, doch nachdem bei ihr als Teenager festgestellt worden war, dass sie Blutgruppe B hatte, eine außer bei Zigeunern ziemlich seltene Blutgruppe, und dass der Name Zillah beim Volk der Roma sehr beliebt war, hatte sie sich umbenannt. Nun probierte sie ihn mit einem neuen Doppelnamen aus. Zillah Melcombe-Smith hörte sich viel besser an als Zillah Leach. Allerdings klang fast alles besser als das.

Erstaunlich, dass Jims von der Sache mit Jerry wusste! Beziehungsweise von der ungeschriebenen Vereinbarung, die sie mit Jerry hatte. Oder *gehabt hatte.* Selbstverständlich gab sie nichts auf den Brief, den sie bekommen hatte, er war eine Beleidigung für jeden denkenden Menschen. Jerry besaß überhaupt keinen Computer. Eine neue Frau musste ihn geschrieben haben. »Exmann« war der Ausdruck, den Jims benutzt hatte. Natürlich – so würde jeder sagen, obwohl sie und Jerry eigentlich nicht geschieden waren, irgendwie war dafür nie Zeit gewesen. Und falls Jerry jetzt *nicht* tot war, wollte er zumindest, dass sie es dachte, was aufs Gleiche hinauslief. Es bedeutete, er würde nicht wiederkommen, die »Vereinbarung« galt nicht mehr, und die Kinder hatten ihren Dad verloren. Nun war es ja nicht so, dass er ihnen je ein richtiger Vater gewesen wäre, eher hatte er ab und zu vorbeigeschaut nach dem Motto »Heute hier, morgen dort«. Falls sie Jims erhörte – wie romantisch und altmodisch das klang –, könnte sie sich dann Witwe nennen, oder wäre es sicherer, sich als ledig zu bezeichnen? Wenn sie ihn erhörte, könnte sie ihrer Mutter damit eins auswischen, vielleicht wäre die dann nicht mehr so unerträglich herablassend.

Long Fredington hieß deshalb so, weil das Dorf sich über eine halbe Meile entlang der Hauptstraße erstreckte, von Burtons Farm im Osten bis zum Thomas Hardy Close im Westen. Von allen Siedlungen, die zu Fredington gehörten, war es die größte, die anderen hießen Fredington St. Michael, Fredington Episcopi, Fredington Crucis und Little Fredington. Alle waren höchst malerisch, wie auf Postkarten, und jedes Haus, selbst das neueste, jede Scheune, die Kirche, die Mühle, das Pub (heute ein Wohnhaus), die Schule und der Kaufmannsladen (inzwischen ebenfalls Wohnhäuser) waren aus dem gleichen goldgrauen Stein erbaut. Für Betuchte, und besonders für betuchte Pensionäre, war es ein reizender Wohnort. Wenn man einen Wagen hatte oder auch zwei und eine Arbeitsstelle in Casterbridge oder Markton, einen Ehemann und ein Kindermädchen, war es gar nicht so schlecht. Für jemanden in Zillahs Lage war es die Hölle. Eugenie fuhr mit dem Bus zur Schule, das ging ja noch, aber für Jordan gab es weder Kindergarten noch Vorschule, und so war er den ganzen Tag bei ihr zu Hause. Sie hatte kein Auto, nicht einmal ein Fahrrad. Falls sie nichts Besseres zu tun hatten, nahmen Annie, die in der Alten Mühle wohnte, oder Lynn, die in La Vieille Ecole wohnte, sie einmal pro Woche die zehn Meilen zum Tesco-Supermarkt mit, wo sie einkaufen konnte. Viel seltener wurde sie irgendwo zum Essen eingeladen. Die anderen hatten Ehemänner, und sie war ein äußerst attraktives, ungebundenes weibliches Wesen. Im Übrigen bekam sie sowieso keinen Babysitter.

An der Kirche All Saints, einem schmucken Gebäude aus dem vierzehnten Jahrhundert, aus dessen Innenraum man sämtliche unschätzbar wertvollen Messingteile entwendet und eingeschmolzen hatte und dessen einzigartige mittelalterliche Wandmalereien mit Graffiti verunziert worden waren, bog sie nach links in die Mill Lane ab. Hinter zwei schick renovierten Cottages kamen keine bewohnten Häuser mehr. Bis auf Vogelgezwitscher war alles still. Das ländliche Sträßchen wurde schmaler, und die Äste der Buchen schlugen darüber zusammen. Obwohl schon Ende Herbst, war es ein sonniger, beinahe warmer Tag. Wenn das die globale Erwärmung war, dachte Zillah, könnte sie gar nicht genug davon kriegen. Was kümmerte es sie, wenn die Meere anstiegen und die Küsten verschwanden, sie wohnte ja nicht in Küstennähe. Und vielleicht würde sie auch nicht mehr lange hier wohnen, jedenfalls nicht, wenn sie Jims heiratete, ihren besten Freund, ihren Kindheitsfreund und den wirklich nettesten Mann, den sie kannte.

An der Furt trat sie vorsichtig auf die flachen Steine, die einen Fußweg über den Bach bildeten. Gleichmütig äugten ein paar Enten vom Ufer zu ihr herüber, ein Schwan glitt flussabwärts. Sie musste zugeben, dass es hübsch war, noch hübscher wäre es allerdings, wenn sie von Fredington Crucis House aus herüberkommen könnte, in Armani-Jeans, Schaffelljacke und Timberland-Stiefeln, nachdem sie den Range Rover vor der Kirche geparkt hätte. Doch Jims war schwul, ein Problem, das nicht unterschätzt werden durfte. Und was war mit Jerry? Er hätte diejenige, die ihr diesen Brief geschickt hatte, wohl nicht dazu bringen können, wenn er nicht wollte, dass Zillah ihn für tot hielt. Allerdings war er auch Meister in der Kunst, es sich noch mal anders zu überlegen. Wenn es außer seiner Vorliebe für Minzbonbons und seiner Abneigung gegen Bananen etwas gab, wodurch sich Jerry *treffend beschreiben* ließ, dann war es seine Wankelmütigkeit. Einmal angenommen, er überlegte es sich anders und beschloss, wieder lebendig zu werden?

Ein großer Ententeich beherrschte den – wenn man es so nennen konnte – Vorgarten der Alten Mühle. Obwohl es in

Long Fredington seit einer Woche nicht geregnet hatte und der Bach sehr wenig Wasser führte, war das Teichufer ziemlich morastig. Wasservögel waren darin herumgewatschelt, Huftiere hatten es aufgewühlt, und nun saßen Annies drei und Zillahs zwei Kinder darin, wobei Annies Rosalba ihre Schwester Fabia, ihren Bruder Titus und Zillahs Kinder in der Kunst unterwies, sich die Gesichter mit Schlamm zu bemalen. Als Zillah die Auffahrt heraufkam, war Rosalba gerade mit der Schwarzweiß-Darstellung der Landesflagge fertig, die sich von Jordans Kinn über die runden Backen bis zu der gewölbten Stirn zog.

»Jordan hat eine Nacktschnecke gegessen, Mummy«, sagte Eugenie. »Titus hat von einem erzählt, der hat einen lebendigen Goldfisch gegessen, und dann musste er wegen Tierquälerei einen Haufen Geld zahlen.«

»Jordan wollte auch einen essen«, sagte Rosalba, »weil er nämlich ein ganz böser Junge ist, aber in unserem Teich gibt's keine Goldfische. Also hat er 'ne Nacktschnecke gegessen. Das ist aber auch Tierquälerei, und jetzt muss er hundert Pfund zahlen.«

»Bin aber kein böser Junge«, heulte Jordan. Er rieb sich die Augen, aus denen Tränen quollen, und ruinierte die Landesflagge. »Zahl aber keine hundert Pfund. Ich will meinen Daddy.«

Diese Worte, häufig ausgesprochen, gingen Zillah jedes Mal an die Nieren. Sie hob ihn hoch. Er war klatschnass und vollkommen verdreckt. Mit einiger Verspätung fragte sie sich entrüstet, was Annie sich eigentlich dabei gedacht hatte, fünf Kinder, von denen das älteste gerade mal acht war, an einem großen Teich allein zu lassen, der in der Mitte mindestens einen Meter achtzig tief war.

»Ich hab sie bloß zwei Minuten allein gelassen«, rief Annie, während sie aus dem Haus gerannt kam. »Das Telefon hat geklingelt. Ach, schau dir die bloß an! Los, ihr Drei, sofort ab in die Badewanne.«

Obwohl sie sich im Gegensatz zu Zillah keine Gedanken über Heißwasserkosten zu machen brauchte, bot sie nicht an, Eugenie und Jordan ebenfalls in die Wanne zu stecken. Sie bat Zillah auch nicht herein. Jordan hing an Zillahs Hals, wischte sich die Hände in ihrem Haar ab und rieb seine verdreckte Backe an ihrer. Höchstwahrscheinlich würde sie ihn den ganzen Weg bis nach Hause tragen müssen. Sie wartete ab, ob Annie anbot, sie am nächsten Morgen abzuholen und zum Einkaufen mitzunehmen, doch Annie meinte nur, also dann, bis bald und ob sie sie jetzt entschuldigen könne, sie müsse diese Bande sauber machen, weil sie mit Charles abends in Lyme essen gehen wollte und sie um sieben Uhr losfahren müssten.

Zillah setzte sich Jordan auf die rechte Hüfte und schlang den rechten Arm um ihn. Er war schwer und ziemlich groß für sein Alter. Eugenie meinte, es würde schon dunkel, was gar nicht stimmte, noch nicht, und sie fürchte sich, wenn sie nicht Zillahs Hand halten könnte.

»Warum bin ich zu groß zum Tragen, Mummy?«

»Darum. Viel, viel zu groß«, sagte Zillah. »Vier ist die Obergrenze. Über vier wird keiner mehr getragen.«

Jordan brach in lautes Geheul aus. »Will nich vier sein! Will getragen werden!«

»Ach, sei doch still«, sagte Zillah. »Ich trag dich ja, du Trottel.«

»Bin kein Tottel, bin kein Tottel! Lass mich runter, Jordan kann selber laufen.«

Er trottete im Schneckentempo mit, trödelte hinterher. Eugenie nahm Zillahs Hand und lächelte ihren Bruder über die Schulter hinweg selbstgefällig an. Als die untergehende Sonne hinter einer dichten Wand aus Bäumen verschwand, wurde es plötzlich unangenehm kalt. Der schniefende, wimmernde Jordan rieb sich mit seinen verdreckten Fäusten die Augen, setzte sich auf die Straße und legte sich plötzlich auf den Rücken. In solchen Momenten fragte sich Zillah, wie sie sich eigentlich jemals in dieses Schlamassel hineinmanövriert hatte. Was hatte sie sich bloß dabei gedacht, sich im Alter von neunzehn mit einem Mann wie Jerry einzulassen? Was hatte sie dazu bewogen, sich in ihn zu verlieben und von ihm Kinder haben zu wollen?

Sie hob Jordan hoch und wischte ihm in Ermangelung eines Stoff- oder Papiertaschentuchs das Gesicht mit einem Wollhandschuh ab, den sie in ihrer Tasche fand. Unversehens war ein scharfer Wind aufgekommen. Wieso zögerte sie eigentlich, Jims ihr Jawort zu geben? Plötzlich überkam sie die Befürchtung, er würde am Donnerstag vielleicht nicht anrufen, um die Antwort zu erfahren, würde sich vielleicht eine andere Frau suchen, die ihn nicht so hinhielt. Diese Icon oder Ivo Carews Schwester Kate. Wenn Jerry nicht wäre ... Sobald sie die beiden Rangen ins Bett gebracht hatte, musste sie sich mal in Ruhe hinsetzen und ernsthaft überlegen, was Jerry im Schilde führte und was der Brief bedeutete.

Mit den Kindern dauerte der Rückweg zum Willow Cottage dreimal so lang, wie sie allein für den Weg zur Alten Mühle gebraucht hatte. Allmählich setzte die Dämmerung ein. Von der Haustür ging es direkt ins Wohnzimmer, wo die Glühbirne ausgebrannt war. Ersatz hatte sie nicht. Das Cottage besaß keine Zentralheizung, natürlich nicht. Es gehörte einem der hiesigen Grundbesitzer und war im Laufe der letzten fünfzig Jahre an verschiedene mehr oder weniger mittellose Leute billig vermietet worden. Während dieser Zeit war nichts ausgebessert worden, abgesehen von flüchtigen, aber größtenteils nie richtig fertig gestellten Malerarbeiten durch die Mieter. Deshalb war die Innenseite der Haustür pink gestrichen, die Schranktür schwarz, und die Küchentür hatte nur eine Grundierung in hartem Grau verpasst bekommen. Die Elektroinstallationen bestanden hauptsächlich aus teilweise korrodierten Kabeln, die verdreht und verknotet aus Zehn- und Fünf-Ampere-Steckdosen – im Rest der Europäischen Union ungebräuchlich und auch im Vereinigten Königreich selten – in Verlängerungskabel mündeten, die wiederum mit einer Lampe, einem Heizstrahler und einem uralten Plattenspieler verbunden waren. Das Mobiliar bestand aus ausgemusterten Teilen aus dem »Herrenhaus«, wo Sir Ronald Grasmere, der Vermieter, lebte. Die Sachen waren bereits vor vierzig Jahren ausrangiert worden, waren damals schon alt gewesen und stammten aus dem Zimmer der Haushälterin.

Die Küche war noch schlimmer. Sie enthielt ein Spülbecken, einen Gasherd von etwa 1950 und einen Kühlschrank, der wegen seiner fast dreißig Zentimeter dicken Wände recht klobig wirkte, obwohl der Nutzraum innen ziemlich klein war. Ursprünglich musste es einmal ein sehr gutes Gerät gewesen sein, denn es hatte mehr als sechzig Jahre funktioniert. Eine Waschmaschine gab es nicht. Zillah zog den Kindern die Kleider aus und weichte Jeans, T-Shirts, Pullis und Jordans Anorak in warmem Wasser im Spülbecken ein. Sie schaltete den Heizstrahler ein und zündete das Feuer, das sie zuvor hergerichtet hatte, mit einem Streichholz an. Seltsam, dass Jims der Zustand der Wohnung oder die mangelhaften Installationen oder überhaupt die ganze Kälte nie aufzufallen schienen. Jedenfalls erwähnte er nie etwas. Verhieß das bei einem Lebensgefährten nun Gutes oder nicht? Er war natürlich mit Sir Ronald befreundet. Wenn sie Jims heiratete, hätten sie Sir Ronald bestimmt gelegentlich zum Abendessen zu Gast. Vielleicht im Speisesaal der Parlamentsabgeordneten …

Während sie anfing, für die Kinder Rühreier zum Abendessen zu machen, fasste Zillah einen Entschluss: Falls sie Jims tatsächlich heiratete, würde sie in Zukunft nie wieder kochen oder andere Hausarbeiten verrichten – solange sie lebte. Wer hatte gesagt: »Ich werde nie mehr hungern und frieren«? Ach ja, Scarlet O'Hara. Wenn sie in diesem Dreckloch nur einen Videorecorder und den Film *Vom Winde verweht* hätte, dann würde sie den Film heute Abend abspielen, sobald die Kinder im Bett waren. Wenn sie Jims heiratete, könnte sie jeden Abend Videos gucken. Was für ein ehrgeiziges Ziel! Dann hätte sie aber auch unbegrenzt viele Babysitter, könnte ins Kino gehen und ins Theater und in Nachtclubs, könnte den ganzen Tag einkaufen, sich bei Nicky Clarke Gesichtsmasken auflegen und die Haare richten lassen, auf einer Wellnessfarm kuren und wie eine Dame bei Harvey Nichols den Lunch einnehmen.

Sollte sie ihn also heiraten? Hatte sie sich entschieden?

Die Kinder könnten Videospiele machen und hätten Computer statt sich jeden Blödsinn anzuschauen, der gerade in der Glotze lief, *Baywatch* und solches Zeug. Nicht gerade berauschend in Schwarzweiß. Sie sollte sie jetzt aber baden. Jordan hatte Schlamm an den Füßen und in den Haaren. Aber Jims war *schwul.* Außerdem bestand da noch ein anderer zwingender Grund, nicht nur ihn nicht zu heiraten, sondern überhaupt niemanden zu heiraten.

Der Brief war letztes Jahr im Oktober gekommen. Ungefähr fünf Minuten lang – höchstens – hatte sie geglaubt, was darin stand und dass er von den Leuten stammte, die auf dem Briefkopf standen. Es lag vielleicht daran, dass sie es hatte glauben wollen. Aber hatte sie das wirklich? Nicht ganz. Jedenfalls war es unerheblich, denn sie hatte bald gemerkt, dass es offensichtlich Blödsinn war. Jerry hatte niemals im Great-Western-Zug von Gloucester nach London gesessen. Er hatte sie und die Kinder und Willow Cottage *zehn Minuten vor* dem Zeitpunkt verlassen, an dem der Zug mit dem anderen zusammengestoßen war, und war in seinem zerbeulten, gut und gern zwanzig Jahre alten Ford Anglia wer weiß wohin gefahren.

Der Brief sollte den Anschein erwecken, als käme er von Great Western. Und da sie schließlich – auch noch am Tag des Zugunglücks – seine Frau war, hätte sie es als Erste erfahren müssen und nicht erst zehn Tage später. Und auch nicht durch einen fingierten, absolut unglaubwürdigen Brief, sondern von der Polizei. Man hätte sie (oder eine von ihr benannte Person) höchstwahrscheinlich gebeten, die sterblichen Überreste zu identifizieren. Eine Beerdigung hätte stattgefunden. Nach den ersten fünf Minuten hatte sie dem Brief also keinen Glauben mehr geschenkt. Allerdings fragte sie sich, wer ihn wohl geschrieben hatte und was Jerry im Schilde führte. Gewisse Dinge schienen offensichtlich. Er hatte ihr den Brief zustellen lassen, was wohl bedeutete, dass sie nicht unbedingt denken sollte, er sei tot, sondern sich nur so verhalten sollte, als ob er tot wäre. Eigentlich wollte er ihr sagen: »Damit will ich dir zeigen, dass ich weg vom Fenster bin und dir keine Scherereien mehr machen werde. Tu einfach so, als wär ich tot. Zieh mit jemand zusammen, heirate meinetwegen. Ich werd mich nicht einmischen oder dir Steine in den Weg legen.« Wollte er ihr das damit sagen? Sie konnte sich nicht denken, was er sonst gemeint haben könnte.

Er war natürlich immer ein Scherzbold gewesen. Dabei waren seine Scherze nicht einmal besonders witzig oder geistreich. Zillah, Zillah, Rick-Stick Stillah, Rundschwanz, Stutzschwanz, bravo Zillah. Pling, plang, der Monat fängt an, was sich wehrt, macht's verkehrt. Wenn er zufällig in der letzten Nacht des Monats mit ihr geschlafen hatte – was nicht so oft vorkam –, weckte er sie immer mit diesen Worten, und bei »Pling, plang« zwickte und stupste er sie. »Was sich wehrt, macht's verkehrt« bedeutete, dass sie ihn laut Spielregel nicht widerzwicken und -stupsen durfte. Ein anderes Spiel ging so: Man ging in einen Garten und begegnete einer großen Bärin, die sagte: »Was, keine Seife?« Wie es weiterging, hatte sie vergessen. Vor langer Zeit musste sie Jerry einmal witzig gefunden haben, mit seinem Countrymusic-Singsang und seinem Minzbonbon-Gelutsche.

Seit Jordans Geburt hatten sie nicht mehr richtig zusammengelebt und davor eigentlich auch nicht so recht, und sie war auch nie so dumm gewesen zu glauben, sie sei die Einzige. Doch sie hatte gedacht, dass sie ihm die Liebste war.

»Vor allen andern Mädchen, Schatz, hast du in meinem Herzen Platz«, hatte er ihr einmal gesagt, und sie junges Ding hatte es ernst genommen. Es war wahrscheinlich aus einem Song von Hank Williams oder Boxcar Willie. Die Ernüchterung setzte ein, als er sich ständig irgendwo anders herumtrieb und sich als so ziemlich der schlechteste Ernährer erwies, den man sich vorstellen konnte. Was nützte es denn, wegen der Unterhaltszahlungen die Jugendfürsorge auf ihn anzusetzen, wenn er sowieso nie was verdiente?

Weil man annahm, die beiden seien geschieden, glaubte jeder, dass Jerry deswegen auf Besuch kam, um seine Kinder zu sehen, und dass Jordan dann bei Eugenie kampierte und er in Jordans Zimmer oder unten auf der Couch schlief. Die Wahrheit war jedoch, dass er ganz selbstverständlich das Bett mit Zillah teilte. Sex mit Jerry war eigentlich das Einzige, was ihr an ihm immer noch gefiel, und an seinem letzten Wochenende in Willow Cottage hatte es davon reichlich gegeben. Während sie für die Kinder das Badewasser einließ, ging ihr Jims' Bemerkung noch einmal kurz durch den Kopf. Irgendwas von wegen, es wäre ihm egal, wie sie es mit Sex halte, doch »bei deinem Exmann« ziehe er die Grenze. Zuerst war sie von seinem Heiratsantrag viel zu überrascht gewesen, als dass sie groß darüber nachgedacht hatte, aber hieß das etwa, er gehörte nicht zu denjenigen, die glaubten, Jerry wäre bloß als Vater seiner Kinder auf Besuch gekommen? Vermutlich. War ja auch egal. Jims, wie sie sehr wohl wusste, war nicht auf den Kopf gefallen.

Es verriet ihr aber auch noch etwas anderes. Nämlich dass Jims es als selbstverständlich erachtete, dass sie und Jerry geschieden waren. Und ihre Eltern? Sie lebten nicht mehr auf dem Anwesen von Jims' Vater, sondern als Rentner in einem Bungalow in Bournemouth. Zillah hatte ein gespanntes Verhältnis zu ihnen, und zwar schon seit sie mit Jerry zusammengezogen, schwanger geworden und aus dem Kunststipendienprogramm an einer Nordlondoner Gesamthochschule ausgestiegen war. Gespannt, aber – nachdem die anfängliche Kluft überwunden war – nicht zerrüttet. Ihre Eltern waren es, die Sir Ronald dazu überredeten, ihr dieses Haus zu überlassen. Trotzdem hatte sie bei Telefongesprächen mit ihrer Mutter den Eindruck, sie betrachteten sie als geschiedene Frau, die eigentlich selber schuld war.

Die Kinder mussten sich die Wanne teilen. Es war zu teuer, den Boiler lange eingeschaltet zu lassen. Eugenie musterte ihren Bruder eingehend, bis dieser sagte: »Glotz nicht so. Da krieg ich Löcher im Bauch.«

»Mummy«, sagte Eugenie, »hast du gewusst, dass sein Schniepel Penis heißt? So nennen den manche. Hast du das gewusst?«

»Ja, schon.«

»Hat mir Titus erzählt, als Jordan seinen zum Pinkeln rausgeholt hat. Heißen die alle Penis oder bloß seiner?«

»Alle«, erwiderte Zillah.

»Das hättest du mir sagen sollen. Annie findet es falsch, wenn man Kinder im Dunkeln lässt. Ich dachte, sie meint, in einem dunklen Zimmer, aber sie sagte, nein, das hätte sie nicht gemeint, sondern dass es falsch ist, sie im Dunkeln der Unwissenheit zu lassen.«

»Es is ein Schniepel«, sagte Jordan.

»Nein, ist es nicht.«

»Doch.«

»Nein.«

»Doch, isses aber, es is meiner und heißt Schniepel.« Er fing an zu weinen und mit den Händen aufs Wasser zu patschen, so dass es im ganzen Raum herumspritzte und auf Zillah herunter. Sie tupfte mit einem Handtuch umher. Jedes Handtuch musste von Hand gewaschen und auf der Leine getrocknet werden, was sie sich nicht extra in Erinnerung zu rufen brauchte.

»Musst du ihn so provozieren, Eugenie? Wenn er Schniepel sagen will, dann lass ihn doch!«

»Annie sagt, es ist falsch, wenn man Kindern Babywörter für die Körperteile beibringt.«

Zillah brachte die beiden zu Bett. Als sie *Harry Potter* fertig vorgelesen hatte – obwohl Eugenie sehr wohl selbst lesen konnte und das schon seit zwei Jahren –, überlegte sie, während sie ihnen einen Gutenachtkuss gab, dass sie ihren Vater vielleicht nie wiedersehen würden. Es erschien ihr plötzlich unerträglich traurig. Wenn er beschlossen hatte, Zillah nie wiederzusehen, würde er auch die beiden nie wiedersehen. In Jordans rosigem Gesichtchen auf dem Kopfkissen sah sie Jerrys Nase und seine geschwungene Oberlippe, in Eugenies seine dunkelblauen Augen und die kräftig gezeichneten Brauen. Ihr sah keines der beiden besonders ähnlich. Als Jerry das letzte Mal in Willow Cottage gewesen war, hatte Jordan an jenem letzten Morgen am Frühstückstisch ihre beiden Hände genommen, ihre und Jerrys, hatte seine über ihre gelegt und gesagt: »Nich weggehen, Daddy. Bleib bei uns.«

Eugenie hatte kein Wort gesagt und ihren Vater nur mit einem kühlen, durchdringenden Blick gemustert. In dem Moment hatte Zillah ihn gehasst, obwohl sie gar nicht wollte, dass er blieb, hatte ihn dafür gehasst, dass er seinen Kindern kein richtiger Dad war. Mit Jims könnten sie einen neuen bekommen und dazu alles, was ein guter Vater bieten sollte.

Trotzdem war nicht zu leugnen, dass sie bereits verheiratet war. Doch Zillah wusste, dass es sinnlos war, jetzt über Scheidung nachzudenken. Da Kinder im Spiel waren, ließ es sich nicht einfach per Post erledigen. Es müsste eine gerichtliche Anhörung geben, die Sorgerechtsfrage entschieden werden. Jims würde das nicht abwarten wollen. Er war bekannt für seine Ungeduld. Er musste heiraten oder sich zumindest verloben, bevor ihn jemand outete, was jederzeit passieren konnte. Wenn sie zögerte, würde er sich um Kate Carew bemühen.

Falls sie ihn also heiratete, sollte sie es als Geschiedene oder als Witwe tun? Falls sie sich als Witwe ausgab, würde

Jims sich dann nicht wundern, wieso sie nicht gleich erzählt hatte, dass Jerry bei einem Zugunglück ums Leben gekommen war? Dann also als Geschiedene. Oder noch besser als ledige Frau. Dann bräuchte sie keine Scheidungsurkunde beizubringen oder wie das auch hieß, was man dem Standesbeamten vorzeigen musste. Oder dem Pfarrer. Vielleicht wollte Jims ja kirchlich heiraten.

Seit sie zwölf war, hatte Zillah nicht mehr über Religion nachgedacht, doch weil alte Überzeugungen und Gewohnheiten das ganze Leben hindurch immer noch sanft nachklingen, schreckte sie vor einer kirchlichen Trauung unter betrügerischen Vorzeichen zurück. Außerdem waren sie und Jerry damals kirchlich getraut worden, und sie wusste über kirchliche Trauungen gut genug Bescheid, um sich darüber im Klaren zu sein, dass der Pfarrer nachfragte, ob dieser Ehe irgendwelche Hindernisse im Wege stünden. Wenn die Tatsache, dass Jerry noch lebte, kein Hindernis wäre, dann wusste sie auch nicht, was eins sein sollte. Sie schreckte davor zurück, verwarf die Idee aber nicht gänzlich. Jetzt, wo ihr diese Stolpersteine bewusst geworden waren, stellte sie fest, dass sie Jims unbedingt heiraten wollte. Daran bestand kein Zweifel. Am Donnerstag würde sie ihm ihr Jawort geben.

Als sie das ganze triefend nasse und immer noch schmutzige Zeug aus dem inzwischen erkalteten Wasser im Spülbecken zog, war die Frage für sie so ziemlich entschieden. Sie wollte davon wegkommen. Und weg von dem Riss hinter dem Toilettenabflussrohr, aus dem Wasser (oder Schlimmeres) tropfte, weg von der Wäscheleine, die wegen Überlastung in den Dreck fiel, und weg von den lebensgefährlichen Stromleitungen. Und dass sie, wenn Annie ihr nicht anbot, sie nach Hause zu fahren, die zwei Meilen nach Fredington Episcopi zu Fuß gehen musste, wo es einen kleinen, schlecht sortierten Dorfladen gab, und wieder zwei Meilen zurück, beladen mit Plastiktüten voller Plastikfraß. Sie würde einwilligen.

Doch irgendwie musste sie die Frage nach dem – wie es in den Formularen hieß, die man ausfüllen musste – Familienstand noch austüfteln. Und zwar sowohl wegen Jims als auch wegen des Standesbeamten und des Pfarrers. Er war schließlich nicht auf den Kopf gefallen. Wieso sagte sie nicht einfach, sie und Jerry hätten gar nie richtig geheiratet?

5

In der Obst- und Gemüseabteilung bei Waitrose am Swiss Cottage war Michelle Jarvey gerade dabei, Lebensmittel für ihren Mann auszusuchen. Matthew begleitete sie und schob den Einkaufswagen; es wäre schwierig gewesen, etwas einzukaufen, ohne dass er dabei war. Außerdem unternahmen sie sowieso immer alles gemeinsam. Die Kiwis würde er mal probieren, sagte er, die Zeit für Cox-Äpfel sei ja vorbei. Eine andere Apfelsorte konnte er nicht vertragen.

Für die anderen Kunden hätten Mr. und Mrs. Jarvey einen beinahe lächerlichen Anblick geboten. Wenn sie selbst sich auch als ernsthaftes und bis zu einem gewissen Punkt tragisches Paar empfanden, war sich Michelle doch im Klaren darüber, dass die übrige Welt in ihnen eine grotesk fette Frau mittleren Alters und einen dünnen, ausgemergelten, verhutzelten und ausgezehrten Mann sah, der wirkte, als wäre er nach fünf Jahren Hungerkost aus einem Gefangenenlager befreit worden. Matthew war so schwach, dass er kaum laufen konnte, und wenn er den Einkaufswagen schob, worauf er bestand, krümmte er sich wie unter Schmerzen zusammen. Michelles ungeheuerlicher Busen ruhte auf einem Bauch, der zusammen mit den Hüften dem unteren Teil eines Brummkreisels ähnelte und wogte beim Gehen auf und ab. Heute trug sie einen zeltartigen grünen Mantel mit Kunstpelzkragen, aus dem ihr immer noch hübsches Gesicht wie aus einem für die Altkleidersammlung zusammengeschnürten Kleiderberg hervorspitzte. Der mächtige Körper balancierte auf überraschend ansehnlichen Beinen mit so schlanken Fesseln, dass man sich fragte, wieso sie unter der Last nicht brachen.

»Ich hol dann nur die zwei Kiwis, ja?«, sagte Michelle. »Zu viel willst du ja nicht. Vielleicht hast du dann keinen Appetit darauf.«

»Ich weiß nicht, Liebling. Ich werd mir Mühe geben.« Matthew erschauerte ein wenig, nicht wegen der Kiwis, die eigentlich bloß wie Stückchen von einem Baum aussahen oder wie zwei kleine Pelztierchen, sondern beim Anblick einer überreifen Banane, einer Banane mit braunen Druckstellen und matschiger Spitze. Er wandte die Augen ab, wohl darauf bedacht, sie gesenkt zu halten. »Heute möchte ich, glaube ich, keine Erdbeeren.«

»Weiß ich doch, Liebling, und Birnen und Pfirsiche auch nicht.«

Michelle sagte nicht: Weil sie leicht Druckstellen bekommen und schnell verderben. Sie wusste, dass er wusste, dass sie es wusste. Sie gingen an Milch, Sahne und Käse vorbei, wo sie sich verstohlen bediente, während er in die andere Richtung sah. Fleisch oder Fisch traute sie sich nicht zu kaufen, dazu würde sie allein zum Supermarkt an der Ecke gehen. Einmal hatte er sich sogar übergeben. Es war das einzige Mal gewesen, dass sie zusammen in die Fleischabteilung gegangen waren, und sie würde es nie wieder riskieren. Bei den Kuchen und Plätzchen schnappte sie sich die Sachen, von denen sie wusste, dass sie sie nicht essen sollte, aber nicht anders konnte. Um sich abzulenken, Abstand zu gewinnen, sich zu trösten.

»Die da«, sagte er und deutete hin.

»Butterkekse« würde er nicht sagen. »Butter« gehörte mit »Käse«, »Mayonnaise« und »Sahne« zu den Wörtern, die ihm seit Jahren nicht mehr über die Lippen gekommen waren. Da würde er sich übergeben müssen. Sie nahm zwei Packungen von den trockenen Keksen. Sein Gesicht war inzwischen noch bleicher als gewöhnlich geworden. In plötzlich aufwallender Liebe hatte sie überlegt, was für Seelenqualen ihm der Aufenthalt in einem Lebensmittelgeschäft wohl bereitete. Er bestand darauf mitzukommen. Es war eine der Mutproben, die er sich auferlegte. Eine der Herausforderungen. Eine Zeitschrift anzuschauen gehörte ebenfalls dazu, die Seiten umzublättern und sich zu zwingen, die mit den Farbaufnahmen von Soufflés, Pasta und Roastbeef nicht einfach rasch zu überblättern. Oder sich mit Leuten zu unterhalten, die nicht Bescheid wussten, ihnen beim Essen zuzusehen, ihr beim Essen zuzusehen. Sie kamen zu den Fruchtsäften. Sie nahm einen Karton Ananassaft und sah ihn fragend an. Er nickte, brachte ein Totenkopflächeln zu Stande, nur Schädel und Zähne. Sie legte ihm beschwichtigend die Hand auf den Arm.

»Was täte ich nur ohne dich, mein Liebling?«, sagte er.

»Du brauchst nicht ohne mich zu sein. Ich bin immer für dich da, das weißt du.«

Es war niemand in der Nähe, der sie hätte hören können. »Mein Schätzchen«, sagte er. »Mein Liebes.«

Bei ihr war es Liebe auf den ersten Blick gewesen. Weil es nicht das erste Mal war, dass sie so empfand, wenngleich ihre Liebe nie erwidert worden war, rechnete sie in bitterer Vorausahnung schon damit, dass ihre Gefühle erneut unerwidert bleiben würden. Doch ihm war es genauso gegangen, er hatte ihre Liebe mit gleicher Inbrunst erwidert. Er war Lehrer und hatte zwei akademische Abschlüsse, während sie bloß Kinderkrankenschwester war, und doch liebte er sie, wieso, wusste sie nicht, konnte es sich nicht erklären. Sie waren nicht besonders jung, beide Ende Zwanzig. Die Leidenschaft ergriff Besitz von ihnen. Bei ihrer zweiten Begegnung schliefen sie miteinander, eine Woche später zogen sie zusammen, zwei Monate nach ihrer ersten Begegnung heirateten sie.

Michelle war damals – nun – nicht gerade dünn, aber auch nicht pummelig, ganz normal eben. »Eine perfekte Figur«, sagte Matthew. Hätte jemand sie nach dem Geheimnis ihrer

Liebe und ihrer gelungenen Ehe gefragt, hätte sie gesagt, es läge daran, dass sie so liebevoll miteinander umgingen. Er hätte gesagt, weil ihnen, nachdem sie einander begegnet waren, niemand anderes mehr besonders wichtig gewesen sei.

Schon damals war er, was seine Ernährung anging, etwas (wie Michelle sich ausdrückte) komisch gewesen, doch war sie immer der Ansicht gewesen, Männer hätten zum Essen ein ganz anderes Verhältnis als Frauen. Wirklich, mehr steckte nicht dahinter – bei ihm gab es eben, wie bei den meisten Männern auch, eine Menge Dinge, die er nicht mochte. Rotes Fleisch stand auf seiner Giftliste, dazu sämtliche Sorten von Innereien, Krustentiere und alle Fische, die nicht weiß waren – damals, als sie darüber noch witzeln konnte, nannte sie ihn einen »Fischrassisten« –, Saucen, Mayonnaise und Puddingcremes, alles »Schwabbelige«. Er war eben wählerisch, das war alles. Doch dann wurde es schlimmer mit ihm, obwohl sie es nie so ausdrückte. Man fing damals gerade an, Essstörungen als echte Krankheit zu erkennen, wobei aber alle dachten, es treffe nur auf junge Mädchen zu, die dünn bleiben wollten. Weil sie über alles offen sprachen, diskutierten sie auch sein Problem manchmal ausführlich. Dass er nämlich nichts essen konnte, was wie etwas anderes aussah. Zum Beispiel Reis: Irgendwie hatte er sich in den Kopf gesetzt, dass Reis aussah wie Maden. Bald konnte er nichts mehr essen, was einmal gelebt hatte, obwohl sich das – Gott sei Dank, sagte sie sich – nicht auf Obst und Gemüse bezog, auf *einige* Sorten Obst und Gemüse. Pasta war wie Würmer, Sauce – nun, alles Flüssige war so schlimm, dass er die Worte nicht aussprechen konnte, um zu beschreiben, woran es ihn erinnerte.

Sanft fragte sie ihn, ob er denn wusste, woran es lag. Er war so ein intelligenter Mensch, intellektuell, empfindsam, sachlich, ein ausgezeichneter Lehrer der Naturwissenschaften. Es machte ihr Angst zu beobachten, wie er immer dünner und dünner wurde, ihn vorzeitig altern zu sehen.

»Ich weiß es nicht«, sagte er. »Ich wünschte, ich wüsste es.

Meine Mutter hat mich ermuntert, Dinge zu essen, die ich nicht mochte, mich aber nie dazu gezwungen. Ich musste nie am Tisch sitzen bleiben, bis ich etwas aufgegessen hatte.«

»Liebling«, sagte sie, »hast du denn nie *Hunger?*« Sie schon – und zwar oft.

»Das hatte ich, glaube ich, noch nie. Ich kann mich jedenfalls nicht erinnern.«

Damals hatte sie sich Mühe geben müssen, ihn nicht zu beneiden. Niemals Hunger haben! Was für ein Segen! Doch sie wusste, dass es keiner war. Es war ein langsames Dahinsiechen bis zum Tod. Nicht wenn sie dem Einhalt gebieten konnte, dachte sie damals, nicht wenn sie es sich zur Lebensaufgabe machte, ihm zu helfen. Damals brachte sie ihn dazu, Vitamine zu nehmen. Er willigte ergeben ein, denn Kapseln und Tabletten sehen ja nie wie etwas anderes aus. Sie sind hart und fest und lassen sich ohne Würgereiz hinunterschlucken. Er hörte auf, Milch zu trinken und Weichkäse zu essen. Butter war schon lange gestrichen. Sie brachte ihn dazu, zum Arzt zu gehen, und begleitete ihn.

Das war Ende der achtziger Jahre, und der Arzt, ein älterer Mann, hatte kein Einfühlungsvermögen. Matthew nannte ihn immer den »Hungersnot-Heini«, weil er ihm gesagt hatte, er solle sich doch zusammenreißen und an die hungernden Millionen in Afrika denken. Er verschrieb ihm ein Tonikum, das Patienten angeblich garantiert zum Essen brachte. Als Matthew es zum ersten und einzigen Mal einnahm, musste er sich heftig übergeben.

Michelle machte es sich zur Aufgabe, alle Lebensmittel ausfindig zu machen, die ihn nicht komplett anekelten. Erdbeeren gehörten dazu, vorausgesetzt, sie entfernte die äußeren Blättchen, jedes grüne Fitzelchen. Orangen und Grapefruits waren in Ordnung. Sie schalt sich eine Idiotin, weil sie ihm einen Granatapfel vorgesetzt hatte, bei dessen Anblick er buchstäblich in Ohnmacht gefallen war. Die fleischigen, roten Samenkörner wirkten auf ihn wie das Innere einer Wunde. Brot aß er, schlichten, trockenen Kuchen und die meisten Kekssorten. Eier, sofern sie hart gekocht waren. Alles jedoch in winzigen Mengen. Inzwischen nahm sie kräftig zu. Er wusste, dass sie sich voll stopfte, obwohl sie sich bemühte, vor seinen Augen nicht zu viel zu essen. Zu den Mahlzeiten, bei denen er ergeben und bekümmert dasaß, an einem halben Salatblatt, einem Scheibchen hart gekochtem Ei und einer gekochten neuen Kartoffel von der Größe einer Murmel herumstocherte, aß sie das Gleiche, bloß die fünffache Menge, dazu noch einen Hähnchenflügel und ein Brötchen. Aber wenn sie wieder in die Küche ging und er erleichtert an seinen Computer zurückkehrte, stopfte sie sich mit tröstlichem Essen voll, mit dem sie sich dafür entschädigte, sein Leiden mit ansehen zu müssen: Weißbrot mit Brie, Früchtekuchen, Marsriegel, Crème brûlée und kandierte Ananas.

Ihre Liebe geriet nie ins Wanken. Sie hätte gern Kinder gehabt, doch es stellten sich keine ein. Manchmal dachte sie, es läge vielleicht daran, dass er so unterernährt war, dass seine Spermiendichte sehr gesunken war. Zum Arzt zu gehen hatte keinen Sinn, obwohl statt des reaktionären alten Doktors nun eine intelligente junge Frau dort war, die Michelle dauernd auf Diät setzen wollte. Niemand außer ihr war in der Lage, Matthew wirklich zu verstehen. Sie musste zusehen, wie sein Körper erschlaffte und sich krümmte, sein Gesicht wie bei einem Greis Falten bekam, seine Gelenke durch die Haut – Fleisch konnte man es nicht nennen – schimmerten und sein Teint eine gräuliche Blässe bekam. Mit dreißig war sie pummelig gewesen, mit fünfunddreißig übergewichtig. Jetzt, mit fast fünfundvierzig, war sie maßlos fett. Während sie oft über seine Abneigung gegen Essen sprach, und sie ständig darüber diskutierten, was deren Ursache war und ob man eines Tages vielleicht ein Mittel dagegen entdeckte, erwähnte er ihre Dickleibigkeit mit keinem Wort. Soweit es ihn betraf, war sie immer noch die kurvenreiche Siebenundzwanzigjährige, in die er sich verliebt hatte.

Sie hatte eine Schwester in Bedford und er einen Bruder in Irland und einen in Hongkong, aber Freunde hatten sie nicht. So sehr ist die Gesellschaft auf das gemeinschaftliche Essen und Trinken ausgerichtet – und Essen war etwas, was sie in der Öffentlichkeit tunlichst vermeiden mussten –, dass sie nicht in der Lage waren, Freundschaften aufrechtzuerhalten oder neue aufzubauen. Nach und nach drifteten ihre Bekannten weg, als ihre Einladungen ausgeschlagen und sie selbst nie eingeladen wurden. Michelles größte Sorge war gewesen, sie würden irgendwann einmal in die Verlegenheit kommen, eine Einladung zum Tee oder zum Abendessen annehmen zu müssen, und Matthew würde beim Anblick von Butter, einem Kännchen Milch oder einem Topf Honig erbleichen und anfangen, ganz entsetzlich zu würgen. Besser die Leute düpieren als das riskieren.

Sie hatte nur eine Vertraute. Und aus dieser Vertrauten war mittlerweile eine echte Freundin geworden. Eines Tages, der Verzweiflung nahe und voller Angst, er würde nicht mehr lange durchhalten, hatte sie mit Fiona in der Küche gesessen, während Matthew langsam und matt an seinem Computer arbeitete, und ihr alles erzählt. Und anstatt einen Mann mittleren Alters, der nicht essen konnte, und eine Frau mittleren Alters, die nicht damit aufhören konnte, auszulachen, hatte Fiona Mitgefühl gezeigt und sogar verständnisvoll Mittel zur Abhilfe vorgeschlagen. Sie selbst lebte nach einem so abwechslungsreichen Speiseplan, mit so neuartigen und *verfeinerten* Nahrungsmitteln, dass sie alle möglichen Ideen für einen Magersüchtigen hatte, der gern essen würde, wenn er nur könnte. Ein Jahr später, also letztes Jahr, sagte Michelle zu ihr, sie habe Matthew das Leben gerettet und sie beide seien ihr ewig dankbar.

Als sie von Waitrose wieder in ihr Haus in der Holmdale Road in West Hampstead zurückkehrten, machte sich Michelle gleich an die Zubereitung von Matthews Mittagessen.

Es sollte einige der Lebensmittel enthalten, die Fiona vorgeschlagen und die Matthew akzeptiert hatte.

»Erdnüsse!«, hatte Fiona gesagt. »Erdnüsse sind sehr nahrhaft.«

Es gelang Matthew, das Wort »fettig« auszusprechen.

»Gar nicht. Trocken geröstete Erdnüsse. Köstlich. Ich *liebe* sie.«

Es wäre übertrieben, das auch von ihm zu behaupten. Er liebte überhaupt keine Speisen, tolerierte aber geröstete Erdnüsse ebenso, wie er ihre anderen Vorschläge tolerierte: Knäckebrot, Kinderzeug wie Pop Tarts, Sandkuchen, hart gekochte, gehackte Eier mit Petersilie, fein geriebenen Parmesankäse, zarte Spinatblätter und Rucola, japanische Reiscracker, Müsli. Im Verlauf jenes Jahres ging es ihm gesundheitlich zusehends besser, und er war nicht mehr ganz so ausgemergelt. Die Pop Tarts, das Kalorienreichste auf der Liste, waren seither allerdings in Ungnade gefallen. Er konnte nichts dafür. Er hätte sie von Herzen gern weiter gemocht, doch es half nichts. Stattdessen empfahl Fiona Löffelbiskuit und Mürbegebäck.

Michelle legte ein Salatblatt auf seinen Teller, zwölf trocken geröstete Erdnüsse, ein Scheibchen hart gekochtes Ei mit geriebenem Parmesankäse und eine Scheibe Knäckebrot. Auch hoffte sie, er würde das Gläschen Ananassaft trinken, machte sich aber nicht allzu viele Hoffnungen. Während sie diese Kleinigkeiten auf seinem Teller anrichtete, vertilgte sie einige Erdnüsse, den Rest Ei und eine dicke Scheibe Olivenbrot mit Butter. Matthew lächelte sie an. Er hatte die Angewohnheit, nicht auf den Teller zu sehen, sondern den Kopf abzuwenden und sie anzulächeln, während er sich bei ihr bedankte.

»Ich hab grade Jeff Leigh vorbeigehen sehen«, sagte er und nahm sich eine Erdnuss. »Wann der wohl je einen Job kriegt?«

Sie machten sich beide nicht viel aus Fionas Freund. »Ich

würde so gern glauben, dass er nicht bloß wegen ihres Geldes mit ihr zusammen ist«, sagte Michelle. »Ich würde gern glauben, dass er uneigennützig ist, Liebling, aber ich kann nicht. Er erwartet, dass sie ihn aushält, so ist das nämlich.«

»Fiona hat gern alles selbst in der Hand. Ich will sie aber nicht kritisieren. Für manche wäre das ein Kompliment. Vielleicht will sie ja, dass er von ihr abhängig ist.«

»Ich hoffe, du hast Recht. Ich will nur, dass sie glücklich ist. Im Juni wollen sie heiraten.«

Matthew aß noch eine Erdnuss und ein Stückchen Knäckebrot. Michelle beherrschte schon seit langem die Kunst, ihn nicht dabei zu beobachten. Er nippte an dem Saft. »Ich fürchte, ihre Freunde werden nicht viel von ihm halten, wenn er nichts tut und sich von ihr aushalten lässt. Ein paar Fähigkeiten scheint er ja immerhin zu haben. Er hat sich im Haus nützlich gemacht, ihr zum Beispiel eine Steckdose verlegt, und wenn du dich erinnerst, hat er sich am Computer ziemlich geschickt angestellt, als er hier war, um diese Briefe zu schreiben oder was das war.«

»Bewerbungen, sagte er. Das war im Oktober, vor fast fünf Monaten.«

»Diesen Salat kann ich nicht essen, Liebling, und auch keine Nüsse mehr. Das Knäcke hab ich geschafft.«

»Das hast du sehr schön gemacht«, sagte Michelle, nahm seinen Teller weg und brachte eine in Scheiben geschnittene Kiwi herein, bei der sie das Innnere entfernt hatte, dazu einen halben Löffelbiskuit.

Matthew aß zwei Scheibchen und noch ein drittes, um ihr einen Gefallen zu tun, obwohl er fast daran erstickte. »Ich mach den Abwasch«, sagte er. »Setz du dich nur hin und leg die Füße hoch.«

Also hievte Michelle ihre mächtigen Massen ans eine Ende des Sofas und legte ihre schlanken Beine und zierlichen Füße, bei denen sich jeder zarte Knochen abzeichnete, aufs andere. Sie hatte den *Daily Telegraph* und Matthews *Spectator* zu lesen, wollte aber lieber einfach nur daliegen, ausruhen und nachdenken. Vor einem halben Jahr hätte Matthew gar nicht die Kraft gehabt, Teller und Gläser hinauszutragen, am Spülbecken zu stehen und sie abzuwaschen. Wenn er darauf bestanden hätte, sie abzuwaschen, hätte er sich dazu auf einen Hocker setzen müssen. Die Verbesserung seines Gesundheitszustands und leichte Gewichtszunahme war Fiona zu verdanken. Sie war Michelle inzwischen ans Herz gewachsen, eine richtige Freundin war sie, fast wie eine Tochter. Neidlos und fast ohne Wehmut – hatte sie nicht ihren Liebling Matthew? – konnte sie Fionas schlanke Figur, das lange, glatte, blonde Haar und das reizende, wenn auch nicht klassisch schöne Gesicht einfach nur bewundern. Sie wohnten in einem Doppelhaus, wobei ihre und Matthews Hälfte bei weitem nicht an Fionas Hälfte mit ihrem rückwärtigen Anbau, dem großen Wintergarten und dem ausgebauten Dach heranreichte, obwohl auch ihre inzwischen als wertvolle Immobilie galt, allerdings eher aufgrund ihrer Lage als wegen des Designs oder der Ausstattung. Doch auch in dieser Hinsicht empfang Michelle keinen Neid. Sie und Matthew hatten für ihre Verhältnisse genügend Platz, und der Wert des Hauses war, seit sie es vor siebzehn Jahren gekauft hatten, um sagenhafte fünfhundert Prozent gestiegen. Nein, Fionas zukünftiges Glück war es, worum sie sich Sorgen machte.

Jeff Leigh war vergangenen August oder September zum ersten Mal in der Holmdale Road aufgetaucht. Fiona stellte ihn als ihren neuen Freund vor, im Oktober zog er allerdings erst ein. Er sah gut aus, musste Michelle zugeben, gesund, mit regelmäßigen Zügen, wenn auch für ihren Geschmack ein wenig zu kräftig. Bei dem Gedanken musste sie lachen. Es kam ihr höchst geschmacklos vor, wenn sie von sich sagte, sie interessiere sich bloß für dünne Männer. Jeff hatte ein ehrliches, beinahe ernstes Gesicht. Man könnte sagen, er sah aus, als wäre er wirklich an einem interessiert, an dem, was man sagte, wer man war, als wäre er wirklich engagiert. Das brachte Michelle zu dem Schluss, dass es ihm schnurzpiepegal war. Und als er ihr eins von seinen ewigen Polo-Minzbonbons anbot, kam es ihr so vor, als lächelte er in sich hinein, als wollte er sagen, bist du nicht schon dick genug? Sie hasste seine Witze. Obwohl er dauernd unterwegs war, verdiente er nichts, während Fiona, die erfolgreiche Bankerin, eine Menge verdiente und, als ihr Vater letztes Jahr gestorben war, auch eine beachtliche Summe geerbt hatte.

Michelle wünschte, die beiden würden ihre Hochzeit noch eine Weile verschieben. Schließlich lebten sie zusammen, es war nicht so, als wären sie sexuell frustriert – zärtlich erinnerte sie sich, wie sie und Matthew es nicht länger als vierundzwanzig Stunden ausgehalten hatten –, eine Heirat war also nicht zwingend erforderlich. Ob sie den Mut oder die Dreistigkeit aufbringen könnte, Fiona sanft darauf hinzuweisen, es wäre eine gute Idee, noch ein wenig zu warten?

Es war doch tröstlich, dachte Michelle kurz vor dem Einschlafen, wie das Schlimmste, was einem passiert, manchmal zum Guten führen kann. Als Matthew zum Beispiel im Klassenzimmer zweimal ohnmächtig geworden war, als er sich im Labor immer hinsetzen musste und kaum den Weg bis ins Dozentenzimmer schaffte, war ihnen klar gewesen, dass er kündigen musste. Wovon sollten sie leben? Er war erst achtunddreißig. Abgesehen von einer journalistischen Nebentätigkeit konnte er doch nur unterrichten. Sie hatte schon vor langer Zeit aufgehört zu arbeiten, um sich um ihn zu kümmern und sich der niemals endenden, beinahe hoffnungslosen Aufgabe zu widmen, für seine Ernährung Sorge zu tragen. Konnte sie nun wieder anfangen? Nach einer Pause von neun Jahren? Ihr Verdienst war nie besonders hoch gewesen.

Matthew hatte ein paarmal etwas für den *New Scientist* geschrieben und gelegentlich auch Artikel für die *Times.* Weil es außer ihr das Wichtigste in seinem Leben war, machte er sich in seiner Verzweiflung daran, darüber zu schreiben, was es bedeutete, an dieser besonderen Art von Magersucht zu leiden, Lebensmittel zu hassen und vor dem, was ja eigentlich lebenswichtig war, Ekel zu empfinden. Das Thema Essstörungen kam damals gerade sehr in Mode. Sein Artikel wurde begierig aufgenommen und führte zu der Anfrage einer renommierten Wochenzeitung, ob er vielleicht etwas für sie schreiben würde, was dann unter der Rubrik »Tagebuch eines Anorektikers« Bekanntheit erlangte. Matthew, der Sprachpurist, wandte erst ein, es müsse eigentlich »Anorexiker« heißen, willigte wegen des guten Honorars dann aber ein. Michelle fand es oft seltsam, dass er über bestimmte Nahrungsmittel zwar kaum sprechen, wohl aber darüber schreiben konnte, dass er seinen Ekel und Horror vor bestimmten Arten von Fett und »Gelabber« beschreiben und mit ausgesuchter Genauigkeit die Dinge definieren konnte, die er gerade noch herunterbrachte und warum.

Das »Tagebuch eines Anorektikers« rettete sie davor, das Haus verkaufen und von Sozialhilfe leben zu müssen. Die Kolumne war außerordentlich beliebt und fand ein breites Leserecho. Matthew bekam einen Riesensack Post von Frauen mittleren Alters, die ständig Diäten machten, von hungernden Teenagern und dicken Männern, die von Bier und Pommes frites nicht lassen konnten. Zwar wurde er dadurch nicht berühmt – das hätte den beiden auch gar nicht behagt –, doch wurde sein Name einmal bei einer Ratesendung im Fernsehen erwähnt und war auch das Lösungswort bei einem Kreuzworträtsel. Das alles bereitete ihnen ein diebisches Vergnügen. Es hatte ihr überhaupt nicht gefallen, als Jeff Leigh Matthew auf den Rücken geklopft und etwas hintergründig gesagt hatte: »Zunehmen wär für dich in deiner Lage doch gar nicht das Richtige, was? Na, dann halt ihn bloß kurz, Michelle. Du kannst ja bestimmt für zwei essen.«

Das hatte wehgetan, denn so etwas sagte man zu Schwangeren. Sie dachte an das Kind, das sie nie bekommen hatte, die Tochter oder den Sohn, die inzwischen sechzehn oder siebzehn wären. Traumkinder, von denen sie oft träumte oder die sie vor ihrem inneren Auge sah, wenn sie sich hinlegte. Als Matthew wieder ins Zimmer kam, war sie bereits eingeschlafen.

6

Das Messer ging nicht. Es war so groß, dass sie es nicht leicht mit sich herumtragen konnte. Tantchen hatte ziemlich viele Messer gehabt, Tranchiermesser, Sägemesser und Hackmesser, was eigentlich komisch war, weil sie gar nicht so oft kochte. Vielleicht waren es alles Hochzeitsgeschenke gewesen. Minty sah sie sorgfältig durch und suchte sich eines aus, das gut zwanzig Zentimeter lang war und eine scharfe Spitze und eine am Schaft fast fünf Zentimeter breite Klinge hatte.

Sie hatte Tantchens Zeug nie richtig aussortiert, abgesehen von den paar Sachen, die sie in den Altkleiderladen der Blindenhilfe gebracht hatte. Sie waren nicht so sauber gewesen, wie es sich gehört hätte, und obwohl sie sie im Plastiksack transportiert hatte, fühlte sie sich danach von oben bis unten schmutzig. Den Rest hatte sie in einem Schrank weggeschlossen und ihn nie wieder aufgemacht. Jetzt öffnete sie ihn. Es roch entsetzlich. Wieder mal typisch, gerade wo sie zur Arbeit wollte. Jetzt musste sie gleich noch mal baden. Ein Gürteltäschchen – manche Leute hätten es Bauchbeutel genannt, doch das war Tantchen zu vulgär – hing an seinem Riemen über einem Kleiderbügel, auf dem ein nach Mottenkugeln riechender Mantel hing. Minty beschloss, hier noch am gleichen Abend gründlich sauber zu machen und auszusortieren, das Zeug zur städtischen Altkleidersammlung zu bringen und den Schrank auszuwaschen. Sie hielt sich den Bauchbeutel behutsam an die Nase. Einmal kurz daran riechen war genug. Sie wusch ihn im Waschbecken im Bad gut ab, legte ihn zum Trocknen auf den Wannenrand und unterzog sich dann selbst einer gründlichen Reinigung. Wenn er trocken war, würde er ein praktisches Futteral für das Messer abgeben. All das führte dazu, dass sie ein wenig verspätet zur Arbeit kam, was für sie sehr ungewöhnlich war. Josephine strahlte übers ganze Gesicht; sie verlor kein Wort über ihre Verspätung, sondern teilte ihr mit, Ken und sie würden heiraten. Gestern Abend habe er bei Wantan-mit-Shrimps-Toast um ihre Hand angehalten. Minty fragte sich, wie der Heiratsantrag wohl vorgebracht worden war, nachdem Ken ja kein Wort Englisch sprach.

»Nächste Woche fang ich meinen Kantonesischkurs an«, sagte Josephine.

Minty nahm die Hochzeitseinladung an. Als sie mit Bügeln anfing, überlegte sie, ob sie wohl je wieder einem Mann begegnen würde, der sie so begehrte, wie Jock sie begehrt hatte. Es durfte aber nicht passieren, solange Jock noch hinter ihr her war. Es ging doch nicht an, dass sie mit einem Mann im Pub oder im Kino war und Jock plötzlich zwischen ihnen auftauchte oder sie beobachtete. Außerdem hatte sie ihm versprochen, es würde nie einen anderen geben. Sie sei auf immer und ewig die Seine, und immer und ewig dauerte womöglich noch fünfzig Jahre. Was wollte er? Weshalb war er zurückgekehrt? Weil er Angst hatte, sie würde einem Neuen begegnen?

Die Hemden hatten jenen undefinierbar reinen Duft nach frisch gewaschener Wäsche, den sie so gern mochte. Sie kostete ihn bei jedem genüsslich aus, hielt es sich dicht vor die Nase, wenn sie es vom Stapel nahm. Minty bügelte die Hemden nicht der Reihe nach, indem sie erst das oberste nahm, dann das nächste und so weiter, sondern suchte sie der Farbe nach aus. Weil es immer mehr weiße als bunte gab, manchmal doppelt so viele, nahm sie sich erst zwei weiße vor, dann ein rosafarbenes, wieder zwei weiße, dann ein blau gestreiftes. Sie ärgerte sich, wenn die Reihenfolge durcheinander kam und sie am Ende feststellte, dass sie noch vier oder fünf weiße übrig hatte. Heute früh gab es weniger weiße als gewöhnlich, und während sie zügig vorankam, stellte sie fest, dass sie das Glück haben würde, ihre Aufgabe mit dem Bügeln eines rosagelb gestreiften Hemdes abzuschließen.

Es war über eine Woche her, seit sie Jock gesehen hatte, und gerade als sie dachte, er hätte nun genug, hätte entweder gefunden, was er gesucht hatte, oder sei der Suche einfach überdrüssig, tauchte er wieder auf. Sie war mit Sonovia und Laf in eins der Kinos im Whiteley's gegangen und hatte *Sleepy Hollow* gesehen, einen angeblich Furcht erregenden Film über einen kopflosen Reiter, einen Geist natürlich, der in dieser kleinen Stadt in Amerika gelegentlich auftauchte und den Leuten die Köpfe abschlug.

»Also, so was Lächerliches hab ich ja noch nie gesehen«, sagte Sonovia verächtlich, während sie Minty das Popcorn hinüberreichte. Laf war eingenickt und schnarchte leise.

»Da kriegt man ja Angst«, flüsterte Minty, aber eher aus Höflichkeit als wahrheitsgemäß. Filme waren ja nicht *echt*.

Doch gerade als der Baum sich wieder in zwei Teile spaltete und der Geisterreiter und sein Pferd aus dem Wurzelwerk heraussprangen, kam Jocks Geist ins Kino und setzte sich in ihrer Reihe an der anderen Gangseite auf den äußersten Platz. So wie sie saßen, sie zwei Plätze vom Gang entfernt, Sonovia neben ihr und Laf neben Sonovia, hatte sie einen ungehinderten Blick auf ihn. Er hatte sich hingesetzt, ohne zu ihr hinüberzuschauen, wandte nun aber – weil er wohl ihren Blick auf sich ruhen fühlte – den Kopf und fixierte sie mit einem dumpfen, ausdruckslosen Starren. Sie griff nach Tantchens silbernem Kreuz, das sie an einem Band um den Hals trug, und umklammerte es fest. Diese Geste, angeblich ein sicheres Mittel gegen Besucher aus einer anderen Welt, hatte Tantchen jedenfalls behauptet, hatte keinerlei Wirkung auf Jock. Er starrte auf die Leinwand. Minty berührte Sonovia am Arm.

»Siehst du den Mann da am Ende der Reihe?«

»Welchen Mann?«

»Auf der anderen Seite, der da ganz außen sitzt.«

»Da ist keiner, meine Liebe. Du träumst.«

Dass er für andere unsichtbar war, überraschte sie ganz und gar nicht. Josephine hatte ihn im Laden damals auch nicht sehen können. Woraus er wohl gemacht war? Aus Fleisch und Blut oder nur aus Schatten? Sie hatte ihm versprochen, mit keinem anderen mehr zu gehen, nachdem sie mit ihm zusammen gewesen war. Wollte er am Ende dafür sorgen, dass sie ihren Schwur auch hielt, und war zurückgekehrt, *um sie mitzunehmen?* Minty begann zu zittern.

»Ist dir etwa kalt?«, flüsterte Sonovia.

Minty schüttelte den Kopf.

»Hat dich vielleicht eine Grabeshand gestreift wie eine Katze in der Nacht?«

»Sag nicht so was!« Minty sprach so laut, dass ihr eine Frau von hinten auf die Schulter tippte und sagte, sie solle still sein.

Sie schwieg und fröstelte. Irgendwo auf dieser Welt war ein Ort, an dem ihre Gebeine oder ihre Asche einmal begraben würden. Und von dort hatte sie ein Hauch gestreift. Dorthin wollte Jock sie mitnehmen, zu diesem Grab, und ihren Geist um sich haben, wo auch immer es war. Sie konnte den Film nicht mehr ansehen, die Realität war viel beängstigender. Nach nur zehn Minuten stand Jock auf, um zu gehen. Im Vorübergehen wisperte er ihr »Polo« zu und berührte sie an der Schulter.

Sie drückte sich ängstlich in ihren Sitz. Seine Berührung war nicht wie ein Schatten oder ein Windhauch, sondern fühlte sich echt an, wie eine warme Hand, mit dem Druck wie von einer natürlichen Hand, schwer und besitzergreifend. »Geh weg«, sagte sie. »Lass mich in Ruhe.«

Sonovia wandte sich ihr zu und sah sie vorwurfsvoll an. Minty drehte sich zum Ausgang um, doch Jock war verschwunden.

Als der Film zu Ende war, luden Laf und Sonovias sie auf einen Drink ins Redan ein.

»Was hast du denn da im Kino gebrummelt?«, fragte Laf grinsend. »Du hast mit geschlossenen Augen dagesessen, vor dich hin gequatscht und Grimassen geschnitten.«

»Hab ich nicht.«

»Doch, hast du, meine Liebe«, meinte Sonovia. »Was hast du davon, ins Kino zu gehen, wenn du bloß die Augen zumachst?«

»Ich hatte Angst. Alle hatten Angst.«

Sie stritten es ab. Doch sie war nicht im Stande, über den Film zu reden, konnte weder Laf beipflichten, der so tat, als hätte es ihm gefallen, noch Sonovia, die bloß noch darüber lachen konnte, wie oft der Reiter jemanden enthauptet hatte. Jocks Geist hatte sie vollkommen abgelenkt. Es war ihr so vorgekommen, als hätte er sie bedroht. Sie konnte den Druck seiner Hand immer noch spüren. Er durfte sie aber nicht mitnehmen, sie wollte nicht sterben, nicht an einen schrecklichen, Furcht erregenden Ort gebracht werden, an dem Geister hausten. Sie würde etwas unternehmen, um sich zu verteidigen.

Als sie ihn das erste Mal gesehen hatte, hätte sie nicht geglaubt, dass eine Waffe ein wirksames Mittel gegen ihn wäre, doch die harte, schwere Berührung durch seine Hand hatte sie überzeugt, dass er ein Geist war und doch fest und unnachgiebig. Sie brauchte also das Messer, musste es unbedingt immer bei sich tragen. Denn wer konnte schon wissen, wo er das nächste Mal auftauchen würde?

Sie machte das letzte Hemd fertig, steckte es in die dafür vorgesehene Zellophanhülle und befestigte die blauweiß getupfte Pappfliege unter dem Kragen. Josephine war kurz zu der Autovermietung gegangen, um den Transport für die Hochzeit zu regeln, und als es an der Ladentür klingelte, dachte Minty erst, es wäre Jock. Das sähe ihm ähnlich, heute zu kommen, das letzte Mal, dass sie ohne das Messer unterwegs war. Sie griff sich eine Schere vom Regal, auf dem Fleckenentferner und Stärkespray aufbewahrt wurden. Es war aber bloß Ken, der so tat, als fürchtete er sich vor den Scherenarmen, die auf ihn gerichtet waren, und begann mit erhobenen Händen herumzualbern.

Als Josephine zurückkam, finden die beiden an zu knutschen und sich auf den geöffneten Mund zu küssen und lauter solche Sachen. Komisch, denn bevor sie Ken begegnet war, hatte Josephine ihr erzählt, Chinesen würden nicht küssen, sie wüssten nicht, wie das ging. Vielleicht hatte sie es ihm beigebracht. Minty mochte die beiden eigentlich recht gern, hätte bei dem Rumgetue aber gute Lust gehabt, mit der Schere auf sie einzustechen. Sie kam sich ausgeschlossen vor, isoliert, gefangen in ihrer eigenen Welt, in der bloß sie und Jocks Geist wohnten. Wie schlafwandlerisch schlurfte sie ins Hinterzimmer und setzte sich auf einen Hocker, starrte die Wand an und drehte die Schere in den Händen.

Jock hatte immer ein Päckchen Polo-Minzbonbons in der Tasche gehabt. Deshalb hatte er sie wahrscheinlich auch Polo genannt. Er hatte ihr welche angeboten, als sie ins Kino gegangen waren, und sie hatten ihr geschmeckt, es war eine *saubere* Art von Süßigkeiten gewesen, die einem nicht die Hände verklebten. Pling, plang, der Monat fängt an, fiel ihr wieder ein, was sich wehrt, macht's verkehrt. Just walk on by, wait on the corner …

Sie hatte sich ihr Mittagsbrot mitgebracht, Sandwiches mit geriebenem Käse und Kopfsalat, dazu einen kleinen Naturjogurt. Man konnte ja nie wissen, was sie in den mit Fruchtgeschmack alles reintaten. Als sie aufgegessen hatte, wickelte sie den Abfall in Zeitungspapier, dann in eine Plastiktüte und steckte das Ganze in Josephines Mülleimer hinten im Hof. Schon die bloße Berührung erforderte mehr als die übliche gründliche Waschaktion. Sie schrubbte sich die Fingernägel mit einem Bürstchen und weichte die Hände danach fünf Minuten lang in sauberem, seifenlosem Wasser ein. Als sie sie herausnahm und abtrocknete, waren die Finger bleich und schrumpelig – Waschweibhände, hatte Tantchen dazu immer gesagt. Minty gefielen sie eigentlich recht gut so, denn es bedeutete, dass sie wirklich sauber waren.

Es war einer dieser Nachmittage, die ereignislos verstrichen. Ein Mann brachte seine sieben Hemden vorbei. Das tat er immer, einmal pro Woche. Josephine hatte ihn einmal gefragt, ob er denn keine Frau oder Freundin hätte, die sie für ihn bringen oder gar selbst waschen und bügeln könnte. So hatte sie sich zwar nicht ausgedrückt, aber gesagt hatte sie schon etwas, und das hatte der Mann sehr krumm genommen. Minty dachte schon, er käme gar nicht mehr, sondern würde seine Hemden in das Geschäft an der Western Avenue bringen. Es dauerte dann auch vierzehn Tage, bis er wieder auftauchte, und Josephine war – in Erinnerung an ihre Taktlosigkeit – ganz besonders nett zu ihm.

Danach kam niemand mehr, bis kurz vor Ladenschluss noch ein Teenager hereinschneite und wissen wollte, ob sie ihr Kleid reinigen lassen und auf Raten zahlen könnte. Es war ein rotes Minikleid mit Spaghettiträgern und winzigem Röckchen, und Minty dachte eigentlich, es ließe sich schon waschen. Sie hätte es gewaschen. Josephine sagte: »Auf gar keinen Fall«, und das arme Ding musste sein Kleid wieder mitnehmen.

Minty ging zu Fuß nach Hause. Sie hatte das ungute Gefühl, Jock könnte vielleicht im Bus sein. Im Freien war er bisher noch nie aufgetaucht. Der alte Mr. Kroot war in seinem Vorgarten, kehrte den Fußweg und tat so, als sähe er sie nicht. Vielleicht war gar nicht er es gewesen, der die Beileidskarte geschickt hatte, sondern die Haushaltshilfe hatte es ohne sein Wissen getan. Ihr war klar, dass er sie bemerkt hatte. Sie erkannte es an der Art, wie er sich versteifte und wie seine runzligen, alten Hände mit den hervortretenden Adern den Besenstiel fester packten. Als sie klein gewesen war, war er immer recht freundlich gewesen, aber dann, eines Tages, als seine Schwester gerade bei ihm zu Besuch war, hatten die und Tantchen sich gestritten. Es ging um die Wäscheleine oder den Zaun zwischen den beiden Gärten oder vielleicht darum, dass Mr. Kroots Katze an die Büsche pinkelte, irgendetwas in der Art, aber Minty wusste nicht mehr was. Danach hatten Mr. Kroots Schwester und Mr. Kroot nie wieder mit Tantchen gesprochen, und Tantchen hatte nie wieder mit ihnen gesprochen. Deshalb hatten sie auch mit Minty nie wieder gesprochen.

Die Schwester war im Moment nicht da. Sie wohnte irgendwo anders, weit weg von London. Mr. Kroot war ganz allein mit seiner Katze, die keinen Namen hatte. Er nannte sie einfach nur Katze. Er wandte sich um und sah durch Minty hindurch, als wäre sie ein Geist wie Jock. Dann ging er mit seinem Besen ins Haus und machte die Tür viel heftiger zu, als er es normalerweise getan hätte. In dem Moment, als er sie zumachte, kam die Katze an die Tür. Sie war so alt, dass Minty sich kaum mehr an die Zeit erinnern konnte, als sie noch nicht da gewesen war. Inzwischen musste sie mindestens zwanzig sein, und wenn man das mal sieben nahm, was man laut Tantchen musste, um das wahre Alter einer Katze zu errechnen, dann war sie bestimmt hundertvierzig.

Während Minty ihre Haustür aufschloss und ins Haus ging, stimmte die Katze ein kehliges, altersschwaches Gejammer an, um eingelassen zu werden. Minty erwartete schon fast, dass Jock im Hauseingang saß und auf sie wartete, aber dort war nichts und niemand.

Ob ein Messer gegen einen Geist wohl etwas ausrichten konnte? Woraus bestanden Geister eigentlich? Minty widmete diesen Überlegungen ziemlich viel Zeit. Bevor sie einen gesehen hatte, bevor einer sie berührt hatte, hielt sie sie für eine Mischung aus Schatten und Rauch, Dampf und einer wolkigen, nicht greifbaren Substanz. Jocks Hand war kräftig gewesen, hatte einen starken Druck ausgeübt, und die Sitzfläche des Stuhles, auf dem er gesessen hatte, hatte sich warm angefühlt. War er derselbe Mensch wie damals, als er noch auf der Erde gewesen war? Ein Wesen aus Fleisch und Blut, nicht wie ein Schwarzweißfoto, ein graustichiges Filmbild, sondern braunhaarig, mit rosiger Haut und Augen im gleichen Dunkelblau wie früher? Und Blut – würde er bluten?

Sie würde es ausprobieren. Falls es nicht funktionierte, hätte sie nichts verloren. Dann müsste sie es eben auf eine andere Art versuchen. Während sie sich das zweite Bad des Tages einließ, stellte sie sich vor, wie das Messer in den Geisterkörper eindrang und der Geist sich auflöste, in einem Wölkchen Rauch verschwand oder wie Wasser zu einer klaren Pfütze zerschmolz. Kein Laut wäre zu hören, kein Schrei oder Keuchen, er würde einfach verschwinden und damit seine Niederlage eingestehen, ihren Sieg anerkennen.

Bei dem Gedanken daran wünschte sie sich fast, ihn zu sehen. Sie nahm ihr Bad, benutzte dazu den großen, goldenen Schwamm, der einmal an einem Felsbrocken im Meer gelebt hatte. Als sie fertig war, wusch sie ihn erst in heißem, dann in kaltem Wasser aus. Einmal hatte Jock gefragt, ob sie vielleicht zusammen baden, beide gleichzeitig ins Wasser gehen könnten. Voller Entrüstung hatte sie den Vorschlag abgelehnt. Erwachsene taten so was doch nicht, das war was für kleine Kinder. Und im Übrigen müsste sie, wenn sie sich eine Wanne Wasser mit ihm teilte, danach sowieso noch einmal allein baden. Daran schien er überhaupt nicht zu denken.

Einen kurzen Augenblick, nackt, hätte sie ihn fast sehen wollen. Sie öffnete die Badezimmertür, trat hinaus und ging in ihr Schlafzimmer hinüber. Er war nirgends. In den sauberen Sachen, die sie an dem Abend tragen wollte, einem Abend mit hygienischer Mahlzeit, einem Stündchen Fernsehen und zwei Stunden Aufräumen und Saubermachen, ging sie hinunter in den dunklen Hausflur. Der Geist kam bei Dunkelheit oder bei Licht, es machte offenbar keinen Unterschied. Sie spürte ihn neben sich, überall um sich herum, obwohl sie ihn nicht sehen konnte. Während sie ihre zwei Kartoffeln schälte und ihr selbst gekochtes, kaltes Hähnchenfleisch klein schnitt, ertönte seine singende Stimme, und es klang wie Musik von weither: *Today I started loving you again …*

7

Sobald sie seinen Antrag angenommen hatte, dachte Zillah eigentlich, sie und die Kinder würden nun bei Jims einziehen und die Hochzeit für einen späteren Termin, vielleicht in einem halben Jahr, planen. Jims hatte allerdings andere Vorstellungen. Die Regeln der Schicklichkeit mussten befolgt werden. Erst letzte Woche hatte der Vorsitzende der Konservativen Wählergemeinschaft für South Wessex in Anspielung auf einen ortsansässigen Popsänger, dessen Freundin und deren gemeinsames Baby gemeint, unehelich zusammenlebenden Paaren sollte der Grundbesitz verwehrt bleiben, und man sollte ihnen Pass und Führerschein entziehen. Jims konnte sich keine sicherere Methode vorstellen, bei der nächsten Wahl seinen Sitz zu verlieren, als wenn er Zillah gestattete, bei ihm einzuziehen. Außerdem hatte er eine PR-Firma angeheuert, und die Frau, die ihn betreute, mühte sich nach Kräften, Fotos von ihm und Zillah in den überregionalen Zeitungen zu platzieren. Das schäbige Loch in Long Fredington wäre ein unpassender und seine Maisonettewohnung in der Great College Street ein ungebührlicher Hintergrund. Er unterzeichnete einen dreimonatigen Mietvertrag für eine Wohnung in einem Apartmenthaus in Battersea, die nach vorn hinaus eine Aussicht auf den Fluss und die Parlamentsgebäude bot. Jims, der sich in diesen Dingen auskannte, fand, dass es genau die richtige Note traf. Es war *seriöser* als Knightsbridge und nicht ganz so unkonventionell wie Chelsea, nicht ganz modern, aber solide und hatte darüber hinaus das adäquate politische Flair. Was Zillahs persönliche Habseligkeiten und Besitztümer in Willow Cottage anbelangte, so machte er den Vorschlag, den ganzen Kram anzuzünden, zog seine Anregung dann aber zurück, als ihm der Besitzer des Hauses einfiel, sein alter Freund Sir Ronald Grasmere.

Gern hätte sie Jims mitgeteilt, dass sie jetzt Witwe war, doch Zillah traute sich noch nicht recht. Er hätte als Erstes wissen wollen, wann sie von Jerrys Tod erfahren und wieso sie es ihm nicht schon früher gesagt hätte. Also nahm sie ihren ganzen Mut zusammen und tischte ihm eine Lüge auf, die ihm zwar nicht sehr behagen, ihm aber weniger ausmachen würde als die Wahrheit. »Ich war mit Jerry eigentlich gar nie richtig verheiratet.«

»Was soll das heißen, Liebling, ›nie richtig‹ verheiratet? War deine Trauung etwa auch so eine komische Geschichte am Strand von Bali wie bei Mick Jagger?«

»Ich will damit sagen, dass wir überhaupt nicht verheiratet waren.«

Er akzeptierte es. Der Vorsitzende der Konservativen Wählergemeinschaft für South Wessex würde es höchstwahrscheinlich nie erfahren. Zillah verspürte ein paar Gewissensbisse, als sie an ihre Hochzeit mit Jerry in St. Augustine in Kilburn Park dachte – aber nicht viele und nicht besonders lange. Malina Daz, die PR-Frau, bekam gesagt, Zillah sei ledig, habe mit dem Vater der Kinder aber mehrere Jahre in »fester Beziehung« gelebt. Wohlweislich beschloss sie, den Zeitungen nichts von Zillahs ehelichem oder nicht-ehelichem Familienstand zu sagen und die Kinder erst gar nicht zu erwähnen. Dabei zählte sie auch darauf, dass Jims weder berühmt noch berüchtigt war, was es unwahrscheinlich erscheinen ließ, dass Fragen gestellt würden. Außerdem zählte sie zur Lösung sämtlicher Fragen auf Zillahs Schönheit. Als der Fotograf kam, sah Zillah in ihrem neuen, cremefarbenen Seidenanzug von Amanda Wakeley mit dem locker um den Hals geschlungenen Georgina-von-Etzdorf-Tuch einfach hinreißend aus. Der schöne Jims stand lässig über die Lehne ihres Sessels gebeugt und streichelte mit der makellos manikürten Hand sanft über ihr langes schwarzes Haar.

Doch als Malina sich das mit Jims' Berühmtheit anders überlegte und vorschlug, Eugenie und Jordan doch als Zillahs Nichte und Neffen auszugeben, als die Kinder ihrer auf tragische Weise bei einem Autounfall getöteten Schwester, war für Zillah Schluss. Für Jims – überraschenderweise – ebenfalls. Malina solle doch daran denken, sagte er, dass er gar nicht so bekannt war, er war schließlich keine *Berühmtheit.*

»Jetzt noch nicht«, erwiderte Malina energisch.

»Wenn ich einen Posten bekomme«, sagte Jims und senkte die Stimme, »wird sich das natürlich ändern.«

Das Ganze machte Zillah ziemlich nervös. »Meine Kinder lösen sich aber nicht in Luft auf.«

»Nein, Liebling, das sollen sie auch gar nicht.«

»Es wäre ratsam«, meinte Malina, »den Printmedien während des ersten Jahres keine Interviews zu geben. Könnten wir Ihren ersten Mann denn nicht bei einem tragischen Autounfall ums Leben kommen lassen?« Widerwillig sah sie sich gezwungen, dieses gelungene Szenario fallen zu lassen. »Hm, nein, vielleicht lieber nicht. Aber bis dahin«, fügte sie etwas affektiert hinzu, »ist ja vielleicht schon wieder was Kleines unterwegs.«

Die Wahrscheinlichkeit eines weiteren Kleinen erachtete Zillah als äußerst gering. Sie hatte keine Erfahrung mit Interviews oder Journalisten, fürchtete sich aber jetzt schon vor ihnen. Allerdings war sie seit langem in der Kunst geübt, unangenehme Gedanken zu verdrängen. Anders wusste sie sich nicht zu helfen. Jedesmal, wenn ihr also ein Bild von Jims als Innenminister des Schattenkabinetts oder als Unterstaatssekretär für Gesundheit in den Sinn kam und sie schon einen Reporter vor ihrer Tür stehen sah, schob sie es entschlossen beiseite. Und sooft ihr eine Phantomstimme zuflüsterte: »Erzählen Sie mir doch von Ihrer früheren Ehe, Mrs. Melcombe-Smith«, wurde sie auf diesem Ohr taub. Schließlich *wusste* sie ja, dass Jerry nicht wieder auftauchen würde. Welche bessere Methode gäbe es denn, wenn man klar machen wollte, dass man zu verschwinden gedachte, als den eigenen Tod zu verkünden?

Jims kaufte ihr einen Verlobungsring, drei große, in ein quadratisches Kissen aus Brillanten gefasste Smaragde. Eine Visa-Karte auf den Namen Z. H. Leach hatte er ihr bereits geschenkt, und nun schenkte er ihr auch noch eine American-Express-Platinum-Karte, die auf Mrs. J. I. Melcombe-Smith ausgestellt war, und sagte, sie könne sich nach Herzenslust Kleider kaufen. In ihrem neuen grünen Caroline-Charles-Kostüm und dem perlenbesetzten Bustier dinierte sie mit Jims im Churchill Room im Parlamentsgebäude und wurde dem Unterhausführer der Konservativen Partei vorgestellt. Vor sieben Jahren hätte Zillah sich noch als Kommunistin bezeichnet und wusste gar nicht, ob sie überhaupt konservativ sein könnte.

»Jetzt bist du's, Liebling«, sagte Jims.

Nach dem Dinner nahm er sie mit in die Westminster Hall und hinunter in die Chapel of St. Mary Undercroft. Selbst Zillah, die von solchen Dingen sehr wenig Notiz nahm, musste zugeben, dass Sir Charles Barrys architektonische Ausführung beeindruckend und die üppige Ausschmückung großartig waren. Beflissen betrachtete sie die Schlusssteine, auf denen die aufs Rad geflochtene heilige Katharina und der in brodelndes Öl getauchte Evangelist Johannes zu sehen waren, obwohl sie bei solchen Dingen recht zimperlich war und ihr beim Anblick des heiligen Laurentius auf dem Rost doch ein wenig schlecht wurde. Bei der Trauungszeremonie würde sie darauf achten, den Blick nicht zu heben. Vor all diesen üppigen, leuchtenden Farben, beschloss sie, würde sich ein elfenbeinfarbenes Hochzeitskleid besonders wirkungsvoll abheben. Weil sie sich für die Ledige-Frau-Option entschieden hatte, war sie fest entschlossen, die Erinnerung an ihre Ehe beiseite zu schieben, und hatte sich mit dem Gedanken an eine kirchliche Feier eigentlich abgefunden.

Schade, dass die Kinder nicht dabei sein konnten. Sie stellte sich Eugenie als Brautjungfer und Jordan als Pagen eigentlich recht hübsch vor. Sie hätten so schick ausgesehen in schwarzem Samt mit weißen Spitzenkragen. Abgesehen von diesen etwas flatterhaften Überlegungen war sie ernsthaft besorgt um ihre Kinder. Ihre Existenz gehörte zu jenen nicht direkt unangenehmen, eher etwas beunruhigenden Tatsachen, die sie, obwohl sie es versuchte, nicht verdrängen konnte. Oder vielmehr – sie versuchte, an sie nur insofern zu denken, als es die beiden Menschen waren, die ihr auf der ganzen Welt am nächsten standen, die sie womöglich als einzige wirklich liebte, denn ihre Zuneigung für Jims gehörte wohl kaum in diese Kategorie. Doch die Umstände waren zu unangenehm, als dass sie die Probleme einfach hätte vergessen können. Ständig wollten sie wissen, wann sie Jerry denn nun wiedersehen würden. Jordan hatte die beunruhigende Angewohnheit, auf der Straße oder – noch schlimmer – wenn Jims einen befreundeten Parlamentarier auf Besuch mitbrachte, lauthals schreiend zu verlangen: »O, o, ich will meinen Daddy sehen!«

Eugenie war zwar weniger emotional, brachte die Sache aber stets auf den Punkt: »Mein Vater hat uns schon seit Monaten nicht mehr besucht«, oder sie zitierte die Babysitterin, deren Dienste Zillah nun fast täglich in Anspruch nahm: »Mrs. Peacock sagt, mein Vater glänzt durch Abwesenheit.«

Die letzte Adresse, die Zillah von ihm hatte, war die in der Harvist Road, NW10. Manchmal holte sie den Zettel hervor, auf den er sie geschrieben hatte, und starrte ihn gedankenverloren an. Eine Telefonnummer stand nicht dabei. Schließlich rief sie bei der Auskunft an. Ohne einen Namen konnten oder wollten sie ihr aber nicht helfen. Eines Nachmittags ließ sie Mrs. Peacock mit den Kindern allein und fuhr mit der Bakerloo Line Richtung Queen's Park in die Harvist Road.

Die Gegend erinnerte sie an ihre Studentenzeit, als sie sich mit Jerry ein Zimmer in einem Haus in der Nähe des U-Bahnhofs geteilt hatte. Eine Zeit lang waren sie sehr glücklich gewesen. Dann war sie schwanger geworden, und sie hatten geheiratet, aber danach war es nie wieder wie früher.

»Sieh dich vor, du braver Mann«, sagte Jerry, seine alte Großmutter zitierend, »mit dem Heiraten fängt der Ärger erst an.« Das war auf ihrer zweitägigen Hochzeitsreise nach Brighton. Dann sagte er: »Ich bin eigentlich ganz gern verheiratet. Vielleicht mach ich's noch ein paar Mal.«

Dafür wischte sie ihm eine, doch er lachte bloß. Jetzt suchte sie ihn, um herauszukriegen, ob er vorhatte, auch weiterhin tot zu sein. Sein Name stand nicht auf dem Klingelschild an der Hausnummer, die er ihr genannt hatte. Als sie den Löwenkopf-Türklopfer betätigte, kam eine ältere Frau an die Tür und sagte: »Kein Interesse an Doppelglasfenstern«, noch bevor sie den Mund aufgemacht hatte.

»Ich verkauf auch gar keine. Ich suche Jerry Leach. Er hat mal hier gewohnt.«

»Der hieß Johnny, nich Jerry, und wohnt nich mehr hier. Schon seit letztes Jahr nich mehr. Das is schon Monate her. Und die Antwort auf Ihre nächste Frage is, nein, ich hab keine Ahnung, wo er hin is.«

Die Tür wurde ihr vor der Nase zugeschlagen. Sie überquerte die Straße, setzte sich auf eine Bank im Queen's Park und starrte auf die grüne Rasenfläche. Ein schwarzes und ein weißes Mädchen beäugten im Vorübergehen neugierig ihr knappes Leinenkostüm und die hohen Absätze und steckten kichernd die Köpfe zusammen. Zillah beachtete sie nicht. Es war offensichtlich, dass Jerry seinen gegenwärtigen Aufenthaltsort verheimlichen wollte. Sie musste sich damit abfinden, dass er endgültig verschwunden war. Was würde er denken, wenn er das Foto von ihr und Jims in der Zeitung sah? Vielleicht las er ja gar keine Zeitung. Früher oder später würde er es aber bestimmt erfahren. Wenn diese Umbildung des

Schattenkabinetts, von der Jims sprach, stattfand, noch vor der Hochzeit. Denn bis dahin wäre Jims vielleicht Minister im Schattenkabinett und wäre, weil er jung war und so gut aussah, weil *sie* jung war und gut aussah, eine Zielscheibe der Medien. Jerry war ein mieser Ernährer und konnte im Allgemeinen überhaupt nicht mit Geld umgehen, außerdem war er untreu und herzlos, aber nicht durch und durch schlecht. Er war der Letzte, der ihr ihre Chancen vermasseln würde. Wenn er sah, dass sie sich gut verheiratet hatte und weich gebettet war, würde er höchstwahrscheinlich lachend sagen: »Viel Glück, Mädchen, ich werd dir nicht im Weg stehen.« Außerdem wäre er erleichtert, dass sie ihm wegen des Unterhalts für die Kinder nicht mehr auf die Nerven gehen würde. Nicht dass er ihr je etwas gegeben hätte; wo nichts war, war auch nichts zu holen.

Sein blöder Spruch ging ihr immer noch im Kopf herum. Seit Jahren hatte sie nicht mehr daran gedacht, bis Eugenie kürzlich damit angefangen hatte. Adam und Eva und Zwickmich gingen zum Baden an den Fluss. Adam und Eva ertrunken. Wer wurde gerettet? Vielleicht war er *tatsächlich* tot. Aber nein. Sie führte sich vor Augen, dass – egal, was sie vorgetäuscht oder Jims gesagt hatte – Jerry immer noch ihr gesetzlich angetrauter Gatte war. Sie wäre doch die Erste gewesen, die man von offizieller Seite informiert hätte. Er war ihr Mann und sie war seine Frau. Voller Unruhe fiel ihr nun ein, dass Jerry aus irgendeinem inzwischen vergessenen Grund darauf bestanden hatte, nach der alten Form des Traugottesdienstes aus dem *Gebetbuch der Anglikanischen Kirche* vermählt zu werden. An einer Stelle hatte es geheißen, was Gott zusammengefügt hat, das soll der Mensch nicht scheiden, und dass sie sich an ihn halten sollten, solange sie lebten auf Erden. Zu allem Überfluss würde sie das alles in St. Mary Undercroft noch einmal über sich ergehen lassen müssen, wobei sie nicht einmal genau wusste, sondern nur vermuten konnte, dass dort ebenfalls der alte Ritus verwendet wurde. Und der Pfarrer (oder hieß es Kaplan?) würde diese furchtbaren Worte über den schrecklichen Tag des Gerichts sagen, wo sie Rechenschaft ablegen müssten, dass ihrer Eheschließung kein gerechter Grund oder Einwand im Wege stand. Zillah glaubte nicht wirklich an den schrecklichen Tag des Gerichts, doch schon der Klang der Worte rief in ihr ein abergläubisches Gefühl der Angst hervor. Jerry, wo auch immer er sein mochte, war ein einsachtzig großer und gut achtzig Kilo schwerer gerechter Grund und ein Einwand. Wieso musste sie eigentlich immer Männer heiraten, die kirchlich getraut werden wollten?

Nach einer Weile stand sie auf und schlenderte zur U-Bahnstation zurück. Das Problem, wenn man unangenehme Gedanken verdrängen will, ist, dass diese Verdrängung nie völlig gelingt und die Gedanken bei ihrer Wiederkehr doppelt so bedrohlich erscheinen. Wegen ihrer Eltern machte sie sich auch Sorgen. Sie hatte ihnen noch gar nicht gesagt, dass Jerry tot war. Sie hatte ihnen auch noch nicht mitgeteilt, dass die offizielle Version ihres Verhältnisses nun war, dass sie überhaupt nie verheiratet gewesen waren. Offiziell würde es so dargestellt werden, dass sie den Hochzeitsempfang ausrichteten. Jims würde natürlich bezahlen. Sie fragte sich, wie sie ihre Mutter davon abhalten sollte, dem Oppositionsführer, ganz zu schweigen von Lord Strathclyde, zu erzählen, wie sie Klein-Zillah immer mitgenommen hatte, wenn sie im Herrenhaus oben die Betten machte und das Geschirr abspülte, und dass die Fünfjährige manchmal mit dem siebenjährigen James hatte spielen dürfen.

Der Zug fuhr ein. Der Wagen, in den sie einstieg, war voll mit jamaikanischen Gangstern aus Harlesden, die Dosenbier tranken, was sie an die Welt denken ließ, die sie bald für immer hinter sich lassen würde. In Kilburn Park wechselte sie den Wagen und fuhr bis Oxford Circus. Das beste Mittel zur Beruhigung der Nerven und bei Depressionen, das sie kannte, war Einkaufen – ein Vergnügen, dem sie sich bisher nie hatte hingeben können. Es war schon erstaunlich, wie schnell sie sich daran gewöhnt hatte und wie viel Spaß es ihr machte. Schon nach ein paar Wochen kannte sie die Namen sämtlicher Designer und gewann allmählich eine gute Vorstellung davon, wie deren Kleider aussahen und wie sie sich voneinander unterschieden. Wenn andere akademische Fächer so leicht zu erlernen wären, hätte sie inzwischen schon einige Abschlüsse gemacht. Als Jims' Ehefrau würde sie sie gar nicht brauchen.

Als sie Browns etwa anderthalb Stunden später mit Einkaufstüten beladen verließ, fühlte sie sich überglücklich und unbeschwert und fragte sich, wieso sie vorhin so einen Durchhänger gehabt hatte. Für den Rückweg nach Battersea nahm sie sich ein Taxi. Die Kinder waren gerade beim Abendessen, die Babysitterin führte bei Tisch den Vorsitz.

»Mrs. Peacock sagt, du würdest Jims heiraten«, sagte Eugenie, »aber ich hab gesagt, das kannst du gar nicht, weil du doch mit Daddy verheiratet bist.«

»Mein Fehler, Mrs. Leach, ich dachte, die beiden wüssten Bescheid.«

»Mummy soll Daddy heiraten«, sagte Jordan. »Morgen heiraten.« Er nahm seinen Teller und knallte ihn auf den Tisch, wodurch ein Becher mit Orangensaft umkippte, was einen Schreikrampf zur Folge hatte. »Jordan will Daddy! Will jetzt gleich Daddy!«

Zillah holte einen Lappen und begann, das Verschüttete aufzuwischen, während Mrs. Peacock reglos dasaß und den Blick zwischen Zillah und den Tüten von Browns und Liberty hin und her wandern ließ. »Ist noch Tee in der Kanne, Mrs. Peacock?«

»Der wird inzwischen kalt sein.«

8

Es wäre die erste Hochzeit, auf der Minty je gewesen war. Da die ganz gewöhnlichen Ängste einer Frau sie nie plagten, machte sie sich auch keine Gedanken darüber, was sie anziehen und ob sie sich eventuell einen Hut kaufen sollte. Wäre sie von Jock nicht um ihre Ersparnisse gebracht worden, hätte sie Josephine und Ken auch ein Geschenk gekauft, doch nun verfügte sie nur über ihr Gehalt und hatte kein Geld übrig für Extras, wozu auch Geschenke gehörten. Hätte er es ihr zurückgezahlt, wenn er am Leben geblieben wäre? Kam er etwa deswegen zurück, erschien ihr sein Geist deswegen auf diese Weise, nicht um sie mitzunehmen, sondern weil er seine Schulden begleichen wollte?

Seit jenem Abend im Kino hatte sie ihn nicht mehr gesehen, grübelte jedoch über die Dinge nach, die Sonovia und Laf gesagt hatten. Dass der Grabeshauch sie gestreift hatte. Sie musste unaufhörlich daran denken, an ihre Grabstätte, die womöglich auf diesem riesigen, schrecklichen Friedhof ganz weit oben im Norden Londons lag, auf den Tantchen sie zur Beerdigung ihrer Schwester Edna mitgenommen hatte. Es wäre nicht wie Tantchens letzte Ruhestätte, so schön behaglich unter den großen, dunklen Bäumen und nah an Zuhause, gleich auf der anderen Seite der hohen Mauer, sondern in einer dieser trostlosen Reihen weißer Grabsteine, die nicht voneinander zu unterscheiden waren, ihr eingemeißelter Name von Wind und Regen verwittert. Aber wäre er überhaupt eingemeißelt? Wer würde es für sie veranlassen? Es gab doch niemanden, jetzt wo Tantchen nicht mehr war und Jock auch nicht.

Ihr träumte von dem Grab. Sie lag zwar unter der Erde, aber nicht in einer Kiste. Einen Sarg konnte sie sich nicht leisten. Sie lag in der kalten, nassen Erde, am schlimmsten Ort, an dem sie je gewesen war, war vollkommen mit Erde bedeckt, auf ihrer Haut, in ihrem Haar, unter ihren Fingernägeln war Erde. Mr. Kroots alte Katze kam und scharrte die Erde auf, kratzte mit den Pfoten, wie Katzen es eben tun. Sie konnte sie über sich sehen, sah sie durch das Loch starren, das sie gegraben hatte, die graue Schnauze mit den gebleckten Zähnen, die böse flackernden Augen und bebenden Schnurrbarthaare. Dann scharrte ihr das Tier die ganze Erde wieder in Mund und Nase, und sie wachte nach Atem ringend auf. Nach diesem Traum musste sie aufstehen und baden, obwohl es mitten in der Nacht war.

Was Laf über ihr Gebrummel und ihre geschlossenen Augen gesagt hatte und Josephines Bemerkung, Selbstgespräche wären das erste Anzeichen von Wahnsinn, hatten ihr ebenfalls nicht behagt. Sie hatte gar nicht gebrummelt, das tat sie nie, und die Augen hatte sie zugemacht, weil sie sich gefürchtet hatte. Im Pub hatten sie die ganze Zeit über sie gelacht. Wenn sie das nächste Mal einen Film sehen wollte, beschloss sie, würde sie allein gehen. Warum auch nicht? Früher war sie immer allein gegangen und konnte es auch wieder tun. Sie würde sich eine Rolle Polo-Minzbonbons kaufen. Oder eine Banane, weil er die nicht mochte – aber nein, lieber nicht, denn dann müsste sie die Schale ja irgendwo loswerden.

Auf der Rückfahrt im Bus kam ein Mann und setzte sich neben sie. Sie wollte sich nicht hinüberdrehen, weil sie sicher war, dass es Jocks Geist war und sie eine Stimme flüstern hörte: »Polo, Polo.« Doch als sie den Kopf ganz langsam und vorsichtig zentimeterweise nach rechts drehte, stellte sie fest, dass es jemand völlig anderes war, ein alter Mann mit weißem Haar. Jock musste sich weggeschlichen haben, als sie gerade nicht hinsah, und diesen alten Mann dazu gebracht haben, sich dorthin zu setzen.

Die Leute gingen nicht oft in die Vorstellung um halb vier. Zu der Zeit war das Multiplex-Kino immer fast leer. Weil Immacue samstags um eins zumachte, sah Minty sich am Nachmittag *Der talentierte Mr. Ripley* an. Sie kaufte sich eine Eintrittskarte und bekam gesagt, in welchen Kinosaal sie gehen sollte. Es waren nur noch zwei andere Leute da, und sie hatte die ganze Reihe für sich. Jock ließ sich nicht blicken. Sie hatte ihn seit einer Woche nicht gesehen, denn das Treffen im Bus konnte man ja nicht mitzählen. Es war schön, allein zu sein, dann musste man sich nicht andauernd bedanken, wenn einem jemand das Popcorn oder die Pralinen reichte, und hinter einem saß auch niemand, der einen aufforderte, den Mund zu halten.

Abends blieb es inzwischen länger hell. Sie konnte bei dem Mann am Friedhofstor Blumen für Tantchen kaufen und im Sonnenschein zum Grab hinüberspazieren. Es war niemand unterwegs. In letzter Zeit hatte es so viel geregnet, dass die Vase überlief, obwohl die Blumen darin schon verwelkt waren. Minty warf sie unter einen Stechpalmenbusch und stellte ihre Narzissen ins Wasser. Dann nahm sie zwei Papiertaschentücher aus ihrer Tasche, legte sie auf die Grabplatte und kniete sich darauf, das silberne Kreuz zwischen Zeige- und Mittelfinger haltend. Die Augen fest zugedrückt, betete sie zu Tantchen, sie möge doch machen, dass Jock für immer verschwand.

Sonovia stand an ihrem Gartentor und verabschiedete sich gerade von Daniel, der auf eine Tasse Tee vorbeigekommen war. Minty hatte ihn seit Monaten nicht gesehen, seit sie den Brief mit der Nachricht bekommen hatte, dass Jock ums Leben gekommen war.

»Wie geht's dir denn, Minty?«, fragte er mit seiner beschwichtigenden, aufmunternden Doktorstimme. »Fühlst du dich ein bisschen besser?«

»Ganz in Ordnung«, erwiderte sie.

»Was Aufregendes unternommen?« Sonovia stellte die Frage in einem Ton, der andeutete, dass ihr Gegenüber bloß etwas Langweiliges tun konnte, einem Ton mit unterschwelligem Gelächter. Minty gab keine Antwort. Sie spürte, wie der Bauchbeutel mit dem Messer unter ihren Sachen umherrutschte. »Willst du dir für Josephines Hochzeit mein blaues Kleid mit dem Jäckchen ausleihen?«

Wie konnte sie ablehnen? Sie wusste sich nicht zu helfen, blieb verlegen stehen und nickte. Daniel ging zu seinem Auto, das er überall parken durfte, weil im Fenster eine Arztplakette klebte. Minty wollte nach Hause, sich gründlich waschen, sich vergewissern, dass Jock nicht im Haus war, und alle Türen verschließen. Stattdessen musste sie zu Sonovia hinein, einen Blick in ihren Kleiderschrank werfen und sich das blaue Kleid mit dem passenden Jäckchen aussuchen, ob sie es nun wollte oder nicht, weil es nämlich das Einzige war, was ihr passte.

»Seitdem ich so zugenommen hab, pass ich nicht mehr rein«, sagte Sonovia.

Minty probierte es an. Ihr blieb gar nichts anderes übrig. Sie hasste es, dass Sonovia ihre nackte Haut sah, bleich und nach Seife riechend, und den Beutel anstierte, der ihr um die dünne Taille baumelte. Das Kleid war ihr etwas zu groß, würde aber gehen. Als sie es sich über den Kopf zog, zitterte sie so heftig – der Himmel wusste, wie oft es getragen und ob es jemals gereinigt worden war? –, dass Sonovia ihr wieder die übliche Frage stellte: Ob ihr kalt sei?

»Du siehst aber nett aus. Es steht dir wirklich gut. Du solltest öfter mal Blau tragen.«

Minty betrachtete sich im Spiegel und versuchte, nicht daran zu denken, dass das Kleid schmutzig war. Den bodenlangen Spiegel bezeichnete Sonovia als Pfeilerspiegel. Hinter sich sah sie das Spiegelbild von Jocks Geist, der die Tür öffnete und ins Zimmer spazierte. Er legte ihr die Hand in den Nacken, beugte den Kopf herunter und drückte sein Gesicht in ihr Haar. Sie schlug wild gegen das Ding hinter sich. »Verschwinde!«

»Wer denn, ich?«, fragte Sonovia.

Minty gab keine Antwort. Sie schüttelte den Kopf.

Sonovia sagte: »Wo warst du denn heute Nachmittag, Minty?«

»Im Kino.«

»Was, mutterseelenallein?«

»Wieso denn nicht? Ich bin manchmal gern allein.« Minty zog das Kleid wieder aus. Jock war verschwunden. Sie reichte es Sonovia wie der Verkäuferin in einem Kleiderladen.

Mit einer Stimme, die Minty überhaupt nicht gefiel, trocken und nachsichtig, als redete sie zu einem ungezogenen Kind, sagte Sonovia: »Ich steck es dir in eine Tüte.«

Als sie wieder unten waren, lehnte Minty die Tasse Tee und den alternativ angebotenen Gin-Tonic ab. »Ich muss jetzt nach Hause.«

Mr. Kroot war in seinem Vorgarten, und seine Schwester war bei ihm. Sie hatte einen Koffer bei sich, und es sah aus, als wäre sie soeben angekommen. Sie hieß gar nicht Kroot, sondern irgendwie anders, weil sie vor ungefähr hundert Jahren geheiratet hatte. Minty würdigte die beiden keines Blickes, schloss auf und ging ins Haus. Das Kleid und das Jäckchen rochen nach etwas, irgendwie nach schalem Parfüm. Auf dem Jackensaum prangte ein speckiger Fleck, ein Fettspritzer vielleicht. Sie erschauerte, froh, dass Sonovia nicht da war und fragte, ob ihr kalt sei. Das ganze Vergnügen, das ihr der Film bereitet hatte, war verflogen, vertrieben von den Geschehnissen seither. Sie fühlte sich verletzlich, gefährdet. Beim Hinaufgehen klopfte sie ununterbrochen auf Holz, auf die Treppengeländerstreben in Beige, den Handlauf in Braun, die Fußbodenleiste oben in Blassrosa. Bei der Innendekoration des Hauses hatte Tantchen gern Abwechslung gehabt, und dafür war ihr Minty dankbar. Was hätte sie bloß gemacht, wenn wie bei Sonovia alle Holzteile weiß gewesen wären?

Sie ließ Badewasser ein und stieg mit dem Messer in der Hand in die Wanne. Wieso, wusste sie auch nicht. Nur dass sie sich, wenn sie mit dem Messer in der Hand im Wasser lag, sicherer fühlte als irgendwo sonst. Ins Badezimmer war Jocks Geist noch nie gekommen und kam auch jetzt nicht.

Sie wusch sich die Haare und blieb im Wasser liegen, bis es allmählich abkühlte. Sie wickelte sich ein Badetuch um den Körper und eins um den Kopf, während sie das Messer sorgfältig abtrocknete. Jetzt hatte sie drei statt zwei Tücher zu waschen, aber sie akzeptierte es, da es im Namen makelloser Sauberkeit geschah. Dann frische Baumwollhosen angezogen und ein frisches T-Shirt. Bevor sie mit dem Inhalt von Sonovias Tüte zu hantieren begann, streifte sie ein Paar von Tantchens schwarzen Baumwollhandschuhen über, hielt Kleid und Jäckchen aber trotzdem auf Armeslänge von sich weg. Am Montag würde sie die Sachen mit zu Immacue nehmen und sie eigenhändig reinigen, sie mit dem Luxusspezialservice behandeln. Nachdem sie das Kleid ins Gästezimmer gebracht hatte, weit weg von da, wo sie sich sonst immer aufhielt, streifte sie die Handschuhe ab und wusch sich die Hände.

Es war reiner Zufall, dass Sonovia bei Immacue hereinschneite. Normalerweise brachte sie ihre und Lafs Sachen zum Reinigen immer in den Laden in der Western Avenue, doch war er über die Art, in der sie dort mit seiner Smokingjacke umgegangen waren, nicht sehr erfreut und sie selbst nicht sehr amüsiert über den Witz gewesen, den die Geschäftsführerin über den Polizeiball gerissen hatte.

Jetzt wollte er seine grauen Flanellhosen und das Sportsakko mit dem Hahnentrittmuster gereinigt haben. »Bring die Sachen doch zu Minty in den Laden, wie wär's damit? Probier's mal aus.«

Bei Immacue hingen abholbereite Sachen immer auf einem Kleiderständer, der sich auf der linken Ladenseite befand und hinter dem Ladentisch bis zur rückwärtigen Wand verlief. Als Sonovia hereinkam, war gerade niemand da, und so wartete sie ein Weilchen und ließ dabei den Blick von den verschiedenen zum Verkauf stehenden Reinigungshilfsmitteln auf dem Ladentisch über die aufeinander gestapelten Hemden in den Regalen auf der rechten bis zum Kleiderständer auf der linken Seite schweifen. Sie wollte eben diskret hüsteln, als sie das Kleidungsstück ganz vorn auf dem Ständer entdeckte. Obwohl es auf einem schaumgummigepolsterten Bügel hing und in einer durchsichtigen Plastikhülle steckte, konnte sie unschwer ihr eigenes blaues Kleid mit Jäckchen erkennen. Wütend hieb Sonovia auf die Glocke auf dem Ladentisch.

Josephine kam nach vorn. »Tut mir Leid, dass ich Sie hab warten lassen«, sagte sie. »Womit kann ich Ihnen helfen?«

»Indem Sie Miss Knox holen, damit können Sie mir helfen. Ich hab mit ihr ein Hühnchen zu rupfen.«

Josephine zuckte die Achseln. Sie ging zur hinteren Tür und rief: »Minty!«

Mit jeder Sekunde wuchs Sonovias Ärger. Als Minty nach vorn kam, stand sie wutschnaubend da, die Arme verschränkt. »Ich möchte bloß wissen, für wen du dich eigentlich hältst, Araminta Knox, mit deiner Pingeligkeit. Leihst dir erst Kleider aus und findest sie dann nicht sauber genug. Wahrscheinlich hast du gleich eins von deinen berühmten Bädern genommen, nachdem du die Sachen anprobiert hast. Wundert mich ja, dass du das Kleid im Haus behalten hast – oder hast du es etwa am Sonntag in den Garten rausgetan?«

Minty sagte nichts. Daran hatte sie überhaupt nicht gedacht, Sonovias Kleid in den Garten rauszutun. Wäre eine gute Idee gewesen. Sie trat auf den Kleiderständer zu und starrte durch die Plastikhülle hindurch auf die Sachen.

»Ich finde, du solltest dich was schämen, wenn man überlegt, wie lang wir uns schon kennen. Wie oft du schon bei uns zu Gast warst! Dass du glaubst, ich würde in meinem Schrank dreckige Kleider aufbewahren, ist die Höhe. Laf sagt, ich geb mehr Geld für Reinigung aus als für Lebensmittel.«

»Hier bei uns aber nicht«, meinte Josephine.

»Halten Sie sich da bitte raus, Miss O'Sullivan. Und was dich betrifft, Minty, Laf und ich wollten dich eigentlich morgen Abend mitnehmen in *American Beauty* und danach auf einen Drink, aber wir haben es uns anders überlegt und gehen allein. Vielleicht sind wir ja nicht sauber genug, um neben dir zu sitzen.«

Sonovia stürmte erregt hinaus und vergaß ganz, ihr Kleid mit Jäckchen mitzunehmen. Josephine und Minty sahen einander an, und Josephine brach in Lachen aus. Das brachte Minty nun doch nicht fertig. Doch sie war froh, das Kleid behalten zu können. Vielleicht wollte Sonovia es nun gar nicht mehr zurückhaben, was bedeutete, dass sie von nun an immer etwas anzuziehen hatte, falls sie je wieder einmal zu einer Hochzeit eingeladen würde. Sie kehrte zu ihrer Bügelwäsche zurück.

Jemand hatte Tantchen einmal einen Satz Stereo-Schallplatten von etwas geschenkt, das sich *Porgy and Bess* nannte. Minty konnte sich nicht mehr erinnern, zu welchem Anlass, einem Geburtstag vielleicht, doch weil Tantchen nichts gehabt hatte, auf dem sie sie hätte abspielen können, selbst wenn sie gewollt hätte, waren die Platten so gut wie neu. Wenn Minty nicht gerade mit Sonovia und Laf zerstritten wäre, hätte sie sie vielleicht um Rat fragen können, denn sie hatten so ein Ding, das CDs abspielte, aber sie redeten ja nicht mehr miteinander, das fiel also flach. Schließlich kaufte sie in dem Schreibwarenladen neben Immacue einen Bogen Geschenkpapier mit Hochzeitstorten und Silberglöckchen, wickelte die Schallplatten darin ein und brachte sie auf Josephines Hochzeit mit.

An jenem Samstagmorgen war die Reinigung nicht geöffnet. Sie hängten ein Schild ins Fenster mit der Aufschrift *Wegen Hochzeit der Inhaberin geschlossen.* Der Trauung in der ökumenischen Kirche der Universellen Göttinmutter in der Harlesden High Street folgte ein Empfang im Lotus Dragon, dem Restaurant, in dem Ken kochte. Alles war höchst vergnüglich mit Tanz und Tambourinspiel in der Kirche und einer vierköpfigen Frauenband, und beim Mittagessen kam ein lächelnder grüner Drache hereingehüpft, der auf dieselbe Weise dargestellt wurde wie ein Pferd im Kindertheater, und hielt eine Rede auf Kantonesisch. Minty amüsierte sich recht gut, jedenfalls am Anfang. Sie hatte gehofft, den Bauchbeutel mit dem Messer unter Sonovias blauem Kleid verbergen zu können, doch er zeichnete sich deutlich ab, was komisch aussah. Irgendwie rechnete sie damit, dass Jocks Geist in Erscheinung treten würde. Sobald sie den leeren Stuhl neben sich gesehen hatte, war sie sich dessen sicher.

»Wieso sitzt da niemand?«, fragte sie Josephines beste Freundin aus Willesden.

Die beste Freundin meinte, eigentlich hätte Josephines Mutter aus Connemara kommen sollen, die sei gestern aber gestürzt und hätte sich den Knöchel gebrochen.

»Sie sollten den Stuhl nicht da stehen lassen«, sagte Minty, aber niemand nahm davon Notiz.

Josephine sagte, der leere Stuhl würde sie an abwesende Freunde erinnern. Sie sah toll aus, wenn auch etwas schrill in dem knallroten Salwar Kameez aus Chiffonstoff und dem ausladenden schwarzen Hut mit der Straußenfeder. Ken kam im grauen Cut mit Zylinder. Über den ganzen Tisch waren rote Lilien gestreut, und grüne Drachen prangten auf den Servietten.

Sie aßen Shrimps auf Toast und Frühlingsrollen, gefolgt von Peking-Ente. Sogar Minty aß es, ihr blieb ja nichts anderes übrig. Während sich die beste Freundin aus Willesden und Kens Bruder, der recht gut Englisch konnte, über die Frage stritten, wieso es nicht »Beijing-Ente« hieß, kam Jocks Geist herein und setzte sich auf den Stuhl neben Minty. Er war so gekleidet, wie sie es sich bei ihm manchmal gewünscht, aber nie gesehen hatte: dunkler Anzug, weißes Hemd und blaue Krawatte mit weißen Tupfen.

»Tut mir Leid, dass ich spät dran bin, Polo«, sagte er.

»Verschwinde.«

Er gab ihr keine Antwort, sondern begann bloß zu lachen, als wäre er ein echter, lebendiger Mensch. Sie brachte es nicht fertig, ihn anzusehen, hörte ihn jedoch flüstern: »Ich ging in den Garten und traf eine große Bärin …«

Am unteren Tischende machte jemand Fotos. Während alle vom Blitzlicht geblendet waren, nahm sie das Messer vom Tisch, das man benutzen sollte, falls man mit Essstäbchen nicht umgehen konnte. Sie führte es zwischen ihnen beiden nach unten, riss es dann hoch und stieß es ihm durch die Anzughose hindurch in den Schenkel. Sie erwartete, Blut zu sehen, Geisterblut, das vielleicht rot war wie das von Lebenden oder vielleicht auch nicht, doch es kam nichts. Anstatt sich eilends zu verflüchtigen, schien er zu verschwimmen wie eine Spiegelung, die erzittert, wenn sich die Wasseroberfläche bewegt, und schien dann zu schmelzen und davonzusickern. Der Stuhl neben ihr war wieder leer.

Es funktionierte also. Selbst mit einem stumpfen Messer ließ er sich vertreiben. Aber für immer? Sie legte das Messer wieder auf den Tisch. Es trug keine Spuren, als wäre es lediglich durch Luft geglitten. Die Leute warfen ihr seltsame Blicke zu. Sie rang sich ein breites Lächeln für die Kameras ab. Auf einmal wurden Dutzende gezückt, es wurde geblitzt und geknipst. Ob der Geist auf den Fotos zu sehen wäre? Wenn ja, wenn er den leeren Stuhl ausfüllte, würden sie es sicher in den Sonntagszeitungen bringen.

Kens Bruder hielt eine Rede, Josephines Schwester ebenfalls. Es wurden immer noch mehr Getränke serviert. Minty fand es nun an der Zeit zu gehen, obwohl sie damit die Einzige war. Sie hatte ein Schild mit der Aufschrift »Damen« gesehen und folgte dem Pfeil durch einen Raum, in dem alle Hochzeitsgeschenke auf einem Tisch ausgelegt waren, wobei sie ihres allerdings nicht entdecken konnte, und entkam durch die Hintertür in einen schmutzigen Hof. Sie brauchte ziemlich lange, bis sie den Weg zurück auf die Harrow Road gefunden hatte, und als sie es endlich geschafft hatte, zitterte sie vor Angst, Jocks Geist zu begegnen.

So wie Laf und Sonovia ihr seit Jahren ihre *Mail* in den Briefkasten geschoben hatten, wenn sie sie ausgelesen hatten, kam Laf regelmäßig mit dem *Evening Standard*, der *Mail on Sunday* und dem *Sunday Mirror* vorbei. Die beiden letzten Sonntage allerdings nicht, und Minty rechnete auch diese Woche nicht damit.

Nebenan hatten die Wilsons gerade einen erregten Disput über ebendiese Frage. Beide saßen noch im Morgenmantel beim ausgiebigen Frühstück mit Bagels, Plundergebäck und Kaffee und konnten sich einfach nicht darüber einigen, ob sie den Disput nun mit Minty fortsetzen oder »sie in Zukunft schlicht und einfach schneiden« sollten, wie Sonovia sich ausdrückte.

»Ich will nicht, dass du heute früh die Zeitungen da hinbringst, mein Lieber, und damit basta. Ich will sie für Corinne. Sie hat keine Sonntagszeitung mehr abonniert, und ich möchte doch meinen, deine Tochter hat eher ein Recht darauf als die Nachbarin.«

»Und du, und du«, sagte Laf, »du willst doch bloß weiterstreiten, Gott weiß warum, und das mit einem armen Mädchen, das dumm wie Bohnenstroh ist und nicht weiß, wo ihr der Kopf steht.«

»Also, ich muss schon sagen, ›Mädchen‹ – das gefällt mir. Minty Knox ist grade mal neun Jahre jünger als ich, was dir eigentlich bekannt sein sollte. Und von wegen dumm wie Bohnenstroh – die weiß sehr wohl, wie man sich von jemand Sachen ausleiht und sie dann Dreckschwein schimpft. Und noch was will ich dir sagen, die ist schlau genug, einen Geldgürtel unter den Kleidern zu tragen, ich hab's gesehen, als sie mein Kleid anprobiert hat, sie hat um den Bauch einen Gürtel mit einem Beutel dran.«

»Na, umso besser für sie. Schade, dass das nicht mehr Frauen machen in einer Gegend wie hier. Dann gäb's nicht so viel Handtaschenraub und Straßenüberfälle und so. Sobald ich angezogen bin, reiß ich die Seite heraus, die du für Corinne aufheben willst, und bring den Rest zu Minty rüber. Ich jedenfalls bin dafür, dass wir das Kriegsbeil begraben.«

»Wenn du das tust, Sergeant Lafcadio Wilson, kannst du dir eine andere suchen, die dir am Sonntagmittag deinen Schweinebraten macht. Dann zieh ich zu Daniel und Lauren und meinem Enkeltöchterchen. Du bist gewarnt.«

Je länger sie darüber nachdachte, desto dringender wollte Minty die *Mail* und den *Mirror* sehen. Es hätte doch keiner diese ganzen Fotos gemacht, wenn sie nicht für die Zeitung gedacht wären, und auf einem war vielleicht auch Jock, er musste darauf sein, wenn auch schattenhaft oder durchsichtig. Es wäre ein Beweisstück, das sie den Leuten zeigen könnte, überlegte sie, Leuten wie diesen Wilsons und vielleicht auch Josephine. Als sie Jock das Messer reingerammt hatte, hatte sie bemerkt, wie Josephine sie unter ihrem großen, schwarzen Hut hervor angesehen hatte, als wäre sie verrückt, mit einem schrecklich starren Blick und verächtlich geschürzten Lippen.

Als es schließlich halb eins war und Laf immer noch nicht gekommen war, wusch sich Minty die Hände, zog den Mantel an und ging zu dem Zeitungsladen gegenüber vom Friedhofstor, wo sie drei Sonntagszeitungen kaufte. Als sie auf dem Nachhauseweg an Lafs und Sonovias Gartentor vorbeikam, konnte sie das kräftige, würzige Aroma von gebratenem Schweinefleisch riechen – auf andere mochte es einladend wirken, Minty schüttelte sich nur angewidert. Sie riss ihre Gedanken von dem brutzelnden Fett, dem spritzenden Knistern und den bräunenden Kartoffeln los – eine Bratpfanne war eigentlich nie richtig sauber zu kriegen –, ging hinein und wusch sich die Hände. Vielleicht würde sie gleich noch mal baden.

Dass sie in den Zeitungen keine Bilder von Josephines Hochzeit brachten, nicht bloß keins von Jock, der sich auf dem leeren Stuhl niedergelassen hatte, sondern überhaupt keins, war eine herbe Enttäuschung. Minty musste sich mit den Fotos auf der ersten Seite (und weiteren im Inneren der Zeitung) von der Hochzeit eines Abgeordneten namens James Melcombe-Smith mit Ms. Zillah Leach begnügen. Die Bildunterschrift lautete:

James Melcombe-Smith (30), konservativer Abgeordneter für South Wessex, heiratete seine Jugendfreundin Zillah Leach (27) in der Kapelle von St. Mary Undercroft im Westminster Palace. Mr. Melcombe-Smith, der bei der Umbildung des Schattenkabinetts Aussicht auf ein höheres Amt hat, wird mit seiner Braut die Hochzeitsreise auf die Malediven erst zur parlamentarischen Osterpause am 20. April antreten.

Das alles interessierte Minty nicht besonders, sie bewunderte aber das Aussehen der Braut, die sie in ihrem elfenbeinfarbenem Kleid aus Glanzsatin mit den hellbeigen und karminroten Orchideen viel hübscher und besser angezogen fand als Josephine in diesem hässlichen, grellen Rot. Josephines grimmiger Blick und die geschürzten Lippen gingen ihr immer noch im Kopf herum, und Minty wandte sich voller Groll der nächsten Seite zu, auf der aber nur dieser Melcombe-Smith zu sehen war, der mit einem Gewehr in der Hand in der Landschaft herumspazierte, dazu die etwas blöde grinsende Braut in einem schmutzigen, alten Pulli mit wild abstehenden Haaren unter der völlig unverständlichen Überschrift: GEOUTET? WER LACHT JETZT AM BESTEN?

Das Problem bei manchen Zeitungen war, dass die Druckerschwärze auf die Hände abfärbte. Minty ging nach oben, um ein Bad zu nehmen. Jocks Geist käme bestimmt wieder. Wenn nicht heute, dann morgen, und wenn nicht morgen, dann nächste Woche. Vielleicht hatte sie ihn gar nicht getötet. Das Speisemesser war eine wirkungslose Waffe. Es sorgte nur dafür, dass ein Geist sich eine Weile verzog, flüchtete, wie jeder lebende Mensch auch, wenn man mit einer Waffe vor ihm herumfuchtelte. Nächstes Mal müsste sie eins dieser langen, scharfen Messer bereithalten, wenn sie ihn für immer los sein wollte.

9

Eine Produktionsfirma hatte Matthew gebeten, bei einer Sendung mitzumachen, die für das BBC2-Fernsehen gedreht wurde. Sie sollte *Von Luft leben* oder so ähnlich heißen, und er sollte – nun ja – der Star sein. Das hieß, er sollte sich mit Leuten unterhalten, die ähnliche Probleme hatten wie er, sollte sie interviewen und die Unterschiede zwischen den diversen Haltungen zum Essen aufzeigen. Sie wollten eine Pilotfolge machen, aus der bei Erfolg eine Serie werden könnte. Michelle war entzückt. Matthew sah schon so viel besser aus, seit er sich an Fionas Ernährungsregeln hielt, und er hatte ja eine so wohlklingende Sprechstimme.

»Er erinnert mich immer an diesen Nachrichtensprecher«, sagte Fiona. »Wie heißt er doch? Peter Sissons.«

»Bestimmt haben sie ihn ausgewählt, weil er so angenehm klingt«, sagte Michelle.

Das bezweifelte Fiona. Sie hatten ihn offensichtlich wegen seiner Zeitschriftenkolumne ausgewählt und weil er wie die Männer auf Fotos von japanischen Kriegsgefangenenlagern aussah. Das sagte sie aber nicht. Die beiden Frauen saßen in Fionas Wintergarten und tranken eisgekühlten Chardonnay, während Matthew an seinem Computer saß und den wöchentlichen Beitrag für das »Tagebuch eines Anorektikers« verfasste. Es war ein recht hübscher Wintergarten, ein weißer, schnörkeliger Kristallpalast mit weißen Korbmöbeln, blauen Sitzkissen, einem Korbtisch mit Glasplatte und zahlreichen Bonsaibäumchen, hohen Farnen und Grünlilien in blauen Keramiktöpfen. Jenseits der Glasscheibe konnte man Fionas kleinen, von einem Mäuerchen umgebenen Garten sehen, in dem Frühlingsblumen blühten und ein Springbrunnen plätscherte.

»Jeff muss jeden Moment nach Hause kommen«, sagte Fiona, was sich so anhörte, als hätte ihr Freund einen Job und würde wie die Nachbarn zwischen Arbeitsstelle und Zuhause pendeln. Sie fügte eine für Michelle peinliche Frage hinzu: »Du kannst ihn nicht leiden, stimmt's?«

»Ich kenne ihn ja gar nicht richtig, Fiona.« Michelle fand das Ganze ziemlich unangenehm, doch weil sie direkt gefragt worden war, rückte sie damit heraus. »Zugegeben, ich habe mich schon gefragt – Matthew sich übrigens auch –, ob du nicht ein wenig ... äh, überstürzt handelst, wenn du jemanden heiratest, den du doch erst seit ein paar Monaten kennst.«

Fiona schien sich nicht daran zu stören. »Ich weiß, dass er der Mann ist, mit dem ich den Rest meines Lebens verbringen will. Bitte, versuch doch, ihn zu mögen.«

Er lässt sich von dir aushalten; er ist ungehobelt, unehrlich und grausam, dachte Michelle. *Er ist ein Lügner.* Obwohl sie ihre Gefühle nicht laut äußerte, hatten sie sich wohl in ihrem Gesicht gespiegelt, denn Fiona sah plötzlich betrübt aus. »Wenn du ihn erst mal besser kennst, wirst du anders denken, da bin ich mir sicher.«

»Gut, mein Liebes, ich gebe zu, dass ich mir nicht viel aus ihm mache. Bestimmt liegt es genauso an mir wie an ihm. Aber nachdem er dein Ehemann wird, werde ich mich bemühen, mich besser mit ihm zu vertragen.«

»Du bist immer so vernünftig und gerecht. Noch etwas Wein?«

Michelle ließ sich von Fiona noch zwei Fingerbreit Chardonnay einschenken. Angeblich machte er dick, obwohl ihr aufgefallen war, dass die meisten Leute, die ihn mit Vorliebe pichelten, beunruhigend dünn blieben. Sie hatte sich standhaft gezeigt und keine einzige von den gesalzenen Mandeln gegessen, die in einem Schälchen auf dem Tisch standen. Resigniert erkundigte sie sich: »Habt ihr denn schon ein Datum für die Hochzeit festgelegt?«

»Ob du's glaubst oder nicht, wir wissen nicht, wo wir den Empfang veranstalten sollen. Offenbar will im Millennium-Jahr alle Welt heiraten. Eigentlich wollten wir im Juni heiraten, aber jetzt müssen wir es auf August verschieben. Jeff ist gerade unterwegs und versucht, einen Veranstaltungsort zu finden.«

Das hätte er sicher auch telefonisch erledigen können, dachte Michelle. Doch sie war froh, dass die Hochzeit verschoben werden sollte. Was das Mögen anbetraf, so bot jede weitere Woche, die verstrich, eine Chance, dass es Fiona wie Schuppen von den Augen fiel und sie Jeffs wahre Natur erkannte. Das hofften sie und Matthew jedenfalls. »In der Kirche oder auf dem Standesamt?«

»Nun, heutzutage braucht es doch keins von beiden zu sein, oder? Da Jeff schon mal verheiratet war, geht es nicht in der Kirche, aber wir haben uns gedacht, es vielleicht in einem Hotel zu machen mit anschließendem Empfang.« Sie horchte, als die Haustür auf- und wieder zuging. »Da ist Jeff.«

Er kam durchs Esszimmer die Stufe herunter. Lächelnd, wie gewöhnlich. Ein ehrliches Gesicht wie bei einem von diesen amerikanischen Politikern, dachte Michelle, makelloses Gebiss, ernste Stirnfalten und tiefblaue Augen, die einen direkt anblickten. Er beugte sich über Fiona und küsste sie wie ein Filmschauspieler, der zu seiner Gattin heimkehrt. Michelle, die es gar nicht wollte, bekam ebenfalls ein leichtes Küsschen auf die Wange verpasst.

»Wie geht's denn dem dünnen Mann?«

»Sehr gut, danke«, erwiderte Michelle. Sie ärgerte sich, sprach jedoch in ausgeglichenem Ton, weil sie Fiona auf gar keinen Fall brüskieren wollte.

»Ich hab gehört, er tritt demnächst im Fernsehen auf.«

Weil man ihm kein Glas brachte, nahm Jeff das fast leere von Fiona, schenkte sich ein und leerte es zur Hälfte. »Das solltest du auch, Michelle, wollen wir doch mal sehen, ob ihr das neue Little & Large-Paar abgeben könntet. Ach, Fiona, Schatz, mach doch nicht so ein Gesicht, so bin ich nun mal. Ich sollte mich was schämen, ich weiß. Pass auf, ich hab einen prima Ort in Surrey aufgetan, wo man uns traut und danach ein fabelhaftes Dinner serviert. Am sechsundzwanzigsten August – na, was sagst du?«

»Klingt perfekt«, sagte Michelle und dachte bei sich, bis dahin sei es ja noch lang hin. »Ich muss gehen, Fiona. Vielen herzlichen Dank für den leckeren Wein.«

»Ich bring dich hinaus.« Aus unerfindlichem Grund zwinkerte Jeff Fiona theatralisch zu. Er begleitete Michelle zur Tür und trug ihr – eine seltsame Angewohnheit von ihm – seine »freundlichsten Grüße an Matthew« auf. Sie war kaum am unteren Ende des Fußwegs angelangt, als die Haustür ziemlich abrupt geschlossen wurde.

»Das«, sagte Fiona, die ihn normalerweise nicht kritisierte, »war ganz schön unhöflich. Du kannst manchmal sehr grob sein, weißt du.«

Betroffenheit konnte sein Gesicht vollkommen verändern. Es wirkte sofort gequält. Bekümmert, mitfühlend. »Ich weiß. Entschuldige, meine Süße. Ich denke eben immer, Leute, die sich so dick fressen, müssen irgendwie dumm sein.«

»Michelle ist aber nicht dumm.«

»Nein? Na, du musst es ja wissen. Sollen wir noch eine Flasche Wein aufmachen?«

»Er ist aber nicht kalt.«

»Dagegen lässt sich was tun. Wir stecken ihn einfach fünf Minuten ins Eisfach.«

Das tat er. Während er darauf wartete, dass der Wein kühl wurde, beschloss er, sie zum Abendessen auszuführen und einen Teil der recht stattlichen Summe auszugeben, die er nachmittags beim Pferderennen gewonnen hatte. Er holte zwei frische Gläser, stellte sie zusammen mit dem Wein auf ein Tablett und ging wieder ins Zimmer. »Na, wie wär's, wenn ich im Rosmarino anrufe und dich zum Essen ausführe, mein Liebling? *Ich* lade dich ein.« Beim Einschenken kam ihm etwas in den Sinn. »Ich hab in Internetfirmen investiert und einen recht guten Schnitt gemacht.«

Damit kannte sie sich natürlich bestens aus. »Ich wusste gar nicht, dass du Aktien hast. Wie clever. Aber sei bloß vorsichtig, Jeff! Wir wissen noch nicht so viel über Firmen wie pipedream-bankwell.co.uk und cashflow-marvel.com und wie die alle heißen. Der Profit steht bei denen vielleicht nur auf dem Papier.«

Er wechselte rasch das Thema und steuerte auf die Angelegenheit zu, die er schon seit Sonntag zur Sprache bringen wollte, als ein Blick in die Zeitung ihm einen ziemlichen Schock versetzt hatte. Am liebsten hätte er das Thema umgangen, doch das wagte er nicht. Trotzdem musste er behutsam vorgehen. »Du erinnerst dich doch an die Hochzeit, von der in der Sonntagszeitung die Rede war? Auf der Titelseite der *Mail*?«

Sie las nie Zeitung, mit Ausnahme des Wirtschaftsteils. »Tut mir Leid, ich hab mich bloß für diese Fusion interessiert. Wieso?«

»Ich komme mir ein bisschen komisch vor, es dir zu sagen, wieso, weiß ich eigentlich auch nicht. Schließlich hab ich nichts falsch gemacht.« Er sah ihr direkt in die Augen. »Nimm meine Hand, Fiona. Ich will dir auf gar keinen Fall wehtun.« Seine Stimme klang feierlich. »Fiona, hör zu. Meine Exfrau hat geheiratet. Es stand in der Zeitung. Sie hat einen Abgeordneten geheiratet.«

Sie nahm seine beiden Hände und zog ihn an sich. »Ach, Jeff. Ach, Liebling. Wieso hast du mir das denn nicht gleich gesagt?«

»Keine Ahnung. Hätte ich sollen. Irgendwie konnte ich nicht.«

»Es hat dich traurig gemacht, nicht? Kann ich verstehen. Ich weiß, du liebst mich, das weiß ich, aber so was kann einen trotzdem sehr verletzen. Das ist völlig natürlich. Küss mich.«

Sie küssten sich, erst zärtlich, dann leidenschaftlicher. Jeff machte sich als Erster los. »Ich ruf das Restaurant an.«

Fiona lächelte etwas wehmütig vor sich hin. Es war, wie sie gesagt hatte, vollkommen natürlich, dass er ein wenig traurig war. Sie dachte an die verschiedenen Männer in ihrer Vergangenheit, von denen zwei später andere Frauen geheiratet hatten. Unvernünftigerweise hatte sie sich darüber aufgeregt, obwohl sie sie gar nicht hatte haben wollen, nicht im Traum mit ihnen hätte zusammenbleiben wollen. Als er zurückkam, schenkte sie ihm ein liebenswertes, warmes, fast mütterliches Lächeln. »Willst du es mir erzählen?« Sie nahm wieder seine Hand. »Du musst nicht. Bloß, wenn du willst.«

»Ich glaub, ich will schon. Sie heißt Zillah. Z. I. Doppel-L. A. H. Sie ist Zigeunerin oder gibt vor, eine zu sein, eine Roma. Wir haben uns auf der Uni kennen gelernt. Natürlich waren wir beide noch sehr jung. Es war die alte Geschichte, wir haben uns auseinander gelebt. Es gab da keinen anderen oder so was in der Art. Doch, diesen Typ, den sie jetzt geheiratet hat, sie kannten sich schon als Kinder, aber ich dachte immer, der wäre schwul.«

»Was ist mit den Kindern, Jeff?«

»Ich nehm an, die sind bei ihr.« Er überlegte, wie viel er ihr erzählen sollte. »Das macht mir auch Sorgen. Sie hat sich natürlich nach Kräften bemüht, meine Kinder von mir fern zu halten.«

»Ich hätte gern Kinder«, sagte Fiona leise.

»Aber natürlich. Darauf baue ich doch! Liebling, nächstes Jahr um die Zeit haben wir vielleicht schon unser erstes Baby. Ich werde der perfekte Hausmann sein, zu Hause bleiben und mich um das Kleine kümmern.«

»Wie heißt sie?«

»Wer? Zillah?« Er überlegte rasch. »Ihr Mädchenname war Leach. Der Typ, den sie geheiratet hat, dieser ehemalige Schwule, heißt Melcombe-Smith. Er ist Abgeordneter für die Gegend, wo sie auch herkommt, irgendwo in Dorset.«

Fiona nickte. Sie sagte nichts mehr, sondern ging nach oben, um sich umzuziehen. Jeff beschloss, die Flasche vollends auszutrinken. Zum Restaurant und zurück konnten sie ja ein Taxi nehmen. Das Hochzeitsfoto und die begleitende Story hatten ihn ziemlich erschüttert. So verstört war er, dass er jetzt, wo er es ihr erzählt hatte, nicht bei Fiona im Haus bleiben konnte, sondern hinausgehen und einen Spaziergang zum Fortune Green hinauf und wieder zurück machen musste. Es war offensichtlich, dass der Brief, den er auf Matthew Jarveys Computer geschrieben und Zillah geschickt hatte, ernst genommen worden war. Dass Minty ihren ernst genommen hatte, damit hatte er gerechnet, dämlich genug war sie ja, darauf hatte er es ja abgesehen, aber Zillah doch nicht. Er hatte ihr nur ein Zeichen geben wollen, dass er vorhatte zu verschwinden, dass sie von ihm nicht mehr belästigt werden würde. Er hatte nicht vorgehabt, ihr einen Freibrief für die Wiederheirat zu geben, so als ob sie korrekt geschieden wären oder er tatsächlich gestorben wäre. In ein paar Jahren vielleicht, wenn sie ihn ewig nicht mehr gesehen hatte, aber doch nicht nach einem halben Jahr. Trotzdem – irgendwie, fand er, nachdem er Fionas Gartentor wieder erreicht hatte, eins musste man ihr lassen: Sie traute sich was. Einen reichen Typen aus der Oberschicht wie diesen Melcombe-Smith zu ehelichen und der Zeitung gegenüber zu behaupten, sie sei die kinderlose Miss Leach. Nahm er jedenfalls an. Von irgendwoher mussten die es ja haben, wenn nicht von ihr!

Er trank den letzten Schluck Wein und dachte dabei über seine Kinder nach. Ein recht ungewohntes Gefühl beschlich ihn, ein Anflug echten Kummers. Er hatte nie viel von ihnen gehabt, besonders von Jordan nicht, doch wenn er mit ihnen zusammen gewesen war, hatte er sie geliebt. Es war nur so, dass er das häusliche Leben nicht ausstehen konnte, dieses Mr. und Mrs., Mummy und Daddy, die sich die Hausarbeit, den wöchentlichen Einkauf, die Essensvorbereitungen teilten, dazu die ständige Anwesenheit der Kinder, die sich dauernd wehtaten, die heulten und ein Durcheinander veranstalteten. Arm sein, nie wissen, wo man den nächsten Penny hernehmen sollte. Zillah war eine recht passable Mutter, hatte er jedenfalls immer geglaubt, ging abends nie aus und überließ die Kleinen sich selbst, obwohl er versucht hatte, sie dazu zu überreden. Als ob sie in einem Dorf auf dem Lande, umgeben von freundlichen Nachbarn, nicht sicher gewesen wären wie in Abrahams Schoß. Nie hatte er sich Sorgen gemacht, wenn er gegangen und sie wochenlang sich selbst überlassen hatte, weil er darauf vertrauen konnte, dass Zillah sich um seine Kinder kümmern würde. Aber jetzt?

Er hatte die Zeitungsseiten mit den Fotos von ihr aufgehoben und die Geschichte so oft gelesen, dass er sie schon auswendig kannte. Der Reporterin hatte sie weder ein Wort davon gesagt, dass sie Zigeunerin war – er hatte es sowieso nie geglaubt –, noch etwas über eine frühere Ehe verlauten lassen oder dass ihr Mädchenname Watling war und nicht Leach. Am beunruhigendsten aber war, dass sie die Existenz der Kinder offensichtlich nicht erwähnt hatte. Er kannte sich mit Reportern gut genug aus – er hatte einmal eine Beziehung mit einer ziemlich bekannten freien Journalistin gehabt –, um sich darüber im Klaren zu sein, dass es für den Interviewpartner sinnlos war, den Interviewer flehentlich darum zu bitten, ein einmal ausgeplaudertes Geheimnis für sich zu behalten, »darüber Stillschweigen zu bewahren«. Was man gesagt hat, kriegt man aufs Butterbrot geschmiert. Anders war es, wenn Teile des Gesagten weggelassen und Dinge sinnentstellend aus dem Kontext gerissen wurden. Doch hier verhielt es sich anders. Ausgeschlossen, dass der Reporter der *Mail* sich bei einer Story wie dieser bereit erklärt hätte, den

Mund zu halten, wenn Zillah ihm erzählt hätte, sie habe zwei Kinder, ob nun ehelich oder unehelich geboren. Sie hatte es ihm also nicht gesagt. Was hatte sie bloß mit seinen Kindern angestellt?

Fiona kam herunter, hinreißend anzusehen in dem weißen Kostüm mit superengem Minirock und den hochhackigen schwarzen Lackschuhen. Er spürte, wie sich die Lust in ihm regte. Den Abend im Bett zu verbringen hätte viel dazu beigetragen, seine Befürchtungen wegen Eugenie und Jordan zu zerstreuen, doch es sollte nicht sein. Sein Fehler, schließlich hatte er vorgeschlagen, essen zu gehen.

Ein Taxi tauchte auf und kam die Fortune Green Road heruntergefahren. Auch gut, mit diesen Absätzen hätte Fiona sowieso keinen Meter weit laufen können. Er würde sich mit Zillah treffen müssen, mit ihr reden, seine Kinder besuchen, er hatte ein Recht darauf, seine Kinder zu sehen, es waren schließlich seine. Seine Vaterschaft hatte er nie in Zweifel gezogen. Sie sahen beide haargenau aus wie er, ein – da war er immer überzeugt gewesen – ebenso zuverlässiger Beweis wie jeder DNA-Test.

»Versuch doch, es dir nicht zu sehr zu Herzen zu nehmen, Jeff.«

Einen kurzen Augenblick fürchtete er schon, sie hätte seine Gedanken lesen können. Dann fiel ihm ein, dass sie natürlich annahm, er grübelte über die Wiederverheiratung seiner »Exfrau« nach.

»Jetzt hast du doch mich, und vor uns liegt ein neues Leben.«

Es war vielleicht keine schlechte Idee, Fiona in dem Glauben zu lassen, er sei unglücklich über die endgültige Trennung von Zillah. Wenn er in Zukunft einmal besorgt oder zerstreut oder einfach schweigsam wäre, würde sie es darauf zurückführen. »Ich weiß«, sagte er. »Glaub nicht, ich wäre nicht froh darüber. Ich muss nur an meinen Sohn und mein kleines Mädchen denken. Außerdem … na ja, sie war meine erste Liebe.« Er nahm ihre Hand. »Und du bist meine letzte. Die Erste in meinem Herzen und die Letzte in meinem Leben.« Das Taxi bog in Blenheim Terrace ab, und er kramte in seinen Taschen herum. »Hast du vielleicht Kleingeld, Liebling? Ich hab bloß einen Zwanzigpfundschein.«

Fiona bezahlte den Taxifahrer. Als sie an ihrem Tisch saßen, fragte sie ihn noch ein wenig über Zillah aus. »Wenn du dich gern mit ihr treffen möchtest, um all diese Dinge zu besprechen, würde es mir nichts ausmachen.«

In gewisser Hinsicht war das seine Chance. Es wäre allerdings klüger, sie nicht zu ergreifen. Womöglich würde sie mitkommen und Zillah selbst kennen lernen wollen. Ihn schauderte beinahe. Fiona war mit ihrem Haus, ihrem Geld, ihrer Erbschaft, ihrem Job die beste Frau, die ihm je passiert war, wie er sich ausdrückte. »Nein, mein Liebling. Ich will das alles hinter mir lassen.«

Er studierte die Weinkarte. Er hatte beschlossen, nun doch nicht das Geld zu benutzen, das er mit dem Pferd namens Website gewonnen hatte, sondern mit der American-Express-Karte zu bezahlen, die er in einem anderen Restaurant gefunden hatte. Sie hatte bei Langan's, wo er von einer Frau eingeladen gewesen war, die er auf der Duke-of-York-Treppe angesprochen hatte, unter dem Tisch gelegen. Die Karte hatte einem gewissen J. H. Leigh gehört, und dieser Fund hatte ihn dazu bewogen, den Namen Leigh anzunehmen, als er Fiona begegnete. Für die komische kleine Minty Knox hieß er damals immer noch Lewis, und als neue Identität hatte er mit den Namen Long oder Lane geliebäugelt, doch nun hatte es eben Leigh sein sollen. Die Karte hatte er zunächst sparsam und nur für kleine Anschaffungen eingesetzt, immer mit der Mitteilung rechnend, sie sei gesperrt worden. Doch es geschah nichts. Er bezahlte damit im Restaurant, kaufte sogar Kleider für Fiona damit, in Schmuck zu schwelgen traute er sich allerdings nicht.

Natürlich hatte er sich darüber Gedanken gemacht. Wer

war dieser Leigh, der so reich und verschwenderisch war, dass er sich nicht nur keine Mühe machte, American Express den Verlust seiner Karte zu melden, sondern auch weiter die Rechnungen bezahlte, die bestimmt monatlich bei ihm eingingen? Dann kam er darauf. Es handelte sich gar nicht um einen Mann, sondern um eine Frau, die von einem Mann ausgehalten wurde, eine Ehefrau oder Freundin, deren Amex-Abrechnungen ungefragt von einem Ehemann oder Liebhaber bezahlt wurden. Hatte sie sich gescheut, ihm zu sagen, dass sie die Karte verloren hatte? Oder hatte sie sich vielleicht in einer Situation oder an einem Ort befunden, wo sie nicht hätte sein sollen, als der Diebstahl oder Verlust passierte? Oder besaß sie so viele Karten, dass ihr das Verschwinden der einen gar nicht auffiel?

Seine Gedanken nahmen die Richtung, weil Arglist, Betrug, Tricks und Leistung ohne Gegenleistung zu den ihm vertrauten Praktiken gehörten. Eines Tages würde die Karte sicher gesperrt, doch lag dieser Tag vielleicht noch in weiter Ferne, und bis dahin profitierte er davon.

»Ich sagte, nimmst du das gegrillte Gemüse oder den Räucherlachs? Liebling, du hörst ja gar nicht zu.«

»Entschuldige«, sagte er. »Ich dachte gerade – hmm, du weißt ja, woran ich grade dachte.«

Zum Glück wusste sie es nicht. Wie sollte er Zillah kontaktieren? Sie anrufen? Ihre Nummer herauszukriegen wäre nicht schwer. Sie etwa besuchen? Vor Jahren, als Zillah mit Eugenie schwanger gewesen war und sie in dem Dreckloch nicht weit von der U-Bahnstation Queen's Park gewohnt hatten, hatte dieser Melcombe-Smith sie einmal auf einen Drink zu sich nach Pimlico eingeladen, und sie waren hingegangen. Es war ganz furchtbar gewesen, und er wäre fast Sozialist geworden. Jims, so hieß er, wohnte vielleicht immer noch dort, immerhin war es erst sechs oder sieben Jahre her. Bestürzt stellte er fest, dass er gar nicht genau wusste, wie alt seine Tochter war. Doch er liebte sie, das wusste er, sie war sein Kind, und er musste sie unbedingt sehen. »Hör mal zu«, sagte er. »Adam und Eva und Zwickmich gingen zum Baden an den Fluss. Adam und Eva ertrunken. Wer wurde gerettet?«

»Ach, hör auf, Jeff.« Fiona riss der Geduldsfaden. »Spar dir das für das Baby auf, das wir nächstes Jahr kriegen sollen. Ich bin bereits erwachsen.«

10

Die Aufmerksamkeit, die ihr zuteil wurde, war in vieler Hinsicht angenehm und schmeichelhaft. Mit so viel öffentlichem Interesse in der *Mail on Sunday* hatte Zillah nicht gerechnet und war ganz hingerissen, als sie die Fotos sah und die respektvolle Story über sich und Jims las. Andere hatten es ebenfalls gesehen und riefen an, um ihr zu gratulieren. Nur eine Person hatte wissen wollen, wieso Eugenie und Jordan nicht erwähnt worden waren, und die Antwort auch gleich mitgeliefert: »Ich nehme an, Sie wollten ihnen das Medieninteresse ersparen.«

Ganz genau, meinte Zillah. Sie hatte ein paar Tage gehabt, um sich zu entspannen und das Leben in Abbey Gardens Mansions zu genießen, den Komfort ihres neuen Heims schätzen zu lernen, der selbst der Wohnung in Battersea weit überlegen war, und zu beschließen, dass es Zeit war, die Kinder zu sich zu holen. Sie hatte sie zwei Tage vor der Hochzeit bei ihren Eltern in Bournemouth einquartiert, doch nun fehlten sie ihr, und sie wollte sie wiederhaben. Die Publicity war verflogen, und sie merkte, was sie die ganze Zeit schon vermutet hatte, dass Jims in Wahrheit nämlich gar nicht berühmt war, dass er als Abgeordneter bloß ein Hinterbänkler war, noch dazu von der Oppositionspartei, und dass die ganze Aufmerksamkeit der Presse nur ihrem und Jims' gutem Aussehen gegolten hatte und vielleicht der Tatsache, dass alle gedacht hatten, er würde demnächst als Schwuler geoutet.

Die Kinder konnten wiederkommen, Spaziergänge mit ihr

machen, sich in ihrem schönen, neuen, silbernen Mercedes herumchauffieren lassen, in Westminster zur Schule gehen, und niemand würde die geringste Notiz davon nehmen. Dachte sich Zillah – bis die erste Journalistin anrief.

»Ich hoffe, ich störe Sie nicht in den Flitterwochen?«

»Wir machen unsere Flitterwochen erst an Ostern«, sagte Zillah, die sich auf diesen sexfreien Ausflug auf eine Insel im Indischen Ozean nicht sonderlich freute, wo es den ganzen Tag nichts zu tun gab als zu trinken und sich mit Jims zu unterhalten.

»Auch keine ganz klitzekleinen?«, fragte die Frau. Sie arbeitete für eine überregionale Tageszeitung. »Ich rufe an, weil ich Sie um ein Interview bitten möchte. Für unsere Donnerstagskolumne. Ich nehme an, Sie wissen, was ich meine.«

Zillah vergaß Jims' Anweisungen, sämtliche derartigen Anfragen an Malina Daz weiterzuleiten. Sie vergaß ihre Angst vor Journalisten. In der *Mail* war man doch so nett zu ihr gewesen. Wieso also nicht? Die Kinder waren noch nicht wieder zurück. Dies würde ihr Gelegenheit geben, alles zu bestätigen, was bereits gedruckt worden war, und vielleicht noch ein paar Glamouraufnahmen machen zu lassen. »Werden Sie auch Fotos machen?«

Sie musste ängstlich geklungen haben, denn die Journalistin verstand sie falsch. »Aber ja, selbstverständlich. Was würde ein Beitrag über eine so attraktive Person wie Sie denn ohne Fotos hermachen?«

Zillah erklärte sich einverstanden. Zwei Stunden später war der Feature-Redakteur eines Hochglanzmagazins am Apparat. Man habe sie ein paar Tage in Ruhe gelassen, doch nun sei es Zeit, ein bisschen mehr zu bringen als ein paar Zeilen über ihre Hochzeit. Zillah erwähnte die andere Journalistin.

»Ach, keine Sorge. Unseres wird ganz anders, das versichere ich Ihnen. Es wird Ihnen super gefallen. Sie werden Furore machen, das kann ich Ihnen versprechen, besonders, weil es ja hieß, Ihr Mann würde geoutet.«

»An der Geschichte war nie was dran«, sagte Zillah nervös.

»Sie haben ihn kuriert, stimmt's? Entschuldigung, das war nicht sehr politisch korrekt von mir. Vielleicht sollte ich sagen, Sie haben ihn umgestimmt. Wie wär's damit? Sagen wir also, Freitag um drei, ja? Der Fotograf kommt eine Stunde früher zum Aufbauen.«

Bis Zillah endlich dazu kam, es Jims zu erzählen und Malina Daz es von ihm erfuhr, hatten sich zwei weitere Zeitungen und eine Zeitschrift dazugesellt. Malina hing der Überzeugung an, öffentliches Interesse sei immer gut, Jims war etwas vorsichtiger und beschwor Zillah, die Gerüchte über seine sexuelle Orientierung so vehement wie möglich zu leugnen. Am Vorabend des ersten Interviews dachten sich die beiden für Jims eine verflossene Freundin aus, ihren Namen, ihr Aussehen, ihr Alter und Zillahs Eifersucht auf sie. Der ersten Journalistin erzählte Zillah, diese Frau sei inzwischen verheiratet, lebe in Hongkong, und sie könne ihre Identität aus nahe liegenden Gründen nicht enthüllen. Beim Gespräch mit der Zeitschrift vergaß sie dann zwar das Alter der Verflossenen und sagte, sie lebe in Singapur, aber Jims meinte, das sei nicht so schlimm, da Zeitungen sowieso immer alles falsch verstünden.

Die Kinder waren immer noch in Bournemouth. Ihre Großeltern hatten sich – wenn auch widerwillig – bereit erklärt, sie noch eine Woche dazubehalten. Am Telefon sagte Mrs. Watling, es sei schon paradox, dass Eugenie und Jordan »auf unbestimmte Zeit« in Bournemouth bleiben sollten, wo sie nun zum ersten Mal im Leben ein anständiges Zuhause hätten, während sie und der Großvater sie mit knapper Not einmal im Jahr gesehen hätten, als sie noch in dem Dreckloch in Dorset wohnten. Zillah bat sie noch um etwas Nachsicht – eine Redewendung, die sie von Malina Daz aufgeschnappt hatte –, bis sie und Jims übernächstes Wochenende kämen, um die Kinder abzuholen.

Das erste Interview erschien am Freitagmorgen. Die Fotos kamen prächtig zur Geltung, der Artikel selbst war etwas geschwätzig, ohne Jims bevorstehendes »Outing« zur Sprache zu bringen, dafür aber mit einer ausführlichen Beschreibung von Zillahs tollem Aussehen und Gespür für Mode. Das ganze Thema war, um eine andere Redewendung von Malina zu verwenden, »sensibel behandelt« worden. Die erfundene Freundin wurde in ein paar Worten über ihre »lange Beziehung« mit Jims erwähnt. Alles in allem war es höchst zufrieden stellend. Zwei weitere Artikel, seien »in der Mache«, sagte Malina, und es stünden auch noch etliche Interviews an.

Jims war sehr zufrieden mit dem Beitrag, kannte im Gegensatz zu Zillah aber die Methoden der Medien. Nicht umsonst saß er seit sieben Jahren im Unterhaus. »Boulevardblätter sind oft ganz okay, bis sie einen am Wickel haben«, sagte er zu Zillah. »Zeitschriften sind in Ordnung, die sind total harmlos. Aufpassen musst du bei überregionalen Tageszeitungen wie dem *Guardian.*«

»Eventuell wäre es ganz nützlich, wenn ich in Erscheinung träte«, sagte Malina und meinte damit, dass sie dabei sein sollte, »wenn Zillah sich mit den Printmedien trifft, insbesondere mit den seriösen Tageszeitungen.«

»Gute Idee«, pflichtete ihr Jims bei.

Zillah konnte Malina nicht leiden. Man hatte ihr zwar die wahren Beweggründe für die Heirat nicht gesagt, doch sie dachte sich ihren Teil. Manchmal glaubte Zillah sie dabei zu ertappen, wie sie still in sich hineinlächelte. In der Wohnung in Abbey Gardens Mansions ging sie ein und aus, tauchte plötzlich in Schlafzimmern auf, öffnete Schubladen und steckte ihre langen, schlanken Finger in Schreibtischfächer. Malina hatte einen Freund, einen Topkardiologen im Praxenviertel in der Harley Street, und war schlanker als Zillah, vielleicht um ganze zwei Kleidergrößen dünner.

Sie wollte Malina nicht dabei haben, wenn sie mit der

Times und dem *Telegraph* sprach. Schlimm genug, dass der Fotograf dabei war und Aufnahmen machte, wenn sie gerade mal nicht aufpasste und den Mund aufriss oder den Kopf unvorteilhaft geneigt hielt. Malinas leises Lächeln und die Art, in der sie ihre Hände mit den silbern lackierten Nägeln bewunderte, wäre – mit ihrem eigenen Ausdruck – »unpassend«. Also verschwieg Zillah ihr das bevorstehende Interview mit einer freien Journalistin des *Telegraph Magazine.* Jims wäre an dem Tag ebenfalls nicht da, er hatte wegen einer Gesetzesvorlage zur Kommunalverwaltung eine Sitzung im Unterhaus.

Während sie am Fenster stand, auf den Dean's Yard hinaussah und auf den Fotografen wartete, sah sie plötzlich einen Wagen heranfahren und am Randstein im Halteverbot parken. Ein Pressefotograf müsste es eigentlich besser wissen. Man würde ihn abschleppen oder eine Parkkralle anbringen. Sie öffnete das Fenster und wollte ihm schon zurufen, er solle sein Auto nicht dort stehen lassen, doch anstatt auszusteigen, blieb der Fahrer hinterm Lenkrad sitzen. Zillah konnte es zwar nicht genau erkennen, doch obwohl es ein BMW war, also dem Ford Anglia um Längen voraus, in dem er nach ihrem letzten Treffen davongefahren war, war sie sich fast sicher, dass es sich bei dem Mann um ihren Gatten Jerry handelte.

Sie steckte den Kopf aus dem Fenster und starrte hinüber. Er war damit beschäftigt, irgendetwas eingehend zu studieren, wahrscheinlich einen Stadtplan oder eine Straßenkarte. Er sah Jerry sehr ähnlich, aus der Entfernung war sie sich aber nicht ganz sicher. Wenn sich der Fotograf und die Journalistin nicht angekündigt hätten, wäre sie hinuntergegangen, um nachzusehen, und hätte Jerry – falls er es denn war – zur Rede gestellt. Wenn sie die beiden nicht erwartet hätte, hätte sie sich auch nicht in hautengen lila Hosen, superhochhackigen Schuhen und schwarzweißem Bustier zurechtgemacht. Sie schloss das Fenster. Es war so weit weg, dass man es nicht richtig sehen konnte. Der Mann im Auto hob den Blick. Es war Jerry. Ganz sicher. Und wem gehörte der dunkelblaue BMW? Ihm jedenfalls nicht, so viel war sicher. Es klingelte an der Tür.

Der Fotograf war von der Westminster Abbey gekommen, deshalb hatte sie ihn nicht gesehen. Er hatte eine Assistentin dabei, den üblichen Teenager oder Pseudo-Teenager, und die beiden begannen aufzubauen, breiteten grellweiße Folie über alle Möbel und spannten einen silbern ausgeschlagenen Schirm auf und wieder zu. Zillah trat noch einmal ans Fenster. Ein Verkehrspolizist redete gerade mit dem Mann im BMW. Sie hoffte, er würde aussteigen, damit sie ihn sich richtig ansehen konnte. Stattdessen fuhr er in Richtung Millbank davon.

Das Interview machte Zillah keinen Spaß. Die Journalistin war eine ernst wirkende Frau im strengen schwarzen Hosenanzug. Sie stellte sich als Natalie Reckman vor. Sie hatte klassische Gesichtszüge, ihr nach hinten gekämmtes, helles Haar wurde von einer Spange zusammengehalten. Außer einem klobigen, schweren und seltsam geformten goldenen Ring an der rechten Hand trug sie keinerlei Schmuck. Der schwarzen Ledermappe entnahm sie ein sehr professionell aussehendes Notizbuch und ein Aufnahmegerät. Zillah, die sich hinreißend gekleidet gefunden hatte, genierte sich plötzlich wegen der aufwändig gearbeiteten orientalischen Kette mit den in getriebenes Silber gefassten Amethysten, die sie um den Hals trug, des Dutzends modischer Perlenarmbänder und der Ohrringe, die ihr lang auf die Schultern baumelten. Außerdem waren die Fragen, die ihr gestellt wurden, weniger greifbar als sonst, irgendwie bohrender.

Es war die erste Journalistin, die ihr keine Komplimente über ihr Aussehen machte. Sie schien sich zunächst mehr für Jims zu interessieren als für seine neue Frau. Zillah versuchte nach Kräften, von ihm zu sprechen, wie eine liebende Gattin von ihrem frisch Angetrauten. Wie clever er war, wie rücksichtsvoll ihr gegenüber und was für ein kluger Schachzug es doch war, die beste Freundin zu ehelichen. Was seine politische Laufbahn betraf, war er so pflichtbewusst, dass er ihre Hochzeitsreise auf die Osterpause verschoben hatte. Sie wollten auf die Malediven reisen. Der liebe Jims hätte zwar Marokko vorgezogen, er wollte unbedingt dorthin, hatte sich ihrer Wahl der Malediven aber gebeugt. Nach Marokko würden sie dann im Winter fahren.

Natalie Reckman gähnte. Sie setzte sich auf, und nun nahm das Interview eine andere Wendung. Nachdem sie versucht hatte herauszufinden, womit sich Zillah vor ihrer Heirat ihren Lebensunterhalt verdient hatte und die etwas vage Antwort »Künstlerin« nicht recht akzeptiert hatte, fragte sie sie einigermaßen skeptisch, ob sie denn nun allen Ernstes glauben solle, das frisch gebackene Ehegespons des Abgeordneten hätte sieben Jahre lang ohne Job, ohne Partner und ohne Freunde in einem Dorf in Dorset gewohnt. Zillah wurde allmählich wütend und meinte, sie könne glauben, was sie wolle. Rasch überlegte sie, ob es zu spät war, die Kinder zu erwähnen, sie irgendwie ins Gespräch einzuflechten. Doch wie sollte sie erklären, dass sie sie bis jetzt verschwiegen hatte?

Die Journalistin lächelte und begann, sich nach Jims zu erkundigen. Wie lange sie sich denn schon gekannt hätten? Zweiundzwanzig Jahre? Und doch seien sie vor ihrer Heirat nie gemeinsam in Erscheinung getreten und hätten offensichtlich auch nicht unter einem Dach gewohnt.

»Nicht jeder ist für vorehelichen Sex«, sagte Zillah.

Die Journalistin musterte Zillah von oben bis unten, von den Ohrringen und der »aufwändigen Frisur« bis zu den Stilettoabsätzen. »Sie gehören also zu denen, die dagegen sind?«

»Darüber will ich jetzt wirklich nicht reden.«

»Okay. Schon gut. Ich nehme an, Sie haben davon gehört, dass eine ziemlich tadelsüchtige Person, die hier nicht genannt werden soll, gedroht hat, Ihren Mann zusammen mit einigen anderen Abgeordneten zu outen. Was meinen Sie dazu?«

Zillah begann Malinas Abwesenheit allmählich zu bereuen. »Das ist auch etwas, über das ich lieber nicht reden möchte.«

»Sie möchten doch sicher sagen, das Gerücht sei völlig aus der Luft gegriffen, oder?«

»Wenn Sie irgendwas drucken von wegen, mein Mann wäre schwul«, sagte Zillah, die langsam die Beherrschung verlor, »dann zeig ich Sie wegen Verleumdung an.«

»Also Mrs. Melcombe-Smith, oder darf ich Zillah sagen, das ist ja sehr interessant, was Sie da sagen. Das zeigt anscheinend, dass Sie glauben, jemanden als schwul zu bezeichnen sei eine Beleidigung. Ist das so? Wird ein Mensch dadurch Hass, Lächerlichkeit oder Verachtung preisgegeben? Halten Sie Homosexualität für etwas *Minderwertiges?* Oder für falsch? Gibt es einen moralischen Unterschied zwischen hetero und schwul?«

»Weiß ich doch nicht«, rief Zillah aus. »Ich sag jetzt gar nichts mehr.«

Jims und Malina wäre klar gewesen, dass die Interviewerin inzwischen eine wunderbare Story beisammen hatte und es kaum erwarten konnte, sie zu Papier – oder auf eine Festplatte – zu bringen. Zillah wollte nur noch, dass sie ging und sie in Ruhe ließ. Und irgendwann ging sie auch, keineswegs verstimmt über Zillahs Wut und ihre Weigerung, noch ein Wort zu sagen. Zillah war völlig durcheinander. Es war so ganz anders gewesen als bei den beiden vorausgegangenen Interviews. Inzwischen bereute sie, die Existenz der Kinder verschwiegen zu haben. Ob sie sie vielleicht noch eine Weile bei ihren Eltern lassen konnte? Sie waren gern dort, es gefiel ihnen dort anscheinend besser als zu Hause bei ihrer Mutter. Allerdings waren ihre Eltern – um mit ihrer Mutter zu sprechen – auch nicht mehr die Jüngsten und hatten allmählich genug von Jordans nächtlichem Geschrei. Und wieso hatte dieses entsetzliche Weib eigentlich so viel darüber wissen wollen, was sie vor ihrer Hochzeit getrieben hatte? Zillah musste zugeben, dass sie ungenügend vorbereitet gewesen war.

Ein Trost war, dass das *Telegraph Magazine* keine Tageszeitung war und der Artikel erst in ein paar Wochen erscheinen würde. Vielleicht sogar erst, wenn sie und Jims auf den Malediven waren. Und vielleicht konnte er noch rechtzeitig gestoppt werden – falls sie sich traute, Malina um Intervention zu bitten. Darüber musste sie noch einmal gründlich nachdenken. Jims gegenüber ließ sie nichts verlauten, als er nach Hause kam, was sowieso erst nachts um eins der Fall war. Er war im Unterhaus gewesen, hatte sich nach der Abstimmung um sieben Uhr aber davongeschlichen und hundert Meter weiter am Millbank ein Taxi genommen, um seinen neuen Freund in Chelsea zu besuchen.

Zillah begriff allmählich, dass es vielleicht nicht nur lauter Spaß und Glamour bedeutete, in die Zeitung zu kommen. Diese Journalisten waren schlauer, als sie gedacht hätte. Jims konnte vorab verschont bleiben, aber mit irgendjemandem musste sie reden. Sie rief Malina an, und die PR-Frau kam herüber. »Ich dachte, Sie könnten vielleicht beim *Telegraph Magazine* anrufen und sagen, ich hätte das mit der Verleumdungsanzeige nicht so gemeint und es täte mir Leid, dass ich sie so angeschrien habe.«

Malina ließ sich ihr Entsetzen nicht anmerken. »Das wäre aber doch unpassend, meinen Sie nicht? Ich wäre ja in Erscheinung getreten, wenn man mich informiert hätte. Sie haben das Interview doch freiwillig gegeben, Zillah. Niemand hat Sie unter Druck gesetzt.«

»Ich hatte gehofft, Sie könnten verhindern, dass das Interview überhaupt erscheint. Und vorschlagen, ich würde ihr noch eins geben. Nächstes Mal wäre ich vorsichtiger.«

»Dem wäre vorzuziehen, dass es gar kein nächstes Mal gibt, Zillah.« Malina schien ihre Meinung, öffentliches Interesse sei immer gut, revidiert zu haben. »Aber dafür ist es jetzt wohl zu spät.«

»Sie könnten doch die anderen Zeitungen anrufen und einfach sagen, ich will nicht.«

»Die werden nach dem Grund fragen.«

»Sagen Sie, ich bin krank. Ich habe – Magenentzündung.«

»Dann denken die, Sie sind schwanger. Sind Sie aber nicht, oder?«

»Natürlich nicht«, fuhr Zillah sie an.

»Schade. Das wäre die Lösung für all unsere Probleme.«

Trotzdem sagte Malina drei der vorgesehenen Interviews ab und hätte auch das vierte, auf den folgenden Tag anberaumte, abgesagt, doch der Journalist, den sie erreichen wollte, meldete sich nicht auf seinem Mobiltelefon, ignorierte E-Mail und Fax und reagierte auf keine der Nachrichten, die sie ihm auf dem Anrufbeantworter hinterließ. Obwohl sie sie nicht leiden konnte, hatte Zillah so großes Vertrauen in Malina, dass sie sich vor dem bevorstehenden Besuch der nächsten Tageszeitung nicht die Mühe machte, sich umzuziehen. Malina hatte sicher abgesagt. Als es klingelte, dachte sie, wenn es nun Jerry ist? Sie ging an die Tür, um zu öffnen, ohne vorher einen flüchtigen Blick in den Spiegel zu werfen.

Charles Challis gehörte zu den Männern, die Zillah unter anderen Umständen als den gegebenen als »tollen Typen« bezeichnet hätte. Doch die Umstände waren vollkommen unpassend, denn sie hatte gar niemanden erwartet, vor allem keinen Mann, und sah ziemlich grässlich aus. »Sie sollten doch gar nicht kommen«, sagte sie. »Wir haben Ihnen doch abgesagt.«

»Nicht dass ich wüsste. Ist der Fotograf schon hier?«

Dann schaute Zillah in den Spiegel, sah ihr ungeschminktes Gesicht, ihr ungewaschenes Haar und den Pulli, ein Überbleibsel aus sechs Jahren Long Fredington, der ursprünglich aus einem Billigladen stammte. Wie benommen führte sie Charles Challis ins Wohnzimmer. Er fragte sie weder, ob Jims schwul sei, noch wie sie ihren Lebensunterhalt verdiente, und machte auch keine Bemerkung über ihr Aussehen. Er war nett. Zillah stellte fest, dass es nicht Journalisten waren, die sie verabscheute, sondern Journalistinnen. Sie fragte den Fotografen, ob sie sich vielleicht ein bisschen schminken könne. Als sie wiederkam, begann Charles, wie er genannt werden wollte, mit seinen Fragen in Richtung Politik umzuschwenken.

Dies war nun ein Thema, über das Zillah – wie sie sich selbst eingestand – wenig Bescheid wusste. Sie wusste, wer der Premierminister war, und meinte, sie halte ihn für »einen tollen Typen«, konnte sich an den Namen des Oppositionsführers aber nicht erinnern. Dann stellte ihr der Journalist die brennende aktuelle Frage: Was war ihre Meinung zu Paragraf 28?

Sie sah ihn verständnislos an. Charles klärte sie auf. Paragraf 28 untersagte den Kommunalbehörden die aktive Förderung von Homosexualität. Die Gesetzesvorlage zur Kommunalverwaltung lief darauf hinaus, dass dieser Paragraf außer Kraft gesetzt wurde, und zwar mit folgender Begründung: Auf der Grundlage dieses Paragrafen würden Kinder, die sich ihrer sexuellen Orientierung unsicher waren, verwirrt und seien Schikanen ausgesetzt. Was Zillah denn davon hielte?

Zillah wollte sich nicht noch mehr in die Nesseln setzen. Sie erinnerte sich, dass diese Reckman gesagt hatte, Homosexuelle und Heterosexuelle seien gleich und es gebe keine moralischen Unterschiede zwischen ihnen, und erwiderte hitzig, Paragraf 28 sei offensichtlich unrecht und gehöre schleunigst abgeschafft. Charles notierte sich alles und überprüfte sein Tonbandgerät, um sich zu vergewissern, dass Zillahs Stimme auch deutlich zu hören war. Und wie stand es mit Geschworenenprozessen? War Zillah für die Verkürzung der Gerichtsverfahren, um dadurch Steuergelder zu sparen? Weil Jims sich am Abend zuvor lang und breit über seine hohe Einkommensteuer beklagt hatte, sagte Zillah, sie sei absolut fürs Sparen, und im Übrigen seien Geschworene schließlich keine Rechtsanwälte, oder, was wüssten die also schon?

Sie war recht zufrieden mit sich. Die Fotos würden bestimmt nicht schlecht rauskommen. Sie fand oft, dass ihr der lässige Look viel besser stand als der formelle. Nachdem sie gegangen waren, rief Malina an, um zu sagen, sie habe allen absagen können außer Charles Challis. Wie denn das Interview gelaufen sei?

»Es war super. Der war ja so *nett.*«

»Prima. Das haben Sie gut gemacht.« Was Malina ihr nicht sagte: Der fragliche Journalist war im Groucho Club unter dem Namen Charlie, die Giftspritze, bekannt.

Zillah legte auf und sah aus dem Fenster. Jerry stand an der Einfahrt zur Tiefgarage. Sie rannte aus der Wohnung und sauste im Aufzug hinunter, doch als sie auf die Great College Street heraustrat, war er verschwunden. Er musste seinen Wagen in der Parkgarage abgestellt haben. Sie lief die Abfahrt in die Tiefgarage hinunter. Keine Spur von ihm und kein dunkelblauer BMW. Vielleicht war er wegen der Parkplatzprobleme zu Fuß unterwegs gewesen. Er hatte wohl einen Bus genommen oder war zur U-Bahn gelaufen, während sie aus der Wohnung gegangen war. Was wollte er? Womöglich spielte er mit dem Gedanken, sie zu erpressen. Fünfhundert pro Monat, oder ich pack aus. Doch soviel sie wusste, war Jerry noch nie so tief gesunken, dass er jemanden erpresst hätte, und würde jetzt nicht bei ihr damit anfangen. Sie ging wieder zurück über die Straße und musste sich, weil sie ihren Schlüssel vergessen hatte, von den Pförtnern die Wohnungstür aufschließen lassen.

Nachdem die Interviews vorbei oder abgesagt waren, wurde es Zeit, die Kinder zu holen, und so fuhren Jims und Zillah am Samstag nach Bournemouth. Es war eine angenehme Fahrt, zur Abwechslung waren die Straßen einmal nicht verstopft, und es regnete nicht. Unterwegs machten sie Mittagspause in einem schicken, neuen Restaurant unten am Fluss an der Mühle in Casterbridge, weil Jims nicht so lange bleiben wollte, um die Kochkünste ihrer Mutter zu testen. Weder Eugenie noch Jordan schienen besonders erfreut, sie zu sehen.

»Will bei Nanna bleiben«, sagte Jordan.

Seine Schwester tätschelte ihm den Kopf. »Wir sind gern am Meer. Kinder brauchen nämlich frische Luft und keine Autoabblase.« Sie meinte »Abgase«, aber niemand korrigierte sie.

»Ich seh eigentlich keinen Grund, weshalb ihr nicht noch ein bisschen bleiben könntet«, sagte Jims hoffnungsvoll.

»Ich fürchte, ich schon, Jims.« Nora Watling scheute sich nie, ihre Meinung zu sagen. »Ich bin müde. Ich brauche ein bisschen Ruhe. Ich habe bereits Kinder großgezogen und nicht die Absicht, es in meinem Alter noch einmal zu tun.«

»Niemand will uns haben«, frohlockte Eugenie. »Es ist nicht besonders schön, ein unerwünschtes Kind zu sein, stimmt's, Jordan?«

Jordan begriff zwar nichts, brach aber trotzdem in Geheule aus. Als Jims um halb vier auf seine Uhr schaute und meinte, dann könnten sie ja wohl fahren, war Nora tief beleidigt. Auch wenn die Kinder schon zu Mittag gegessen hatten, bestand sie darauf, sie vor der Abfahrt mit Kartoffelchips, Eiscreme und Schwarzwälder Kirschtorte voll zu stopfen. Auf dem Rückweg nach London erbrach sich Jordan über Jims' graue Ledersitze.

Doch als sie zu Hause waren, Eugenie in ihrer neuen Schule angefangen und sich für Jordan eine moderne, »progressive« Kindertagesstätte gefunden hatte, kehrte allmählich Ruhe ein. Man konnte Abbey Gardens Mansions ganz diskret verlassen, indem man den Aufzug in die Tiefgarage nahm und von der Ausfahrt direkt in eine Seitenstraße der Great Peter Street fuhr. Ein Journalist hätte schon sehr wachsam und noch dazu Frühaufsteher sein müssen, um Zillah zu erspähen, wenn sie mit dem silbernen Mercedes hinten hinaus entwischte, um morgens um neun die Kinder in Schule und Kindergarten zu bringen. Doch da waren keine Journalisten. Die Medien schienen jegliches Interesse verloren zu haben. Ein paar Wochen vergingen, und die Zeitungen ignorierten die jungen Melcombe-Smiths. Eigentlich hatte Zillah gedacht, sie würde sich darüber freuen, doch nun fragte sie sich, was aus dem Beitrag geworden war, den dieser nette Charles Challis geschrieben hatte. Sie und Jims wollten am Ostersamstag in die Flitterwochen verreisen. Wenn sie Pech hatte, erschien der Artikel während ihrer Abwesenheit. Wäre mal wieder typisch.

»Was soll das denn heißen?« Jims war in letzter Zeit ungewöhnlich reizbar. »Ich würde sagen, du hattest bisher ziemlich viel Glück.«

»Das war bloß so eine Redensart«, sagte Zillah versöhnlich.

»Und eine höchst unpassende, wenn du mich fragst. Hast du dich schon mit Mrs. Peacock abgesprochen?«

»Mach ich jetzt gleich.«

Doch Mrs. Peacock war nicht in der Lage, die zehn Tage, die Jims und Zillah auf den Malediven wären, in Abbey Gardens Mansions zu verbringen, ja nicht einmal einen Teil dieser Zeit. Zillah, sagte sie, habe sie zu spät informiert. Erst am Vortag habe sie eine Busreise nach Brügge, Utrecht und Amsterdam gebucht.

»Hoffentlich friert sie sich tot«, sagte Zillah. »Hoffentlich vergiftet sie sich an Tulpenzwiebeln.«

»Tulpenzwiebeln sind nicht giftig«, versetzte Jims kühl. »Eichhörnchen fressen sie sogar lieber als Nüsse. Ist dir das noch nie aufgefallen?«

Sie musste ihre Mutter darum bitten. Nora Watling ging an die Decke. Die Kinder seien noch keine drei Wochen in London zurück, und jetzt sollte sie sie schon wieder nehmen.

Ob Zillah es denn nicht begriffen hätte, als sie gesagt hatte, sie wolle keine zweite Familie mehr großziehen?

»Du und Daddy, ihr könntet doch hierher kommen. Die Kinder sind tagsüber untergebracht. Ihr könntet eine Stadtrundfahrt machen, aufs Millennium-Riesenrad gehen.«

»Wir waren noch nie auf dem Riesenrad«, sagte Eugenie. »Noch nicht mal im Millennium Dome waren wir.«

»Nanna geht mit euch hin«, sagte Zillah, die Hand über der Hörmuschel. »Nanna nimmt euch mit, wohin ihr wollt.«

Natürlich erklärte Nora Watling sich bereit zu kommen. Es blieb ihr ja kaum etwas anderes übrig. Nachdem sie die schneidende Bemerkung hatte fallen lassen, manche Leute würden ihre Kinder ins Hundeasyl oder ins Katzenheim verfrachten, wenn sie könnten, sagte sie zu. Sie würde mit Zillahs Vater am Karfreitag kommen.

»Mir wäre es lieber, du würdest ihnen nicht beibringen, ihre Großmutter Nanna zu nennen«, meinte Jims. »Das ist für das Stiefkind eines konservativen Abgeordneten höchst unpassend.«

»Bin kein Stiefkind, bin kein Stiefkind«, kreischte Jordan. »Will ein richtiges Kind sein.«

Montagmorgen, eine Woche später als erwartet, erschien das Interview, das Challis mit Zillah geführt hatte. Besser gesagt, es erschien etwas in der Richtung, ohne Foto, und der Zillah gewidmete Absatz war etwa fünf Zentimeter lang. Er war Teil eines zweiseitigen Features über die Ehefrauen von Abgeordneten, über ihre Ansichten und Berufe, und war in forschem, satirischem Stil geschrieben. Sie wirkte darin wie eine Mischung aus hohlköpfiger, flatterhafter Biene und Ignorantin.

Zillah, frisch gebackene Gattin von James Melcombe-Smith, (hatte Charles Challis geschrieben), *teilt mit ihrem Angetrauten das Interesse an Politik, nicht aber seine Überzeugungen. Sie jedenfalls hält nichts von Paragraf 28 oder auch jenem alten Bollwerk des Gesetzes, dem Geschworenenprozess. Weg damit, ist ihre Devise. Wo haben wir denn das schon mal gehört? Nun, von keiner anderen als von der Labour-Partei. »Geschworene sind keine Anwälte«, verriet sie mir und warf dabei schwungvoll eine rabenschwarze Locke zurück. (Mrs. Melcombe-Smith hat sehr viel Ähnlichkeit mit Catherine Zeta Jones.) »Mein Mann sähe es gern, wenn diese Verschwendung von Steuergeldern aufhören würde.« Er ist, wie man weiß, konservativer Abgeordneter für South Wessex und bei seiner Wählerschaft und anderen Gesinnungsgenossen bekannt als »Jims«. Sie werden von den Ansichten seiner Frau sicher fasziniert sein.*

Jims war darüber weniger verärgert als vielleicht erwartet. Zwar maulte er ein bisschen und sagte, er würde demnächst bestimmt vom Fraktionschef zu einem unerfreulichen Gespräch einbestellt werden. Doch handelte es sich hier nicht um die Ausrutscher und Enthüllungen, die er fürchtete, und er bezweifelte, dass mehr als eine Hand voll Grundbesitzer und (wie er sich ausdrückte) Bauerntrampel »dieses Käseblatt« überhaupt lasen. Es tue ihr Leid, sagte Zillah, aber mit Politik kenne sie sich überhaupt nicht aus. Ob er ihr dazu ein Buch empfehlen könnte?

Am gleichen Tag, nur etwas später, sah sie Jerry wieder. Sie saß im Wagen, um die Kinder abzuholen, und war gerade von der Millbank abgebogen, als sie ihn vor dem Restaurant Atrium entdeckte. Ihr erster Gedanke galt den Kindern und dem Theater, das folgen würde, falls sie ihn sahen. Beide schauten aber bewundernd in die andere Richtung zu zwei beigen Hunden hinüber, die Ringelschwänzchen wie Schweine hatten.

»Kann ich einen Hund haben, Mummy?«, fragte Eugenie.

»Bloß wenn du dich selber um ihn kümmerst.« Das Gleiche hatte Zillahs Mutter damals zu ihr gesagt, als sie vor zweiundzwanzig Jahren die gleiche Frage gestellt hatte. Sie hatte den Hund bekommen und sich drei Tage um ihn gekümmert. Daran musste sie jetzt denken, während sie fortfuhr: »Nein, du kannst natürlich keinen Hund haben. Einen Hund in einer Stadtwohnung?«

»Früher haben wir in einem Haus gewohnt. Das war nett, und wir hatten Freunde. Wir hatten Rosalba und Titus und Fabia.«

»Ich will Titus«, sagte Jordan und begann, anstatt zu schreien, still vor sich hin zu schluchzen.

Während Zillah mitten auf der Straße abwartete, bis sie rechts in die Tiefgarage von Abbey Gardens Mansions abbiegen konnte, sah sie Jerry den Gehweg entlang auf sich zurennen. Ohne nach links zu gucken, begann sie abzubiegen, was dazu führte, dass der von links kommende Lieferwagen scharf bremsen musste und der Fahrer, sowieso schon im Pistenkoller, den Kopf aus dem Fenster streckte und eine wüste Schimpfkanonade vom Stapel ließ. Zillah fuhr über die Rampe in die Garage hinunter.

»Mummy, hast du gehört, was der Mann gesagt hat? Nanna hat gesagt, wenn ich das Wort benutze, wird's noch mal schlimm enden mit mir. Wird's mit dem Mann auch mal schlimm enden?«

»Das hoff ich doch«, sagte Zillah gehässig. »Hör auf zu heulen, Jordan. Na, ihr zwei, was meint ihr, könntet ihr euch vorstellen, Nanna Granny zu nennen?«

Eugenie wiegte den Kopf hin und her und überlegte. »Dann wär sie aber doch ein ganz andrer Mensch, oder?«

Zillah gab keine Antwort. Sie sah sich in ihrer Überzeugung bestätigt, dass ihre Tochter bereits im zarten Alter das Zeug zur Anwältin hatte.

Jerry war nicht mehr zu sehen. Jims kam wieder einmal sehr spät nach Hause. Am nächsten Morgen eröffnete er ihr, sein neuer Freund Leonardo Norton werde ebenfalls auf den Malediven sein, wenn sie dort wären, ja sogar im gleichen Hotel wohnen.

11

»Du könntest mich doch ins Fernsehzentrum begleiten«, sagte Matthew. »Das würde mir gefallen.«

Aber Michelle sagte, nein, sie käme nicht mit. »Es ist besser, wenn du dich nicht um mich kümmern musst, Liebling.« In Wirklichkeit grauste es ihr vor dem Geglotze und dem verstohlenen Gekicher all der langbeinigen Mädchen und jungen Männer in Jeans. Jeff Leighs höhnische Bemerkung über Little & Large ging ihr immer noch nach.

Es war ein ermutigender Anblick, als Matthew sich auf den Weg zur U-Bahnstation machte. Fast wie ein normaler Mensch schritt er voran, die Schultern gestrafft, den Kopf hoch erhoben. Michelle wischte im Wohnzimmer Staub und saugte den Teppichboden. Während sie atemlos und mit pochendem Herzen herumwerkelte, versuchte sie sich vorzustellen, wie es sich angefühlt hatte, als sie noch ein normaler Mensch mit einem ganz gewöhnlichen Körper gewesen war. Kein Fotomodell, nicht einmal wie Fiona, sondern einfach eine Frau mit durchschnittlichen Rundungen und mittlerer Kleidergröße. Wenn Matthew – wie fast immer – dabei war, unterdrückte sie solche Gedanken, schob sie beiseite und tat so, als kämen sie ihr gar nicht in den Sinn. Heute war sie das erste Mal in – wie lange, in fünf oder sieben Jahren ganz allein im Haus. Es geht doch nichts über das Alleinsein, wenn man Raum zum Denken braucht.

Michelle stand reglos in der Mitte des Zimmers und spürte ihren Körper, spürte wirklich, wie er war, von ihrem Dreifachkinn bis zu den Polstern auf ihren Oberschenkeln. Erst mit dem Hirn, dann mit den Händen wurden ihr die Fleischberge endlich vollkommen bewusst, in denen ihr empfindsamer und anspruchsvoller Geist und ihr liebendes Herz eingebettet waren. Sie schloss die Augen, und ihr war, als könnte sie im Dunkeln Matthew sehen, gesundheitlich völlig wiederhergestellt, und sich selbst, wie sie damals war, oder fast so, als sie ganz frisch verheiratet waren. Und in diesen Traum kam wie ein geflügeltes Insekt, wie ein zarter, empfindlicher Hauch eine Ahnung über ihre geschlossenen Lider geflattert, eine Ahnung von dem Verlangen, das sie einst füreinander empfunden hatten, von der Leidenschaft, die körperlicher Schönheit und Energie entspringt. Ob sie wohl jemals wiedererlangt werden konnte? Die Liebe, die sie füreinander empfanden, war dieselbe wie früher. Und da die Liebe noch vorhanden war, könnten sie doch bestimmt auch irgendwie zur *körperlichen* Liebe zurückfinden ...

Es war lange her, dass Michelle sich hatte bücken können. Ihren bisherigen Staubsauger, den mit dem langen Schlauch, den man wie einen kleinen Hund hinter sich herzog, hatten sie abschaffen müssen, weil sie sich nicht tief genug hatte bücken können, um ihn aus dem Schrank zu holen und wieder zu verstauen. Der senkrechte, den sie jetzt hatten, war allerdings nur wenig besser, denn um das Zubehör einzustecken, musste sie sich mächtig anstrengen, den Staubsauger am Griff auf einen Stuhl hieven und den Vorgang auf Schenkelhöhe durchführen. Danach musste sie – eine Hand gegen ihr Busengebirge gepresst – einen Augenblick innehalten. Sobald sie wieder Atem geschöpft hatte, gelang es ihr, die Bürstendüse in den Schlauch zu stecken und das Zimmer fertig zu saugen. Danach ging sie einkaufen.

Nicht bei Waitrose diesmal, sondern im etwas näher gelegenen Atlanta-Supermarkt am West End Green. Sie legte Kiwis in den Einkaufswagen, Knäckebrot und eine große Packung geröstete Erdnüsse, doch gerade als sie fast automatisch eine große Tüte Donuts aus dem Regal nehmen wollte, verharrte ihre Hand in der Luft, und sie legte die Tüte langsam wieder hin. Genauso ging es ihr mit der dicken Scheibe Cheddarkäse und den Schokoriegeln. Sie kämpfte gerade damit, der Versuchung zu widerstehen und den Käsekuchen im Kühlfach liegen zu lassen, als eine Stimme hinter ihr plötzlich sagte: »Aha, füllen wir gerade die Depots wieder auf, was? Um das Lebendgewicht zu halten?«

Es war Jeff Leigh. In Matthews Abwesenheit stießen Michelle seltsame Dinge zu. Ihr Verstand war in Aufruhr, sie hegte Gedanken, die ihr seit zwölf Jahren nicht mehr durch den Kopf gegangen waren, und sie betrachtete Leute, die sie kannte, mit neuen Augen. Zum Beispiel war ihr nun so, als sähe sie Jeff zum ersten Mal. Sie fand ihn sehr attraktiv, und ihr war klar, weshalb Frauen ihn so anziehend fanden. Ebenso klar war ihr, dass sein Charme unecht und sein gutes Aussehen nur oberflächlich war. Jeder vernünftige Mensch, der nicht vor Liebe blind war – einer Liebe, die auf nicht viel mehr als körperlichem Verlangen beruhen konnte –, würde ihn verachten und ihm misstrauen. Sie antwortete nicht auf seine Frage, sondern erkundigte sich, wo Fiona war.

»In der Arbeit. Wo denn sonst?«

»Um dich luxuriös aushalten zu können, wie du's gewohnt bist, stimmt's?« Michelle war von sich selbst überrascht, denn sie konnte sich nicht erinnern, je so geredet oder so einen Ton angeschlagen zu haben.

»Es erstaunt mich immer wieder«, sagte er mit freundlichem Lächeln, »wie ihr Frauen nach Gleichberechtigung schreit, aber immer noch erwartet, dass Männer euch aushalten und nie umgekehrt. Warum eigentlich? In einer gleichberechtigten Gesellschaft würden manche Männer Frauen aushalten und manche Frauen eben Männer. So wie du dich von Matthew aushalten lässt und ich mich von Fiona.«

»Jeder sollte arbeiten.«

»Entschuldige mal, Michelle, aber wann hast du zum letzten Mal den Fuß in ein Kinderkrankenhaus gesetzt, um Geld zu verdienen?«

Nachdem sie schweigend davongegangen war, hatte ihm die billige Bemerkung Leid getan. Außerdem wäre es witziger gewesen, sich noch weiter über ihre Figur und ihr Gewicht auszulassen. Etwa in der Richtung, sie solle sich doch beim Club der Fettischisten um einen Job bewerben. Jeff kaufte den halben Liter Milch, den er für seinen morgendlichen Kaffee brauchte, und die Räucherlachssandwiches fürs Mittagessen und ging nach Hause, um sich Gedanken über die Stunden zu machen, die bis zu Fionas Rückkehr vor ihm lagen.

Seit Jahren plante Jeffrey Leach jeden Tag mit besonderer Sorgfalt. Er vermittelte zwar den Eindruck lässiger Unbekümmertheit, war in Wirklichkeit aber sehr genau, gut organisiert und fleißig. Das Problem war, dass er den Leuten nicht direkt sagen konnte, wie schwer er in Wirklichkeit arbeitete, denn die meisten seiner Aktivitäten waren entweder nicht ganz koscher oder regelrecht illegal. Gestern war er beispielsweise zu einem Asda-Supermarkt gefahren und hatte, nachdem er zur Bezahlung des Wocheneinkaufs an der Kasse die auf J. H. Leigh ausgestellte Kreditkarte gezeigt hatte, um Bargeld gebeten. Das müde Mädchen, schon seit drei Stunden im Dienst, hatte wissen wollen, wie viel, und Jeff hatte erst fünfzig sagen wollen, dann aber um hundert Pfund gebeten. Als sie ihm das Geld aushändigte, wünschte er, er hätte zweihundert verlangt. Doch bevor sie ihm das Geld gegeben hatte, hatte sie die Karte lange und eingehend gemustert, worauf bei ihm schon leise die Alarmglocken schrillten.

Entschlossen, wenngleich nicht ohne Bedauern nahm er nun die Karte aus der Brieftasche und zerschnitt sie mit Fionas Küchenschere in sechs Stücke. Diese warf er in den Mülleimer und bedeckte sie wohlweislich mit einer leeren Cornflakesschachtel und einer von Fionas kaputten Strumpfhosen. Vorsicht ist die Mutter der Porzellankiste, auch wenn diese Vorsicht ihn etwas kosten sollte. Die Karte als solche hatte ihm gute Dienste erwiesen und ging nun den Weg aller Kreditkarten. Irgendwie würde er sich schon eine andere beschaffen. Vielleicht würde ihm Fiona eine besorgen. Von American Express kamen andauernd Briefe, in denen die Kunden aufgefordert wurden, Karten für Familienmitglieder zu beantragen. Ein Liebhaber, der mit einem zusammenlebte, zählte doch als Familienmitglied, oder? Nicht um alles in der Welt konnte er sich vorstellen, wie er Fiona heiraten sollte, außer er hatte den Nerv und beging Bigamie wie Zillah. Wenn der August näher rückte, würde er genauer darüber nachdenken.

Sein Mobiltelefon benutzte Jeff so selten wie möglich und tätigte die meisten Anrufe von Fionas Apparat aus. Er nahm den Hörer ab, um seinen Buchmacher anzurufen und auf ein Pferd namens Friss oder Stirb zu setzen, das in Cheltenham laufen sollte. Seinen fast unheimlichen Erfolg auf der Pferderennbahn verdankte er mehr dem Instinkt und dem glücklichen Zufall als seiner Pferdekenntnis. So verschaffte er sich jede Woche ein hübsches kleines Einkommen. Allerdings brauchte er jetzt unverzüglich eine größere Summe. Fiona hatte immer noch keinen Verlobungsring, und das übliche Modell, das er für zwanzig Pfund auf dem Markt in Covent Garden oder an einem Stand vor St. James' an der Piccadilly erstand, würde für diese hochkarätige Frau nicht genügen. Er hatte einmal mit einer höchst erfolgreichen Maschc gearbeitet: Per Anzeige hatte er nach Erhalt einer Fünfpfundnote eine Broschüre angeboten, in der stand, wie man innerhalb von zwei Jahren Millionär werden konnte. Dabei hatte er ein kleines Vermögen gemacht, bis die Interessenten dann anfingen, wütende Briefe zu schicken und zu fragen, wo denn nun ihre Broschüre sei. Die Übung konnte er aber nicht wiederholen. Allein die Vorstellung, was für Post er kriegen würde und was für ein Gesicht Fiona machen würde, wenn sie es spitzkriegte.

Zillahs Überzeugung, ihr Mann würde sie nicht erpressen, erwies sich als korrekt. Zu seiner Ehre musste eingeräumt werden, dass es Jeff nie in den Sinn gekommen war, mittels Drohungen an Geld zu kommen. Der Verlobungsring würde auf andere Art und Weise beschafft werden müssen. Ihm kam der flüchtige Gedanke an Minty. Komisches kleines Ding. Sie war die reinlichste Frau, mit der er je geschlafen hatte. Selbst wenn er Fiona nicht begegnet wäre und rasch kapiert hätte, dass sie vermögend war, hätte er Minty den Laufpass geben müssen. Welcher Mann mochte es schon besonders gern, dass das Bett jedes Mal, wenn er ein bisschen gekuschelt hatte, nach Teerseife roch? Trotzdem – vielleicht hätte er sie doch dazu bringen sollen, die Hypothek auf ihr Haus aufzunehmen, bevor er sie verließ. Wieso hatte er es nicht getan? Weil er im Grunde ein anständiger Kerl war, sagte er sich, und die eine Verlobte für den Verlobungsring der anderen zahlen zu lassen, war selbst ihm zu schäbig.

Jeff durchstöberte das ganze Haus nach Geld. Dass nie welches da war, wusste er inzwischen, doch gab er die Hoffnung nicht auf. Fiona hatte anscheinend überhaupt kein Bargeld. Das kam wohl davon, wenn man bei der Bank arbeitete, alles spielte sich auf Papier, Karten und Computern ab. Einmal hatte sie ihm erzählt, sie träume von dem Tag, an dem es kein Bargeld mehr gäbe und der gesamte Zahlungsverkehr per Netzhaut-Scanning oder Fingerabdruck abgewickelt würde. Er sah in einer Teedose in der Küche nach, die keinem anderen Zweck als der Aufbewahrung von Geld zu dienen schien, obwohl nie welches drin war, und durchstöberte die Taschen von Fionas zahlreichen Mänteln. Nicht einmal ein Zwanzig-Pence-Stück. Vorerst hatte er aber genug zur Verfügung, und wenn Friss oder Stirb als Erster ins Ziel ging, was zweifellos der Fall sein würde, sprängen fünfhundert heraus.

Als er seinen Kaffee getrunken und seine Sandwiches gegessen hatte, ging Jeff aus dem Haus. Selbst an einem so schönen Tag würde es zu lang dauern, den ganzen Weg nach

Westminster zu Fuß zu gehen, doch kam er immerhin bis zur Baker Street und nahm von dort einen Bus. Er hatte keinen Zweifel, dass es sich bei der Frau, die er gestern den silbernen Mercedes fahren und fast einen Unfall hatte bauen sehen, um Zillah handelte. Er war sich zum ersten Mal ganz sicher. Die dunkelhaarige Frau an einem Fenster von Abbey Gardens Mansions, auf die er ein paar flüchtige Blicke hatte werfen können, mochte sie gewesen sein oder auch nicht. Als er sie in Long Fredington zum letzten Mal gesehen hatte (und sich für immer von ihr verabschiedet hatte, ohne dass sie es wusste), hatte sie das Haar zurückgekämmt und mit einem Gummiband hinten zusammengehalten und Sweatshirt und Jeans getragen. Die Frau in Abbey Gardens hatte mit ihrem wallenden Haar, dem Schmuck und dem tief ausgeschnittenen Satinoberteil dagegen wie eine orientalische Prinzessin ausgesehen. Es war purer Zufall, dass er sie am Vortag gesehen hatte. Weil ihm die Parkplatzsuche zu umständlich war, war er nicht mit Fionas BMW gekommen, sondern wie heute zu Fuß und mit dem Bus, und nachdem er ziemlich lange herumgehangen hatte, war er vor einem schicken Restaurant gelandet. Dort hatte er sich an die Wand gelehnt und überlegt, was er als Nächstes tun sollte. Und plötzlich kam sie in diesem Auto von der Millbank angefahren.

Natürlich hatte er sofort die Verfolgung aufgenommen und zu erkennen versucht, ob die Kinder auf dem Rücksitz seine waren. Zwei waren es gewesen, ein kleinerer Junge und ein etwas älteres Mädchen, dessen war er sich zumindest sicher gewesen. Sie hatten aber nicht in seine Richtung geschaut und schienen ihm viel zu groß für seine Eugenie und seinen Jordan. Es versetzte ihm einen Stich, als er daran dachte, dass es schon ein halbes Jahr her war, seit er sie gesehen hatte, und kleine Kinder verändern sich in einem halben Jahr ja gewaltig, sie werden größer, und ihre Gesichter verändern sich. Es konnte doch nicht sein, dass dieser Jims ein paar Kinder hatte und es seine waren, die da im Wagen saßen? Schwule Männer hatten ja manchmal Kinder, bevor sie beschlossen, dass Frauen nicht das Richtige für sie waren. Er musste sich Gewissheit verschaffen. Heute würde er es herausfinden.

Nachdem er am Charing Cross aus dem Bus gestiegen war, betrat er einen Zeitungsladen, um jene Zeitungen durchzusehen, aus denen man erfährt, was an dem Tag im Parlament vor sich geht.

Der Zeitungsverkäufer sah zu, wie er die Seiten umblätterte und die Bögen umklappte. »Wie sagt man so schön, wer die Ware nicht will, soll auch nicht dran rumfummeln.«

Jeff hatte gefunden, was er wollte. Es war Gründonnerstag, und die Unterhaussitzung war auf elf Uhr anberaumt. Er ließ die Zeitung zu Boden fallen und sagte wie der Protagonist eines viktorianischen Romans: »Befleißigen Sie sich eines höflichen Tons, mein Guter.«

Der Fluss funkelte im Sonnenlicht. Die Speichen des Riesenrades glitzerten silbern vor dem wolkenlosen blauen Himmel. Jeff ging am Parlamentsgebäude vorbei, überquerte die Straße und bog in die Great College Street ein. Aus dem Busfenster hatte er vorhin sehen können, dass im Odeon am Marble Arch *Der talentierte Mr. Ripley* lief. Vielleicht schaute er später mal rein. Fiona war nicht besonders scharf auf Kino. Er stieß die in Eiche und Glas gehaltenen Jugendstiltüren von Abbey Gardens Mansions auf und war etwas konsterniert, als er hinter dem Schreibtisch in der blumengeschmückten, mit rotem Teppich ausgelegten Eingangshalle einen Pförtner sitzen sah. »Mr. Leigh«, sagte er, »für Mr. Melcombe-Smith.«

Zillah würde nicht wissen, um wen es sich handelte, einen unbekannten Besucher für Jims aber bestimmt hereinlassen. Hoffte er zumindest. Immerhin machte der Pförtner keine Anstalten, sie telefonisch zu benachrichtigen, sondern nickte mürrisch zum Aufzug hinüber. Jeff fuhr hoch und klingelte bei Nummer sieben an der Wohnungstür. Es war ganz die alte Zillah, die da an die Tür kam, die ungeschminkte Ausgabe mit zurückgekämmtem Haar und lässiger Kleidung, obwohl die Jeans von Calvin Klein und das Oberteil von Donna Karan waren. Bei seinem Anblick schrie sie laut auf und schlug sich erschrocken die Hand vor den Mund.

Die Kinder hatten bereits Osterferien, und Eugenie und Jordan waren mit Mrs. Peacock spazieren gegangen, während ihre Mutter für die Malediven die Koffer packte. Dass weder die beiden noch Jims zu Hause waren, verlieh ihr Mut. »Komm lieber rein«, sagte sie. »Ich dachte, du wärst tot.«

»Nein, dachtest du nicht, meine Gute. Du dachtest, ich sage dir, dass ich tot bin. Das ist nicht das Gleiche. Du betreibst Bigamie, weißt du das?«

»Du aber auch.«

Jeff nahm auf einem Sofa Platz. Da er selbst in gediegener, eleganter Umgebung lebte, brauchte er ihre nicht zu kommentieren. »Da irrst du dich«, versetzte er. »Ich war nie mit jemand anderem verheiratet als mit dir. Zugegeben – ich hab mich drei- oder viermal verlobt, aber heiraten, nein. Denk an den alten Spruch: Ein älterer Herr aus Kuwait, der hielt mit drei Damen Hochzeit. Doch wozu nun gleich drei? Nun, eine ist Narretei, und Bigamie, Sir, führt zu weit.«

»Du bist ekelhaft.«

»Ich an deiner Stelle wär vorsichtig mit Schimpfwörtern. Wie sieht's denn bei euch mit Bumsen aus, bei dir und deinem Jimsy-Bimsy? Oder ist es eine reine Zweckehe?« Er sah sich um, als hoffte er, das fehlende Geschwisterpärchen käme plötzlich aus dem Schrank oder unter dem Tisch hervorgekrochen. »Wo sind meine Kinder?«

Zillah errötete. »Ich glaube, du hast kein Recht, das zu fragen. Wenn sie auf dich angewiesen wären, wären sie inzwischen im Heim.«

Das konnte er nicht bestreiten und versuchte es auch nicht. Stattdessen fragte er: »Wo ist denn bei dir das Klo?«

»Oben.« Sie konnte sich nicht verkneifen zu sagen, dass es

zwei gab. »Eins ist die Tür gleich gegenüber und das andere ist in meinem Bad.«

»Jims, Jims, Rick-Stick Stims, Rundschwanz, Stutzschwanz, bravo, Jims.«

Jeff öffnete nicht diese Tür, sondern die rechts davon. Zwei schmale Betten, zwei Nachttischlampen, deren Schirme mit bunten Schmetterlingen dekoriert waren, ansonsten kaum möbliert und sehr ordentlich aufgeräumt. Er nickte. Daneben befand sich ein ebenso großer, allerdings ziemlich asketischer Raum, nicht direkt eine Mönchszelle, aber etwas in der Richtung. Die Tür am anderen Ende des Korridors führte zum – wie ein Makler sagen würde – Elternschlafzimmer. Auf dem Doppelbett lagen zwei aufgeklappte Koffer, unverkennbar von Louis Vuitton. Die krokodillederne Handtasche daneben stand ebenfalls offen. Jeff steckte die Hand hinein. In einem Seitenfach herumtastend, stieß er auf eine Visa-Karte, immer noch auf den Namen Z. H. Leach ausgestellt. Dann ging er wieder ins Wohnzimmer und bot Zillah ein Polo-Minzbonbon an.

»Wie immer – nein, danke.«

»Ich sehe, du packst. Wohin soll denn die Reise gehen?«

Sie sagte es ihm und fügte verdrossen hinzu, es sei ihre Hochzeitsreise. Jeff brach in Gelächter aus, brüllte unbeherrscht los und lachte sich halb tot. So unvermittelt, wie er angefangen hatte, hörte er auch wieder auf. »Du hast meine Frage nicht beantwortet. Wo sind meine Kinder?«

»Spazieren.« Sie improvisierte. »Mit ihrem Kindermädchen.«

»Ach so. Ein Kindermädchen. Jimsy-Baby hat's ja dicke, was? Und was ist – nimmst du sie mit auf die Malediven?«

Zillah hätte gern bejaht, allerdings konnten Mrs. Peacock und die Kinder jeden Moment zurückkommen. Sie hatte von Eugenie schon genug Saures dafür gekriegt, dass sie sie nicht mitnahm. »Ich hab dir doch gesagt, es ist eine Hochzeitsreise. Meine Mutter kommt und kümmert sich um sie.«

Jeff, der sich nicht wieder hingesetzt hatte, sondern im Zimmer umherschlenderte, sagte: »Ich werd nicht auf sie warten. Ist vielleicht zu aufregend für mich und für sie. Aber das gefällt mir nicht recht, was du da sagst, Zil. Mir kommt es so vor, als ob weder du noch Jims meine Kinder wirklich wollen. Bei den Zeitungen hast du sie mit keinem Wort erwähnt, hast der Zeitschrift nicht den geringsten Hinweis darauf gegeben, dass du Kinder hast – o ja, ich hab's gelesen, hab ich mir nicht nehmen lassen, das zu lesen.« Er machte eine Pause. »Also, Fiona liebt Kinder.«

Die lässig hingeworfene Bemerkung hatte den erwünschten Effekt. »Wer zum Teufel ist Fiona?«

»Meine Verlobte.« Jeff lächelte verschlagen. »Sie arbeitet in einer Handelsbank. Und hat ein sehr schönes Haus in Hampstead.« Das »West« ließ er weg.

»Der BMW ist wahrscheinlich ihrer.«

»Du sagst es. Ihr Haus wäre das ideale Zuhause für Kinder. Vier Schlafzimmer, Garten, alles, was das Herz begehrt. Und ich bin den ganzen Tag zu Hause und kann mich um sie kümmern, während sie den Zaster verdient, um ihnen ein Luxusleben zu bieten.«

»Was soll das heißen?«

»Ehrlich gesagt, meine Liebe, da bin ich mir noch nicht sicher. Ich hab noch nicht zu Ende überlegt. Doch das werde ich, und höchstwahrscheinlich fällt mir auch ein Plan ein. Zum Beispiel, das alleinige Sorgerecht zu beantragen!«

»Damit kämst du unmöglich durch!«, kreischte Zillah.

»Ach nein? Und wenn das Gericht erfährt, dass du Bigamie begangen hast?«

Zillah fing an zu weinen. Auf dem Tisch lag ein Notizblock mit abreißbaren Blättern in einem silbernen Kästchen. Er schrieb Fionas Adresse auf einen Zettel und gab ihn Zillah, ziemlich sicher, einen etwaigen Brief an Jerry Leach abfangen zu können. Dann ging er davon, unterwegs *Walk on By* pfeifend. Während er die Haustür hinter sich zuzog, konnte er sie laut schluchzen hören. Selbstverständlich hatte er nicht die Absicht, ihr die Kinder wegzunehmen, doch die Drohung war eine wirkungsvolle Waffe. Er hätte auch nichts dagegen, Jims gehörig eins auszuwischen, der Eugenie und Jordan gewiss nur benutzte, um sich als Verfechter familiärer Wertvorstellungen zu präsentieren. Ob er Fiona davon erzählen sollte? Vielleicht. Eine frisierte Version jedenfalls.

Trotzdem – wo waren seine Kinder? Die Geschichte mit dem Kindermädchen war womöglich erfunden. Falls Zillah sich ihrer entledigt hatte, wo hatte sie sie abgeladen? Bei ihrer Mutter? Das passte ihm gar nicht. Eventuell würde er nächste Woche wieder vorbeikommen, wenn Nora Watling da war, und die Wahrheit herausfinden. Falls sie kam, falls das nicht auch gelogen war.

Und jetzt zum Lunch ins Atrium. Mit Zillahs Kreditkarte? Ein bisschen gewagt. Sie und Jims waren vielleicht Stammgäste. Jeff vermutete, dass eine Kreditkarte mit einer Art Kode ausgestattet war, die das Geschlecht des Kunden verriet, der sie benutzte. In einem italienischen Restaurant in der Victoria Street probierte er sie aus und hatte kein Problem. Alles ging glatt. Zillahs Unterschrift nachzuahmen war ebenfalls kein Problem, das hatte er früher oft gemacht. *Der talentierte Mr. Ripley,* die Vorstellung um Viertel nach drei, hatte gerade angefangen, als Jeff das Kino erreichte. Der kleine, intime Zuschauerraum war fast leer, außer ihm saßen nur noch drei Männer und eine einsame Frau mittleren Alters darin. Er fand es immer amüsant zu sehen, wie sie sich setzten, so weit auseinander wie nur möglich, einer der Männer ziemlich weit vorn äußerst rechts, ein anderer, der uralt aussah, auf der linken Seite in der Mitte und der dritte in der letzten Reihe. Dic Frau saß direkt am Gang außen, dabei aber möglichst weit weg von dem alten Mann. Jeff hatte den Eindruck, dass Menschen ihre eigene Art nicht besonders gern mochten. Schafe zum Beispiel hätten sich alle in der Mitte aneinander geschmiegt. Er suchte sich einen Platz hinter der Frau aus – nur um es anders zu machen.

Am Nachmittag kam Matthew nach Hause. Natürlich hatte er nicht zu Mittag gegessen. Ohne Michelles Fürsorge und gutes Zureden würde er überhaupt nie essen. Doch er sah gut aus, fast wie ein normaler, nur eben sehr dünner Mann. Die Aufnahme für die Fernsehsendung hatte großen Spaß gemacht. »Ich fand es wunderbar«, sagte er, wieder ganz der alte Matthew, den sie geheiratet hatte. »Damit hab ich eigentlich gar nicht gerechnet. Ich war voll düsterer Vorahnungen.«

»Du hättest es mir sagen sollen, Liebling.«

»Ich weiß, ich kann dir aber doch nicht meine ganze Last aufbürden.«

In ungewohnt bitterem Ton sagte sie: »Könntest du aber. Meine Schultern sind ja breit genug.«

Mit besorgtem Blick setzte er sich neben sie und nahm ihre Hände. »Was ist denn, mein Liebes? Was ist los? Du freust dich für mich, das weiß ich. Diese Sendung ist vielleicht die erste von vielen. Wir werden bestimmt reicher, obwohl ich weiß, dass das für dich nebensächlich ist. Was ist denn?«

Sie sagte es ihm. Sie konnte es nicht mehr für sich behalten. »Warum sagst du nie, dass ich fett bin? Warum sagst du mir nicht, dass ich unförmig bin und aufgedunsen und abscheulich? Schau mich doch an. Ich bin keine Frau, ich bin ein riesiger, fettleibiger Fleischkloß. Ich sagte, meine Schultern sind breit genug – nun ja, ich hoffe, deine sind breit genug für das, was ich hier sage. Das ist meine Last – mein Volumen, mein schreckliches, ungeheuerliches, abstoßendes Volumen.«

Er betrachtete sie, aber nicht entgeistert, nicht entsetzt. Zärtlichkeit veränderte sein armes, schmales, runzliges Gesicht und machte es weicher. »Mein Liebling«, sagte er.

»Mein süßer, geliebter Liebling. Glaubst du mir, wenn ich sage, dass es mir nie aufgefallen ist?«

»Muss es doch aber. Du bist ein intelligenter Mensch, du nimmst die Dinge wahr. Du *musst* es bemerkt – und gehasst haben!«

»Wie kommst du auf einmal darauf, Michelle?«, fragte er ernsthaft.

»Ich weiß auch nicht. Ach, ich bin so dumm. Aber – o ja, jetzt weiß ich es. Jeff, Jeff Leigh, jedes Mal wenn ich den sehe, macht er einen Witz über meine Figur. Es war – äh, heute Morgen war es ›die Depots auffüllen‹, und kürzlich meinte er – nein, Liebling, ich kann dir gar nicht sagen, was er gesagt hat.«

»Soll ich mal mit ihm reden? Ihm sagen, dass er dich verletzt hat? Das werd ich tun, es macht mir nichts aus. Du kennst mich ja. Wenn man mich ärgert, bin ich ein ganz schön aggressiver Hund.«

Sie schüttelte den Kopf. »Ich bin doch kein Kind. Ich brauch keinen Daddy, der dem Nachbarsjungen sagt, er soll aufhören.« Ein leichtes Lächeln verwandelte ihr Gesicht. »Ich hätte nie gedacht, dass ich das mal über jemanden sagen würde, aber ich – ich hasse ihn. Wirklich. Ich hasse ihn. Ich weiß, er ist es nicht wert, aber ich kann nicht anders. Erzähl mir vom Fernsehen.«

Er erzählte es ihr. Sie tat so, als hörte sie zu, und brummelte aufmunternd, dachte dabei aber daran, wie sehr sie Jeff Leigh verachtete, wie sicher sie sich war, dass er ein mieser kleiner Gauner war, und fragte sich, ob sie die Kraft aufbrächte, Fiona zu warnen. Als wäre sie ihre Mutter. Nahm sich jemand so eine Warnung denn überhaupt zu Herzen? Sie wusste es nicht. Doch sie war nicht Fionas Mutter, und das machte bestimmt einen gewaltigen Unterschied.

Nachdem sie Matthew etwas zu essen gerichtet hatte (Tee ohne Milch, ein Knäckebrot, zwei Scheibchen Kiwi und zwölf geröstete Erdnüsse), ging sie nach oben, wobei sie sich mit beiden Händen am Geländer festhalten und oben angelangt wie immer erst einmal verschnaufen musste, und betrat das Badezimmer. Die Waage war eigentlich für Matthew gedacht. Sie selbst war noch nie draufgestiegen. Wie entzückt sie beide gewesen waren, als Matthew sich letzte Woche gewogen und die Waage einundneunzig Pfund angezeigt hatte, statt dass der Zeiger wie zuvor zitternd auf der Sechsundsiebzig-Pfund-Marke verharrt war. Michelle kickte ihre Schuhe weg und sah auf ihre Beine und Füße hinunter. Sie waren *wirklich* ansehnlich, genauso hübsch geformt wie bei einem Fotomodell, wenn auch nicht so lang. Sie atmete tief durch und stieg dann auf die Waage.

Zuerst sah sie gar nicht hin. Doch sie musste hinsehen, darauf kam es schließlich an. Langsam senkte sie die geschlossenen Augen und zwang sich dann, sie zu öffnen. In einem langen Seufzer stieß sie den Atem aus und wandte den Blick ab von der Zahl, auf die sich ihre Pfunde beliefen. Sie war dreimal so schwer wie Matthew.

Was war mit ihr passiert, was hatte sie zu dem bewogen, was sie soeben getan hatte? Die Sache mit Jeff Leigh war passiert. Michelle musste unwillkürlich lächeln. Es war doch absurd zu glauben, dass einem jemand, den man hasste, etwas Gutes getan hätte. Denn das hatte er. Sie zog die Schuhe wieder an, ging wieder in die Küche hinunter und kippte das, was sie sich zum Abendbrot vorbereitet hatte – ein dickes Brötchen (in Ermangelung von Donuts) mit Erdbeermarmelade, zwei Mürbekekse und eine Scheibe Früchtebrot – in den Abfalleimer.

12

Das Schlimme war, dass sie allmählich anfing, sich in Jims zu vergucken. Wirklich zu vergucken – es war ein ganz anderes Gefühl als damals, als sie beide Teenager gewesen waren. Das war bloß ein gewisser Kitzel gewesen, gepaart mit dem Groll darüber, dass es unter all den Jungs, die sie kannte, einen gab, der nicht auf sie flog. Das genügte ihr schon, dass sie versuchte, ihn zu verführen. Doch inzwischen war alles anders.

Paradoxerweise konnte sie ihn jetzt, wo sie auf einmal mit ihm ins Bett wollte, weniger leiden. Als sie sich bloß alle paar Wochen gesehen und bei ein paar Drinks von alten Zeiten geredet hatten, hätte Zillah Jims als ihren besten Freund bezeichnet. Mit ihm zusammenzuwohnen war etwas völlig anderes. Seine Verdrießlichkeit trat zu Tage, sein Egoismus und – wenn sonst niemand anwesend war – seine absolute Gleichgültigkeit gegenüber der Tatsache, ob sie nun da war oder nicht. Wenn jemand auf Besuch kam, beispielsweise einer von seinen Parlamentarierkumpels, dann überschüttete er sie mit Aufmerksamkeiten, wollte Händchen halten, blickte ihr tief in die Augen, nannte sie Liebling, blieb beim Vorbeigehen hinter ihrem Stuhl stehen, um ihr einen zarten Kuss auf den Nacken zu hauchen. Wenn sie allein waren, redete er kaum ein Wort. Doch diese Kälte, zusammen mit seiner Erscheinung, seiner Anmut, seiner dunklen Schlankheit und diesen großen, dunklen, wie bei einem Mädchen mit schwarzen Wimpern umflorten Augen trugen zu seiner Anziehungskraft noch bei. Es schien ihr, als würde ihr Verlangen nach ihm jeden Tag größer.

Auf den Malediven war es noch schlimmer. Zwar teilten sie sich eine Suite mit zwei Schlafzimmern und zwei Bädern, doch war Jims kaum dort, sondern verbrachte seine Nächte in Suite 2004, wo Leonardo wohnte. Vorsichtig wie immer kam er morgens um acht manchmal zurück, um ihr am Glastisch auf dem Balkon gegenüberzusitzen, beide im weißen Frotteebademantel, wenn der Kellner ihnen um neun das Frühstück brachte.

»Ich möchte wissen, wieso du dir überhaupt die Mühe machst«, sagte sie.

»Weil man nie weiß, wer sonst noch hier wohnt. Woher willst du wissen, dass die Rothaarige, die wir gestern am Strand gesehen haben, keine Journalistin ist? Oder ob das blutjunge Pärchen, das barbusige Mädchen und ihr Freund, keine Medienleute sind? Weißt du natürlich nicht. Ich muss ständig auf der Hut sein.«

Die meisten Frauen, dachte sie, wären außer sich vor Freude, wenn ihre Männer ohne einen Anflug von Lüsternheit im Blick und ohne dass ihre Stimme ein bisschen tiefer wurde, über ein barbusiges junges Mädchen reden konnten. Morgens lag Jims auf einer Sonnenliege im silbernen Sand, auf der Liege daneben Leonardo. Und auf der dritten lag Zillah. Wenn sie einwandte, sie würde lieber ins Schwimmbad gehen oder sich das Dorf ansehen, was auch immer, dann erinnerte er sie daran, weshalb er sie geheiratet hatte. Und warum er ihr zwei Häuser, fast unbegrenzt Geld zum Ausgeben, ein neues Auto, Kleider und Sicherheit gegeben hatte. Außerdem, sagte er, sei er ihren Kindern ein Vater geworden. Zillah schwante allmählich, dass sie sich statt eines Ehemannes einen Job eingehandelt und im Austausch für alle diese weltlichen Güter ihre Freiheit aufgegeben hatte.

Leonardo arbeitete für einen Börsenmakler in der Londoner City und war mit seinen siebenundzwanzig Jahren ein regelrechter Überflieger. Väterlicherseits aus einer Familie stammend, die die letzten hundertfünfzig Jahre zu den eisernen Konservativen gezählt hatte, war er ebenso politikversessen wie Jims, und die beiden redeten den ganzen Tag über die Geschichte der Konservativen Partei, über Abläufe und Personalien im Unterhaus und tauschten Anekdoten über Margaret Thatcher oder Alan Clark aus. Leonardo war völlig hingerissen von John Majors Autobiografie und las Jims ständig daraus vor. Wie sehr sich ihr Dialog doch von dem unterschied, dachte Zillah verbittert, was nach gängiger Meinung der Parteigrößen, denen sie begegnet war, den Konversationsstil schwuler Männer ausmachte.

Auch machte sie sich Sorgen. Was seine Rolle als Eugenies und Jordans Vater betraf, mit der er sich brüstete, so war es mit seiner Behauptung, er liebe Kinder, nämlich nicht weit her. Seit ihrer Rückkehr aus Bournemouth hatte er mit den beiden kaum ein Wort gewechselt. Als sie dies erwähnte, meinte er, Eugenie würde doch sowieso in ein paar Monaten aufs Internat gehen. Dann würden sie für Jordan ein Kindermädchen einstellen, das im Haus wohnte, und er würde das vierte Schlafzimmer in ein Kinderzimmer umwandeln lassen. Von Jerry hatte sie ihm kein Wort gesagt. Wie konnte sie auch? Angeblich waren sie überhaupt nie verheiratet gewesen, folglich hatte er auch kein Anrecht auf die Kinder. Angenommen, Jerry versuchte wirklich, ihr die Kinder wegzunehmen? Angenommen, er drohte wieder damit, sie als Frau zu entlarven, die geheiratet hatte, während sie immer noch mit einem anderen verheiratet war? Ach, es war alles so ungerecht! Er hatte sie schnöde getäuscht, als er ihr diesen Brief geschickt hatte, in dem stand, er sei tot.

Und jetzt war sie zu allem Überfluss auch noch Jims' Reizen verfallen. Gestern Abend im Speisesaal hatte er wegen der anderen Gäste den Arm um sie gelegt, während sie darauf gewartet hatten, zu ihrem Tisch geführt zu werden. Dort angekommen, hatte er den Stuhl für sie vorgezogen und ihr einen leichten Kuss auf die Lippen gegeben. Da hatte sie doch tatsächlich eine alte Frau am Nachbartisch ihrer Gefährtin zuflüstern hören, wie nett es sei, ein so verliebtes Paar zu sehen. Dieser Kuss hätte Zillah beinahe den Rest gegeben. Sie wäre am liebsten hinaufgegangen, um sich kalt abzubrausen, musste aber sitzen bleiben und sich von Jims in die Augen schauen und über den Tisch hinweg die Hand halten lassen. Leonardo nahm das Abendessen immer in seiner Suite ein und sah sich dabei vermutlich Pornofilme an. Oder vielleicht auch bloß Videos von irgendeinem Nachwahl-Coup der Konservativen.

Das *Telegraph Magazine,* das mit ihrem Interview, war noch nicht erschienen. Falls es nicht am Ostersamstag herausgekommen war. Zillahs Mutter hatte strikte Anweisung, danach Ausschau zu halten und es ihr aufzuheben, falls es während ihrer Abwesenheit veröffentlicht wurde. Am Tag vor ihrer Abreise hatte sie Jerry an die Adresse in Hampstead geschrieben, die er ihr gegeben hatte, bloß dass es eigentlich gar nicht Hampstead, sondern das weniger trendige West Hampstead war, wie sie an der Postleitzahl erkennen konnte. Seltsamerweise war ihr nach dieser Entdeckung etwas wohler.

Zillah war keine geübte Briefschreiberin. Sie konnte sich nicht erinnern, wann sie das letzte Mal einen Brief geschrieben hatte. Wahrscheinlich mit Zwölf, um sich bei ihrer Patin für den Fünfpfundschein zum Geburtstag zu bedanken. Ihr erster Versuch wirkte wie eine Drohung, als sie ihn durchlas, und sie fing noch einmal von vorn an. Diesmal gab sie sich ganz Jerrys Gnade anheim, beschwor ihn, sie nicht als Verbrecherin hinzustellen, doch daran zu denken, was sie alles durchgemacht hatte, dass er sie verlassen hatte und sie sich ganz allein durchs Leben hatte schlagen müssen. Das ging aber auch nicht. Sie zerriss den Brief und schrieb schließlich einfach, er hätte ihr Angst eingejagt. Sie habe nicht die Absicht gehabt, die Kinder von ihrem Vater fern zu halten. Er könne Zugang zu ihnen haben, das Besuchsrecht und alles was er wolle, wenn er bloß niemandem sagte, was sie getan hatte, er wusste ja was. Ohne das Wort »Bigamistin« hinzuschreiben, für den Fall, dass der Brief in die falschen Hände geriet, bat sie ihn, doch bitte »dieses Wort« nicht mehr zu benutzen. Es sei grausam und ungerecht. Den Brief schickte sie ab.

Das Problem mit den Malediven war, dass die Insel zwar wunderschön war, man eigentlich aber nur mit jemandem hinging, mit dem man eine große, sexy Liebesaffäre hatte und die ganze Zeit Liebe machen wollte. Wie Jims und Leonardo. Für alle anderen war es einfach sterbenslangweilig. Zillah las Taschenbücher, die sie sich am Flughafen gekauft hatte, ließ sich massieren und dreimal die Haare machen, und weil Jims – in Erfüllung seiner Rolle als ergebener Ehemann – sie fotografierte, fotografierte sie ihn ebenfalls und nahm ein paar Mal auch Leonardo mit drauf. Trotzdem atmete sie auf, als es am Sonntag wieder nach Hause ging.

Die Zeitungen, die während des Fluges verteilt wurden, waren von gestern – dicke, mit Beilagen voll gestopfte Samstagsausgaben. Zillah nahm die *Mail,* während Jims sich für den *Telegraph* entschied. Sie las gerade einen hochinteressanten Beitrag über Fingernagelverlängerungen, als ein erstickter Laut von Jims sie aufschreckte. Er war dunkelrot angelaufen, eine Veränderung, die ihn um einiges unattraktiver wirken ließ.

»Was ist los?«

»Lies selber.«

Er knüllte die Zeitung zusammen, schmiss ihr das Magazin hin und stand auf, drehte sich abrupt um und steuerte den Gang entlang direkt auf Leonardo zu, der in der hintersten Reihe saß.

Der Artikel über sie füllte beinahe drei Seiten und war reichlich mit Fotos gespickt. Weil sie so schön waren, konzentrierte sich Zillah zunächst auf die Fotos. Der *Telegraph* hatte sich wirklich Mühe gegeben. Wieso machte Jims eigentlich so ein Theater? Auf dem großen Glamourfoto sah sie tatsächlich aus wie Catherine Zeta Jones. Jetzt, wo sie es sich leisten konnte, hatte Zillah mit dem Gedanken an Brustimplantate gespielt, sie hatte schon immer das Gefühl gehabt, in dieser Beziehung etwas nachhelfen zu müssen, doch auf diesem Foto schien ihr Busen förmlich aus dem tief ausgeschnittenen Bustier zu quellen.

Die fette Schlagzeile präsentierte sie in einem nicht gerade vorteilhaften Licht: ZIGEUNERIN MIT SPATZENHIRN stand da und darunter: »Eine neue Sorte Tory-Braut«. Dann begann sie den Text zu lesen, wobei ihr zusehends mulmiger wurde und ihr auf Gesicht und Hals der Schweiß ausbrach.

Als Zigeunerin mit Spatzenhirn, als Energiebündel und lebensechte Carmen gehört Zillah Melcombe-Smith zu jener Sorte von Trophäenweibchen, die Politiker sich neuerdings zulegen. Sie sieht mit ihren 28 wie ein Fotomodell aus, redet daher wie ein Teenager und leidet, wie es scheint, an zahlreichen Neurosen. Ihr gutes Aussehen mit dem dunklen Haar und den feurigen Augen untermauert ihre Behauptung, in ihren Adern fließe Roma-Blut – was sich vielleicht auch aus ihren wilden Bemerkungen schließen lässt. Wir saßen kaum zehn Minuten in ihrer Wohnung in Westminster (passenderweise in nächster Nähe des Parlaments gelegen), als sie uns bereits mit einer Verleumdungsklage drohte. Und weshalb? Weil wir es gewagt hatten, ihre erstaunlichen linkslastigen Überzeugungen, um nicht zu sagen, ihre Doppelmoral zu hinterfragen. Zillah erhebt vehementen Einspruch gegen die Einstellung der Konservativen zur Homosexualität, die da meine, sie sei der Heterosexualität nicht gleichgestellt und eine Angelegenheit des freien Willens. Jemanden schwul zu nennen betrachtet sie dann allerdings als Beleidigung, für die sie offenbar bereit ist, sich zu duellieren.

Merkwürdig, wenn man sich in Erinnerung ruft (fuhr Natalie Reckman fort), *dass Zillahs Gatte »Jims« Melcombe-Smith in letzter Zeit wegen seiner möglichen sexuellen Orientierung einige Aufmerksamkeit auf sich gezogen hatte. Das alles wurde durch seine Heirat mit der hinreißenden Zillah natürlich als völlig abwegig entlarvt. Wenn seine Vergangenheit auch kein Geheimnis mehr ist, so ist es vielleicht ihre. Offensichtlich hat die frisch gebackene Mrs. Melcombe-Smith die ersten 27 Jahre ihres Lebens in völliger Abgeschiedenheit und Isolation in einem Dorf in Dorset verbracht, ein Dasein, das sie wie die Verwahrung hinter Klostermauern darstellt. Kein Job? Keine Berufsausbildung? Keine verflossenen Liebhaber? Anscheinend nicht. Seltsamerweise vergaß Zillah einige kleinere Unterbrechungen dieses klösterlichen Daseins zu erwähnen: ihren Exmann Jeffrey und die beiden gemeinsamen Kinder Eugenie (7) und Jordan (3). Richtig, als wir an einem sonnigen Frühlingstag zu Besuch kamen, waren keine Kinder im Haus. Wo hält Mrs. Melcombe-Smith sie versteckt? Oder hat der Vater das Sorgerecht? Wenn ja, dann wäre dies eine höchst ungewöhnliche Entscheidung seitens des Scheidungsgerichts. Das Sorgerecht wird einem Vater nur dann erteilt, wenn die Mutter sich als unfähig erweist, für die Kinder zu sorgen, was auf die temperamentvolle, attraktive Zillah ganz offensichtlich nicht zutrifft.*

Zillah las zu Ende, obwohl ihr inzwischen schon ganz schlecht war. Zwei lange Absätze widmete Natalie Reckman der Beschreibung ihrer Kleider und ihres Schmucks, wobei sie andeutete, dass Jims ja wohl in der Lage sein sollte, ihr echte Steine zu kaufen, wenn sie sich schon am helllichten Tag damit behängen musste, und nicht welche, die man auf dem Basar in Aqaba erstehen konnte. Heute trug man zu Hosen zwar hochhackige Schuhe, nicht aber Pfennigabsätze zu Leggings. Gekonnt beherrschte Reckman die Technik, ihr Subjekt erst mit verletzenden Beleidigungen zu bombardieren, um dann unmittelbar darauf ein süß verpacktes, freundliches Kompliment folgen zu lassen. So beschrieb sie Zillahs Kleidung als passende Garderobe für jemanden, der am Bahnhof King's Cross anschaffen gehen wollte, fügte dann aber hinzu, dass selbst das Huren-Outfit ihrem hübschen Gesicht, der beneidenswert schlanken Figur und der rabenschwarzen Mähne keinen Abbruch tun konnte.

Mittlerweile weinte Zillah. Sie pfefferte die Zeitschrift auf den Boden und schluchzte wie ihr Sohn Jordan. Die Stewardess kam her und fragte, ob sie irgendwas für sie tun könne. Vielleicht ein Glas Wasser? Oder ein Aspirin? Zillah sagte, sie hätte gern einen Brandy.

Während sie darauf wartete, kam Jims zurück und musterte sie erzürnt. »Da hast du ja was Schönes angerichtet.«

»Das hab ich nicht gewollt. Ich hab mein Bestes gegeben.«

»Wenn das dein Bestes ist«, versetzte Jims, »will ich nicht wissen, was dein Schlimmstes ist.«

Nach dem Brandy war ihr ein wenig wohler. Jims neben ihr trank ein karges Sprudelwasser. »Du hast dich zum absoluten Vollidioten abgestempelt«, fuhr er fort, »und da du meine Frau bist, mich auch. Was um alles in der Welt hast du dir eigentlich dabei gedacht, denen mit einer Verleumdungsklage zu drohen? Wer glaubst du denn, wer du bist? Mohammed Fayed? Jeffrey Archer? Woher wusste sie überhaupt den Namen von deinem – äh, Jerrys Namen?«

»Keine Ahnung, Jims. Ich hab ihn ihr jedenfalls nicht gesagt.«

»Musst du aber doch. Woher wusste sie, wie die Kinder heißen?«

»Ich hab's ihr wirklich nicht gesagt. Ich schwör's.«

»Was zum Teufel soll ich jetzt dem Fraktionschef sagen?«

Jeff Leigh, alias Jock Lewis, vormals Jeffrey Leach, las das *Telegraph Magazine* rein zufällig. Jemand hatte es in dem Bus liegen lassen, mit dem er von seiner Erkundungstour in

Westminster zurück nach Hause fuhr. Er sah nur deshalb hin, weil in weißen Buchstaben auf dem Titelblatt stand, dass eine seiner Exverlobten in dem Blatt etwas geschrieben hatte: *Natalie Reckman trifft Moderne Carmen.* Er hatte immer noch eine gewisse Schwäche für Natalie. Sie hatte ihn fast ein Jahr lang ohne Groll und Klagen ausgehalten, sich mit ihm verlobt, ohne einen Ring zu erwarten, und sich von ihm getrennt, ohne ihm böse zu sein.

Mit Zillah war sie ganz schön hart umgesprungen. Geschah der aber ganz recht. Wieso unterschlug sie auch die Existenz der Kinder? Im Lauf der letzten Woche war er zweimal in Abbey Gardens Mansions gewesen, ohne jemanden anzutreffen. Beim zweiten Mal hatte er vom Pförtner erfahren, Mr. und Mrs. Melcombe-Smith seien verreist, er habe aber keine Ahnung, wo die Kinder seien. Als Jeff versuchte, es aus ihm herauszubekommen, hatte er wohl Verdacht geschöpft, denn er wollte plötzlich nicht einmal mehr verraten, ob in Nummer Sieben überhaupt Kinder wohnten. Hatte Natalie vielleicht Recht mit ihrer Unterstellung, Zillah habe sich ihrer irgendwie entledigt? Allerdings stand in dem hysterischen Brief, den sie ihm geschrieben hatte – er hatte ihn gerade noch von der Türmatte fischen können, bevor Fiona dazukam –, er könne freien Zugang zu ihnen haben, sie sehen, wenn er wollte. Um das alles ein für alle Mal zu regeln, brauchte er Jims natürlich nur zu schreiben und ihm mitzuteilen, Zillahs Ehemann sei gesund und munter und immer noch mit ihr verheiratet. Oder er schrieb gar an die alte Schachtel Nora Watling. Doch davor scheute Jeff zurück. Er war sich wohl bewusst, welche Abneigung Jims ihm gegenüber hegte, ein Gefühl übrigens, das auf Gegenseitigkeit beruhte, und Zillahs Mutter teilte diese Antipathie. Sie würden seine Briefe womöglich schlicht ignorieren. Und wenn nicht, wenn alles herauskam, würde Fiona es höchstwahrscheinlich erfahren.

Trotz aller Hochzeitspläne, der Organisation von Trauung

und Empfang und des beglückten Geredes über das bevorstehende Ereignis hoffte Jeff, Fiona nicht heiraten zu müssen, solange er noch mit Zillah verheiratet war. Er spielte sogar vage mit dem Gedanken, die Hochzeit zu vertagen, einen Grund zu finden, sie aufs nächste Jahr verschieben zu können. Und obwohl ihm daran lag, dass seine Kinder in Sicherheit und – darüber hinaus auch noch – glücklich waren, schreckte er davor zurück, sie zu sich zu holen. Das wäre ein zu extremer Schritt. Wenn er Zillah als Bigamistin entlarvte und Jims sie sitzen ließ, was er bestimmt täte, würden die Behörden – Polizei? Sozialamt? Gericht? – ihr die Kinder womöglich wegnehmen. Das Naheliegendste wäre für die Kleinen doch dann ihr Vaterhaus. Besonders wenn sich dort eine gluckenhafte künftige Stiefmutter schon danach sehnte, sie unter ihre Fittiche zu nehmen.

Jeff fiel das lächerliche Versprechen wieder ein, das er Fiona in weinseliger Laune gemacht hatte: Er würde Hausmann spielen, zu Hause bleiben und sich um ihr Baby kümmern. Das könnte auch bedeuten, sich um Eugenie und Jordan zu kümmern. Er machte kurz die Augen zu und stellte sich sein Leben vor – Einkaufen in West End Lane, ein Baby im Kinderwagen, Jordan an der Hand, eilig davonhastend, um Eugenie pünktlich von der Schule abzuholen. Jordans ständige Tränen. Eugenies belehrende Reden und ihr allgemeines Naserümpfen. Essen machen für die Kinder. Nie abends ausgehen. Windeln wechseln. Nein, die Kinder zu nehmen kam nicht in Frage. Er würde sich etwas ausdenken müssen, um mit Fiona weiter zusammenleben zu können, ohne sie zu heiraten. War es zu spät, ihr zu sagen, er sei katholisch und könne sich nicht scheiden lassen? Aber Fiona dachte ja, er wäre schon geschieden …

Er stieg aus dem Bus und schlenderte gemächlich die Holmdale Road entlang. Auf seiner sechsjährigen Suche nach einer Frau, die jung und doch reich war, Hausbesitzerin, den ganzen Tag berufstätig, gut aussehend, sexy und liebevoll und gewillt, ihn widerspruchslos auszuhalten, war ihm keine begegnet, die diese Kriterien so gut erfüllte wie Fiona. Manchmal, besonders wenn er etwas getrunken hatte, verspürte er ihr gegenüber sogar so etwas wie Verliebtheit. Wie sollte er mit den drei glatten Bällen jonglieren: dafür sorgen, dass sie weiterhin in ihn verliebt war, Zugang zu seinen Kindern bekommen und die Heirat umgehen?

Er schloss die Haustür auf, ging hinein und fand sie vor dem Fernseher sitzend, wo sie sich Matthew Jarveys Sendung anschaute. Er gab ihr einen zärtlichen Kuss und erkundigte sich nach ihren Eltern, die sie während seiner Abwesenheit besucht hatte. Auf dem Bildschirm machte Matthew, der wie das Opfer einer Hungersnot aussah, gerade ein behutsames Interview mit einer Frau, die Mitglied bei den Weight Watchers war und in einem halben Jahr zwanzig Pfund abgenommen hatte.

»Der Kerl muss doch bescheuert sein«, sagte Jeff. »Wieso reißt er sich nicht einfach zusammen und isst?«

»Liebling, hoffentlich regst du dich jetzt nicht auf, aber wusstest du, dass sie im *Telegraph Magazine* einen ganz großen Artikel über deine Exfrau gebracht haben?«

»Wirklich?« Das würde sein Dilemma lösen, ob er es ihr sagen sollte oder nicht.

»Mummy hat es für mich aufgehoben. Sie fand es furchtbar blöd – ich meine, die Leute, die solche Sachen schreiben! Wie kann eine Frau bloß so gemein sein?«

Aus irgendeinem unerfindlichen Grund versetzte ihn dieser unschuldige Angriff auf Natalie Reckman in Wut, doch er ließ sich nichts anmerken. »Hast du es da, Liebling?«

»Du regst dich aber nicht drüber auf, ja?«

Fiona reichte ihm das Magazin und richtete den Blick wieder auf Matthew, der sich nun mit einem Mann unterhielt, der einfach nicht zunehmen wollte, wie herzhaft er beim Essen auch zugriff. Bei der erneuten Lektüre der Passagen über Zillahs Kleidung und den Basarschmuck kehrte seine gute

Laune wieder, und er hätte fast laut gelacht. Doch er zog ein düsteres Gesicht. »Ich gebe zu, ich mach mir Sorgen um meine Kinder«, sagte er ziemlich wahrheitsgetreu, als die Sendung zu Ende war und Fiona den Apparat ausschaltete.

»Vielleicht solltest du einen Anwalt konsultieren. Meiner ist sehr gut. Eine Frau natürlich. Jung und dynamisch, steht finanziell wirklich sehr gut da. Soll ich sie anrufen?«

Jeff ließ sich das Angebot flüchtig durch den Kopf gehen. Nicht weil er irgendwelche Absichten hegte, die Justiz zu bemühen – nichts könnte gefährlicher sein –, sondern weil sich die Frau recht gut anhörte: jung, dynamisch, reich. Gut aussehend? Reicher als Fiona? Fragen konnte er schlecht. Er winkte bedauernd ab: »Momentan lieber nicht. Zuerst werd ich ein Treffen mit Zillah arrangieren. Was machen wir denn heute Abend?«

»Ich dachte mir, wir bleiben zu Hause und machen uns einen ruhigen Abend.« Sie rückte auf dem Sofa näher zu ihm hin.

Zillah hatte ebenfalls einen ruhigen Abend. Jims hatte die Koffer einfach in ihrem Schlafzimmer abgeladen und war gegangen, um die Nacht bei Leonardo zu verbringen. Ein Zettel neben dem Telefon setzte sie darüber in Kenntnis, dass ihre Mutter die Kinder mit nach Bournemouth genommen hatte. Sie hatten nicht mehr in London bleiben können, weil Zillahs Vater einen Herzinfarkt gehabt hatte und in Bournemouth im Krankenhaus lag. Zillah nahm den Hörer in die Hand und musste, sobald am anderen Ende abgenommen wurde, eine Tirade wüster Beschimpfungen von Nora Watling über sich ergehen lassen. Was ihr eigentlich einfalle, abzureisen, ohne die Telefonnummer des Hotels zu hinterlassen, in dem sie und Jims wohnten? Und nicht ein einziges Mal von den Malediven anzurufen! Waren ihr ihre Kinder denn völlig egal?

»Wie geht's Dad?«, fragte Zillah leise und zerknirscht.

»Besser. Er ist zu Hause. Wenn's nach dir ginge, könnte er wohl genauso gut tot sein. Ich sag's dir lieber gleich: Nie im Leben hab ich so etwas Abscheuliches gelesen wie diesen Artikel im *Telegraph.* Ich hab ihn dir nicht aufgehoben. Verbrannt hab ich ihn. Dich mehr oder weniger als Prostituierte zu bezeichnen! Als Zigeunerin! Wo du ganz genau weißt, dass dein Vater und ich seit Generationen von gutem, altem West-Country-Schlag sind. Und dieses Foto! Nachgerade barbusig warst du. Und den armen James einen Perversen zu schimpfen!«

Zillah hielt den Hörer auf Abstand, bis das Gezeter aufhörte. »Dann hast du wahrscheinlich auch keine Lust, die Kinder wieder herzubringen?«

»Du solltest dich was schämen zu fragen. Deinen Vater zu pflegen macht mich ganz fertig. Und ich weiß auch nicht, was ich gegen Jordans Geheule noch machen soll. Das ist doch nicht normal, dass ein Dreijähriger beim geringsten Anlass gleich losheult. Du wirst sie schon selber holen müssen. Und zwar morgen. Wozu hast du schließlich ein Auto? Ich werd dir mal was sagen, Sarah, ich wusste gar nicht, wie gut ich es all die Zeit hatte, als wir kaum Kontakt miteinander hatten. Seit du nach London gegangen bist, hatte ich keinen Augenblick Ruhe.«

In Glebe Terrace, in Leonardos winzigem, aber äußerst apartem historischem Haus, lagen er und Jims auf dem riesigen Bett, das Leonardos Schlafzimmer bis auf ein paar Zentimeter Zwischenraum zur Wand ausfüllte, und hörten sich im Radio *The Westminster Hour* an. Sie hatten ihr Abendessen (Graved-Lachs, Wachteln mit Wachteleiern, *biscotti* und eine Flasche Pinot Grigio) in diesem Bett verspeist und sich danach höchst fantasievoll geliebt. Nun entspannten sie sich auf ihre bevorzugte Art und Weise, nachdem Leonardo Jims mit den Worten getröstet hatte, er solle sich wegen des *Telegraph* doch keine Sorgen machen. Es stand nichts Beleidigendes über ihn drin, ganz im Gegenteil. Zillah war diejenige, die die ganze Dresche bezog.

Ein Paar, das den Abend auf ähnliche Art und Weise verbracht hatte, waren Fiona und Jeff. Ihr Liebesspiel war ebenfalls fantasievoll und befriedigend gewesen, doch hatte ihr Abendessen aus Papaja, kaltem Hühnchen und Eiscreme mit einer Flasche chilenischem Chardonnay bestanden. Nun schlief Fiona, während Jeff aufrecht im Bett saß und noch einmal Natalie Reckmans Artikel las. Nach einer Weile stand er auf und ging ganz leise nach unten, um das Adressbüchlein zu holen, das er in einer Innentasche seiner schwarzen Lederjacke aufbewahrte. Fiona, wie sie ihm ohne Zögern mitgeteilt hatte, war viel zu ehrlich, als dass sie je in seinen Jackentaschen gestöbert hätte.

Da stand es: Reckman, Natalie, Lynette Road 128, Islington, N1. Vielleicht war sie umgezogen, doch es war einen Versuch wert. Um der alten Zeiten willen könnte er sie doch anrufen!

13

Es verging fast ein Monat, bis Minty endlich Josephines Hochzeitsfotos zu sehen bekam, und dann sollte sie auch noch dafür bezahlen, falls sie welche haben wollte. Sie hatte für solche Sachen zwar kein Geld übrig, begutachtete die Bilder aber ganz genau auf ein Zeichen von Jocks Anwesenheit hin, bevor sie sie zurückgab. Tantchen hatte mal ein Buch mit verblüffenden Geisterfotos gehabt, die bei Séancen aufgenommen worden waren. Manchmal sahen die Geister massiv und fest aus wie Jock und manchmal so durchsichtig, dass man durch sie hindurch die Möbel ausmachen konnte. Von diesen beiden Sorten waren bei Josephines Fotos aber keine dabei, bloß eine Menge Betrunkene, die sich grinsend und kreischend um den Hals fielen.

Während Ken und Josephine ihre verspäteten Flitterwochen auf Ibiza verbrachten, war Minty eine Woche lang allein für Immacue verantwortlich gewesen. Das behagte ihr zwar nicht, doch blieb ihr gar nichts anderes übrig. Einmal war sie im hinteren Raum beim Bügeln, als sie plötzlich eine Männerstimme hörte, genauer gesagt, vorn im Laden einen Mann husten hörte. Sie dachte schon, Jock sei zurückgekommen, doch es war Laf, dessen freundliches Gesicht betrübt und zerknirscht aussah.

Er war in Uniform und mit seinen einsfünfundachtzig und dem – wie Minty etwas übertrieben schätzte – fast ebenso großen Bauchumfang eine imposante Gestalt. »Hallo, Minty, mein Liebes. Wie geht's denn?«

Minty erwiderte, danke, nicht schlecht, und Josephine sei am nächsten Tag wieder da.

»Ich will gar nicht zu Josephine, sondern zu dir. Ehrlich gesagt, solange Sonovia sich so anstellt, kann ich unmöglich bei dir zu Hause vorbeischauen. Du weißt ja, sie kann manchmal ein ganz schön böses Mundwerk haben, wenn sie's drauf anlegt. Aber ich dachte – äh, ich und Sonny gehn uns heute Abend *Gottes Werk* und *Teufels Beitrag* anschauen, und da dachte ich – äh, du würdest vielleicht gern mitkommen. Nein, sag jetzt erst mal nichts. Ich dachte, du könntest uns vielleicht dort treffen und einfach so auf uns zukommen und Hallo sagen, und dann würde Sonn – äh, also in der Öffentlichkeit würde sie sich nicht so aufführen, was meinst du?«

Minty schüttelte den Kopf. »Sie würde mich ignorieren.«

»Nein, würde sie nicht, Liebes. Glaub mir, ich kenn sie doch. Es wär eine Möglichkeit, die Sache zwischen euch zu bereinigen. Ich mein, so geht's doch nicht, nie kann man nebenan mal kurz vorbeischaun, die gelesenen Zeitungen darf ich dir nicht bringen und so weiter. Ich stell mir vor, wenn du das machst, würde sie sich entschuldigen und du dich vielleicht auch, und dann wär wieder alles in Butter.«

»Ich muss mich für nichts entschuldigen. Sie soll froh sein, dass ich ihr Kleid hab reinigen lassen. Ich hab es übrigens immer noch, wusstest du das? Und nachdem ich's getragen hab, hab ich's *noch mal* reinigen lassen. Wenn sie es wiederhaben will, kann sie es sich ja holen.«

Laf versuchte erneut, sie zu dem Kinobesuch zu bewegen, doch Minty lehnte dankend ab. Sie war in letzter Zeit allein ins Kino gegangen. Es war ruhiger, und niemand flüsterte ihr zu. Weil sie sich aber nicht mit Laf gestritten hatte, sagte sie nichts von dem Popcorn. Er ging kopfschüttelnd davon und sagte, das sei noch nicht sein letztes Wort gewesen und er würde den Streit schon noch schlichten, koste es, was es wolle.

Der Film interessierte sie sowieso nicht. So viel sie wusste, ging es darin um ein Haus mit einer Apfelmostpresse, und daraus machte sie sich nun gar nichts. Jock hatte ihr einmal einen halben Liter Apfelmost gekauft, und sie hatte ihn stehen lassen müssen, so sauer hatte er geschmeckt. Ach, Jock. Da sie ihn seit der Hochzeit ein paar Mal gesehen hatte, wusste sie, dass sie ihn durch die Attacke mit dem stumpfen Messer nicht losgeworden war. Er kam wieder auf den Friedhof, als sie Blumen auf Tantchens Grab stellte, nannte sie Polo und meinte, ihm wären Narzissen lieber, weil sie so schön dufteten. Den Rest des Tages konnte sie ihn zwar nicht sehen, doch flüsterte er ihr andauernd »Polo, Polo« zu. Das nächste Mal sichtete sie ihn bei sich zu Hause, wieder in diesem Lehnstuhl. Als sie hereinkam, stand er auf und schob sein Hemd hoch, um ihr die Wunde zu zeigen, die das Speisemesser in seiner Seite hinterlassen hatte, einen lila-bläulichen Fleck. Minty ging aus dem Zimmer und machte die Tür hinter sich zu, obwohl sie wusste, dass geschlossene Türen ihn weder ein- noch aussperren konnten. Doch als sie wieder ins Zimmer trat, war er verschwunden. Danach hatte sie so gezittert, dass sie durch sämtliche Räume wandern und auf alles Holz klopfen musste, was aber nichts nützte, weil es nicht genügend verschiedene Farben gab.

Ihn zu verwunden führte auch zu nichts. Das Messer, das sie bei sich trug, war zu klein und auch zu stumpf. Sie brauchte eins von Tantchens langen Tranchiermessern. Als Sergeant bei der Polizei war Lafcadio Wilson naturgemäß ein aufmerksamer Beobachter, und als er bei Immacue gewesen war, um mit Minty zu reden, war ihm aufgefallen, dass eine Art Stab oder Holzstock quer über ihrer Taille gelegen hatte. Allerdings war es größtenteils von dem lose fallenden Kleidungsstück verborgen gewesen, das sie anhatte, und erst als sie zurücktrat und sich zur anderen Seite drehte, sah er, wie das eine Ende den Saum ihres Sweatshirts nach vorn schob. Er dachte nicht weiter darüber nach. Minty war exzentrisch, das war ja bekannt. Auf die Wahrheit wäre er nie gekommen: dass es sich bei seiner Entdeckung um ein gut fünfunddreißig Zentimeter langes Fleischermesser mit scharfer Spitze und Horngriff handelte.

Minty hatte es an Tantchens altmodischem Ölstein gewetzt und sich über die scharfe Klinge gewundert, die sie zu Stande gebracht hatte. Sie hielt es sich an den Unterarm. Durch die bloße Berührung sprang wie eine Perlenschnur Blut aus ihrem Arm. Sie wickelte das Messer in eine von Tantchens Leinenservietten, sicherte es mit Gummiringen und befestigte es mit weiteren Gummiringen an dem Bauchbeutel. Es wäre bestimmt nicht zu sehen, vorausgesetzt sie trug ganz locker sitzende Oberteile.

Sie hörte seine Stimme jetzt oft, doch sagte sie nie mehr als »Polo, Polo«. Im Gegensatz zu der von Tantchen, die sich zu seiner dazugesellt hatte. Die ganze Zeit, die sie an Tantchens Grab gebetet hatte, war nie eine Antwort gekommen, und sie bekam auch jetzt keine. Ihr war, als ob Tantchen nur redete, wenn Minty einmal ein paar Tage nicht auf dem Friedhof gewesen war, als wollte sie gegen die Vernachlässigung protestieren. Als sie die Stimme zum ersten Mal hörte, fürchtete sie sich, denn sie klang so klar, so offenkundig wie die von Tantchen. Zu deren Lebzeiten hatte sie sich nie vor ihr gefürchtet, und allmählich gewöhnte sie sich an die neue, unsichtbare Besucherin aus dem Jenseits, hätte sie sogar gern einmal gesehen, so wie sie Jock sehen konnte. Tantchen erschien aber nie, sondern redete bloß. So wie damals, als sie noch am Leben gewesen war: über ihre Schwestern Edna und Kathleen, über ihre Freundin Agnes, die ihr die kleine Minty gebracht hatte, damit sie ein Stündchen auf sie aufpasste, und dann nie wiedergekommen war, über das Pflaumenmus und den Herzog von Windsor und darüber, dass Sonovia ja nicht als Einzige auf der Welt einen Arzt zum Sohn und eine Rechtsanwältin zur Tochter hatte.

Eines Tages, während Minty gerade badete und sich die

Haare wusch, erklang Tantchens Stimme dann ganz deutlich und sagte etwas Neues. »Minty, mein Liebes, dieser Jock ist böse, wirklich böse. Er ist zwar tot, aber da hin, wo ich bin, kann er nicht kommen, weil er ein Diener Satans ist. Wenn ich wieder auf der Welt wäre, würde ich ihn vernichten, aber von diesem heiligen Ort aus komme ich nicht an ihn ran. Ich sage dir, du hast den Auftrag, ihn zu vernichten. Du bist berufen, ihn zu vernichten, damit er zurück kann in die Hölle, wo er hingehört.«

Minty gab Tantchen nie eine Antwort, denn irgendwie ahnte sie, dass diese zwar sprechen, aber nicht hören konnte. Sie war schon vor ihrem Tod ein paar Jahre taub gewesen. Die Stimme redete fast den ganzen Abend lang beharrlich weiter. Vom Wohnzimmer aus sah Minty, wie Sonovia und Laf sich ins Kino aufmachten. Inzwischen war es abends hell, und die Sonne schien noch. In ihrem Haus war es aber immer recht düster, weil Tantchen und jetzt auch Minty die Vorhänge immer nur halb aufzogen. Dafür, dass es sich um die Londoner Innenstadt und eine teilweise recht raue Gegend handelte, war es sehr ruhig. Mr. Kroot auf der einen Seite lebte still vor sich hin, während die Wilsons sich nicht viel aus Fernsehen und lautem Gelächter machten. In die völlige Stille hinein ertönte nun wieder Tantchens Stimme, um ihr zu sagen, sie solle Jock vernichten und die Welt von seinem bösen Geist erlösen.

Das Oberteil, das sie am nächsten Tag anzog, war enger und kürzer, so dass sich das Messer darunter abzeichnete und wie eine Art Gerippe hervorstach. Sie probierte es anders und stellte schließlich fest, dass es am besten passte, wenn sie es unter der Hose mit einem Gürtel am rechten Schenkel festzurrte.

Am nächsten Morgen wartete auf Zillah eine Strafpredigt. So wie er jetzt gekleidet war, hatte sie Jims in den letzten zehn Jahren noch nie gesehen. Schlank und elegant sah er aus in dem tadellos geschnittenen anthrazitgrauen Anzug, für den er in der Savile Row zweitausend Pfund hingeblättert hatte, dem schneeweißen Hemd und der schiefergrauen Seidenkrawatte mit safrangelben Längsstreifen. Zillah, die in Geschmacksfragen jener Fraktion angehörte, die einen Mann dann am attraktivsten fand, wenn er in einem förmlichen dunklen Anzug steckte, war plötzlich tief deprimiert. Sie hatte nicht besonders gut geschlafen, und ihr Haar musste dringend gewaschen werden.

»Ich habe dir etwas mitzuteilen. Bitte setz dich und hör zu. Vorwürfe sind ziemlich zwecklos, das ist mir klar. Was passiert ist, ist passiert. Mir geht es jetzt um die Zukunft.« In seinem Ton schwang die vornehme Internatserziehung gehörig mit. »Ich wünsche, dass du mit absolut gar keinen Journalisten mehr sprichst, Zillah. Habe ich mich klar genug ausgedrückt? Mit absolut niemandem. Da gibt es keine Ausnahmen. Ehrlich gesagt, als du mit deiner Pressekampagne anfingst, hatte ich keine Ahnung, dass du dich so impulsiv und unbeherrscht verhalten könntest. Ich hatte zumindest ein Fünkchen Diskretion erwartet, aber wie gesagt, keine Vorwürfe, lassen wir es dabei bewenden. Du merk dir bloß eins: kein Kontakt zu den Medien. Verstanden?«

Zillah nickte. Sie musste an den reizenden Jungen aus ihrer Jugendzeit denken, der ein lieber, lustiger Gefährte gewesen war, und an den liebenswürdigen Mann, der sie in ihrer Einsamkeit in Long Fredington besucht hatte und ihr immer in glücklicher, vertraulicher Verschworenheit zugetan schien. Zillah und Jims gegen den Rest der Welt. Wo war er hin? Das Herz wurde ihr schwer, als sie dachte: *Das hier ist mein Ehemann.*

»Ich möchte es gern von dir hören, Zillah.«

»Ich werde nicht mit den Medien sprechen, Jims. Sei bitte nicht so böse mit mir.«

»Ich werde Malina Daz bitten, dich an dein Versprechen zu erinnern. Nun fährst du heute also die Kinder abholen, sagtest du. Da wäre es eine gute Idee, wenn du noch ein paar Tage bei deinen Eltern bleiben könntest.«

»In Bournemouth?«

»Wieso nicht? Ein sehr angenehmer Badeort, und die Kinder sind gern dort. Du wirst Gelegenheit haben, dich nach dem Gesundheitszustand deines Vaters zu erkundigen. Was glaubst du denn, wie es aussieht, wenn sich herumspricht – wenn es in die Zeitung kommt –, dass du erstens nicht von den Malediven zurückgekehrt bist, als dein Vater einen Herzinfarkt hatte, und zweitens nach deiner Rückkehr nicht stehenden Fußes an sein Krankenbett geeilt bist?«

»Ich wusste doch bis gestern Abend gar nicht, dass er einen Infarkt hatte!«

»Nein, weil du dir während deiner Abwesenheit nicht *ein einziges* Mal die Mühe gemacht hast, deine Mutter anzurufen, obwohl sie ja deine Kinder hatte.«

Darauf gab es nichts zu erwidern. Das kapierte selbst Zillah. »Wie lang willst du denn, dass ich dort bleibe?«

»Bis Freitag.«

Das war eine halbe Ewigkeit.

Es herrschte starker Verkehr, und als Zillah schließlich bei ihren Eltern ankam, war es fast sechs. Ihr Vater lag auf dem Sofa, auf dem Tischchen neben sich Schachteln und Fläschchen mit Medikamenten. Mit seinen leuchtenden Augen und den rosigen Wangen sah er vollkommen gesund aus.

»Der arme Grandad ist auf den Boden gefallen«, sagte Eugenie wichtigtuerisch. »Er war ganz allein. Nanna musste mich und Jordan herbringen und ihm das Leben retten, und ich hab gesagt: ›Wenn der arme Grandad stirbt, müssen wir jemand finden, der ihn in der Erde vergräbt‹, aber er ist nicht gestorben.«

»Wie du siehst«, sagte Charles Watling grinsend.

»Wir sind ins Krankenhaus, und Nanna hat zu Grandad gesagt: ›Deine Tochter ist am anderen Ende der Welt, und ich weiß nicht mal ihre Telefonnummer.‹«

Nora Watling hatte den Kindern schon die Sachen gepackt und ihnen für die Heimfahrt Sandwiches zubereitet. Als Zillah sagte, sie würden noch bis Freitag bleiben, ließ sie sich in einen Sessel fallen und sagte ihr direkt ins Gesicht, das ginge nicht. Sie halte Jordans Geheule und Eugenies aufdringliches Gehabe keinen einzigen Tag mehr aus, ganz zu schweigen von ihrer, Zillahs, Gegenwart.

»Uns will wieder niemand«, sagte Eugenie ungerührt. »Wir sind bloß eine Last. Und unsere arme Mummy jetzt auch.«

Nora Watling wurde schwach und legte den Arm um sie. »Nein, das seid ihr nicht, mein Liebling. Nicht du und dein Bruder.«

»Wenn wir hier nicht bleiben können«, sagte Zillah, »wo sollen wir denn dann hin?« Hätte sie die Bibelstelle gekannt, dann hätte sie vielleicht gesagt, die Füchse haben Gruben, und die Vögel unter dem Himmel haben Nester, aber sie habe nichts, da sie ihr Haupt hinlege. »In ein Hotel?«

»Dein Mann hat genug von dir, stimmt's? Ich muss schon sagen, das fängt ja gut an. Dann wirst du wohl hier bleiben müssen, wenn du unbedingt willst. Aber helfen musst du mir. Einkaufen auf jeden Fall, und nachmittags mit den Kindern rausgehen. Und Eugenies Schule – ach, egal. Daran denkst du ja zuallerletzt. Aber eins lass dir gesagt sein: Seine Kinder wird man nie los. Wie oft man auch denkt, diesmal sind sie für immer weg, sie kommen wieder. Du siehst ja, wie's mir mit dir geht.«

»Siehst du, du wirst uns nie los, Mummy«, sagte Eugenie beglückt.

Zillah musste mit den Kindern in einem Zimmer schlafen. Jordan weinte sich in den Schlaf und wachte in der Nacht weinend auf. Allmählich begann sie sich doch Sorgen zu machen und überlegte, ob sie mit ihm vielleicht zum Kinderpsychiater gehen sollte. Tagsüber verbrachten die drei die Vormittage im Lebensmittelladen und in der Apotheke, nachmittags gingen sie, weil das Wetter schön war, an den

Strand. Es war so schlimm wie damals in Long Fredington. Am Donnerstagmorgen hatte Charles Watling einen Rückfall, bekam plötzlich keine Luft mehr und verspürte auf der ganzen linken Seite Schmerzen. Der Hausarzt kam, und er wurde eilends ins Krankenhaus geschafft.

»Es hat keinen Zweck, Sarah, ihr müsst fahren. Ich ertrage die Unruhe nicht und den Lärm, besonders jetzt, wo dein Vater so schlimm dran ist. Würde mich nicht wundern, wenn Jordans ständiges Geplärr die zweite Attacke bewirkt hätte. Ihr könnt ja heute in einem Hotel übernachten. Meine Güte, du bist schließlich nicht knapp bei Kasse.«

Nachmittags um fünf Uhr checkte Zillah mit den Kindern in einem Hotel außerhalb von Reading ein. Eugenie und Jordan waren müde und wollten, sobald sie ihre Pizza und Pommes frites gegessen hatten, ins Bett und schliefen sofort ein. Obwohl Jordan zur Abwechslung einmal nicht weinte, schlief Zillah schlecht. Als sie sich am nächsten Morgen gähnend die Augen rieb, fiel ihr ein, dass sie ja ihre Mutter anrufen könnte. Sie erfuhr, dass ihr Vater »beschwerdefrei« sei und voraussichtlich Ende der kommenden Woche einen Bypass bekäme. Kurz nach acht trat sie beim stärksten Verkehr, den sie je erlebt hatte, die Heimfahrt an, und es war bereits nach elf, als sie in Abbey Gardens Mansions in die Tiefgarage fuhr.

In der Wohnung angekommen, rief sie sofort Mrs. Peacock an. Ob sie die Kinder nehmen könnte? Mit ihnen irgendwo zu Mittag essen und dann in den Zoo oder nach Hampton Court oder so gehen könnte? Bitte. Sie würde ihr das Doppelte des üblichen Satzes zahlen. Mrs. Peacock, die in Holland weit mehr ausgegeben hatte als geplant, sagte bereitwillig zu. Zillah rief die Pförtner an, um zu sagen, sie wünsche unter keinen Umständen gestört zu werden, steckte die Telefone aus und fiel ins Bett.

Jeff hätte die Suche nach seinen Kindern vielleicht noch eine Zeit lang verschoben, wenn Fiona ihn nicht so gedrängt hätte. Dass sie sein Dilemma schwarz auf weiß in der Zeitung gesehen hatte, musste ihr zu schaffen gemacht haben, denn sie verbrachte fast den gesamten Montag damit, ihn zu einem Treffen mit Zillah zu überreden. Dabei sollte er verlangen, seine Kinder sehen zu dürfen, und falls diese Versuche fehlschlugen, ihre Anwältin konsultieren. Jeff wusste, dass die Sache nicht so einfach war, wie es ihr vorkam. Noch ein paar solcher Umtriebe, und sein Familienstand käme ans Licht. Er konnte ihr nicht direkt versprechen, sich von Zillah zu befreien, denn wie konnte man sich von einer Frau scheiden lassen, die bereits mit einem anderen verheiratet war? Wie konnte er behaupten, er sei katholisch, wenn vorher davon noch nie die Rede gewesen war?

Am Dienstag war er mit der Jubilee Line von West Hampstead bis Westminster gefahren und zu Fuß bis zu den Abbey Gardens Mansions gegangen. In Nummer Sieben war niemand zu Hause, und diesmal sagte der Oberpförtner, er habe keine Ahnung, wo Mrs. Melcombe-Smith sei. Jemand musste ihn angewiesen haben, sich diskret zu verhalten, denn er behauptete, er habe keinerlei Kenntnis davon, dass in der Wohnung Kinder lebten. Womöglich, so sagte er später zu seinem Stellvertreter, war dieser Kerl ein Kidnapper oder ein Pädophiler.

Es war ein herrlicher Tag. Jeff setzte sich auf eine Parkbank in den Victoria Tower Gardens und rief Natalie Reckman von seinem Handy an. Erst meldete sich ihr Anrufbeantworter, doch als er es zehn Minuten später noch einmal versuchte, war sie selbst am Apparat.

Ihr Tonfall war herzlich. »Jeff! Du hast wahrscheinlich meinen Artikel im *Telegraph Magazine* gelesen?«

»Das war gar nicht nötig, um mich an dich zu erinnern«, sagte er. »Ich denk oft an dich. Du fehlst mir.«

»Wie nett. Du bist wohl momentan allein?«

»Kann man so sagen«, antwortete Jeff zögernd. »Gehst du mit mir zum Mittagessen? Morgen? Oder Mittwoch?«

»Vor Freitag kann ich nicht.«

Er hatte die fünfhundert, die er mit Website gewonnen hatte. Geradeheraus sagte er: »Ich bezahle. Wohin gehen wir? Such dir was aus.«

Sie hatte sich Christopher's ausgesucht. Nun, er konnte ja Zillahs Visakarte benutzen und hoffen, dass er den Verfügungsrahmen noch nicht überschritten hatte, als er Fiona zum Geburtstag die Handtasche gekauft hatte und die Rosen zum halbjährigen Jubiläum ihres Zusammenziehens. Für Leute wie ihn sollte auf diesen Karten eigentlich der Verfügungsrahmen angegeben sein. Er war inzwischen über die Straße gegangen und hatte es noch mal bei Melcombe-Smith versucht, aber Zillah war immer noch nicht zu Hause.

Am Donnerstag hatte er etwas leichtsinnig auf ein Pferd namens Spin Doctor gesetzt, und es war als Erster ins Ziel gegangen. Die Einsätze waren hoch gewesen, und er hatte ein hübsches Sümmchen eingestrichen. Am nächsten Tag fuhr er wieder nach Westminster und erreichte Abbey Gardens Mansions gerade in dem Moment, als Zillah mit den Kindern in Chiswick von der Autobahn abfuhr. Er klingelte, bekam keine Antwort, erkundigte sich wieder beim Pförtner und erfuhr, dass der keine Ahnung hatte, schließlich könne er nicht ständig sämtliche Bewohner kontrollieren, was im Übrigen auch keiner von ihm erwarte. Wie es der Zufall wollte, war Jims am vorigen Nachmittag in seinen Wahlkreis gefahren und kurz vor Shaston unverhofft an Zillah vorbeigekommen. Keiner hatte den anderen gesehen.

Jeff überlegte, wie er einen Anwalt um Rat fragen sollte, ohne dass dabei herauskam, dass er immer noch mit Zillah verheiratet war. Ob er es wagen sollte, sich Natalie anzuvertrauen? Vermutlich nicht. Sie war zwar eine sehr nette Frau, clever und attraktiv, vor allem aber war sie Journalistin. Er traute ihr nicht über den Weg. Die Einzige, der er sich anvertrauen konnte, war Fiona. Während er im Sonnenschein am Embankment entlangschlenderte, erwog er diese Möglichkeit. Die Gefahr dabei war, dass sie ihm nicht vergab, dass sie nicht etwa sagte: »Liebling, wieso hast du mir das denn nicht schon früher gesagt?« oder »Das macht nichts, aber bring das jetzt lieber in Ordnung«, sondern ihn hochkantig hinauswarf. Sie war äußerst gesetzestreu, noch nie hatte er bei einer Frau solche Rechtschaffenheit erlebt, bei einem Mann übrigens auch nicht. Was auch immer sie ihm riet oder wovor sie ihn warnte, sie würde darauf bestehen, dass diese Melcombe-Smiths die Wahrheit erfuhren, sie würde wissen wollen, was er im Schilde führte. Jeff machte sich nicht viel aus Zillah und empfand Jims gegenüber echte Abneigung, schreckte jedoch davor zurück, sie in die Mittellosigkeit zu treiben und dem Kerl die Karriere zu versauen. Nein, er konnte sich niemandem anvertrauen. Außer vielleicht einem Anwalt? Was er dem erzählte, bliebe ja vertraulich. Vielleicht gab es ja eine Möglichkeit, Zillah die Scheidungspapiere zuzustellen, ohne dass Jims oder sonst jemand es spitzkriegte. Aber was war mit den Kindern? Wäre eine Scheidung durchzubekommen, ohne die Existenz der Kinder zu erwähnen? Schließlich brauchten sie von niemandem Unterhalt, sie hatten ja Jims. Eine von diesen Scheidungen auf dem Postwege …

Während ihm diese Gedanken im Kopf herumgingen, leistete er sich im Strand Restaurant eine Tasse Kaffee und später in einem Pub in Covent Garden ein halbes Pint Bitter und traf um fünf vor eins bei Christopher's ein. Natalie kam um fünf nach herein. Sie war wie immer gekleidet, diesmal im grauen Hosenanzug mit Nadelstreifen, doch mit ihrem hochgebürsteten blonden Haar – sie hatte dieses helle Haar mit goldenen, flachsblonden und hellbraunen Reflexen, das keine Tönung nachahmen konnte und das Jeff sehr gefiel – und dem diskreten Silberschmuck sah sie einfach hinreißend aus.

Nach ein wenig Smalltalk und – in Jeffs Fall – einer Menge Lügen über seine jüngste Vergangenheit wurde er beim Gedanken über das, was hätte sein können, leicht sentimental.

»Also, ich weiß nicht«, versetzte Natalie scharf. »Du hast mich doch verlassen.«

»Es war – wie man sagt – konstruktive Fahnenflucht.«

»Ach ja, so sagt *man* also dazu? Und meint damit vermutlich, dass ich anfing zu hinterfragen, wieso ich eigentlich immer die Miete gezahlt und das Essen gekauft habe?«

»Ich hatte dir doch erklärt, dass ich gerade zwischen zwei Jobs war.«

»Warst du aber nicht, Jeff. Du warst zwischen zwei Frauen. Nur so aus Interesse – wer kam denn nach mir?«

Minty. Rückblickend fand Jeff, dass er noch nie so tief gesunken war. Doch war er mittellos und in einer ausweglosen Situation gewesen, hatte in diesem Dreckloch in der Harvist Road gewohnt. Von Brenda, der Barfrau im Queen's Head, hatte er erfahren, dass Minty ein eigenes Haus hatte und viel Geld, dass sie von ihrer Tante weiß Gott wie viel geerbt hatte. Ein Viertel von dem, was gemunkelt wurde, da kannte er sich aus, aber, wie er sich damals sagte, in der Not frisst der Teufel Fliegen. Eigentlich konnte er Natalie auch gleich mehr oder weniger reinen Wein einschenken.

»Ein komisches kleines Ding, wohnte gegenüber vom Friedhof von Kensal Green.« Er zögerte. »Wie sie hieß, sag ich dir lieber nicht. Ich hab sie Polo genannt, wegen ihres Namens. Ich schulde ihr eigentlich noch Geld, bloß einen Tausender. Schau mich nicht so an. Ich zahl ihr's ja zurück, sobald ich kann.«

»Mir hast du nichts zurückgezahlt.«

»Das war auch was anderes. Bei dir wusste ich, du kannst es dir leisten.«

»Du bist unsäglich, weißt du. Sie kam also nach mir. Und wer war vor mir?«

Die Hauptgeschäftsführerin einer Wohltätigkeitsorganisation und eine Restauratorin, aber die beiden konnte er auslassen. Für heute reichte es mit der Wahrheit. »Meine Exfrau.«

»Ach, die aufgedonnerte Mrs. Melcombe-Smith. Du hättest ihr abgewöhnen sollen, sich wie einen Christbaum zu dekorieren. Aber sie kam wohl nie zum Zuge, solange sie mit dir zusammen war. Komisch, dass ich mich noch an die Namen deiner Kinder erinnert habe, nicht? Ich muss dich wirklich mal sehr gemocht haben.«

»Das tust du hoffentlich immer noch.«

Natalie lächelte und trank ihren doppelten Espresso aus. »Bis zu einem gewissen Punkt, Jeff. Aber weißt du, es gibt da jemanden, mit dem ich sehr glücklich bin. Du hast nicht gefragt, obwohl ich dich gefragt hab. Sagt das was über uns aus?«

»Vermutlich, dass ich ein egoistischer Dreckskerl bin«, sagte Jeff aufgekratzt, obwohl er wünschte, sie hätte es ihm gesagt, bevor er sie zum Essen eingeladen hatte und achtzig Pfund hinblättern musste. Eins, würde die holde Weiblichkeit später sagen, musste man Jeff lassen: falschen Stolz besaß er nicht. Er machte nicht den Versuch, mit ihr gleichzuziehen, indem er Fiona erwähnte.

»Wohin gehst du jetzt?«, fragte sie, als sie draußen auf der Wellington Street standen.

»Ins Kino«, sagte er. »Ich nehm an, du hast keine Lust mitzukommen?«

»Da nimmst du richtig an.« Sie küsste ihn freundschaftlich auf die Wange. »Ich hab zu tun.«

Er hatte Natalie gesagt, er gehe ins Kino, aber nur, weil ihm gerade nichts Besseres eingefallen war. Er hatte eigentlich nicht die Absicht, sondern plante einen neuerlichen Besuch in Abbey Gardens Mansions. Von Kingsway aus wäre es allerdings nicht einfach, wieder nach Westminster zu kommen. Er war für heute genug zu Fuß gegangen, und Bus und U-Bahn fuhren nicht in diese Richtung. Ein Taxi mit beleuchtetem Schild kam angefahren, und er trat vom Gehweg herunter und hob die Hand. Der Fahrer begann seitlich heranzufahren. Jeff dachte an das Geld, das er für Natalies Mittagessen ausgegeben hatte, und an die Kreditkarte, die er wahrscheinlich überzogen hatte, und schüttelte den Kopf. Und besiegelte so sein Schicksal.

Oder besiegelte es beinahe. Das Siegel verharrte in der Luft, zögerte unschlüssig über dem frischen heißen Wachs, und er bekam noch einmal eine Chance. In Holborn bestieg er eine U-Bahn der Central Line Richtung Westen. Als sie sich der Bond Street näherte, beschloss er kurzerhand auszusteigen, in die Jubilee Line umzusteigen und nach Hause zu fahren. Allerdings hatte ihm das Alleinsein zu Hause noch nie sonderlich behagt. Er brauchte eine Frau und was zu essen und zu trinken und Unterhaltung. Die Bahn fuhr in die Bond Street ein und blieb stehen, die Türen gingen auf, ein Dutzend Leute stieg aus und etwa dieselbe Anzahl stieg ein. Die Türen schlossen sich. Statt weiterzufahren, blieb der Zug stehen und wartete. Wie üblich kam über das öffentliche Lautsprechersystem keine Erklärung für die Verzögerung. Die Türen öffneten sich. Jeff stand auf, zögerte, setzte sich wieder hin. Die Türen schlossen sich, und der Zug fuhr an. In der nächsten Station, Marble Arch, stieg er aus.

Er ging die Treppe hoch, bog rechts ab und gelangte zum Odeon. Einer der Filme, die heute liefen, war *Haunted Hill.* Für diesen entschied er sich, weil er um fünf nach halb vier anfing und es jetzt Viertel nach drei war. Als er seine Eintrittskarte löste, fiel ihm komischerweise etwas ein, was seine Mutter immer gesagt hatte: Schade drum, ins Kino zu gehen, wenn draußen die Sonne scheint.

14

Es wäre interessanter, dachte Minty manchmal, wenn Farben und Schnitte der Hemden etwas abwechslungsreicher wären. Wenn zum Beispiel die weißen nicht in der Überzahl wären oder es mehr mit Buttondown-Kragen und Brusttaschen gäbe. Sie fand, dass die weißen immer zahlreicher wurden, wahrscheinlich waren ganz schlichte, weiße Hemden jetzt in Mode. An diesem Freitagmorgen hieß das also, drei weiße zu bügeln, bevor sie ein rosa gestreiftes drannahm, und wieder zwei, bis dann das blaue mit den marineblauen Streifen und dem Buttondown-Kragen folgte. Sie hatte sie der Reihe nach sortiert, bevor sie mit der Arbeit angefangen hatte. Es dem Zufall zu überlassen wäre fatal gewesen. Auf diese Weise waren letztes Mal nämlich am Ende sechs weiße übrig geblieben, und es war endlos langweilig, sechs Hemden zu bügeln, die alle gleich aussahen. Außerdem brachte es – ihres Erachtens – auch noch Unglück. An jenem Morgen, als die weißen noch übrig waren, hatte sie Jock zum letzten Mal gesehen, und es hatte bestimmt etwas damit zu tun gehabt, dass die Hemden in der falschen Reihenfolge gelegen hatten.

Sein Geist hatte im Hauseingang gestanden, als sie gestern Abend nach Hause gekommen war, hatte nach ihr Ausschau gehalten und auf das Geräusch ihres Schlüssels im Türschloss gewartet. Sie hatte ihr Sweatshirt hochgezogen, die Hose aufgemacht und das Messer aus dem Riemen gezerrt, mit dem es an ihrem Bein befestigt war, doch da war er schon an ihr vorbei geschlüpft und die Treppe hochgerannt. Obwohl sie vor Angst zitterte, war sie ihm nachgerannt und hatte ihn bis in Tantchens Schlafzimmer verfolgt. Als sie schon geglaubt hatte, sie hätte ihn in die Enge getrieben, war er durch die Wand hindurch verschwunden, so wie sie gehört hatte, dass Gespenster es konnten, ohne es aber je gesehen zu haben. »Fast hättest du ihn erwischt, Mädchen«, hatte Tantchens Stimme gesagt und dann noch so einiges, während Minty badete. Dabei ging es dauernd darum, dass Jock bösartig sei und eine Bedrohung für die ganze Welt, die Ursache für Überschwemmung und Hungersnot und der Vorbote des Leibhaftigen, aber das sagte sie nicht zum ersten Mal, Minty kannte es bereits. Allmählich ging ihr Tantchens Gerede ebenso auf die Nerven wie Jocks Erscheinungen.

Während sie sich die Haare abtrocknete, das Messer wieder festzurrte und in ein frisches T-Shirt und eine saubere Hose schlüpfte, rief sie laut, um die penetrante Stimme zu übertönen: »Verschwinde! Ich hab genug von dir. Ich weiß selber, was ich zu tun hab!« Sie wiederholte es immer wieder, während sie hinunterging, weil es an der Haustür klingelte. Draußen stand Sonovias jüngere Tochter Julianna, die Studentin.

»Hast du da grade mit mir geredet, Minty?«

»Ich rede mit überhaupt niemand«, erwiderte Minty. Sie hatte Julianna etwa ein Jahr nicht mehr gesehen und erkannte sie kaum wieder mit dem goldenen Stecker im Nasenloch und dem zu ungefähr zehntausend Zöpfchen geflochtenen Haar. Innerlich schüttelte sie sich. Wie oft konnte sie es waschen, und wie kriegte sie den Nasenstecker rein und raus? »Wolltest du irgendwas?«

»Entschuldige, Minty. Ich weiß, du und Mum, ihr redet nicht miteinander, aber jetzt will Mum ihr blaues Ensemble zurück, sie hat ziemlich viel abgenommen, damit sie reinpasst, und will es am Sonntag zu einer Taufe tragen.«

»Komm doch kurz rein.«

Geschah ihr ganz recht, wenn Jock jetzt kam und mit ihr redete, dachte Minty, als sie nach oben ging. Vielleicht gehörte sie zu den Leuten, die ihn sehen konnten. Es wäre eine Erleichterung, das blaue Kleid mit dem Jäckchen loszuwerden. Obwohl es zweimal gereinigt worden war, wurde sie die Vorstellung nicht los, dass es immer noch schmutzig war und das ganze Haus verpestete. »Polo, Polo«, flüsterte Jock ihr zu, als sie in Tantchens Zimmer ging. Er war also immer noch dort, wenngleich sie ihn nicht mehr sehen konnte.

Sie hatte das Kleid in eine Reinigungshülle mit Reißverschluss gepackt, hinuntergebracht und Julianna ausgehändigt. »Bisschen düster hier drin«, meinte Julianna. »Wieso machst du nicht die Vorhänge auf?«

»Ich hab's gern so.«

»Minty?«

»Was?«

»Könntest du nicht mitkommen, hmm, und meiner Mum Guten Tag sagen und die Sache in Ordnung bringen? Mein Dad würde sich echt freuen. Er sagt, es geht ihm arg an die Nieren, wenn er mit den Nachbarn nicht auf gutem Fuß steht.«

»Sag deiner Mum«, versetzte Minty, »sie ist schuld, sie hat angefangen. Sie kann sich ja entschuldigen, dann rede ich auch wieder mit ihr.«

Vom Fenster aus sah sie das Mädchen davongehen. Die Szene fiel ihr jetzt beim Bügeln wieder ein, als Josephine sagte: »Hast du dich mit der Dingsda, die neben dir wohnt, eigentlich wieder ausgesöhnt? Die dieses Theater mit dem Kleid gemacht hat?«

»Sie heißt Sonovia.« Minty steckte eines der vier noch verbleibenden weißen Hemden in die Plastikhülle, schob den Pappkragen um den Halsausschnitt und nahm dann das letzte Gestreifte vom Stapel. »Ihr Mann war hier und hat mich angefleht, ich soll mich doch entschuldigen, aber ich sagte, ich müsste mich für nichts entschuldigen, sie wär's gewesen. Es war doch ihre Schuld, oder nicht? Du warst dabei.«

»Aber sicher war es das. Das würd ich vor jedem Gericht bezeugen.« Josephine betrachtete ihre strassgeschmückte goldene Armbanduhr, ein Hochzeitsgeschenk von Ken. »Weißt du was, Minty, wenn du mit denen fertig bist, kannst du meinetwegen den Nachmittag freinehmen. Und morgen Vormittag auch. Du hast es dir schließlich verdient, du hast dich ja um den Laden gekümmert, während Ken und ich auf Hochzeitsreise waren.«

Minty dankte ihr und rang sich ein Lächeln ab. Eine Lohnerhöhung wäre ihr lieber gewesen, aber darum zu bitten hatte keinen Zweck. Die letzten drei Hemden waren immer recht mühsam, aber um fünf vor eins hatte sie sie fertig.

Nach Hause zurückgekehrt, nahm sie das zweite Bad des Tages und ärgerte sich wieder über Jock, als sie daran dachte, wie er sie um das Geld gebracht hatte, das sie für eine Duschkabine hätte ausgeben können. Manchmal, wenn sie in der Wanne lag, dachte sie an den Dreck, der von ihr abging, während sie im Wasser lag, und sich dann wieder an ihr festsetzte. Der Dreck ging von ihrem Körper in ihr Haar und der Dreck von ihrem Haar an ihren Körper über. Vermutlich lag es daran, dass sie sich nie richtig sauber fühlte. Würde sie sich nun jemals eine Dusche leisten können?

Sie aß eine ihrer üblichen, klinisch reinen Mittagsmahlzeiten: sorgfältig gewaschene Chicoréeblätter, einen abgehäuteten Hähnchenflügel, sechs kleine gekochte Kartoffeln und zwei mit guter, ungesalzener Butter bestrichene Scheiben Weißbrot. Dann wusch sie sich die Hände. Ihren freien Nachmittag würde sie im Kino verbringen.

Es war ein schöner, heißer, sonniger Tag. Sogar am Kensal Green hatte es frisch und nach Blumen gerochen, als sie auf dem Heimweg von Immacue dort vorbeigekommen war. Wegen der Friedhofsbäume sah es so aus, als läge jenseits der hohen Mauer ein grünender Park. Tantchen hatte immer gesagt, es sei ein Jammer, an einem schönen Tag ins Kino zu gehen, man sollte ihn lieber draußen genießen. Aber jetzt sagte sie es nicht, obwohl Minty horchte, ob ihre Stimme sich vernehmen ließ. Sollte sie zu Whiteley's gehen oder ins Odeon am

Marble Arch? Der Whiteley's-Komplex lag zwar näher, doch um dorthin zu gelangen, musste sie eine der Unterführungen am Westway durchqueren. Eine Unterführung war aber genau der Ort, an dem Jock womöglich auf sie wartete, und heute wollte sie ihn nicht sehen, er sollte ihr nicht ihren freien Tag verderben. Also mit dem 36er-Bus zum Marble Arch. Dort zeigten sie *Haunted Hill,* und das hörte sich eigentlich recht gut an, fand sie. Geister in Filmen flößten einem keine Angst ein, wenn man selber einen echten Geist hatte.

Es dauerte eine Ewigkeit, bis der Bus kam, jedenfalls kam es ihr wie eine Ewigkeit vor, obwohl es nur zehn Minuten waren. Wie um es wettzumachen, raste der Bus die Harrow Road entlang und die Edgware Road hinunter, an deren unterem Ende sie um Punkt drei Uhr ausstieg. Inzwischen war sie schon sehr versiert darin, sich eine eigene Karte zu kaufen, sie dann der Platzanweiserin zu zeigen und allein zu ihrem Sitzplatz zu gehen. Zehn Leute zählte Minty im Zuschauerraum. Sie setzte sich ganz außen in die Reihe, damit niemand sich rechts von ihr hinsetzen konnte, und wenn es nicht voll wurde, und das würde es nicht, würde sich auch niemand den Platz links von ihr aussuchen. Die Kinobesucher schienen diesmal alle älter als sie zu sein und saßen einzeln bis auf zwei Rentner, einen Mann und eine Frau, in der allerersten Reihe. Zufrieden stellte sie fest, dass sie fast den ganzen Block auf der rechten Seite für sich hatte. Es war viel besser, nachmittags ins Kino zu gehen, als abends mit Laf und Sonovia.

Der Zuschauerraum verdunkelte sich, und auf der Leinwand kam die Reklame. Minty fand diese Werbefilme immer sehr verwirrend, weil sie die Worte und Bilder nicht begriff. Die Geräusche, die sie machten, waren ein einziges Getöse, und die Stimmen, die unverständliche Wörter aussprachen, waren heiser, während hämmernde Musik ertönte und leuchtende Farben und grelle Lichter über die Leinwand huschten. Danach kam etwas Romantisches, Verträumtes mit sanfter Sonatenbegleitung: die erste Vorschau auf die Filme, die demnächst gezeigt wurden.

Zu ihrem Verdruss war ein Mann hereingekommen und quetschte sich durch die Reihe vor ihr. Er konnte vermutlich nicht sehen, wo er war, weil es bis auf die pastellfarbene Leinwand stockdunkel war. Als er seine vom Licht geblendeten Augen in ihre Richtung wandte, sah sie, dass es Jocks Geist war. Sie konnte anscheinend nirgendwo hingehen, ohne dass er ihr folgte, um sie zu quälen. Seine schwarze Lederjacke trug er heute nicht, dafür war es zu warm, aber ein gestreiftes Hemd wie eins von denen, die sie heute Morgen gebügelt hatte, und ein neu aussehendes Leinenjackett: Woher bekamen Geister eigentlich neue Sachen? Darüber hatte sie noch nie nachgedacht.

Er setzte sich, nicht direkt vor sie, sondern vor ihren Nachbarsitz und holte eine Rolle Polo-Minzbonbons aus der Tasche. Wie lange würde er bleiben? Ob er wohl wieder aufstehen und durch die Wand verschwinden würde wie letzte Nacht in Tantchens Zimmer? Minty war wütend wie schon lange nicht mehr, vielleicht wie noch nie zuvor. Die Angst vor ihm war fast verflogen, sie verspürte nur noch Wut. Er wandte den Kopf ein wenig herüber und schaute dann wieder auf die Leinwand. Nachdem die Vorschau auf einen Liebesfilm ausgeblendet worden war, kam ein brutaler Trailer, in dem aufgemotzte Autos in leuchtenden Farben und mit grellen Lichtern mit anderen Autos zusammenprallten und über Abgründe rasten, während wild gewordene Männer die Hälse aus den Seitenfenstern reckten und herumballerten. Der Geist nahm ein Minzbonbon aus der Rolle und steckte es sich in den Mund. Behutsam und lautlos hob Minty ihr T-Shirt an, machte den Reißverschluss an ihrer Hose auf und zog verstohlen das Messer aus der Plastikumhüllung und dem um ihr Bein geschnalltem Riemen. Sie legte es auf den Platz neben sich, machte die Hose wieder zu und zog das T-Shirt herunter. Sie glaubte eigentlich, sie wäre ganz leise gewesen, hatte aber offenbar doch ein Geräusch gemacht.

Jocks Geist drehte sich wieder um, diesmal etwas mehr. Als er ihr bei der düsteren Beleuchtung und dem ganzen Lärm ins Gesicht sah, weiteten sich seine Augen plötzlich erschrocken, und er wollte aufstehen, als hätte er Angst vor ihr statt umgekehrt. Schneller, als sie es bei sich für möglich gehalten hätte, packte sie das Messer und stieß es ihm beim Aufstehen dahin, wo sie sein Herz vermutete. Falls ein Geist überhaupt ein Herz hatte, falls ein Geist überhaupt sterben konnte.

Er schrie nicht auf, oder falls er es doch tat, konnte sie es bei den zusammenknallenden Autos und Schüssen und der rhythmisch hämmernden Musik nicht hören. Bei dem Getöse hätte niemand etwas gehört. Aber vielleicht hatte er sich auch gar nicht gemuckst, vielleicht taten Geister das nicht. Um das Messer herauszuziehen, brauchte sie beide Hände. Etwas rötlich Braunes klebte daran, das wie Blut aussah, bloß konnte das nicht sein, denn Geister hatten ja kein Blut. Es musste das sein, was Geister eben in ihren Adern hatten, um gehen und sprechen zu können. Ektoplasma vielleicht. Tantchen hatte in ihren letzten Lebensjahren viel von Ektoplasma gesprochen. Minty wischte das beschmutzte Messer am Polster des Nachbarsitzes ab. Danach war es natürlich immer noch nicht sauber, man müsste es in einen Topf mit Wasser tun und das Wasser zum Kochen bringen, bevor es so richtig sauber wäre. Doch hier gab es kein Wasser, keinen Herd und kein Gas. Mit einem leichten Schauer zog sie den Reißverschluss an ihrer Hose auf und schob das Messer wieder an ihr Bein, dankbar für die Plastikhülle, die dafür sorgte, dass es nicht mit ihrer Haut in Berührung kam.

Jocks Geist war zu Boden gefallen und verschwunden. Jedenfalls konnte sie nicht sehen, was davon übrig geblieben war. Wollte sie auch nicht. Sie wollte auch nicht unbedingt weiter hier sitzen bleiben, mit dem dreckigen Zeug, das am Nachbarsitz abgewischt war, aber den Film wollte sie doch sehen. Behutsam, beim Vorbeigehen jede Berührung mit dem Sitz vermeidend, rückte sie bis ans andere Ende der Sitzreihe, ging den rechten Gang ein Stück nach oben und suchte sich einen anderen Platz aus. Es war der mittlere Block, vor ihr saß niemand und hinter ihr auch nicht.

Sleepy Hollow hatte ihr keine Angst eingejagt, und bei diesem Film war es genauso. Hätten die Filmleute ihre Erfahrung mit Geistern gehabt, dann wüssten sie besser Bescheid, wie man einem ordentlich Angst einjagte. Sie wünschte, sie wäre stattdessen in *The Green Mile* gegangen, aber dafür war es jetzt zu spät. Außerdem wäre Jocks Geist vielleicht nicht dort gewesen, und sie hätte keine Gelegenheit gehabt, ihn ein für alle Mal zu vertreiben. Als etwa drei Viertel des Films gelaufen waren, stand sie auf und ging hinaus. Der Mann in der hintersten Reihe ging ebenfalls, sie war also nicht die Einzige, der er nicht gefallen hatte.

Draußen war es immer noch heiß und sonnig. Sie begutachtete ihre Hände, um zu sehen, ob sie irgendwie besudelt waren, doch hatte sie offenbar alles am Sitz abgewischt, als sie vorhin das Messer abgewischt hatte. Trotzdem durchfuhr sie ein Schauer, denn als sie sich die Finger an die Nase hielt, konnte sie etwas riechen, was wie Blut roch, nur stärker, fand sie, bitterer und irgendwie *unheilig*. Ihre Sachen waren über und über damit befleckt und bespritzt, was außer ihr selbst aber niemand bemerken konnte, weil ihre Hosen dunkelrot waren und ihr T-Shirt rot-blau-gelb gemustert. Nicht dass Minty sich Gedanken gemacht hätte, jemand könnte etwas sehen, ihr ging es um sich selbst. Sie hatte sich nie darum geschert, was andere von ihr hielten. Die sollten sich lieber Gedanken darum machen, was *sie* von *ihnen* hielt.

Mit dem Bus fahren wollte sie aber nicht. In dem Geistersaft dazusitzen wäre schlimmer, als in der frischen Luft unterwegs zu sein. Erstens wäre das ganze Zeug um sie herum und an ihr dran und würde sie förmlich erdrücken, und zweitens müsste sie es dann noch mehr riechen. Ihr war schon ganz elend von dem Gestank, sie wollte sich die Kleider herunterreißen und sich ins Wasser stürzen, in irgendein Gewässer. Das ging aber nicht. Also ging sie einfach weiter. Die Edgware Road hinauf in der Hitze und dem Geruch aus den Nahost-Imbissrestaurants, die obere Harrow Road entlang und durch die Unterführung in die Warwick Avenue. Sie brauchte nicht mehr zu befürchten, Jock dort zu begegnen.

Hier war vertrautes Terrain, heimatliches Gelände. Die Vorübergehenden nahmen keine Notiz von einem, und keiner schnüffelte, um den Geruch des anderen auszumachen. Alle schwitzten, das war nicht zu vermeiden, und doch hasste sie es, wenn es ihr passierte, hasste das Gefühl, wenn sich feuchte Tröpfchen auf Oberlippe und Stirn bildeten oder ihr wie Tränen über die Brust rannen. Riechen würde es zwar nicht, bei all dem Deodorant, das sie benutzte. Aber wie konnte man sicher sein, dass einem kein Stückchen Hautoberfläche entgangen war? Sie stellte sich vor, wie der Schweiß von diesem kleinen Fleck unter ihrer Achsel tropfte, dazu den schrecklich fleischigen, zwiebeligen Geruch, der in die Luft ausdünstete. Fast weinend bei dem Gedanken an all den Dreck, der sie bedeckte, ihren eigenen Körperschweiß und die Geistersaftspritzer, schloss sie die Haustür auf. Sie rannte nach oben und stürzte sich in die Badewanne. Eine halbe Stunde später kochte sie das Messer aus. Die Sachen, die sie getragen hatte, waren nicht mehr zu retten, sie zu waschen, war ausgeschlossen. Sie wickelte sie erst in Zeitungspapier, dann in Plastikfolie und stopfte sie in einen schwarzen Müllsack. Der Gedanke, dass sie dort – wenn auch im Freien – noch weitere vier Tage bleiben würden, trieb sie erneut hinaus. Die Hitze schlug ihr entgegen, als hätte sie eine Ofentür aufgemacht. Ganz langsam ging sie voran, zog ihren Körper zusammen, damit der Schweiß drinblieb, ging ein Stück die Straße hinauf und warf den Sack in den großen städtischen Müllcontainer.

15

Michelle stellte Weingläser auf den Couchtisch, ein herzförmiges Schälchen mit Rohkost, die weder schlank noch dick machte, sowie eine etwas größere, ovale Schale mit gerösteten Erdnüssen. Fiona hatte gesagt, sie schmeckten ihr, und nun hoffte sie, Matthew dazu bewegen zu können, auch ein paar zu essen. Sie selbst würde natürlich nichts essen, nicht einmal die rosa und orangegelben Scheibchen Wurzelgemüse, und sich beim Wein zurückhalten. Nach ihrer morgendlichen Dusche hatte sie sich heute auf die Waage gestellt, sich kaum hinzusehen getraut, und dann festgestellt, dass sie drei Pfund abgenommen hatte. In der Woche davor waren es vier Pfund gewesen. Gab es für eine übergewichtige Frau einen größeren Ansporn als die Entdeckung, in vierzehn Tagen sieben Pfund abgenommen zu haben? Als sie beim Anziehen ein Lied geträllert hatte, hatte Matthew sie liebevoll angelächelt.

Nachmittags hatten sie Besorgungen gemacht und den Wein gekauft. Michelle kannte sich mit Wein nicht aus, wohl aber Matthew – ihrer Meinung nach war er in allem Experte –, und er hatte einen Meursault ausgesucht. Fiona kam zu Besuch, und Michelle wusste, dass ihr von allen alkoholischen Getränken Weißwein am liebsten war. Viel zu essen brauchten sie nicht zu kaufen, nur die paar Sachen, die Matthew essen würde, und heute hatte er sich bereit erklärt, ein wenig Hühnchen zu probieren, ebenfalls eine Anregung von Fiona, und zwar die Sorte, die es an der Feinkosttheke gibt und die wie ein fester weißer Laib aussieht, von dem die Verkäuferin dann hauchdünne Scheiben abschneidet. Sie würde auch davon essen, mit ein bisschen Grünzeug dazu. Die Einkaufstaschen waren etwa zwanzig Pfund leichter als sonst.

Es war ein so schöner Tag, dass Michelle den Vorschlag gemacht hatte, zum Heath hinaufzufahren, wo sie im Sonnenschein sitzen und die Aussicht genießen konnten. Das hatten sie getan, waren lange dort oben geblieben und hatten über Matthews Fernseherfolge geredet. Demnächst sollte er mit einem Produzenten zu Mittag essen, der eine kurze Reihe in der gleichen Art wie die Pilotsendung machen wollte.

»Als er ›Mittagessen‹ sagte«, meinte Matthew, »musste ich plötzlich unwillkürlich lachen. Was, dachte ich, ich und Mittagessen gehen? In einem *Restaurant?* Er nahm wahrscheinlich an, ich lache vor lauter Freude über die Idee mit der Sendereihe.«

»Schaffst du das denn?« Michelle war voller Besorgnis. »Mit jemandem in einem Restaurant essen, meine ich? Dass du die Sendereihe hinkriegst, weiß ich.«

»Ich werd's versuchen. Bevor wir anfangen, werde ich ihn darauf hinweisen, wie es mit mir steht und wieso ich den Job überhaupt bekommen habe. Und dann esse ich den Salat und ein bisschen trockenes Brot. Mit ›essen‹ meine ich, ein bisschen knabbern und drei Viertel stehen lassen.«

Als Michelle auf die Uhr sah, war es nach vier, und sie mussten sich auf den Rückweg machen. Sie hatte Fiona keine genaue Zeit genannt, sondern nur gesagt, wenn sie von der Arbeit nach Hause kam, sollte sie doch auf einen Drink herüberkommen. Von Jeff war zwar nicht die Rede gewesen, doch wusste Michelle, dass man bei einem Paar den unsympathischen Partner zusammen mit dem, den man mochte, akzeptieren musste.

»Trotzdem hoffe ich, dass er irgendwo unterwegs ist und erst um sieben zurückerwartet wird«, sagte sie zu Matthew, während sie die beiden Flaschen Wein kühl stellte.

Matthew sah von seinem Computer auf. »Ich glaub nicht, dass er in meinem Beisein unverschämt zu dir ist, Liebling. Und wenn doch, dann sag ich ihm, dass er sich gefälligst benehmen soll.«

»Ach, Matthew, wir dürfen Fiona aber nicht aufregen.«

»Er darf dich nicht aufregen«, sagte Matthew.

Trotzdem – wenn Jeff nicht gewesen wäre, dachte Michelle, würde sie jetzt nicht abnehmen. Jedes Mal, wenn sie beim Anblick eines Croissants oder eines Stückes Quiche in Versuchung geriet, fielen ihr seine verletzenden Worte wieder ein, und sie wandte sich von den gefährlichen Speisen ab. Es war doch recht seltsam, jemanden nicht zu mögen und doch das Gefühl zu haben, ihm Dank zu schulden.

Kurz nach fünf klingelte Fiona an der Haustür. »Du hättest doch hinten hereinkommen können«, sagte Michelle. »Nur nicht so förmlich.«

»Also gut, nächstes Mal dann. Jeff ist irgendwo unterwegs. Er musste zu einem Vorstellungsgespräch. Eigentlich zu *zwei* Vorstellungsgesprächen, eins zum Mittagessen und das andere heute Nachmittag um vier.«

Michelle sagte nichts. Sie glaubte nicht an diese potenziellen Jobs, hielt Jeff Leigh aber für durchaus im Stande zu behaupten, er habe eine lukrative Stelle gefunden. Auf die Art hätte er jeden Tag eine feste Zeit, zu der er ausgehen und all den ruchlosen Beschäftigungen nachgehen konnte, die ihm ein Einkommen verschafften.

»Ich hab ihm einen Zettel geschrieben und gesagt, wenn er nach Hause kommt, soll er rüberschauen. Ich hoffe, das ist in Ordnung.«

»Natürlich.«

Der kühle Unterton in Michelles Stimme blieb Fiona nicht verborgen. Sie lächelte etwas unsicher und sagte zu Michelle, sie sehe ja bemerkenswert gut aus. Irrte sie sich, oder habe sie tatsächlich abgenommen?

»Ein paar Pfund«, sagte Michelle zufrieden.

Matthew schaltete seinen Computer aus und schenkte Wein ein. Er reichte Fiona das Schälchen mit den Erdnüssen und aß selbst zwei davon. Michelle trank Sprudelwasser. Voller Staunen beobachtete sie, dass Matthew sich ein Glas Wein einschenkte und daran nippte, als hätte er überhaupt keine Essprobleme, dann das Glas auf Fiona erhob und sagte: »Auf dein zukünftiges Glück!«

Das Gespräch wandte sich Fionas Hochzeit zu, wer alles eingeladen werden sollte, was sie tragen würde, wohin sie in Flitterwochen fahren würden. Michelle fiel auf, dass sie immer noch keinen Verlobungsring hatte, und schalt sich gleich darauf eine krittelige Kuh. Vielleicht waren Verlobungsringe gar nicht mehr in Mode, oder Fiona mochte eben keinen. Dann fing Fiona an, von einer Veganerin zu erzählen, die ihre Kinder als Veganer großzog, was sie, Fiona, nicht richtig fand. Wie konnte sich die Frau denn so sicher sein, dass sie genügend Protein bekamen? Aber sie hatte sich gefragt, ob Matthew die Veganerin vielleicht für geeignet hielt, als Gast in seiner Sendung aufzutreten.

Matthew meinte lachend, dafür sei es ja noch ein wenig früh. »Eine Sendung hab ich erst, wenn ich mit dem Produzenten gesprochen habe, und vielleicht nicht mal dann.«

»Ach, ist doch klar, dass du sie kriegst. Die erste war ja so gut. Also, ich weiß gar nicht, wo Jeff steckt. Habt ihr vorhin mein Telefon klingeln gehört? Das war er vielleicht.«

Manchmal hörte Michelle es durch die Wand, wenn Fionas Telefon klingelte, diesmal jedoch nicht. Sie brachte Fiona zur Tür und küsste sie zum Abschied.

»Da hast du's, Liebling«, sagte Matthew. »Er legt genauso wenig Wert auf unsere Gesellschaft wie wir auf seine.«

Weil es nach sieben war, als sie die Haustür aufschloss, sah Fiona nach, ob auf dem Anrufbeantworter Nachrichten waren und überprüfte ihr Mobiltelefon. Nichts. Vielleicht hatte Jeff ja auch angerufen, ohne eine Nachricht zu hinterlassen. Das bedeutete, er würde bald nach Hause kommen. Weil sie nicht viel im Haus hatte und ihr nicht nach einkaufen war, rief sie in einem Restaurant am Swiss Cottage an, das sie beide mochten, und reservierte für halb neun einen Tisch zum Abendessen.

»Wach auf«, sagte Eugenie und schüttelte Zillah. »Wenn du tagsüber ins Bett gehst, kannst du in der Nacht nicht schlafen.«

Zillah schlug träge die Augen auf und setzte sich stöhnend aufrecht. Es war halb sechs – sie hatte seit elf Uhr geschlafen. Im ersten Moment wusste sie gar nicht recht, wo sie war und was sie hier sollte. Dann hörte sie Jordan weinen. »Wo ist Mrs. Peacock?«

»Du hast ihr doch einen Schlüssel gegeben, und sie hat uns reingelassen. Sonst hätten wir wahrscheinlich die ganze Nacht draußen auf der Türmatte gesessen. In der Kälte. Wieso gibst du mir keinen Schlüssel, Mummy?«

»Weil Siebenjährige keine Schlüssel kriegen. Und es ist auch nicht kalt, sondern vermutlich der heißeste Tag des Jahres. Wo ist Mrs. Peacock?«

»Da draußen.« Eugenie deutete zur Tür. »Ich wollte sie nicht in dein Schlafzimmer lassen, weil du vielleicht nichts anhast.«

Zillah stand auf, und als sie merkte, dass sie nur Büstenhalter und Schlüpfer trug, zog sie ihren Morgenmantel an. Vor der Schlafzimmertür saß Jordan tränenüberströmt auf dem Fußboden. Sie hob ihn hoch, und er vergrub sein feuchtes Gesicht an ihrem Hals.

Im Wohnzimmer saß Mrs. Peacock im Erker mit der herrlichen Aussicht auf den sonnenbeschienenen Westminster Palace, vor sich ein großes Glas, in dem sich offensichtlich Sherry befand. »Ich hab mich selbst bedient«, sagte sie absolut nicht verlegen. »Der war nötig.«

»Mrs. Peacock war mit uns bei McDonald's und dann im Kino«, sagte Eugenie. »Wir haben *Toy Story 2* gesehen. Und sag jetzt bitte nicht, man soll nicht ins Kino, wenn die Sonne scheint, weil wir es nämlich gemacht haben, und es war *ganz toll,* stimmt's, Jordan?«

»Jordan geweint.« Er krallte seiner Mutter die Finger in den Hals, bis sie vor Schmerz zusammenzuckte.

»Dann schulde ich Ihnen ja eine Menge Geld.«

»Ja, das kann man wohl sagen. Ich nehm mir nur noch einen Bristol Cream, und dann rechnen wir ab, ja?«

Zillah gab Mrs. Peacock doppelt so viel wie sonst, dazu das Geld für Kino und Mittagessen, woraufhin diese, inzwischen etwas unsicher auf den Beinen, in den Aufzug wankte. Zillah schlug die Haustür zu. Wo war eigentlich Jims? Bestimmt bei Leonardo. Oder war er in seinen Wahlkreis gefahren? Höchstwahrscheinlich war er in Fredington Crucis und hatte Leonardo bei sich. Sie fragte sich, wie um alles in der Welt sie das Wochenende bloß herumkriegen sollte. Hier war es ja genauso schlimm wie in Long Fredington. Ohne Annie und Lynn und ohne Titus und Rosalba sogar noch schlimmer.

Jeffrey John Leachs Leiche lag fast zwei Stunden auf dem Fußboden des Kinos auf der rechten Seite zwischen den Reihen M und N, bevor man sie entdeckte. Selbst bei Licht schaut beim Verlassen eines Kinos niemand in eine leere Reihe. Die nächste Vorstellung von *Haunted Hill* sollte um zehn nach sechs anfangen, und dann kam noch die letzte Vorstellung, die beliebteste, um Viertel vor neun. Die um zehn nach sechs war jedoch recht gut besucht – oder wäre es gewesen, wenn die zwei achtzehnjährigen Mädchen nicht um Viertel vor die Reihe M betreten hätten. Sie sagten keinem, was sie sahen, sondern kreischten los.

Unverzüglich wurde das Kino geräumt, und die Besucher bekamen ihr Eintrittsgeld zurückerstattet. Ein Krankenwagen kam angefahren, allerdings zu spät. Die Polizei traf ein. Jeffrey Leach, wie sich bei der Obduktion später herausstellte, hatte sich mit dem Sterben ein Weilchen Zeit gelassen, während sein Blut langsam in den Teppichboden gesickert war. Die Polizei entdeckte den völlig mit Blut beschmierten Sitz, als ob der Täter die Waffe am Polster abgewischt hätte. Daraufhin wurde das gesamte Filmtheater, nicht nur dieser Kinosaal, für die Öffentlichkeit gesperrt.

Innerhalb einer Stunde hatte sich herausgestellt, dass Jeff zwischen drei und halb fünf gestorben war. Vom Personal konnte sich niemand entsinnen, wer in der besagten Reihe gesessen hatte oder ob ein Besucher früher gegangen war. Jemand behauptete, sich an einen Mann erinnern zu können, der etwa um fünf gegangen war, und ein anderer erinnerte sich vage, dass um zehn nach fünf eine Frau hinausgehuscht war. Beide waren jedoch nicht in der Lage, diese Leute zu beschreiben oder auch nur ihr ungefähres Alter zu schätzen. Das Kino wurde nach der Tatwaffe durchsucht, einem langen, scharfen Tranchiermesser. Als dabei nichts herauskam, wurde die Suche ausgeweitet und die Edgware Road zwischen Marble Arch und Sussex Gardens gesperrt, was den schlimmsten Verkehrsstau der Londoner Innenstadt in den letzten zehn Jahren zur Folge hatte.

Die Leiche wurde entfernt. Der blutbefleckte Sitz und die beiden rechts und links davon wurden ebenfalls zum DNA-Test gebracht, für den Fall, dass der Täter oder die Täterin ein Haar, ein Hautschüppchen oder einen Tropfen eigenes Blut hinterlassen hatte. Die Mühe hätte sich die Polizei sparen können. Die Haare, die Minty ausgingen, fielen ihr dann aus, wenn sie sich den Kopf wusch, was ein oder zwei Mal am Tag geschah, und verschwanden im Abfluss. Etwaige Hautschüppchen waren mit Nagelbürste und Luffaschwamm in heißem Seifenwasser abgeschrubbt worden. Sie hinterließ nicht mehr DNA-Material als eine fabrikfrische Plastikpuppe. Das Prinzip, dass jeder Mörder am Tatort des Verbrechens etwas von sich hinterlässt und eine Spur davon mitnimmt, hatte Minty also widerlegt.

Als Jeff um neun immer noch nicht zu Hause war, machte sich Fiona so große Sorgen, dass sie zu ihren Nachbarn ging. Nicht weil Michelle oder Matthew mehr gewusst hätten als sie oder ihr einen anderen Rat hätten geben können als sie sich selbst, sondern um Gesellschaft zu haben und vielleicht etwas Trost und Aufmunterung zu bekommen. Um ihre Besorgnis mit jemandem teilen zu können. Die Tischreservierung zum Abendessen hatte sie längst streichen lassen, sich einen Tee aufgegossen und vergeblich versucht, ein Sandwich zu essen.

Als sie danach im Bett lagen, gestanden Matthew und Michelle einander, den gleichen Gedanken gehabt zu haben: Jeff hatte Fiona verlassen. Das hatten sie vorhin natürlich mit keinem Wort erwähnt. Wenn eine Frau vor Sorgen halb verrückt ist, sagt man ihr nicht, dass der Mann, den sie erst vor acht Monaten kennen gelernt hat und über dessen Vergangenheit sie nichts weiß, sie vielleicht sitzen gelassen hat. Man sagt ihr nicht, dass er offensichtlich ein Schurke und Betrüger ist, den die Aussicht auf Heirat in Angst und Schrecken versetzt. Man verabreicht ihr einen Brandy und rät ihr, noch ein bisschen abzuwarten, und dann fängt man an, nacheinander die Krankenhäuser anzurufen.

Fiona ging zwischendurch zweimal hinüber, nur um nachzusehen, ob er nicht inzwischen nach Hause gekommen war. Zweimal kehrte sie, inzwischen vor Angst zitternd, zu den Jarveys zurück. Es war nach zehn. Wenn der Kerl irgendwo bei einer anderen Frau ist, dachte Michelle, finde ich schon einen Weg, ihn dafür zu bestrafen. Er hat mich zwar aufs Abnehmen gebracht, aber letztlich lag es an mir, nicht an ihm. Ich hätte das, was er gesagt hat, ja nicht zu beachten brauchen. Aber wenn er sie betrogen hat, mach ich ihm das Leben schwer. Dann gehe ich zu ihm und sag ihm, was ich von ihm halte. Ich hetze ihm einen Privatdetektiv auf den Hals, *jawohl.* Ihre ungewohnten Rachegefühle beunruhigten sie, und sie zwang sich, Fiona ein aufmunterndes Lächeln zuzuwerfen. Sollte sie Tee machen? Oder vielleicht lieber noch einen Drink? Fiona stand auf und warf sich in Michelles Arme. Michelle umarmte sie, tätschelte ihr die Schulter und drückte sie an ihren mächtigen, weichen Busen, während Matthew im Royal Free und im Whittington und einem halben Dutzend weiterer Krankenhäuser anrief. Dann rief er bei der Polizei an.

Sie wussten nichts über einen Jeff Leigh. Matthew buchstabierte ihnen den Namen.

»Leigh sagten Sie, nicht Leach?«

»Nein, Leigh.«

»Unter dem Namen ist hier kein Unfall vermeldet.«

Denn inzwischen wussten sie, um wen es sich bei dem Toten handelte, den sie vor sich hatten. In der Brusttasche seines Leinenjacketts hatten sie einen blutbefleckten Führerschein auf den Namen Jeffrey John Leach aus der Greta Road 45, Queen's Park, London NW10 gefunden. Er war vor neun Jahren ausgestellt worden, lange bevor britische Führerscheine das Foto ihres Inhabers tragen mussten. In der gleichen Brusttasche befanden sich das in einer Plastikhülle steckende Foto eines langhaarigen jungen Mannes mit einem Baby auf dem Arm, ein blutbefleckter Brief von einer Frau namens Zillah, ein allgemein gebräuchlicher, nicht nummerierter Schlüssel, dreihundertzwanzig Pfund in Scheinen zu zwanzig und zehn Pfund, eine Visa-Karte auf den Namen Z. H. Leach und eine halb aufgebrauchte Rolle Polo-Minzbonbons.

Innerhalb weniger Stunden hatte man festgestellt, dass Jeffrey John Leach mit Sarah Helen Leach, geborene Watling, verheiratet war, ebenfalls Inhaberin eines Führerscheins und wohnhaft in Long Fredington in Dorset.

16

Als er am späten Freitagnachmittag in seinem Wahlkreis ankam, hatte Jims sich zuerst mit seinem Assistenten Colonel Nigel Travers-Jenkins getroffen und war in dessen Begleitung dann als Ehrengast und Hauptfestredner zum jährlichen Galadiner der Jungen Konservativen von South Wessex ins Lord Quantock Arms nach Markton gefahren. Anders als Zillah glaubte, war Leonardo nicht bei ihm. Während er sich darüber ausließ, dass die zukünftige Hoffnung und Inspiration der Partei in den Händen ihrer Jugend lägen, deren Idealismus und Tatkraft sich ihm an diesem Abend bereits wirkungsvoll gezeigt habe, saß Zillah, den quengelnden Jordan auf dem Schoß, in der Wohnung in Abbey Gardens und sah sich mit den Kindern ein Video der *Rugrats* an.

Jims, der ihr seit Jahren eine gewisse unverbindliche Zuneigung entgegenbrachte, hatte sie immer eher als Tarnung für seine natürlichen Neigungen denn als echte Freundin gebraucht. Sie war die Art Frau, deren äußere Erscheinung die Konservativen von South Wessex dazu verleitete, sie als lockeres Frauenzimmer abzuqualifizieren. In Fredington vermuteten sie immer nur das Schlimmste, wenn sie ihn – besonders in den Abendstunden – einen Besuch im Willow Cottage machen sahen. Doch genau das waren auch die Leute, die einer gewissen Doppelmoral anhingen. Eine Frau in dieser Situation wurde verurteilt, dem Mann machte man keinen Vorwurf. Ganz im Gegenteil, wie Jims sehr wohl wusste, denn ihm war zu Ohren gekommen, dass Colonel

Travers-Jenkins ihn einen »Schwerenöter« genannt haben sollte. Aus diesem Grund hatte er, obwohl er Zillah ausnutzte, ihr gegenüber immer eine gewisse Dankbarkeit empfunden und sich eingeredet, es sei Zuneigung.

Jetzt, wo er mit ihr verheiratet war, empfand er es ganz anders. Sie war eine Nervensäge und würde, falls sie nicht streng beaufsichtigt wurde, womöglich seiner Karriere schaden. Diese Dinge gingen Jims durch den Kopf, während er zu seinem Haus in Fredington Crucis zurückfuhr. Ein Jammer, dass man, wenn man die Trauungszeremonie erst einmal hinter sich hatte, mit der Angetrauten unter einem Dach wohnen musste! Und wie misslich, dass man sie nicht einfach mit einem Batzen Geld und einem Häuschen abspeisen konnte, um sie danach nie wieder sehen zu müssen! Doch er war sich klar darüber, dass das unmöglich war. Er musste als verheirateter Mann in Erscheinung treten. Und seine Frau musste ihm die Stange halten. Etwas anderes ging nicht. Wenn er am Montagmorgen nach Hause kam, würde er sich unverzüglich daran machen, Zillah in ihre Pflichten als Ehegespons des Parlamentsabgeordneten für South Wessex einzuweisen. Er würde ihr etwas beibringen über die Ausschüsse und Komitees, bei denen sie den Vorsitz zu führen hatte, über Gartenpartys, an denen sie teilnehmen musste, über Schönheitswettbewerbe für Babys, Tischreden bei den Zusammenkünften der Konservativen Frauen, über die von ihr erwartete Stimmenwerbung und die passende Garderobe. Schluss mit Röcken, die über dem Knie endeten, mit gewagten Dekolletees, sexy Schuhen, engen Hosen – vielleicht überhaupt Hosen –, stattdessen Cocktailkleider und ausladende Hüte. Eine angebliche Mätresse mochte aussehen wie ein liederliches Frauenzimmer, nicht aber die Frau eines Abgeordneten.

Jims hatte Leonardo angerufen und war dann zu Bett gegangen. Am nächsten Morgen hielt er in der Shire Hall von Casterbridge um Punkt neun Uhr seine Sprechstunde ab und versprach seinem Wählervolk hoch und heilig, sich höchstpersönlich für die Verbesserung der Kindererziehung, des nationalen Gesundheitssystems, des Transportsystems und der Umwelt einzusetzen und außerdem, koste was es wolle, für die Aufrechterhaltung der Fuchsjagd mit Hunden zu sorgen. Jims redete nicht von »Hunden«, obwohl dies der Begriff war, der im Titel der diesbezüglichen neuen Gesetzesvorlage auftauchte. Um den Leuten in der Shire Hall nach dem Mund zu reden, sagte er »Jagdhunde«. Beim Thema Jagd, einem ständigen Gesprächs- und Diskussionsthema in South Wessex, fiel ihm wieder ein, dass er am Samstagabend im Gemeindezentrum von Fredington Episcopi zur Ortsgruppe des Landbewohnerbundes sprechen sollte. Die Versammlung würde so gut besucht sein, dass man als Veranstaltungsort den größten Saal in der Gegend ausgesucht hatte.

Seine Rede hatte er mitgebracht. Sie ruhte in seiner Aktentasche, die er in Fredington Crucis House noch gar nicht geöffnet hatte. Indem er seine Unterlagen als Rede bezeichnete, stellte Jims sein Licht eigentlich reichlich unter den Scheffel, denn er hatte natürlich nicht die Absicht, den versammelten Parteimitgliedern etwas *vorzulesen.* Er hatte jedoch verschiedene Einzelheiten aus einer früheren, von einem einzelnen Abgeordneten eingebrachten Gesetzesvorlage schriftlich festgehalten, dazu Statistiken, Forschungsberichte über Wildtierquälerei und Stresslagen bei Füchsen und – wohl am wichtigsten – eine Beurteilung der Härten, die für die Einheimischen bei einem Verbot der Jagd entstünden – in »England«, wie Jims es wohlweislich nannte oder gelegentlich auch »diesem gesegneten Fleckchen Erde«, nie jedoch »dem Vereinigten Königreich«. Neben seinen Aufzeichnungen befand sich in dem dunkelblauen Umschlag auch der Burns-Bericht, also die Ergebnisse von Lord Burns' genauer Untersuchung zum Thema Jagd. Als er seine Sprechstunde verließ und wieder im Wagen saß, öffnete er seine Aktentasche, um sich zu vergewissern, dass er den Bericht und seine Notizen auch bei sich hatte.

Jims hatte vor, mit einem engen Freund, genauer gesagt Leonardos Vorgänger, im Golden Hind in Casterbridge zu Mittag zu essen. Die Entscheidung, ihre Beziehung zu beenden, war in gegenseitigem Einvernehmen gefällt worden, und sie hatten sich in aller Freundschaft getrennt. Im Übrigen war Ivo Carew Vorsitzender einer Wohltätigkeitsorganisation namens Konservative Gegen Krebs, und so konnte es Jims nur Zustimmung einbringen, mit ihm gesehen zu werden. Allerdings konnte er seine Aufzeichnungen für den Landbewohnerbund nicht finden. Er leerte den gesamten Inhalt der Aktentasche auf dem Beifahrersitz aus. Doch schon bevor er anfing, ihn zu durchforsten, war ihm klar, dass er sie nicht dabei hatte, und er wusste auch ganz genau, wo sie sich befanden. In einer transparenten blauen Plastikmappe, passend zum Umschlag des Burns-Berichts, die er sofort entdeckt hätte. Er wusste, dass sie nicht da waren, und er wusste, wo er sie gelassen hatte: In Leonardos Wohnung.

Aber wo genau? Daran konnte er sich nicht erinnern. Erinnern konnte er sich allerdings daran, dass Leonardo ihm am Vorabend am Telefon gesagt hatte, er würde sich den Freitag freinehmen und seine Mutter in Cheltenham besuchen, was er oft und gern tat. Giulietta Norton – kurz nach Kriegsende in Rom geboren und in den sechziger Jahren Hippie und Groupie – war eine faszinierende Frau und so unmütterlich, wie man es sich nur vorstellen konnte. Vielleicht beschloss Leonardo sogar, über Nacht zu bleiben. Jims hatte selbstverständlich einen Wohnungsschlüssel, das war nicht das Problem. Auch wenn er sich genau erinnerte, wo die blaue Mappe lag, und einen von Leonardos Nachbarn überreden konnte, seinen Boten hereinzulassen – wem konnte er vertrauen? Wen könnte er damit betrauen, zur Glebe Terrace zu fahren, die Aufzeichnungen zu suchen und sie ihm zu faxen, ohne dass diese Person es komisch oder verdächtig fand, dass der Parlamentsabgeordnete James Melcombe-Smith wichtige Papiere in der Wohnung eines jungen und sehr gut aussehenden Börsenmenschen liegen ließ? Noch dazu höchstwahrscheinlich im Schlafzimmer dieses jungen Mannes? Zillah vielleicht. Vom Mobiltelefon aus rief er zu Hause an. Keine Antwort. Zillah hörte das Telefon im Tiefschlaf klingeln und baute es in einen Traum ein, in dem Jims seine sexuelle Orientierung änderte und sich in sie verliebte. Sie glaubte, es sei ihre Mutter, und ignorierte das Klingeln.

Unnützes Ding! Ein Klotz am Bein, nicht einmal eine hilfreiche Gefährtin. Jims rief Ivo Carew an und sagte ihre Verabredung ab.

»Herzlichen Dank auch«, sagte Ivo. »Musstest du damit bis fünf vor eins warten?«

»Es geht nicht anders. Glaubst du allen Ernstes, ich würde nicht lieber dich sehen als nach Scheiß-London zurückzufahren?«

Unterwegs hielt er an einem Merry Cookhouse an, wo er schaudernd versuchte, Hähnchen im Korb mit Pommes frites zu essen. Er war so zeitig dran, dass er gut mit Ivo hätte zu Mittag essen und ein paar Stunden später losfahren können. Allmählich machte ihn jedoch die Frage, wo sich die Mappe befand, etwas nervös. Er musste sich möglichst bald Gewissheit verschaffen. Aber erst, nachdem er sich über die lappigen Pommes frites und das Hähnchen beschwert hatte, das todsicher schon angegammelt war. Der Geschäftsführer war ein Mensch, der leicht auf die Palme geriet, und so lieferten sich die beiden ein mehrminütiges wüstes Wortgefecht.

Es herrschte starker Verkehr, der sich noch zusehends verstärkte, als Jims sich London näherte. Wegen einer Massenkarambolage in der Nähe der Autobahn und eines Verkehrsknotenpunkts bildete sich ein dichter Stau, der sich über mehrere Meilen hinzog, während sich der Verkehr in der Nähe des Flughafens Heathrow wegen Straßenbauarbeiten auf eine Spur verengte. Bis er den Wagen endlich in Glebe Terrace abstellte, war es kurz vor acht. Er wurde offenbar allmählich etwas wirr im Kopf, dachte er. Nachdem er erst seine Notizen verlegt hatte, konnte er jetzt den Schlüssel zu Leonardos Wohnung nicht finden. Er suchte an seinem Schlüsselbund für Abbey Gardens Mansions und bei seinen Autoschlüsseln, dann durchsuchte er seine Taschen. Er war nicht da. Die Nachbarin, Amber Sowieso, hatte jedoch einen. Er hoffte inständig, dass sie zu Hause war, und sie war es. Sie warf ihm einen seltsamen Blick zu, in dem reichlich höhnische Belustigung lag, doch sie gab ihm den Schlüssel und meinte, er solle aber nicht vergessen, ihn ihr am nächsten Morgen zurückzugeben. Er schloss auf und ging in Leonardos Wohnung.

Während er das Treppchen zum Schlafzimmer hinaufging, überlegte er, wie grässlich es wäre, wenn er jetzt die Tür aufmachte und Leonardo mit einem anderen im Bett erwischte, vielleicht mit dem Kerl aus dem Ministerium für Arbeit und Bildung, der angeblich so attraktiv war. Vielen Männern würde es nichts ausmachen, aber er gehörte nicht zu ihnen. Doch das Zimmer war leer.

Jims suchte nach der Mappe. Sie war nirgends zu finden. Inzwischen ernstlich besorgt, ging er wieder hinunter, und nach zehn Minuten Jagd – Jagd! – entdeckte er sie und den Burns in der hinteren Ecke auf einem eleganten Aktenschränkchen aus Rosenholz. Zweifellos von Leonardos übertrieben ordentlichem Putzteufel dort deponiert.

Er beschloss, essen zu gehen und zum Schlafen wieder herzukommen. Gut möglich, dass Giulietta verabredet war, in dem Fall würde Leonardo vielleicht nach Hause kommen. Sein eigenes Zuhause konnte er sich jedenfalls nicht antun, jetzt wo Zillah und diese Gören dort waren.

Während Jims seine Aufzeichnungen suchte und Zillah in Abbey Gardens Mansions mit Jordan auf dem Schoß fernsah, statteten zwei Polizisten, ein Sergeant und ein Wachtmeister, Willow Cottage in Long Fredington einen Besuch ab.

Nachdem sie ausgezogen war, hatte Zillahs Vermieter – der während ihres Mietverhältnisses befürchtet hatte, sie würde nie ausziehen, sondern ewig bleiben und wegen ihrer Kinder auf Bedürftigkeit pochen – den Entschluss gefasst, das Haus zu verkaufen. Also ließ er es nun frisch streichen und eine neue Küche und ein Badezimmer einbauen. Obwohl die Handwerker kurz nach Weihnachten angefangen hatten, waren sie mit der Arbeit immer noch nicht fertig. Die Vorderseite des Hauses verdeckte ein Baugerüst, die Fenster waren mit Brettern vernagelt, und im Garten war ein Bauschild aufgestellt, auf dem die Arbeiter als Baudesigner bezeichnet wurden. Die Polizisten sahen sofort, dass dort niemand wohnte. Sie klingelten bei den Nachbarn und erfuhren, dass Mrs. Leach im Dezember ausgezogen war und wieder geheiratet hatte. Die Nachbarin konnte ihnen sogar sagen, wen sie geheiratet hatte: den Abgeordneten des Wahlkreises, Mr. Melcombe-Smith.

Es war natürlich unumgänglich, dass die Frau des verstorbenen Jeffrey Leach so bald wie möglich von seinem gewaltsamen Tod unterrichtet wurde. Doch wie es jetzt aussah, war sie gar nicht mehr seine Frau. Sie hatte wieder geheiratet, und zwar in eine gesellschaftliche Schicht, die – wie die ermittelnden Beamten annahmen – weit über der von Jeffrey Leach lag.

Als der Polizist am Samstagmorgen in Abbey Gardens Mansions klingelte, war Zillah gerade erst aufgestanden. Es war erst halb neun, für ihre Verhältnisse früh, doch sie hatte nicht mehr liegen bleiben können, denn Eugenies Prophezeiung, sie würde nachts nicht mehr schlafen können, wenn sie den ganzen Tag im Bett lag, hatte sich bewahrheitet. Die Kinder waren bereits auf und schauten Trickfilme im Fernsehen. Zillah kam im Morgenmantel heraus und begann, Toast zu machen und Cornflakes in Schälchen zu schütten. Als sie sich unverhofft im Spiegel erblickte, fuhr sie erschrocken zurück. Sie sah schrecklich aus: die Haare standen in Rattenschwänzchen ab, und unter den Augen waren dunkle, verschmierte Flecken. Ein Pickel, wie sie ihn seit fünfzehn Jahren nicht mehr gesehen hatte, erblühte gerade mitten auf ihrem Kinn.

»Wer um alles in der Welt kann denn das sein?«, fragte sie, als es an der Tür klingelte.

»Wenn du aufmachst, weißt du's«, versetzte Eugenie. »So eine blöde Frage.«

»Was fällt dir ein, du freches Ding!«

Jordan, den lautes Geschrei immer aufregte, fing an zu greinen. Als es erneut klingelte, ging Zillah an die Tür.

»Mrs. Melcombe-Smith?«

»Ja, bitte.«

»Darf ich reinkommen? Ich habe eine traurige Nachricht für Sie.«

Niemand auf der Welt, der nicht gerade in der Wohnung war, lag Zillah so am Herzen, dass es ihr etwas ausgemacht hätte, ob er gesund oder verletzt, tot oder lebendig war. Trotzdem konnte sie ihre Erschrockenheit nicht verbergen, als der Besucher sie über den Tod von Jeffrey Leach in Kenntnis setzte. »Das glaub ich nicht!«

»Ich fürchte, es ist wahr.«

»Woran ist er denn gestorben? War es ein Unfall?«

Die direkt gestellte Frage mochte den Mann bewogen haben, gleich damit herauszurücken. »Er wurde gestern Nachmittag ermordet. Mein Beileid.«

»Ermordet? Wer hat ihn denn ermordet?«

Die Frage blieb unbeantwortet. Der Polizist wollte wissen, wo sie zwischen drei und halb fünf gewesen sei, und Zillah, die die Nachricht immer noch nicht fassen konnte, erwiderte, hier sei sie gewesen.

»Allein?«

»Ja, ganz allein. Meine Kinder waren unterwegs mit – äh, ihrer Kinderfrau.«

»Und Mr. Melcombe-Smith?«

Zillah konnte schlecht sagen, sie wüsste es nicht. Bei einer erst seit zwei Monaten verheirateten Ehefrau würde sich das sehr merkwürdig ausnehmen. »In seinem Wahlkreis. In South Wessex. Dort ist er seit Donnerstagnachmittag. Ich kann's nicht fassen, dass Jerry ermordet wurde. Sind Sie sicher, dass es Jerry war?«

»Gewiss, es war Mr. Jeffrey Leach. Ist er das?«

Zum ersten Mal seit fast sieben Jahren betrachtete Zillah das Foto, das sie in jenen glücklicheren Tagen – die ihr damals allerdings nicht so vorgekommen waren – selbst aufgenommen hatte: Jerry mit der drei Wochen alten Eugenie auf dem Arm. »Mein Gott, ja. Woher haben Sie das?«

»Das tut nichts zur Sache. Sie erkennen in ihm also Jeffrey Leach?«

Sie nickte. »Wundert mich ja, dass er es aufgehoben hat.«

Dann kam die bewusste Frage, die ihr das Blut ins Gesicht trieb und es ebenso rasch wieder zurückweichen ließ: »Wann genau haben Sie sich scheiden lassen, Mrs. Melcombe-Smith?«

Sie wusste, dass es ein Fehler war zu lügen, konnte aber nicht anders. Dennoch zögerte sie. »Äh – das muss letztes Frühjahr gewesen sein. Vor etwa einem Jahr.«

»Aha. Und wann haben Sie Mr. Leach zum letzten Mal gesehen?«

Vor zwei Tagen war es gewesen, in dieser Wohnung. Sie erinnerte sich noch, wie er sie eine Bigamistin genannt hatte. Und davor zuletzt vor einem halben Jahr, im Oktober in Long Fredington, als er übers Wochenende gekommen war. Und in seinem Klapperkasten davongefahren war, zehn Minuten, bevor der Expresszug mit der Lokalbahn zusammengestoßen war. »Im Oktober«, sagte sie. »Als ich mit meinen Kindern noch in Dorset gewohnt habe.« Damit es plausibler wirkte, glaubte sie ein paar nebensächliche Details einflechten zu müssen. »Er kam am Freitagabend und blieb übers Wochenende. Am ersten Oktoberwochenende. Am Dienstagmorgen ist er dann wieder gefahren.«

Der Beamte hielt ihr etwas hin. Es war eine Visa-Karte. »Ist das Ihre?«

»Ja, nein, ich weiß nicht.«

»Da steht Z. H. Leach – keine besonders gebräuchlichen Anfangsbuchstaben.«

»Ja, das muss meine sein.«

Es war die Kreditkarte, die Jims ihr letzten Dezember besorgt hatte, als sie seinen Heiratsantrag angenommen hatte. Sie sah, dass sie ab Dezember gültig war und im November 2003 auslief. Nachdem sie geheiratet und Jims ihr zwei neue Karten auf den Namen Mrs. Z. H. Melcombe-Smith gegeben hatte, hatte sie diese hier ganz vergessen. Wie war Jerry an die gekommen? An dem Tag in der Wohnung – er war herumgelaufen, statt aufs Klo zu gehen, sie hatte seine verstohlenen Schritte gehört und gemeint, ihn auch in ihr Schlafzimmer gehen zu hören, doch sie hatte dem keine Bedeutung beigemessen. Sie war es schließlich gewöhnt, dass Besucher in ihren Sachen herumschnüffelten, Malina Daz, Mrs. Peacock …

»Haben Sie sie Mr. Leach gegeben?«

»Nein, ja. Ich weiß nicht. Er muss sie sich genommen haben. Gestohlen.«

»Das ist ja eine interessante Schlussfolgerung, die Sie da ziehen, vor allem weil die Karte erst im Dezember ausgestellt wurde und Sie Mr. Leach im Oktober zum letzten Mal sahen. Sind Sie sicher, dass Sie ihn seither nicht mehr getroffen haben?«

Da sprach Zillah den abgedroschenen Satz, der so oft von alten Knastbrüdern zu hören ist, wenn sie wieder einmal vor Gericht stehen. »Kann schon sein.«

Der Polizist nickte. Er sagte, das sei für diesmal alles, er würde sich aber wieder melden. Wann sic denn mit Mr. Melcombe-Smiths Rückkehr rechne? Gar nicht, dachte Zillah, sagte aber Sonntagabend. Eugenie kam ins Zimmer, an der

Hand ihren Bruder, beide vollständig bekleidet, sauber und adrett. Der Polizist sagte in dem Tonfall, den kinderlose Männer gegenüber Kindern anschlagen, denen sie noch nie begegnet sind – gutmütig-derb, fragend, verlegen: »Hallo. Na, wie geht's denn?«

»Danke, ausgezeichnet. Was haben Sie zu meiner Mummy gesagt?«

»Nur ein paar Routinefragen.« Dem Polizisten fiel plötzlich ein, dass der verstorbene Jeffrey Leach ja ihr Vater sein musste. »Ich finde schon allein hinaus«, sagte er zu Zillah.

Ein berühmter italienischer Romanautor und Professor hatte gerade ein neues Buch publiziert, das mit großem Beifall aufgenommen worden war, und Natalie Reckman war unterwegs nach Rom, um ihn zu interviewen. Ihr Flug ging am späten Vormittag von Heathrow ab. An einem Bücherstand im Flughafen kaufte sie die Taschenbuchausgabe seines ersten Romans und drei Zeitungen, in denen jedoch nur stand, dass in einem Londoner Kino ein Mann ermordet worden war, was sie nicht sonderlich interessierte.

Im Flugzeug las sie ihr Taschenbuch. Als der *Evening Standard* gebracht wurde, lehnte Natalie kopfschüttelnd ab, sie hatte für den Tag genügend Zeitungen gesehen. Sie spielte mit dem Gedanken, noch bis Montag in Rom zu bleiben, sich das neue Theater anzusehen, das gerade gebaut wurde, und vielleicht zu erkunden, was es mit dem Aufruhr um die Grabschändungen auf dem Englischen Friedhof auf sich hatte. Mit etwas Glück bekäme sie gleich drei Geschichten auf einen Schlag.

Als es Mittag wurde und Jeff immer noch nicht nach Hause gekommen war, befürchtete Fiona, er hätte sie verlassen. Sie durchsuchte das Haus nach einem Zettel, sah unter Tischen und hinter Schränken nach, falls dort einer zu Boden gefallen war. Sie fand nichts. Einfach wortlos davonzugehen war nicht nur verletzend, sondern auch beleidigend, aber er hatte sich wirklich davongemacht.

Michelle half ihr beim Suchen. Sie wies sie darauf hin, dass Jeff, falls er tatsächlich gegangen war, überhaupt nichts mitgenommen hatte. Bis auf die Sachen, in denen er aus dem Haus gegangen war, hing alles noch im Schrank, inklusive der schwarzen Lederjacke, die er so gern mochte. Außer denen, die er trug, standen seine vier Paar Schuhe in Fionas Schuhregal, seine Unterhosen und Socken lagen in der Schublade. Wäre er ohne seinen Elektrorasierer gegangen? Ohne seine *Zahnbürste?*

»Ich fürchte, ihm ist etwas zugestoßen«, sagte Michelle, den Arm um Fiona gelegt. »Fiona, Liebes, hatte er denn was dabei, woran man ihn identifizieren könnte?«

Fiona dachte nach. »Ich weiß nicht. Du würdest doch nicht in Matthews Taschen herumwühlen, oder?«

»Habe ich nie.«

»Nein, ich auch nicht. Ich vertraue Jeff. Meinst du, ich sollte jetzt mal, äh … in seiner Lederjacke nachsehen?«

»Ja, mach das.«

Dort fand sich aber nichts Aufschlussreiches, nur eine Einpfundmünze, ein Supermarktbon für Lebensmittel und ein Kugelschreiber. Fiona sah in den Taschen von Jeffs Regenmantel nach. Eine U-Bahnkarte, ein Knopf, ein Zwanzig-Pence-Stück. »Wo ist denn sein Führerschein?«

»Wo hat er den immer aufbewahrt?«

»Vielleicht im Auto.«

Die beiden Frauen gingen zu Fionas dunkelblauem BMW hinaus, den sie auf der Straße parken musste. Michelle, der es seit kurzem leichter als früher fiel, in ein Auto einzusteigen, suchte hinten in den Seitenfächern, während Fiona das Handschuhfach neben dem Fahrersitz überprüfte. Eine Straßenkarte, eine Sonnenbrille, ein Kamm, alles Sachen von ihr. Handschuhe waren natürlich nie drin. Michelle entdeckte eine weitere Straßenkarte, eine halb leere Schachtel Papiertaschentücher, ein Schokoladenpapierchen und ein einzelnes Polo-Minzbonbon. Für die Polizei wäre es ein wertvoller Anhaltspunkt gewesen, wenn sie davon erfahren hätte und es hätte bewerten können. Fiona warf es durchs Gullygitter.

Michelle blieb bei ihr und machte etwas zum Mittagessen: Salat, Käse und Knäckebrot. Sie hatten beide keinen Appetit. Später am Nachmittag gesellte sich Matthew zu ihnen. Michelle hatte ihm sein Mittagessen schon auf einem Tablett hergerichtet, und um ihr eine Freude zu machen und Fiona ein bisschen abzulenken, sagte er, er habe alles gegessen – drei Scheibchen Kiwi, ein Dutzend gesalzene Mandeln, ein halbes Brötchen und ein Kressesträußchen. Inzwischen hatte sich Fionas Stimmung geändert. Da sie Jeffs Führerschein nicht hatten finden können, musste er ihn bei sich haben und, falls ihm etwas zugestoßen war, dadurch identifiziert werden können. Die Wut, die kurz ausgesetzt hatte, als sie merkte, dass alle seine Sachen da waren, und der Angst vom Vorabend Platz gemacht hatte, kehrte nun zurück. Er hatte sie verlassen. Bestimmt hatte er vor, seine Habseligkeiten eines Tages abzuholen oder hätte sogar die Stirn, von ihr zu verlangen, sie solle sie ihm nachschicken.

Am späten Nachmittag wurde der *Evening Standard* gebracht. Matthew hörte ihn auf die Türmatte fallen und ging in den Hausflur, um ihn zu holen. Fiona lag auf dem Sofa und hatte die Beine hochgelegt, Michelle war in der Küche und kochte Tee. Die Zeitung trug eine dicke Schlagzeile: KINOMORD und darunter: »Mann im Kino erstochen«. In Großaufnahme war der Innenraum des Filmtheaters, wo die Leiche gefunden worden war, nicht aber die Leiche selbst zu sehen, und es gab auch kein Foto des Toten. Sein Name wurde nicht mitgeteilt. Matthew nahm die Zeitung mit ins Wohnzimmer, doch Fiona war eingeschlafen. Er zeigte es Michelle.

»Es besteht doch überhaupt kein Grund zu der Annahme, es könnte Jeff sein, Liebling.«

»Also, ich weiß nicht«, meinte Matthew. »Er geht doch

gern ins Kino und Fiona nicht. Es wäre nicht das erste Mal, dass er nachmittags allein hinging.«

»Was machen wir denn jetzt?«

»Ich glaube, ich rufe die Polizei an, Liebling, mal sehen, ob ich von denen was erfahre.«

»Ach, Matthew, was machen wir bloß, wenn es Jeff ist? Wie schrecklich für die arme Fiona. Wieso sollte ihn denn jemand umbringen wollen?«

»Du kannst dir ein paar Gründe denken und ich auch.«

Leonardo war in dem Moment von seiner Mutter zurückgekehrt, als Jims zum Abendessen gehen wollte. Die beiden Männer gingen zusammen in ein neues tunesisches Restaurant, das gerade *en vogue* war, kamen um halb elf wieder nach Hause, und Jims verbrachte die Nacht in Glebe Terrace. Da beide so diskret waren, nicht den Vorschlag zu machen, Leonardo sollte Jims nach Dorset begleiten, machte er sich am nächsten Morgen etwa um zehn allein auf den Weg.

Früher einmal war es möglich gewesen, auf einer Fahrt ins West Country in irgendeinem altehrwürdigen, schmucken Städtchen Rast zu machen und im White Hart oder im Black Lion oder sonst einem schönen alten Gasthof zu Mittag zu essen. Doch seit Einführung der Verkehrsadern, die sämtliche städtischen Ansiedlungen weiträumig umfuhren, war diese angenehme Sitte verschwunden, außer man nahm einen Umweg von zwanzig Meilen in Kauf. Die einzige Möglichkeit für den Reisenden, an Erfrischungen zu kommen, waren Autobahncafés und riesige Anlagen mit Restaurants, Läden und Toiletten. So eine aufzusuchen, war Jims nun also gezwungen, nachdem er seinen Wagen zwischen mehreren Hundert anderen abgestellt hatte, um einen schlappen Salat, zwei indische Teigtaschen und eine Banane zu essen. Der einzige Vorteil: Er hatte sich das Merry Cookhouse erspart. Um drei war er wieder in Fredington Crucis, wo er ein Bad nahm und seine Kluft für den Termin auf dem Lande anzog, einen gut geschnittenen Tweedanzug mit Weste, hellbraunem Hemd und gestricktem Schlips. Vor dem Gemeindezentrum von Fredington Episcopi hatte sich eine Gruppe von Jagdgegnern versammelt, die Transparente mit Aufschriften wie »Barbaren« und »Tierquäler« vor sich her trugen. Entsetzliche Fotos von gemarterten Füchsen im Todeskampf und Hirschen, die ihren Jägern durch einen Sprung in den Bristol Channel zu entkommen suchten, waren entlang der kurzen Auffahrt aufgestellt. Fürchterliches Geheul, dem Gejaule der Meute in wilder Jagd nicht unähnlich, erhob sich von den Protestierenden, als Jims hineinging. Drinnen jedoch wurde er von anhaltendem Applaus begrüßt. Der Raum war rappelvoll, in den Gängen waren zusätzliche Stühle aufgestellt, und sogar hinten standen noch Leute.

Der Vorsitzende der Ortsgruppe stellte ihn vor und gratulierte ihm zu seiner noch nicht lang zurückliegenden Vermählung. Das Publikum ließ ihn hochleben. Jims ergriff das Wort: »Meine Damen und Herren, Freunde, Engländerinnen und Engländer, Sie, die Sie unsere schöne Dorseter Lebensart aufrecht erhalten, Sie, das Rückgrat unseres Landes, dieses Landes, das so teure Seelen hervorbringt, dieses Fleckchens Erde, dieses Reichs, dieses unseres Englands.«

Sie klatschten und jubelten. Er ließ sich wortreich über das aus, was sie bereits wussten: Was für ein herrlicher Sport die Hetzjagd mit Hunden doch war, dass sie seit undenklichen Zeiten zum englischen Landleben dazugehörte, eine tief verehrte Tradition war, die die Landschaft bewahrte und Tausenden ein Auskommen bot. Obwohl er sich aus Reiten eigentlich überhaupt nichts machte, erklärte er, was für ein großes Vergnügen es ihm doch bereite, nachdem er sich die ganze Woche im Gedränge und Gehetze Londons abgerackert hatte, in South Wessex an einem schönen Samstagmorgen auszureiten. Die frische Luft, die wunderbare Landschaft und – sicher das schönste aller ländlichen Erlebnisse – der Anblick und das lärmende Treiben von Jagdhunden auf heißer Fährte. Die Füchse, sagte er, hätten bei der Hetzjagd kaum zu leiden. Scheinwerferstrahlen und der ungeübte Gebrauch von Schusswaffen seien weit grausamer. Eigentlich, korrigierte er sich, sei die Jagd überhaupt nicht grausam, wenn man bedenke, dass nur sechs Prozent der gejagten Tiere tatsächlich getötet wurden. Am schlimmsten hätten doch die zu leiden, die auf unterschiedliche Weise von der Jagd lebten – er zitierte die alarmierenden Statistiken aus den Aufzeichnungen, wegen denen er nach London zurückgefahren war – und deren Lebensunterhalt auf dem Spiel stand, falls dieses schandbare Gesetz verabschiedet werden sollte.

In diesem Stil fuhr er fort, obwohl er zu bereits Bekehrten sprach und keine Zweifler überzeugen musste. Kurz bevor er zum Ende kam, fiel ihm ein, dass er noch nicht auf die Hochzeitsglückwünsche des Vorsitzenden eingegangen war, und so schloss er, indem er sich bedankte und sagte, wie sehr er sich schon darauf freue, seine beiden reizenden Stiefkinder auf Pferderücken zu setzen und in die Freuden der Jagd einzuweihen.

Der gewaltige Beifall hielt fast zwei Minuten an, dazu Getrampel und zustimmende Rufe. Die Leute standen hinterher Schlange, um ihm die Hand zu schütteln. Eine Frau gestand ihm, sie hätte bei der Parlamentswahl um ein Haar nicht für ihn gestimmt, doch nun danke sie Gott allabendlich im Gebet, dass sie es doch getan hatte. Dann lud ihn die Ortsgruppe des Landbewohnerbundes zum Abendessen in ein scheußliches kleines Restaurant namens Warming Pan ein, von wo er sich um zehn endlich loseisen konnte und zurück nach Fredington Crucis House fuhr. Dabei befürchtete er die ganze Zeit, wegen des ziemlich abscheulichen armenischen Rotweins, den er getrunken hatte, womöglich über der Promillegrenze zu liegen.

Zillah hatte den Nachmittag auf eine Art und Weise verbracht, die überhaupt nicht nach ihrem Geschmack war: Zuerst war sie mit den Kindern auf einen Spielplatz auf der Südseite der Westminster Bridge gegangen und dann auf der South Bank am Riesenrad, dem National Theatre und den Bücherständen vorbeispaziert bis zur Tate Modern und Shakespeares Globe-Theater. Es war ein sonniger, warmer Tag, und sie hatte den Eindruck, als wäre ganz London am autofreien Flussufer unterwegs. Seltsam, dass dieser Spazierweg sie plötzlich an das Leben in Long Fredington erinnerte. Vielleicht lag es an ihrer Einsamkeit, dass sie außer zwei Kindern unter acht niemanden zum Reden hatte, und keinen Mann in ihrem Leben, nicht einmal Jerry. Weil sie den Kinderwagen nicht mitgebracht hatte, musste sie Jordan nach einer Weile tragen. Sie kaufte ihnen Eiscreme, die Jordan auf ihre Anne-Demeulemeester-Jacke tropfen ließ. »Manchmal glaub ich, du willst dich mit achtzehn immer noch von mir rumtragen lassen.«

Ihr verdrossener Ton brachte ihn zum Quengeln. Keines der beiden Kinder erwähnte den Besuch des Polizisten, wofür ihnen Zillah eigentlich ganz dankbar war. Inständig hoffte sie, nie wieder von ihm und Jerry zu hören. Bei seinem nächsten, bereits angedrohten Besuch *hätte* er vielleicht bloß Jims sprechen wollen. Bigamie, dachte sie, als sie wieder zu Hause war und den Kindern gerade das Abendbrot machte – Bigamie. Wieso hatte dieser Polizist sie nach dem Datum ihrer Scheidung gefragt? Obwohl Jerry noch am Leben gewesen war, als sie Jims geheiratet hatte, erinnerte sie sich jetzt daran, dass er inzwischen tot war. Er war zwei Monate nach der Hochzeit gestorben. Daran musst du dich halten, sagte sie sich, daran musst du dich halten, du hast keine zwei Ehemänner, bloß für ein paar Wochen hattest du zwei. Du kannst keine Bigamistin sein, wenn du bloß einen Ehemann hast.

Abends um halb zehn kam ein Anruf von der Polizei. Sie wollten, dass sie den Toten identifizierte, und würden ein Auto schicken, um sie abzuholen. Morgen früh um neun? Sie traute sich nicht, etwas dagegen einzuwenden, und rief Mrs.

Peacock an. Ob sie morgen früh kommen und sich um die Kinder kümmern könnte, solange sie weg war?

»An einem Sonntag?«, sagte Mrs. Peacock in frostigem Ton.

»Es geht um etwas Geschäftliches. Etwas sehr wichtiges Geschäftliches.« Zillah wollte ihr nicht sagen, dass sie im Leichenschauhaus einen Toten identifizieren musste. »Ich zahle Ihnen das Doppelte.«

»Ja, da wird Ihnen gar nichts anderes übrig bleiben, fürchte ich.«

Eugenie, die im Nachthemd aus ihrem Zimmer gekommen war und mitgehört hatte, sagte in fast ebenso frostigem Ton: »Willst du eigentlich gar nie zu Hause bleiben und dich um uns kümmern?«

Es war eine Polizistin in Zivil. Sie schien etwa in Zillahs Alter zu sein und sah aus wie eine dieser Detektivinnen im Fernsehen – groß, dünn, mit langem blondem Haar und klassischem Profil, aber sie hatte eine unangenehme Stimme mit leichtem Cockney-Akzent, schrill und schroff. Sie setzte sich auf den Rücksitz zu Zillah, die für diesen feierlichen Anlass ein schlichtes schwarzes Kostüm mit weißer Bluse angezogen hatte. Auf dem Weg zum Leichenschauhaus wurde kein Wort gewechselt.

Zillah hatte noch nie eine Leiche gesehen. Mit einem etwas flauen Gefühl im Magen stellte sie fest, dass Jerry eher wie eine Wachsfigur aussah als wie ein echter, nicht mehr lebendiger Mensch.

»Ist das Ihr früherer Ehemann, Jeffrey Leach?«

»Ja, das ist Jerry.«

Die Frau, die im Rang eines Detective Inspector stand, fragte Zillah in ihrem schneidenden, unerbittlichen Ton, als sie das Leichenschauhaus verließen und über einen Hof zum Polizeirevier gingen, wieso sie den Toten so nannte.

»Er ließ sich meistens Jerry nennen. Manche sagten Jeff zu

ihm, und seine Mutter nannte ihn Jock. Sein zweiter Vorname ist nämlich John.«

Die Inspektorin sah sie an, als hörte sie es zum ersten Mal. Sie brachte Zillah in ein nüchtern eingerichtetes Büro und sagte, sie solle auf der anderen Seite des Schreibtischs Platz nehmen. Ihre Abneigung war spürbar, schien gleichsam in Wellen von ihr auszustrahlen. »Haben Sie das geschrieben, Mrs. Melcombe-Smith?«

Sie reichte ihr ein beschriebenes Blatt Papier über den Schreibtisch. Wenn sie nicht schon gesessen hätte, dachte Zillah, wäre sie jetzt wohl in Ohnmacht gefallen. Es war der Brief, den sie Jerry geschrieben und in dem sie ihn inständig gebeten hatte, sich nicht wieder blicken zu lassen und sie vor allem nicht als Bigamistin zu brandmarken. Ihr war so schwindlig, dass sie es nicht lesen konnte. Hatte sie das Wort »Bigamistin« verwendet? Hatte sie das?

Sie konnte sich nicht mehr erinnern. Sie schloss die Augen, öffnete sie wieder und brachte die Art von Willensanstrengung auf, die selten von ihr verlangt wurde. Ein tiefer Atemzug, dann gelang es ihr, den Brief zu lesen. *Lieber Jerry,* hatte sie geschrieben,

Ich schreibe dir, um dich inständig zu bitten, nicht mehr wiederzukommen, wirklich wegzugehen und aus meinem Leben zu verschwinden. Den Brief hast du mir damals doch deswegen geschrieben, weil du mir sagen wolltest, dass du tot bist, und obwohl ich es nicht geglaubt habe, dachte ich, du verlangst von mir, dass ich so tue als ob. Bitte bleib dabei. Bitte. Ich dachte, du machst dir nicht viel aus den Kindern, weil du sie monatelang nicht besucht hast. Wenn du sie manchmal sehen willst, können wir es ja einrichten. Ich könnte sie irgendwo zu dir hinbringen. Jerry, ich tu alles, bloß versuch nicht mehr, mich zu sehen oder hierher zu kommen und bitte, bitte, sag dieses Wort nicht mehr über mich. Es macht mir Angst, ehrlich. Du musst mir glauben, dass ich dir nichts Böses will, ganz im Gegenteil. Ich will bloß mein Leben weiterleben, hab also bitte Erbarmen mit mir und bleib weg. Deine Z.

»Haben Sie das geschrieben?« Die Detective Inspector wiederholte ihre Frage.

»Kann schon sein.«

»Nun, Mrs. Melcombe-Smith, es gibt nicht viele Frauen, deren Vornamen mit Z. beginnt, stimmt's? Ein paar Zoes vielleicht. Ich kann nicht behaupten, dass mir je eine Zuleika begegnet ist, aber ein oder zwei mag's wohl geben.«

»Bigamistin« stand nicht in dem Brief und auch nicht »Bigamie«. Er enthüllte eigentlich gar nichts, sondern war ziemlich diskret. »Ich hab ihn geschrieben«, sagte Zillah.

»An welche Adresse? Der Umschlag befindet sich nicht in unserem Besitz.«

»Weiß ich nicht mehr. Ach, doch, vielleicht – es war irgendwo in NW6.« Nun konnte sie den Rest eigentlich auch noch erzählen. »Er hat mit einer Frau namens Fiona zusammengelebt. Die arbeitet in einer Bank.«

»Sie legten größten Wert darauf, Mr. Leach nie wieder zu sehen. Was wollten Sie damit sagen, ›so zu tun, als wäre er tot‹?«

»Weiß ich nicht«, sagte Zillah verängstigt. »Ich kann mich nicht erinnern.«

»Sie schreiben, Sie hätten Angst gehabt. Hat er Sie einmal misshandelt?«

Zillah schüttelte den Kopf. Inzwischen war ihr die Angst bestimmt anzusehen. »Wenn Sie damit meinen, ob er mich geschlagen hat, nein, hat er nie.«

»Was war das für ein Wort, das er nicht sagen sollte? Eine Beleidigung, ja? Ein Schimpfwort? ›Du Aas‹ oder ›blöde Kuh‹, so was in der Art?«

»Ja, ja, das war es.«

»Na, welches denn?«

»Er hat mich blöde Kuh genannt.«

»Aha. Blöde Kuh – wirklich ein beängstigender Ausdruck! Das wäre dann vorerst alles, Mrs. Melcombe-Smith. Wir melden uns morgen früh und sprechen mit Ihrem Mann.«

Obwohl Jims ihn bei den paar Anlässen, bei denen er mit ihm gesprochen hatte, nicht hatte leiden können, war er von Jerry Leach doch recht angetan und glaubte, auch in dessen Blick ein Aufleuchten bemerkt zu haben, denn Jims gehörte zu jenen schwulen Männern, die der Meinung sind, tief im Innersten seien alle Männer schwul. Für ihn war es also, als Zillah ihm die Nachricht mitteilte, ein »Wahnsinnsding«. Trotzdem konnte er sich nicht vorstellen, dass es ihn und Zillah betreffen sollte, da Jerry ja ihrer und seiner Vergangenheit angehörte. Dass der Tote auch der Vater von Eugenie und Jordan war, kam ihm damals nicht in den Sinn. Familienbeziehungen waren für ihn unerheblich. Doch als er um kurz nach eins die Wohnung in Abbey Gardens Mansions betrat, war er doch recht erschrocken über Zillahs hohle Wangen und zitternde Hände.

»Die Polizei kommt morgen früh wieder. Sie wollen dich sprechen.«

»Mich? Wieso denn?«

»Die wollten wissen, wo ich am Freitagnachmittag war, als Jerry ermordet wurde. Sie werden wissen wollen, wo du warst.«

Michelle erkannte in dem Foto in der Sonntagszeitung Jeff Leigh wieder. Hass, oder etwas in der Richtung, verleiht einem fast dieselbe scharfe Beobachtungsgabe wie die Liebe. Als sie dieses Gesicht sah, jünger zwar, die Züge verschwommen und undeutlich, wusste sie trotzdem sofort, wem es gehörte, und konnte diese Stimme wieder sagen hören: »Little & Large, Michelle, Little & Large. Na, Michelle, füllen wir grade die Depots wieder auf?« Dass er auf dem Foto ein Baby auf dem Arm hatte, jagte ihr aus unerfindlichen Gründen einen Schauer über den Rücken.

Sollten sie es Fiona sagen? Zuerst rief Matthew bei der Polizei an. Er sagte, er glaube, dass es sich bei dem besagten Jeffrey John Leach in Wirklichkeit um Jeffrey Leigh, den Lebenspartner seiner Nachbarin handelte. Seine Frau habe ihn auf einem Zeitungsfoto wiedererkannt. Wo er wohnte, wollten sie wissen. Als Matthew sagte, in West Hampstead, horchten sie auf. Sie würden gleich kommen. Ob ihm vier Uhr passe?

Dann ging Michelle nach nebenan, um Fiona zu sagen, was sie befürchteten, was sie mehr als befürchteten, und dass die Polizei unterwegs sei.

17

Jock war verschwunden. Es vergingen ein paar Tage, bis Minty es tatsächlich glauben konnte. Besonders wenn sie draußen gewesen war und nach Hause zurückkehrte, hatte sie Angst, befürchtete immer, er könnte in einem Stuhl sitzen oder im Schatten hinter der Treppe auf sie warten. Sie träumte von ihm. Aber das war nicht das Gleiche wie ein Geist, sondern nur jemand, der einem eben im Traum erschien. Sonovia und Laf kamen in ihren Träumen vor und manchmal Josephine, und Mr. Kroots Schwester und Tantchen, immer wieder Tantchen. Jock, der Traum, nicht Jock, der Geist, kam zu ihr ins Zimmer und bot ihr ein Polo-Minzbonbon an oder sagte: »Na prima«, und einmal sogar die Worte, die halb Scherz, halb Hänselei waren – Pling, plang, der Monat fängt an. In den Träumen trug er immer seine schwarze Lederjacke.

Tantchen hörte sie nun viel öfter als vorher, sah sie aber nie. Gestern war sie – oder ihre Stimme – hereingekommen, als Minty gerade in der Wanne saß, was Jocks Geist nie gemacht hatte. »Jetzt ist es schon zwei Wochen her, seit du mir Blumen aufs Grab gelegt hast, Minty«, sagte Tantchen. Sie blieb an der Tür stehen, ohne in Mintys Richtung zu gucken, was auch ungezogen gewesen wäre. Sie war nur eine körperlose Stimme, ohne Augen. »Es ist nicht sehr angenehm, tot zu sein, aber noch schlimmer ist es, wenn man vergessen wird. Was glaubst du, wie ich mich fühle, wenn meine letzte Ruhestätte bis auf ein paar verblühte Tulpen kahl ist?«

Es hatte keinen Zweck zu antworten, denn sie konnten einen ja nicht hören. Jocks Geist hatte von dem, was sie sagte, nie die geringste Notiz genommen. Trotzdem war sie nachmittags auf den Friedhof gegangen, wo das Immergrün jetzt frischer wirkte, die neuen Blätter grün leuchteten und das saftige Gras nach einem Regenguss hell glitzerte, hatte die verwelkten Blumen entfernt und durch rosa Nelken und Schleierkraut ersetzt. Die Nelken dufteten zwar nicht, doch das konnte man, wie Josephine sagte, bei Treibhauspflanzen auch nicht erwarten. Normalerweise hatte Minty sich bei einem Besuch an Tantchens Grab immer auf ein sauberes Stück Papier oder Plastik hingekniet und ein kleines Gebet gesprochen, gestern jedoch nicht. Tantchen hatte es nicht verdient – so wie die sich aufführte, musste sie sich mit den Blumen begnügen.

Sonntag war bei Minty Waschtag. Ihr großer Waschtag. Eine gewisse Anzahl von Sachen wurde ja täglich gewaschen. Doch am Sonntag wurden Bettwäsche und Handtücher gemacht, und in Anbetracht der Tatsache, dass jedes Handtuch nur einmal benutzt und in jedem Stück Bettwäsche nur dreimal geschlafen wurde, sammelte sich immer eine Riesenmenge an. Während die erste Ladung in der Maschine wirbelte und hüpfte und mit den Seifenblasen und dem sauberen Duft ihr Herz erfreute – nur in diesen Augenblicken, wenn sie der Wäsche zusah, fühlte sich Minty wirklich rundum zufrieden –, ging sie in den Garten hinaus, um die Wäscheleine aufzuspannen.

Einige Nachbarn ließen ihre Wäscheleinen die ganze Zeit draußen, bei jedem Wetter. Minty erschauerte bei dem Gedanken an die schwarzen Dieselölschwaden, die sich mit Sicherheit darauf ablagerten. Ihre eigene, plastikummantelte Leine wurde jedes Mal nach dem Abnehmen geschrubbt, klargespült und trockengerieben. Sie vergewisserte sich, dass die Pfosten fest standen, knüpfte die Wäscheleine an den Zapfen oben auf dem einen Pfosten am anderen Ende des

Gartens fest und entrollte sie behutsam, während sie quer über die gepflasterte Fläche aufs Haus zuging.

Nebenan war Mr. Kroots Schwester beim Unkrautjäten. In seinem Garten wucherte das Unkraut immer monatelang, er rührte draußen keinen Finger, und nur wenn seine Schwester kam, wurden Löwenzahn, Brennnesseln und Disteln beseitigt. Sie trug keine Handschuhe, und ihre Hände waren voller Erde, die Fingernägel schwarz. Minty durchfuhr ein Schauder. Sie ging hinein und wusch sich die Hände, als hätte sich der Dreck von Mr. Kroots Schwester auf sie übertragen. Wie hieß sie eigentlich? Tantchen hatte es gewusst. Sie hatte sie mit ihrem Namen angesprochen – bis zu dem Tag, an dem sie wegen irgendeiner Sache mit dem Zaun für immer aufgehört hatten, miteinander zu reden. An den Namen konnte Minty sich nicht mehr erinnern, wohl aber an den Streit, und alles fiel ihr wieder ein, obwohl es schon gut fünfzehn Jahre her war.

Damals hatte Tantchen zwischen den beiden Gärten einen neuen Zaun ziehen lassen. Mr. Kroot hatte kein Wort dazu gesagt, doch seine Schwester, die früher Miss Kroot geheißen haben musste, hatte Tantchen bezichtigt, fünfzehn Zentimeter vom Nachbargrundstück gestohlen zu haben. Und wenn sie den Zaun nicht versetzte, sagte die Schwester, würde sie selbst mit einer Drahtschere den Maschendraht durchschneiden, und Tantchen sagte, sie solle ihr bloß nicht mit Drohungen kommen, und wenn hier jemand auch nur einen Schnitt in den Draht machte, würde sie die Polizei rufen. Zwar schnitt dann niemand etwas durch, und die Polizei wurde auch nicht gerufen, aber seither redeten Tantchen und Mr. Kroots Schwester nie wieder miteinander, und Minty wurde angewiesen, es ebenfalls zu unterlassen. Dann hörte Sonovia aus Solidarität auch auf, mit ihr zu reden.

Minty wünschte, der Name der Schwester würde ihr wieder einfallen. Vielleicht würde Tantchen ihn ihr verraten, wenn sie das nächste Mal anfing zu reden. Aber so unbedingt, dass sie deswegen Geisterstimmen heraufbeschworen hätte, wollte sie ihn nun auch wieder nicht wissen. Sie nahm die erste Ladung Wäsche aus der Maschine, steckte die nächste hinein und trug die feuchten Handtücher in einem großen Korb hinaus, den sie mit einem schneeweißen Laken ausgeschlagen hatte. Inzwischen hatte sich Mr. Kroots Schwester aufgerichtet und starrte sie an. Sie war eine stämmige, etwas gedrungene Alte mit kupferrot gefärbtem Haar und einer Brille mit violettem Gestell. Als sie einen Finger voller Erde und mit schwarzem Nagel ans Gesicht hielt, um sich die Wange zu kratzen, wandte sich Minty schaudernd ab.

Es war ein freundlicher, sonniger, durch den scharfen Wind aber recht frischer Morgen. Ein guter Tag zum Wäschetrocknen. Sie steckte die Handtücher mit Plastikklammern fest, die sie zusammen mit der Wäscheleine geschrubbt und abgetrocknet hatte. Mr. Kroots Schwester war hineingegangen, hatte das ganze Unkraut aber auf dem Gehweg herumliegen lassen. Minty schüttelte den Kopf über so viel Schlamperei. Sie ging ebenfalls ins Haus und überlegte, was sie zu Mittag essen sollte. Bei Sainsbury's hatte sie ein schönes Stück Schinken erstanden, das sie selbst kochen wollte. Bereits gekochtes Fleisch zu kaufen war ihrer Meinung nach höchst riskant. Schließlich konnte man nie wissen, wo es schon überall gewesen war und in welchem Zustand sich der Topf befand, in dem es gekocht worden war. Sobald sie das Fleisch aufgesetzt hatte, würde sie eine Zeitung kaufen gehen, weil Laf ihr seine ja nicht mehr herüberbrachte.

Zuerst aber ging sie ins Wohnzimmer, um aus dem Fenster zu sehen, wer draußen gerade unterwegs war. Zum Glück, denn als sie den halb zugezogenen Vorhang anhob, sah sie Laf und Sonovia drüben aus dem Haus kommen, ernst dreinblickend wie immer, wenn sie auf dem Weg zur Kirche waren. Sonovia trug das blaue Kleid mit Jäckchen und dazu einen weißen Hut, Laf einen gestreiften Anzug. Minty wartete ab, bis die Luft rein war, und ging dann in entgegengesetzter Richtung zum Zeitungsladen.

Na, so ein Zufall, dachte sie, als sie die Titelseite der *News of the World* sah, im gleichen Kino, in dem sie sich Jocks Geist vom Hals geschafft hatte, war ein Mann ermordet worden. Wann es passiert war, stand nicht in der Zeitung, nur dass der Mann Jeffrey Leach hieß.

»Heutzutage wird immer mehr gemordet«, sagte Tantchens Stimme plötzlich. »Ich weiß gar nicht, wo wir noch hinkommen. Das sind alles Banden, die bringen sich gegenseitig um. Du brauchst bloß in die Harlesden High Street zu gehen, alles Banden, wenn's keine Gangster aus Jamaika sind.«

Minty versuchte sie zu ignorieren und setzte sich zum Zeitunglesen ins Wohnzimmer. Als sie hörte, dass die Waschmaschine fertig war, ging sie in die Küche und nahm die Laken und Kissenbezüge heraus. Ein Laken und eine Einziehdecke waren noch übrig. Sie steckte sie in die Maschine und trug die feuchte Wäsche zur Wäscheleine hinaus. Mr. Kroot warf gerade ein Sieb voller Kartoffelschalen in seine Mülltonne. Uneingepackt waren sie, direkt von den Kartoffeln weg. Minty wurde fast schlecht bei dem Gedanken, dass diese Tonne durchs Haus gerollt werden musste, bevor die Müllmänner von der Stadtreinigung kamen und sie entleerten. Sie selbst hatte ihre Tonne, mit Vorhängeschloss an der Wand befestigt, vor dem Haus stehen – in so einer rauen Gegend waren die Leute sogar im Stande, einem den Müll zu klauen –, und streute, wenn sie sie blank gescheuert hatte, smaragdgrünen Desinfektionspuder hinein.

»Der Sohn des Herzogs von Windsor wurde ermordet«, sagte Tantchen. »Der eigentlich Edward der Neunte hätte werden sollen. Bloß dass sie bei jemand so Berühmtem nicht ›ermordet‹ sagen, sondern ›einem Anschlag zum Opfer gefallen‹. In Frankreich war das. Wäre er an seinem rechtmäßigen Platz gewesen, wäre das nie passiert.«

»Ist doch piepegal!«, sagte Minty, wohl wissend, dass es nichts nützte. »Los, verschwinde!«

Zum Schinken im Topf musste noch kochendes Wasser

hinzugefügt werden. Dazu würde sie Pellkartoffeln und Tiefkühlerbsen machen. Als Jock noch da war, hatte er sie einmal dazu herumgekriegt, Biobrokkoli zu kaufen, und beim Waschen war eine hellgrüne Raupe herausgefallen, in der gleichen Farbe wie die Strünke. Nie wieder! Sie zog die Messerschublade auf, in der ganz zuoberst das Messer lag, mit dem sie sich Jocks Geist vom Hals geschafft hatte. Sie hatte es ausgekocht und dabei die Farbe des Griffs verdorben. Es war zwar bestimmt so sauber, wie ein Messer nur sein konnte, doch hatte sie irgendwie keine Lust, damit Fleisch in Scheiben zu schneiden. Sie hätte sicher nie Lust dazu, egal wie lange sie es aufbewahrte. Also musste es weg. Eigentlich schade, denn es gehörte vermutlich zu dem Satz, den Tantchen 1961 zur Hochzeit bekommen hatte.

»Neunzehnhundert*zwei*undsechzig«, sagte Tantchen.

John Lewis – so hatte Jock geheißen. Genau wie das Kaufhaus in der Oxford Street. Komisch, das war ihr vorher noch nie aufgefallen. Wenn er am Leben geblieben wäre, wäre sie Mrs. Lewis geworden, und auf Briefumschlägen würde stehen: Mrs. J. Lewis. Doch daran brauchte sie gar nicht zu denken, denn er war weg. Sie zog ihre Gummihandschuhe an, wusch das Messer noch einmal und trocknete es ab, wickelte es dann in die Sportseiten der Zeitung ein, die sie sowieso nicht lesen wollte, und steckte es in eine Plastiktüte. In ihre Mülltonne wollte sie es lieber nicht legen. Die Tonne konnte man zwar nicht stehlen, aber das, was darin war, und auf Messer hatten diese Banden es doch abgesehen.

»So was benutzen die«, ließ sich Tantchens Stimme vernehmen. »Handfeuerwaffen sind nicht so leicht zu kriegen, dafür muss man eine Menge Geld hinlegen, aber mit Messern ist es was anderes. Die haben doch alle Messer dabei. Deshalb gibt's doch die ganzen Morde. Die Banden gehen aufeinander los. Weg mit dem Abschaum, kann ich da nur sagen. Edward der Neunte wurde von einer Bombe getötet, aber das war was anderes.«

»Verschwinde«, sagte Minty, aber Tantchen brummelte weiter vor sich hin.

Vielleicht sollte sie das Messer zu einem der großen Müllcontainer an der Straße bringen. Vielleicht zu dem, in den sie ihre befleckten Kleider geworfen hatte. Als sie gerade die dritte Ladung aus der Waschmaschine nahm, klingelte es an ihrer Haustür. Wer könnte das sein? Jetzt, wo Laf ihr die Zeitung nicht mehr brachte, kam nie jemand, abgesehen von den Zeugen Jehovas. Tantchen hatte die Zeugen Jehovas immer gut leiden können, sie hatte ihnen den *Wachturm* abgekauft und allem zugestimmt, was sie gesagt hatten, aber so weit, dass sie mitgemacht und bei anderen Leuten an die Tür geklopft hätte, war sie nicht gegangen. Minty wusch sich die Hände und wollte sie gerade abtrocknen, als es wieder läutete. »Ja, ja, ich komm ja schon«, sagte sie, obwohl man es dort draußen auf dem Treppenabsatz nicht hören konnte.

Es waren Laf und Sonovia. Ungläubig starrte Minty sie an. Sie sagte nichts.

»Schlag uns nicht die Tür vor der Nase zu, Minty, Liebes«, sagte Laf. »Wir kommen im Geiste der Brüderlichkeit und der Nächstenliebe, nicht wahr, Sonny?«

»Können wir reinkommen?«

Minty hielt die Tür ein Stück weiter auf. Sonovia stolperte auf dem Türvorleger, weil ihre Absätze so hoch waren. Das blaue Kleid, das an Minty locker heruntergehangen hatte, spannte immer noch etwas über ihren Hüften. Die beiden folgten Minty ins Wohnzimmer, wo es wie gewöhnlich recht düster war, selbst an einem sonnigen Tag.

»Es ist so«, begann Laf in dem Tonfall, den er bei jugendlichen Wiederholungstätern immer anschlug. Er klang eher besorgt als verärgert. »Nachbarn sollten nicht im Schweigen verharren. Das ist nicht recht und auch nicht christlich. Also, Sonn und ich haben uns gerade eine Predigt angehört, in der es darum ging, seine Feinde zu lieben und besonders seine Nachbarn, und da dachten wir uns, wir kommen auf dem Rückweg vorbei im Geiste der Demut, stimmt's, Sonn?«

»Ich bin aber von niemandem der Feind«, sagte Minty.

»Und wir auch nicht. Sonny hat dir was zu sagen, was ihr nicht leicht fällt, wo sie doch so stolz ist, wie der Pfarrer gesagt hat, dass manche Leute eben sind, aber jetzt neigt sie sich in Demut und sagt es, stimmt's, Sonn?«

Mit leiser, verdrossener Stimme sagte Sonovia, sie hoffte, jetzt würde alles wieder gut. »Wir könnten doch das Vergangene ruhen lassen.«

»Sag es, Sonn.«

Bei dem Gedanken an die bevorstehende Entschuldigung, die ihr nun über die Lippen kommen sollten, verzog sie schmerzlich das Gesicht. Mühsam rang sie sich Wort für Wort ab: »Es tut mir Leid. Das mit dem Kleid, mein ich. Ich wollte niemand verärgern.« Sie sah ihren Mann an. »Es – tut – mir – Leid.«

Minty wusste nicht, was sie sagen sollte. Sie war noch nie in so einer Situation gewesen. Tantchen hatte mit vielen Leuten gestritten, sich danach aber nie versöhnt. Wenn man mit jemandem nicht mehr redete, war das für immer. Sie nickte Sonovia zu. Als wären es ganz neue Worte für sie, als hätte sie sie als Kind in einer fremden Sprache gelernt, danach aber nie wieder gebraucht, sagte sie: »Es tut mir Leid. Mir geht's wie dir. Ich meine, was das Vergangene angeht.«

Die beiden Frauen sahen einander an. Sonovia machte einen Schritt vorwärts, von Laf mit einem sanften Schubser unterstützt. Unbeholfen legte sie die Arme um Minty und küsste sie auf die Wange. Minty stand da und ließ sich umarmen und küssen.

Laf stieß eine Art Jubelschrei aus und reckte beide Daumen in die Höhe. »Vertragt ihr euch jetzt wieder?«, sagte er. »Alles in Butter? Das lass ich mir gefallen.«

»Meine Liebe«, sagte Sonovia wieder in alter Lebhaftigkeit, »ehrlich gesagt, war ich ganz froh, dass mein Kleid gereinigt wurde, ich hätte ja auch selber darauf kommen können. Nachdem ich's dir geliehen hatte, ist mir erst eingefallen, dass es einen schlimmen Ketchupfleck am Jackensaum hatte.«

»Schon gut«, erwiderte Minty. »Der ist gleich rausgegangen.«

Laf strahlte übers ganze Gesicht. »Also, wir hätten dich heute Abend gern mit ins Kino genommen. Nicht am Marble Arch, wo sie doch den armen Kerl ermordet haben, wir dachten an *Grasgeflüster* im Whiteley's. Na, was hältst du davon?«

»Na gut. Wann ungefähr?«

»Wir dachten, vielleicht die Vorstellung um Viertel nach fünf, dann können wir danach noch eine Pizza essen. Also, krieg ich jetzt auch ein Küsschen?«

Sie steckte das eingewickelte Messer in eine Einkaufstüte, eine von diesen schlichten blauen, die man im Laden an der Ecke immer bekam, und ging die hundert Meter bis zur Mülltonne in der Harrow Road, wo sie die befleckten Kleider deponiert hatte. Doch wie so oft am Sonntag war die Tonne randvoll und von Tüten voller Abfall umringt, deren Inhalt auf den Gehweg quoll. Scheußlich, dazu wollte Minty nicht auch noch beitragen. Sie ging wieder nach Hause und aß zu Mittag, nicht ohne sich vor und nach dem Essen die Hände zu waschen.

Dann erinnerte sie sich dunkel an ein paar Müllcontainer in der Kilburn Lane und ging ein ganzes Stück hoch, um danach Ausschau zu halten. Schließlich musste sie ziemlich weit die Ladbroke Grove hinunter, an der U-Bahnstation vorbei, bevor sie fand, was sie suchte: saubere Mülleimer ohne überquellenden Unrat. Sie hob den Deckel von einer Tonne. Es roch recht übel, was Leuten wie Mr. Kroot zuzuschreiben war, die ihren Müll nicht sachgemäß verpackten. Obenauf lag eine Marks&Spencer-Tüte, in der nichts Schmutzigeres als ein in Seidenpapier eingeschlagenes Ding lag, außerdem ein paar leere Packungen Frühstücksflocken und ein noch in Zellophan eingepackter Brotlaib. Mit diesen Dingen in Verbindung gebracht zu werden machte ihr nichts aus, und sie schob das Messer in seiner blauen Tüte zwischen den Brotlaib und die Cornflakes und machte den Deckel wieder zu.

Auf dem Rückweg machte sie kurz Pause und sah von der Brücke auf die Eisenbahngleise hinunter. Die Untergrundbahn fuhr eigentlich gar nicht unter der Erde, sondern auf dieser Strecke oberirdisch, außerdem war es die Hauptverbindung zu Orten im Westen von England. Hier, wusste sie, direkt hier unter ihr waren die Lokalbahn und der Gloucester-Express zusammengestoßen. Viele Leute hatten bei dem Unglück ihr Leben gelassen, darunter auch ihr Jock. Einer der Züge hatte Feuer gefangen, wahrscheinlich der, in dem er gesessen hatte.

Er hatte seine Mutter besucht. Minty stellte sie sich uralt und bucklig vor, mit flusigem grauem Haar und am Stock gehend oder vielleicht wie Mr. Kroots Schwester. Sie hätte sich eigentlich mit Jocks Verlobter in Verbindung setzen und ihr einen Besuch abstatten müssen. Minty stellte sich einen netten Brief von Mrs. Lewis vor, in dem diese schrieb, wie traurig es doch sei, und sie einlud, sie zu besuchen. Sie wäre selbstverständlich nicht hingefahren. Höchstwahrscheinlich war das Haus schmutzig und ohne ausreichend heißes Wasser. Aber gefragt werden hätte sie schon sollen. Es war natürlich offensichtlich, weshalb sie nicht gefragt worden war. Sobald sie dort wäre oder auch nur einen Brief beantwortet hätte, hätte Mrs. Lewis ihr das Geld zurückgeben müssen.

Es hatte angefangen zu regnen. Minty schüttelte den Kopf, obwohl sie wusste, dass es dem Regen egal wäre. Sobald sie zu Hause war, ließ sie Badewasser ein. Sie schrubbte sich gerade Finger- und Zehennägel, als sich plötzlich aus dem Nichts Tantchens Stimme vernehmen ließ. »Ganz schön ekliges Zeug, dieser Regen. Kommt durch Meilen von schlechter Luft herunter.«

»Wenn ich hier drin bin, will ich für mich sein. Lass mich in Ruhe«, sagte Minty, aber Tantchen nahm keine Notiz von ihr.

»Dass du das Messer losgeworden bist, war klug«, fuhr sie fort. »Da haben sich doch Abermillionen von Keimen drauf niedergelassen.« Sprach Tantchen sie vielleicht endlich einmal persönlich an? Anscheinend. »Ich habe gerade Jocks Mutter gesehen. Du wusstest nicht, dass Mrs. Lewis hier bei mir ist, oder?«

»Verschwinde.« Minty dachte, sie würde sterben, falls Mrs. Lewis sich offenbarte.

Es regnete in Strömen, als sie die Treppe hinunterging. Das Haus schien leer. Es fühlte sich kalt an, die Luft grau wie Dämmerlicht. Um vier kam Laf unter einem riesigen Regenschirm mit Palmenmuster herüber und sagte, weil es so goss, würde er den Wagen nehmen. Keine Ahnung, wo er parken sollte, doch würde er sein Bestes versuchen. Tantchens Worte hatten Minty ziemlich verstört. Womöglich tauchte die mit Mrs. Lewis im Kino auf. Sie wurde etwas nervös. Noch dazu gab es im Kino kein Holz, auf das sie klopfen könnte, es war alles aus Kunststoff, Textil und Metall.

Freundlich und liebenswürdig, stolz auf ihre neu entdeckte Demut, ging Sonovia voraus in die Reihe und lächelte ihr über die Schulter zu. »Also, meine Liebe, setz du dich zwischen uns. Hast du das Popcorn, Laf?«

Er hatte es, und es war sauber und trocken und für Minty zum Essen gerade recht. Allmählich füllte sich das Kino, und sämtliche Sitze vor ihnen waren besetzt. Kein Platz für Tantchen und Jocks Mutter. Die Lichter wurden schwächer, und plötzlich war die Leinwand von grellen, aufblitzenden Farben und ohrenbetäubendem Lärm erfüllt, die sie an Jocks Vertreibung erinnerten. Mit spitzen Fingern nahm Minty ein paar kleinere Popcornkügelchen und entspannte sich.

Wenn sie Mrs. Lewis mal zu Gesicht bekäme, würde sie sie aber fragen, was eigentlich aus ihrem Geld geworden sei, und die Alte zu einer Antwort *zwingen.* Vielleicht würde sie es aufschreiben. Wenn man sie ansprach, antworteten sie einem ja nie, wenn es schriftlich fixiert war, vielleicht schon. Als der Hauptfilm anlief, überlegte sie sich, was sie schreiben würde, wie sie Mrs. Lewis das Papier unter die Nase halten würde, und es dauerte ziemlich lange, bis sie den Blick endlich zur Leinwand hob.

18

Jims machte sich kaum mehr Gedanken darüber, dass Zillah ihm gesagt hatte, die Polizei wolle ihn am Montagmorgen sprechen. Er wäre zu Hause, würde sie natürlich empfangen, wie es seiner Bürgerpflicht entsprach, ihre Routinefragen beantworten und später zum Unterhaus hinüberschlendern. Er war es nicht gewohnt, so viel Zeit zu Hause zu verbringen, und fand diesen Sonntagabend fast unerträglich langweilig. Leonardo hatte ihn in den Camping Ground eingeladen, einen Schwulenclub am Earls Court Square, und Jims hätte ihn furchtbar gern begleitet, wusste aber, wo für ihn Schluss war. Stattdessen schaute er sich nun, neben sich Eugenie, die immer wieder kritische Bemerkungen machte, im Fernsehen einen Jane-Austen-Kostümfilm an, bis er es nicht mehr ertragen konnte, und ging dann früh schlafen.

Um vier Uhr morgens wachte er von irgendetwas auf. Er setzte sich in seinem einsamen, ziemlich kargen Schlafzimmer aufrecht hin, da ihm eingefallen war, dass er ja gar nicht das gesamte Wochenende in Casterbridge und Fredington Crucis verbracht hatte, was er gestern Abend noch als selbstverständlich vorausgesetzt und leichtfertig abgehakt hatte. Jetzt tauchte es wieder auf, allerdings in veränderter Form. Er war am Freitagabend nach London zurückgefahren, um die verlegten Aufzeichnungen für seine Jagdrede zu holen. Das konnte er der Polizei aber nicht einfach sagen, denn die Aufzeichnungen hatten sich nicht in seinem eigenen Domizil in Abbey Gardens Mansions befunden, sondern bei Leonardo in

Chelsea. Ein schwacher, aber hartnäckiger Schweißglanz breitete sich über Jims' Gesicht aus, den Hals hinunter und quer über seinen glatten, goldenen Brustkorb. Er machte Licht.

Sie würden wissen wollen, wieso diese Papiere in Glebe Terrace waren, und selbst wenn er ihnen diesbezüglich eine zufrieden stellende Antwort geben konnte, würden sie nachbohren, wieso er denn, nachdem er sie geholt hatte, nicht nach Hause gegangen war und die Nacht bei seiner frisch Angetrauten in Westminster verbracht hatte. Sie war schließlich nicht verreist gewesen, sie wussten, dass sie zu Hause war, denn sie hatten sie dort angerufen, wie er gestern Abend von ihr erfahren hatte. Sie würden wissen wollen, wieso er stattdessen mit Leonardo Norton von Frame da Souza Constantine, einer bekannten, in London und an der Wall Street tätigen Börsenmaklerfirma, unter einem Dach genächtigt hatte. Mehrere Optionen boten sich an. Er könnte ihnen verschweigen, dass er nach London zurückgefahren war. Oder er könnte sagen, er sei nachmittags zurückgekehrt, habe Zillah schlafend vorgefunden und – um sie nicht zu stören – die Papiere an sich genommen und sei umgehend wieder nach Dorset gefahren. Oder er konnte sagen, er sei spät abends nach Hause gekommen, habe die Papiere gefunden, die Nacht bei Zillah verbracht und sei morgens in aller Frühe vor Ankunft der Polizei wieder gefahren. Dazu müsste Zillah aber für ihn lügen. Ihre Zustimmung setzte er voraus, und die Kinder zählten nicht, da sie vermutlich beide im Bett gewesen waren und geschlafen hatten.

Jims war von moralischen Erwägungen ziemlich unbeleckt, im Großen und Ganzen prinzipien- und skrupellos und durchaus in der Lage, der Polizei eine »Notlüge« aufzutischen. Doch seine Frau zu bitten, für ihn zu lügen, einem Detective Inspector der Mordkommission (oder wie das neuerdings hieß) zu sagen, er sei bei ihr gewesen, wenn es überhaupt nicht stimmte – dieser Gedanke ließ ihm doch das

Blut in den Adern stocken. Er war Abgeordneter. Letzte Woche hatte der Oppositionsführer ihm zugelächelt und mit einem Schulterklopfen gesagt: »Gut gemacht!« Andere Parlamentarier sprachen in der Kammer von ihm als dem Ehrenwerten Abgeordneten für South Wessex. Dem *Ehrenwerten* Abgeordneten! »Ehre« war eigentlich kein Wort, dem Jims viel Beachtung schenkte, nun aber tat er es doch, in seiner Stellung und Funktion sollte der Begriff mit ihm verbunden sein, er war ebenso damit bekleidet wie ein mittelalterlicher Ritter oder Vasall des Herrschers. Aufrecht im Bett sitzend, wischte Jims sich mit einem Zipfel des Lakens den Schweiß ab und sagte sich, dass er niemanden anders bitten konnte, für ihn zu lügen.

Er würde Folgendes tun: vergessen, dass er wegen der Notizen nach Hause gefahren war. Zwischen jetzt und neun, wenn die Polizei käme, würde es ihm einfach entfallen. Schließlich hatte er sie im Grunde gar nicht gebraucht und hätte leicht ohne sie eine gelungene Rede halten können. Er ging nur nicht gern unvorbereitet zu einer Veranstaltung, auf der er reden musste. Er versuchte wieder einzuschlafen, hätte aber ebenso gut den Versuch machen können, die Zeit um ein paar Tage zurückzudrehen, was er auch gern getan hätte. Um sechs stand er auf und stellte fest, dass Eugenie und Jordan den Frieden im Wohnzimmer bereits zerstört hatten, indem sie den Fernseher eingeschaltet hatten, wo lautstark ein uralter Schwarzweiß-Western lief. Als die Polizei schließlich kam, war er sauer und verdrossen, brachte es aber fertig, sich neben Zillah aufs Sofa zu setzen und mit ihr Händchen zu halten.

Der Detective Inspector war die gleiche Frau, die Zillah zum Leichenschauhaus begleitet hatte. Sie hatte noch einen Beamten in Zivil mitgebracht, einen Sergeanten. Auf Zillahs Frage, ob es sie störte, wenn Jims' Ehefrau zugegen wäre, antwortete sie, absolut nicht, sie solle ruhig dableiben. Als Zillah seine Hand drückte und ihn dabei liebevoll ansah, musste Jims zugeben, dass sie manchmal doch sehr von Vorteil für ihn sein konnte.

Er wurde nach dem Wochenende gefragt und sagte, er habe es in Dorset verbracht. »Ich fuhr am Donnerstagnachmittag in meinen Wahlkreis und hielt am Freitagmorgen in Casterbridge meine Bürgersprechstunde ab. In der Shire Hall. Danach kehrte ich in mein Haus in Fredington Crucis zurück, um an einer Rede zu arbeiten, die ich Samstagabend vor dem Landbewohnerbund halten sollte. Ich verbrachte die Nacht dort und auch den darauf folgenden Tag, hielt später meine Rede und aß mit der Ortsgruppe zu Abend. Am Sonntagmorgen fuhr ich wieder hierher zurück.«

Der Sergeant machte sich Notizen. »Kann jemand bestätigen, dass Sie sich am Freitag in Ihrem Haus in Dorset aufgehalten haben, Mr. Melcombe-Smith?«

Jims machte ein ungläubiges Gesicht. Den Ausdruck hatte er im Unterhaus oft zur Schau getragen, wenn ein Regierungsmitglied eine Bemerkung gemacht hatte, die lächerlich zu finden ihm, wie er glaubte, gut zu Gesicht stand. »Worauf sollen diese Fragen denn hinauslaufen?«

Er wusste bereits, wie die Antwort lauten würde. »Reine Routine, Sir. Kann jemand Ihre Anwesenheit bestätigen? Vielleicht jemand aus Ihrem Mitarbeiterstab?«

»In diesen degenerierten Zeiten«, sagte Jims gedehnt, »verfüge ich über keinen Mitarbeiterstab. Eine Frau aus dem Dorf putzt bei mir und sorgt fürs Haus. Eine gewisse Mrs. Vincey. Sie stellt mir Lebensmittel in den Kühlschrank, wenn ich übers Wochenende komme. Sie ist an dem Tag nicht da gewesen.«

»War denn niemand bei Ihnen?«

»Ich fürchte nein. Meine Mutter verbringt einen Teil des Sommers dort, lebt aber vorwiegend in Monte Carlo. Zu unserer Hochzeit war sie natürlich hier« – Zillahs Hand wurde gedrückt –, »fuhr vor einem Monat aber wieder ab.«

Die Polizeibeamten schienen über diese unnötige Auskunft einigermaßen verblüfft, was verständlich war. »Mr. Melcombe-Smith, ich bezweifle nicht, was Sie sagen, aber finden Sie es denn nicht recht seltsam, dass ein junger und aktiver Mann wie Sie, ein sehr beschäftigter Mann, noch dazu frisch verheiratet, annähernd dreißig Stunden allein im Haus verbringt, bloß mit einer Rede beschäftigt, wie er sie schon oft gehalten hat? Obwohl es ein ungewöhnlich schöner Tag war und die Gegend um Fredington Crucis, soviel ich weiß, sehr schön ist, gingen Sie nicht einmal spazieren?«

»Sie bezweifeln also doch, was ich sage. Selbstverständlich ging ich spazieren.«

»Dann hat Sie vielleicht jemand gesehen?«

»Die Antwort darauf werden Sie kaum bei mir finden.«

Etwas später am gleichen Tag ging Jims über den Old Palace Yard auf den Abgeordneteneingang zu. Er war recht zufrieden damit, wie die Dinge gelaufen waren, und ziemlich sicher, dass er nichts mehr hören würde. Sie konnten doch unmöglich ihn verdächtigen, Jeffrey Leach um die Ecke gebracht zu haben, *ihn* doch nicht. Er hatte kein Motiv, er hatte den Mann seit mindestens drei Jahren nicht mehr gesehen. Schlimmstenfalls, wenn sie das mit seiner Rückkehr nach London herausbekamen – und das konnten sie nicht –, würde er einfach ganz unverfroren behaupten, er hätte es vergessen. Oder ihnen Geschichte Nummer vier auftischen, die ihm in den frühen Morgenstunden noch nicht eingefallen war, nämlich dass er nachts zurückgekehrt war, als Zillah schon schlief, und um sie nicht zu stören im Gästezimmer geschlafen hatte, bevor sie aufwachte, aber schon wieder abgefahren war. Damit wäre alles abgedeckt.

Als Michelle ihr sagte, dass es sich bei dem Ermordeten im Kino um Jeff handelte, erlitt Fiona jenen momentanen Bewusstseinsverlust, der früher unter Frauen weit verbreitet gewesen war, heute aber selten vorkommt: Sie wurde ohnmächtig. Michelle, die noch vor ein paar Wochen nicht hinuntergekommen wäre, schaffte es nun spielend, ließ sich neben ihr nieder, streichelte ihr über die Stirn und flüsterte: »Mein Liebes, mein armes Liebes.«

Fiona kam wieder zu sich und sagte, es sei doch nicht wahr, oder? Es konnte gar nicht wahr sein. Jeff konnte doch nicht tot sein. In einer Zeitung hatte sie gelesen, es wäre jemand namens Jeffrey Leach. Michelle sagte ihr, die Polizei würde gleich kommen. Ob sie sich im Stande fühle, sie zu empfangen? Fiona nickte. Der Schock war so groß gewesen, dass sie nicht mehr ganz aufnahmefähig war. Michelle geleitete sie zum Sofa, half ihr die Füße hochzulegen und machte ihr Kaffee mit reichlich Milch und Zucker. Ein besseres Mittel gegen Schock als Brandy, behauptete sie.

»Hieß er wirklich Leach?«, fragte Fiona nach einer Weile.

»Scheint so.«

»Wieso hat er mir dann erzählt, er hieße Leigh? Wieso hat er mir einen falschen Namen genannt? Er hat ein halbes Jahr mit mir zusammengelebt.«

»Keine Ahnung, Liebling. Wenn ich das wüsste.«

Bei der polizeilichen Vernehmung – mit der gleichen Frau, die Zillah zum Leichenschauhaus gebracht hatte und am nächsten Morgen Jims sprechen wollte – machte sich bei Fiona zusätzlich zum Kummer über den schmerzlichen Verlust allmählich Ernüchterung breit. Dass er eigentlich Jeffrey John Leach hieß, wurde bestätigt, auch dass er Kontakt zu seiner früheren Ehefrau hatte und seit einigen Jahren, womöglich seit seiner Studentenzeit, offenbar keinerlei Erwerbstätigkeit nachgegangen war. Man wollte von ihr wissen, wo sie sich am Freitagnachmittag aufgehalten hatte, und darüber brauchte sie nicht groß nachzudenken. Sie konnte ohne weiteres ein halbes Dutzend Leute nennen, die sie zwischen drei und fünf in ihrer Handelsbank gesehen und mit ihr gesprochen hatten. »Ich hätte ihm doch nichts zu Leide getan«, sagte sie, während ihr eine Träne übers Gesicht kullerte. »Ich habe ihn geliebt.«

Man untersuchte Jeffs Kleidung und seine, wie sie es nannten, »persönlichen Effekten«. Weil sie es in Fernsehsendungen gesehen hatte, fragte Fiona zögernd, ob sie Jeff vielleicht identifizieren müsse. Das sei nicht nötig, hieß es, da Mr. Leachs frühere Ehefrau es bereits getan habe. Darüber regte sich Fiona mehr auf als über alles, was sie bisher gehört hatte, und begann zu schluchzen. Unter Tränen teilte sie ihnen mit, sie würde Jeff gern sehen, und man meinte, das ließe sich einrichten.

Als sie gegangen waren, sank sie in Michelles Arme. »Noch nie habe ich für jemanden so empfunden wie für ihn. Er war der Mann, auf den ich mein Leben lang gewartet habe. Ich kann ohne ihn nicht leben.«

Die meisten Leute würden sagen, eine Bekanntschaft von acht Monaten reichte nicht für ein ganzes Leben und Fionas Schmerz würde schon vergehen, doch Michelle hatte Matthew auch erst zwei Monate gekannt, als sie ihn geheiratet hatte, und wie wäre ihr damals zu Mute gewesen, wenn er gestorben wäre? »Ich weiß, mein Liebling, ich weiß.«

Fiona dachte daran, wie unfreundlich sie Jeff an dem Abend im Rosmarino behandelt hatte, als sie ihm sagte, er solle sich seine dummen Geschichten für ihr Baby aufsparen, sie sei bereits erwachsen. Ihr fiel wieder ein, wie sie ihm vorgeworfen hatte, nicht besonders nett zu Michelle gewesen zu sein. Ach, warum hatte sie ihn nur nicht so geliebt, wie er es verdient hatte?

Zuständig für die Recycling- und Abfalltonnen im Umkreis der U-Bahnstation Ladbroke Grove waren nicht die Bezirke Westminster oder Brent, sondern der Bezirk Kensington & Chelsea. Die Männer, die sie am Montag leeren kamen, betrachteten alles möglicherweise Brauchbare darin als speziellen Bonus und durchforsteten die weggeworfenen Gegenstände mit einem besonderen Auge auf achtlos weggeworfene Kleinigkeiten.

In der grünen Marks&Spencer-Tüte, die ziemlich weit oben in einer der Tonnen lag, erspähte der jüngere Müllmann einen in Seidenpapier eingeschlagenen Gegenstand. Wer auch immer sie als Abfallbehälter benutzt hatte – bestimmt eine Sie, wie er verächtlich zu seinem Kollegen sagte –, hatte offenbar vergessen, dass sie noch einen neu gekauften Gegenstand enthielt. Und so war es auch. Bei genauer Untersuchung kam ein blassblauer Kaschmirpullover zum Vorschein, der sich prächtig als Geburtstagsgeschenk für die Freundin des Müllmanns eignete.

Und noch etwas war in der Tüte. Sie wickelten es aus. Inzwischen wusste jeder im ganzen Land, der Zeitung las oder fernsah, dass die Polizei nach der Waffe suchte, die der Kinoschlächter benutzt hatte. Vielleicht war sie das.

Die Friedhofsschändung ergab sogar eine noch bessere Story, als Natalie Reckman erwartet hatte. Hexerei schien im Spiel gewesen zu sein, und bei einem Interview mit einem in Rom ansässigen Engländer stellte sich heraus, dass möglicherweise in der Nähe des Ortes, an dem Shelleys Herz bestattet war, satanische Riten vollzogen worden waren. Der Bau eines neuen Theaters war ein Projekt, das sich vielleicht zu einem Artikel aufarbeiten ließe, wenn sie beschrieb, was sich auf dem Pallatinischen Hügel abspielte, und etwas Ähnliches für London empfahl, als eine Art Nachschlag zu den Millenniumsfeiern. Man könnte es Millennium-Theater nennen oder sogar – überlegte Natalie, wobei ihre Fantasie mit ihr durchging – Natalie-Reckman-Theater.

Bevor sie am Montagmorgen den Heimflug antrat, kaufte sie sich eine englische Tageszeitung. Der *Sunday Telegraph* war natürlich vom Vortag, und dort las sie, dass es sich bei dem Toten, dem Opfer des mittlerweile unter dem Namen Kinoschlächter bekannten Mörders, um Jeffrey Leach handelte.

Die meisten Menschen, so hart gesotten und erfahren sie

auch sein mögen, verspüren einen Stich, einen Schauder oder ein wehmütiges Zittern, wenn sie vom Tod eines verflossenen Liebhabers erfahren. Natalie hatte Jeff zwar nie geliebt, doch sie hatte ihn gut leiden können, war gern mit ihm zusammen gewesen und hatte sein gutes Aussehen bewundert, obwohl ihr ziemlich klar war, dass er sie ausnutzte. In der Blüte seiner Jahre war er durch die Hand eines Geistesgestörten einen schrecklichen Tod gestorben. Armer alter Jeff, sagte sie sich, so was Schlimmes, armer alter Jeff.

Dieser schreckliche Tod musste sich kaum eine Stunde später ereignet haben, nachdem er sich in der Wellington Street von ihr verabschiedet hatte. Im Flugzeug sitzend, die Morgenzeitung, die ihr gebracht worden war, auf dem Schoß, fiel Natalie wieder ein, dass Jeff sie beim Verlassen des Restaurants gefragt hatte, ob sie nicht mit ihm ins Kino gehen wollte. Wenn sie mitgegangen wäre, wäre dann alles ganz anders gekommen? Vielleicht hätte sie sich ein ganz anderes Kino ausgesucht. Eine andere Möglichkeit war allerdings, dass sie dann auch umgebracht worden wäre.

Der Jemand, mit dem sie, wie sie Jeff erzählt hatte, sehr glücklich war, erwartete sie in Heathrow. Sie gingen zusammen essen, und Natalie erzählte ihm alles. Als Journalistenkollege, wenn auch von ganz anderer Sorte, verstand er, was sie meinte, als sie sagte, daraus ließe sich vielleicht eine Story machen. »Der arme Jeff machte ein ziemlich komisches Gesicht, als ich von dieser Zillah redete. Irgendwie schuldbewusst, hatte ich das Gefühl. Na ja, vielleicht nicht so sehr schuldbewusst, eher, als ob er was zu verbergen hätte. Irgendwas ist faul an der Sache. Ich frage mich, ob sie vielleicht gar nicht geschieden waren. Das sähe Jeff ähnlich.«

»Das lässt sich leicht nachprüfen.«

»O, ich werde es nachprüfen, keine Sorge. Ich hab schon meine Recherchefrau darauf angesetzt. Ich hab sie vom Flugzeug aus angerufen.«

»Du bist ja eine ganz Schnelle, mein Schatz.«

»Aber zuerst werd ich ganz brav sein und die Bullen anrufen und ihnen sagen, dass Jeff letzten Freitag mit mir beim Mittagessen war.«

Natalie war nicht die Einzige, die glaubte, dass an der Sache etwas faul war. Die ermittelnden Beamten waren mit der Erklärung, die Zillah zu ihrem Brief an Jeffrey Leach abgegeben hatte, nicht so recht zufrieden gewesen. Das Wort, das er ihr gegenüber bei jenem nicht näher beschriebenen Besuch in Abbey Gardens Mansions benutzt hatte, als er ihre Kreditkarte gestohlen hatte, war nicht »blöde Kuh« gewesen, egal, was sie behauptete. Das hätte eine Zillah Melcombe-Smith doch nicht derart verschreckt. Und verschreckt war sie gewesen, sehr verängstigt hatte sie gewirkt. So eine Frau war bestimmt keine große Briefeschreiberin, so etwas lag ihr nicht, an Leach hatte sie aber unter großem Druck geschrieben – Druck wodurch? Schuldgefühle? Maßlose Angst? Furcht vor Entdeckung? Vielleicht alles zusammen.

Als sie Natalie befragten, waren sie froh, bei der Rekonstruktion von Leachs Aktivitäten vor seinem Kinobesuch einen Schritt weiter zu sein. Außerdem war sie in der Lage, zu dem Profil, das sie allmählich von ihm zusammenstellten, etwas aus seiner Vergangenheit beizusteuern. Dass er zum Beispiel frisch verheiratet gewesen war, als er zum ersten Mal in Queen's Park gewohnt hatte, dass es außer seiner Frau vor ihr viele Frauen gegeben hatte, die alle eigene Häuser besaßen und in der Lage waren, ihn auszuhalten. Über Fiona und Zillah erzählte Natalie ihnen Dinge, die sie bereits wussten und auch etwas, was ihnen neu war: dass Leach, als sie sich vor über einem Jahr von ihm getrennt hatte, wieder nach Queen's Park gezogen war, diesmal in die Harvist Road, und dort zweifellos eine andere Frau gefunden hatte. Sie sahen sich daraufhin den Brief noch einmal genauer an.

Mrs. Melcombe-Smith hatte im März wieder geheiratet. Ihre Scheidung hatte im Frühling vor einem Jahr stattgefunden. Behauptete sie jedenfalls. Da Kinder im Spiel waren und Fragen zu Sorgerecht und Unterhalt geklärt werden mussten, hatte die Scheidung wohl kaum rasch und einfach über die Bühne gehen können. Wenn das Wort, das Leach ihr gegenüber benutzt hatte, sie so erschreckt hatte, könnte es dann nicht vielleicht mit dieser Scheidung zu tun haben, mit irgendeinem Faktor, der im Verfahren herausgekommen war oder sich aus dem Ablauf ergeben hatte? Das nachzuprüfen wäre einfach und unkompliziert, wenn man mit Januar vor einem Jahr anfing und von dort aus weitermachte.

Die Frau des Sergeanten hatte das Magazin des *Daily Telegraph* aufbewahrt, in dem Natalie Reckmans Artikel erschienen war, denn sie gehörte zu den Menschen, die kaum etwas wegwerfen. Damals hatte er es sich nicht angesehen, doch nun holte er es nach. Besonders interessiert las er den Abschnitt, in dem Natalie schrieb, Mrs. Melcombe-Smith habe die ersten siebenundzwanzig Jahre ihres Lebens offenbar ohne Job und ohne Mann isoliert in Long Fredington in Dorset verbracht. Keine Rede von einem ehemaligen Gatten, kein Wort über Kinder.

Diese Melcombe-Smiths verhielten sich – gelinde gesagt – alle beide recht merkwürdig. Es ließ sich niemand finden, der den Abgeordneten am Freitag oder Samstag in Fredington Crucis gesehen hätte, zwei Leute hatten dem Ortspolizisten jedoch gesagt, sein auffälliger Wagen, den er immer draußen vor Fredington Crucis House abstellte, sei am Freitagmorgen nach neun nicht mehr dort gewesen. Der Postbote, der am Samstagmorgen um Viertel vor neun ein Päckchen zustellen wollte, nahm es wieder mit, weil niemand aufmachte. Irene Vincey, die eine halbe Stunde später zum Putzen kam, fand das Haus leer vor und keinerlei Anzeichen dafür, dass in Jims' Bett jemand geschlafen hatte.

Keiner von den Pförtnern in Abbey Gardens Mansions hatte ihn zwischen Donnerstagmittag und Sonntagnachmittag gesehen. Am verhängnisvollsten war für Jims die Tatsache, dass der Geschäftsführer des Golden Hind aus Casterbridge anrief, um zu sagen, Mr. Melcombe-Smith habe seine Tischreservierung zum Mittagessen streichen lassen und jemand habe ihm gesagt, dass diese Information die Polizei vielleicht interessieren würde. Der Vorsitzende einer Krebshilfeorganisation namens Ivo Carew bestätigte dies zögernd, nicht ohne einige ausgesuchte Kraftausdrücke über den Geschäftsführer des Golden Hind hinzuzufügen.

Ohne die geringste Ahnung, was ihn erwarten mochte, hielt Jims im Unterhaus eine Ansprache zum Thema, dass die Konservativen zwar die Partei mit altmodischen Wertvorstellungen, aber einer neuen Art von Freundlichkeit, Rücksichtnahme und echter Freiheit seien. Quentin Letts zitierte sie (geistreich und mit einigen spöttischen Kommentaren versehen) in der *Daily Mail,* und in Westminster Palace begann sich das Gerücht zu verbreiten, der Abgeordnete für South Wessex sei im Gespräch für einen Posten als Unterstaatssekretär. Für das Schattenkabinett natürlich, was den Ruhm gleich verringerte.

Jims dachte, dass bei der Polizei sowieso nur Idioten seien und man einem Abkömmling der traditionsreichen Gutsbesitzerschicht wahrscheinlich dort so viel Ehrfurcht entgegenbrachte, dass man ihn nicht mehr belästigen würde. Er war schließlich so jung, so gut aussehend und so reich. In dieser Nacht träumte er die neue Variante eines Traumes, den er in der Vergangenheit schon ein paarmal gehabt hatte. Als er diesmal jedoch die Treppe der Downing Street Nr. 10 zu den wartenden Kameraleuten herunterkam, führte er Zillah am Arm, die jüngste und schönste First Lady aller Zeiten. Der Herrgott war ein guter Mann, dachte Jims, und auf Erden lief alles mehr oder weniger wunderbar.

19

Zillah war recht überrascht, als sie feststellte, wie wenig ihr Jerrys Tod nahe ging. Hatte sie ihn überhaupt je geliebt? Die Jahre, die sie mehr oder weniger mit ihm verbracht hatte, kamen ihr dadurch wie Zeitverschwendung vor. Natürlich, dadurch war sie zu den Kindern gekommen, das schon. Wieder bei der täglichen Routine angelangt, sie zu Schule und Kindergarten zu fahren und wieder abzuholen, empfand sie eine unglaubliche Gleichgültigkeit gegenüber allem außer sich selbst und ihnen. Da sie nun einen freien Vormittag vor sich hatte, an dem sie tun und lassen konnte, was sie wollte, verbannte sie die Polizei aus ihren Gedanken, vergaß sogar Jims und die Schwierigkeiten, die er ihr, wie es schien, absichtlich machte, und genoss das Gefühl, einmal drei Stunden lang ganz für sich zu haben. Zur Feier des Tages kaufte sie sich ein Caroline-Charles-Kleid und einen Philip-Treacy-Hut, die sie auf einer Gartenparty bei der Königin tragen konnte.

Immer wenn sie Kleider kaufte, malte Zillah sich aus, wie sie in dem neuen Kleidungsstück vor einem ganz bestimmten, normalerweise glamourösen Szenario wirken würde. Manchmal wurde sie dabei von einem Mann begleitet – bis sie ihn geheiratet hatte, war es oft Jims gewesen – und manchmal, eher selten, von ihren ebenso hinreißend ausstaffierten Kindern. An diesen unschuldigen Fantasien hatte sie großen Spaß. Während sie in der Great College Street aus dem Taxi stieg, das mit Rosenknospen bedruckte Kleid in einer Tasche in einer Hand, den rosa Strohhut in einer Hutschachtel, stellte sie sich vor, wie sie mit einem Glas Champagner in der Hand auf einem sonnigen Rasen stand. Soeben hatte sie vor der Königin einen außergewöhnlich anmutigen Hofknicks gemacht und lauschte nun den bewundernden Worten eines jungen, attraktiven Erbadligen, der sie offensichtlich äußerst anziehend fand. Die Ereignisse der letzten Tage waren fast vollständig aus ihrem Gedächtnis getilgt.

Es war zwanzig nach elf. Sie hatte gerade noch Zeit, in die Wohnung hinaufzugehen, das Kleid aufzuhängen, den Hut abzulegen und schnell eine Tasse Kaffee zu trinken, bevor sie losfahren musste, um Jordan abzuholen. Sie lief die Treppe hinauf zu der Jugendstil-Doppeltür, stieß sie auf und hastete ins Foyer. Dort auf einem der goldverzierten, mit rotem Samt bezogenen Stühle saß jene Journalistin, die so grob zu ihr gewesen war und diesen schrecklichen Artikel für das Magazin des *Telegraph* geschrieben hatte.

Zillah fand es unbegreiflich, wie eine Frau zu zwei aufeinander folgenden Besuchen bei derselben Person den gleichen schwarzen Hosenanzug tragen konnte. Und nicht einmal andere Schuhe oder anderen Schmuck. An ihrer rechten Hand saß derselbe merkwürdig geformte Ring. »Haben Sie auf mich gewartet?« In ihrer Eile, zum Aufzug zu gelangen, kaum innehaltend, sagte sie: »Ich muss gleich wieder weg, um meinen Sohn vom Kindergarten abzuholen.«

»Schon gut, Mrs. Melcombe-Smith. Ich warte.«

Zillah fuhr mit dem Aufzug hoch. Während sie das Kleid aufhängte, überlegte sie, ob sie die Frau – Natalie Reckman hieß sie, wie hatte sie es auch nur für einen Moment vergessen können? – hätte heraufbitten sollen, damit sie oben auf sie wartete. Allerdings gehörten Journalisten nicht zu den Leuten, die man in seiner Wohnung allein lässt. Die kämen bestimmt auf allerhand Ideen, würden in privaten Schubladen kramen, persönliche Briefe lesen. Sie waren schlimmer als Malina Daz oder, nun ja, der arme Jerry. Die Lust auf Kaffee war ihr vergangen. Ein Brandy wäre bestimmt wohl tuender, aber damit fing sie lieber gar nicht erst an. Statt in die Eingangshalle zurückzugehen, fuhr sie mit dem Aufzug bis ganz hinunter in die Tiefgarage, hatte eine Viertelstunde später Jordan abgeholt und war mit ihm zurückgefahren.

Eine halbe Stunde war vergangen, seit sie Natalie Reckman begegnet war, und sie verspürte die Versuchung, einfach mit ihrem Tagesprogramm weiterzumachen, als hätte sie sie nicht gesehen. Sie steckte für Jordan zum Mittagessen ein paar Chicken-Nuggets in die Mikrowelle, goss ihm ein Glas Orangensaft ein und setzte ihn an den Tisch. Als sie sich gerade ein Sandwich machen wollte, klingelte das Haustelefon. Die Stimme des Pförtners sagte: »Soll ich Miss Reckman hinaufschicken, Madam?«

»Nein – ja, na gut.«

Ihre Garderobe hatte die Journalistin zwar nicht gewechselt, doch ihr Gebaren hatte sich grundlegend gewandelt. Der kühle, intellektuelle Ansatz war verschwunden und hatte einer warmherzigen Freundlichkeit Platz gemacht. »Zillah – darf ich doch sagen? –, mir liegt sehr daran, mich noch mal mit Ihnen zu unterhalten. Wirklich nett von Ihnen, mich zu empfangen.«

Ihr war ja auch kaum etwas anderes übrig geblieben, dachte Zillah. »Ich wollte gerade zu Mittag essen.«

»Für mich nichts, danke«, sagte Natalie, als ob sie gefragt worden wäre. »Aber zu einem Glas von diesem lecker aussehenden Orangensaft sag ich nicht nein. Ist das Ihr Kleiner?«

»Das ist Jordan, ja.«

»Er sieht genauso aus wie sein Vater, wie aus dem Gesicht geschnitten.«

Zillah überlegte krampfhaft, ob in den Zeitungen noch andere Fotos von Jerry erschienen waren, abgesehen von dem mit Eugenie als Baby, das sie gemacht hatte, war sich aber sicher, dass es das einzige war. Er war immer so kamerascheu gewesen. »Kannten Sie meinen – Jerry – äh, ich meine, Jeff?«

»Ja, ich kannte ihn mal wirklich gut.«

Inzwischen hatte Natalie sich hingesetzt, ihren Orangensaft zwischen beiden Händen haltend. Kaum merklich änderte sich ihr Tonfall wieder, und ihre Haltung wurde schroffer. Sie sah Zillah mit diesem forschenden Blick an, der bei ihrem früheren Besuch so charakteristisch gewesen war. »Woher hätte ich denn sonst wissen sollen, dass Sie mit ihm verheiratet waren und zwei Kinder haben? Sie haben meinen Artikel über Sie doch gelesen, Zillah?«

»O ja, den hab ich gelesen.« Zillah fasste sich ein Herz. »Und wenn Sie's genau wissen wollen, ich fand ihn sehr unfreundlich.«

Natalie lachte. Sie trank den Saft aus und stellte das Glas auf den Tisch, für Jordans Geschmack zu sehr in seiner Nähe, so dass er es mit einem verdrießlichen Schubs aus dem Weg beförderte. Das Glas fiel zu Boden und zerbrach. Er heulte ungehalten auf und schlug seiner Mutter, als sie ihn hochhob, mit den Fäusten gegen die Brust. Dabei stieß er eine emotionale Forderung aus, die er seit Wochen nicht mehr geäußert hatte: »Jordan will Daddy!«

Mit der Gebärde einer Sozialarbeiterin, einer Mitarbeiterin des Jugendamts etwa, schüttelte Natalie sorgenvoll den Kopf. Sie kniete sich hin und fing an, die Scherben aufzusammeln.

»Ach, lassen Sie nur!«

»Wie Sie wollen.« Natalie zuckte die Achseln. »Ich habe erst gestern aus der Zeitung vom Tod Ihres Mannes erfahren. Ich war beruflich in Rom.«

Das war ihr doch egal! Sie setzte Jordan mit einer Kiste Bauklötze und zwei Miniautos auf den Fußboden, doch er stand sofort wieder auf, lief zu ihr hinüber und umklammerte ihre Knie mit seinen klebrigen Händen. Da begriff Zillah erst, was Natalie gesagt hatte. »Er war nicht mein Mann.«

»Sind Sie sicher?«

Zillah vergaß das klebrige Zeug an ihren Beinen, die Orangensaftpfütze auf dem Boden, das Durcheinander auf dem Tisch, die Uhrzeit, Jims, ihr neues Kleid und den Hut – alles.

Als hätte man ihr einen Eiswürfel in den Nacken geworfen, lief ihr ein kalter Schauer den Rücken hinunter. »Ich weiß nicht, von was Sie reden.«

»Hmm, Zillah, ist doch komisch, aber gestern Nachmittag habe ich, besser gesagt, haben ich und meine Assistentin viel Zeit damit verbracht, eine Menge Akten durchzuarbeiten. Wir haben versucht, Ihrer Scheidung auf die Spur zu kommen, und das Merkwürdige daran ist, dass wir sie nicht finden konnten.«

»Was geht Sie das eigentlich an, möchte ich wissen?«

»Liebe Güte, Zillah, Sie klappern ja mit den Zähnen – ist Ihnen kalt? Es ist doch sehr warm hier drinnen.«

»Mir ist nicht kalt. Ach, geh jetzt endlich spielen, Jordan. Lass Mummy in Ruhe.« Zillah hob das Gesicht. Es war kalkweiß, und ihre Augen flackerten ängstlich. »Ich hab Sie gefragt, wie Sie dazu kommen, in meinen Privataffären rumzuwühlen?«

»Glauben Sie wirklich, dass Ihre Affären, wie Sie sie putzig nennen, so privat sind? Sie standen doch in allen Zeitungen. Meinen Sie nicht, dass Ihre Leser ein Recht haben zu erfahren, was bei Ihnen so läuft?«

»Ihr Journalisten seid doch alle gleich, ihr würdet alles tun und behaupten. Ich möchte jetzt, dass Sie gehen, bitte.«

»Ich will auch gar nicht mehr lange bleiben, Zillah. Ich hatte bloß gehofft, Sie könnten mir helfen und mir vielleicht ein genaueres Datum nennen, wann Ihre Scheidung tatsächlich stattgefunden hat. Ich – und die Polizei zufälligerweise auch – hatte so eine Ahnung, dass es im vergangenen Frühjahr war, aber das scheint nicht zuzutreffen.« Natalie hatte keine Ahnung, ob die Nachforschungen der Polizei in die gleiche Richtung gingen wie ihre eigenen, es war reiner Zufall, dass sie richtig getippt hatte. »Aber Sie können uns ja sicher berichtigen. War es vielleicht im Jahr davor?«

Jordan saß auf dem Fußboden und kläffte und jaulte wie ein junger Hund. »Ich kann mich nicht mehr an das Datum erinnern.« Mittlerweile war Zillah mit den Nerven am Ende. Sie hätte schreien mögen und wusste danach gar nicht, wie sie sich hatte beherrschen können. »Sie müssen es eben einfach akzeptieren. Was hat es überhaupt mit Ihnen zu tun?«

»Es liegt im öffentlichen Interesse. Haben Sie daran denn nicht gedacht? Sie sind nämlich mit einem Abgeordneten – äh, verheiratet.«

»Was wollen Sie damit sagen, ›äh – verheiratet‹? Ich *bin* verheiratet. Mein erster Mann ist tot.«

»Ja«, übertönte Natalie Jordans Geschrei. »Das hab ich gemerkt. Nun, ich will Ihnen jetzt nicht weiter auf den Wecker gehen. Mit Ihrem Kleinen scheint was nicht zu stimmen. Geht's ihm nicht gut? Lassen Sie nur – ich finde allein hinaus.«

Während sie mit dem Aufzug hinunterfuhr, fiel ihr wieder ein, dass sie vor einigen Jahren in irgendeiner amerikanischen Stadt einmal einen Polizeichef interviewt hatte. Sie hatten sich über Kriminalstatistiken unterhalten, über unterschiedliche Arten von Verbrechen, und sie hatte ihn nach einer Frau gefragt, von der sie gehört hatte, sie habe wieder geheiratet, ohne vorher geschieden worden zu sein.

»Lady, wir haben in dieser Stadt neun Morde die Woche«, hatte er erwidert, »und da fragen Sie mich nach *Bigamie.*«

Würde sich die Polizei hier genauso verhalten? Wohl kaum. Jeff war ermordet worden, und seine Frau – oder was auch immer sie war – hatte einen Abgeordneten geheiratet. Natalie beschloss, noch nichts zu schreiben, denn sie war sich wohl bewusst, welches Risiko sie einging, wenn sie schwarz auf weiß behauptete, Zillah sei nicht rechtmäßig verheiratet, falls sich dann herausstellte, dass sie es doch war. Schon recht bald aber würde sie einen Artikel über Jeffs sämtliche Frauen schreiben und damit ziemlich Furore machen. Aber zuerst musste sie beim Dezernat für Gewaltverbrechen vorsprechen und gleichzeitig dafür sorgen, ihre exklusive Story unterzubringen, bevor ihr jemand zuvorkam.

In nachdenklicher Stimmung fuhr sie mit dem Taxi nach Hause.

Zillah hatte immer voller Missbilligung und mit verächtlichem Kopfschütteln auf Leute reagiert, die der Kindesmisshandlung angeklagt waren. Die mussten ihrer Meinung nach einer völlig anderen Art angehören als sie selbst. Jetzt, wo sie mit ihrem schweren, brüllenden, feuchten Kind auf dem Arm hin und her ging, als wäre es nicht drei Jahre, sondern erst drei Monate alt, konnte sie es nachvollziehen. Sie hätte Jordan am liebsten aus dem Fenster geschmissen. Alles, nur damit dieser Lärm aufhörte und dieser endlose Tränenstrom versiegte.

Während sie auf und ab wanderte, betete sie sich immer wieder vor, alles würde gut, jetzt sei ja alles gut, denn Jerry war *tot*. Schließlich konnte man nicht Bigamistin sein, wenn der Ehemann tot war und man wieder geheiratet hatte. Es hatte sich eigentlich nur darum gehandelt, dass sie gesagt hatte, sie sei ledig, wo sie in Wirklichkeit doch Witwe gewesen war oder es jedenfalls bald werden sollte. Bis heute hatte sie eigentlich nie gesagt, sie sei geschieden, sie hatte Jerry einfach nicht erwähnt – oder doch? Sie brauchte nicht geschieden zu werden, wenn ihr Mann tot war. Jedenfalls war das alles nicht ihre Schuld. Diese Journalisten mussten ihre Nase auch in alles reinstecken, was sie nichts anging. Das Wichtigste war, dass sie jetzt Witwe war oder gewesen wäre, wenn sie nicht Jims geheiratet hätte.

Überrascht stellte Zillah fest, dass Jordan eingeschlafen war. Er sah allerliebst aus, wenn er schlief, mit seiner zartrosa angehauchten Rosenhaut, den unglaublich langen, dunklen Wimpern und den feuchten Löckchen, die sich über seiner Stirn zusammenschoben. Sie legte ihn aufs Sofa und zog ihm behutsam die Schuhe aus. Er wälzte sich von ihr weg und steckte den Daumen in den Mund. Frieden. Ruhe. Wieso hatte sie sich bloß darauf eingelassen, in dieser vornehmen Krypta zu heiraten? Was hatte ihr daran gelegen? Sie wusste es nicht mehr. Irgendwie wäre es jetzt nicht so schlimm, wenn sie und Jims die Sache in einem Hotel oder einem Standesamt geregelt hätten. In so einer Umgebung hätte sie nicht diese furchtbaren – oder vielleicht sollte sie sagen, Ehrfurcht gebietenden – Worte hören müssen. Und doch waren sie ihr damals gar nicht Ehrfurcht gebietend vorgekommen, sie hatte sie gar nicht richtig registriert, sondern an ihr Kleid gedacht und daran, wie die Pressefotos wohl herauskommen würden ... *Wie ihr einst Rechenschaft ablegen werdet an jenem schrecklichen Tage des Gerichts, wenn die Geheimnisse aller Herzen offenbart werden, dass wenn auch nur einer unter euch gerechten Grund oder Einwände weiß, weshalb ihr nicht getraut werden sollt, so nenne er sie jetzt.* Und dann kam eine Stelle darüber, dass viele, die getraut sind, ohne sie zu nennen, nicht wirklich getraut sind *noch ihre Ehe rechtens ist.* Jims würde sie umbringen, wenn er herausbekäme, dass seine Ehe nicht rechtens war. Aber sie muss doch rechtens sein, dachte Zillah, während ihr dieses unglückselige Karussell im Kopf herumging, denn ihr Mann war tot, und auch wenn er Mitte März noch nicht tot gewesen war, dann war er es doch bald darauf, bloß ein paar Wochen später.

Sie musste Jordan wecken und mitnehmen, um Eugenie von der Schule abzuholen. Er wimmerte und quengelte. Außerdem hatte er sich nass gemacht. Sie zog ihm Jeans und Unterhosen aus. Auf Jims' cremefarbenem Seidensofa prangte ein großer, stinkender Fleck. Schrecklich, einen Dreijährigen in Windeln stecken zu müssen, doch sie traute sich nicht, sie wegzulassen. Auf dem Rückweg würde sie an einer Drogerie vorbeifahren und etwas tun, was sie sich geschworen hatte, nie zu tun: einen Schnuller kaufen und ihm das Maul damit stopfen. Und dann musste sie unbedingt ihre Mutter anrufen.

Zur Abwechslung war sie einmal früh dran. Die Schule befand sich in einem großen klassizistischen Gebäude in einer kleinen Seitenstraße der Victoria Street. Sie ließ den Wagen im Parkverbot stehen – sie würde sich ja nicht lange aufhalten –, stieg aus und nahm Jordan aus seinem Sitz. Im Sonnenschein an die Beifahrerseite gelehnt, dachte sie noch einmal über ihre Trauungszeremonie und diese Worte nach, als plötzlich aus dem BMW hinter ihr ein Mann ausstieg und auf sie zukam.

»Zillah Watling«, sagte er.

Er war sehr attraktiv, groß, schmal und hellhaarig, mit geschwungener Nase und einem schönen, breiten Mund, dazu gekleidet in die – wie Zillah fand – schmeichelhafteste Kombination, die ein Mann tragen konnte: Bluejeans und schlichtes weißes Hemd, den Kragen bis zur Brust aufgeknöpft und die Ärmel hochgerollt. Irgendwo hatte sie ihn schon einmal gesehen, vor langer Zeit, wusste aber nicht mehr wo. »Wir kennen uns sicher, aber ich weiß nicht mehr …«

Er half ihrem Gedächtnis auf die Sprünge. »Mark Fryer.« Sie hätten zusammen studiert, sagte er. Dann sei er weggegangen und Jerry auf den Plan getreten … »Ist das dein Kleiner? Ich bin hier, um meine Tochter abzuholen.«

»Und ich meine.«

Sie tauschten Neuigkeiten aus. Mark Fryer war offenbar kein Zeitungs- oder Zeitschriftenleser, denn er wusste nichts von ihrer Hochzeit mit Jims. Er sagte auch nichts von einer Lebensgefährtin, Freundin oder sonst jemandem, die die Mutter des Kindes sein könnte, das jetzt durch einen trefflichen Zufall Arm in Arm mit Eugenie die Schultreppe herunterkam.

»Pass auf, wir haben uns so viel zu erzählen, könnten wir uns denn nicht mal treffen? Wie wär's mit morgen? Morgen zum Mittagessen?«

Zillah schüttelte den Kopf und deutete schweigend auf Jordan.

»Dann sagen wir, Freitagvormittag. Wir könnten irgendwo Kaffee trinken.«

Nichts lieber als das. Er deutete auf die andere Straßenseite. Wie es damit wäre? Als Zillah das Lokal zu nah bei der Schule fand, schlug er ein anderes in der Horseferry Road vor. Als sie davonfuhr, winkte er und rief: »Ich freu mich so, dass wir zufällig aufeinander gestoßen sind.«

Eugenie starrte sie vom Beifahrersitz aus streng an. »Was meint er damit, ›dass wir aufeinander gestoßen sind‹? Ist er in uns reingefahren?«

»Das ist bloß so ein Ausdruck. Es heißt, ›dass wir uns zufällig getroffen haben‹.«

»Der ist der Vater von meiner Freundin Matilda. Wusstest du das? Sie sagt, er ist ein Schürzenjäger, und als ich fragte, was das heißt, meinte sie, er jagt den Damen hinterher. Ist er dir hinterhergejagt?«

»Natürlich nicht. Hör auf, so zu reden, Eugenie, hast du verstanden?«

Trotzdem fühlte sich Zillah schon viel besser. Es war herrlich, was ein wenig männliche Bewunderung bewirken konnte. Und was die andere Sache betraf, die sie immer wieder verfolgte – *mir kann keiner was anhaben,* sagte sie sich, *denn ich bin Witwe.*

Die Polizeibeamten waren wiedergekommen, um mit Fiona zu sprechen. Obwohl sie es nie offen sagten, war sie sicher, dass sie glaubten, Jeffs Tod hätte sie nicht besonders tief treffen können, da sie beide sich ja noch nicht sehr lange gekannt hatten. Was die Beamten allerdings nicht davon abhielt zu erwarten, dass sie alles über seine Vergangenheit wusste, über seine Familie, seine Freunde und sämtliche Adressen, an denen er gewohnt hatte, seit er vor neun Jahren die Kunstschule verlassen hatte.

Sie hatte ihnen alles gesagt, was ihr einfiel, wenngleich ihr Wissen recht lückenhaft war. Seine Ehe, teilte sie ihnen mit, war ein Buch mit sieben Siegeln für sie. Sie wusste nicht, wo er mit seiner Frau gewohnt hatte, ob sie je in der Harvist

Road gewesen war oder nicht und wie seine Kinder hießen. Sie fand es unerträglich, dass man sie nicht zufrieden ließ, damit sie in Ruhe ganz allein – oder vielleicht mit Michelle – trauern konnte. Was die Exfrau anging, sagte sie: »Ich weiß nicht mal, wo die wohnt.«

»Schon in Ordnung, Miss Harrington, wir wissen es. Wir kümmern uns schon drum.«

Bildete sie sich das leichte Flackern, das dem Mann bei dem Wort »Exfrau« übers Gesicht lief, nur ein? Vielleicht. Sie wusste es nicht. Es ging ihr einfach nicht aus dem Kopf, dass sie ihr gesagt hatten, Jeff habe das Hotel für ihre Hochzeit gar nicht gebucht, nicht für den vereinbarten Tag und auch für keinen anderen Tag. Wieso hatte er sie angelogen? Weil er überhaupt nie vorgehabt hatte, sie zu heiraten? Sie versuchte, mit Michelle darüber zu reden, doch ihre Nachbarin, sonst so warmherzig und voller Zuneigung, wurde zurückhaltend und unnahbar, als sie sie wegen Jeffs Unzulänglichkeiten beruhigen sollte. Fiona wünschte sich, dass sie sein Verhalten entschuldigte, und keine, wenn auch freundlich formulierte Anspielung machte, sie solle doch lieber versuchen, in die Zukunft zu schauen statt so an einem Mann zu hängen, der – Michelle hatte es zwar nie angedeutet, doch wusste Fiona, wie die fehlenden Worte lauteten – »ja bloß hinter ihrem Geld her« war.

»Sie haben uns, soweit Sie konnten, über seine Freunde und Familie informiert. Wie steht es mit Feinden? Hatte Jeff irgendwelche Feinde?«

Es missfiel ihr, dass sie sie Miss Harrington nannten, ihn aber Jeff – wie einen Schurken, dem die Würde eines Nachnamens nicht zugestanden werden konnte. Was sie sich wohl gegenseitig über mich erzählen, wenn sie draußen sind?, fragte sie sich oft. »Ich weiß nicht, ob er welche hatte«, sagte sie erschöpft. »Haben normale Leute denn Feinde?«

»Zumindest Leute, die sie nicht leiden können.«

»Ja, aber das ist doch was anderes. Also, meine Nachbarn,

die Jarveys, konnten Jeff nicht leiden. Das hat Mrs. Jarvey auch offen zugegeben. Sie mochten ihn beide nicht.«

»Weshalb denn, Miss Harrington?«

»Jeff war – nun, Sie müssen wissen, er war unheimlich lebhaft. Er war so voller Leben und Energie ...« Bei diesen Worten entfuhr Fiona unwillkürlich ein leises Schluchzen.

»Regen Sie sich nicht auf, Miss Harrington.«

Wie sollte man sich nicht aufregen, wenn man gezwungen wurde, über Dinge zu reden, die man gern für immer unter Verschluss gehalten hätte? Sie tupfte sich vorsichtig die Augen trocken. »Was ich sagen wollte, Jeff sprach Dinge aus – die, na ja, die unfreundlich klangen, aber er meinte es nicht so, es sprudelte einfach so aus ihm heraus.«

»Was denn für Dinge?«

»Er machte sarkastische Bemerkungen, irgendwelche Witze über Michelle – über Mrs. Jarvey. Über ihre Figur. Also, er nannte sie und ihren Mann Little & Large, solche Sachen. Es behagte ihr nicht, und ihr Mann war darüber *stinksauer*. Wenn es nach ihr gegangen wäre, hätte sie mit Jeff bestimmt nie wieder etwas zu tun haben wollen.« Fiona wurde bewusst, was sie eben gesagt hatte, und sie versuchte den Eindruck zurechtzubiegen. »Damit will ich nicht sagen, sie hätten irgendwie reagiert, sie haben nicht mal was gesagt. Michelle ist wie ein Engel zu mir. Sie konnten Jeff eben einfach nicht verstehen.« Sie versuchte, sich in Michelle hineinzuversetzen, obwohl sie sich noch nie damit konfrontiert hatte. Die Lüge, die ihr Jeff bezüglich der Hotelreservierung aufgetischt hatte, kam ihr wieder in den Sinn. »Ich nehme an, in Wirklichkeit wollte Michelle einfach nicht, dass ich Jeff heirate, sie fand, er sei nichts für mich. Und – na ja, ich bin für Michelle so etwas wie eine Tochter, hat sie mir mal gesagt. Mein Glück liegt ihr sehr am Herzen.«

»Haben Sie vielen Dank, Miss Harrington«, sagte der Inspector. »Wir werden Sie wahrscheinlich nicht mehr behelligen müssen. Zur Gerichtsverhandlung brauchen Sie nicht zu kommen. Aber rufen Sie uns an, falls Ihnen etwas einfällt, was Sie uns noch nicht gesagt haben.«

Im Wagen sagte er zu seinem Sergeanten: »Für das arme Ding wird's noch ein böses Erwachen geben.«

»Soll ich weiter nach der Scheidungsurkunde suchen?«

»Es gibt Dinge, Malcolm, nach denen kann man suchen, ohne je was zu finden. Weil sie nämlich gar nicht existieren.«

»Dann ist die andere also wegen Bigamie dran?«

»Ich meine, das überlassen wir am besten dem Zweiten Staatsanwalt. Wir haben so schon genug an der Backe.«

»Ich fahre heute Nachmittag in meinen Wahlkreis«, sagte Jims, »aber ich warte noch bis nach vier, damit du Zeit hast, Eugenie von der Schule abzuholen.«

Zillah warf ihm einen genervten Blick zu. »Spar dir die Mühe. Ich komm nicht mit.« Wie denn auch? Am Freitag um elf traf sie sich mit Mark Fryer zum Kaffee bei Starbuck's. »Wie kommst du drauf, dass ich mitfahre?«

Den Traum von sich als Premierminister und Zillah als First Lady hatte Jims bereits vergessen. »Ich werd dir sagen, wie ich darauf komme, *Liebling*. Wir haben einen Handel abgeschlossen, erinnerst du dich? Bis jetzt hast nur du von dieser Heirat profitiert, ich hab einen Scheißdreck davon. Du bist meine Frau, oder zumindest bist du das schmückende Beiwerk, mit dem ich meine Wähler zu beeindrucken gedenke, und wenn ich beschließe, dass du mich nach Dorset begleitest, dann tust du das. Falls du – was mehr als wahrscheinlich ist – nie Zeitung liest oder im Fernsehen was anschaust, was über das Niveau einer Krankenhausserie hinausgeht: In North Wessex findet nächste Woche eine Nachwahl statt, und ich beabsichtige, am Samstag dort zu sein und unseren Kandidaten tatkräftig zu unterstützen. Mit dir. In deinem besten Kleid, hübsch, liebreizend und ergeben. Mit den lieben Kleinen, in der Hoffnung, dass der kleine Teufel nicht die ganze Bude zusammenbrüllt.«

»Du Dreckskerl.«

»Es sind zwar deine Kinder, nicht meine, trotzdem stünde es dir besser an, dich vor ihnen einer anderen Ausdrucksweise zu bedienen.«

»Und was ist mit deinem ›Scheißdreck‹?«

Jordan hatte sich den neuen Schnuller aus dem Mund gezogen und schleuderte ihn nun quer durchs Zimmer. »Scheißdreck«, sagte er versonnen. Das Wort schien besser gegen sein Geheule zu wirken als der Schnuller. »Du Dreckskerl.«

»Na, jedenfalls komm ich nicht mit. Ich will nie wieder nach Dorset. Ich hab genug davon gesehen, als ich dort gewohnt hab. Nimm doch deinen Leonardo mit. Ich wette, das hattest du sowieso vor.«

»Ich kenne mich mit Diskretion hoffentlich ein bisschen aus, Zillah, was man von dir nicht behaupten kann. Ach übrigens, hast du eigentlich daran gedacht, dich nach deinem Vater zu erkundigen?«

Am nächsten Morgen sah keiner von beiden Natalie Reckmans Artikel: Jims, weil er verschlafen hatte und sich beeilen musste, um rechtzeitig zu seiner Bürgersprechstunde in Toneborough zu sein, Zillah, weil sie, gleich nachdem sie die Kinder abgeliefert hatte, in den Army&Navy-Store fuhr, um sich eine Gesichtsmaske und Make-up verpassen zu lassen. Kurz nach elf saß sie – die Schönheit in Person, wie er sich ausdrückte, und es klang nicht so, als meinte er es sarkastisch – mit Mark Fryer in der Horseferry Road beim Cappuccino, wo er ihr alles über seine gescheiterte Ehe und die kürzlich erfolgte Scheidung erzählte – für Zillah momentan ein Reizwort – und sich höchst verwundert zeigte, als sie sagte, sie müsse jetzt gehen und Jordan abholen.

»Dann komme ich mit.«

Danach konnte Zillah sich absolut nicht erklären, wie sie mit Jordan und Mark Fryer aus dem Auto gestiegen und, statt mit dem Aufzug in die Wohnung hinaufzufahren, um den

Häuserblock herum zum vorderen Eingang gelangt war. Vielleicht weil das Gebäude von vorn betrachtet sehr schön und im Keller ein schäbiger Albtraum aus Beton war? Hatte sie bei ihm Eindruck schinden wollen? Vielleicht. Aber so war es nun. Sie gingen zusammen die Millbank entlang und bogen in die Great College Street ein.

Vor Abbey Gardens Mansions hatte sich eine Menschenmenge versammelt, hauptsächlich Pressefotografen und junge Frauen mit Notizblöcken. Als sie Zillah näher kommen sahen, drehten sie sich alle gleichzeitig um und drängten sich um sie, schrille Stimmen bombardierten sie mit Fragen, Blitzlichter leuchteten auf. Sie versuchte erst, mit den Händen ihr Gesicht zu bedecken, dann, wie sie hoffte, mit Marks Jackett, das er über die Schulter geworfen hatte.

Mit den hastig hervorgestoßenen Worten: »Das hier ist nichts für mich. Bis bald«, entriss er es ihr und verschwand. Jordan fing an zu brüllen.

20

Es war Lafs freier Tag. Morgens um elf saßen die Wilsons vor ihrer Terrassentür im Freien, tranken Kaffee und lasen die *Mail* und den *Express*. Ihren kleinen Garten hatte Sonovia so gestaltet, wie ein Garten laut ihrer oft geäußerten Meinung sein sollte, »eine wahre Farbenpracht«, im Gegensatz zu dem nebenan, wo alles ordentlich, steril und blumenfrei war. In großen Kübeln wuchsen Azaleen in grellem Pink, scharlachrote und pastellrosa Geranien fingen gerade an zu blühen, während Kletterpflanzen im Hell- und Dunkelblau der Oxford-Cambridge-Ruderregatta aus Hängekörben und über den Rand von Steintrögen quollen. Eine strahlend gelbe Rankenpflanze unbekannten Namens leuchtete hinten am Gartenzaun.

Laf legte die Zeitung aus der Hand und meinte anerkennend zu seiner Frau, der Garten sei eine richtige Augenweide. »Diese blauen Dinger sind ja wirklich hübsch. Die hattest du bisher noch nie, glaube ich.«

»Lobelien«, sagte Sonovia. »Die heben sich so schön von dem Rot ab. Ich hab sie aus dem Versandkatalog, aber um ehrlich zu sein, ich hätte nie gedacht, dass sie werden wie auf dem Foto. Hast du das von der Frau gelesen, die mit dem Kerl verheiratet war, den sie im Odeon umgebracht haben, und dann einen anderen geheiratet hat, ohne dass sie geschieden war? Hier steht, sie hätte geglaubt, sie sei geschieden. Wie soll denn das gehen, frag ich mich, was meinst du?«

»Keine Ahnung. Leute gibt's, die sind zu allem fähig, wie

ich aus gutem Grund weiß. Vielleicht hat er ihr gefälschte Papiere gezeigt.«

Er wollte sich nicht anmerken lassen, dass diese neueste Nachricht im Kinoschlächter-Fall noch nicht bis ins Polizeirevier von Notting Hill gedrungen war. Das mit dem Messer war etwas anderes, darüber wusste er bestens Bescheid – dass man es in einem Mülleimer gefunden und jemand gemeint hatte, es sei ausgekocht worden, und dass das Labor nicht feststellen konnte, ob es die Tatwaffe war oder nicht. Wer würde denn ein Messer auskochen? Bei dieser Frage des Detective Inspector hatte Laf an Minty gedacht und lachen müssen bei der Vorstellung, die kleine Minty wäre im Stande, irgendjemandem auch nur ein Haar zu krümmen.

»Meinst du«, fragte er seine Frau, »diese Zillah Melcombe-Smith hat Unrecht getan, als sie wieder geheiratet hat, ohne geschieden zu sein? Ich meine, wenn sie dachte, sie sei geschieden und diesen Abgeordneten im guten Glauben geheiratet hat?«

»Ach, ich weiß nicht, Laf. Sie hätte sich vielleicht erst vergewissern müssen, bevor sie vor den Altar tritt.«

»Also, findest du, dass jemand ein Unrecht begeht, wenn er gar nicht weiß, dass es eins ist?« Solche Dinge bereiteten Laf als verantwortungsbewusstem Polizisten manchmal Sorgen. »Ich meine, wenn man jemand angreift und umbringt, weil man glaubt, es sei ein Dämon oder ein Hitler oder so was, wenn man es tatsächlich glaubt? Wenn man glaubt, die Welt dadurch von einem Übel zu befreien – von einer bösen Gewalt? Wäre das ein Unrecht?«

»Dafür müsste man ja übergeschnappt sein.«

»Okay, Übergeschnappte, wie du das nennst, gibt es mehr als genug. Wäre es ein Unrecht?«

»Das ist mir zu hoch, Laf. Da fragst du lieber den Pastor. Willst du noch Kaffee?«

Laf lehnte ab. Er saß in der Sonne und dachte darüber nach, dass das, was er Sonovia auseinander gesetzt hatte, für den

Getöteten und seine Freunde und Angehörigen genauso ein Unrecht wäre, wie wenn der Killer es mit Absicht getan hätte. Aber für denjenigen, der getötet hatte, wäre es kein Unrecht, der hätte den Mord nicht im Sinne des »Du-sollst-nicht«-Gebotes begangen, sondern wäre unschuldig wie ein Lamm. Sein Gewissen wäre rein, und vielleicht wäre er sogar stolz darauf, Hitlers oder des Teufels Mörder gewesen zu sein.

Laf, der ein tiefreligiöser Mensch und Mitglied einer eher pietistischen evangelischen Kirche war, fragte sich, ob so jemand wohl in den Himmel kam. Er würde doch den Pastor fragen. Dabei war er sich aber ziemlich sicher, dass der sagen würde, wenn Gott so jemanden schon verrückt gemacht hatte, sollte er ihn auch ins Paradies eingehen lassen. Er sah wieder in den Garten hinaus. Dieses zarte Rosa der Geranien war doch eine schöne Farbe. Ach, es war wunderbar, ein glücklicher Mensch zu sein, unter seinem Weinstock und seinem Feigenbaum zu sitzen, wie es in der Bibel stand – oder eigentlich eher unter seinem Weißdorn und seinem Flieder –, zusammen mit einem guten Weib und einer munteren Kinderschar.

Sonovia war ins Haus gegangen, um Corinne anzurufen. Nachmittags wollten sie mit ihrer Enkelin in den Millennium Dome gehen. Bis Viertel nach eins würde er noch abwarten, bis sie zu Mittag gegessen hatten, und Minty dann die Zeitungen hinüberbringen. Vielleicht würde sie gern mitkommen. Den Zwist zwischen Minty und Sonovia beigelegt zu haben, dachte Laf, war das Lohnendste gewesen, was er seit langem getan hatte. Seine Frau war doch eine Gute, wenn auch ein wenig aufbrausend. Er legte den Kopf in den Nacken und schloss die Augen.

Minty wunderte sich nicht, dass sie von der alten Mrs. Lewis heimgesucht wurde, damit hatte sie gerechnet. Zwar konnte sie sie nicht sehen und hoffte, dies würde ihr auch weiterhin erspart bleiben, doch war ihre Stimme nun ebenso oft zu hören wie die anderen. Es bewies jedenfalls, dass sie tot war und dass Jocks Worte, die sie ihn in der Nacht hatte flüstern hören, wahr waren. Die Lebenden kehrten nicht zurück, um zu einem zu sprechen, sie waren ja schon hier.

Dass die neue Stimme Mrs. Lewis gehörte, wusste sie, weil Tantchen es ihr gesagt hatte. Tantchen machte sich nicht die Mühe, sie ihr vorzustellen, was Minty eigentlich ziemlich unhöflich fand. Sie nannte sie einfach Mrs. Lewis. Es war ein ganz schöner Schock. Minty war gerade beim Bügeln gewesen, nicht bei Immacue wie jetzt, sondern zu Hause in ihrer Küche, als Tantchen angefangen hatte, mit ihr zu reden. Sie verlor kein Wort über die Blumen, die ihr Minty am Vortag aufs Grab gestellt hatte und die übrigens eine Stange Geld gekostet hatten, über zehn Pfund, sondern fing an, an ihrer Bügelei herumzumeckern, sagte, die Wäsche sei zu trocken und so würde sie die Falten nie rauskriegen. Dann fragte sie Mrs. Lewis nach ihrer Meinung. »Was meinen Sie, Mrs. Lewis?«, wollte sie wissen.

Die neue Stimme war schroff und tiefer als die von Tantchen und hatte einen komischen Akzent. Sicher West Country. »Sie sollte eins von diesen Sprays benutzen«, sagte die Stimme. »In der Reinigung, wo sie arbeitet, haben sie doch jede Menge. Sie könnte sich eins ausleihen.«

Die wussten doch alles, diese Toten. In alles konnten sie hineinsehen, weshalb es umso komischer war, dass sie nicht hören konnten, was man ihnen sagte. Zu Lebzeiten hatte Mrs. Lewis Hunderte von Meilen entfernt in Gloucester gewohnt und hätte nie und nimmer über Immacue Bescheid wissen können und dass Minty dort arbeitete, doch jetzt wusste sie es, weil sie tot war und ihr Geheimnisse offenbart wurden. Während Minty weiterbügelte, unterhielten sich die beiden, schwatzten munter drauflos über Waschpulver und Fleckentferner. Minty versuchte, nicht auf sie zu achten. Sie begriff nicht, weshalb Mrs. Lewis zurückgekehrt war, um sie heimzusuchen. Vielleicht war die alte Frau gestorben, als sie gehört hatte, dass ihr Sohn Jock tot war, war unter dem Schock zusammengebrochen. Sie sollte sich bloß nicht einbilden, Minty würde ihr Grab pflegen, wo auch immer es war. Das von Tantchen war schon schlimm genug, von den Kosten ganz zu schweigen.

Die Bügelei war beendet, alles gefaltet und auf einem sauberen Laken in den Wäschekorb gelegt. Minty hob ihn hoch.

»Den Korb brauchst du aber nicht«, sagte Tantchen. »Das ist doch kein großer Stapel. Den kannst du so tragen, ist doch einfacher.«

»Verschwinde«, sagte Minty. »Das geht dich überhaupt nichts an, und ich stell dir auch keine Blumen mehr aufs Grab. Kann ich mir nicht leisten.«

»Man kann's ihr aber doch nachempfinden«, versetzte die alte Mrs. Lewis. »Wo ihr mein Sohnemann das ganze Geld abgeluchst hat. Wohlgemerkt, er hätte es ihr ja zurückgegeben, wenn er nicht bei dem Zugunglück umgekommen wäre. Jeden Penny hätte er ihr zurückerstattet.«

»Wenn Sie mir was zu sagen haben«, rief Minty laut, »dann sagen Sie mir's direkt und nicht ihr. Und überhaupt ist es an Ihnen, mir mein Geld zurückzugeben.«

Aber Mrs. Lewis redete gar nicht mit ihr, sondern mit Tantchen. Auf wundersame Weise hatte Tantchen ihr Hörvermögen wiedererlangt, und Mrs. Lewis hatte heute Morgen mit ihr geredet, während Minty bei Immacue bügelte. Die kamen überall hin, diese Geister. Tantchen sagte, sie sehe aber blass aus, bestimmt hätte sie in ihrem Essen bloß herumgestochert, aber da schaltete sich Mrs. Lewis ein und sagte, ihr Jock hätte Minty seinerzeit schon zum Essen angehalten, er sei ja ein herzhafter Esser und hätte es gern, wenn ein Mädel auch ordentlich zugriff.

»Verschwindet, verschwindet«, flüsterte Minty, aber anscheinend nicht leise genug, denn Josephine kam herein und wollte wissen, ob sie etwas gesagt hätte.

»Ich hab nichts gesagt.«

»Ach, mir war aber so. Hast du gesehen, was heute früh in der Zeitung stand? Eine Frau, die mit dem Typ verheiratet war, den sie ermordet haben, hat einen anderen geheiratet.«

»Ich seh die Zeitung erst, wenn ich nach Hause komme. Und wieso eigentlich nicht, wenn er doch tot ist?«

»Als sie's getan hat, war er ja noch nicht tot«, sagte Josephine. »Und stell dir mal vor – die und der Abgeordnete haben am gleichen Tag geheiratet wie ich und Ken. Schau mal, ich hab den *Mirror* hier. Wie findest du ihre Klamotten? Jeans können auch zu eng sein, finde ich jedenfalls. Und die Haare hat sie total unordentlich. Das da ist irgendein Typ, der bei ihr war, wer, steht nicht dabei, jedenfalls nicht der Gatte, und das ist ihr kleiner Junge, och, wie der schluchzt, das arme Kerlchen.«

»Es ist böse, Leute umzubringen«, sagte Minty. »So was bringt doch nur Ärger, wie man sieht.« Sie machte das letzte Hemd fertig und ging nach Hause.

Sie war kaum fünf Minuten dort, als Laf mit den Zeitungen herüberkam. Er wollte, dass sie mit ihm und Sonovia und Daniels kleinem Mädchen zum Millennium Dome kam, aber Minty lehnte dankend ab, diesmal nicht, sie habe zu Hause zu viel zu tun. Sie musste unbedingt baden, sie konnte ja nicht schmutzig aus dem Haus gehen, und sie wollten in zehn Minuten aufbrechen. Außerdem mussten die Zeitungen gelesen, die Möbel abgestaubt und die Böden gesaugt werden.

»Aber doch nicht am Nachmittag«, sagte Tantchen, kaum dass Laf gegangen war. »Eine gute Hausfrau macht ihre Arbeit gleich morgens in aller Frühe. Am Nachmittag setzt man sich hin und nimmt sich die Näharbeiten vor.«

Mrs. Lewis musste ihren Senf auch noch dazugeben. »Sie wird sagen, sie hätte ja ihren Job. Und Sie wollen doch bestimmt nicht, dass sie am Sonntag sauber macht. Sonntag ist Ruhetag oder sollte es jedenfalls sein. Zu meiner Zeit ist man in aller Herrgottsfrühe aufgestanden und hat abgestaubt und gesaugt, bevor man zur Arbeit ging, aber das gibt's ja heute nicht mehr.«

»Verschwindet«, sagte Minty. »Ich hasse euch.«

Irgendwie ahnte sie, dass sie ihr nicht ins Freie folgen würden, und behielt Recht. Vielleicht war es ihnen zu hell oder zu heiß oder irgendwas. Geister verflüchtigten sich im Sonnenschein, hatte sie irgendwo gelesen. Sie holte den Rasenmäher heraus und mähte das kleine Rasenstück, dann die langarmige Schere, um die Ränder zu stutzen. Nebenan trat Mr. Kroots Schwester in den Garten heraus und warf grünschimmlige Brotbrocken als Vogelfutter hin. Minty wollte schon sagen, es kämen bestimmt keine Vögel, sondern Ratten, unterließ es dann aber, weil sie und Tantchen sich geschworen hatten, nie wieder ein Wort mit Mr. Kroot oder der Schwester oder sonst jemandem von denen zu sprechen.

Kaum war sie wieder in der Küche, sagte Tantchen: »Da hätte ich dir aber den Marsch geblasen, wenn du zu Gertrude Pierce auch nur ein Wort gesagt hättest.«

So hieß sie also. Tote wussten doch alles. Jetzt erinnerte sich Minty auch wieder, obwohl sie den Namen seit gut zehn Jahren nicht mehr gehört hatte. Sie gab Tantchen keine Antwort. Die beiden Alten brummelten irgendwo im Hintergrund weiter. Das musste sie eben ertragen, bis es ihnen langweilig wurde und sie dahin zurückgingen, wo sie hergekommen waren. Dass sie Staub saugte, würde ihnen nicht behagen, denn der Lärm würde ihre Stimmen übertönen. Sollten sie doch murren, so viel sie wollten. Wenigstens konnte sie sie nicht sehen.

Zuerst staubte sie immer ab. Zu Tantchens Lebzeiten hatte sie von ihr deswegen viel Kritik einstecken müssen. Tantchen saugte immer zuerst Staub, aber Minty war der Überzeugung, wenn man danach abstaubte, lagerte sich der ganze Staub doch auf dem sauberen Teppich ab, und wer gründlich war, musste gleich noch mal saugen.

Tatsächlich fing Tantchen sofort an, kaum dass Minty das saubere gelbe Staubtuch aus der Küchenschublade genommen hatte. »Das benutzt du ja hoffentlich erst, wenn du den Boden gemacht hast. Ich weiß gar nicht, wie oft ich's ihr gesagt habe, Mrs. Lewis. Es geht zum einen Ohr rein und zum anderen wieder raus.«

»Man kann genauso gut an die Wand reden«, bekräftigte Mrs. Lewis, denn inzwischen hatte Minty damit begonnen, alle Nippessachen auf dem kleinen Tisch herumzuschieben und die Oberfläche mit Flüssigwachs einzusprühen. »Das Zeug, das sie da benutzt, saugt den Schmutz einfach auf und hinterlässt einen scheußlichen Belag.«

»Das sag ich doch andauernd! Ich hätte gern einen Fünfpfundschein für jedes Mal, wo ich ihr das gesagt habe.«

»Stimmt gar nicht«, rief Minty laut und nahm sich die Anrichte vor. »Nicht, wenn man das Haus so sauber hält wie ich. Und die Fünfpfundscheine solltest du *mir* geben.«

»Ist die aber gereizt, Winifred. Da sagt man mal was, und gleich beißt sie einem den Kopf ab.«

»Ich beiß Ihnen gleich Ihren ab! Ein großer Polizeihund sollte kommen und ihn abbeißen.«

»Was fällt dir ein, so mit Mrs. Lewis zu reden«, sagte Tantchen.

Sie konnten sie also doch hören. Aber vielleicht nur, wenn sie wütend wurde. Das würde sie sich merken. Sie machte das ganze Haus sauber. Oben im Badezimmer stopfte sie sich die Ohren zu, um ihre Stimmen nicht hören zu müssen, doch sie drangen trotzdem durch die Watte. Nur solange sie badete und sich die Haare wusch, war Ruhe. Während sie im Wasser lag, versuchte sie sich Mrs. Lewis vorzustellen. Sie war bestimmt uralt. Irgendwie hatte Minty die fixe Idee, Mrs. Lewis sei bereits an die Fünfzig gewesen, als Jock geboren wurde. Sicher war ihr Haar weiß und flusig und so dünn, dass stellenweise die kahle, rosafarbene Kopfhaut durchschimmerte, ihre Nase hakenförmig und ihr Kinn ebenso hakenförmig aufwärts zur Nase gewölbt und der Mund dazwischen wie ein Riss in einem Stück grobkörnigem braunem Holz. Sie sah aus wie eine Hexe, tief gebeugt und winzig klein, denn sie war bestimmt geschrumpft, und machte beim Gehen kleine Stolperschritte.

»Ich will sie nicht sehen«, sagte Minty laut. »Ich will sie nicht sehen, und Tantchen will ich auch nicht sehen. Die brauchen mich nicht, die haben sich ja gegenseitig.«

Sie bekam keine Antwort.

Sauber und in frischen Sachen, in den hellgrauen Dockers aus dem Wohltätigkeitsshop und einem weißen T-Shirt mit Tantchens silbernem Kreuz an einer Kette um den Hals, saß Minty im Erker, las Zeitung und schaute ab und zu auf die Straße hinaus. Es war nach fünf, und die Wilsons waren noch nicht zurückgekehrt. Gertrude Pierce trat mit einem Brief in der Hand aus Mr. Kroots Haustür. Ihr orangegelbes Haar war an den Wurzeln ganz weiß. Sie trug einen lilafarbenen Mantel mit Kunstpelzkragen, einen Wintermantel an einem warmen Sommernachmittag! Minty sah sie die Straße überqueren und zum Briefkasten an der Ecke Laburnam Street gehen. Auf dem Rückweg sah sie jetzt in ihre Richtung, und Minty bemerkte, dass ihr Gesicht mit mehreren Schichten Make-up bedeckt war und sie grellroten Lippenstift aufgelegt hatte und schwarzes Zeug auf den Augenbrauen. Ihr schauderte bei dem Gedanken an den ganzen Dreck auf der Haut, und dabei hatte die doch gut und gern ihre Fünfundsiebzig auf dem Buckel.

Die Geisterstimmen hielten sich mit Kommentaren zurück. Während der letzten paar Stunden hatten sie sich nicht hören lassen. Minty machte sich eine Tasse Tee in einer blitzsauberen weißen Henkeltasse und aß dazu ein Blätterteigstückchen – sie hatte mit eigenen Augen gesehen, wie der behandschuhte Mann es mit einer Edelstahlzange unter einer Abdeckhaube hervorgeholt hatte – von einem weißen Teller mit Papierdeckchen. Als sie die Henkeltasse und den Teller gespült und abgetrocknet hatte, zog sie eine frische weiße Strickjacke an und ging über die Harrow Road zum Friedhof. Unterwegs begegnete sie Laf und Sonovia mit dem kleinen Mädchen und Daniels Frau Lauren auf dem Heimweg in Lafs Auto. Sie winkten ihr durch die offenen Wagenfenster zu. Lauren hatte sich ihr langes schwarzes Haar zu lauter eng am Kopf anliegenden Zöpfchen flechten lassen und Blumenbildchen auf den Fingernägeln, was sich für die Frau eines Arztes nicht schickte.

Der Friedhof war sehr grün und üppig, überall im Gras wuchsen Butterblumen und Maßliebchen, und über die alten Steine kroch frisches, glänzendes Moos. Auf der anderen Kanalseite ragte der volle Gasometer empor. Manchmal, wenn er fast leer war, wirkte das bloße Gerüst wie die Skelette, die in vermodernden Kisten hier überall unter der Erde lagen. Sie ging den Fußweg zwischen Stechpalmen und Nadelbäumen entlang, wo über bemooste gefallene Engel und flechtenüberzogene Mausoleen der Efeu wucherte. In manche Grabsteine war Efeu eingemeißelt, und echter Efeu rankte sich darüber. Es war niemand unterwegs. Genau hier, wo sich die beiden Gehwege kreuzten, hatte sie Jock in seiner schwarzen Lederjacke auf sich zukommen sehen. Sie war sicher, sie würde ihm nie wieder begegnen. Nie wieder würde sie zu Tantchen beten, nachdem sie sie so behandelt hatte, und Blumen aufs Grab gäbe es auch keine mehr.

Es war schwer, denn außer Tantchen hatte sie ja eigentlich niemanden gehabt, bis Jock dann gekommen war. Sonovia hatte einmal gesagt, Tantchen sei wie Gott für sie, und Laf, der dabei gewesen war, hatte erschrocken gesagt, sie solle doch nicht so reden, Minty glaubte ja schließlich nicht an Tantchen und betete nicht zu ihr. In Wirklichkeit tat sie es natürlich, konnte es aber nicht sagen, doch als sie wieder zu Hause war, fiel sie auf die Knie und betete. Sie war ganz durcheinander, wusste überhaupt nicht, was sie tun sollte, ob sie Tantchen nun dafür danken sollte, dass sie gestorben war und ihr das Haus und das Badezimmer hinterlassen hatte oder ob sie sie wieder ins Leben zurückwünschen sollte. Nun, der zweite Wunsch war ja sozusagen in Erfüllung gegangen.

Nelken und Schleierkraut, die sie vor ein paar Wochen aufs Grab gestellt hatte, waren inzwischen verwelkt und braun. Das Wasser war ebenfalls braun geworden und stand nur noch zwei Finger hoch in der Vase. Sie nahm die verwelkten Blumen heraus, schüttete das Wasser auf die Erde und stellte die Vase wieder dahin zurück, wo sie sie gefunden hatte, nämlich auf die Steinplatte vor dem Grabmal irgendeines alten Mannes. Dann hielt sie ihr Gesicht ins sanfte Abendlicht und ließ sich von der Sonne wärmen. Sie hatte damit gerechnet, dass Tantchen und vielleicht Mrs. Lewis etwas sagten. Inzwischen hatte Tantchen sicher begriffen, dass es ihr ernst gewesen war, als sie gesagt hatte, es gäbe keine Blumen mehr. Schließlich hatte sie die Vase entfernt, daran musste sie es merken. Tote wussten alles, sahen alles. Es kamen aber keine Stimmen, sie waren irgendwohin gegangen, dahin zurück, wo sie hergekommen waren.

Danach würde sie ins Kino gehen. Allein. Bis zum Whiteley's war es zu Fuß nicht so weit. Falls sie die beiden irgendwo sehen würde, dachte sie, dann höchstens in der Unterführung an der U-Bahnstation Royal Oak, obwohl es keinen besonderen Grund gab, die eine oder die andere mit Straßenunterführungen in Verbindung zu bringen. Und sie waren auch nicht dort, nicht einmal ihre murmelnden Stimmen. Ein Film mit dem Titel *The Insider* und einer mit dem Titel *Der Strand* standen zur Auswahl. Sie entschied sich für letzteren und musste eine Geschichte über eine Gruppe Teenager in irgendeinem fernen Land über sich ergehen lassen.

Ein Mann kam, setzte sich neben sie und bot ihr ein Polo-Minzbonbon an. Sie lehnte kopfschüttelnd ab, musste dabei aber natürlich an Jock denken, und als ihr der Mann die Hand aufs Knie legte, fiel ihr wieder ein, dass sie Jock gesagt hatte, sie sei auf immer und ewig die Seine. Es würde nie einen anderen geben. Es war egal, dass Jock ihr ganzes Geld gestohlen hatte. Sie griff nach der Hand des Mannes und krallte ihm die Fingernägel in den Handrücken, bis er aufschrie. Dann rückte sie drei Plätze weiter, und nach einer Weile ging er.

Als sie aus dem Kino trat, war es dunkel und nicht mehr besonders warm. Sie ging in Richtung Edgware Road und wartete auf einen 36er-Bus. Während sie dort stand, ganz allein, an einem trostlosen, menschenleeren Ort in der Nähe des Paddington Basin, sah sie Tantchen auf der Bank im Bushäuschen sitzen. Sie war nicht so deutlich wie Jock damals, sondern eine Gestalt, durch die man hindurchsehen konnte, eine fast transparente Form, die jedoch unverkennbar Tantchen war, vom stahlgrauen, am Hinterkopf zu einem Nest geschlungenen Haar und der randlosen Brille bis zu den vernünftigen schwarzen Schnürschuhen.

Minty hatte nicht die Absicht, sie anzusprechen, diese Genugtuung würde sie ihr nicht verschaffen, fragte sich aber, ob vielleicht die Tatsache, dass sie die Vase entfernt und die verwelkten Blumen weggeworfen hatte, sie wieder in eine sichtbare Gestalt verwandelt hatte. Von Mrs. Lewis war nichts zu sehen. Minty starrte Tantchen an, während Tantchen angestrengt zur Brücke über den Kanal hinüberschaute. Einige Minuten später kam der Bus. Ich steig nicht ein, wenn sie einsteigt, sagte sich Minty. Doch als der Bus anhielt, stand Tantchen auf und ging in Richtung Unterführung davon.

»Die wären wir los«, sagte Minty, während sie dem Fahrer das Geld reichte.

»Was is los?«

Viele Leute starrten sie an.

»Mit Ihnen hab ich nicht geredet«, sagte sie zu dem Fahrer und an den Rest gewandt, »und mit Ihnen auch nicht.«

Sie ging nach oben, um ihnen zu entkommen.

21

Solange er denken konnte, war Jims nicht so wütend gewesen, wobei seine Wut mit Furcht durchmischt war. Er war – bis zu einem gewissen Punkt jedenfalls – ein fantasiebegabter Mensch und sah seine Karriere bereits in tausend Scherben vor sich liegen, während die Gestalt des Oppositionschefs riesenhaft und bedrohlich vor ihm aufragte.

Er lag in Fredington Crucis House im Bett, nachdem er an seinem Nachttischradio eine Stunde lang pflichtschuldig der Sendung *Today* gelauscht hatte. Um halb neun brachte Mrs. Vincey ihm eine Tasse Tee – was sie bisher noch nie gemacht hatte – und zwei Boulevardblätter herauf. Es mussten ihre eigenen sein, denn hier auf dem Land hatte Jims keine Zeitungen abonniert, und wenn, dann bestimmt nicht solche. Er hegte schon lange den Verdacht, dass sie ihn hasste, und war sich dessen nun sicher.

Es war der Tag, an dem er zur Unterstützung des Kandidaten der Konservativen nach Shaston hatte fahren sollen. Er konnte sich denken, dass die Presse mit Kameras und Aufnahmegeräten bereits auf ihn wartete, und hatte eben beschlossen, nicht zu fahren, weil es der Partei eher schaden als nützen würde, als das Telefon läutete.

Es war Ivo Carew. »Hör mal, Schätzchen, ich muss dir was beichten. Dass du unser Mittagessen damals abgeblasen hast, hab *ich* den Bullen gesteckt. Mir blieb eigentlich gar nichts anderes übrig. Die haben mich ausgequetscht.«

Wie das möglich war, nachdem er ihnen gegenüber Ivos

Existenz überhaupt nicht erwähnt hatte, war Jims schleierhaft. »Hast du die Zeitungen gesehen?«

»Wer nicht?«

»Was soll ich denn jetzt machen?«

»Na, mein altes Täubchen, ich an deiner Stelle würde so tun, als hätte ich von nichts gewusst. Ich meine, dass der Gatte noch Gatte war.«

»Wusste ich ja auch nicht.«

Ivo glaubte ihm ganz offensichtlich nicht. »Ich würde einfach meine Unschuld beteuern. *Steif* und fest. Von einem Bräutigam« – bei diesem Wort kicherte er fies – »kann man schließlich nicht erwarten, dass er die Scheidungspapiere seiner Zukünftigen unter die Lupe nimmt. Sie sagte, sie sei geschieden, und du hast es akzeptiert.«

Jims sagte nichts.

»Wieso um alles in der Welt hast du sie geheiratet?«

»Weiß ich auch nicht«, sagte Jims. »Schien mir damals eine gute Idee.«

»Soll ich rüberkommen, Schätzchen?«

Um mit ihm ins Bett zu steigen, zweifellos, und die Dinge noch zusätzlich zu komplizieren, ganz zu schweigen von der alten Vincey, die zwar unten wäre, die Ohren aber spitzen würde. »Lieber nicht. Ich fahr nach Hause.«

Geduscht und angekleidet fühlte sich Jims schon etwas wohler, wenn er auch nicht in der Lage war, den Teller voll gebratenem Ei mit Brot, Speck und in Fett schwimmenden Kartoffeln zu vertilgen, der wundersamerweise für ihn zubereitet worden war. Er trank eine Tasse Nescafé mit Kaffeeweißer. War wirklich alles so schlimm, wie er zunächst gedacht hatte? Als Politiker war Jims der Ansicht, dass es im öffentlichen Leben nur wenige Situationen gab, denen nicht mit der richtigen Strategie abgeholfen werden konnte, nur wenige Irrtümer, die sich mit (aufgesetzter) Offenheit, einer ehrlichen Entschuldigung und ernsthaftem Unschuldsgebaren nicht ausbügeln ließen. Und unschuldig war er. Was wäre nahe liegender, als dass sich zwei unzuverlässige, schludrige Leute wie Zillah und Jerry Leach zusammengetan und miteinander zwei Kinder gemacht hatten, ohne je zu heiraten? Selbstverständlich hatte er ihr geglaubt. Er konnte ja sagen, ihre erste Ehe sei ihr in zu schmerzlicher Erinnerung gewesen, als dass sie sie auf irgendeinem Dokument verewigt haben wollte. Das würde genügen. Nun, genügen natürlich nicht, aber helfen würde es.

Am besten war wahrscheinlich, wenn er sagte, er habe es nicht gewusst. Zillah hielt sich für geschieden, und jetzt, wo Jerry Leach tot war, würde er, Jims, alles in Ordnung bringen, indem er die Witwe umgehend noch einmal ehelichte. Wollte er das tatsächlich? Natürlich nicht. Er würde sie am liebsten nie wieder sehen. Doch er hatte keine Wahl. In der Not frisst der Teufel Fliegen, und der Teufel hatte nie tiefer in der Not gesteckt als jetzt. Wenn das ganze Durcheinander vorbei war, konnten sie sich ja immer noch scheiden lassen. Vielleicht sollte er eine Presseerklärung herausgeben. Sofort Malina Daz anrufen, damit sie ihm beim Formulieren half. Für den *Evening Standard* wäre es trotzdem zu spät. Am besten fuhr er zuerst nach Hause, legte sich die Erklärung unterwegs im Kopf zurecht und nahm sich Zillah vor, dieses unmögliche kleine Aas, dem er am liebsten nie begegnet wäre. Malina würde er vom Autotelefon aus anrufen und dann Leonardo.

Aber vielleicht hatte er doch eine Wahl. Vielleicht gab es noch andere Optionen. Er nahm den Hörer ab und wählte Ivos Nummer. Bei genauer Betrachtung war Zillah geistig nämlich keine besondere Leuchte.

Michelle machte es nicht viel aus, dass sie und Matthew des Mordes an Jeffrey Leach – als den sie ihn inzwischen kannte – verdächtigt wurden. Obwohl ... das war übertrieben. Natürlich würde es ihr etwas ausmachen, wenn man sie wirklich verdächtigte, wenn diese ganzen Vernehmungen nicht bloß

Routine gewesen waren. Sie mussten ja Fragen stellen, das war ihre Aufgabe. Sie und Matthew sahen die Sache immer noch als Witz. Sie hatten den hauptsächlich ermittelnden Polizeibeamten sogar Spitznamen verpasst: die Frau war Miss Delikt und der Mann Mister Gewaltverbrechen. Doch selbst wenn sie Mr. und Mrs. Jarvey aus der Holmdale Road in West Hampstead tatsächlich auf ihre Verdächtigenliste gesetzt hatten und sie tatsächlich unter Verdacht standen, wäre es nichts im Vergleich zu dem Verrat, den Fiona begangen hatte.

Als sie nämlich gestern früh angerufen hatten und wissen wollten, wo sie und Matthew sich an dem Tag vor einer Woche aufgehalten hatten, an dem Jeff getötet worden war, als sie sagten, es heiße, sie hätten Jeffrey Leach nicht leiden können und keinen Hehl daraus gemacht, hatte sie gefragt, woher sie das denn wüssten. Sie wollten es ihr natürlich nicht sagen und meinten, diese Information könnten sie nicht weitergeben. Doch Michelle wusste es, und dieses Wissen machte ihr schwer zu schaffen. Nur Fiona konnte es ihnen gesagt haben, denn außer ihr hatte niemand von ihrer Abneigung gewusst. Sie kannten ja sonst kaum jemanden, abgesehen von ihrer Schwester und Matthews Bruder, die sie selten sahen und die sie niemals ins Vertrauen gezogen hätten. Fiona wusste, dass die Jarveys ihren Verlobten nicht mochten, sie und Michelle hatten ausführlich darüber gesprochen, und als sie gefragt wurde, ob Jeff vielleicht irgendwelche Feinde hätte, hatte sie ihre Nachbarn genannt. Ihre Freunde. Die Frau, die sie wie eine Mutter liebte und sich von ihr in töchterlicher Weise wiedergeliebt fühlte. Es war ungeheuerlich. Ob Matthew das denn nicht auch dächte, fragte Michelle unter Tränen.

»Du weißt es nicht mit Sicherheit, Liebling. Sie haben vielleicht nur vermutet, dass wir ihn nicht leiden konnten, denn so ging es doch den meisten, abgesehen von den armen Frauen, die er um den Finger gewickelt hat.«

»Nein. Fiona hat es ihnen gesagt. Woher sollten sie denn wissen, dass ihn niemand leiden konnte? Sie kennen doch niemanden, der ihn gekannt hat. Seine Vergangenheit ist ein unbeschriebenes Blatt, sagt Fiona. Sie hat mich betrogen und so furchtbar es auch ist, ich werde nie wieder so zu ihr stehen können wie früher, nie.«

»Nicht weinen, Liebling. Ich ertrag es nicht, dich weinen zu sehen.«

Miss Delikt und ihr Pendant – diesmal waren es zwei Frauen – wollten etwas, von dem Michelle immer gedacht hatte, es sei kein reales Ansinnen, sondern bloß Bestandteil von Detektivgeschichten und Fernsehkomödien. Sie verlangten von ihr und Matthew ein Alibi. Erst erschrak sie darüber. In der behüteten Welt, in der sie lebte, wo Ehrlichkeit selbstverständlich war, hatte sie gedacht, die Ältere der beiden Frauen würde ihr Glauben schenken.

»Mein Mann und ich waren zusammen beim Einkaufen. Zuerst gingen wir zu Waitrose am Swiss Cottage, und weil das Wetter so schön war, fuhr ich uns danach zum Heath hinauf.«

»Nach Hampstead Heath?« Miss Delikt fragte, als gäbe es in London Dutzende von offenen Grünflächen mit der Bezeichnung Heath. Michelle nickte. »Sie parkten und blieben im Wagen sitzen? Wo denn genau?«

Jeder wusste doch, wie schwierig es war, in der Gegend überhaupt einen Parkplatz zu finden. Man konnte nicht mehr fahren, wohin man wollte, wie früher, als sie und Matthew in die Holmdale Road gezogen waren, sondern musste sich dahin stellen, wo man eben Platz fand.

»Bei dem Teich am Vale of Health.«

»Wann war das, Mrs. Jarvey?«

Sie konnte sich nicht mehr erinnern. Sie konnte nur noch sagen, dass sie kurz nach halb fünf dann wieder gefahren waren, weil Miss Harrington um halb sechs auf einen Drink herüberkommen wollte.

Matthew sagte: »Wir sind um halb drei einkaufen gefahren und waren um Viertel vor vier am Vale of Health. Dort blieben wir eine Dreiviertelstunde.«

Sicher waren sie von seiner schönen Stimme beeindruckt. War das etwa die Stimme eines Schurken, der herumstreunte und Leute erstach? Mit der nächsten Frage hatte Michelle nicht gerechnet.

»Hat Sie jemand gesehen? Erinnert sich vielleicht bei Waitrose jemand an Sie?«

»Das nehme ich nicht an.« Matthew schien leicht amüsiert, seine Lippen zuckten. »Da waren doch Hunderte von Leuten.« Und wir sehen nicht mehr so komisch aus wie früher, dachte Michelle. Ich bin zwar immer noch dick und er ist dünn, aber der Kontrast ist nicht mehr so groß. Viele Paare sehen so aus wie wir. »Ich kann mich nicht erinnern, am Vale of Health jemanden gesehen zu haben. Die Leute gehen ja gar nicht mehr spazieren, stimmt's?«

Er bekam keine Antwort. Und dann hatte Michelle unvermittelt gefragt, woher sie eigentlich wüssten, dass sie und Matthew Jeff nicht hatten leiden können, und die beiden Beamtinnen hatten gesagt, diese Information könnten sie nicht preisgeben. Matthew meinte, er verstehe nicht, weshalb sie auf einem Alibi bestünden. Sie könnten sich doch gegenseitig ein Alibi geben, da sie die ganze Zeit zusammen gewesen seien. Miss Delikts Kollegin lächelte mitleidig. Ach ja, aber sie seien schließlich verheiratet. Damit unterstellte sie ihnen, sie wären bereit zu lügen, um sich gegenseitig zu decken. Absurd, wenn man bedachte, wie viele Ehegatten miteinander im Clinch lagen.

Am nächsten Morgen kam Michelle auf das Thema zurück. Sie hatte am Abend zuvor nur mit Mühe einschlafen können, und als es ihr endlich gelungen war, hatte sie von ihren ungeborenen Kindern geträumt, diesen Kindern, die nun niemals geboren werden würden. Drei waren es, alles Mädchen, alles Klone von Fiona, und alle drehten sie ihr den Rücken zu und gingen davon und sagten, sie hätten sie nie geliebt, da ihr Herz voller Hass sei.

Sie wollte das Thema bei Matthew wieder zur Sprache bringen und schnitt es indirekt an. »Ich kann einfach nicht glauben, dass sie uns im Ernst für Leute halten, die eines Mordes fähig sind.«

»Na, in dem Fall brauchst du dir doch keine Sorgen zu machen, Liebling. Also, Kopf hoch! Na komm, gib mir einen Kuss.« Michelle küsste ihn. »Weißt du, du siehst heute wunderschön aus, um Jahre jünger.«

Selbst das bot ihr keinen Trost. Sie konnte es Fiona regelrecht sagen hören. Die Leute nebenan, hatte sie wohl gesagt, mit denen hatten wir uns inzwischen recht gut angefreundet, obwohl sie keinen Hehl daraus machten, dass sie Jeff nicht leiden konnten. Das Zusammensein mit ihnen wurde allmählich ziemlich unerträglich. Mrs. Jarvey machte manchmal ein ganz rachsüchtiges Gesicht. Dabei hatte Jeff doch nur angedeutet, sie sei fett. Du liebe Güte, sie ist ja auch fett, und das weiß sie ganz genau.

»Du weißt nicht, ob sie das wirklich gesagt hat, Michelle. Es hat doch keinen Sinn, solche Szenarien heraufzubeschwören. Solche Fantasien sind sehr gefährlich. Nach einer Weile kann man zwischen Fantasie und dem, was wirklich geschehen ist, nicht mehr unterscheiden. Man kennt die Realität nicht mehr.«

Michelle wusste, dass es nur eine Art Realität geben konnte, dass Fiona die Polizei dazu gebracht hatte zu glauben, sie und Matthew, die sanftmütigsten und gesittetsten Menschen, hätten den Lebensgefährten ihrer Nachbarin so gehasst, dass sie im Stande waren, ihn zu töten. In neutralem Ton sagte sie: »Ich sollte uns jetzt Mittagessen machen.«

Nicht dass sie etwas essen wollte. Seit Jeff tot war, hatte sie keinen Appetit mehr und bekam oft das Gefühl, das Essen bliebe ihr im Hals stecken. Jeff hatte ihr im Leben wie im Tod unschätzbare Hilfe geleistet. Was die von der Polizei wohl denken würden, wenn sie ihnen das erzählte? Dass sie verrückt war oder Jeff umgebracht hatte, damit ihr auch bestimmt der Appetit verging? Matthew hatte dagegen den Genuss eines neuartigen Lebensmittels entdeckt: Ciabatta, das Beste, was er seit Jahren probiert hatte. Beziehungsweise Fiona hatte es letzte Woche für ihn entdeckt. Bevor Jeff gestorben ist, bevor sie mich betrogen hat, dachte Michelle, während sie von dem italienischen Brot zwei Scheiben abschnitt und mit Hüttenkäse und zwölf Salzmandeln auf einen Teller legte.

Für Zillah war es ein schrecklicher Tag gewesen, eine furchtbare Nacht und ein noch schlimmerer Morgen. Vor allem natürlich, weil die Medien sie bedrängt hatten, Blitzlichtgewitter über ihr niedergegangen und sie mit laut geschrienen Fragen bombardiert worden war.

»Wie fühlt man sich, wenn man mit zwei Männern gleichzeitig verheiratet ist, Zillah?« Niemand nannte sie mehr Mrs. Melcombe-Smith. »Wieso haben Sie sich nicht scheiden lassen, Zillah? Haben Sie beide Male kirchlich geheiratet? Werden Sie und Jims jetzt noch mal heiraten? Diesmal aber richtig, Zillah? Ist das Ihr kleiner Junge, Zillah? Wie heißt du denn, Süßer?«

In dem Moment hatte Mark Fryer, der Schuft, sie im Stich gelassen und war abgehauen. Mehrere junge Frauen mit Notizblöcken hatten ihn verfolgt. Zillah hatte sich die Hände vors Gesicht gehalten und nur einen Spalt für den Mund gelassen, durch den sie nun schrie: »Haut ab, haut ab, lasst mich in Ruhe!«

Sie hatte sich Jordan geschnappt, der wie üblich heulte, nicht bloß heulte, sondern schluchzte, brüllte und verängstigt kreischte. Einer der Pförtner war die Treppe heruntergekommen und sah nicht mehr mitleidsvoll drein, sondern trug einen missbilligenden Ausdruck zur Schau, als wollte er sagen, so etwas gibt es bei uns in Abbey Gardens Mansions aber nicht, hier im Schatten des Parlaments. Immerhin stellte er ihr einen Mantel zur Verfügung, hinter dem sie sich verbergen konnte, und geleitete sie ins Gebäude, während der andere Pförtner nach Kräften versuchte, die Meute zurückzuhalten. Zillah wäre fast in den Aufzug gestoßen worden. Die Türen schlossen sich.

Kaum hatte sie die Wohnung betreten, begann das Telefon zu klingeln. Zehn Minuten später hütete sie sich dranzugehen, doch beim ersten Mal hob sie den Hörer ab.

»Hallo, Zillah«, sagte eine Männerstimme. »Hier ist die *Sun*. Raus in die Sonne, was, haha? Kann ich Sie kurz sprechen? Also, wann haben Sie erfah-«

Sie knallte den Hörer auf. Es klingelte wieder. Sie nahm ihn zögernd hoch. Es war womöglich ihre Mutter, es war womöglich – Gott behüte – Jims. Mit ihm würde sie wohl sprechen müssen. Jordan saß mitten auf dem Fußboden, schaukelte hin und her und brüllte. Diesmal war der Anrufer vom *Daily Star*. Er rief offenbar von seinem Mobiltelefon aus an, denn sie konnte den Verkehrslärm im Parliament Square und die Glocken von Big Ben hören.

»Hallöchen, Zillah. Na, gefällt's Ihnen, im Mittelpunkt des Interesses zu stehen? Endlich berühmt, was?«

Nachdem sie das Telefon und das in Jims' Schlafzimmer und in ihrem ausgesteckt hatte, ging sie mit Jordan auf dem Arm ins Bett, drückte ihn fest an sich und zog sich die Decke über den Kopf. Später steckte sie das Telefon neben ihrem Bett wieder ein und rief Mrs. Peacock an. Ob sie wohl Eugenie von der Schule abholen könne?

»Dieses eine Mal, Mrs. Melcombe-Smith. Aber viel länger werd ich das nicht mehr machen können. Wenn es Ihnen recht ist, würde ich morgen früh um zehn gern vorbeischauen und mal ganz offen über alles reden.«

Zillah war überhaupt nichts recht, doch war sie zu kaputt, es zu sagen.

Eine halbe Stunde später kam Eugenie nach Hause und sagte, Mrs. Peacock habe sie bis an die Wohnungstür gebracht und geklingelt und sei dann, ohne abzuwarten, ob jemand kam, mit dem Aufzug wieder hinuntergefahren. »Warum sind eigentlich die Telefone alle ausgesteckt? Wenn mich meine Freundin Matilda um sechs anruft, kommt sie ja gar nicht durch.«

»In deinem Alter gibt's noch keine Anrufe, Eugenie.«

»Wieso nicht? Ich bin sieben, und Miss McMurty hat uns gesagt, sieben ist das Zeitalter der Vernunft.«

Ich hab's noch nicht erreicht, dachte Zillah in ungewöhnlicher Demut, *und dabei werd ich nächsten Monat schon achtundzwanzig.* Trotzdem weigerte sie sich, die Telefone einzustecken, und Eugenie war den ganzen Abend eingeschnappt. In dieser Nacht wachte Zillah von Jordans Geschrei auf. Er war offensichtlich in heller Aufregung und – ebenso wie sein Bett – völlig von Urin durchnässt. Sie wechselte seine Windel, zog ihm einen frischen Schlafanzug an und nahm ihn mit zu sich ins Bett. Was war bloß mit ihm los? Sie sollte vielleicht etwas unternehmen, ihn zu diesem Kinderpsychiater bringen. Seine Schwester hatte in dem Alter die Babyzeit längst hinter sich, war sauber gewesen, hatte sich anziehen können, munter drauflos geredet und nur geweint, wenn sie einmal hinfiel.

Mrs. Peacock hielt Wort und kam um Punkt zehn angerauscht.

»Müssen wir uns etwa wieder von der da hüten lassen?«

»Nein, Eugenie, das müsst ihr nicht«, erwiderte Mrs. Peacock. »Nie wieder, wenn ich das mal so sagen darf. Haben Sie heute Morgen schon aus dem Fenster geschaut, Mrs. Melcombe-Smith? Auf die Rattenmeute da draußen. So nennt man das wohl heute.«

Zillah trat ans Fenster. Das Medienvolk schien das gleiche zu sein wie am Vortag. Sie warteten geduldig, die meisten rauchten, einige hatten etwas zum Bechern dabei. Es herrschte eine ausgelassene Stimmung, alle schienen sich bestens zu verstehen. Wie aus Protest fing Jordan an zu weinen.

»Ich habe Ihnen ein paar Zeitungen mitgebracht, falls Sie sie noch nicht gesehen haben. *Sie* sind drin, auf sämtlichen Titelseiten.«

»Danke. Ich will's lieber gar nicht sehen.«

»Offen gestanden überrascht mich das nicht. Darf ich mich setzen? Es ist zwar noch früh, aber das alles war ein ziemlicher Schock für mich, und wenn Sie nichts dagegen haben, hätte ich gern ein Glas Bristol Cream.«

Zillah schenkte ihr ein großes Glas Sherry ein. Sie konnte das Gelächter und Geschwatze, das über zwei Stockwerke von der Straße heraufdrang, ziemlich deutlich hören. Das Telefon klingelte. Sie zog den Stecker heraus, genau beobachtet von Mrs. Peacock.

»Also, Mrs. Melcombe-Smith – obwohl ich ehrlich gesagt bezweifle, dass Sie ein Anrecht auf diesen Namen haben –, als ich Sie gestern anrief, befand ich mich sozusagen im Zustand der Arglosigkeit. Das hat sich nun geändert. Ich habe Zeitung gelesen und meinen Augen nicht recht getraut, wie Sie sich vielleicht vorstellen können. Abbey Gardens Mansions ist nichts für dich, Maureen Peacock, hab ich mir gesagt.«

»Die Sache hat zwei Seiten«, sagte Zillah. »Ich kann alles erklären.«

Unschuldige sprechen diese Worte niemals aus, und das wusste Mrs. Peacock vielleicht. »Deutlicher brauche ich wohl nicht zu werden. Wer Pech angreift, besudelt sich. Ich sehe mich leider gezwungen, unsere Vereinbarung aufzukündigen. Sie schulden mir siebenundfünfzig Pfund und fünfundzwanzig Pence, und ich hätte es gern in bar. Bei manchen Leuten kann man nie wissen, ob die Schecks nicht platzen.«

Nun war Zillah wieder fast die Alte. »Was fällt Ihnen ein, so mit mir zu reden!«

Mrs. Peacock ignorierte den Einwurf. Sie stand in aller Ruhe auf, leerte ihr Sherryglas und wischte sich die Lippen mit einem Spitzentüchlein ab. »Nur eins noch, bevor ich gehe.« Sie deutete auf Jordan, der inzwischen auf dem Rücken lag und sich wimmernd krümmte. »Mit diesem Kind stimmt etwas nicht, aber ernstlich. Er braucht unverzüglich Hilfe. Vor fünfundzwanzig Jahren kannte ich mal so ein Kind, das immer gebrüllt hat wie am Spieß. Und wissen Sie was? Man hat nichts unternommen, und später wurde es ein Psychopath. Sitzt jetzt mit Zwangsjacke im Gefängnis, in so einem, in das sie gemeingefährliche Gewalttäter stecken.«

Doch Zillah war schon in ihr Schlafzimmer gegangen, um das Geld zu holen. Weil sie nicht so viel Bargeld im Haus hatte, musste sie einen Fünfpfundschein aus Eugenies Sparschwein nehmen. Kaum war Mrs. Peacock gegangen, als Eugenie, wirklich ein sehr seltsames Kind, womöglich ein Genie, lauthals zu lachen anfing. Dass sie das, was die Frau gesagt hatte, begriffen hatte, glaubte Zillah eigentlich nicht, doch irgendetwas hatte sie zum Lachen gebracht, und nach einem kurzen Augenblick stimmte Zillah mit ein. Sie warf die Arme um ihre Tochter und wollte sie an sich drücken, was sie schon lange nicht mehr getan hatte. Eugenie versteifte sich und rückte von ihr ab.

Womöglich hatte Jims versucht, sie zu erreichen, doch das war ihr ziemlich egal. Sie wusste, dass er bis zur Mittagszeit eintreffen würde. Sicher hatte er seine Verabredung in Casterbridge abgesagt und war direkt nach Hause gefahren. In der Wohnung war kaum etwas zu essen, und einkaufen konnte sie selbstverständlich nicht gehen. Wäre Mrs. Peacock nicht so widerwärtig, grob und kratzbürstig gewesen, hätte sie sie gebeten, ihr ein paar Sachen zu besorgen. Den Kindern könnte sie ja Rührei machen, obwohl sie das in letzter Zeit ziemlich oft vorgesetzt bekommen hatten und Eugenie wissen wollte, ob ihr eigentlich klar sei, dass Eier voll Cholesterin seien.

Als Jims kam, war es kurz nach zwölf. Im Gegensatz zu ihr

war er nicht so dumm, in der Great College Street Spießruten zu laufen. Wahrscheinlich hatte er beim Vorbeifahren gesehen, was los war. Trotzdem gab es für ihn kein Entrinnen. Selbst auf der Rückseite des Gebäudes waren Medienleute. Zitternd vor Nervosität hörte Zillah den Aufzug nach oben kommen und die Türen aufgehen. Er hatte Malina Daz dabei, die im meergrünen Salwar Kameez und mit japanischer Geisha-Frisur daherkam.

Jims öffnete die Wohnzimmertür, trat einen Schritt hinein und betrachtete seine kleine Familie so unbarmherzig, wie manche Menschen Asylsuchende ansehen. Zu den Kindern sagte er kein Wort. An Zillah gewandt, sagte er in frostigem Tonfall: »Malina und ich werden jetzt eine Presseerklärung verfassen. Ich zeige sie dir, wenn wir fertig sind.«

Malina brachte ihr die Erklärung herein. Der knappe Text war auf einem Computer verfasst.

Meine Ehefrau Zillah und ich können die Aufregung durchaus verstehen, die die aktuellen Ereignisse – der tragische Tod von Mr. Jeffrey Leach in Verbindung mit unserer Hochzeit – in den Medien hervorgerufen haben. Während wir mit den Chefredakteuren überregionaler Zeitungen durchaus einer Meinung sind, dass es sich um eine Angelegenheit von öffentlichem Interesse handelt, die nicht unter den Teppich gekehrt, sondern offen zur Sprache gebracht werden sollte, möchten wir denjenigen, die uns ihr freundliches Interesse entgegenbringen, doch versichern, dass wir uns absolut nichts haben zu Schulden kommen lassen.

Meine Gattin war der ehrlichen Überzeugung, dass ihre Ehe mit Mr. Lech vor zwölf Monaten aufgelöst worden sei. Sie hatte ebenso wie ich absolutes Vertrauen in Mr. Leach. Nicht einen Augenblick war sich einer von uns irgendeiner Schuld bewusst. Sonst hätten wir natürlich trotz unserer Liebe die Trauung verschoben, bis wir die offizielle Scheidung erwirkt und neu hätten anfangen können.

Selbstverständlich werden wir die Trauung nachholen, sobald der geeignete Zeitpunkt gekommen ist. Denjenigen, die sich dankenswerterweise um uns sorgen, möchten wir alle beide unsere besten Wünsche aussprechen und sie um Verständnis, Nachsicht und – ja auch Vergebung bitten.

»Etwas förmlich«, sagte Malina, »wir fanden es aber passend in Anbetracht des ernsten Themas. Jims war der Ansicht, es wäre am besten, überhaupt nicht zu erwähnen, dass Sie durch das Ableben Ihres Mannes frei wurden. Das sähe schlecht aus. Wir waren auch sehr darauf bedacht, das Wort ›Bigamie‹ nicht zu verwenden. Das klingt so schrecklich nach 20. Jahrhundert, finden Sie nicht?«

Weil sich Zillah nicht traute, Jims zu fragen, fragte sie Malina: »Was macht man denn dann mit mir?«

»Wie, weil Sie mit zwei Männern gleichzeitig verheiratet waren? Nicht viel, nehme ich an. Schließlich ist Ihr Mann ja tot, oder? Was anderes wäre es, wenn er noch irgendwo leben würde. Aber so werden sie sich ganz auf den Mord konzentrieren.«

Malina ging, um die Erklärung wie auch immer unters Volk zu streuen. Jordan weinte sich in den Schlaf. Eugenie sagte, wenn jemand sie hinfuhr, würde sie den Nachmittag gern bei ihrer Freundin Matilda verbringen, zunächst aber habe sie Hunger.

»Es ist nichts zu essen da«, sagte Jims.

»Das weiß ich auch. Wie hätte ich denn einkaufen gehen sollen, mit der ganzen Meute da draußen?« Zillah wollte ihn aber unbedingt besänftigen. »Jetzt ginge es, wenn ich durch den Keller gehe. Hinten sind ja keine.«

»O doch! Als Malina und ich reinfuhren, hätten sie mir fast das Auto zerquetscht.«

»Miss McMurty sagt, wenn man nicht genug zu essen hat, kriegt man Vitaminmangel. Dann wird man blind, und die Zähne fallen aus«, sagte Eugenie.

»Ich werd einen von den Pförtnern bitten, uns was zu holen«, meinte Jims.

Zillah fragte sich, wann wohl der Showdown kommen würde, wann er sie wohl fragen würde, wieso sie ihn mit einer nicht vorhandenen Scheidung hinters Licht geführt hatte. Sie machte das Mittagessen. Der Pförtner hatte in irgendeinem Laden an der Ecke minderwertige Lebensmittel gekauft, noch dazu alles Sachen, die die Kinder nicht mochten. Der Kopfsalat war welk und die Tomaten matschig. Jordan brüllte, als er Corned Beef essen sollte.

»Darf ich Matilda anrufen und sagen, sie soll herkommen?«, wollte Eugenie wissen.

»Wundert mich ja, dass du dich herablässt zu fragen.«

»Also, darf ich?«

»Na, von mir aus. Ihr müsst aber in deinem Zimmer spielen. Ich hab rasende Kopfschmerzen.«

Zu spät fiel Zillah ein, dass Matildas Vater sie wahrscheinlich herbringen würde. Doch als die Kleine eine halbe Stunde später ankam, befand sie sich in der Obhut eines sehr jungen und sehr hübschen Aupair-Mädchens. Eigentlich sollte sie wohl dankbar sein, überlegte Zillah, dass Eugenies Freundin überhaupt kommen durfte, dass sie die Erlaubnis bekommen hatte, mit den Melcombe-Smiths zu verkehren, nach allem, was in den Zeitungen gestanden hatte.

»Ich hol dich dann um sechs wieder ab, Matilda.«

Drei volle Stunden sollten sie sie dabehalten? Das hieß, dass Zillah für die Kinder etwas zu essen auftreiben musste. Sie sah ihnen hinterher, als sie fröhlich schnatternd in Eugenies Zimmer gingen; ihre Tochter kicherte wie ein ganz normales Kind. Das Telefon begann zu klingeln. Ängstlich hob Zillah den Hörer ab. Es war ihre Mutter, die diesmal nichts über die Zeitungen sagte, sondern wissen wollte, ob ihr das Schicksal ihres Vaters denn so egal war, dass sie seine morgendliche Bypass-Operation vergessen hatte. Nachdem Zillah wilde Versprechungen gemacht hatte, die sie sowieso nicht halten konnte, und Nora Watling wütend aufgelegt hatte, war sie mit Jims allein.

Er nahm eine noch ungelesene Biografie von Clemençeau aus dem Bücherregal, kehrte damit zu seinem Sessel zurück und schlug das Buch in absolutem Schweigen beim Vorwort auf. Zillah griff nach einem Hochglanzmagazin und versuchte, einen Artikel über Collagen-Lippenimplantate zu lesen. Angenommen, er redete nie wieder mit ihr? Was täte sie dann? Sie musste daran denken, wie sie sich diese Ehe damals im Dezember als die keusche, liebenswerte Kameradschaft zwischen zwei besten Freunden ausgemalt hatte, zwischen zwei Menschen, die viel Spaß miteinander haben, das Leben genießen und im Grunde größere Zuneigung füreinander empfinden würden, als sie für irgendeinen Liebespartner übrig hatten.

»Was soll ich denn sagen?«, fragte sie, als die Stille unerträglich wurde.

Er hob den Blick, einen Anflug von Gereiztheit im Gesicht. »Wie bitte – was?«

»Ich hab gefragt, was ich denn sagen soll.«

»Nichts«, entgegnete er. »Es gibt nichts zu sagen. Die Zeitungen haben es schon gesagt.«

»Das stehen wir aber doch gemeinsam durch, Jims, nicht? Die ganze Aufregung legt sich doch wieder. Du hast dir nichts zu Schulden kommen lassen. Die Presseerklärung wird dafür sorgen, dass es aufhört, oder? Ach, Jims, es tut mir so furchtbar Leid. Lieber wär ich gestorben, als dass so was passiert. Es tut mir so Leid.«

»Mach dich nicht lächerlich. Dieses niedergeschlagene Getue passt nicht zu dir.«

Sie wäre vor ihm niedergekniet, wenn nicht in dem Moment das Telefon geklingelt hätte. »Geh nicht dran, lass es klingeln.«

Er stand auf, ging quer durchs Zimmer zum Telefon und nahm den Hörer ab. Sein Gesichtsausdruck veränderte sich unmerklich, während er lauschte. »Ja«, sagte er, und dann noch einmal: »Ja. Darf ich fragen, warum?« Sie konnte sich nicht erinnern, ihn je schon einmal so bestürzt gesehen zu haben. »Ich würde vorher gern meinen Anwalt anrufen.« Und dann: »Ja, in einer halben Stunde.«

»Was ist, Jims?«

»Ich soll aufs Polizeirevier kommen. Hier geht es nicht. Sie holen mich ab.«

»Mein Gott, Jims, aber warum denn?«

Statt einer Antwort nahm er den Hörer und wählte die Nummer seines Rechtsanwalts.

Eugenie kam mit Matilda im Schlepptau ins Zimmer. »Du schuldest mir fünf Pfund, Mummy. Schreib's lieber auf, sonst vergisst du's.«

22

Fiona war allein zu Hause. Seit der Nachricht von Jeffs Tod hatte sie keinen Fuß mehr in ihren Garten oder den Wintergarten gesetzt. Auch zur Arbeit war sie noch nicht wieder zurückgekehrt. Sie war kaum aus dem Haus gegangen. Wenn Mr. Gewaltverbrechen und Miss Delikt nicht bei ihr waren, deren Besuche immer kürzer wurden, bis sie schließlich ganz eingestellt wurden, saß sie in ihrem Wohnzimmer, las nicht, sah nicht fern, hörte nicht Radio, saß nur da, die Hände meist im Schoß zusammengelegt, die Knie eng aneinander gepresst. Sie hatte seit Tagen nicht mehr geweint. Sie rief niemanden an, und wenn das Telefon klingelte, ließ sie es klingeln.

Michelle, die bis Donnerstag jeden Tag bei ihr gewesen war, hatte sich seither nicht mehr blicken lassen. Fiona hätte sie gern gesehen, denn außer der Nachbarin von nebenan wollte sie niemanden um sich haben. Doch Michelle hatte vermutlich genug davon, eine gramgebeugte Frau zu trösten, und wusste wohl auch nicht mehr, was sie noch sagen sollte.

Fiona wunderte sich selbst über die Intensität ihres Schmerzes. Sie war genauso elend und unglücklich wie eine Witwe nach zwanzigjähriger Ehe. Sie hatte ein gebrochenes Herz. Aus Herzeleid, gebrochenen Herzens – früher hatte sie über die Absurdität dieser und ähnlicher Redewendungen immer gelacht. »Du brichst mir noch das Herz«, hatte ihre Mutter wegen eines kleinen Vergehens zu ihr gesagt, als sie noch studierte. So ein Unsinn, hatte sie damals gedacht, doch jetzt verstand sie es. Ihr eigenes Herz war gebrochen, in Stücke zertrümmert, und sie hatte es, wie sie sich einredete, seit Jeffs Tod nicht mehr schlagen gefühlt. Als sie die Hand unter die linke Brust legte, war nicht die geringste Regung zu spüren, nichts als ein dumpfer Schmerz. Manchmal, wenn sie so allein dasaß, fühlte sie sich besorgt den Puls und wusste nicht, ob sie über das sanfte, gleichmäßige Pochen erleichtert sein sollte oder nicht.

Jeden Tag brachten die Zeitungen etwas Neues über Jeff. Seine Ehe, sein Nichtstuerleben. Fiona schwor sich, diese Artikel keines Blickes zu würdigen, konnte dann aber doch nicht anders. Über den Mord war bereits alles gesagt worden, was zu sagen war, und nun nahm man sich Jeffs Schürzenjägerei vor, dass er es nie geschafft hatte, sich seinen Lebensunterhalt durch Arbeit zu verdienen, auf welch fiese Art er die Frauen ausnutzte, die ihn aushielten und von ihm dann im Stich gelassen wurden. Darüber zu lesen verursachte ihr schlimme körperliche Schmerzen, die leises Schluchzen und Stöhnen zur Folge hatten. Eine Frau, bei der er vor fünf Jahren eingezogen war, hatte sich von ihren Ersparnissen in Höhe von zweitausend Pfund getrennt, später ihre Stelle verloren und lebte nun von Sozialhilfe. Fiona, die sich immer noch für Jeffs große Liebe hielt, für diejenige, die ihn hätte ändern können, war der Ansicht, sie sollte die Frau für ihre Verluste entschädigen

Das alles machte ihren Kummer nur noch größer. Nächste Woche müsste sie eigentlich wieder zur Arbeit gehen. Es gab keinen Grund, noch länger wegzubleiben. Schließlich hatte sie keinen engen Verwandten verloren, keinen Ehegatten oder Partner in einer langen, festen Beziehung, im Grunde nicht einmal einen Verlobten. Dieses Wort war für Fiona inzwischen zu einem Schimpfwort geworden. Sie konnte es nicht mehr lesen oder es ausgesprochen hören, ohne daran denken zu müssen, dass Jeff ihr keinen Ring geschenkt und sie über das Hochzeitsdatum belogen hatte. Dieses Wissen konnte die Kraft ihrer Liebe zwar nicht mindern, verlieh dieser Liebe, ihrem Verlust und dem Schmerz jedoch einen bitteren Beigeschmack.

Auf der Arbeit würden sie natürlich alle sagen, wie Leid ihnen das mit ihrem Freund tue, was für ein Schock, was für eine entsetzliche Tragödie, und damit hätte es sich. Bis die Polizei den Täter gefasst hätte und das Mitgefühl der anderen wieder aufleben würde und ihr Chef ihr sagte, sie solle sich den Tag freinehmen. Ein Kuriosum wäre sie, eine, auf die man mit dem Finger deutete: Das ist die Frau, deren Freund ermordet wurde. Wahrscheinlich für immer. Fiona stellte sich vor, wie sie mit Fünfzig, immer noch ledig natürlich, immer noch allein, eine mittelalte Einzelgängerin, wo auch immer sie wohnte, als die Freundin des Kinomordopfers bekannt wäre.

Sie vergaß zu essen. Nachdem sie sich mit Jeff fast allabendlich eine Flasche Wein geteilt hatte, ertrug sie den Geschmack nicht mehr, es war zu schmerzlich. Als Frau, die leicht und rasch abnahm, spürte sie ihre Hüftknochen hervorstehen und die spitzen Ellbogen. Wenn sie so weitermachte – sie brachte einen gequälten Scherz zu Stande –, würde Matthew sie bald in seiner Sendung haben wollen. Wenn Matthew doch zu ihr käme! Wenn doch Michelle käme! Das Telefon klingelte nicht mehr. Irgendetwas hielt sie davon ab, den Hörer abzuheben und selbst anzurufen. Sie war körperlich unfähig dazu. Und bei dem Gedanken, zu ihnen zu gehen, sah sie sich selbst aus der Haustür treten, bei ihnen läuten und, als die Tür aufging, zwei Leute vor sich, die sie anstarrten, als hätten sie sie noch nie gesehen, als wäre sie eine unerwartete Besucherin und wollte ihnen ein Produkt andrehen oder ein Traktat verteilen.

Nachts nahm sie starke Schlaftabletten. Zwar konnte sie dann schlafen, doch ihr Schlaf war unruhig und voller Träume. Immer von Jeff. In einem kam er gerade von einer Auslandsreise zurück. Sie hatte gedacht, er sei tot, und war unbändig glücklich über das Wiedersehen, weil er ihr versprach, nie wieder wegzugehen. In die Wirklichkeit aufzuwachen war eine der schlimmsten Erfahrungen ihres Lebens.

Die Zeitungen wurden weiterhin geliefert und in den Recyclingbehälter geworfen. Irgendwann würde sie ihn an die Straße stellen müssen, bevor er zu schwer wurde, doch am Montag müsste sie sowieso aus dem Haus und es irgendwie zur U-Bahn, in die City und zu ihrer Bank an der London Wall schaffen. Am Samstagmorgen holte sie die Zeitungen von der Matte an der Tür, und obwohl sie sie hasste, obwohl sie wie immer fest entschlossen war, nicht hinzusehen, erhaschte sie einen Blick auf das Foto auf der Titelseite. Sie erkannte die Frau: Es war ... es war doch ganz sicher – Jeffs Exfrau.

Nur dass sie gar nicht seine *Ex*frau war. Sie waren überhaupt nicht geschieden. Fiona fühlte, wie ein starker Schmerz durch ihren Körper drang, als würde man auch auf sie mit einem langen, scharfen Messer einstechen. Es war ihr gleichgültig, ob Zillah Melcombe-Smith nun wissentlich Bigamie begangen hatte oder nicht. Jeff hatte wieder gelogen, und diese Lüge war unendlich viel schlimmer, als ihr weiszumachen, er hätte einen Hochzeitstermin gebucht, wenn es gar nicht stimmte. Er konnte gar keinen Termin buchen, er war schon verheiratet.

Fiona ließ die Zeitung fallen und legte sich mit dem Gesicht nach unten auf den Boden im Hauseingang, tief bekümmert und seltsamerweise auch beschämt.

»Ich werde diese Schundblätter wegen Verleumdung verklagen«, sagte Jims, als Mr. Gewaltverbrechen ihn mit seinem Anwalt fünf Minuten allein ließ. Er hatte vollkommen vergessen, dass er Zillah ausgelacht hatte, als sie die gleiche Drohung ausgesprochen hatte.

»Hast du eine Million Pfund übrig?« Damien Pritchard war etwas älter als sein Mandant, sah ihm aber ziemlich ähnlich, ebenfalls groß gewachsen, dunkel, mit klassischen Zügen und schwul. »Eine Million, bei der es dir nichts ausmachen würde, sie in den Gully zu werfen oder einem Bettler zu schenken?«

»Hab ich natürlich nicht. Brauche ich ja wohl auch nicht. Ich werde gewinnen.«

»Ach, bitte, sei so gut. Ich will dir jetzt mal was sagen. Als ich klein war, zog neben meinen Eltern ein Anwalt ein. Ich weiß noch, wie mein Vater immer zu meiner Mutter sagte, lass dich mit dem bloß auf nichts ein, der ist Anwalt. Wenn ich's recht überlege, hatte das viel damit zu tun, dass ich auch einer werden wollte. Na, und das Gleiche gilt für Chefredakteure von Zeitungen. Lass dich mit denen auf nichts ein.« Damien schüttelte genervt den Kopf. »Also, kannst du dir wirklich kein besseres Alibi ausdenken als das, was du den Bullen aufbinden willst? Ach Gott, da sind sie ja schon wieder.«

Jims hätte natürlich ein besseres Alibi parat gehabt. Er hätte die Wahrheit sagen können. Doch das schien fast das Schlimmste, was er tun konnte, und das Ergebnis das Schlimmste, was ihm passieren könnte. Er setzte sich wieder an den schlichten Tisch, neben ihm Damien, ihnen gegenüber Mr. Gewaltverbrechen und Miss Delikt. Sie saßen auf Stühlen, die Jims nicht einmal in seinen Gartenschuppen gestellt hätte. Immerhin nannten sie ihn noch korrekt beim Nachnamen, obwohl er sich fragte, wie lange noch.

»Das Problem ist, dass niemand Ihre Anwesenheit am Freitagnachmittag und -abend im Fredington Crucis House bestätigen kann, Mr. Melcombe-Smith. Zwei Besuchern fiel auf, dass Ihr Wagen nicht da war.«

»Wem?«

»Sie wissen, dass es mir nicht gestattet ist, Ihnen das zu sagen. Sie behaupten also immer noch, den Freitagabend dort verbracht zu haben? Und dort übernachtet zu haben?«

»Das hat Ihnen mein Mandant bereits gesagt«, ließ sich Damien vernehmen. »Mehrmals.«

Jims wurde allmählich sauer. »Wieso hätte ich den Kerl denn umbringen sollen? Aus welchem Grund hätte ich ihn denn abstechen sollen?«

»Nun, Mr. Melcombe-Smith«, sagte Miss, oder Detective Inspector, Delikt, »er war mit der Dame verheiratet, mit der Sie eine Art Eheschließung vollzogen haben.« Sie lächelte kaum merklich, als Jims gequält das Gesicht verzog. »Es hätte doch sehr in Ihrem Interesse gelegen, ihn aus dem Weg zu schaffen, vor allem wenn er damit drohte, die Wahrheit ans Licht zu bringen, etwa einer Zeitung gegenüber.«

»Na und? Alle anderen bringen sie doch auch ans Licht. Jedenfalls hat er mich nicht erpresst. Ich dachte, er und Zillah wären gar nie verheiratet gewesen. Ich hatte ihn doch seit Jahren nicht gesehen.« Wie viele Menschen in seiner Lage war Jims eifrig darauf bedacht, in jedem Punkt der Vernehmung die Wahrheit zu sagen außer in einem. »Äh, seit zwei Jahren.«

Die Worte »behaupten Sie« standen der Frau deutlich ins Gesicht geschrieben. »Sie sind am Freitagnachmittag nach London zurückgekehrt, nicht wahr, Mr. Melcombe-Smith?«

Jims schwieg. Er zögerte. Er spürte, wie auf irgendeine mysteriöse Weise Zweifel von Damien abstrahlten, wie er das Vertrauen in seinen Freund und Mandanten verlor. Mr. Gewaltverbrechen musterte ihn. Auf der ockergelben Wand hinter ihnen verlief von der Decke bis zur Fußbodenleiste ein Riss im Putz. Er war geformt wie der Umriss eines Mannes mit einer Erektion, dachte Jims. Er wandte sich ab.

Damien, ein guter Kerl und trotz seines schwindenden Vertrauens ein echter Freund in der Not, sagte leise: »Wenn Sie nicht die Absicht haben, Mr. Melcombe-Smith anzuklagen, was ich annehme, dann müssen Sie ihn jetzt gehen lassen.«

So leicht ließ sich Mr. Gewaltverbrechen aber nicht überlisten. »Sie fuhren nach London zurück, um etwas zu holen. Etwas, was Sie vergessen hatten. Ich überlege die ganze Zeit, ob es vielleicht das Konzept für Ihre Rede vor dem Landbewohnerbund war. Es ist reiner Zufall, aber der Chief Constable von Wessex war ebenfalls dort.«

Jims versuchte sich zu erinnern, ob er das fehlende Konzept in seiner Rede erwähnt hatte und dass er nach London gefahren war, um es zu holen. Er wusste es nicht mehr. Und es wäre auch egal, ob er es erwähnt hatte oder nicht. Es reichte, dass der Polizist den Einfall, sozusagen das Gespür hatte, es anzudeuten. Es war eigentlich auch unerheblich, ob das mit dem Chief Constable stimmte oder nicht. Er schaute verzweifelt zu Damien hinüber, der aber nichts sagte.

»Mr. Melcombe-Smith?«

Es gelang ihnen, seinen Namen so auszusprechen, dass er sich lächerlich anhörte. Jims erwog, in dem Sinn auf sie einzuwirken, dass sie sein mögliches Geständnis für sich behielten. Ob sie sich darauf einließen? Oder sollte er es darauf ankommen lassen? Er ließ sich das Prozedere durch den Kopf gehen, das, wie er in der Zeitung gelesen hatte, einem Mordprozess oder überhaupt einem Gerichtsverfahren voranging. Die Polizei teilte den Medien nie mit, wie sie dazu gekommen war, jemanden zu verhaften oder anzuklagen oder wie sie Alibis akzeptierte oder aber platzen ließ. Irgendein Gesetz musste es geben, das es ihnen untersagte. Nicht zum ersten Mal wünschte er, er hätte statt Geschichte lieber Jura studiert und eine Zeit lang als Strafverteidiger praktiziert.

»Mr. Melcombe-Smith?«

»Na gut, ich bin doch nach London zurückgefahren.« Er wagte Damien nicht anzusehen. »Ich hatte, wie Sie sagen, das Konzept für meine Rede vergessen. Ich fuhr kurz nach eins los und aß etwas in einem – äh, in so einem Café an der A30.« Damien stieß einen Laut aus, eine Mischung aus Schniefen und Stöhnen. Oder auch nicht, vielleicht hatte Jims es sich nur eingebildet. »Ich bin mir nicht sicher, wo. Dort erinnert man sich vielleicht an mich. Der Verkehr war schlimm. Ich kam erst gegen sieben – zu Hause an.«

Es war interessant und fast beunruhigend, wie sie die Tatsache akzeptierten, dass er sie bisher angelogen hatte. Sie machten keinen Kommentar. Keiner der beiden sagte: »Sie haben uns also angelogen« oder »Warum haben Sie denn nicht gleich die Wahrheit gesagt?«. Es schien, als wären sie eine gewisse weit verbreitete Verlogenheit durchaus gewohnt, als rechneten sie schon damit. Jims wurde plötzlich schlecht.

»Sie fuhren also nach Hause, Mr. Melcombe-Smith?«

Jetzt würde nur noch die Wahrheit helfen. »Ich hatte das Konzept bei einem Freund vergessen.«

»Aha«, sagte Miss Inspector Delikt. »Wo denn?«

Er nannte ihr Leonardos Adresse. Neben ihm schien Damien regelrecht anzuschwellen und zu erzittern, als er sich jedoch zu ihm hinwandte, saß der Anwalt bloß reglos und ruhig da. Jims wollte vor ihnen auf die Knie fallen und sie anflehen, doch nichts zu sagen, keinem davon zu erzählen, ihm einfach Glauben zu schenken, genauso wie Zillah vor ihm hatte niederknien wollen. Doch er blieb, wo er war, mit ausdruckslosem Gesicht.

»Und kann Mr. Norton Ihre Aussage bestätigen?«

Die Wahrheit, wenn sie erst mal heraus ist, zieht einen ganzen Rattenschwanz an weiteren Wahrheiten nach sich. »Ich habe ihn erst um halb neun gesehen. Als ich essen gehen wollte, traf ich ihn, als er hereinkam.«

»Sie haben Casterbridge also verlassen um – wann? Um halb eins?«

»So ungefähr«, sagte Jims.

»Und sind um sieben in Glebe Terrace eingetroffen? Fünfeinhalb Stunden für eine Fahrt von hundertfünfzig Meilen, James?«

Durch irgendetwas, was er gesagt hatte, oder einfach durch das Eingeständnis, gelogen zu haben, war er in ihrer Wertschätzung gesunken. Er hatte sich selbst die Würde genommen und dadurch das Privileg verloren, höflich behandelt zu werden. »Ich weiß, es hat lang gedauert«, sagte er. »So lange habe ich noch nie gebraucht. Eine Baustelle nach der anderen. Für das Stück habe ich fast eine Stunde gebraucht. Und dann war da noch diese Massenkarambolage in der Nähe von Heathrow.«

Das würden sie natürlich überprüfen und feststellen, dass es stimmte, was ihm aber nicht viel half. »The Merry Cookhouse« – es tat ihm fast weh, es auszusprechen –, »wo ich zu Mittag gegessen habe, lag direkt vor den Baustellen, wenn Ihnen das was nützt.«

»Gut möglich. Es geht also um die Zeit zwischen halb vier und halb fünf. Hat Sie in Glebe Terrace jemand ins Haus gehen sehen?«

Wie hatte er es auch nur für einen Augenblick vergessen können? Erleichterung durchströmte ihn. Es war, wie wenn man im Schockzustand ist und etwas Warmes, Süßes trinkt. »Die Frau von nebenan – 56a ist es, glaube ich – hat mir ihren Schlüssel gegeben.«

»Und jetzt«, sagte Damien, »lassen Sie Mr. Melcombe-Smith vielleicht gehen.«

Wenn das Telefon klingelte oder jemand an die Haustür kam, dachte Michelle jedes Mal, es sei die Polizei. Inzwischen hatte es nichts Witziges mehr an sich, so argwöhnisch behandelt zu werden. Sie redete sich ein, es sei unmöglich, Zeugen aufzutreiben, die ihren und Matthews Verbleib an jenem Freitagnachmittag bestätigen konnten, und obwohl sie normalerweise nicht nervös war, sah sie sich beide schon ganz oben auf der Liste der Verdächtigen. Schließlich gab es ja Justizirrtümer, bei denen Leute irrtümlich vor Gericht gestellt und fälschlicherweise ins Gefängnis geworfen wurden. Mit der Polizei hatte sie bisher erst einmal zu tun gehabt, und zwar als der Wagen der Jarveys aufgebrochen und das Radio gestohlen worden war.

Matthew versuchte nach Kräften, sie zu beruhigen. »Liebling, du musst es ihnen glauben: Wenn sie sagen, es ist eine Routineuntersuchung, dann *ist* es auch eine.«

»Ich hasse es, mich so ausquetschen zu lassen. Es war das Schlimmste, was mir je passiert ist.«

Da musste er lachen, aber nicht unfreundlich. »Nein, das stimmt nicht. Das Schlimmste, was dir je passiert ist, war, als du dachtest, ich würde an meinen dummen Essenslaunen sterben.«

»Nicht dumm«, ereiferte sich Michelle. »Das ist doch nicht dein Ernst. Du meinst, an deiner Krankheit.«

»Na, eigentlich ist es doch nicht die Angst davor, verhaftet zu werden, die dich aufregt, stimmt's? Dir geht es nicht darum, dass du verdächtigt oder vernommen wirst, du bist empört über Fionas Verhalten.«

»Mehr als das, Matthew.« Sie trat direkt hinter den Sessel, in dem er saß und den *Spectator* las, und legte die Arme um seinen Hals. Er sah in ihr Gesicht hoch. »Mir tut es wirklich weh, was sie getan hat. Ich werde nie wieder an sie denken, geschweige denn mit ihr sprechen können, ohne daran denken zu müssen, was sie getan hat.«

»Du wirst aber darüber hinwegkommen müssen«, sagte er sehr ernst.

»Schon, aber wie? Ich wünschte, ich wäre nicht so, dass ich mir die verletzenden Dinge für immer merke, die andere gesagt oder getan haben. So bin ich aber. Ich merk mir das. Es gefällt mir nicht, ich weiß, ich sollte vergeben und vergessen. Wenn ich bloß könnte. Ich kann mich an lieblose Bemerkungen erinnern, die andere gemacht haben, als ich in der Schule war. Das ist dreißig Jahre her, Liebling, aber ihre Worte sind mir so präsent wie damals, als sie sie gesagt haben.«

Obwohl er es schon wusste, sie hatte es ihm bereits erzählt, sagte er in leicht belustigtem Ton: »Dann muss ich ja sehr aufpassen, was ich zu dir sage.«

Sie reagierte heftig, leidenschaftlich. »Du sagst so was *niemals.* Hast du noch nie. Das ist einer der Gründe, warum ich dich liebe und dich immer weiter liebe, weil du mich nie verletzt.«

Wieder hob er sein faltiges, knochiges Gesicht zu ihr empor. »Nicht weil ich so sexy und charmant bin?«

»Das auch. Natürlich.« Sie war vollkommen ehrlich, lächelte nicht dabei. »Und was Fiona betrifft, hat es gestimmt, was sie der Polizei gesagt hat, nämlich dass ich Jeff nicht ausstehen konnte, dass ich ihn regelrecht hasste. Ich hab ihn gehasst, weil er diese grausamen Sachen sagte. Nun, er ist tot, auf furchtbare Art umgekommen, aber das ist mir egal. Ich bin froh! Wie sehr ich mich auch bemühe, ich werde nie vergessen, was er alles gesagt hat.«

Matthew bedeckte ihre Hände mit seinen. »Nicht einmal, wenn du dünn wirst und ich dick?« Er wusste inzwischen, dass sie abzunehmen versuchte, und unterstützte sie dabei, wenn auch ohne Ermahnungen über die Vergangenheit oder Glückwünsche für die Gegenwart. »Nicht einmal, wenn ich Large bin und du Little?«

Als sie ihm gerade antworten wollte, klingelte es an der Haustür. Michelle hielt sich die Hände vors Gesicht, und ihre Augen waren plötzlich klar und weit offen. »Da sind sie wieder. An einem Sonntag. Die kommen einfach, wann's ihnen passt, die teilen uns nicht mal mit, dass sie kommen.«

»Ich mach auf«, sagte Matthew.

Er schritt neuerdings recht flott voran und konnte fast aufrecht stehen. Bevor er an der Tür war, klingelte es wieder. Fiona stand auf der Schwelle, eine andere, unattraktive Fiona, das schmutzige Haar in Rattenschwänzen, das Gesicht vom Weinen geschwollen und mit roten Augen. Dic Hosen, die aussahen wie Männerhosen, waren ihr ein paar Nummern zu groß. Ein Hemd, das einmal weiß gewesen war, war in den Bund gestopft und zeigte, wie dünn sie in der letzten Woche geworden war.

»Komm rein.«

Sie streckte ihm ihr Gesicht entgegen und küsste ihn auf beide Wangen. Es war die Art von Kuss, den der Empfänger nicht erwidern muss. »Ich musste euch einfach sehen. Ich kann nicht mehr allein sein. Morgen geh ich wieder zur Arbeit. Ich glaube, es bringt mich noch um.«

Michelle lief feuerrot an, als die beiden ins Wohnzimmer kamen. Sie stand auf und machte zwei, dann drei verlegene Schritte auf die Besucherin zu. Matthew fragte sich, was sie wohl sagen würde, ob sie ihren Streit überhaupt zur Sprache bringen würde.

Fiona trat auf sie zu, sie trafen sich, und die trauernde Frau warf die Arme um Michelle und brach in Schluchzen aus. »Warum bist du nicht zu mir gekommen? Warum hast du mich im Stich gelassen? Was hab ich denn getan?«

Es herrschte tiefes Schweigen. Dann sagte Michelle mit einer Stimme, die Matthew noch nie gehört hatte: »Du weißt, was du getan hast.«

»Nein, nein, ich weiß es nicht. Ich habe dich gebraucht, und du hast mich allein gelassen. Ich hab niemanden, der mir wichtig ist, außer dir. Was hab ich denn getan? Sag's mir, du musst es mir sagen. Ich weiß es wirklich nicht.«

»Du weißt nicht, dass du den Polizisten gesagt hast, Matthew und ich könnten Jeff nicht leiden? Dass du es ihnen gesagt hast und sie uns jetzt verdächtigen? Das weißt du nicht?«

»Nein, Liebling, sie verdächtigen uns nicht«, sagte Matthew bestimmt. Fiona war erneut in Tränen ausgebrochen. Sie warf ungestüm die Arme empor, das Gesicht tränenüberströmt. »Setz dich, Fiona. Na komm, beruhige dich. Ich mach einen Tee.«

»Erst wenn Michelle sagt, dass sie mir verzeiht. Ich wusste doch nicht mehr, was ich tue oder sage. Ich hab einfach gesagt, was mir gerade einfiel. Ich würde alles drum geben, um zurückzunehmen, was ich gesagt habe.«

Michelle musterte sie betrübt. »Das Problem ist, dass man nichts zurücknehmen kann.«

»Dann sag, dass du mir verzeihst. Sag, dass es wieder so sein kann, als wäre es nie geschehen.«

»Ich habe dir schon verziehen«, sagte Michelle trocken

und ging in die Küche, um den Teekessel aufzusetzen. *Ich hab's aber nicht vergessen,* dachte sie. *Warum ist es so viel leichter zu verzeihen, als zu vergessen?*

Mr. Gewaltverbrechen befragte Leonardo Norton am Sonntagabend. Der war überaus schockiert, dass Jims, den er für den diskretesten und besonnensten Menschen hielt, der Polizei seinen Namen genannt hatte. In seiner Stimme schwang leiser Groll mit. »Es war mindestens halb neun, als ich ihn getroffen habe, wahrscheinlich eher gegen neun. Ich hatte den Tag bei meiner Mutter in Cheltenham verbracht.« In seinen Ohren klang dies nach der unschuldigsten und untadeligsten Art, einen Tag zu verbringen. »Ich kann Ihnen wirklich nicht sagen, was Mr. Melcombe-Smith an dem Nachmittag gemacht haben könnte.«

Sie fragten ihn nicht, wo Jims die Nacht verbracht hatte. Vermutlich interessierten sie sich nicht sehr für das, was nach halb fünf passiert war.

Die nächste Frage ging ziemlich ans Eingemachte. »Hatte er einen Schlüssel zu dieser Wohnung?«

»Zu meiner Wohnung? Wo denken Sie hin?« Schließlich würde Jims so etwas niemals zugeben.

»Und die Dame nebenan?«

»Amber Conway? Ja, sie hat einen. So wie ich einen für ihre Wohnung habe. Es schien mir ratsam. Soweit ich weiß, hat sich Mr. Melcombe-Smith ihren Schlüssel ausgeliehen.«

Laut Aussage ihrer Schwester, die sie ausfindig gemacht hatten, war Amber Conway nach Irland gefahren, allerdings erst am Samstag. Am Freitagabend war sie zu Hause gewesen, doch von einem Schlüssel wusste die Schwester nichts. Mr. Gewaltverbrechen teilte Leonardo mit, man käme wieder. Leonardo rief Jims zu Hause an. Als der Hörer abgenommen wurde, konnte er ein Kind kreischen, ein anderes lachen hören und etwas, das wie ein Disney-Video klang und plärrend und säuselnd aus dem Fernseher kam.

»Du bist vielleicht einer«, sagte Leonardo, als er Jims' düstere Stimme hörte. »Ein ganz schöner Schlingel, wenn du's darauf anlegst. Hast du dem Mann deiner Frau wirklich ein Messer ins Gedärm gerammt?«

»Verdammt und zugenäht, natürlich nicht.«

»Als Nächstes nimmst du noch braune Umschläge mit Bestechungsgeldern an.«

»So was darfst nicht mal du sagen.«

Leonardo lachte. »Willst du rüberkommen?«

Jims meinte kühl, er glaube eigentlich eher nicht. Man habe ihn fast den ganzen Tag in die Mangel genommen, und nun sei er müde. Außerdem stünde ihm am nächsten Morgen eine neue Konfrontation bevor.

»Keine Sorge«, sagte Leonardo. »Die Zeitungen werden nur schreiben, dass ihnen ein Mann aus Westminster bei den Ermittlungen geholfen hat. Oder vielleicht ein ›bekannter Abgeordneter der Konservativen‹.«

»Ach, hör bloß auf, ja?«, sagte Jims.

23

Auf der anderen Seite der Glebe Terrace, gegenüber von Amber Conway und Leonardo Norton, wohnte eine Frau, die Natalie Reckman inzwischen kennen gelernt hatte. Sie war die Schwester der Freundin des Mitbewohners ihres Freundes, eine ziemlich entfernte Beziehung, deren Verästelungen jedoch umgehend dadurch vereinfacht wurden, dass sich die meisten Beteiligten anlässlich eines vom Mitbewohner arrangierten und gekochten Abendessens trafen. Seine zukünftige Schwägerin erzählte der versammelten Gesellschaft, wie der Friede in ihrer Straße tagaus, tagein durch das ständige Kommen und Gehen der teils in Uniform, teils sicher auch in Zivil auftretenden Polizei gestört wurde. Sie hatten es offenbar auf die Frau gegenüber abgesehen oder vielleicht auf deren Nachbarn, einen jungen Banker oder Börsenmakler oder etwas in der Art, den sie immer für absolut gesetzestreu gehalten hatte. Jemand hatte ihr erzählt, bei dem häufigen Gast in dessen Hause – sie hatte ihn selbst dort gesehen – handelte es sich um diesen Abgeordneten, dessen Frau Bigamistin war. Als sie sein Foto in der Zeitung sah, hatte sie ihn sofort erkannt.

Natalie war so aufgeregt, dass sie kaum ihr Abendessen hinunterbrachte. Leider musste sie es essen und auch dort übernachten, wenn sie die Beziehung zu ihrem Freund nicht aufs Spiel setzen wollte. Er hatte sich schon beklagt, sie sei ja dauernd unterwegs und würde eher an einen Knüller für ihre Zeitung denken als an ihn. Jedenfalls war vor dem nächsten

Morgen nicht viel zu machen. Am nächsten Tag war Natalie jedoch um neun in Glebe Terrace, nachdem sie den Wagen in der Parkgarage untergebracht hatte, damit er ja nicht abgeschleppt oder mit einer Parkkralle versehen wurde, und klingelte an der Tür eines hübschen Häuschens, der rechten Hälfte eines Doppelhauses. Von Polizei keine Spur. Als Natalie drei Mal geläutet hatte und es schon so schien, als wäre Amber Conway immer noch verreist, wurde die Tür von einer ziemlich unausgeschlafenen Frau mit Wuschelhaaren und verklebten Augen geöffnet, die über ihrem Babydoll einen kurzen Morgenmantel trug.

»Amber Conway?«

»Ja. Wer sind Sie? Ich bin erst heute Morgen um drei nach Hause gekommen. Sind Sie von der Polizei?«

»Aber nein«, sagte Natalie. »Wie kommen Sie denn darauf?«

»Die haben mich angerufen. Ich hab ihnen gesagt, sie sollen nicht vor zehn herkommen.«

»Deshalb bin ich um neun da.« Natalie stellte einen Fuß in die Tür. »Kann ich reinkommen?«

Jims hatte den Abend damit verbracht, Zillah eine Standpauke zu halten wegen ihres – wie er es nannte – »abscheulichen und kriminellen Benehmens«. Falls er sein Leben weiterhin mit ihr teilen sollte, dann nur im strikten Einvernehmen, dass sie das machte, was man ihr sagte, und zwar angefangen bei der Trauungszeremonie, die diesmal in aller Stille in einem Hotel oder ähnlichen Ort mit behördlicher Genehmigung für Hochzeiten abgehalten werden sollte. Danach wäre es für sie ratsamer, ihren ständigen Wohnsitz in Fredington Crucis House zu nehmen und nur nach London zu kommen, wenn ihre Anwesenheit bei einem gesellschaftlichen Anlass der Konservativen erforderlich war, etwa wenn der Oppositionsführer zu einer Party einlud. Eugenie sollte ins Internat gehen, wohin Jordan ihr in drei Jahren folgen sollte. In der

Zwischenzeit würde er eine von Jims ausgesuchte Kindertagesstätte besuchen.

»Mach ich aber nicht«, sagte Zillah. »Ich bin grade erst von dem Scheißkaff weggezogen und gehe nicht mehr zurück.«

»Ich fürchte, du wirst müssen, meine Liebe. Wenn du dich weigerst, wird mir nichts anderes übrig bleiben, als dich zu verlassen oder vielmehr hinauszuwerfen. Da wir nicht verheiratet sind und noch nicht einmal länger als zwei Monate zusammengelebt haben, bin ich vom Gesetz her nicht verpflichtet, für deinen Unterhalt zu sorgen. Und Jerry kann nicht, falls er es überhaupt je getan hat. Er ist nämlich tot. Du wirst dich also entweder fügen oder auf Sozialhilfe gehen. Ich weiß nicht, wo du dann wohnen wirst, glaube allerdings nicht, dass Westminster dich in eine Frühstückspension steckt.«

»Du bist doch ein Dreckskerl.«

»Schimpfwörter nützen jetzt auch nichts. Ich habe inzwischen einige Hebel in Bewegung gesetzt, und es ist mir gelungen, die Trauung für Mittwoch zu arrangieren. Passt dir das?«

Das war am Montag gewesen. In jener Nacht hatten sie beide nicht viel geschlafen. Wenngleich er seinen Gemütszustand vor Zillah verbarg, bereiteten ihm die polizeilichen Ermittlungen doch ernstliche Sorgen. Man konnte nie wissen, wann sie als nächstes zuschlagen würden, aber dass sie es täten, war er sich sicher. Der Fraktionschef hatte bisher noch nichts zu ihm gesagt, auch nicht der Oppositionsführer, doch bildete er sich ein, von beiden bereits frostige Blicke geerntet zu haben. Der Schluss, dass beide bloß den geeigneten Zeitpunkt abwarteten, war unausweichlich.

Zillah lag ebenfalls wach, doch war ihr Gemütszustand seltsamerweise fröhlicher und zuversichtlicher. Bevor Jims am Nachmittag eingetroffen war, hatte sie einen Anruf von einem Fernsehsender namens Moon & Stars bekommen, bei dem man sie gefragt hatte, ob sie Lust hätte, in deren *Ein Bissen Frühstück*-Show aufzutreten und über ihre Erlebnisse zu reden. Sie hatte gesagt, sie wolle es sich überlegen und am Dienstag wieder anrufen. Wenn sie es geschickt anpackte, könnte sie eventuell im Fernsehen Karriere machen. Am schlausten war vielleicht, auf Nummer sicher zu gehen und erst mal zu heiraten. Am nächsten Morgen würde sie Moon & Stars anrufen und sagen, wenn sie noch einen Tag warteten, könnte sie ihnen eine positive Antwort geben.

Jims sorgte sich auch wegen der Zeitungen. Leonardos Bemerkung, man könnte den Mann, der »der Polizei bei ihren Ermittlungen geholfen« hatte, als einen bekannten Abgeordneten der konservativen Partei beschreiben, ging ihm immer noch nach. Er war ziemlich sicher, dass sie es nicht so bringen würden, das würden sie nicht wagen, es wäre *sub judice* oder wie auch immer der Begriff lautete – und wieder wünschte er sich, etwas juristische Ausbildung zu haben. Vermutlich könnte man es nicht mit ihm in Verbindung bringen – aber wann würden sie ihm wieder auf die Pelle rücken? Würde er den Mut aufbringen, sich beim Fraktionschef einen Termin geben zu lassen, bevor der lästige Kerl ihn zu sich zitierte? Früher hätte er von sich behauptet, Nerven wie Drahtseile zu haben, inzwischen war er nicht mehr so sicher. Er verstand nicht, wieso er keine Einladungen zu der Sendung *Today* oder zu Jeremy Paxmans *Start the Week* bekommen hatte. Wenn er nichts zu sagen hatte, kamen sie ja auch immer zu ihm.

Morgens um halb sieben plumpsten die Zeitungen auf die Matte vor der Tür. Jims, der bloß etwa eine Stunde geschlafen hatte, war bereits auf und trank Kaffee. Wenigstens konnte ihn niemand beobachten, als er die Zeitungen ziemlich hastig schnappte. Er seufzte erleichtert auf, weil über ihn nur das übliche »ein hilfsbereiter Mitbürger« drinstand. So weit, so gut. Eigentlich schade, dass es sich nun nicht mehr lohnte, noch einmal ins Bett zu gehen. Endlich hätte er schlafen können.

Der Manager – er selbst nannte sich Hauptgeschäftsführer – des Merry Cookhouse an der A30 erinnerte sich an Jims und identifizierte ihn ohne Schwierigkeiten anhand eines Fotos. Er hatte ihn schon damals erkannt, als er ins Restaurant hereinkam: der Abgeordnete, den eine Frau geheiratet hatte, die noch mit einem anderen verheiratet gewesen war. Es hatte ja in sämtlichen Zeitungen gestanden. Und als er dann hereingekommen war, waren alle Fragen des Erkennens, falls es welche gegeben hatte, mit einem Mal verschwunden. Er war der unverschämteste Kunde, dem der Mann hinter der Theke seit langem begegnet war. Als er mit seinem Geschimpfe über Dekor und Service fertig war, hatte er gesagt, so einen Fraß würde man nicht mal Schweinen vorsetzen, das sei ja eine Pestbeule am reinen Antlitz Englands, und die vom Personal seien alles Idioten, die eine Hühnerbrust nicht von einem Schweinearsch unterscheiden könnten.

Das hatte sich am Freitagnachmittag zugetragen. Mr. Gewaltverbrechen folgerte zur allgemeinen Enttäuschung, dass Jims es bei dem starken Verkehrsaufkommen unmöglich in weniger als zwei Stunden von dem fraglichen Ort in Hampshire bis zum Marble Arch hätte schaffen können, höchstwahrscheinlich eher in drei. Man machte sich aber nicht die Mühe, ihm das zu sagen. Wieso sollte er nicht noch ein Weilchen schmoren? Irgendetwas hatte er sich offensichtlich zu Schulden kommen lassen, wenn auch keinen Mord. Nachdem die Beamten die Aussage des Kerls vom Merry Cookhouse bekommen hatten, schenkten sie sich den Besuch bei Amber Conway, obwohl sie ihn vielleicht gemacht hätten, wenn ihnen klar gewesen wäre, dass Natalie Reckman ihnen dort zuvorgekommen war.

»Dieser Typ, der Abgeordnete, der war doch ein Kumpel von Leonardo Norton, oder?«, fragte Natalie in dem Moment, als der Besuch von Mr. Gewaltverbrechen stattfinden sollte. »Könnte man sagen, ein enger Freund?«

»Mehr als das«, sagte Amber. »Sie werden doch meinen Namen nicht nennen, ja?«

»Auf gar keinen Fall.«

»Ich bin vielleicht ein bisschen naiv, denn lange dachte ich, es ginge um Politik. Wir sind alle sehr politisch hier in Westminster, wissen Sie.«

Natalie schaltete das Tonbandgerät aus, das Amber vorher gar nicht bemerkt hatte. »Er hat sich oft Ihren Schlüssel ausgeliehen, stimmt's?«

»Das hat er vorher noch nie. Er hat einen eigenen.«

Wieder bei sich zu Hause, fand Natalie eine Nachricht auf ihrem Anrufbeantworter vor. Sie war von Zillah Melcombe-Smith und fing recht gekonnt und in richtiger Tonhöhe gesungen an: »Hei, heute Morgen mach ich Hochzeit.« Weiter ging es mit gesprochenen Worten: »Tut mir Leid, dass ich letztes Mal nicht besonders nett zu Ihnen war. Ich stand ziemlich unter Druck. Wenn ich mit dem Mistkerl erst mal offiziell verheiratet bin, hab ich eine Story für Sie. Hätten Sie Lust, am Mittwochnachmittag vorbeizukommen, sagen wir so um drei?«

Natalie legte alles andere auf Eis. Die gerichtliche Untersuchung der Todesursache hatte stattgefunden und war vertagt worden, und Jeff stand an diesem Nachmittag die Einäscherung in Golders Green bevor. Da könnte sie doch hingehen. Schließlich war sie länger als alle anderen Frauen mit ihm zusammen gewesen, und obwohl sie ihn am Ende vor die Tür gesetzt hatte, war ihre Trennung so freundschaftlich wie unter diesen Umständen möglich vonstatten gegangen, und ihre Zuneigung zu ihm hatte sich bis zu seinem Tod gehalten. Das lag vermutlich daran, dass sie sich nie Illusionen über ihn gemacht hatte.

Um zwei Uhr zog sie einen schwarzen Rock mit passendem Jackett an. Gemäß einem Gebot, das ihr noch aus den Jahren nachhing, in denen sie zu Hause bei ihrer Mutter gewohnt hatte, erschien es ihr ungebührlich, zur Beerdigung einen Hosenanzug zu tragen. Natalie mochte keine Hüte und besaß nur einen, einen ungebleichten, breitkrempigen Strohhut, den sie sich für einen Urlaub in Ägypten zugelegt hatte. Weil der unpassend war, ging sie eben barhäuptig. Ganz wie Zillah Melcombe-Smith, mit der sie dort nicht gerechnet hatte. Sie lächelte ihr quer durch die Kapelle zu und winkte auf diskrete, gedämpfte Art, wie es dem traurigen Anlass entsprach. Zillah hatte ein Kind bei sich, den kleinen Jungen, der dauernd heulte und Jeff Leachs Sohn war. Bestimmt hatte sie niemanden, der auf ihn hätte aufpassen können. Das Orgelsolo ging ihm schon gegen den Strich, und als schließlich der Sarg hereingetragen wurde, schrie er aus Leibeskräften.

Die weinende Frau in tiefstem, schwärzestem Schwarz musste die gegenwärtige Freundin sein, oder besser gesagt, die neueste Verflossene: Fiona Sowieso. Blond, wie üblich, mit Ausnahme der einen, die er geheiratet hatte. Sie weinte während des gesamten, flüchtig vollzogenen Gottesdienstes. Die dicke Frau, die mit ihr zusammen hereingekommen war, legte ihr den Arm um die Schulter und drückte sie dann gegen das mächtigste Busengebirge – »Brust« konnte man es nicht nennen –, das Natalie je gesehen hatte. Der Mann, der solchen Erfolg mit seiner Fernsehserie über Magersucht hatte, war auch bei ihnen und intonierte die Kirchenlieder in einem ziemlich guten Bariton. Natalie hatte keine Blumen geschickt. Sie hatte deswegen ein schlechtes Gewissen gehabt, schämte sich jetzt aber noch mehr, weil es so wenig Kränze gab. Was an Blumenschmuck vorhanden war, lag auf dem gepflasterten Hof vor dem Krematorium, hauptsächlich Gerbera, Lilien und Ranunkeln, und Natalie überlegte, wie sich der Blumenverkauf in Großbritannien in den letzten zehn Jahren doch gewandelt hatte. Davor wären es immer Rosen und Nelken gewesen. Auf der Karte beim größten Strauß stand: *In innigem Gedenken an meinen Liebling Jeff, Deine Fiona.* Daneben lag ein aus weißen Gartennelken straff gewundener Kranz, der unheimlich an ein großes Polo-Minzbonbon erinnerte. Auf der Karte mit dem Aufdruck »In liebender Erinnerung« stand: *Von Dad und Beryl.* Von der Witwe nichts. Auch nichts von anderen verflossenen Freundinnen.

Natalie, die sich vorletztes Jahr kurz nach Weihnachten von Jeff getrennt hatte, fragte sich nun, wen es zwischen ihr und dieser Fiona wohl gegeben hatte. Da musste doch jemand gewesen sein – oder hatte er sich etwa mit seiner Frau begnügt? Sie konnte sich nicht vorstellen, dass Jeff sich im Gegenzug für Sex, Bequemlichkeit und ein Dach über dem Kopf, von Geld ganz zu schweigen, mit einer Frau zufrieden gegeben hatte, die im tiefsten Dorset wohnte. Wenn sie eine intime Story über alle seine Frauen schreiben wollte, musste sie den Namen dieser fehlenden Frau herausbekommen und dazu den der Freundin, die vor ihr kam, und womöglich auch noch die davor.

Inzwischen hatten alle Trauergäste die Kapelle verlassen und standen, teilweise mit Tränen in den Augen, umher und bewunderten die Blumen. Keine sah auch nur im Entferntesten nach ihrer Nachfolgerin und Fionas Vorgängerin aus. Die rundliche Dame mit dem hübschen Gesicht konnte es unmöglich sein – zu alt und die falsche Figur. Eine Blondine, vom Aussehen her Fiona nicht unähnlich, erkannte sie als Detective Inspector. Natalie stellte sich einer großen, dünnen, etwa sechzigjährigen Frau vor, die sagte, sie sei Jeffs Vermieterin in der Harvist Road in Queen's Park gewesen.

»Er war ein reizender Mann, meine Liebe. Hat nie Schwierigkeiten gemacht.«

»Ich möchte wetten, er war mit der Miete im Rückstand.«

»Das schon. Stellen Sie sich doch mal vor, da geht seine Frau her und heiratet einen anderen, während sie noch mit ihm verheiratet ist. Ist sie das? Die hab ich doch irgendwo schon mal gesehen.«

»Solange er in Ihrem Haus gewohnt hat, war er da oft über Nacht weg?«

»Manchmal tagelang, meine Liebe, und oft auch an Wochenenden. Aber das ist leicht zu erklären. Da ist er nämlich nach Gloucester gefahren, seine Mutter besuchen. Ich hab mir solche Sorgen gemacht, dass er womöglich in dem Zug war, mit dem das Unglück passiert ist.«

Unwahrscheinlich, dachte Natalie, wenn man bedenkt, dass er damals gerade mit seiner alten Klapperkiste auf der Rückfahrt von Long Fredington war. Jeffs Mutter, das wusste sie ganz sicher, war 1985 gestorben, und sein Vater lebte in Cardiff mit einer Frau zusammen, die Jeff nicht ausstehen konnte, der Beryl auf dem Polo-Minzbonbon-Kranz. Zwischen ihnen herrschte seit Jahren Funkstille. »Das waren die Wochenenden. War er denn unter der Woche viel weg?«

»Im Sommer schon und vielleicht auch im September. ›Ich glaub fast, Sie haben eine Freundin gefunden‹, sagte ich, und er stritt es nicht ab.«

Natalie ging hinüber, um mit Zillah ein paar Worte zu wechseln. »Gratuliere zu Ihrer bevorstehenden Vermählung.«

»Wie bitte, was? Ach so. Danke.«

»Wir sehen uns dann also morgen.«

Wer konnte die andere Frau sein, die Frau dazwischen sozusagen? Gut betucht natürlich, entweder mit Geld oder mit einem gut bezahlten Job. Mit einem Haus irgendwo in London, das ihr selbst gehörte. In Nord-London, dachte Natalie. Jeff hatte zu den Leuten gehört, die Süd-London als wildfremdes Territorium behandelten, für das man vermutlich einen Pass benötigte. Einmal hatte er sich damit gebrüstet, noch nie eine der Brücken über den Fluss überquert zu haben. Das brachte sie auf die Frage, was wohl aus seinem zwanzig Jahre alten Ford Anglia geworden war, den er zu ihrer Zeit nie gewaschen hatte. Sie stellte sich vor, dass der Wagen irgendwo auf einem Polizeigelände abgestellt war, nachdem er mit einer Radkralle versehen oder abgeschleppt worden war, da, wo er ihn eben gerade stehen gelassen hatte, an einer der unzähligen, verschlungenen Straßen zwischen der North Circular Road und der Great Western Line.

Als sie wieder zu Hause war, tätigte sie einige Anrufe, um zu überprüfen, ob Zillah (alias Sarah) Leach und James Melcombe-Smith tatsächlich am nächsten Morgen in der City of Westminster getraut werden sollten, konnte aber nichts herausfinden. Jims brachte die Sache also wahrscheinlich in South Wessex über die Bühne. Sie überlegte, wie wohl ihre Chancen auf ein Interview mit Leonardo Norton stünden, beschloss dann aber abzuwarten, bis sie mit Zillah gesprochen hatte. Vielleicht hatte die ja Eröffnungen für sie auf Lager, die alles überstiegen, was sie sich bisher erträumt hatte.

Im Vergleich zu ihrer letzten und sogar ihrer ersten war diese Trauung eine ziemlich triste Angelegenheit. Als die neue gesetzliche Regelung eingeführt worden war, hatte Zillah es für eine prächtige Idee gehalten, dass man nicht mehr in der Kirche oder auf dem Standesamt heiraten musste, sondern es in einem Hotel, einem Landgasthof oder eigentlich überall machen konnte, vorausgesetzt die Einrichtung hatte eine entsprechende Genehmigung. Beim Anblick des Veranstaltungsorts, den Jims ausgesucht hatte, änderte sie allerdings ihre Meinung – eine aus den dreißiger Jahren stammende Autobahnraststätte in der Nähe von Enfield. Angetan mit ihrem weißen Kostüm und einem neuen Wagenradhut mit schwarzen und weißen Kräuselfedern fand sie, sie hätte sich die Mühe auch sparen und in Jeans und Pullover kommen können.

Die schwarzen Querbalken an der Decke waren reine Attrappe, und die Fachwerktäfelung an den Wänden war ebenso unecht. Klobige Stühle und Tische standen herum, dazu Chintzsofas mit einem Muster aus halb erblühten rosa und roten Rosen. Noch nie hatte Zillah so viele Pferdegeschirre und Sättel gesehen, so viel Zaumzeug, Sporen und Hufeisen, nicht einmal im tiefsten Dorset. Sie wurde dem Besitzer des Etablissements vorgestellt, einem etwas abgehalfterten Schönling mit Cockney-Akzent, ehemals Liebhaber von Ivo

Carew. Als er zu ihr sagte, es sei ihm ein Vergnügen, zwinkerte er Jims über ihre Schulter hinweg obszön zu.

Die Standesbeamtin war eine junge, gut aussehende Frau. Zillah, hier abwechslungsweise einmal Antifeministin, fragte sich, ob sie sich überhaupt richtig verheiratet fühlen würde, wenn eine Frau die Zeremonie durchführte. Allerdings wusste sie, dass Standesbeamte heutzutage meistens Frauen waren. Ivo und der Schönling waren Trauzeugen, und das Ganze ging rasch über die Bühne. Zillah hatte eigentlich sogar in diesem Dreckloch mit einem Mittagessen gerechnet, doch dann verabschiedete sich Jims, der bis auf das »Ja, ich will« nicht mit ihr geredet hatte, sehr schnell von allen und kutschierte sie zurück nach Westminster.

Da endlich wandte er sich an sie. »Und nun werden wir Vorkehrungen treffen müssen, um dich und deine Kinder nach Fredington Crucis zu verfrachten.«

24

Diese Woche wären es, obwohl Josephine bestimmt nicht daran denken würde, zwanzig Jahre, dass Minty bei Immacue arbeitete. Ende Mai war es gewesen, und sie war damals achtzehn. Als sie mit den Hemden anfing, versuchte sie sich auszurechnen, wie viele sie in all den Jahren wohl schon gebügelt hatte. Wenn man dreihundert pro Woche nahm und das fünfzig Wochen im Jahr, da zwei für Urlaub abgingen, machte das hunderttausend Hemden. Genug, um eine ganze Armee auszustatten, hatte Tantchen gesagt, als sie ihr Zehnjähriges gehabt hatte. Weiße, blauweiß gestreifte, rosa und weiß, gelb und weiß, grau und blau – es nahm kein Ende. Sie nahm das erste vom Stapel. Es war hell- und dunkelgrün, eine seltene Kombination.

Wie so oft, wenn sie sich den Gedanken an Tantchen überließ, richtete sich die Geisterstimme an sie. »Hunderttausend sind's nicht, da irrst du dich. Samstags hast du nie Hemden gemacht, jedenfalls nicht am Anfang. Erst nach gut zwei Jahren. Und dann gab's auch Tage, wo du keine fünfzig gemacht hast, weil gar keine fünfzig zu machen waren. Es kommt also eher auf neunzig- statt auf hunderttausend.«

Minty sagte nichts. Sie machte zwar ihrem Herzen Luft, wenn sie Tantchen etwas erwiderte, handelte sich aber auch Ärger ein. Gestern, als sie zurückgeschrien hatte, war Josephine angerannt gekommen und hatte wissen wollen, ob sie sich verbrannt hatte. Als ob sich ein Mensch, der hunderttausend Hemden gebügelt hatte, noch verbrennen würde.

»Sie sollte aber trotzdem eine kleine Feier für dich abhalten. Die ist doch egoistisch bis ins Mark, denkt bloß an sich und ihren Göttergatten. Du wirst sehen, wenn sie ein Baby hat, bist du diejenige, die drauf aufpasst. Sie bringt's mit hierher und fragt, ob du ein Auge drauf haben könntest, während sie einkaufen geht oder mal schnell zum Chinesen rüber. Dieser Ken, kann ja sein, dass er ganz hin und weg davon ist, aber hüten wird er's nicht. Das tun Männer nie.«

»Verschwinde«, sagte Minty, aber sehr leise.

»Also, Mrs. Lewis kennt sich ja in diesen Dingen besser aus als ich. Sie hat da Erfahrung. Mit dem Kinderkriegen, meine ich. Ich hatte den ganzen Ärger und die Kosten, dich großzuziehen, aber dafür keine Wehen. Wenn Jock nicht bei dem Zugunglück umgekommen wäre, hättest du vielleicht selber ein Baby gekriegt. Sie wären gern Großmutter geworden, nicht wahr, Mrs. Lewis?«

Diesmal konnte Minty sich nicht mehr beherrschen. »Bist du wohl still? Wenn du bloß taub geblieben wärst! Sie kriegt kein Baby und ich auch nicht. Schaff die Alte weg von hier. Ich will sie nicht hier haben!«

Josephine kam natürlich gleich wieder angerannt. »Mit wem hast du da geredet, Minty?«

»Mit dir«, versetzte Minty beherzt. »Ich dachte, du hättest nach mir gerufen.«

»Wann hätte ich dich je vom Bügeln weggerufen? Hör mal, ich geh kurz weg und überlass dir den Laden, okay? Will bloß mit Ken ein bisschen was zu Mittag essen. Kann ich dir was mitbringen?«

Minty unterdrückte einen Schauder. Sie und etwas essen, was schon jemand angefasst hatte? Sachen, bei denen sie nicht gesehen hatte, wie sie gekauft wurden? Josephine würde es nie lernen. »Nein, danke. Ich hab meine Sandwiches.«

Sie machte sich erst daran, als sie mit den Hemden fertig war. Es waren Sandwiches mit Hühnerfleisch, bestehend aus Weißbrot, das sie selbst in Scheiben geschnitten hatte – bei

Brot in fertigen Scheiben konnte man ja nie wissen, wer es geschnitten hatte –, frischer irischer Butter und Hühnchen, das sie selbst gekocht und zerlegt hatte. Dazu hatte sie das zweite große Messer benutzt, den Zwilling desjenigen, das sie hatte loswerden müssen, weil man ja nie wissen konnte, wie sauber etwas wurde, wenn man es abkochte. Wenn sie diese Mrs. Lewis je zu Gesicht kriegte, würde sie vielleicht das große Messer benutzen müssen, so wie sie jenes benutzt hatte, mit dem sie sich Jocks Geist vom Hals geschafft hatte.

Allerdings hatte sie Mrs. Lewis nie gesehen. Tantchen manifestierte sich ab und zu, wenn auch nie so deutlich und massiv wie Jock damals. Möbel und Türen waren immer durch Tantchen hindurch sichtbar. Manchmal war sie nur ein Umriss, um die Mitte herum bloß eine wässrige Gestalt, die sich verschob und hin und her waberte wie die Spiegelung auf der Straße, die sie letzte Woche vom Bus aus gesehen hatte. Minty dachte, sie würde vielleicht ganz verschwinden, wenn sie wieder damit anfing, ihr Blumen aufs Grab zu stellen. Wenn sie wieder zu ihr betete. Doch wieso sollte sie? Sie hatte sich Tantchen nie widersetzt, als diese noch gelebt hatte, doch nun fand sie es an der Zeit, sich zu behaupten. Wieso sollte sie für den Rest des Lebens daran gebunden sein, wieso sollte sie das ganze Geld ausgeben und die Blumen arrangieren, bloß um einem Geist zu gefallen?

Sie hatte nicht einmal besonders Angst vor Tantchen. Das lag bestimmt daran, dass sie sie so gut gekannt und auch gewusst hatte, dass Tantchen ihr nichts antun würde. Jock hatte ihr allerdings schon etwas angetan, er hatte sich von ihrem Geld bedient. Und als er als Geist zurückkam, hatte er sie manchmal wütend angefunkelt, die Augen weit aufgerissen und die Zähne gebleckt. Wirklich fürchtete sie sich jedoch davor, ohne dass sie recht wusste warum, dass Mrs. Lewis sich zeigte. Wenn die Alte sich einmal an sie wenden würde, anstatt immer nur mit Tantchen zu sprechen, würde sie die Vorstellung vielleicht nicht so schrecken, glaubte sie. Das hatte

Mrs. Lewis aber noch nie getan, sondern sich immer wie ein Schatten an Tantchen geheftet und war auch wie ein Schatten nur zu bestimmten Zeiten und an bestimmten Tagen dabei. Heute früh zum Beispiel war kein Wort von ihr gekommen, und als Tantchen sie etwas gefragt hatte, war sie die Antwort schuldig geblieben. Das konnte auch heißen, dass sie nicht da war und dass Tantchen aus unerfindlichen Gründen in die leere Luft geredet hatte. Andererseits – und das ängstigte Minty auf fast unerklärliche Art – hatte sie Tantchen ja vielleicht auch von dorther begleitet, wo sie wohnten, einem Himmel, einer Hölle oder einem unbekannten, namenlosen Schattenreich, war dabei aber stumm geblieben. Minty fand die Vorstellung abscheulich, wie sie unsichtbar hinter Tantchen lauerte, Tantchen von ihr wegbrachte, alles registrierte, was Minty tat, Urteile über ihr Aussehen und ihr Heim abgab. Den rechten Augenblick abwartete, aber wofür, das wusste Minty nicht.

Sobald Josephine im Bügelzimmer aufgetaucht war, war Tantchen verschwunden und kehrte auch nicht wieder. Minty aß ihr Sandwich vollends auf und ging sich die Hände waschen. Sie wusch sich auch gleich das Gesicht, schließlich konnte man nie wissen, ob man nicht einen unsichtbaren Butterschmierer am Kinn hatte. Als sie im Toilettenraum war, klingelte es an der Ladentür. Sie traute ihren Augen kaum. Mitten im Laden stand Mr. Kroots Schwester mit einem Arm voll Schmutzwäsche, die sie gerade aus einer uralten, abgenutzten Einkaufstüte gezogen hatte.

Gertrude Pierce – hieß sie so? – war genauso überrascht, Minty zu sehen, wie umgekehrt. »Ich hatte keine Ahnung, dass Sie hier arbeiten.« Ihre Bemerkung enthielt unausgesprochen den Satz: »Wenn ich es gewusst hätte, wäre ich nie hereingekommen.« Sie hatte eine leise, etwas knurrende Stimme und einen Akzent, den Minty nicht einordnen konnte. Kurz zuvor, vielleicht auf dem Weg hierher, hatte sie sich die Haare tönen lassen, die jetzt rot und glänzend waren wie das scharlachrote Satinjäckchen, das sie zusammen mit einem wolligen grünen Pullover und einem Paar violetter Hosen auf dem Ladentisch ablud. Minty konnte die Sachen auf fast zwei Meter Abstand riechen. Sie rümpfte die Nase, eine Veränderung ihres Gesichtsausdrucks, die Gertrude Pierce nicht entging. »Wenn Sie sie nicht wollen, bring ich sie woanders hin.«

Josephine sähe es sicher nicht gern, wenn sie Kunden verscheuchte. »Wir machen sie.« Minty musste ihr antworten, doch der Gedanke, Tantchen könnte herausbekommen, dass sie tatsächlich mit Mr. Kroots Schwester gesprochen hatte, ließ sie erbeben. Ihre Hand zitterte, während sie die Kosten für die chemische Reinigung ausrechnete, auf ein Kärtchen den Betrag und dazu »Mrs. Pierce« schrieb und es ihr über den Ladentisch reichte. »Ist bis Samstag fertig.«

Gertrude Pierce beäugte das Kärtchen voller Argwohn und einer gewissen Verwunderung. Es war, als sinnierte sie darüber nach, was für hellseherische Kräfte oder welch übermenschlichen Scharfblick Minty wohl besaß, weil sie ihren Namen wusste. »Meine Einkaufstüte nehme ich aber bitte sehr wieder mit.«

Auf dem Ladentisch lag sie, eine schwarze Plastiktüte, abgestoßen und zerkratzt von den hundert Malen, die sie benutzt worden war, seit die Verkäuferin bei Dickens & Jones zum ersten Mal etwas neu Gekauftes darin verstaut hatte. Minty schob sie ein Stückchen näher zu Gertrude Pierce hinüber. Mr. Kroots Schwester wartete, vielleicht erwartete sie, dass sie sie ihr herüberbrachte und auch noch einen Knicks machte, dachte Minty. Sie ging ins Bügelzimmer und knallte die Tür zu. Gleich darauf hörte sie Schritte, und die Glocke am Ausgang klingelte.

»Ich hab dir doch gesagt, du sollst nicht mit ihr reden«, sagte Tantchen. »Ich hab ja meinen Ohren nicht getraut. Du hättest immerhin so tun können, als ob sie nicht da wäre, und ihr nicht auch noch die Genugtuung verschaffen.«

»Ich täte gern so, als ob *du* nicht da wärst.« Da Josephine unterwegs war, konnte sie nach Herzenslust Widerrede leisten. »Ich will, dass du verschwindest, und zwar für immer, und dass du Jocks alte Mutter mitnimmst.«

»Stell du mir erst mal *hübsche* Blumen aufs Grab wie früher, dann werd ich's mir überlegen. Die Tulpenzeit ist vorbei, da kann der Blumenhändler sagen, was er will. Rosen kosten dir anscheinend zu viel Geld.«

»Nichts wär mir zu viel, wenn ich dich dafür loswerden würde«, stieß Minty hastig hervor.

Als sie um halb sechs den Heimweg antrat, kaufte sie Rosen, ein halbes Dutzend weiße Rosen, teuer genug, aber immer noch billiger als am Friedhofstor. Es war ein trüber Abend, und das Gebäude gleich innen am Tor, das ihr bisher noch nie aufgefallen war, sah mit seinen Säulen und Portikos aus verwittertem grauem Stein so aus, als stünde es schon seit Hunderten, vielleicht Tausenden von Jahren dort. Minty, die letzte Woche eine Fernsehsendung über das alte Rom gesehen hatte, fragte sich, ob es vielleicht aus jener Zeit stammte. Es war eine kleinere Ausgabe des mächtigen, unheimlichen Krematoriums und hatte wie dieses die Türen geschlossen. Die Luft dort drinnen wäre bestimmt dumpf und muffig und immer kalt. Sie schloss die Augen und wandte dem Gebäude den Rücken zu. Sie wusste nicht, weshalb sie diesen Weg genommen hatte, denn er führte überhaupt nicht zu Tantchens Grab.

Es lag daran, dass sie durch den Ost- statt durch den Westeingang gekommen war. Das hatte sie noch nie getan. Zur Abwechslung hatte sie Blumen im Laden gekauft und nicht am Tor. Es erschien ihr plötzlich sehr wichtig, Tantchen die Blumen zu »geben«. Tantchen hatte darum gebeten und speziell um Rosen. Lag das Grab nun an diesem Gang oder an jenem? Der Friedhof war so groß und hatte so viele Gehwege, von denen manche in Schlangenlinien verliefen, und so viele gleich aussehende Gräber. Einige Bäume waren immergrün, aber man hätte besser immerschwarz sagen sollen, da ihr Laub immer dunkel und düster aussah. Andere hatten welke, schlaff herunterhängende grüne Blätter. Nur das Gras und die winzigen gelben und weißen Blumen, die darauf sprießten, strahlten unterschiedlich von einer Jahreszeit zur anderen.

Es war immer noch taghell und würde es noch stundenlang bleiben, selbst wenn Wolken das Licht halb verdunkelten. Sie müsste eigentlich in Richtung Krematorium zum Westtor gehen, wusste aber nicht, wie. Sie lief Wege auf und ab, bog rechts ab und dann wieder links. Wenn sie das Grab sah, würde sie es wiedererkennen, an dem Namen natürlich, der darauf stand, aber zuerst an dem Engel, der sich mit einer Hand die Augen bedeckte und in der anderen eine zerbrochene Violine hielt. Das Problem war, dass der Friedhof voll von steinernen Engeln war, auf jeder zweiten Grabstelle schien ein Engel zu sitzen, einige hatten Schriftrollen in der Hand, andere Saiteninstrumente, allerdings meistens Harfen, und wieder andere gab es, auf denen die Engel mit geneigten Köpfen weinten. Minty war allmählich selber zum Weinen zu Mute. Sie wusste, dass sie aus dem Tor, durch das sie eingetreten war, hinaus und durch ein anderes wieder eintreten müsste, aber das bedeutete, dass sie an dem Blumenverkäufer vorbeimusste. Der würde vielleicht denken, sie hätte ihre gestohlen, als er gerade mal nicht hingesehen hatte, oder sie von einem anderen Grab genommen, was – wie sie gehört hatte – nicht ungewöhnlich war.

Maisie Julia Chepstow, geliebte Gattin von John Chepstow, entschlafen am 15. Dezember 1897 im Alter von 53 Jahren. Ruhe sanft in Jesu Armen. Sie kannte die Inschrift auswendig und erinnerte sich, wie sie Jock erzählt hatte, der Leichnam oder die Gebeine oder der Staub, der dort unten lag, gehörten Tantchens Großmutter. Das alles war doch egal. Wichtig war nur, dass sie Tantchens Asche in diesem Grab bestattet hatte. Inzwischen war sie am Kanal angelangt, das kleine römische Gebäude vor sich, und machte noch einmal kehrt. Hier drin gab es so viele Gräber und so wenig Leute, die sich darum kümmerten, dass Gras, Moos und Efeu darüber wucherten und alles bedeckten, den Stein verbargen und die eingemeißelten Namen verdunkelten. Sie hatte hier drin zwar nie eine Katze gesehen, obwohl sie sich vorstellen konnte, dass sie bei Nacht eindrangen, doch nun tauchte eine auf, lang und dünn und grau, suchte sich behutsam einen Weg über anonyme Grabhügel und tauchte bei ihrem Anblick in eine vom Efeu überwucherte Höhle unterhalb der Wurzeln eines Baumes ab.

Ein Engel, der irgendetwas in der Hand hielt, erhob sich vor ihr an der Stelle, wo der Durchgang im rechten Winkel auf einen Gehweg stieß. Hier musste es sein, hier war die Stelle, wo sie auf der Erde kniend Jocks Geist hatte näher kommen sehen. Noch bevor sie sie ganz erreicht hatte, sah sie, dass es der gleiche Engel war, mit den gleichen bedeckten Augen und der gleichen zerbrochenen Violine in der Hand. Doch als sie die Efeuranken beiseite schob und las, was in den Stein eingemeißelt war, sah sie, dass es doch ein anderes Grab war. Das hier war nicht Maisie Julia Chepstow, geliebte Gattin von John Chepstow, sondern *Eve Margaret Zwickauer, einzige Tochter von Samuel Zwickauer, geflohen zu ihrem Erlöser am 23. Oktober 1899.* Adam und Eva und Zwickmich, dachte Minty. Nimm ein Polo, Polo. Wie konnten zwei Gräber einander nur so ähneln und doch nicht der gleichen Person gehören? Vielleicht hatte derjenige, der vor langer, langer Zeit, vielleicht in der Römerzeit, die Statuen gemacht hatte, gleich ganz viele davon hergestellt.

Vielleicht ginge es aber auch so. Dass Tantchens Asche nicht hier lag, war vielleicht gar nicht so wichtig. Etwas war auf dem Grab dieser Frau doch anders: In die Sockelumrandung der Plattform, auf der der Engel stand, war eine steinerne Vase eingelassen. Sie war ausgetrocknet, und grünes Moos kroch an ihr empor bis an den Rand. Wie schon zuvor, suchte Minty auf einem Nachbargrab Blumen, die schon fast verwelkt waren, warf sie ins Gebüsch und benutzte das Wasser, in dem sie gestanden hatten, um das bemooste Gefäß zu füllen. Sie arrangierte die Rosen, brach die Stängel etwas kürzer ab und ritzte sich dabei an den Dornen die Hände auf. Der Aderlass belebte sie auf eine seltsame, ungekannte Art, obwohl ihr der Schmutz, der sich bestimmt auf den Rosenstängeln befand, Sorgen bereitete. Eigentlich sollte hier drinnen irgendwo ein Wasserhahn sein, vermutlich war auch einer da, nur wusste sie nicht wo.

Sie stand auf und machte kehrt, lief weiter, vom Gasometer weg. Das musste der richtige Weg zum Westtor sein. War es aber nicht. Sie bekam allmählich Angst. Wenn sie nun nicht mehr hinausfand und stundenlang umherirren musste, suchend und suchend, vielleicht jahrelang, bis in alle Ewigkeit zwischen den überwucherten Gräbern, die einen mit ihrem Hauch streiften und die Lebenden erschaudern ließen. Es war bestimmt ein Ort für Geister, bei all den unzähligen Toten, die hier überall unter der Erde lagen, aber ihre waren nicht hier. Es gab nur Düsterkeit und eine Art bedrückenden Frieden und in der Ferne das Rauschen des Verkehrs auf der Harrow Road. Keine anderen Leute, ob lebende oder Phantome, kein Vogelgesang. Plötzlich gelangte sie an einen offenen Platz, vor sich den riesigen Säulentempel, das Krematorium. Es wirkte immer beängstigend, aus dieser Perspektive jedoch noch mehr, mit der hohen, kahlen Wand und den sich dahinter zusammenballenden Wolken und der wild wuchernden, vernachlässigten Natur, die bis dicht an den Fuß des Gebäudes heranreichte. Minty stellte sich vor, wie die hohe Tür aufschwang, das Bleiglasfenster zerbarst und die Geister blindlings herauskamen, mit erhobenen Händen und wallenden Gewändern. Sie fing an zu laufen.

Überall waren Hinweisschilder, die einem den Weg wiesen, aber anscheinend nie anzeigten, wohin sie wollte, nämlich zu Tantchens Grab. Sie las das Schild vor sich, ohne zu wissen, warum, während sie weiterstürmte und sich nicht traute, zurückzublicken, für den Fall, dass sie verfolgt wurde. Ausgang, stand dort. Ihre Erleichterung war riesengroß. Sie wusste jetzt, wo sie war, auf dem Weg zum Westtor, das ihrer Straße gegenüber lag und wo auch der Blumenverkäufer war. Bis sie es erreicht hatte, ging sie schon wieder gemächlich und brachte sogar ein Lächeln und ein Nicken für den Blumenmann zu Stande. Es war auch nichts und niemand hinter ihr her.

Es war selten, dass Minty sich glücklich fühlte. Angst vertreibt Glücksgefühle ebenso, wie Sorgen es tun, und sie hatte meistens Angst. Sie lebte in einem Klima unsagbarer Ängste und Terrorzustände, die nur durch strenge Routine in Schranken gehalten werden konnten. Etwas hatte sie gelindert, hatte sie ein paar Mal vollständig verscheucht, und das war etwas, was sie in den ersten siebenunddreißig Jahren ihres Lebens nicht gekannt hatte: das Gefühl, das sie Jock entgegengebracht hatte. Als sie ihm, nachdem er mit ihr geschlafen hatte, gesagt hatte, sie würde es nie mit einem anderen tun, denn sie gehöre für immer ihm, hatte sie vielleicht zum ersten Mal in ihrem Leben ihre wahren und ehrlichen Gefühle ausgedrückt, unbeeinflusst von Reinlichkeit, Sauberkeit oder Vorurteilen gegenüber Essen. Und was er ihr im Gegenzug gegeben hatte, oder jedenfalls was sie dafür hielt, hatte ihr eine seltsam unvertraute Empfindung vermittelt, die sie nicht benennen konnte: Glück. Sie spürte, wie es jetzt in verkleinertem Maßstab zurückkehrte, als sie den Friedhof verließ und auf die Syringa Road zuging.

Mit Jock hatte es relativ lang angehalten. Wenn er nicht gestorben wäre, dachte sie manchmal etwas vage – nicht wissend, was sie damit meinte oder wollte –, wenn er am Leben und bei ihr geblieben wäre, dann hätten diese Gefühle, die sie gehabt und die er in ihr hervorgerufen hatte, vielleicht eine andere Frau aus ihr gemacht. Das bisschen Glück, das sie im Moment empfand, nach dem blanken Entsetzen vorhin, würde nicht anhalten, das wusste sie; schon als sie sich ihrer Haustür näherte, kehrte die Angst zurück. Sie fürchtete sich vor dem, was dort drinnen auf sie wartete, und überlegte sogar, ob sie bei den Wilsons klopfen und auf ein halbes Stündchen hereinschauen sollte, um eine Tasse Tee zu trinken, zu plaudern und ihnen vielleicht von ihrem Erlebnis auf der Suche nach Tantchens Grab zu erzählen, an dem sie jetzt, wo es vorüber war, sogar eine komische Seite entdecken konnte. Was, eine Frau, die ihr Leben lang bloß einen Katzensprung vom Friedhof entfernt wohnte, war nicht in der Lage, das Grab ihres eigenen Tantchens zu finden! Wenn sie zu Sonovia ginge, müsste sie danach aber nur wieder hinaus und in ihr eigenes Haus gehen. Sie konnte ja nicht die ganze Nacht bei den Nachbarn verbringen.

Sie steckte den Schlüssel ins Loch und drehte ihn um. Obwohl es erst Stunden später dunkel werden würde, machte sie im Hausflur Licht. Nichts. Leere. Sie ging nach oben, voller Angst, unterwegs Tantchen zu begegnen, aber da war niemand, nichts. Ganz leise konnte sie durch die Trennwand Musik hören, die Art von Musik, wie sie junge Leute mögen. Mr. Kroots Radio war es bestimmt nicht, es musste das von Gertrude Pierce sein. Eine merkwürdige Frau – spielte Teenagermusik! Minty ließ Badewasser ein und nahm dazu schäumendes Gel, wusch sich damit auch die Haare und schrubbte sich mit einer Nagelbürste das Blut von den Händen. Die Stiche, die die Dornen verursacht hatten, bildeten unzählige kleine Wunden. Die Musik wurde ausgeschaltet, und es folgte Stille. Minty trocknete sich ab und zog ihr übliches frisches T-Shirt, frische Hosen und Socken an. Weil die Straßen schmutzig waren, trug sie selbst bei heißem Wetter nie Sandalen. Alles Mögliche konnte sich doch in die Füße eingraben, so dass man eine Krankheit bekam, die sich Bill-Harz-Sowieso nannte, hatte sie in Lafs Zeitung gelesen. Das war zwar in Afrika, aber sie konnte sich nicht denken, weshalb es hier nicht auch passieren sollte.

Hunger hatte sie keinen. Die Sandwiches waren sehr nahrhaft gewesen. Vielleicht würde sie sich später Rührei auf Toast machen. Man konnte zwar nie wissen, woher das Ei stammte, doch musste es ja aus der Henne kommen, und sie würde es in jedem Fall sehr gründlich in einer sauberen Pfanne braten. Durchs Küchenfenster konnte sie in Mr. Kroots Garten die Wäsche auf der Leine schwer herunterhängen sehen. Sie schien knochentrocken, hing vermutlich schon dort draußen, seit Gertrude Pierce zu Immacue gekommen war. Minty trat ins Freie. Es war nicht den ganzen Tag heiß gewesen, dazu war es zu bewölkt, aber durchaus warm, und mild war es immer noch. Sie begutachtete die Nachbarswäsche. Weil einer der Pfosten, der die Leine stützte, im Fünfundvierzig-Grad-Winkel überlehnte, war sie so schwer heruntergesunken, dass die Ränder der Bettlaken und Handtücher bis zum Boden reichten und sogar das trockene, staubige Gras berührten. Minty war schockiert, aber nicht bereit, irgendetwas dagegen zu unternehmen.

Sonovias Stimme ertönte über den anderen Zaun herüber: »Minty! Lange nicht gesehen.«

So lange war es eigentlich gar nicht. Nicht mehr als zwei oder drei Tage. Weil sie wusste, dass es Sonovia gefiele, erzählte Minty ihr, mit vielen verstohlenen Blicken über die Schulter, dass Gertrude Pierce in den Laden gekommen war, ohne zu wissen, dass sie dort arbeitete. Sonovia lachte, besonders darüber, dass die sich gewundert hatte, woher Minty ihren Namen wusste. Vor etwa zwanzig Jahren hatte Mr. Kroot angeblich mal eine rassistische Bemerkung gemacht, wenn auch niemand wusste, wo und wem gegenüber er sie gemacht haben sollte, doch es hatte gereicht, dass Laf von da an kein Wort mehr an ihn gerichtet hatte. Sonovia hörte man oft sagen, sie wünschte bloß, es wäre nicht schon so lange her, sondern jetzt passiert, denn dann könnte sie ihn vor Gericht bringen.

»Jemand sagte, Samstag in einer Woche fährt sie wieder nach Hause. Wir werden alle froh sein, wenn wir sie los sind.« Lächelnd hörte sie zu, während Minty ihr erzählte, was sich auf dem Friedhof zugetragen hatte. Das Lächeln wich ihr nicht von den Lippen, doch als sie wieder in ihr Haus ging, sagte sie zu Laf: »Dass Winnie Knox auf dem

Friedhof von Kensal Green begraben liegen soll, hör ich heute zum ersten Mal.«

»Die ist überhaupt nicht begraben. Sie wurde eingeäschert. Das müsstest du eigentlich noch wissen, wir waren schließlich dabei.«

»Natürlich waren wir dabei. Drum sag ich ja, ich höre es heute zum ersten Mal. Minty hatte die Asche monatelang in einem Kistchen auf dem Regal stehen, aber dann fiel mir auf, dass sie verschwunden war. Sie erzählte mir gerade, sie hätte sich auf dem Friedhof verirrt, als sie nach Winnies Grab suchte. Weiße Rosen hätte sie gekauft, weil ihr Tantchen von Tulpen die Nase voll hätte, sagte sie. Was hältst du davon?«

»Wir haben doch schon immer gesagt, dass Minty etwas merkwürdig ist, Sonn. Erinnerst du dich an das ganze Geisterzeug?«

Für einen Augenblick hatte Minty das ganze Geisterzeug vergessen. Während sie wieder in ihre Küche und von dort ins Wohnzimmer ging, dachte sie an Gertrude Pierce und die Wäsche und die übel riechenden Kleider, die sie zum Reinigen gebracht hatte. In der Tür blieb sie stehen. Zwischen dem Kamin und dem Sofa standen zwei Frauen, Tantchen und eine alte, gekrümmte Person mit Buckel und dem Gesicht einer Hexe. Minty brachte keinen Ton heraus. Sie stand auf der Schwelle, reglos wie eine der Friedhofsstatuen, und schloss die Augen. Als sie sie wieder aufmachte, standen sie immer noch dort.

»Du weißt ganz genau, dass das nicht mein Grab war, stimmt's, Mrs. Lewis? Du hast die Rosen einer Fremden aufs Grab gestellt. Was glaubst du, wie ich mich jetzt fühle? Mrs. Lewis war entsetzt.«

Als sie noch lebte, hatte sie nie so mit ihr gesprochen, obwohl Minty oft gedacht hatte, sie hätte es gern getan, sich aber aus irgendeinem Grund immer zurückgehalten. Der Ärger hatte in ihren Augen gelegen, während sie etwas Nettes gesagt hatte, dieser Ärger, der nun herauskam. Mrs. Lewis stand ganz still, sah weder in Tantchens noch in Mintys

Richtung, sondern starrte, die schwieligen alten Hände ineinander verkrampft, zu Boden.

»Nicht mal ein Wort der Entschuldigung kriegt sie raus. Sie konnte noch nie sagen, dass es ihr Leid tut, Mrs. Lewis, nicht mal, als sie klein war. Kein Wörtchen des Bedauerns kam ihr je über die Lippen.«

Minty fand die Sprache wieder. »Tut mir Leid. Es soll nicht wieder vorkommen. Bitte sehr, reicht das?« Ihr Ton wurde kräftiger, auch wenn ihre Angst nicht geschwunden war. »Na los, verschwindet! Alle beide. Ich will euch nicht mehr sehen. Ihr seid tot, und ich bin am Leben. Geht wieder dahin, wo ihr hergekommen seid.«

Tantchen ging, doch Mrs. Lewis blieb. Minty konnte Jocks Gesicht in ihr sehen, die gleichen Züge, nur faltig und wie über tausend Jahre gealtert. Seine Augen hatten wie ihre ausgesehen, müde und niedergeschlagen, wenn sie beim Rennen waren und der Hund, auf den er gesetzt hatte, als Letzter durchs Ziel ging. Eines Tages hätte er vielleicht wie sie ausgesehen, wenn er nicht bei dem Zugunglück umgekommen wäre. Die Alte hob den Kopf. Sie war weniger massiv als damals, als Minty sie das erste Mal gesehen hatte, und wieder wurde sie sich des Spiegeleffekts bewusst, der wässrigen Verschwommenheit, in der Mrs. Lewis' locker sitzende Strickweste und der lappige Rock wie in einem Windstoß erzitterten. Sie starrten einander an, sie und Jocks Mutter, und sie sah, dass die Augen nicht blau waren, wie sie zuerst gedacht hatte, sondern in stumpfem, kaltem Grün zwischen den Runzeln saßen, jedes wie ein Vogelei im Nest.

Wenn sie sich jetzt umwandte und wegging, würde die Alte ihr folgen. Zum ersten Mal wollte sie, dass ein Geist redete, in all ihrer Angst wollte sie hören, was Mrs. Lewis für eine Stimme hatte. »Sagen Sie was.«

Als sie es sagte, entwich der Geist. Nicht sofort, sondern wie Rauch, der in einen Flaschenhals verschwindet. Dann war sie weg und das Zimmer leer.

25

Als Jims in Glebe Terrace ankam, lag Natalie schon in einem Schlafzimmer in einer Wohnung auf der anderen Straßenseite auf der Lauer. Es gehörte Orla Collins, die sie bei der Dinnerparty kennen gelernt hatte. Orla hatte erst einige Bedenken gehabt, die sich aber rasch verflüchtigten, als Natalie ihr erklärte, sie spioniere einem Parlamentsabgeordneten hinterher, der seine Frau in Bigamie geheiratet habe und gleichzeitig ein Verhältnis mit einem Mann auf der gegenüberliegenden Seite von Glebe Terrace unterhalte. Am Donnerstag war sie nun schon den dritten Abend dort, wobei es sie allerdings nicht überraschte, dass er am Vorabend nicht aufgetaucht war. Sogar Jims schreckte wohl vor einem Stelldichein mit seinem Liebhaber am Tag seiner Hochzeit zurück.

Zillah hatte groß ausgepackt, wie sie es selbst ausdrückte. Als Natalie sie am Mittwochnachmittag aufgesucht hatte, trug sie immer noch das weiße Kostüm, das sie bei ihrer Hochzeit angehabt hatte. »Ich dachte, Sie können vielleicht kein Foto von mir machen«, sagte Zillah, »wegen Ihrer Gewerkschaft oder was weiß ich, also hab ich ein Polaroid geschossen.« Während Natalie es sich ansah, sagte sie: »Und jetzt werd ich Ihnen alles erzählen.«

Das hatte sie. Es war die beste Story, die Natalie in ihren fünfzehn Jahren als Journalistin je an Land gezogen hatte. Und trotzdem traute sie sich nicht so recht, sich, was Jims Abenteuer mit Leonardo Norton betraf, auf Zillahs Worte zu verlassen. Sie würde es überprüfen müssen. Sie saß bei Orla Collins in einem Korbsessel am Fenster und besah sich, nicht zum ersten Mal übrigens, die Fotos, die Zillah und Jims auf ihrer Hochzeitsreise aufgenommen hatten. Mit seinen konnte sie nicht viel anfangen, weil es bis auf eine Aufnahme von der im Indischen Ozean badenden Zillah nur Inselansichten waren. Ihre waren dagegen eine wahre Offenbarung. Zillah hatte zugegeben, sie deswegen gemacht zu haben, weil sie wegen dieser Pseudo-Ehe schon damals stinksauer gewesen sei. Jims und ein junger Mann mit abgewandtem Gesicht lagen nebeneinander auf Liegestühlen, saßen Seite an Seite auf ausgebreiteten Badetüchern am Strand und – das Beste, das Kompromittierendste von allen – saßen draußen im Freien an einem Tisch, wobei Jims' Hand auf dem Oberschenkel des jungen Mannes ruhte. Interessant war, dass Jims immer ihn und einmal sogar die Kamera anlächelte, während Leonardo sich bemühte, sein Gesicht zu verbergen. Mit diesen Fotos wäre es ein Leichtes, den Abgeordneten zu erkennen, wenn er die Glebe Terrace herunterkam oder aus dem Auto stieg. Wie er wohl herkommen würde? Während die Zeit verstrich und ihr ein Blick auf die Armbanduhr sagte, dass es halb acht, acht, Viertel nach acht war, ließ sich Natalie die verschiedenen Möglichkeiten durch den Kopf gehen. Von Westminster bis Sloane Square waren es mit der Central Line nur drei Stationen. Er könnte die U-Bahn nehmen und dann ein Taxi. Oder ein Taxi für die ganze Strecke. Wie es hieß, verfügte er über beträchtliche private Einkünfte. Er könnte auch selbst fahren und, da es nach halb sieben war, den Wagen überall abstellen. Die Idee mit dem Bus verwarf Natalie als zu plebejisch für Leute von Jims' Schlag. Und was ein Fahrrad betraf …

Um zwanzig vor neun kam er auf die einzige Art, die sie nicht in Betracht gezogen hatte: zu Fuß. In natura sah er sogar noch besser aus als auf den Malediven-Fotos. Natalie, die wie viele Frauen zu einer Überzeugung gelangt war, die homosexuelle Männer nie teilten, sagte zu sich: Was für eine Verschwendung! Zu ihrem Entzücken zog er einen Schlüssel aus der Hosentasche und schloss Leonardo Nortons Haustür auf. In dem Fenster, hinter dem sie das Wohnzimmer vermutete, war die Jalousie heruntergelassen, doch ein Fenster im Obergeschoss war bis auf ein paar Zentimeter Vorhang auf jeder Seite unverhüllt. Natalie hätte beim Fotografieren zwar ungute Gefühle, doch war sie mit ihrer Kamera startklar. Einige Minuten später wünschte sie fast, sie hätte sie nicht mitgebracht, denn die Aufnahme, die sie machte, würde kein Zeitungsredakteur zu verwenden wagen. In dem etwa sechzig Zentimeter breiten Bereich zwischen den Vorhängen waren Jims und Leonardo in leidenschaftlicher Umarmung verbunden.

Gleich darauf zog Leonardo, lediglich mit einem Paar rotweiß gestreifter Unterhosen bekleidet, die Vorhänge zu. Natalie blieb sitzen. Sie war fest entschlossen, wenn nötig die ganze Nacht in diesem Sessel zu verbringen, dabei ihre mitgebrachten Sandwiches zu essen und ab und zu aus der Halbliterflasche Valpolicella zu nippen.

Um halb zwölf wollte Orla jedoch ins Bett. »Es hat keinen Sinn, wenn du hier wartest«, sagte sie. »Er bleibt immer über Nacht da.«

Wenn die Polizei nie wieder in der Holmdale Road aufgetaucht wäre, hätte Michelle Fiona vielleicht nicht nur vergeben, sondern die Angelegenheit auch vergessen. Dann wäre sie Matthews Ratschlag gefolgt und hätte ihrer Nachbarin aufgrund ihrer Trauer, ihres Schocks und des fast unerträglichen Drucks, der auf ihr gelastet hatte, die Absolution erteilt. Immerhin hatten sie und Matthew ihre Unterstützung gezeigt, indem sie Fiona zur Beerdigung eines Menschen begleitet hatten, den sie beide nicht gemocht und dem sie nicht getraut hatten. Doch am Freitagmorgen kam die Polizei wieder, um zu sagen, man habe für die Anwesenheit der Jarveys auf dem Heath an jenem entscheidenden Nachmittag keine Bestätigung finden können. Andererseits sei zur fraglichen Zeit ein Wagen derselben Marke und Farbe wie der ihre an einer Parkuhr im Seymour Place, W1, gesehen worden, und Seymour Place war, wie sie sicher wussten, nur ein kurzes Stück vom Odeon am Marble Arch entfernt.

Matthew sagte in kühlem, fast unbeteiligtem Ton: »Das war nicht unser Auto.«

»Der Zeuge konnte das Kennzeichen nicht notieren.«

»Und wenn, dann wäre es nicht das von unserem Wagen gewesen.«

Michelle, die erst zu ihrem Gatten und dann auf ihre pummeligen Hände blickte, die in ihrem ausladenden Schoß lagen, wunderte sich, dass jemand beim Anblick von ihnen beiden auch nur einen Augenblick den Verdacht hegen konnte, sie hätten ein Verbrechen begangen. Eine dicke (wenn auch nicht mehr fettsüchtige) Fünfundvierzigjährige, die keine sechs Treppenstufen steigen konnte, ohne ins Keuchen zu geraten, und – so sehr sie ihn liebte, sie musste es so ausdrücken – ein bedauernswertes Skelett, das seine eigene groteske Phobie zum Krüppel gemacht hatte. Dies war für die nächsten Tage der letzte realistische und vernünftige Gedanke, den Michelle fassen konnte.

Sie holte tief Atem, als die Polizistin sie fragte: »Können Sie uns einen handfesteren Beweis dafür geben, dass Sie sich zu der Zeit in Ihrem Auto auf dem Heath befanden?«

»Was denn?« Sie merkte, dass ihre Stimme dünn und heiser geworden war.

»Oder bei Waitrose? Das Personal erinnert sich nicht, dass Sie dort waren. Äh, man erinnert sich zwar an Sie« – Michelle glaubte, einen Anflug von Grinsen ausmachen zu können –, »aber nicht, an welchem Tag. Offenbar gehen Sie oft dorthin.«

Es war eine deutliche Anspielung: Sie und Matthew hätten diese häufigen Besuche im Supermarkt vorsätzlich geplant, um die Zeugen so zu verwirren, dass sie nicht mehr sagen konnten, an welchem Tag sie *nicht* dort waren.

»Und was ist mit dem Heath, Mrs. Jarvey?«

»Ich sagte Ihnen doch, es waren auch noch andere Autos da, in denen Leute saßen, aber ich kannte niemanden, und sie kannten uns auch nicht.«

Nachdem die Beamten gegangen waren, klammerte sie sich an Matthew und sah ihm mit einem jämmerlichen Blick ins Gesicht. »Ich hab solche Angst, dass ich gar nicht weiß, was ich tun soll. Ich dachte – ich dachte, Fiona hat uns da hineingerissen, sie soll uns auch wieder herausholen.«

»Was soll das heißen, Liebling?«

»Ich dachte, wir könnten sie bitten zu sagen, sie hätte uns auf dem Heath gesehen, sie sei dort hinaufgefahren, gleich nachdem sie nach Hause kam – ich meine, sie könnte sagen, sie sei eine Stunde früher nach Hause gekommen, als tatsächlich der Fall war – und hätte uns gesehen und mit uns gesprochen. Oder – noch besser – sie könnte eine ihrer Freundinnen bitten zu sagen, sie hätte uns gesehen, jemanden aus der Nachbarschaft, sie kennt doch die Frau in Nummer hundertzwei, ich hab die beiden schon zusammen gesehen, und die könnte –«

»Nein, Michelle.« Matthew war sanft wie immer, aber auch entschieden, wie er vor langer Zeit einmal gewesen war. »Damit würdest du sie zum Meineid anstiften, und das ist Unrecht. Einmal abgesehen vom moralischen Aspekt würde man dich auch durchschauen.«

»Wenn sie nicht mal so eine Kleinigkeit für uns tun kann, dann kann ich mir nicht vorstellen, dass ich je wieder mit ihr reden will.«

»Du weißt es doch gar nicht. Vielleicht würde sie es ja tun. Du hast sie ja nicht gefragt – und, Michelle, du wirst es auch nicht tun.«

»Was wird dann aus uns?«

»Gar nichts«, sagte er. »Unschuldige geraten schließlich

nicht einfach so unter Mordanklage« (obwohl er sich dessen keinesfalls sicher war). »Du benimmst dich dumm. Das ist reine Hysterie.«

»Nein, ist es nicht!« Sie fing gleichzeitig zu schluchzen und zu lachen an. »Ist es nicht, ist es nicht!«

»Michelle, hör auf. Jetzt hab ich aber genug.«

Sie sah mit tränenüberströmtem Gesicht zu ihm hoch. »Und jetzt hat sie uns auch noch dazu gebracht, dass wir streiten. Wir streiten doch nie.«

Am vorigen Montag war Fiona wieder zur Arbeit zurückgekehrt. Die Leute sagten, wie Leid es ihnen tue wegen Jeff, aber diejenigen, die seinen Namen nicht mehr wussten, nannten ihn »Ihren Freund«, was ihn, wie Fiona fand, auf den Status einer zufälligen Collegebekanntschaft reduzierte. Und doch erntete sie mehr neugierige Blicke und unerklärliches Schweigen, als wenn Jeff an Krebs oder einem Herzinfarkt gestorben wäre. Die Lieben eines Mordopfers sind durch die Tat für immer gebrandmarkt. Fiona wusste, dass ihr Name unter Bekannten nie wieder ohne den erklärenden Zusatz erwähnt werden würde, dies sei die Frau, »die mit dem Typ zusammengelebt hat, der in einem Kino ermordet wurde«. Dazu kam noch ihre bittere Reue darüber, dass sie die Jarveys Mr. Gewaltverbrechen gegenüber namentlich erwähnt hatte. Inzwischen wusste sie gar nicht mehr, warum sie es getan hatte, und kam zu der Schlussfolgerung, dass sie, wie es unter solchen Umständen oft der Fall ist, wohl nur deshalb damit herausgerückt war, weil sie nichts zu sagen hatte, nichts wusste und ihr nichts einfiel, womit sie wirklich helfen konnte.

Michelle hatte ihr zwar vergeben, doch war ihre Erklärung nicht sehr warmherzig ausgefallen. Diese stille, traurige Frau war gar nicht das zärtliche und demonstrativ mütterliche Wesen, als das Fiona sie bisher gekannt hatte, sondern zurückhaltend und verschlossen. Seit der unglücklichen Begebenheit am Sonntag war Fiona drei Mal bei den Jarveys gewesen, immer wieder in der Hoffnung, dass Michelle inzwischen zu ihrem vertrauten Selbst zurückgefunden hätte, doch obwohl diese absolut höflich und gastfreundlich war, hatte sie es nicht getan. An diesem Freitagnachmittag war Fiona wieder dort, war durch die Küchentür gekommen, um eine Vertraulichkeit zu demonstrieren, die sie unbedingt wieder etablieren wollte. Und für einen Augenblick sah es so aus, als ginge es in diese Richtung, denn Michelle kam heraus, um sie zu begrüßen, und gab ihr einen Kuss auf die Wange.

Matthew, fand sie, wirkte herzhafter als sonst. Normalerweise bot ihr Michelle ein Glas Wein an, nicht er. Nun holte er eine Flasche, die er schon kalt gestellt hatte, und schenkte ihr und seiner Frau je ein Glas ein. Zu ihrer Bestürzung sah sie, dass sich Michelles Augen mit Tränen gefüllt hatten. »Was ist denn? Ach, was ist denn? Wenn du weinst, muss ich auch gleich weinen.«

Michelle gab sich einen Ruck. »Heute früh war die Polizei hier. Die glauben nicht, dass wir an – an dem Tag da waren, wo wir sagten, dass wir waren. Jemand hat gesehen, dass ein Wagen wie unserer in der Nähe des Kinos geparkt war. Und jetzt sollen wir denen beweisen, dass wir auf dem Heath oben waren, und das – das können wir nicht, das können wir nicht. Wir werden es nie können.«

»Doch, könnt ihr. Ich helfe euch dabei. Das ist das Mindeste, was ich tun kann. Ich kann zwar nicht sagen, ich hätte euch dort gesehen, weil meine Kollegen im Büro schon ausgesagt haben, dass ich bis fünf in der Bank war. Aber ich finde jemanden, der es sagt. Ich kenne jemanden – ich hab eine wirklich gute Bekannte, die im Vale of Health wohnt, und die sagt, dass ihr dort wart, da bin ich mir sicher. Das ist genau die Richtige, die findet bestimmt nichts dabei, zur Polizei zu gehen und denen zu sagen, sie sei gekommen, um eure Geschichte zu untermauern. Lasst mich nur machen, bitte. Ich weiß, es wird klappen.«

Michelle schüttelte den Kopf, aber Matthew hatte angefangen zu lachen, als scherte ihn nichts auf der Welt.

Weil er seine Sprechstunde in Toneborough statt am Freitag am Samstagmorgen abhielt, hatte Jims die Reise in seinen Wahlkreis um vierundzwanzig Stunden verschoben. Trotz der Hochzeitsanzeige in den Donnerstagszeitungen und obwohl die Polizei offensichtlich das Interesse an ihm als Mordverdächtigen verloren hatte, zeigten ihm viele seiner konservativen Freunde im Unterhaus immer noch die kalte Schulter. Der Fraktionschef hatte allerdings nichts mehr verlauten lassen. An besagtem Morgen hatte ihm der Oppositionsführer zugenickt und sich sogar ein leichtes Lächeln abgerungen. Jims war allmählich zuversichtlich, dass die Leute, auf die es ankam, glaubten, der Zivilstand seiner Frau sei ihm tatsächlich nicht bekannt gewesen, als er sie das erste Mal geheiratet hatte.

Seine Fahrt nach Dorset verlief ereignislos. Sämtliche Straßenbauarbeiten waren abgeschlossen und die Leitkegel und Geschwindigkeitsbegrenzungsschilder entfernt worden. Er gelangte rechtzeitig für das Versöhnungsmittagessen mit Ivo Carew nach Casterbridge. Ivos Schwester Kate gesellte sich auf einen Drink zu ihnen und lachte herzlich über die kleine Hilfestellung, die sie Jims vorgestern zusammen mit ihrem Bruder und Kevin Jebb geleistet hatte. Jims verbrachte den Nachmittag mit einem Besuch in einem Altersheim, das in einem neogotischen Herrenhaus untergebracht war, wo Angehörige des betagten Landadels, die seiner eigenen politischen Überzeugung angehörten, ihre Tage in Luxussuiten beschlossen. Dort redete er nacheinander mit allen Bewohnern, besichtigte die Bibliothek und das Filmtheater und hielt eine kleine Rede – nicht um sie aufzufordern, konservativ zu wählen, diese Ermahnung konnte er sich sparen, sondern überhaupt wählen zu gehen. Dabei versicherte er ihnen, für bequeme Transportmöglichkeiten zur Wahlurne sei gesorgt.

Bevor sich die alten Herrschaften ihrem viergängigen Abendessen widmeten, fuhr er zum Bahnhof von Casterbridge an der Great Western Line und holte Leonardo vom Zug aus London ab.

Das war unvorsichtig. Er hatte es noch nie getan, sagte sich aber, dass es unmöglich herauskommen konnte. Sie würden natürlich keinesfalls außer Haus speisen. Jims hatte kaltes Hähnchen, Wildpastete, ein paar Spargel und einen *Livarot* mitgebracht. Getränke waren in Fredington Crucis House immer reichlich vorhanden. Als er schließlich zu Hause ankam, stank es im ganzen Wagen nach dem Käse, denn es war ein warmer Tag gewesen, worüber sie jedoch beide nur herzhaft lachen konnten. Sie planten, nach Jims Sprechstunde am folgenden Nachmittag nach Lyme zu fahren, wo Leonardo, ein bekennender Jane-Austen-Fan, wieder einmal der Stelle seine Aufwartung machen wollte, an der Louisa Musgrave vom Cobb gesprungen war.

Da Jims am nächsten Morgen erst um halb elf in Toneborough sein musste, blieben sie bis neun im Bett und wären auch noch länger liegen geblieben, wenn Jims nicht von Geräuschen, die von draußen kamen, in Alarmbereitschaft versetzt worden wäre. Leonardo schlief einfach weiter. Er war daran gewöhnt, von seinem Schlafzimmer aus den Verkehrslärm zu hören, laut rufende Stimmen, dröhnende Taximotoren und Lastwagenfahrer, die quietschend bremsten. Jims ebenfalls, nicht aber hier draußen auf dem Grundstück von Fredington Crucis House, wo er, wenn überhaupt, nur von Vogelgezwitscher geweckt wurde. Er setzte sich aufrecht hin und horchte. Mrs. Vinceys Radio? Aber nein. Er hatte seiner Putzfrau ausdrücklich gesagt, sie solle nicht kommen. Außerdem kam der Lärm von draußen. Es war Stimmengewirr, dazu das Knirschen von Kies in der Auffahrt. Eine Autotür wurde zugeschlagen. Jims stand auf, schlüpfte in einen Morgenmantel und trat an ein Fenster. Die bodenlangen Gardinen waren bis auf einen zentimeterbreiten Spalt dazwischen zugezogen. Er hielt ein Auge an den Spalt und fuhr mit einem Aufschrei zurück. »O, mein Gott!«

Leonardo regte sich, drehte sich um und brummte verschlafen: »Was ist denn?«

Ohne ihm zu antworten, warf Jims den Morgenmantel ab und schlüpfte in die Jeans vom Vorabend und ein dunkles Sweatshirt. Er ging ins Obergeschoss, wo die Vorhänge an den kleineren Fenstern nie zugezogen wurden. Jims wusste, dass es, wenn man nicht angestrengt hinstarrte, fast unmöglich war, aus der Entfernung irgendetwas zu erkennen, wenn hinter einem Fenster kein Licht brannte. Auf allen Vieren kroch er vorwärts und schob den Kopf bis auf Nasenhöhe über die Fensterbank.

Draußen waren etwa fünfzig Männer und Frauen, manche schwenkten Kameras, andere hatten Notizbücher und Aufnahmegeräte bei sich. Ihre Autos standen ebenfalls dort, sie lehnten sich dagegen oder saßen bei geöffneten Türen darin. Eine Frau, die mit zwei anderen Frauen und einem jungen Mann zusammenstand, goss etwas aus einer Flasche in Plastikbecher. Man schwatzte oder lachte. Sogar aus der Entfernung konnte Jims erkennen, dass seine Auffahrt bereits mit Zigarettenkippen übersät war.

Es war ein trüber Tag, wenn auch keinesfalls dunkel. Die Zimmerchen hier oben waren früher die Dienstbotenzimmer gewesen und immer ein wenig düster. Trotzdem war das, was Leonardo nun tat, durch nichts zu rechtfertigen. Als er lediglich mit Boxershorts bekleidet hinter ihm in den Raum trat und ausrief: »Wieso zum Teufel kriechst du eigentlich hier rum wie ein Hund?«, schaltete er die Deckenbeleuchtung ein.

Die Menge grölte auf, Blitzlichtgewitter erhob sich, dann drängte die ganze Meute vereint voran auf die Eingangstreppe zu.

Die Zeitung, die Natalies Story brachte, gehörte nicht zu denen, die normalerweise in die Wohnung Nummer sieben in

Abbey Gardens Mansions ausgeliefert wurden. Zillah hatte sie extra bestellt. Sie wachte am Samstagmorgen in aller Frühe auf, etwa zwei Stunden früher als sonst, voller Vorfreude auf das Eintreffen der Zeitungen. Am Nachmittag zuvor hatte sie, nachdem sie sich erst vergewissert hatte, dass Jims die großzügige monatliche Apanage auf ihr Konto eingezahlt hatte, beim Moon & Stars-Sender angerufen. Sie hatten ihr zugesichert, Montag früh einen Wagen zu schicken, damit sie in *Ein Bissen Frühstück* auftreten konnte. Da Mrs. Peacock gekündigt hatte, war Zillah mit der jungen Iranerin, die in Nummer neun putzte, übereingekommen, dass diese Sonntagnacht dableiben und Eugenie und Jordan am nächsten Morgen versorgen sollte. Außerdem hatte Zillah gleich richtig klar Schiff gemacht und einen Termin beim Kinderpsychiater vereinbart.

Der Gedanke, dass das Unheil nun über Jims hereinbrechen würde, stimmte sie äußerst fröhlich. Sie wusste ganz sicher, dass er sich in Fredington Crucis House keine Morgenzeitungen liefern ließ und die hier sowieso nicht zu Gesicht bekommen hätte, da er sie gewöhnlich als »Gossenblatt« titulierte. Wahrscheinlich erfuhr er es erst, wenn er seine Sprechstunde abhielt. Irgendein von Mühsal beladener Bürger von Toneborough, der sich über seine Gemeindesteuer, seine läufige Jagdhündin oder seine Invalidenrente sorgte, würde ein Exemplar des Blättchens mitbringen. Seit sie die Kapelle von St. Mary Undercroft hinabgeschritten war, um ihn zu ehelichen, war sie nicht mehr so glücklich gewesen.

Punkt sieben Uhr, als die Zeitung auf der Türmatte landete, wachte Jordan auf und fing an zu weinen. Zillah nahm ihn hoch, steckte ihn in seinen Hochstuhl – sollte er denn überhaupt noch in einem Hochstuhl sitzen? – und gab ihm Orangensaft und – was er nicht kriegen sollte, was seine Zähne verderben und ihn auf den sicheren Weg zur Fettleibigkeit bringen würde – einen Schokoriegel. Dann legte sie sich aufs Sofa und sah sich die Zeitung an.

Beim Anblick der Titelseite bekam sie es fast mit der Angst zu tun. Die riesige Schlagzeile lautete: DER SCHWULE ABGEORDNETE, ZWEI HOCHZEITEN UND EIN TODESFALL. Das Foto, das sie von ihr brachten, kannte sie noch gar nicht. Es musste in jenen glücklichen Tagen aufgenommen worden sein, als sie die ganze Zeit fotografiert wurde, und war vielleicht vorher abgelehnt worden, weil es etwas unvorteilhaft war. Zur Abwechslung hatte Zillah einmal nichts dagegen. Sie wirkte verwirrt, so als wüsste sie nicht recht, wie sie sich hindrehen sollte. Ihr Gesicht war von einer Hand fast verdeckt, ein paar vereinzelte, fettig aussehende Haarlocken schauten zwischen den gespreizten Fingern hervor. Es war an dem Tag gewesen, erinnerte sie sich jetzt, als sie nicht mit dem Fotografen gerechnet hatte. Links davon war, als »Vorher« und »Nachher« angeordnet, das allererste Hochzeitsbild von ihr und Jims, beide glücklich und entspannt lächelnd.

Es gab so gut wie keinen Text. Dazu musste sie Seite drei aufschlagen. Dort war auch einer ihrer Schnappschüsse von den Malediven abgebildet, Jims unverkennbar als Jims, seine Hand auf dem nackten Oberschenkel eines unkenntlichen jungen Mannes mit halb abgewandtem, vom Schatten bedeckten Gesicht. Wieder durchfuhr sie ein Angstschauer. Was würde er tun, wenn er es las? Was würde er *ihr* tun? Las er es gerade, oder schlummerte er noch selig im Fredington Crucis House, ahnungslos, was ihn bald erwartete? Sie las ihre eigenen Worte: *»Ich dachte ehrlich, ich wäre frei und könnte wieder heiraten. Der arme Jeff«* – so hatte sie ihn in all den gemeinsamen Jahren nie genannt – *»sagte mir, wir wären offiziell geschieden. Als er dann umgebracht wurde und ich meinen Irrtum erkannte, stellte ich fest, dass ich – auf tragische Weise – durch seinen Tod frei wurde. Unsere Ehe war nicht glücklich, wegen seiner häufigen Affären mit anderen Frauen. Trotzdem war seine Ermordung ein erschütternder Schlag, ebenso die Entdeckung von James' an-*

ders gearteter Neigung. Das geschah, als er seinen Liebhaber mit in unsere Flitterwochen nahm …«

Mrs. Melcombe-Smith weint in letzter Zeit häufig. Sie vergoss erneut Tränen, als ich sie fragte, was die Zukunft für sie und den Abgeordneten für South Wessex bereithalte. »Das alles war zwar entsetzlich, doch ich werde ihm zur Seite stehen«, sagte sie. »Es ist mir egal, was er getan hat. Ich liebe ihn und glaube wahrhaftig, dass er mich in seinem tiefsten Herzen auch liebt.«

Es stand noch eine ganze Menge mehr drin, doch dass sie ihm zur Seite stehen würde, wie sie Natalie Reckman gegenüber tatsächlich gesagt hatte, las sie nun mit ganz anderen Augen. Als sie es gesagt hatte, hatte sie sich keine großen Gedanken gemacht, was sie damit meinte. Es war eben das, was Frauen in ihrer Situation üblicherweise sagten. Sie hatte es im Lauf der Jahre immer wieder in Zeitungen gelesen. Doch nun dachte sie an die Realität. Die Vorstellung von sich selbst in der Rolle der hingebungsvollen, unterstützenden Gattin gefiel ihr eigentlich recht gut, von einer Frau, die übel missbraucht worden war, doch verzeiht und neue Liebe spendet. Allerdings würde diese neue Rolle, die zu spielen sie erwog, sie nicht davon abhalten, in *Ein Bissen Frühstück* aufzutreten. So schnell musste sie nun auch wieder nicht verzeihen …

In den wenigen Monaten, die seit ihrer ersten Hochzeit mit Jims vergangen waren, hatte sie ihre Unwissenheit über die Arbeitsweise der Medien zwar fast vollständig verloren, war sich aber doch nicht bewusst, dass die Zeitung, die sie erst um sieben Uhr morgens zu Gesicht bekam, in der Nacht zuvor vielleicht schon von den Journalisten der Konkurrenz gelesen worden war. Daher glaubte sie, sich einige Stunden lang vorbereiten zu können, bevor die Meute von Reportern und Fotografen auf der Türschwelle von Abbey Gardens Mansions auftauchte. Jordan weinte schon wieder. Sie gab ihm Frühstücksflocken und einen Becher Milch. Er steckte seine Hände in die Milch wie in eine Fingerschale und stimmte ein leises Klagen an, eine Mischung aus Stöhnen und Gesang.

Eugenie kam aus ihrem Zimmer herunter und wollte wissen, wieso alle schon so früh auf waren und was eigentlich die ganzen Leute draußen auf der Straße machten. Zillah trat ans Fenster. Sie waren schon da und warteten auf sie. Diesmal würde sie nicht versuchen, sie auszuschließen, würde sich nicht verstecken oder durch die Garage flüchten. Sie waren höchst willkommen. Sie dachte an all die Frauen, von denen sie in letzter Zeit gehört hatte, die es ins Fernsehen oder zu einer Karriere als Fotomodell geschafft hatten oder einfach so berühmt geworden waren, und das nur, indem sie Schlagzeilen gemacht hatten, weil sie sich öffentlich ausgezogen oder gegen irgendwas demonstriert hatten oder aber Opfer gewesen waren. Wie viel mehr Erfolg konnte sich da eine schöne Bigamistin, Witwe eines Ermordeten und Gattin eines frisch geouteten, schwulen Abgeordneten erhoffen?

Doch noch durfte die Meute sie nicht sehen, sie brauchte noch eine Stunde, damit sie sich verwandeln konnte. Zillah ließ Badewasser ein und nahm Jordan mit in die Wanne, damit er still war.

26

Den ganzen Samstagvormittag behielt Sonovia die Straße und besonders Mr. Kroots Haus im Auge, aber Gertrude Pierce reiste nicht ab. Immer wieder flitzte Sonovia ins Wohnzimmer und sah nach, damit sie sie ja nicht verpasste. Laf kam herein, in der Hand einen Becher mit Kaffee. »Wieso sitzt du eigentlich da und guckst aus dem Fenster?«

»In der Syringa Road passiert doch sonst nie was Aufregendes.«

»Sei froh. Was soll denn passieren?«

Sonovia achtete nicht auf ihn, denn nun ging Mr. Kroots Haustür auf. Die alte schwarze Katze kam heraus, und die Tür ging wieder zu.

»Hättest du Lust, heute Abend auszugehen?«

»Ja, ist gut, bloß stör mich jetzt nicht, ich kann mich ja gar nicht mehr konzentrieren.« Sonovia machte sich oft Vorwürfe, damals nicht wachsamer gewesen zu sein, als Jock Lewis noch da war. Wie sehr sie es bedauerte, ihn nie zu Gesicht bekommen zu haben!

Laf sah in der Zeitung nach, welche Filme gespielt wurden. Nichts, was ihn und Sonovia interessiert hätte. Im Übrigen ging er seit dem Mord an Jeffrey Leach nicht mehr so gern ins Kino wie früher, obwohl er danach noch ein paar Mal drin gewesen war. Es war komisch, dass ein Beamter der Metropolitan Police so etwas dachte, eigentlich sollte er abgehärtet und abgebrüht sein, aber jedesmal, wenn vor oder hinter ihm jemand aufstand, rechnete er damit, ein Messer aufblitzen zu sehen, oder fürchtete, im Dunkeln über eine Leiche zu stolpern. Wie wäre es, wenn sie stattdessen ins Theater gingen? Laf war erst zweimal im Leben dort gewesen, einmal als Kind in *Die Mausefalle* und später zu seinem Vierzigsten in *Miss Saigon.* Wie wäre es mit *Ein Inspektor kommt*? Es hörte sich an, als ginge es dabei um die Polizei, und deswegen würde er sich bestimmt ärgern, wenn sie die Abläufe bei der Polizei falsch darstellten. Andererseits könnte er Sonovia danach haarklein erzählen, was alles verkehrt gemacht worden war. Von jedem Theaterstück gab es eine kleine Beschreibung. Laf las, dass es sich bei diesem Stück um einen »hoch gelobten Psychothriller« handelte. Klang gar nicht schlecht. Er ging ans Telefon und reservierte für die Vorstellung um Viertel nach acht drei Plätze. Sonovia würde *staunen,* und was Minty betraf ... Laf freute sich schon auf Mintys Gesicht, wenn er es ihr sagte.

So wie Sonovia auf Gertrude Pierce lauerte, wartete Minty auf das neuerliche Erscheinen von Mrs. Lewis. Sie war beim Bügeln. Das hell- und dunkelgrün gestreifte Hemd lag ganz zuoberst auf dem Stapel. Es war bestimmt kaum zehn Tage her, seit sie es gebügelt hatte. Der Mann, dem es gehörte, hatte es anscheinend sehr gern, vielleicht war es sein Lieblingshemd. Den Baumwollstoff befühlend, breitete sie es auf dem Bügelbrett aus. Es war gerade feucht genug, aber nicht so feucht, dass Dampf aufsteigen würde, wenn sie das Eisen ansetzte.

Für Jock hatte sie auch Hemden gebügelt, nicht viele und nicht oft, aber wenn er über Nacht dageblieben war, ließ sie nicht zu, dass er am nächsten Morgen wieder das Gleiche anzog. Wenn er dann das nächste Mal gekommen war, hatte sie ihm das frische Hemd überreicht, und einmal hatte er gesagt, so schön gebügelt wie bei ihr wäre es nirgends. An dem Tag war er mit ihr kegeln gegangen. Es war der tollste Abend ihres Lebens gewesen. Sie schob den Pappkragen um den Hals des grünen Hemdes, und während sie es in seine Zellophanhülle gleiten ließ, rann ihr eine Träne über die Wange und tropfte auf das glänzende, durchsichtige Material. Minty wischte sie ab und wusch sich die Hände. Kurz entschlossen wusch sie ihr Gesicht gleich noch mit. In dem muffigen kleinen Raum roch es nach Hitze und Waschmittel, einem Geruch, den sie schwer definieren konnte, denn es war kein Brandgeruch, sondern eher wie ein richtig heißer Sommertag. Sie war allein, es gab niemanden, der sie beobachtete oder sich über sie herumstritt. Die Geister hatten sich den ganzen Vormittag nicht blicken lassen. Sie nahm sich das erste der drei restlichen Hemden vor, ein weißes mit zartrosa Karomuster.

Sonovia wurde die Warterei zu langweilig. Es war nicht so, als ob draußen auf der Straße etwas Sehenswertes passiert wäre, abgesehen von den beiden Halbstarken, die ihre Motorräder unnötig lange hochjagten, und der Iranerin, die im Tschador aus der Tür trat, der sie von Kopf bis Fuß in schwarze Falten hüllte und nur ihre müden Augen frei ließ. Ihre drei Kinder sahen in Jeans, T-Shirts und Sandalen aus wie die von allen anderen Leuten auch. Sonovia begriff es einfach nicht.

»Andere Länder, andere Sitten – man muss sich eben anpassen«, sagte sie, als Laf ins Zimmer trat.

»Wie bitte?«

»Unsere Mütter haben sich doch auch nicht so angezogen, als sie hierher kamen. Die haben sich angepasst.«

»Deine Mum war ganz schön offenherzig gekleidet«, meinte Laf sarkastisch, »so weit ich mich erinnern kann. Übrigens, falls es dich interessiert, Mrs. Pierce sitzt bei dem alten Mann hinten im Garten im Liegestuhl. Du kannst deinen Wachposten also verlassen. Willst du ein Bier? Ich hol mir eins.«

Sonovia nahm das Bier, blieb aber noch zehn Minuten sitzen, nur um ihm zu beweisen, dass sie sich bloß ausruhte und nicht etwa auf Gertrude Pierce wartete. Sie stand gerade auf und überlegte, was sie für sich und Laf zum Mittagessen machen sollte, als Minty daherkam. Auf keinen Fall wollte sie, dass Minty selbst herauskriegte, dass Gertrude Pierce noch da war, was sie bei einem Blick aus ihrem Küchenfenster sofort sehen würde, und so winkte sie und gestikulierte stumm hinüber: »Sie ist noch nicht weg. Sie ist hinten.«

Minty nickte und verzog das Gesicht zu einer mitleidigen Miene, die gleichzeitig Abneigung und Verschworenheit ausdrückte. Als sie den Schlüssel ins Schlüsselloch schob, verspürte sie schon die übliche Furcht und wappnete sich innerlich. Da war aber nichts und niemand. Komisch, aber inzwischen konnte sie spüren, sobald sie den Flur betrat, ob die Geister im Haus waren oder nicht. Jedenfalls waren sie momentan nicht ihre unmittelbare Sorge. Aus unerfindlichen Gründen hatte Josephine sie beim Weggehen geküsst, und nun konnte sie diesen Geruch und das Geschmier des Lippenstifts sowie ihre eigenen Tränen immer noch auf der Haut fühlen. Zuerst ging sie jedoch in die Küche und sah durchs Fenster zu den beiden hinüber, zu Gertrude Pierce und Mr. Kroot in ihren altmodischen gestreiften Liegestühlen. Sie hatten einen wackeligen, mit grünem Filz bespannten Tisch zwischen sich, auf dem sie Karten spielten. Die schwarze Katze mit der altersgrauen Schnauze lag im Gras und sah aus, als wäre sie tot. Aber so sah sie oft aus und war überhaupt nicht tot. Minty konnte sich kaum an die Zeit erinnern, als diese Katze nicht da gewesen war, mit einem Gesicht wie ein schnurrbärtiger Alter und dem immer steifer werdenden Gang. Eine Hummel ließ sich bis dicht an ihre Ohren treiben. Die zuckten plötzlich, und der Schwanz schlug auf und ab. Gertrude Pierce schob die Karten zusammen und mischte sie durch.

War Mr. Kroots Katze wieder auf dem Friedhof gewesen, lautlos wie ein Grabeshauch? Hatte sie sich im gichtigen Gang über Tantchens zwei Gräber geschleppt? Oben ließ Minty sich ihr Badewasser ein. Wenn sie neuerdings ein Bad nahm, musste sie jedes Mal an ihr Geld denken und dass sie sich davon eine Dusche hätte kaufen können. Sie ließ ihre Kleider auf einem Haufen zu Boden fallen. Morgens waren sie natürlich noch sauber gewesen, rochen aber nun nach Josephine und der abfallübersäten Straße und den Dieselabgasen der Lastwagen und Taxis und den ganzen Zigaretten, die die Leute zwischen hier und Immacue rauchten, und den Kippen, die sie auf dem Gehweg hinterließen. Sie schrubbte sich gründlich mit der Nagelbürste, nicht nur die Hände, sondern auch Arme, Beine und Füße. Unter Wasser leuchtete die Haut rosarot. Dann benutzte sie die Rückenbürste. Sie tauchte den Kopf unter und schäumte sich das Haar ein, wobei sie die Kopfhaut kräftig mit den Fingerspitzen bearbeitete. Dann kniete sie sich hin und spülte sich den Kopf unter fließendem Wasser ab. Wenn sie doch nur diese Dusche hätte!

Während sie sich abtrocknete, ein weiteres Handtuch wie einen Turban um den Kopf gewickelt, sagte ihr irgendetwas, dass sie zurückgekehrt waren. Nicht hier drin. Gerechtigkeitshalber musste man sagen, dass Tantchen nie jemanden Fremdes mitbringen würde, sie hatte ihre ganz eigenen Vorstellungen von Sittsamkeit, und seit Minty neun war, hatte Tantchen sie nie ohne Kleider gesehen. Sie waren draußen vor der Tür. Sollten sie doch warten! Minty benutzte ihr Deodorant, aber nicht nur unter den Armen, sondern auch auf Fußsohlen und Handflächen, denn jetzt war Sommer. Sie zog weiße Baumwollhosen an und ein weißes T-Shirt mit blassblauen Streifen. Beides waren »Überbleibsel« von Immacue, also Kleidungsstücke, die von ihren Besitzern aus irgendeinem Grund nicht abgeholt worden waren und die Josephine nach einem halben Jahr für je zwei Pfund verkaufte. Minty bekam Rabatt und musste bloß zwei für alle beide bezahlen. Sie hätte nicht einmal im Traum daran gedacht, wenn sie bloß gereinigt worden wären, aber die hier waren waschbar, waren schon oft gewaschen worden, und die Hose hatte sie in die Kochwäsche getan, wodurch sie einging und danach noch besser passte. Sie kämmte sich die Haare, wickelte ihre verschmutzten Sachen in die Badetücher, holte tief Luft und stieß die Tür auf.

Sie standen draußen, ein paar Meter weiter in Tantchens Schlafzimmertür. Minty klopfte auf sämtliche Holzteile, die sie erreichen konnte, rosa Holz und weißes Holz und braunes, doch sie gingen nicht weg. Mrs. Lewis war heute viel deutlicher und massiver als Tantchen. Sie sah wie ein echter Mensch aus, wie eine von diesen alten Frauen, die man auf der Straße vom Einkaufen zurückkehren sieht. Trotz des warmen Wetters trug sie einen Wintermantel aus dunkelroter Wolle, eine Farbe, die Minty besonders verabscheute, und einen tief über die Ohren gezogenen dunkelroten Filzhut. Sie konnten sich da, wo sie herkamen, also umziehen, dachte Minty verwundert.

Tantchen, die hinter Jocks Mutter stand und viel größer als diese war, wirkte ziemlich verschwommen, wie etwas, das man nur zu sehen glaubt und bei dem man noch einmal hinsehen muss, um sich zu vergewissern. Doch als Minty den Blick unverwandt auf sie gerichtet hielt, verfestigte sie sich und wurde immer schärfer. Als sie klein war, erinnerte sich Minty, hatte es irgendeinen Verwandten oder Freund gegeben, vielleicht war es auch Kathleens oder Ednas Mann gewesen, der Fotos machte und seine Filme selbst entwickelte. Es war der von Edna, fiel ihr jetzt wieder ein, sich aus anderen, rätselhaften, nie ganz begriffenen Gründen an ihn erinnernd. Sie hatte zugesehen, wie er die Filme entwickelte, hatte beobachtet, wie sich der leere Bogen im flüssigen Bad allmählich in ein Bild verwandelte. Tantchen war genauso, aus vager Gestaltlosigkeit verwandelte sie sich in ihr eigenes Bild.

Die Arme mit feuchten Tüchern und Kleidern beladen, starrte Minty die beiden an, und sie starrten zurück. Diesmal redete sie zuerst und wandte sich an Tantchen. »Mit der da würdest du dich nicht abgeben, wenn du wüsstest, dass sie mir Geld schuldet. Ihr Sohn hat sich mein ganzes Geld geliehen und deins auch, was du mir hinterlassen hast, und sie hätte es schon längst zurückzahlen können, hat's aber nie getan.«

Tantchen sagte nichts. Mrs. Lewis starrte sie weiter unverwandt an. Minty wandte sich achselzuckend ab und ging nach unten. Sie steckte die Kleider und die Badetücher in die Waschmaschine, schaltete ein und wusch sich die Hände, wobei sie überlegte, dass sie das Zeug ja auf Armeslänge von sich weggehalten hätte, wenn ihr die beiden nicht auf der Treppe begegnet wären. Mrs. Lewis war ihr hinuntergefolgt, aber allein. Tantchen war verschwunden. Hatte sie sich Mintys Worte etwa zu Herzen genommen?

Minty hatte nicht die Absicht, ihr Mittagessen zu verzehren, während diese Alte ihr dabei zusah. Da wäre sie lieber verhungert. Mrs. Lewis ging in der Küche umher, sah auf die Schränke hinunter und zu den Regalen hinauf. Wenn sie glaubte, Minty würde keinen guten Haushalt führen, hätte keine passende Frau für ihren Sohn abgegeben, dann war sie aber auf dem falschen Dampfer. In dieser Küche war alles blitzblank.

Mrs. Lewis hob den Deckel von der Teekanne und spähte in den Brotkasten. »Hübsch rein hält sie alles, das muss man sagen.«

»Sagen Sie doch, was Sie wollen«, meinte Minty. »Ist mir egal. Wieso haben Sie mir mein Geld nicht zurückgegeben?«

Darauf kam natürlich keine Antwort. Die Alte war jetzt dicht neben ihr. Da hatte Minty eine zündende Idee. Sie zog die Besteckschublade auf und griff nach dem Messer, dem Pendant zu dem, das sie im Kino benutzt hatte. Mit dem Messer in der Hand zog sie den Arm zurück und stürzte vorwärts, doch Mrs. Lewis war verschwunden, hatte sich in die Wand verflüchtigt oder war vom Erdboden verschluckt worden.

Man konnte sie anscheinend loswerden, indem man ihnen einfach drohte. Trotzdem legte Minty das Messer nicht gleich wieder zurück. Sie wusch die Klinge, weil sie das Gefühl hatte, sie sei verseucht, obwohl sie überhaupt nichts berührt hatte. Dann schnitt sie von einem Stück Schinken ein paar Scheiben ab und hackte etwas Salat und Tomate klein. Wieder musste das Messer gewaschen werden, und diesmal legte sie es direkt ins Spülbecken mit reichlich heißem Wasser und Spülmittel. Vielleicht, dachte sie, während sie es abtrocknete, musste sie dieses Messer so bei sich tragen wie das andere, das sie schon benutzt hatte, vielleicht musste sie sich eine sinnvollere Art des Tragens überlegen, obwohl es eingewickelt und seitlich am Bein unter der Hose auch ginge. Sie schenkte sich ein schönes Glas frische, kalte Milch ein.

Sie war mit dem Mittagessen gerade fertig und hatte das ganze Geschirr im heißen Wasser, als es an der Haustür klingelte. Das war bestimmt Laf mit den Zeitungen. »Willst du eine Tasse Tee?«, fragte sie, als sie ihn einließ.

»Das ist lieb, aber ich geh gleich wieder. Was glaubst du, wohin wir heute Abend gehen, ich und Sonny und du? In eine Aufführung. Im West End.«

»In ein Kino, meinst du?« In das am Marble Arch würde sie auf keinen Fall mehr gehen, da konnte er sagen, was er wollte. Genau da wären Mrs. Lewis und Tantchen nämlich vermutlich auch, um die Stelle heimzusuchen, an der Jock zum letzten Mal aufgetaucht war. »Ich weiß nicht recht, Laf.«

»In ein Theater«, sagte er. »In einen Thriller über die Polizei.«

»Da kann ich ja schlecht nein sagen, oder?«

»Natürlich nicht. Du findest es bestimmt toll.«

Diese Sachen würde sie nicht anziehen können, das war schon mal sicher. Nicht nachdem sie damit die schmutzigen Badetücher und die benutzten Hosen und das Oberteil getragen hatte. Schade, denn diese weiße Hose war wirklich schön. Na, sie müsste sich sowieso ausziehen, um das Messer seitlich am Bein zu befestigen, und wenn sie schon mal dabei war, konnte sie genauso gut auch gleich baden. Sie spülte ab, brachte die Zeitungen nach draußen und setzte sich in einen sauberen, frisch geschrubbten Korbsessel mit einem Kissen, das sie gewaschen und gebügelt hatte. Dadurch fühlte sie sich Mr. Kroot und Gertrude Pierce sehr überlegen, die ihr Kartenspiel beendet und auf dem grünen Filztisch zu Mittag gegessen hatten, Sandwiches und Fanta, wie es aussah, denn sie hatten das schmutzige Geschirr auf ein Tablett gestapelt und der Katze direkt vor die Nase ins Gras gestellt, ein echter Anziehungspunkt für Fliegen. Minty sah einmal hin und dann nicht wieder.

Es wäre schön gewesen, mit dem Auto zu fahren, aber Laf meinte, wo er denn dann bitte schön parken sollte? In der Gegend einen Parkplatz zu finden war der reinste Albtraum. Wenn man mit der U-Bahn bis Charing Cross fuhr, war man alle Sorgen los. Doch der Zug der Bakerloo Line war rappelvoll, und auf den Straßen ging es fast genauso schlimm zu.

Wie bei vielen Vorortbewohnern, wenngleich ihr Vorort gar nicht so weit draußen lag, waren Sonovias und Lafs Ortskenntnisse der Londoner Innenstadt höchst lückenhaft. Laf, der gelegentlich durch den Park nach Kensington oder sogar am Buckingham-Palast vorbeifuhr, wusste ungefähr, wohin die Hauptstraßen führten, während Sonovia ins West End zum Einkaufen fuhr, und sie beide als eingefleischte Kinogänger das Odeon Metro und das Mezzanine besuchten. Trotzdem hatte Sonovia keine Ahnung, wie die einzelnen Orte miteinander verbunden waren, und hätte nicht sagen können, wie man von Marble Arch nach Knightsbridge oder von der Oxford Street zum Leicester Square kam. Was Minty betraf, war sie seit Jahren nicht mehr hier gewesen, es hatte sich einfach nie ergeben, und die hohen Gebäude am Trafalgar Square mit ihren mächtigen Säulenreihen und Treppenfluchten schüchterten sie ziemlich ein. Ihr war, als hätte sie

sie noch nie gesehen oder fände sich plötzlich in eine fremde Stadt versetzt. Gleichzeitig erinnerten sie sie an die römischen Tempel auf dem Friedhof.

»Warum steht der da oben?«, fragte sie Laf, zu Admiral Nelson auf seiner Säule hinaufdeutend. »Der ist so hoch da oben, dass man gar nicht sehen kann, wie er aussieht.«

»Ich weiß auch nicht warum, Liebes. Vielleicht war er nicht besonders ansehnlich, und da ist es besser, wenn man ihn nicht aus der Nähe sieht. Die Löwen gefallen mir.«

Minty nicht. So wie sie dort kauerten, erinnerten sie sie an Mr. Kroots Katze. Womöglich standen sie mitten in der Nacht auf und gingen umher, traten auf hohe Gebäude und trampelten auf Bäume. Sie war froh, als sie und die Wilsons sich einen Weg durch die Menge gebahnt hatten und im Garrick-Theater saßen. Laf kaufte ihr und Sonovia je ein Programmheft und eine Tafel Vollmilchschokolade. Minty wollte keine Schokolade, es war doch wohl klar, dass sie diese Form bloß haben konnte, weil jemand damit herumhantiert hatte. Aber um nicht unhöflich zu wirken, nahm sie ein Stück und fühlte sich die nächste halbe Stunde unwohl, während die Keime in ihrem Bauch rumorten.

Ein Inspektor kommt war überhaupt nicht so, wie sie es sich vorgestellt hatten, obwohl ein Polizist darin vorkam, aber vielleicht kein echter, vielleicht eher ein Geist oder Engel. Minty wollte nicht, dass es ein Geist war, von denen hatte sie schon in der Realität genug, und musste manchmal die Augen zumachen. Das Beste war das Bühnenbild, da waren sich alle einig, denn es sah nicht aus wie der Hintergrund für ein Theaterstück, sondern wie ein echtes Haus in einer echten Straße, das man auf die Bühne verfrachtet hatte. Als es aus war und Minty aufstand, um zu gehen, schob sich das Messer am Knie gegen den Hosenstoff, doch sie brachte es schnell wieder in Ordnung, bevor Laf und Sonovia es sehen konnten.

Obwohl es schon ziemlich spät war, hatten die Cafés und

Restaurants überall noch auf. Minty hatte noch nie so viele auf einem Haufen gesehen und fragte sich, wie die genug Geld verdienten, um zu überleben. Sie gingen in ein kleines Lokal in einer Nebenstraße und bestellten Pizza. Minty hätte keinen Salat oder gebratenes Fleisch genommen oder etwas, bei dem sie nicht sehen konnte, wie es zubereitet wurde, aber eine Pizza war in Ordnung, da konnte man zuschauen, wie der Mann sie mit einer Holzzange aus dem Ofen holte und auf einen sauberen Teller legte. Und dabei Handschuhe trug. Sie tranken jeder ein paar Gläser Wein, und sie fühlte sich an Jock erinnert.

»Adam und Eva und Zwickmich«, sagte sie.

»Was?«

Sie kannten es noch nicht. »Adam und Eva und Zwickmich gingen zum Baden an den Fluss. Adam und Eva ertrunken. Wer wurde gerettet?«

»Na, Zwickmich natürlich«, sagte Sonovia, und Minty zwickte sie.

Laf lachte schallend. »Da hast du sie erwischt, Minty. Ich wusste gar nicht, was in dir steckt.«

»Ja, na ja, ich bin drauf reingefallen«, sagte Sonovia und fuhr in belehrendem Ton fort: »Es heißt aber nicht ›ertrunken‹, meine Liebe. Da irrst du dich. ›Ertranken‹ wäre korrekt.«

»Jock sagte ›ertrunken‹.« Minty aß ihre Pizza vollends auf. »Das hab ich nämlich von ihm.«

Sie erzitterte. An ihn zu denken hatte oft diese Wirkung.

»Du frierst doch nicht etwa? Es ist ja so warm hier drin. Ich frag mich die ganze Zeit, wieso ich keine leichtere Jacke angezogen hab.«

Doch inzwischen wurde es draußen kälter, Sonovia mochte sagen, was sie wollte. Sie kamen an einem Pub vorbei und dann an noch einem, und Laf fragte, ob sie einen Drink wollten, einen für unterwegs, einen Schlummertrunk, aber Sonovia meinte, nein, genug sei genug und sie kämen sowieso nicht vor ein Uhr morgens ins Bett. Die U-Bahn kam und war so voll, dass Laf sagte: »Warten wir auf die nächste, die soll in einer Minute kommen.« Also warteten sie, und als sie kam, war sie fast leer. Am Piccadilly stiegen viele Leute ein und in der Baker Street viele aus und eine alte Frau ein. Es war Mrs. Lewis.

Der leere Platz schräg gegenüber von Minty war einer von denen, die für Alte und Behinderte reserviert waren. Zwar hielten sich nicht viele daran, doch war er zufällig frei, und Mrs. Lewis setzte sich darauf. Sie trug immer noch ihren dunkelroten Mantel und den Hut. Tantchen war nirgends zu sehen. Offensichtlich hatte sie es sich zu Herzen genommen, dass Minty gesagt hatte, sie solle keinen Umgang mit Mrs. Lewis haben, da sie Jocks Mutter sei und Jocks Schulden immer noch nicht bezahlt habe. Minty starrte Mrs. Lewis unverwandt an, die sich jedoch weigerte, ihrem Blick zu begegnen. Sie hatte sich vorsichtig niedergelassen, um sich nicht auf das Messer zu setzen, obwohl es erst in Plastik und dann in einen sauberen, weißen Lappen gewickelt war. Trotzdem spürte sie es jetzt deutlich.

»Was starrst du denn so, meine Liebe? Da läuft's einem ja kalt den Rücken runter.«

»Sie ist nicht echt«, sagte Minty. »Keine Sorge, sie ist bloß ein Geist. Die traut sich aber was, mich bis hierher zu verfolgen!«

Kopfschüttelnd sah Sonovia ihren Mann an.

Laf runzelte die Stirn. »Das muss am Wein liegen«, sagte er. »Sie ist nicht dran gewöhnt. Die geben einem ja wirklich große Gläser in dem Pizzalokal.«

Am Bahnhof Paddington stand Mrs. Lewis auf, um zu gehen. Erst jetzt fiel Minty auf, dass sie eine Reisetasche dabei hatte. Bestimmt wollte sie einen Zug nach Gloucester nehmen, zurück in das Haus, in dem sie zu Lebzeiten gewohnt hatte. »Fährt nachts um die Zeit ein Zug nach Gloucester?«, fragte sie Laf.

»Glaub ich eher nicht. Es ist schon nach halb eins. Wieso willst du das wissen?«

Minty gab keine Antwort. Sie sah, wie Mrs. Lewis aus dem Zug stieg und den Bahnsteig entlangging. Sie war schlecht zu Fuß, es war eher ein Schlurfen als ein Gehen. Da fiel ihr wieder ein, dass ein Teil des Geldes, das Jock sich geliehen hatte, für die Hüftoperation seiner Mutter gedacht war. »Die hat sie nie machen lassen«, sagte sie laut vor sich hin. »Ich glaub nicht, dass sie lang genug gelebt hat, um sie noch machen zu lassen.«

Wieder tauschten die Wilsons Blicke. Wie Laf später zu seiner Frau sagte, schauten alle Fahrgäste unruhig zu Minty hinüber. Man gewöhnte sich ja an ziemlich merkwürdige Szenen in der Untergrundbahn – einmal hatte er gesehen, wie ein Kerl ein Wettrennen mit Maden veranstaltet hatte –, doch mit ihrem kreidebleichen Gesicht und dem abstehenden flusigen Haar sah Minty richtig verrückt aus. Außerdem merkte jeder, dass sie einfach so in die leere Luft geredet hatte. In Kensal Green stiegen sie aus und gingen zu Fuß nach Hause, denn es war nicht weit. Auf der Straße waren nur Grüppchen von jungen Männern unterwegs, Schwarze und Weiße und Asiaten, alle etwa zwanzig Jahre alt und alle etwas bedrohlich aussehend.

Sonovia hängte sich bei Laf ein. »Mir wär überhaupt nicht wohl, wenn du nicht bei uns wärst, Schatz.«

»Nun, ich bin ja dabei«, sagte Laf voller Genugtuung. »Mit mir werden die sich nicht anlegen.«

An ihrer Straßenecke stand eine Bank, hinter der sich eine Art Blumenbeet befand. Die Blumen mussten sich gegen leere Bierdosen, Fisch-und-Chips-Papiere und Zigarettenkippen behaupten, wobei der Müll die Oberhand gewann. Mrs. Lewis war gar nicht heim nach Gloucester gefahren. Sie saß auf der Bank, die Reisetasche geöffnet neben sich. Laf und Sonovia dachten wahrscheinlich, es sei die alte Pennerin, die nachts manchmal dort saß, aber Minty wusste es besser. In den zehn Minuten, seit Mrs. Lewis im Bahnhof Paddington ausgestiegen war, hatte sie sich wieder umgezogen, diesmal in einen schwarzen Mantel mit Kopftuch, und war irgendwie hierher gelangt. Aber Geister konnten ja alles, durch Wände und Fußböden kommen und in Lichtgeschwindigkeit weite Strecken zurücklegen. Jetzt war sie hier, aber bevor Minty zu Hause wäre, wäre sie bereits dort und würde auf sie warten.

Hier in der Gegend war sonst niemand unterwegs. Die Jungs mit ihren Straßenbanden blieben auf der Harrow Road. Sonovia und Laf sagten Gute Nacht und bis bald. Minty war so beschäftigt mit Mrs. Lewis, dass sie ihre guten Manieren und alles, was Tantchen ihr beigebracht hatte, vergaß und sich nicht einmal dafür bedankte, dass man sie mit ins Theater genommen hatte. Gar nichts. Sie sagte nicht einmal gute Nacht.

Die Wilsons gingen ins Haus, und Sonovia sagte: »So komisch hab ich sie ja noch nie erlebt. Redet mit sich selbst und sieht Sachen, die nicht da sind. Meinst du, wir sollten da irgendwas unternehmen?«

»Was können wir denn tun? Die Männer in den weißen Kitteln kommen lassen?«

»Red doch kein dummes Zeug, Laf. Das ist nicht witzig.«

»Sie hat bloß zu viel Wein getrunken, Sonn. Manche Leute kriegen Halluzinationen, wenn sie zu viel erwischt haben. Wenn du mir nicht glaubst, frag Dan.«

Mrs. Lewis wartete nicht auf sie. Minty durchsuchte das Haus. Sie war nirgends, und Tantchen auch nicht. Dann saß sie bestimmt noch auf der Bank drüben, kramte in der Reisetasche herum, heckte irgendwas aus und lachte womöglich, weil sie es geschafft hatte zu sterben, bevor sie das Geld zurückzahlen musste.

Minty wusste, was sie zu tun hatte. Sie klopfte auf das Messer, öffnete die Haustür und machte sie leise hinter sich zu. Die Straße lag still und menschenleer. Es brannten keine Straßenlampen. Nur in der gegenüberliegenden Wohnung war Licht, ein schwaches Leuchten in einem der Fenster wie von einer Kerzenflamme. Die Wilsons waren anscheinend gleich zu Bett gegangen, denn ihr Schlafzimmerlicht ging aus, als Minty gerade hinaufsah. Sie ging bis an die Ecke und war sich plötzlich sicher, dass Mrs. Lewis verschwunden und die Bank leer wäre.

Sie saß aber noch dort. Sie hatte wohl beschlossen, dort zu schlafen. Minty konnte sich nicht denken, warum. Sie hatte sich die abgegriffene Reisetasche als Kissen unter den Kopf gelegt. Was fing ein Geist eigentlich mit einer Reisetasche an? Die Blumen hinter ihr hatten sich für die Nacht geschlossen, und ihre Blätter glänzten schwach zwischen den zerknüllten Packungen, Plastiktüten und Zigarettenschachteln. Das Geld würde Mrs. Lewis ihr jetzt nie mehr zurückgeben, das war ein für alle Mal futsch. Während Minty das Messer aus der Halterung zog, packte sie plötzlich eine gerechte Wut. Jetzt würde sie Tantchen aber zeigen, dass sie es ernst meinte, sie würde ihr schon beibringen, sich in Zukunft vorzusehen.

Inzwischen war es auf der Straße ziemlich still. Mrs. Lewis gab keinen Laut von sich. Wäre sie echt gewesen, dann hätte Minty gedacht, ihr Herz hätte genau in dem Augenblick aufgehört zu schlagen, als die Spitze des Messers sie berührte.

27

Allein im Auto flüchtete Jims von Fredington Crucis House, einige hundert Meter die Landstraße hinunter von Reportern und Fotografen verfolgt. Leonardo hatte er zurückgelassen, der sollte sehen, wo er blieb. Sie hatten sich mächtig gestitten.

Es hatte eine halbe Stunde gedauert, bis er begriff, warum die Reporter und Kameraleute dort gewesen waren. Nachdem er Leonardo dafür ausgezankt hatte, so ein Idiot gewesen zu sein und das Licht eingeschaltet zu haben, hatte er geduscht, sich rasiert und angezogen und sich gewappnet, um hinauszugehen und ihnen entgegenzutreten. Dieses Vorhaben hatte er nach einem Blick aus dem Fenster jedoch verschieben müssen. Die Meute hatte Augen und Kameras auf die Haustür gerichtet, und es gelang ihm, sie ein paar Augenblicke dabei zu beobachten, ohne selbst gesehen zu werden. »Raubtiere«, sagte er vor sich hin, »Aasgeier«, und – etwas abgehoben, das Vermächtnis seiner klassischen Bildung: »Harpyien.«

Dann drehten sich plötzlich alle auf einmal Richtung Gartentor. Mrs. Vincey hatte es gerade hinter sich zugemacht und kam die Auffahrt herauf. Die Reporter drängten sich um sie, aber vorher konnte Jims sehen, dass sie eine Zeitung in der Hand hatte, von deren Schlagzeile er von weitem nur ein in Riesenlettern gedrucktes Wort ausmachen konnte: »ABGEORDNETE«. Da er sie gebeten hatte, an diesem Vormittag nicht zu kommen, drängte sich ihm die Erkenntnis auf, dass die Zeitung und die Neugierde sie hergetrieben hatten. Er konnte sehen, dass sie durchaus bereit war, mit ihnen zu reden, und wenn sie nicht besonders versessen darauf waren, sie zu fotografieren, so lag es nicht an ihrer mangelnden Bereitschaft, sich für sie in Positur zu stellen. Was sagte sie bloß? Und worum ging es bei dem Ganzen eigentlich überhaupt? Er sollte es bald erfahren.

Sie schloss die Haustür auf und trat ein, trat allein ein. Jims kam im Hausflur auf sie zu und fand sich in einer ähnlichen Situation wieder, wie Zillah sie damals mit Maureen Peacock erlebt hatte. Mrs. Vincey hielt mit beiden Händen die Titelseite der Zeitung in die Höhe und teilte ihm mit, in ihrem ganzen Leben sei sie noch nicht so empört gewesen. Zum ersten Mal nannte sie ihn nicht Sir oder Mr. Melcombe-Smith. Mit den Worten Kleopatras, die ihre Macht schwinden sah, hätte er fragen können: »Wie, nicht mehr Gepränge?« Stattdessen stand er schweigend da und las immer wieder die Schlagzeile: DER SCHWULE ABGEORDNETE, ZWEI HOCHZEITEN UND EIN TODESFALL.

»Schämen Sie sich denn gar nicht? Ein Mitglied des Parlaments! Ich möchte wissen, was die Königin von Ihnen hält.«

»Kümmern Sie sich um Ihren eigenen Dreck«, sagte Jims, »und jetzt raus hier! Lassen Sie sich nicht wieder blicken!«

Er ging nach oben. Momentan konnte er sich nicht überwinden weiterzulesen. Doch er hatte die Fotos auf Seite drei gesehen, insbesondere das von sich und Leonardo auf den Malediven, und machte Leonardo für alles verantwortlich. Leonardo hatte gequasselt, vielleicht aus dem Nähkästchen geplaudert, hatte es jedenfalls jemandem erzählt und ihr Foto einem Revolverblatt überlassen. Er fand ihn im Schlafzimmer, vollständig bekleidet auf dem Bett sitzend, aber mit Armesünder- und, wie Jims fand, verdammt schuldbewusster Miene. Jims fing an zu toben, schwenkte dabei die Zeitung, beschuldigte ihn des Betrugs, der Heimtücke und arglistigen Täuschung – seine einst so erfolgreiche Karriere verdankte er unter anderem auch seiner Sprachgewandtheit – und hörte überhaupt nicht zu, wie der andere sich entrüstet wehrte.

Leonardo stand auf. »Ich habe mit niemandem geredet. Du spinnst ja. Ich muss nämlich genau wie du an meine Karriere denken, weißt du. Lass mich mal sehen.«

Sie kämpften um die Zeitung, zerrten sie hin und her, bis die Titelseite auseinander gerissen wurde. Leonardo bekam sie schließlich zu fassen. »Wenn du das mal lesen würdest, statt hier wie ein Irrer rumzutoben, würdest du sehen, dass es deine teuerste Gattin war, die geredet hat, nicht ich. Und wie die geredet hat, mein lieber Schwan!«

Jims wollte ihm fast glauben, weigerte sich jedoch, in seinem Beisein genau hinzusehen. Er packte die Zeitung und rannte mit den Worten: »Sieh zu, wie du allein nach London kommst. Geh meinetwegen zu Fuß nach Casterbridge, es sind bloß sechs Meilen«, die Treppe hinunter.

Mrs. Vincey war gegangen. Die Meute war immer noch draußen. Jims steckte die Zeitung in seine Aktenmappe, Brieftasche und Autoschlüssel in die Hosentasche und öffnete – wie weiland General Gordon, als er der Militärmacht des Mahdi in Khartum einsam gegenübertrat – die Haustür und trat ins Freie. Die Meute heulte vor Wonne auf, Blitzlichter knallten.

»Schauen Sie mal hier herüber, Jims!«

»Bitte lächeln, Jims!«

»Nur kurz auf ein Wort, Mr. Melcombe-Smith.«

»Stimmt es, Jims?«

»Wenn Sie vielleicht eine Erklärung abgeben möchten …«

Jims sagte in seinem aristokratischen Ton: »Natürlich stimmt es nicht. Alles Lügen.« Eingedenk Leonardos Worten schmückte er aus: »Meine Frau hat einen Nervenzusammenbruch.«

»Wussten Sie eigentlich, dass Sie Bigamist sind, Jims? Wird Ihre Frau Ihnen die Stange halten? Wo ist Leonardo? Rechnen Sie damit, Ihren Platz im Warmen zu verlieren?«

Diese letzte Frage, ringsum als haarsträubendes und obszönes Wortspiel aufgenommen, wurde mit schallendem Gelächter quittiert. Fast reflexartig hielt Jims sich die Aktenmappe vors Gesicht, weil er es heiß und deshalb rot werden fühlte, Blitzlichter flammten auf. Eins explodierte ihm beinahe ins Gesicht. Er wollte die Kamera packen, griff daneben und stürzte auf sein Auto zu. Sie hatten es mit Beschlag belegt, wie Affen in einem Safaripark, dachte er. Er stieß ein junges Mädchen weg, das vornüber fiel und schrie, sie würde ihn wegen Körperverletzung belangen. Er bekam die Wagentür auf, quetschte sich hinein und knallte sie zu. Dabei hoffte er, einem Mann die Finger eingeklemmt zu haben, doch der hatte die Hand gerade noch rechtzeitig zurückgerissen. Als er die Auffahrt hinunterfuhr, konnte er schon sehen, dass das Tor geschlossen war. Die alte Vincey, dieses Aas, hatte es absichtlich hinter sich zugemacht, dachte er, obwohl sie es sonst in neun von zehn Fällen offen stehen ließ, trotz seiner Ermahnungen.

»Macht das verdammte Tor auf!«, schrie er aus dem Wagenfenster, aber niemand achtete darauf. Stattdessen steckte jemand einen Fotoapparat durch.

Als er ausstieg, umringten sie ihn gleich wieder, zupften an seinen Kleidern, hielten ihm die Kameras ins Gesicht. Jemand saß doch tatsächlich auf der obersten Sprosse des linken Torflügels.

»Geht's jetzt nach London, Jims?«

»Was sagen Sie denn zu Zillah, wenn Sie dort sind?«

»Wurde Jeff Leach von einem Killer umgebracht?«

»Wird Zillah Ihnen die Stange halten, Jims?«

Jims riss beide Torflügel auf. Der obenauf sitzende Reporter purzelte auf die Erde, wo er liegen blieb und schrie, sein Bein sei gebrochen. Er ballte die Faust und sagte, dafür würde er Jims büßen lassen, und wenn er dafür Himmel und Hölle in Bewegung setzen müsste. Während sie ihn weiter am Wegfahren hindern wollten, hielt Jims, der sich schon damit abgefunden hatte, womöglich sein teures Eichenholztor opfern zu müssen, geradewegs auf die Meute zu und zwang sie, ihm aus dem Weg zu springen. Die meisten verfolgten ihn bis ins Dorf und gaben erst auf, als sie sahen, dass das Crux Arms, die Dorfkneipe, geöffnet hatte. Er fuhr durch Long Fredington, einen verbitterten Blick auf Willow Cottage werfend, wo er sozusagen erstmals auf Freiersfüßen gewandelt war. Mit plötzlich erwachendem Interesse sah er genauer hin, als er entdeckte, dass das Haus zum Verkauf stand. Ihm fiel wieder ein, was Leonardo über seine redselige »teuerste Gattin« gesagt hatte. Es blieb ihm nichts anderes übrig, als sich endlich ein Herz zu fassen und die Zeitung zu lesen. In der Mill Lane, wo Zillah einst auf dem Weg zu Annie von ihrer Zukunft mit ihm in Wohlstand und Glamour geträumt hatte, fuhr er an den Straßenrand und las die Story.

Es war sogar noch schlimmer als erwartet, nur konnte er es jetzt eher ertragen, nachdem er vor der Meute geflüchtet und durch die Erfahrung gewissermaßen abgehärtet war gegen den massiven Angriff auf sein Privatleben, seine speziellen persönlichen Neigungen und seinen Ruf. Offenkundig hatte er das alles Zillah zu verdanken. Er hatte sie unterschätzt, hatte sie auf eine Art behandelt, von der er angenommen hatte, dass sie sie hinnehmen würde, doch er hatte sich geirrt. Das war nun ihre Rache. Es gab allerdings ein paar Unwägbarkeiten in der Story, für die sie bestimmt keine Schuld traf. Er blätterte zurück auf die Titelseite und sah, dass Natalie Reckman für den Beitrag verantwortlich zeichnete. Das war doch die, die ganz am Anfang ihrer Ehe den gehässigen Artikel über Zillah geschrieben hatte! Jims konnte sich gut vorstellen, dass sie Leonardos Wohnung beobachtete, seine Ankunft ausspionierte und vermutlich die Nachbarn bestach. Ach, was war die Welt doch für ein böser Ort, dass jene, die im grellen Licht auf ihren hohen Küsten gefangen saßen, ewiger Bedrohung und Gefahr ausgesetzt waren.

Zwischen ihm und Leonardo war es jedenfalls aus. Mochte er sich für ein paar kurze Wochen verliebt gewähnt haben – das alles war nun im Handumdrehen verflogen. Er wollte Leonardo nie wieder sehen. Jims, ein ganz schöner Snob, fragte sich, welcher Idiot eigentlich mit nur einem Paar vulgärer Cecil-Gee-Unterhosen bekleidet im Hause eines Gentleman herumlaufen würde und nicht einmal so viel Verstand besäße, um zu wissen, dass man in einem Raum ohne Vorhänge für jeden draußen bei Licht deutlich zu sehen war? Es würde ihn nicht wundern, wenn Leonardos Mutter in einer Sozialwohnung hauste. Dass sie in (oder höchstwahrscheinlich weit außerhalb von) Cheltenham wohnte, hieß noch gar nichts. Froh darüber, dass er Fredington Crucis und Leonardo entronnen war, fuhr Jims in östlicher Richtung, bog dann von der Landstraße ab und fuhr die steile Anhöhe hinauf, die sich aus dem Vale of Blackmoor erhebt und auf der oben Shaston liegt. Auch heute ist die Aussicht vom Castle Green über das »grünenden Weideland dreier Grafschaften« seit Hardys Zeiten fast unverändert geblieben und bietet dem ahnungslosen Wanderer eine plötzliche Überraschung, doch hielt Jims sich nicht damit auf, sie zu bewundern. Er stellte den Wagen in Shaston auf den gebührenpflichtigen Parkplatz und ging die Palladour Street entlang in ein Maklerbüro. Die Frau hinter dem Schreibtisch dort war vermutlich die einzige Person im ganzen Vereinigten Königreich, dachte Jims, die die Story in der Zeitung nicht gelesen hatte und ihn nicht am Namen erkannte. Ihm sollte es recht sein! Nachdem er seine Transaktion getätigt hatte, kehrte er zum Wagen zurück und fuhr wieder auf die Fernstraße in Richtung London.

Unterwegs ließ er sich die Tatsachen durch den Kopf gehen und kam zu der Erkenntnis, dass seine Laufbahn ruiniert war, was auch immer noch kommen mochte. Aus den Trümmern war nichts mehr zu retten. Er war als Bigamist gebrandmarkt, was er vielleicht mit einer lahmen Ausrede ableugnen konnte, war aber auch praktizierender, promisker Homosexueller, und das konnte und wollte er auch nicht mehr ableugnen. Und noch dazu war er als Verdächtiger in einem Mordfall vernommen worden. All die Jahre, in denen er Wahlkampf gemacht hatte, eine hoffnungslose Kandidatur im Industriegebiet der Midlands angenommen hatte, um dann endlich einen sicheren Sitz zu ergattern, all die Freitage und Samstage, die er in seiner Bürgersprechstunde verbracht hatte, im Wohnwagen durchs Land gerumpelt war, Reden gehalten und Festveranstaltungen eröffnet, Babys geknuddelt – wie er Kinder hasste! – und Rentner belogen hatte, und die Jäger und die Verfechter der Vivisektion und Krankenhauspatienten und Schullehrerinnen, all das war reine Zeitverschwendung gewesen. Die Partei würde ihn vermutlich ausschließen, ihm die Mitgliedschaft aberkennen, ihn in die Wüste schicken. Jedwede Möglichkeit, wieder hineinzukommen, war ihm verbaut. Er war erledigt. Er konnte bloß froh sein, dass er für den Freitagnachmittag, an dem dieser Halunke Jerry Leach umgebracht worden war, ein hieb- und stichfestes Alibi hatte. Und dass er, was sie auch glauben mochte, Zillah ein hübsches Schnippchen geschlagen hatte.

An der Ausfahrt zu ein paar Dörfern fuhr er von der Hauptstraße ab. Es war mittags Viertel vor eins. Er fuhr zu einem Hotel, das er kannte – in den ach so sorglosen Tagen hatten er und Ivo Carew einmal ein angenehmes Wochenende dort verbracht – und bestellte sich etwas zum Mittagessen. Sein Appetit ließ ihn jedoch im Stich, und er brachte keinen Bissen hinunter.

Bevor sie zu den Reportern hinunterging, hatte Zillah sich und die Kinder sehr sorgfältig und wohl überlegt angekleidet. Am gestrigen Abend hatte sie ihr Vorhaben ausführlich geplant. Eugenie und Jordan trugen die einheitliche Sommerkluft des modebewussten Oberschichtskindes der Jahrtausendwende: weiße Turnschuhe, weiße Shorts, weiße T-Shirts, im Fall von Jordan mit Streifen, bei Eugenie mit aktuellen Tupfen. Zillah selbst trug weiße Hosen und eine tief ausgeschnittene Bluse. In Erinnerung an das, was irgendeine schreckliche Journalistin über ihre Schuhe gesagt hatte, hatte sie flache Sandalen angezogen.

Eugenie hatte keine kurzen Hosen tragen wollen und sich erst rundweg geweigert: »So ein Mädchen bin ich doch nicht. Das solltest du inzwischen wissen. Ich geh entweder in langen Hosen oder im Kleid.«

»Es lohnt sich für dich«, bot Zillah kühn an. »Fünf Pfund.«

»Zehn.«

»Mit dir wird's noch mal schlimm enden.« Zillah benutzte die gleichen Worte, die ihre Mutter damals vor zwanzig Jahren zu ihr gesagt hatte.

Jordan schniefte. Zillah hatte schon überlegt, ihn auf ganz sichere, etwas drastische Weise zur Ruhe zu bringen, indem sie ihm etwa ein Schlückchen Whisky verabreichte, dann aber nicht den Nerv dazu gehabt und stattdessen zu einem Baby-Aspirin gegriffen. Es hatte nicht gewirkt.

Sie schenkte den Reportern ein charmantes Lächeln und stellte sich, an jeder Hand ein Kind, für die Fotografen in Positur. Jordan hörte für fünf Minuten auf zu weinen, fasziniert vom größten Hund, den Zillah je gesehen hatte, den einer der Kameramänner mitgebracht hatte. Sie sagte, sie habe für alle etwas, und verteilte eine Erklärung, die sie am Vorabend auf Jims' Computer getippt hatte. Darin stand, dass alles, was in der Morgenzeitung gestanden habe, stimmte und sie nur noch hinzufügen wolle, sie würde ihrem Mann beistehen und ihn durch dick und dünn unterstützen. Sie hätten heute Morgen ein paar Mal telefoniert, und sie habe ihn ihrer Hingabe versichert und dass sie entschlossen sei, ihm ein Fels zu sein, an den er sich klammern könne. Sie beantwortete nur eine Frage, bevor sie sich würdevoll wieder ins Haus zurückzog.

Eine junge Frau mit Yorkshire-Akzent wollte wissen, ob Jims bisexuell sei.

»Ich bin sicher, er hat nichts dagegen, wenn ich es bejahe. Jetzt muss eben alles offen gelegt werden.« Mit einer von Malinas Lieblingswendungen fügte sie hinzu, Vertrauen und Zuneigung »müssen die Bausteine unserer neuen Beziehung sein«.

Jordan brach schon wieder in Tränen aus. Zufrieden mit ihrem Werk, fuhr Zillah mit ihm im Lift nach oben. Nach all den Interviews und Fotoaufnahmen fühlte sie sich nun ziemlich ausgelaugt. Sie fand sich plötzlich in der Lage, absolut nichts zu tun zu haben. Wann Jims wohl zurückkommen würde? Sie hatte gelogen, als sie den Zeitungsleuten erzählt hatte, sie und Jims hätten morgens schon telefoniert. Sie wusste, er würde nicht anrufen, und sie hatte nicht die Absicht, ihn anzurufen. Doch nach Hause kommen würde er, und sie wollte nicht hier sein, wenn es sich vermeiden ließ. Nachdem sie Kino, Schwimmbad und die zahlreichem am Trocadero angebotenen Veranstaltungen verworfen hatte, ging sie mit den Kindern zum Mittagessen zu McDonald's und dann auf eine Bootsfahrt bis zur Flutbarriere. Das Wasser floss ruhig und gemächlich dahin, aber Jordan wurde trotzdem schlecht, und er weinte auf dem ganzen Nachhauseweg.

Als sie um sechs in die Wohnung zurückkehrten, war Jims immer noch nicht da. Außer er war gekommen und gleich wieder gegangen. Sie nahm es eigentlich nicht an, und ihre Annahme erwies sich schon nach zehn Minuten als korrekt. Inzwischen war sie in einen Strandpyjama geschlüpft, den sie in einem Laden im The Cross gekauft hatte, hatte sich daran erinnert, dass ihr Vater krank war, ihre Mutter aber nicht angerufen und beide Kinder in die Badewanne gesteckt. Die Wohnungstür ging auf und wieder zu. Als sie sich umdrehte, sah sie Jims im Türrahmen stehen. Sein Gesicht war blass, und er wirkte unruhig und gequält.

»Ich ruf nur schnell meine Mutter an«, sagte sie nervös.

»Jetzt nicht«, sagte er. »Kann ich dir was zu trinken holen?«, kam es dann in dem samtigen Ton, den er immer anschlug, wenn er entweder sehr erfreut oder sehr wütend war.

Sie wusste nicht, ob sie Ja oder Nein sagen sollte. Sie hielt sich die Hände unters fließende Wasser und trocknete sie ab. »Einen Gin-Tonic, bitte.« Ihre Stimme klang ziemlich verängstigt. Sie folgte ihm ins Wohnzimmer.

Er brachte ihr den Drink und blieb eine Weile vor ihr stehen. Seine Haltung hatte nichts Bedrohliches, doch weil er selbst eine Bedrohung für sie war, wich sie erschrocken zurück. Er lachte, ein bitteres, trockenes Lachen. »Ich hab die Zeitung gesehen«, sagte er und setzte sich. »Ich nehm mal an, es ist eine Zeitung, ich weiß nicht, wie ich sonst dazu sagen soll. Und ich habe mit den Medienleuten gesprochen. Reichlich übertrieben, findest du nicht?«

»Was denn?«

»Na, was du der Reckman alles erzählt hast. Und das Foto, das du ihr gegeben hast. Habe ich das wirklich verdient?«

»Aber klar, so wie du mich behandelt hast.«

Aus dem Bad ertönte lautes Gejammer, und Eugenie kam in Nachthemd und Bademantel ins Zimmer. Sie bedachte Jims mit einem Blick, mit dem eine Hausbesitzerin ein Hundehäufchen vor der Tür betrachten würde, sagte aber nichts. »Ich hol ihn nicht aus der Wanne raus«, teilte sie Zillah mit. »Du bist für ihn verantwortlich, wie oft soll ich dir das noch sagen? Er sagt, der Bauch tut ihm weh.«

Zillah ging hin. Eugenie verschwand nach einer Weile ebenfalls, um ein paar Sekunden später mit einem Buch zurückzukehren. Jims' Welt lag in Schutt und Asche, doch beabsichtigte er, tapfer unterzugehen, triumphierend Rache zu üben. Er nahm ein Päckchen Zigaretten aus der Tasche und steckte sich eine an. Es war seit einem halben Jahr die erste, und ihm wurde etwas schummrig, doch er ließ sie sich schmecken und überlegte, wieder richtig mit Rauchen anzufangen. Jetzt würde ihn keiner ermahnen, niemand würde im Unterhaus Fragen über abscheuliche Gewohnheiten stellen, ihn dazu anhalten, mit gutem Beispiel voranzugehen. Er inhalierte, und plötzlich verschwamm alles vor ihm. Wenn er nicht gesessen hätte, wäre er umgefallen. Jordan kündigte mit Gebrüll seine Ankunft an.

Zillah kam hinter ihm her. »Warum rauchst du?«

»Weil es mir passt«, sagte Jims. »Steck das Kind da ins Bett.«

»Wieso redest du so? Er hat dir doch nichts getan.«

»Nein, aber seine Mutter.« Er stand auf und schaltete den Fernseher ein. Zufällig lief gerade ein Zeichentrickfilm, und Jordan war fünf Minuten lang still.

»Gib mir bitte eine Zigarette.«

»Kauf dir selber welche. Ich geb dir ja weiß Gott genug Geld.« Jims zog affektiert an seiner Zigarette und blies Zillah den Rauch ins Gesicht. »Ich erwarte nicht, dass du vor Freitag hier draußen bist«, sagte er. »Ich gebe dir also hiermit eine Woche Vorwarnung.«

»Halt, Moment mal. Das kannst du nicht. Wenn hier einer geht, dann du. Du bist nämlich mit mir verheiratet, weißt du? Ich bin deine rechtmäßige Ehefrau. Ich hab Kinder und deshalb ein Anrecht auf dein Heim.«

»Du hast das mit der Trauungszeremonie doch nicht etwa geglaubt, Schätzchen, oder? Das hätte ich jetzt aber nicht gedacht, dass du dich so leicht hinters Licht führen lässt. Hast du etwa geglaubt, Kate Carew wäre Standesbeamtin? Hast du das mit Kevin Jebb als Trauzeuge tatsächlich geschluckt? Du und ich, wir haben doch nicht mal zusammengelebt. Keine unserer so genannten Ehen wurde vollzogen. Du bist bloß eine Freundin, die ich bei mir aufgenommen habe, als sie kein Dach über dem Kopf hatte. Aus reiner Herzensgüte.«

Zillah starrte ihn fassungslos an. Es hatte ihr die Sprache verschlagen.

»Ich gebe allerdings zu, dass du mit gutem Grund eine Art Unterhalt von mir erwartest. Und deshalb habe ich den Vormittag damit verbracht, mit einer Maklerin über den Erwerb einer Immobilie zu verhandeln. Außerdem hatte ich eine nette Unterhaltung mit dem Besitzer. Deshalb bin ich so spät dran. Und ich bin froh, dass wir handelseinig werden konnten. Ich hab Willow Cottage für dich gekauft. Freust du dich denn nicht?«

Als Zillah zu schreien anfing, sah Eugenie zu ihr hoch und sagte: »Mummy, also bitte! Ich hör ja den Fernseher gar nicht.«

28

Ein Zeitungsjunge fand Eileen Drings Leiche am Sonntagmorgen um Viertel vor sieben. Er war erst sechzehn und bekam einen Riesenschock. Die Leiche befand sich noch auf der Bank, auf der Eileen sich zur Nacht niedergelassen hatte. Einmal abgesehen von dem Blut, mit dem ihre Kleider und die Decke, in die sie sich gehüllt hatte, durchtränkt waren, sah sie aus, als schliefe sie. Vielleicht war sie im Schlaf erstochen worden und hatte es gar nicht gemerkt.

Der Polizei war sie bekannt. Die Identifizierung ging problemlos vonstatten. Seit einigen Jahren hatte sie ein Zimmer in der Jakarta Road, einer Seitenstraße der Mill Lane in West Hampstead, für das das Sozialamt von Camden aufkam, hatte sich jedoch selten dort aufgehalten, sondern lieber die Straßen durchwandert und zumindest im Sommer lieber im Freien genächtigt. Am liebsten hielt sie sich in Kilburn und Maida Vale und der Sport- und Freizeitanlage in Paddington auf. So weit nach Westen war sie, soweit bekannt war, noch nie gekommen. Doch man wusste, dass Eileen Blumen liebte; sie war einmal dabei beobachtet worden, wie sie im Eingang eines leeren Gebäudes, einer ehemaligen Bank, an der Ecke Maida Vale und Clifton Road geschlafen hatte. Die Stelle befand sich in unmittelbarer Nähe des Blumen- und Pflanzenverkäufers, der seinen Stand immer morgens dort aufschlug, und vielleicht hatte sie sich diesen Platz ausgesucht, um morgens bei Nelken- und Rosenduft zu erwachen. Die Stelle, an der der Tod sie ereilt hatte, die Bank, auf der sie nun lag, befand sich direkt vor einem halbmondförmigen Blumenbeet, das zurzeit mit roten, weißen und rosa Geranien bestückt war, zwischen denen die Abfälle von Mahlzeiten und Getränken lagen, die auf der Straße verzehrt worden waren.

Es dauerte nicht lange, bis man festgestellt hatte, dass das Messer, mit dem sie erstochen worden war, demjenigen, mit dem Jeffrey Leach getötet worden war, sehr ähnlich war. Ähnlich, aber nicht damit identisch. Möglicherweise gehörte es zu einem Set, das zur gleichen Zeit gekauft worden war. Die Gerichtsmedizin ist inzwischen so weit fortgeschritten, dass Ermittler Form und Größe einer unter diesen Umständen verwendeten Waffe ganz präzise bestimmen können: die Kerben, falls vorhanden, auf der Klinge, jede auch noch so winzige Unebenheit auf der Klingenoberfläche, denn das Messer selbst ist einzigartig. Man wusste also, dass es nicht das bewusste Messer war, sondern sein Pendant.

Das Motiv für den Mord an Jeffrey Leach lag noch im Dunkeln, wogegen das Motiv für diese Tat zunächst offenkundig schien. Die Reisetasche, die Eileen bei sich hatte und die unter ihrem Kopf lag, enthielt normalerweise eine Decke, eine Strickjacke und einen Schal, eine Dose Sprudelgetränk – sie war strikte Abstinenzlerin –, ein Sandwich oder auch zwei sowie ihr Rentenbuch. Sie war leer. Geld hätte ebenfalls vorhanden sein sollen, denn Eileen hatte am Tag davor die Rente für zwei Wochen abgehoben und nur einen kleinen Betrag für Lebensmittel und Getränke ausgegeben. Begeht jemand für hundertvierzig Pfund einen Mord? Bei der Mordkommission weiß man, dass es schon für die Hälfte getan wird, für ein Viertel, für den Preis von zehn Gramm Haschisch.

Andererseits war man sicher, dass Eileen dem Killer von Jeffrey Leach zum Opfer gefallen war und finanzieller Gewinn keine Rolle gespielt hatte. Gab es also, einmal abgesehen von der großen Ähnlichkeit der Tatwaffen, irgendwelche Verbindungen zwischen den beiden Opfern? Wie wäre es mit West Hampstead?

Leach hatte vor seinem Tod ein halbes Jahr dort gewohnt. Die Jakarta Road lag zwei Straßen entfernt von der Holmdale Road, zwei Parallelstraßen, aber durch eine andere Straße, die Athena Road, miteinander verbunden. Obwohl sie erst noch herausfinden mussten, ob Eileen sich je in der Holmdale aufgehalten hatte, wusste man bei der Polizei von West Hampstead – das Revier lag in der Fortune Green Road –, dass die Athena Road zu Eileens Lieblingsplätzchen zählte. Zweimal schon hatte man sie verscheucht, als sie sich in irgendeinem Vorgarten auf dem Rasen zwischen den Blumenbeeten zum Schlafen niedergelegt hatte. Hatte sie in den Gärten in der Holmdale Road dasselbe ausprobiert und dort ihr Nachtlager aufgeschlagen?

Der Sonntag war verstrichen, ohne dass Jims auch nur ein Wort an sie gerichtet hätte. Er blieb zu Hause, hüllte sich aber in Schweigen. Es war, als hätte es ihm plötzlich die Sprache verschlagen. Bis sie es selber erlebte, hätte Zillah es nicht für möglich gehalten, dass jemand sich so verhalten konnte: nicht einfach nur nicht zu sprechen, sondern so zu tun, als wäre er allein auf weiter Flur. Sie und die Kinder hätten genauso gut leblose Gegenstände oder Möbelstücke sein können, so viel Beachtung schenkte er ihnen. Fast als wären sie unhörbar und unsichtbar geworden, und es hätte sie kaum überrascht, wenn er sich auf der Suche nach einem Sessel, in den er sich niederlassen konnte, auf eines von ihnen gesetzt hätte.

Diese Taktik des Ignorierens stimmte sie – gegen ihren Willen und ihren festen Entschluss – versöhnlich. Sie machte ihm ein schönes Mittagessen mit Rührei und Räucherlachs mit Salat, bot ihm die Speisen an und schenkte ihm ein Glas Wein ein. Er nahm keinerlei Notiz davon, sondern ging in die Küche und kam mit einem selbst belegten Sandwich und einem Bier zurück, das er direkt aus der Dose trank. Sie ertappte sich dabei, wie sie ihn wehmütig ansah, und zwang sich, den Kopf wegzudrehen. Den Nachmittag verbrachte er an seinem Schreibtisch, offenbar mit Briefeschreiben. Unwillkürlich musste sie denken, wenn er nur eine andere sexuelle Neigung hätte, dann könnte sie ihn verführen, ihn mit ihren Reizen betören. Gleichzeitig war ihr aber auch klar, wenn er anders gewesen wäre, wäre sie gar nicht erst mit ihm zusammen gewesen.

Ungefähr um fünf rief Moon & Stars Television an. Eugenie ging dran und meldete sich mit dem Satz, den sie immer sagte, wenn Zillah nicht zuerst ans Telefon gelangte.

»Sie ist nicht zu sprechen.«

Zillah riss ihr den Hörer aus der Hand. Die Frau am anderen Ende der Leitung wollte nur sagen, man könne morgen früh nun doch keinen Wagen schicken. Sie könne aber natürlich auf eigene Faust herkommen, wenn sie wolle. Zillah, die irgendwie das Gefühl hatte, nicht mehr die große Attraktion zu sein, wollte eigentlich schon, war sich allerdings nicht mehr so sicher. Jedenfalls willigte sie ein. Es bedeutete, dass sie um fünf Uhr morgens aufstehen musste, aber es würde sich lohnen. Sie konnte sie bezaubern, sie konnte ihr Publikum betören. Gleich darauf läutete wieder das Telefon. Es war die Putzfrau von Nummer neun, um zu sagen, sie könne morgen nun doch nicht auf die Kinder aufpassen.

Zillahs Blick fiel auf Jims, der anscheinend gerade seine Briefe unterschrieb. Sie scheute sich, ihn zu fragen. Sie würde die Kinder einfach in der Wohnung lassen. Er war schließlich da, und wenn sie Glück hatte, wachten sie erst auf, wenn sie wieder zurückgekehrt war. Eugenie würde ihren Bruder doch nicht einfach schreien lassen, oder?

Um fünf nach halb sechs schaltete Jims die Nachrichten ein, schaute sich in aller Seelenruhe die Meldungen an über Überschwemmungen in Gujarat, anhaltende Kämpfe in Simbabwe und den Mord an einer alten Frau in Kensal Green, bevor er sich selbst sah, erst mit hochrotem Gesicht, dann die Schamesröte hinter der Aktenmappe verbergend, wie er aus der Haustür in Fredington Crucis House trat. Die Kinder schauten es an, und Zillah ebenfalls, wobei sie gelegentlich ängstliche Blicke in Jims Richtung warf. Jetzt war er nicht rot angelaufen, sondern noch weißer geworden. Die Bilder waren zwar nicht neu, sie waren bereits am Vorabend gesendet worden, doch jetzt folgten Kommentare aller möglichen Parteigrößen, zum Beispiel des Vorsitzenden der Konservativen von South Wessex, der tapfer behauptete, er habe vollkommenes Vertrauen in Mr. Melcombe-Smith und in dessen Fähigkeit, alle noch offenen Fragen sehr bald klar beantworten zu können.

»Wieso kommt mein Stiefvater im Fernsehen?«, wollte Eugenie wissen.

Keiner gab ihr eine Antwort. Das Telefon klingelte, Jims hob ab, legte wortlos wieder auf und zog den Stecker heraus. Genervt verzog Zillah sich in ihr Schlafzimmer, die Kinder nahm sie mit. Jordan hatte angefangen zu wimmern.

Sie kleidete sich mit größter Sorgfalt an. Wenn sich aus diesem Interview wirklich eine echte Arbeit ergeben sollte, wenn sie dadurch berühmt wurde und ihre eigene Fernsehsendung bekam, bräuchte sie London nicht zu verlassen und wieder ins Willow Cottage zu ziehen. Jims hatte – am Samstagabend, als er der Sprache noch mächtig war – in fiesem, sarkastischem Tonfall gesagt, das Cottage würde ihr jetzt sehr gefallen, durch die Renovierung habe es sehr gewonnen. »Besonders die hübsche, moderne Einbauküche«, fügte er hinzu, als wäre sie die Art von Gerede gewohnt. Es würde ihr aber nicht gefallen, und keine zehn Pferde würden sie dorthin zurückbringen.

Sie zog ihr weißes Lieblingskostüm an, dazu eine korallenrote Bluse, weil sie gehört hatte, dass sich leuchtende Farben im Fernsehen am besten machten. Ob sie sie dort schminken würden, oder erwarteten sie, dass sie es schon selbst gemacht hatte? Zillah konnte sich nicht vorstellen, in

London ohne Make-up auf die Straße zu gehen. In Long Fredington war es etwas anderes, und schon der Gedanke daran ließ sie erschauern. Sobald sie vom Fernsehen zurück und mit Jordan beim Kinderpsychiater gewesen war, würde sie sich einen Anwalt suchen und sehen, was sich machen ließ, um Jims aus der Wohnung zu klagen. Etwas musste doch möglich sein.

Es goss in Strömen. Sie ging auf Zehenspitzen aus der Wohnung und steckte den Schlüssel ins Schlüsselloch, um die Tür leise zuzumachen. Kehrtmachen, um sich einen Regenmantel oder Schirm zu holen, konnte sie nicht. Um ihr Haar und die leichten Schuhe fürchtend, flüchtete sie sich unter ein Vordach, während sie versuchte, ein Taxi heranzuwinken, mit dem Erfolg, dass andere Leute es ihr wegschnappten. Sie musste hervorkommen und wurde nass. Der Taxifahrer, der schließlich anhielt, grinste über ihre Rattenschwanzsträhnen.

Bald stellte sich heraus, dass Zillah sich ihre Sorgen hätte sparen können. Eine andere Frau, die in der Sendung auftreten sollte, sah in ihrem Trainingsanzug und dem ungeschminkten Gesicht aus, als käme sie geradewegs aus dem Bett. Die Maske kümmerte sich um alles, föhnte Zillahs Haar, putzte ihre Schuhe und frischte ihr Gesicht auf. Die andere Frau vertraute ihr an, dass sie schon seit Jahren bei dieser Art von Show mitmachte. Sie ging in kaputten Strumpfhosen hin, weil sie wusste, dass die ihr ein Paar neue gaben. Zillah war schockiert und doch hoch erfreut, diese Insidertricks zu erfahren. Inzwischen fühlte sie sich schon viel besser.

Doch als die Sendung begann und sie sie anschauen konnte, während sie mit den anderen Interviewpartnern in einem Warteraum saß, wurde ihr etwas klar, was man ihr wohl gesagt, was sie aber nicht registriert hatte: Es war eine Livesendung. Es würde keine Proben geben, keine Vorbereitung und keine Gelegenheit zu sagen, das habe sie nicht gemeint, bitte schneiden, oder können wir noch mal zurück? Die Fragen waren sehr bohrend, und sogar jemand Unerfahrenes konnte merken, dass sie nicht nett waren. Ein junger Mann, der wirklich sehr jung aussah, steckte den Kopf zur Tür herein und machte der Strumpfhosen-Frau ein Zeichen. Sie war das nächste – Zillah kam plötzlich auf den Ausdruck – »Opfer«.

Es war ein komisches Gefühl, auf den Bildschirm zu schauen und sie das Set betreten zu sehen. Zillah kam sich auf einmal naiv und ziemlich hilflos vor. Die Frau, die sie nicht erkannt hatte, entpuppte sich als Popsängerin aus den Siebzigern, die ihr Comeback versuchen wollte. Der Moderator, ein hässlicher Mensch mit Bart und jener heiseren Stimme, die ihn berühmt gemacht hatte, fragte sie, ob sie nicht glaube, für ihr Vorhaben hätte sie »ihre beste Zeit schon hinter sich«. Sie sei ja nicht gerade eins von den Spice Girls, oder? Aber vielleicht würde sie ihnen jetzt gern was vorsingen. Einen Begleiter hätten sie. Die Sängerin beantwortete tapfer die Fragen und sang nicht besonders gut. Während sie sang, kam der junge Mann wieder herein und machte dem Teenager ein Zeichen, der bei der Sendung mitmachte, weil er im Alter von fünfzehn bereits zum Studium in Oxford zugelassen worden war. Zillah käme dann als Letzte dran.

»Das Beste heben sie immer bis zum Schluss auf«, sagte ein Mädchen, das hereingekommen war, um Zillah zu fragen, ob sie noch Kaffee oder Orangensaft wolle.

Nach der Sängerin kam die Frau, die die Nachrichten verlas, dann die Wettervorhersage, dann Werbung für die weiteren Sendungen des Tages. Zillah dachte, die Sängerin käme vielleicht wieder, doch stattdessen trat der Junge auf. Er wurde von einer freundlichen Moderatorin interviewt, die ihn fast so behandelte, als hätte er den Nobelpreis gewonnen. Zwar hatte man Zillah gesagt, mit ihr würde der Mann mit der heiseren Stimme reden, doch hoffte sie insgeheim, der Plan wäre geändert worden und sie bekäme die Frau, die dem

Jungen gerade sagte, seine Familie sei bestimmt unheimlich stolz auf ihn. Dabei war er nicht einmal besonders gut, sondern schüchtern und verschlossen.

Dann wurde Zillah aufgerufen. Das Mädchen, das ihr Kaffee und Orangensaft angeboten hatte, führte sie einen Gang entlang und dann noch einen bis an eine Art Rundbühne, eine kreisrunde, teilweise verdeckte und mit Vorhängen drapierte Plattform, auf der es vor Kameraleuten, Tonleuten und Elektrikern wimmelte. In der Mitte war der hell erleuchtete Bereich gerade noch auszumachen, den sie auf dem Bildschirm gesehen hatte.

»Wenn ich Ihnen ein Zeichen gebe und den Finger so hebe«, flüsterte das Mädchen, »dann gehen Sie von hier rein und setzen sich in den Sessel gegenüber von Sebastian, okay?«

»Ja, ist gut«, sagte Zillah laut.

Sämtliche Umstehenden drehten sich zu ihr um und machten pst!, die Finger auf den Lippen. Der Rest ihres noch verbliebenen Selbstvertrauens begann zu schwinden. Ihre Absätze waren zu hoch, das war ihr inzwischen klar. Und wenn sie jetzt stolperte? Das junge Genie trat ab und die freundliche Interviewerin ebenfalls. Der Mann namens Sebastian teilte den Zuschauern mit, dass sie nun den Gast des Tages erwarteten: Zillah Melcombe-Smith, Bigamistin, Ehefrau – oder doch nicht? – des in Ungnade gefallenen Parlamentsabgeordneten James Melcombe-Smith und Witwe – oder doch nicht? – des Opfers des »Kinoschlächters«. Zillah fing plötzlich an zu frieren. Mit so einer Einführung hatte sie nicht gerechnet. Doch da hob das Mädchen, das sie hergeführt hatte, auch schon den Finger, und ihr blieb gar nichts anderes übrig, als sich auf den – wie ihr schien – längsten und langwierigsten Weg ihres Lebens bis zum Sessel gegenüber von Sebastian zu machen.

Er starrte sie an, als wäre sie irgendein exotisches Zootier, ein Okapi oder Ameisenbär. »Willkommen bei *Ein Bissen Frühstück,* Zillah«, sagte er. »Erzählen Sie uns doch, wie es sich anfühlt, wenn man gleichzeitig Witwe, Ehefrau und Bigamistin ist. Allzu vielen Frauen passiert das ja nicht, oder?«

Zillah sagte: »Nein, nein, stimmt.« Mehr fiel ihr dazu nicht ein.

»Na, dann fangen wir doch mal mit der Bigamie an, ja? Vielleicht gehören Sie ja zu den Leuten, die gegen Scheidung sind. Sie sind wohl Katholikin, wie?«

Ihre Stimme klang dünn und heiser. »Bin ich nicht.« Und wenn ihre Mutter jetzt zusah! Das fiel ihr erst in dem Moment ein. »Mein Mann – mein erster Mann – sagte, wir wären geschieden. Und mein Mann – ich meine, mein jetziger Mann – sagte es auch.« Was auch sonst kam, daran musste sie sich halten. »Ich dachte, ich wäre geschieden.«

»Aber als Sie James in der Kapelle des Unterhauses heirateten« – wie er es sagte, klang es wie der Petersdom in Rom – »sagten Sie dem Pastor, Sie seien ledig. Ein lediges Mädchen, frei und ungebunden, so ungefähr, stimmt's?«

Wieso hatte sich eigentlich bisher noch niemand darauf gestürzt? Ihre Stimme zitterte: »James – James hielt es für richtig. James sagte – ich wusste doch nicht, dass ich was falsch machte. Ich dachte, ich – ich –«

»Na, lassen wir das. Dann kam für eine Weile ja alles in Ordnung durch den tragischen Tod Ihres ersten Mannes im Kino. Eine schreckliche Sache natürlich, aber doch irgendwie genau zur rechten Zeit. Wie war Ihre Reaktion?«

Hier und jetzt bestand ihre Reaktion darin, in Tränen auszubrechen. Sie konnte nichts machen. Sie fühlte sich in die Ecke gedrängt, und der einzige Ausweg bestand darin, sich abführen zu lassen. Sie ließ sich nach vorn fallen, nur um nicht mehr in dieses furchtbare, bärtige Gesicht blicken zu müssen, legte den Kopf auf die Knie und schluchzte. Was er dann tat oder sagte, was all diese Kameramänner und Tonleute taten, wusste sie nicht. Sie fühlte, wie jemand sie an der Schulter berührte, fuhr erschrocken hoch, warf den Kopf zurück und heulte auf. Die freundliche Moderatorin nahm ihren Arm und half ihr beim Aufstehen. Zwar konnte sie es wegen des Bartes nicht recht erkennen, aber Sebastian schien zu lächeln. Hinter sich konnte sie ihn zu den Zuschauern sagen hören, der Kummer habe Zillah eben überwältigt. Während sie immer noch gefilmt wurde, tat sie das, was sie schon befürchtet hatte: Sie stolperte und wäre beinahe hingefallen. Als sie weinend und humpelnd das Set verließ, flüsterte ein Kameramann: »Das ist Super-Fernsehen! Der Traum jedes Moderators.«

Die Sendung war wirklich das Ende der Fahnenstange für Zillah. Sie fuhr mit dem Taxi nach Abbey Gardens Mansions zurück. Es war gerade einmal neun Uhr. Die Kinder saßen vor dem Fernseher, und sie erkannte den Sender, in dem sie gerade aufgetreten war.

»War das Absicht?«, fragte Eugenie. »Das mit dem Weinen und Hinfallen?«

»Natürlich nicht. Ich war ganz durcheinander.«

»Als er das mit dem tragischen Tod von deinem ersten Mann gesagt hat, was hat er denn damit gemeint?«

Zillah war überhaupt nicht auf die Idee gekommen, die Kinder könnten die Sendung sehen und auf diese Art, auf diese schreckliche Art, vom Tod ihres Vaters erfahren. Als sie in Eugenies hübsches, beunruhigtes, vorwurfsvolles Gesicht blickte, merkte sie, dass das Kind Bescheid wusste, konnte ihr aber trotzdem keine Antwort geben. *Jetzt* noch nicht, bei all dem, was sie gerade durchmachte.

»Deswegen kriegen wir ihn also nie zu sehen«, sagte Eugenie.

»Ich erklär es dir später, ich versprech's dir.«

»Dein ganzes Gesicht ist mit Wimperntusche verschmiert.«

Zillah sagte, sie würde es gleich abwaschen. »Wo ist Jims?«

»Im Bett. Er ist nicht weggegangen und hat uns allein gelassen, falls du das glaubst.«

Sie wollte das Kind zurechtweisen, dass es nicht so mit ihr

sprechen dürfe, traute sich aber nicht. Es war schrecklich, sich eingestehen zu müssen, dass man sich vor der eigenen Tochter fürchtete. Trotzdem war es so. Wie würde es erst werden, wenn Eugenie ein Teenager war? Sie würde mit ihrer Mutter noch umspringen, wie es ihr passte, sie würde das Oberkommando führen. In Willow Cottage, Long Fredington, Dorset. Zillah merkte, dass sie sich allmählich damit abfand, dorthin zurückzukehren. Einen Anwalt zu konsultieren war nicht mehr möglich. Jordan weinte mal wieder. Er hatte wahrscheinlich schon geweint, bevor sie hereingekommen war und während sie mit Eugenie gesprochen hatte, doch es war ihr überhaupt nicht aufgefallen, so sehr war sie inzwischen daran gewöhnt. In einer Stunde sollten sie beim Kinderpsychiater sein.

»Wir haben sie noch nie gesehen«, sagte Michelle entrüstet. »Wir wissen nicht, von wem Sie reden. In unserem Vorgarten hat noch nie eine alte, obdachlose Frau geschlafen.«

»Nicht obdachlos, Michelle«, sagte Mr. Gewaltverbrechen. »Sie hatte ein Zuhause. Das ist es ja gerade. Ihr Zuhause war in der Jakarta Road. Was ist mit Ihnen, Matthew? Können Sie sich an sie erinnern?«

Matthew hatte gerade an seiner Zeitungskolumne geschrieben, als die Polizei gekommen war. Sie hatten vorher nicht angerufen. Der Gedanke drängte sich auf, dass sie hofften, die Jarveys zu überraschen. Bei der Planung ihres nächsten Verbrechens oder beim Beseitigen der Tatwaffe. »Ich bin vielleicht etwas altmodisch«, sagte er, »aber es wäre mir lieber, Sie würden meine Frau und mich nicht mit Vornamen ansprechen. Da Sie es anfangs auch nicht getan haben, muss ich wohl annehmen, dass wir seitdem bei Ihnen aus irgendeinem Grund Respekt eingebüßt haben.«

Mr. Gewaltverbrechen sah ihn scharf an. »Nun, wenn das so ist, natürlich. Die meisten Klienten sagen, es schafft ein freundlicheres Verhältnis.«

»Wir sind aber keine Klienten! Wir sind Verdächtige. Aber um Ihre Frage zu beantworten, nein, ich erinnere mich nicht an Mrs. Dring. Soweit ich weiß, habe ich sie noch nie gesehen. Also, genügt das?«

»Dann würden wir gern das Haus durchsuchen.«

»Nein!«, rief Michelle, bevor ihr klar war, was sie damit sagte.

»Wir können uns auch einen Durchsuchungsbefehl besorgen, Mrs. Jarvey. Ihre Weigerung wird die Sache nur verzögern.«

»Wenn meine Frau sich einverstanden erklärt«, sagte Matthew erschöpft, »tu ich es auch.«

Michelle zuckte die Achseln, dann nickte sie. Vor einer Woche hatte sie noch geglaubt, niemand könnte ein Ehepaar wie sie beide einer Gewalttat für schuldig halten, inzwischen aber nur zu leicht begriffen, wie Mr. Gewaltverbrechen sie und Matthew einschätzen musste. Sie konnte sich bereits vorstellen, wie ihre Fotos, ihre Porträts für Verbrecheralbum oder Todestrakt in einer zukünftigen Sammlung wahrer Kriminalfälle landeten. Ein zwielichtiges Pärchen, er kadaverhaft dünn mit dem Totenschädelgesicht eines Eichmann oder Christie, ein Mensch, der seinen eigenen Hungertod in Kauf nahm und seinen Lebensunterhalt damit bestritt, über Magersüchtige zu schreiben, sie ein watschelnder Fettkloß mit einem trügerisch hübschen, zwischen Speckwülsten versinkenden Gesicht. Es tat diesem Bild, das Michelle von sich und ihrem angebeteten Gatten hatte, keinen Abbruch, dass er seit Beginn seiner Sendereihe jeden Tag ein bisschen mehr gegessen hatte und dass sie seit Beginn der Ermittlungen immer bloß ein Stückchen Obst oder eine Scheibe Hühnerfleisch geknabbert hatte. Sie betrachtete sie beide immer noch als grotesk.

Man begann mit der Durchsuchung. Vier Beamte durchkämmten das Haus. Sie sagten nicht, wonach sie suchten, und die Jarveys gaben sich nicht die Blöße, danach zu fragen.

Nach dem morgendlichen Regen war es ein warmer, sonniger Tag geworden. Sie gingen in ihren Garten hinaus, der sowohl im vorderen Teil als auch hinten lediglich aus einem von nicht blühenden Hecken umringten Rasenstück bestand, und setzten sich schweigend, aber Hand in Hand in die Gartenschaukel. Beide dachten an Fiona.

Ihre Nachbarin war wie gewöhnlich um halb neun zur Arbeit gefahren. Sorglos, fand Michelle inzwischen, denn obwohl es bei ihr und Matthew Liebe auf den ersten Blick gewesen war, konnte sie schwer begreifen, dass Fiona für einen Mann, den sie erst so kurz gekannt hatte, diese Leidenschaft empfunden haben sollte. Noch dazu für so einen Mann! Sie war einfach zur Arbeit gegangen, um für sich und ihre Kunden Geld noch und nöcher zu verdienen, ohne auch nur einen einzigen Gedanken an die Leute zu verschwenden, die sie zwar als ihre Freunde bezeichnete, aber den Verdächtigungen der Polizei ausgeliefert hatte. Sie hatte anscheinend so viel Geld, dass sie gar nicht mehr wusste, was sie damit anfangen sollte, wenn sie – wie bei ihrem letzten Treffen – davon redete, zwei der Frauen von Jeffrey Leach das zu erstatten, was sie durch ihn verloren hatten. Inzwischen nahm Michelle es ihr nicht mehr ab, dass ihr Leid tat, was sie getan hatte. Sie hätte Fiona durchaus zugetraut, dass sie, nachdem sie die Meldung über die Ermordung von Eileen Dring gestern Abend im Fernsehen gesehen hatte, die Polizei angerufen und gesagt hatte, die Jarveys hätten die Tote gekannt. Ob es denn nicht ein allzu großer Zufall sei, dass sie beide Mordopfer gekannt hätten?

Als die Durchsuchung vorbei war, gingen sie wieder hinein. Natürlich hatte man kein belastendes Material gefunden. Trotzdem sagte Mr. Gewaltverbrechen: »Wir melden uns wieder. Wir werden bestimmt noch mal mit Ihnen reden wollen.«

Michelle fühlte sich wie jemand, bei dem eingebrochen worden war. Es war nicht nur das Eindringen, sondern die

Schändung, die Entweihung. Sie stellte sich vor, wie die Beamten die Schubladen mit ihrer Unterwäsche durchwühlt und über die Größe ihrer Büstenhalter und Schlüpfer gelacht hatten. Wie sie die Röntgenaufnahmen von Matthews Wirbelsäule und Schambein gefunden hatten, die man gemacht hatte, als ein Spezialist befürchtete, seine Knochen würden allmählich brüchig. Wie sie sich beim Anblick des Albums mit ihren Hochzeitsfotos gewundert und amüsierte Blicke gewechselt hatten. Nie mehr würde sie für ihr Haus dasselbe empfinden, in dem sie und Matthew ihr Eheleben in einem solchen Hochgefühl der Freude und Hoffnung begonnen hatten. In der Küche begann sie sein Mittagessen vorzubreiten. Ihr selbst war weniger denn je nach essen zu Mute.

Er kam zu ihr herüber. »Ich liebe dich.«

»Ich dich auch, Liebling«, sagte sie. »Daran kann sich auch nie was ändern.«

»Danke«, sagte Jims, »das ist sehr nett von dir.«

Er hatte gestaunt, als Eugenie ihm eine Tasse Kaffee ans Bett gebracht hatte. Der war zwar nicht besonders gut, weil aus nicht ganz kochendem Wasser, Instantpulver und Kaffeeweißer gemacht. Dennoch war er gerührt und musste unwillkürlich denken, er und seine Stieftochter hätten – wenn die Dinge anders gelaufen wären – eines Tages vielleicht Freunde werden können. Im Gegensatz zu ihrer Mutter hatte sie nämlich Grips.

»Sie ist weg, ein Interview geben«, sagte Eugenie.

»Mal ganz was Neues.«

Eugenie lachte, und zu seiner Überraschung fiel er mit ein. Dabei hatte er gedacht, er würde nie wieder ein Lächeln zu Stande bringen. Zillah war also aus dem Haus gegangen – zweifellos, um über ihn herzuziehen – und hatte es ihm überlassen, sich um ihre Gören zu kümmern, ohne ihn vorher zu fragen. Und er würde es tun. Es blieb ihm ja nicht viel anderes übrig. Es wäre das letzte Mal.

Er hörte sie zurückkommen. Weil er sie schon so lange kannte, merkte er an der Art, wie sie die Wohnungstür zumachte und den Korridor entlangging, in welcher Stimmung sie war. Anscheinend in verzweifelter. Er blieb noch eine halbe Stunde im Bett liegen, stand dann auf und nahm ein ausgiebiges heißes Vollbad. Wohin sie mit den Kindern diesmal ging, wusste er nicht, es war ihm auch egal, doch bevor er ins Wohnzimmer herauskam, wartete er, bis die Tür zugemacht worden war und er den Aufzug hörte. Er hatte sich sorgfältig gekleidet, was er aber eigentlich immer tat. In was für ein Schlamassel war er bloß geraten, dass er von diesem Weib aus seinem eigenen Heim gejagt wurde?

Er ging ein Weilchen spazieren. Das Wetter war jetzt wunderschön, ein kräftiger Wind, der sich inzwischen gelegt hatte, hatte die Regenwolken weggeblasen, und die Sonne war herausgekommen. Er fand sich plötzlich in South Kensington vor dem Restaurant am Launceton Place wieder, wo man ihm gern ein Mittagessen servierte, obwohl er nicht reserviert hatte. Seine Gedanken wanderten von Zillah zu Sir Ronald Grasmere und den Konditionen, die sie für Willow Cottage miteinander ausgehandelt hatten, und weiter zu Leonardo. Jims hoffte, dass er kein Taxi bekommen hatte und gezwungen war, den ganzen Weg nach Casterbridge zu Fuß zurückzulegen, dass der Zug gestrichen war oder Gleisbauarbeiten am Wochenende ihn dazu genötigt hatten, einen Teil der Reise per Bus zu machen.

Ein Taxi brachte ihn wieder zurück, und die Turmuhr von Big Ben zeigte zwanzig nach zwei, als er von Westminster Hall her das Unterhaus betrat.

Zwei Nachrichten erwarteten ihn. Die vom Oppositionsführer war harsch und kalt. Kein großes Tamtam, dachte Jims. Er erwarte ihn um Punkt drei. Das war ein Befehl. Die Nachricht des Fraktionschefs war in etwas nachdenklicheren Worten abgefasst. Ob Jims so nett sei, sich bei ihm im Büro auf einen Aperitif vor dem Abendessen »einzustellen« – wieso gebrauchte eigentlich sogar seine eigene Partei diese schreckliche Ausdrucksweise? –, um »die Situation durchzugehen«? Jims warf beide Zettel in den Papierkorb, atmete tief durch, dachte daran, wie er am Samstagmorgen der Presse entgegengetreten war, und schlenderte in die Kammer des Unterhauses hinüber.

Sofort ruhten sämtliche Augen auf ihm. Das hatte er sich schon gedacht und hütete sich, die Blicke zu erwidern. Zwei Parteimitglieder saßen nicht weit von dem Platz, auf den er sich immer setzte, in der zweitletzten Reihe der Hinterbänke. Mit gespielter Nonchalance, wenn auch pochendem Herzen wollte er sich zwischen sie setzen. Der eine ignorierte ihn. Der andere, den Jims natürlich kannte, für den er aber nie freundschaftliche Gefühle gehegt hatte, beugte sich herüber und tätschelte ihm väterlich das Knie. Das geschah so unerwartet und war so verdammt *nett,* dass Jims sich grinsend bei ihm bedankte und merkte, wie etwas geschah, was ihm seit zwanzig Jahren nicht mehr passiert war: Ihm kamen die Tränen.

Sie fielen aber nicht. Dazu ließ ihnen Jims keine Chance. Er blieb zwanzig Minuten in der Kammer, tat, als lauschte er aufmerksam, hörte aber eigentlich kein Wort und stand dann auf, sah die anwesenden Parteimitglieder nacheinander an, dann den Parlamentspräsidenten (»die sterben werden, grüßen dich«) und ging zur Tür. Dort hielt er inne und warf einen Blick zurück. Diesen Anblick würde er nie wieder sehen, er wurde bereits Vergangenheit wie die verblassende Erinnerung an einen Traum.

Die zentrale Lobby war beinahe menschenleer. Gestern hatte er dem Parteivorsitzenden der Tories sein Rücktrittsgesuch und dem Fraktionschef schriftlich sein Ausscheiden aus der Fraktion mitgeteilt. Abgesehen von einer kleinen Konsultation, die er noch zu erledigen hatte, hielt ihn nun nichts mehr hier. Ein Abgeordneter, der bereits seit vierzig Jahren dabei war und alles über die Verfahrensweisen wusste, erwartete ihn mit einigen hilfreichen Hinweisen, wie er sein Mandat niederlegen konnte, in seinem Büro. Es war nicht so einfach wie der Parteiaustritt.

»Die Chiltern Hundreds«, sagte Jims.

»Schade, mein Guter, aber dieses Amt ist schon weg. Sie erinnern sich – äh, es gab da eine kleine Panne mit dem ehemaligen Abgeordneten für ...«

»Ja, richtig«, schaltete sich Jims ein. »Da ging es um Päderastie, stimmt's?«

»Kann sein. Ich halte immer von diesen Dingen so viel Abstand wie möglich.«

»Es muss doch noch andere Kronämter geben. Wie wär's denn mit Krongouverneur von Cinque Ports?«

»Ich fürchte, das hat schon Seine Königliche Hoheit der Prinz von Wales inne.«

»Natürlich.«

Eine Akte wurde gewälzt. »Es gäbe noch die Stewardship der Tolpuddle Marshes. Das jährliche Gehalt beträgt zweiundfünfzig Pence, und bei Annahme würden Sie natürlich Ihr Mandant verlieren.«

»Klingt perfekt«, sagte Jims. »Zum Schicksal der Tolpuddle Marshes wollte ich schon immer etwas beitragen. Wo liegen die eigentlich? In Wales, nicht wahr?«

»Nein, in Dorset.«

Einem Intimus gegenüber bemerkte der altehrwürdige Abgeordnete später, Melcombe-Smith habe dermaßen gelacht, dass er sich schon Sorgen gemacht und geglaubt habe, der Schock über die Erlebnisse der letzten Zeit hätte bei dem bedauernswerten Mann womöglich einen Nervenzusammenbruch bewirkt.

Jims hatte nicht die Absicht, irgendwelcher Beschimpfungen, Vorwürfe oder unverschämten Fragen wegen noch weiter dort zu verweilen. Er trat in dem Moment auf den New Palace Yard hinaus, als es von Big Ben gerade halb vier schlug, ein Ehrfurcht gebietender Klang, dem er zum ersten Mal seit

Jahren seine volle Aufmerksamkeit schenkte. Es war ein wunderschöner, sonniger, heißer Nachmittag. Was sollte er jetzt unternehmen?

Der Kinderpsychiater teilte Zillah mit, er sei außerdem auch noch Doktor der Medizin. Sie wusste nicht, wieso er es erwähnte, schließlich hatte sie Jordan ja nicht wegen eines rauen Halses den weiten Weg in die Wimpole Street gebracht. Seit sie ins Taxi gestiegen waren, hatte Jordan ununterbrochen geschrien. Kurz bevor sie abgefahren waren, hatte er sich auch noch übergeben. Kein Wunder, dachte sie und sagte es auch dem Psychiater, dass ein Kind, das dauernd schrie, auch häufig spucken musste. Eugenie, die mitgekommen war, weil sich zu Hause niemand um sie kümmern konnte, saß im Behandlungsraum in einem Sessel und trug den gequälten, zynischen Gesichtsausdruck einer enttäuschten, sechsmal so alten Frau zur Schau.

Nachdem er mit Jordan gesprochen oder es jedenfalls versucht hatte, meinte der Psychiater, er würde ihn nun gern noch kurz untersuchen. Zillah, in dieser Hinsicht durch und durch ein Kind ihrer Zeit und sowieso schon nervlich angegriffen, dachte sofort an sexuellen Missbrauch, nickte jedoch nur kläglich. Jordan wurde ausgezogen und untersucht. Nach zwei Minuten hatte der Psychiater ihn wieder hingesetzt und ihm einen kleinen Klaps auf die Schulter gegeben. Während er ihn mit einer Decke zudeckte, sagte er zu Zillah: »Das Kind hat einen Leistenbruch. Sie müssen da natürlich noch einen anderen Arzt zu Rate ziehen, doch es würde mich sehr wundern, wenn es nicht das wäre, was ihm zu schaffen macht. Auf der anderen Seite scheint sich übrigens noch einer zu bilden.« Er warf ihr einen, wie sie es deutete, bösen Blick zu. »Wenn er geschrien und gespuckt hat, dann quält er sich schon sehr lang damit herum. Die Schmerzen setzen erst ein, wenn die Hernie einen kritischen Zustand erreicht hat. Womöglich ist sogar was eingeklemmt.«

In Zeitungen folgt auf eine tolle Story immer eine gewisse Zeit der Ernüchterung. Die Spannung lässt sich einfach nicht halten. Eine umwälzende Enthüllung wurde auf die Welt losgelassen, man könnte auch Fortsetzungen schreiben, doch manchmal sind sie unbrauchbar, da der Hauptprotagonist entweder tot ist oder vor Gericht steht oder abgängig ist. Etwas muss aber gefunden werden, um die Lücke zwischen Schock, Triumph und dem nächsten erstaunlichen journalistischen Paukenschlag zu füllen. Natalie hatte Jims zwar »geoutet« und seinen Mantel der Verschwiegenheit zerfetzt, scheute jetzt jedoch davor zurück, noch viel mehr über ihn zu schreiben, solange er offenbar noch des Mordes an Jeff Leach verdächtigt wurde. Die Zeit war gekommen, um mit einer Geschichte über Jeffs Leben aufzuwarten, einem Verzeichnis aller seiner Frauen. Bisher waren lediglich seine Frau und die Frau, mit der er zusammengelebt hatte, namentlich bekannt geworden. Der absolute Clou wäre die Bekanntgabe der Tatsache, dass sie selbst zu seinen Liebhaberinnen gezählt hatte. Sie besaß in dieser Hinsicht keinerlei Hemmungen, und ihr Freund war da genauso kaltblütig wie sie. Doch wen sollte sie in ihrer Story sonst noch herausbringen?

Sie hatte oft an das »komische kleine Ding« gedacht, von dem er beim Mittagessen bei ihrem letzten Treffen gesprochen hatte, eine Frau mit einem merkwürdigen Namen. Er hatte sie Polo genannt und gesagt, sie wohne in der Nähe des Friedhofs von Kensal Green. Es wäre vielleicht keine schlechte Idee, diese Frau ausfindig zu machen. Ein Interview mit Fiona Harrington war unerlässlich und vielleicht auch eines mit Natalies direkter Vorgängerin. Ihr war vollkommen klar, dass es nicht Jeffs Exfrau gewesen war, sondern eine Frau namens – sie versuchte eine Weile vergeblich, sich an den Namen zu erinnern. Er würde ihr schon noch einfallen. Als sie noch zusammen waren, hatte Jeff ihr oft genug von ihr erzählt, meistens voller Verbitterung.

War sie Restauratorin gewesen? Oder Ärztin? Oder Hauptgeschäftsführerin einer Agentur oder Wohltätigkeitsorganisation? Sie würde ihre Erinnerung an Jeffs Bemerkungen über diese Frau und die paar Sätze, die er über »Polo« gesagt hatte, im Hinterkopf behalten. Es bestand kein Grund zur Eile. Eines Tages würde sie sich in das ganze Durcheinander vertiefen, und vielleicht kämen da einige interessante Dinge ans Licht.

29

In der Wohngegend um die Stelle, an der Eileen Dring gestorben war, wurden Haus-zu-Haus-Befragungen durchgeführt. Polizeibeamte statteten den Wilsons einen Besuch ab, gingen aber gleich wieder, als sich herausstellte, wer Laf war. Er hatte ihnen schon von dem Theaterbesuch erzählt, den er am Samstagabend mit seiner Frau und der Freundin von nebenan gemacht hatte, und seinen Bericht bis Sonntagabend eingeschickt, gleich nachdem er aus dem Radio von Eileens Tod erfahren hatte. Darin beschrieb er, wie er und Sonovia und Minty die alte Frau am Sonntagmorgen um fünf vor eins noch gesund und munter und wach gesehen hatten. Dem Superintendenten, der die Ermittlungen in dem Fall leitete, teilte er auch noch andere Einzelheiten mit – ließ über Mintys seltsames Verhalten auf der Heimfahrt in der U-Bahn, über ihre Halluzinationen und Selbstgespräche jedoch nichts verlauten. Sie sei schließlich eine Freundin, sagte er später zu Sonovia, und über eine Freundin redete man nun einmal nicht hinter deren Rücken. Man erzählte beispielsweise nicht, dass sie zu viel getrunken hatte.

Als sie das erste Mal bei ihr klingelten, war Minty in der Arbeit. Sonovia hatte es ihnen zwar immer wieder gesagt, doch sie kamen trotzdem. Als niemand aufmachte, gingen sie zum nächsten Haus, und Gertrude Pierce kam an die Tür. Sobald sie ihr gesagt hatten, wer sie waren und was sie wollten, rief sie nach ihrem Bruder. »Dickie, drüben an der Ecke haben sie eine Frau ermordet.«

An zwei Stöcken humpelnd, erschien Mr. Kroot. Sein sowieso schon bleiches Gesicht verlor noch mehr an Farbe, und er musste sich setzen. Gertrude Pierce gab ihm etwas zum Inhalieren und noch etwas zum Einnehmen für seine Angina Pectoris, und die Polizeibeamten überlegten schon, ob er jetzt tot vor ihnen umfallen würde. Kurz darauf hatte er sich aber wieder gefangen. »Die Frau nebenan sollte man mal untersuchen, ob sie zurechnungsfähig ist«, sagte er mit seiner zittrigen alten Stimme. »Ein komisches Huhn ist das. Die und ihre Tante, die haben seit zwanzig Jahren kein Wort mit mir geredet.«

»Stimmt, Dickie«, bekräftigte seine Schwester. »Hätte mich nicht gewundert, wenn sie *mich* ermordet hätte.«

Jims war mit dem Taxi in die Park Lane gefahren. Dort suchte er sich ein renommiertes Maklerbüro, übergab die Wohnungsschlüssel von Abbey Gardens Mansions und die von Fredington Crucis House und erteilte den Auftrag zum Verkauf der beiden Immobilien. Sein Assistent würde sich um alles kümmern. Er habe die Absicht, auf unbestimmte Zeit ins Ausland zu verreisen.

Diese Idee für seine Zukunft war ihm ganz spontan gekommen. Er hatte eigentlich gar keine konkreten Pläne und sah kaum über die unmittelbare Gegenwart hinaus. Er schlenderte bis zum Hyde Park Corner und beschloss dann, weil er gelesen hatte, dass Abgeordnete, die in Nord-London lebten, das zu tun pflegten, zu Fuß über die Rasenflächen nach Westminster zurückzukehren. Früher hatte man die ganze Strecke von Bayswater durch den Hyde Park, Green Park und St. James' Park zurücklegen können, fast ohne jemals den Fuß auf Stein oder Asphalt zu setzen. Obgleich das nicht mehr möglich war, gelang es ihm, über den Rasen und unter Bäumen hindurch bis zum Buckingham-Palast zu gehen, und nachdem er ein paar breite Hauptverkehrsstraßen überquert hatte, befand er sich wieder in einem kühlen, belaubten Paradies. Niemand erkannte ihn, niemand glotzte ihn an. Er dachte daran, dass er Zillah nun nie wieder zu Gesicht bekommen müsste. Er dachte über die gewaltigen Geldsummen nach, die ihm nach dem Verkauf seiner Häuser zufallen würden, ungefähr in der Größenordnung von drei Millionen Pfund. Jims brauchte das Geld zwar nicht, er hatte genug, doch war es schön zu wissen, dass es da war und dass noch mehr hereinkommen würde.

Nach einer Weile betrat er die Brücke, die sich über den See spannt, und blickte, in deren Mitte innehaltend, vom Buckingham-Palast zu seiner Rechten bis zu Whitehall, dem Paradeplatz und dem Auswärtigen Amt zu seiner Linken hinüber. Es hatte sich in hundertfünfzig Jahren nicht sehr verändert, abgesehen vom neu errichteten London Eye, dem mächtigen Riesenrad, das mit seinen Speichen und den wie große Glasperlen wirkenden Kapseln silbern glänzend hinter Downing Street über den Himmel rollte. Die Sonne glitzerte auf dem Wasser, die Trauerweiden warfen lange Schatten, Schwäne glitten unter der Brücke hindurch, und die Pelikane versammelten sich auf ihrer Insel. Doch hatte die Idee vom Abschied in seinem Kopf schon Gestalt angenommen. Er hatte *tatsächlich* vor, ins Ausland zu gehen. Er würde vielleicht erst nach Jahren wieder zurückkehren. Wie lang würde es dauern, bis er diese Aussicht wiedersah?

Als er sich erneut in Bewegung setzte, fiel ihm eine Geschichte ein, die er einmal gehört hatte. Darin ging es um einen Kämmerer an einem orientalischen Hof, der, nachdem er in Gegenwart des Herrschers unabsichtlich einen Wind hatte abgehen lassen, so von Scham überwältigt wurde, dass er unverzüglich die Flucht ergriff und sieben Jahre lang durch die Lande zog. Jims dagegen empfand überhaupt keine Scham, sondern wollte schlicht dem Streit, den Vorhaltungen, Nachfragen, Spekulationen und der Notwendigkeit, sich zu verteidigen, aus dem Weg gehen. »Müssen?«, sagte Königin Elizabeth I. »Spricht man so zu Fürsten?« Nun, er verbat sich Wörter wie »warum« und »erklären« und »rechtfertigen«. Heute Abend würde er aufbrechen. Den Wagen müsste er natürlich seinem Assistenten dalassen, damit der ihn irgendwo unterstellte oder verkaufte. Er wollte sich nicht damit belasten. Das Gleiche galt für seine Kleidung. Ein Gedanke ging ihm durch den Kopf: Sollte er jemals wieder einen Anzug tragen, dann allein zu dem Vergnügen, sich bewundernd im Spiegel zu betrachten. Noch lieber wäre ihm allerdings, seine Erscheinung würde von jemand anderem bewundernd betrachtet.

Marokko, dachte er, dorthin hatte es ihn schon immer gezogen, und er hatte es irgendwie noch nie geschafft. New Orleans, Santiago, Oslo, Apia – alles Orte, an denen er noch nie gewesen war. Die Politik hatte ihn zum Sklaven gemacht, ihn schuften lassen, ihm die Zeit gestohlen. Damit war jetzt Schluss. Als er von der Nordseite her in die Great College Street einbog, schlug es von Big Ben gerade fünf. Ihm war vorher noch nie aufgefallen, wie volltönend und kehlig die Glocken klangen und wie streng. Der Pförtner, der ihnen die Besorgungen gemacht hatte, stand hinter dem Empfangstresen.

»Ist Mrs. Melcombe-Smith schon wieder zurück?« Er fand, dass er das geschickt formuliert hatte.

Der Pförtner sagte, sie sei soeben wieder ausgegangen. Um mit »Master Jordan« einen Arzttermin in der Harley Street wahrzunehmen, nehme er an. Wo sonst auf der Welt wurde ein dreijähriges Kind noch so tituliert, sinnierte Jims, außer an diesem winzigen Fleckchen England, London, Westminster, in der Umgebung des Parlaments? Schade eigentlich. Er mochte diese feudalen Gebräuche, deren Überbleibsel er bald hinter sich lassen würde.

Nicht ganz überzeugt, betrat er verstohlen die Wohnung und – nachdem er sie wie erhofft leer vorgefunden hatte – packte einige unentbehrliche Gegenstände, dazu seinen Pass, in eine Reisetasche. Der Immobilienmakler hatte ihm für den folgenden Nachmittag zugesichert, die Wohnung zu begutachten. Seine Werkstatt, die seine Autoschlüssel hatte, würde ungefähr zur gleichen Zeit den Wagen abholen. Sie konnten ruhig loslegen, er wäre sowieso nicht hier. Leise ging er über die Treppe hinunter und durch die Tiefgarage hinaus auf die Straße. Dort winkte er ein Taxi herbei und bat den hoch erfreuten Fahrer, ihn nach Heathrow zu bringen. Den erstbesten Flug an einen Ort, an dem er noch nie gewesen war, würde er nehmen.

Während er sich im Taxi zurücklehnte, verflüchtigten sich all seine Sorgen, all sein Schmerz über die vernichteten Hoffnungen und seine zerstörten Ambitionen wie Rauch im Wind. Erst konnte er den Ursprung des plötzlich aufwallenden Glücksgefühls nicht recht festmachen, dann gelang es ihm: Es nannte sich Freiheit.

Minty war gerade aus der Wanne gestiegen, als die Polizei um Viertel nach sechs wiederkam. Polizisten lassen sich von Sauberkeit, Ordentlichkeit und Rechtschaffenheit wahrscheinlich fast ebenso positiv beeindrucken wie alle anderen Leute. Beinahe jeder verbindet Verbrechen doch mit Schmutz und Schäbigkeit, spätem Aufstehen und spätem Zu-Bett-Gehen, mit planlosem In-den-Tag-Hineinleben, Kopfläusen, Drogen aller Art, verstopften Abflüssen und unidentifizierbaren Gerüchen – auch mit bizarrer Garderobe, Punkfrisuren, Körperpiercing, übermäßig viel Leder, Stiefeln und anders als in Rot oder Rosa bemalten Fingernägeln.

Minty roch nach Seife und Lavendelshampoo. Ihr feines, weiches Haar in der Farbe von Löwenzahnflaum war frisch gewaschen und wirkte wie vom Winde zerzaust. Das Bad hatte ihr Gesicht nicht vom Make-up gereinigt, denn sie hatte überhaupt keines aufgelegt. Sie trug hellblaue Baumwollhosen und ein hellblau-weiß gestreiftes T-Shirt. Das Haus war nicht weniger sauber als seine Besitzerin, und die Terrassentür führte in einen ordentlichen, wenn auch etwas sterilen Garten hinaus.

Die Polizei, die gleichen zwei Beamten, die schon nebenan gewesen waren, ließen sich vom Geschwafel eines paranoiden alten Mannes nicht beeinflussen. Sie fanden Minty leicht durchschaubar und stellten fest, dass sie mit der Beantwortung der ihr gestellten Fragen keine Probleme hatte. Sie wirkte eindeutig unschuldig und war es auch, denn die einzigen alten Frauen in der Umgebung, die sie interessierten, waren Tantchen und Mrs. Lewis. Die eine war offensichtlich verschwunden, und die andere hatte sie sich selbst vom Hals geschafft. Der Name Eileen Dring sagte ihr nichts, doch als sie fragten, ob sie sich denn erinnere, sie Samstagnacht kurz vor eins auf der Bank bei dem Blumenbeet sitzen gesehen zu haben, nickte sie und bejahte, denn Laf hatte ihr gestern gesagt, er und Sonovia würden aussagen, sie hätten sie gesehen, und sie, Minty, sei bei ihnen gewesen. Eigentlich konnte sie sich gar nicht mehr so gut erinnern, was sie damals überhaupt gesehen hatte, so wütend und gleichzeitig so entschlossen war sie gewesen, als sie Mrs. Lewis endlich zu fassen gekriegt hatte. Aber wenn Laf sagte, diese Eileen Sowieso sei dort gewesen, dann bestand daran ja wohl kein Zweifel.

»Und dann sagten Sie gute Nacht zu Ihren Freunden, gingen nach Hause und vielleicht gleich schlafen?«

»Richtig. Ich hab abgesperrt und bin ins Bett gegangen.« Sie sagte ihnen nicht, dass sie sofort wieder hinausgegangen und Mrs. Lewis gefunden und sie ein für alle Mal erledigt hatte.

»Haben Sie denn in Ihrem Schlafzimmer noch aus dem Fenster geschaut?«

»Wahrscheinlich schon. Das tu ich meistens.«

»Und haben Sie jemanden auf der Straße gesehen?«

»Auf der Straße nicht, nein. Die von gegenüber, die aus dem Iran, die immer dieses schwarze Ding über sich drüber trägt, bei der waren noch alle Lichter an. So was wie die geht ja nie ins Bett.«

»Danke, Ms. Knox. Ich denke, das ist alles. Außer, Ihnen fällt noch was ein, was wir wissen sollten.«

Das tat es zwar nicht, trotzdem fügte sie noch ein paar Worte hinzu: Mord sei was ganz Gemeines, und Leute, die einen begingen, sollten hingerichtet werden. Sie sei ganz dafür, den Tod durch den Strang wieder einzuführen. Und das war's. Es hatte keinen Zweck, ihnen von Mrs. Lewis zu erzählen, sie würden ihr ja doch nicht glauben, sie wären wie Laf und Sonovia. Offenbar waren sie aber zufrieden, denn bald darauf gingen sie.

Nachdem sie an jenem Abend zurückgekehrt war, hatte sie zuallererst das Messer abgewaschen und ihre Hände gleich mit. Natürlich hatte sie danach auch noch gebadet, aber das hätte sie sonst auch gemacht, egal um welche Uhrzeit sie heimgekommen wäre. Das Messer bereitete ihr noch Sorgen. Es lag zwar wieder in der Messerschublade, ging ihr aber immer noch im Kopf herum. Den ganzen Tag hatte sie immer wieder daran denken müssen, während sie die Hemden gebügelt hatte. Es verseuchte all die anderen Messer in der Schublade, stellte sie sich vor. Dass sie es mit Spülmittel und Desinfektionsmittel abgeschrubbt hatte – so viel hatte sie verwendet, dass es im ganzen Haus danach roch –, tat nichts zur Sache. Sie würde es aus dem Haus schaffen müssen. Die Mülltonnen in der Harrow Road waren wieder einmal voll, wie sie auf dem Nachhauseweg festgestellt hatte, und bei der Vorstellung, es die Western Avenue hinauf oder den ganzen Weg bis hinunter in die Ladbroke Grove tragen zu müssen, wurde ihr mulmig. Sie dachte daran, wie es beim letzten Mal gewesen war, als sie das schmutzige Messer *direkt auf der Haut* hatte tragen müssen. So wie ihr jetzt zu Mute war, wollte sie das Messer nicht nur nicht in ihrer Nähe, sondern nicht einmal in der Nähe ihres Grundstücks, geschweige denn in ihrer sauberen Messerschublade haben. Sie wünschte es meilenweit weg. Aber brachte sie es denn über sich, es meilenweit zu tragen?

Sie würde müssen. Wie Tantchen immer gesagt hatte, dieses Leben ist eins der schwersten, aber das einzige, das wir haben. In mancher Hinsicht tat es ihr schon Leid, dass Tantchen von ihr gegangen war. Ohne Mrs. Lewis war Tantchen ganz gut zu haben. Sie leistete ihr Gesellschaft. Vielleicht käme sie eines Tages ja zurück. Minty zog die Messerschublade auf und nahm das verhängnisvolle Ding heraus. So viel hatte sie darüber nachgedacht, so groß und gewichtig ragte es in ihrem Gewissen nun auf, dass sie sich wie Macbeth einbildete, »Tropfen Bluts« auf der Klinge zu sehen und eingetrocknetes Blut in den Kerben, wo Klinge und Griff aufeinander trafen. Es war Geistersaft, kein echtes Blut. Konnte es ja nicht sein, dafür hatte sie es zu gründlich abgeschrubbt, und doch war es, als wüssten ihre Augen nichts von dem, was ihre Hände getan hatten. Mit einem leichten Aufschrei des Ekels ließ sie es zu Boden fallen. Das machte es aber nur noch schlimmer, denn nun musste sie es wieder aufheben und dann den Boden schrubben, wo es einige Sekunden lang gelegen hatte. Alles in der Schublade müsste noch einmal gewaschen und die Schublade selbst natürlich ausgewaschen werden. Es schien kein Ende zu nehmen, und sie war jetzt schon erschöpft.

Sie wickelte das Messer in Zeitungspapier ein, steckte es in eine Plastiktüte und zurrte es sich am Bein fest. Ohne zu wissen, wohin sie eigentlich wollte, verließ sie das Haus und ging die Straße hoch bis zur Harrow Road. An diesem heiteren, sonnigen Abend waren viele Leute unterwegs. Allerdings nicht in der Nähe der Bank bei dem Blumenbeet, die mit blauweißem Tatortband abgesperrt war. Minty, die so etwas noch nie gesehen hatte, nahm an, es hätte damit zu tun, dass die Stadtverwaltung das Blumenbeet säuberte und das ganze dreckige, fettige Papier, die gebratenen Fischhäute und Schokoriegelpapierchen wegräumte. War aber auch Zeit, dass das mal gemacht wurde. Manche Leute waren richtige Dreckschweine!

Ein 18er-Bus kam, und sie stieg ein. An der Kreuzung Edgware Road stieg sie in einen 6er um, der sie bis Marble Arch brachte, dann in einem 12er. In Westminster konnte sie, obwohl sie keine Ahnung hatte, wo sie war, das Glitzern der Sonne auf dem Fluss sehen. Sie ging darauf zu. Es herrschte starker Verkehr, und eine riesige Menschenmenge – hauptsächlich junge Leute, viel jünger als sie – flanierte träge über die Gehwege. Sie fotografierten die hohen Gebäude, blieben stehen, um über das Brückengeländer zu schauen. Als sie das glitzernde Wasser gesehen hatte, war sie zunächst auf die Idee gekommen, das Messer in den Fluss fallen zu lassen, doch jetzt, wo sie näher gekommen war, stellte sie fest, dass es sich schwierig gestalten würde. Womöglich war es auch noch verboten. Minty sah sich immer von zwei Katastrophen bedroht, wenn sie mit dem Gedanken spielte, etwas Ungesetzliches zu tun: Eine war der Verlust ihres Arbeitsplatzes und die andere, dass es sie Geld kosten würde. Außerdem hatte sie in letzter Zeit genau gemerkt, dass manche Leute dachten, mit ihr stimme irgendetwas nicht. Dass sie sie ansahen, als wäre sie nicht normal. Laf und Sonovia hatten sie so angeschaut, als sie in der U-Bahn mit Mrs. Lewis gesprochen hatte. Sie hatten Mrs. Lewis natürlich nicht sehen können, das war ihr schon klar gewesen. Jock hatten sie ja auch nicht sehen können. Es war eine bekannte Tatsache, dass manche Leute eben keine Geister sehen konnten. Das war aber noch kein Grund, einen zu behandeln, als wäre man verrückt. Würde sie auf die Brücke gehen und ein langes, seltsam geformtes Päckchen über die Brüstung ins Wasser werfen, dächten die Umstehenden genau das: dass sie absonderlich war, irre, verrückt.

Sie ging in westlicher Richtung weiter, wo die Menschenmenge sich verlaufen hatte bis auf ein paar Leute, die ins Atrium gingen, und noch ein paar, die auf der Treppe vor dem Millbank Tower warteten. Jetzt durfte sie sich nicht verirren. Sie musste sich dicht an eine Busroute halten. An der Lambeth Bridge bog sie in die Horseferry Road ein. Es herrschte zwar dichter Verkehr, aber die Gehwege waren menschenleer. Als sie plötzlich ganz allein und unbeobachtet neben einer Mülltonne stand, ließ Minty das Messer hineinfallen und ging rasch in Richtung Bushaltestelle davon.

Während Minty an diesem Abend in Westminster herumstreifte, erwischte die Polizei in Kensal Green zwei Jungen dabei, wie sie bei einem verlassenen Laden durchs Fenster stiegen. Früher waren dort Bergkristalle, Bachblüten und Öle für die Ayurveda-Massage verkauft worden, doch weil das Geschäft nie gut gegangen war, hatte man vor über einem Jahr zugemacht. Die Fenster an der Vorderfront waren mit Brettern vernagelt worden, die Hintertür ebenfalls. Diese führte auf einen kleinen Hof hinaus, der von einer hohen Mauer begrenzt war, der Rückseite des in der dahinter liegenden Straße befindlichen Hauses und einer behelfsmäßigen Konstruktion aus Spanplatten, Wellblech und zwei Türen aus einem Abrisshaus. Obwohl der Hof nur über einen schmalen Durchgang erreicht werden konnte, der von einem Tor versperrt war, häufte sich darin der Müll – Dosen und zerbrochene Flaschen, Zeitungen und Kartoffelchipstüten. Schräg über die hintere Tür war ein Brett genagelt, ein weiteres Brett quer darüber, ein kleines Fenster war jedoch unvernagelt geblieben und inzwischen längst eingeworfen worden. Der einzige gesetzestreue Mieter unter den zwölf Parteien des Hinterhauses hatte die Jungs durch dieses Fenster einsteigen sehen und bei der Polizei angerufen.

Es waren Kinder, beide unter zehn. Als die beiden Beamten sie fanden, saßen sie gerade oben in einem dunklen, kleinen Loch von einem Zimmer, wo sie eine Kerze angezündet und ein kunterbuntes gehäkeltes Schultertuch auf den Boden gebreitet hatten. Dieses diente ihnen sowohl als Sitzgelegenheit und Schutz vor dem rauen, mit Splittern übersäten Holzfußboden wie auch als Tischdecke. Wie für ein Picknick waren eine Dose Fanta, zwei Dosen Cola, zwei Cheeseburger, zwei Päckchen Zigaretten, zwei Äpfel und eine Schachtel belgische Pralinen darauf angerichtet. Obwohl es draußen noch warm war, herrschte hier drinnen Kälte, und der jüngere der beiden hatte sich einen Wollschal um den Hals gewickelt. Von den beiden Beamten erkannte keiner das Stück, doch einer erinnerte sich, dass aus der Reisetasche, die man neben der Toten gefunden hatte, ein langer, roter Schal fehlte. Er war ein so typisches Merkmal von Eileen Drings Wintergarderobe gewesen, dass viele Leute sie daran erkannten. Sie holten die beiden Jungs aus dem Haus und brachten sie nach Hause.

Zunächst wollte keiner verraten, wo er wohnte. Das Problem war, dass der Polizei die Vernehmung von Kindern unter sechzehn nur dann gestattet ist, wenn ein Elternteil oder Erziehungsberechtigter dabei ist. Nachdem er von seinem Freund reichlich gestupst und gekickt worden war, rückte einer von ihnen schließlich doch Namen und Adresse heraus und ziemlich trotzig dann auch Namen und Adresse des anderen. Kieran Goodall war in einem zur Hälfte abgerissenen Genossenschaftsbau in College Park zu Hause, Dillon Bennett in einem Sozialwohnungsblock am Ufer des Grand Union Canal. Als sie die Adresse an der Kreuzung Scrubbs Lane und Harrow Road erreichten, war niemand zu Hause, doch der fast neunjährige Kieran hatte einen Schlüssel. Die Wohnung war verdreckt, unaufgeräumt und mit Obstkisten, zwei uralten Ledersesseln und einem Kartentisch möbliert. Es roch nach Haschisch, und in einer Untertasse lagen die zentimeterlangen, noch mit Klammern fixierten Überreste zweier Joints. Die Beamtin blieb bei Kieran, während ihr Kollege telefonisch Verstärkung anforderte und dann Dillon nach Hause fuhr.

Als er in der Kensal Road ankam, erwarteten ihn bereits zwei Beamte vom Morddezernat. Dillons Mutter war zu Hause, ebenso ihr halbwüchsiger Freund, ihre vierzehnjährige Tochter, zwei Männer in den Zwanzigern und ein etwa anderthalbjähriges Kleinkind. Bis auf das Baby tranken alle Gin und spülten mit Bier nach, die Männer spielten Karten. Ms. Bennett war zwar ganz schön besoffen, erklärte sich jedoch bereit, Dillon und die Beamten in das Schlafzimmer zu begleiten, das er sich – wenn er dort schlief – mit seiner Schwester, dem Baby und einem dreizehnjährigen Bruder teilte, der gerade nicht da war.

Dillon, der im Wagen kein Wort gesagt und Kieran das Reden überlassen hatte, beantwortete die ersten Fragen, die ihm gestellt wurden, mit »Weiß ich nich« und »Weiß nich mehr«. Als man ihn aber fragte, was er und Kieran mit dem Messer gemacht hätten, schrie er so laut, dass alle zusammenfuhren, das hätten sie in einen Gully geschmissen.

Drüben in College Park war inzwischen Verstärkung eingetroffen. Zusammen mit der Kollegin und Kieran warteten sie. Es gelang ihnen nicht, mit Kieran zu reden, und er sagte ihnen nichts. Sie schwiegen und fragten sich: War es möglich, dass diese beiden Kinder Eileen Dring für ein Schultertuch, einen Schal, ein Dosengetränk und 140 Pfund umgebracht hatten?

Es war Lafs Geburtstag, und die ganze Familie hatte sich in der Syringa Road versammelt. Julianna war da, ihr Semester war gerade vorbei, und Corinne war mit ihrem neuen Freund gekommen. Daniel und Lauren hatten ihre Tochter Sorrel mitgebracht sowie die frohe Nachricht, dass Lauren schwanger war. Der jüngste Spross der Wilsons, Florian der Musiker, wollte nach dem Abendessen auch noch vorbeischauen.

Es erhob sich die nicht unerhebliche Frage, ob Minty eingeladen werden sollte oder nicht. Wegen der Arbeitszeiten aller Beteiligten musste die Party abends stattfinden. Minty wäre also zu Hause.

»Ich dachte, die Familie soll unter sich bleiben«, hatte Sonovia gesagt.

»Für mich zählt Minty zur Familie.«

»Wenn ich dich nicht in- und auswendig kennen würde, Lafcadio Wilson, würd ich manchmal denken, du bist in Minty verknallt.«

Laf war schockiert. Als Mensch mit strengen Moralvorstellungen war er auch schon über die kleinste Andeutung von Ehebruch entsetzt. Sein schlimmster Albtraum *(nach* vorzeitigem Ableben) war, dass eines seiner Kinder sich scheiden lassen könnte. Reichlich verfrüht, wie Sonovia immer meinte, da bisher erst eines verheiratet war. »Sei nicht so ekelhaft«, sagte er streng. »Du weißt, wie ich solches Gerede hasse.«

Sonovia merkte es immer, wenn sie zu weit gegangen war. Ziemlich eingeschnappt sagte sie: »Es ist *dein* Geburtstag. Mach, was du willst. Vielleicht willst du Gertrude Pierce ja auch noch einladen.«

Ohne sich zu einer Antwort herabzulassen, brachte Laf die Zeitung nach nebenan und lud Minty zu seiner Party ein. Sie antwortete auf ihre übliche Art, ohne Begeisterung, ohne sich zu bedanken: »Na gut.«

»Es ist nur die Familie da, aber für uns gehörst du dazu, Minty.«

Sie nickte. Es war, als fände sie, diese Dinge stünden ihr rechtmäßig zu, dachte er. Doch sie offerierte ihm eine Tasse Tee und die Art von Keks, bei dem ihm unwillkürlich das Adjektiv »sauber« einfiel, so blass, dünn und trocken war das Ding. Eigentlich wie Minty selbst. Er hatte sich letzthin ziemliche Sorgen gemacht, weil sie anscheinend Dinge sah, die nicht da waren, und mit unsichtbaren Leuten redete. Nun war sie ganz ruhig, wie ein ganz normaler Mensch. Und als sie auf die Party kam, war sie genauso, sagte zu allen fröhlich »Hallo«, griff, wenn auch zögerlich, bei Sonovias opulentem kaltem Büfett zu, und als Florian eine Stunde früher als erwartet auftauchte, begrüßte sie ihn mit: »Ah, ein Fremder! Dich hab ich ja schon lang nicht mehr gesehen.«

Die Unterhaltung wandte sich dem Mord an Eileen Dring zu. Damit hatte Laf schon gerechnet und gehofft, es ließe sich vermeiden. Er weigerte sich daran teilzunehmen und fand, seine Kinder sollten Besseres zu tun haben, als über Gerüchte zu spekulieren, nach denen der Hauptverdacht entweder auf ein Ehepaar in West Hampstead fiel oder zwei Kinder die Schuld trugen. Er lenkte Daniel ab, indem er auf das Problem zurückkam, das er vor Wochen bereits mit Sonovia erörtert hatte. Seither hatte er immer wieder einmal darüber nachgedacht, ohne zu einem Schluss zu kommen. »Mal angenommen, man bringt jemanden um, ohne zu wissen, dass es ein Unrecht ist? Ich meine, wenn man zum Beispiel die fixe Idee hat, jemand wäre nicht der, der er ist, sondern – nun ja, Hitler oder Pol Pot oder so jemand, und bringt ihn um. Wäre das nun unrecht oder nicht?«

»Wie kommst du denn darauf, Dad?«

Warum stellen einem seine – höher als man selbst gebildeten – Kinder eigentlich immer diese Frage, wenn man es einmal wagte, etwas Ungewöhnliches zu sagen? Warum dachten sie immer, ihre Eltern seien hirnlose Idioten? »Ich weiß nicht«, sagte er. »Ich hab in letzter Zeit oft drüber nachgedacht.«

»Die Frage ist: Wusste derjenige, was er getan hat«, fragte Corinne, »und wenn ja, wusste er, dass es unrecht war?«

»Häh?«, machte Laf.

»Das ist ein Test, den sie Angeklagte machen lassen.«

»Und ist es nun unrecht?«

»Heutzutage würde man den Betreffenden von einem Psychiater untersuchen lassen. Und wenn dem Angeklagten nicht klar wäre, was er getan hat, würde man ihn in eine Klinik für geisteskranke Straftäter stecken. Ich dachte eigentlich, das wüsstest du, Dad. Du bist doch Polizist.«

»Weiß ich ja auch«, meinte Laf ziemlich genervt. »Ich frag ja nicht, ob er ein Verbrechen begangen hat. Mit Verbrechen kenne ich mich aus. Ich will wissen, ob das, was er getan hat, *unrecht* wäre. Was man früher Sünde nannte. Moralisch unrecht.«

Er wandte sich seiner jüngeren Tochter zu, die ihrer Unterhaltung gelauscht hatte, da sie Interessanteres bot als das Gespräch, das ihre Mutter mit Minty über das Thema Sprühstärke führte. »Du studierst doch Philosophie, Julianna. Du solltest die Antwort wissen. Wäre es unrecht?«

»Das ist nicht Philosophie, Dad. Das ist Ethik.«

»Okay, aber wäre es unrecht? Wäre es Sünde?«

Julianna sah aus, als wäre ihr der Ausdruck peinlich. »Mit Sünde kenne ich mich nicht aus. Erst wenn einem bewusst ist, dass man gegen den eigenen Moralkodex verstößt, wird es unrecht. Also, ein Azteke, der ein Kind opfert, um seine Gottheit gnädig zu stimmen, würde das, was er tut, für richtig halten, weil es im Einklang mit seinem Moralkodex steht, aber der katholische Eroberer fände es unrecht, weil es gegen den seinen verstößt.«

»So etwas wie absolutes Unrecht gibt es also nicht? Es kommt immer darauf an, wann und wo man lebt?«

»Na ja, und ob man schizophren ist oder nicht, würd ich meinen«, sagte Daniel.

Zur allgemeinen Überraschung ergriff Minty das Wort. »Mord ist unrecht«, sagte sie laut. »Es ist immer unrecht. Man nimmt einem anderen das Leben. Da gibt's kein Herumdeuteln.«

»Also, von allen düsteren Themen, mit denen man auf einer Geburtstagsparty anfangen kann«, sagte Sonovia, »ist das hier die Krönung. Mach noch eine Flasche Wein auf, Laf, ich bitte dich.« Sie stand am Fenster, wohin sie sich begeben hatte, als alle sich um Laf und sein ethisches Problem geschart hatten. »Minty«, rief sie aus. »Schau mal her. Nebenan steht ein Krankenwagen. Das ist bestimmt wegen Mr. Kroot.«

Obwohl mitten im Sommer, war es inzwischen ziemlich dunkel und regnete, aber alle drängten sich ans Fenster, um die Sanitäter herauskommen zu sehen, nicht mit einer Tragbahre, sondern einem Rollstuhl, in dem der alte Mann saß, eine Decke auf den Knien und eine zweite über dem Kopf.

»Herzinfarkt oder Schlaganfall«, sagte Sonovia. »Sucht's euch aus. Könnte beides sein.«

Julianna ging gerade mit frisch eingeschenkten Weingläsern herum, als es an der Haustür läutete. Der Sanitäter, der davor stand, übergab Sonovia einen Schlüssel und sagte: »Er meint, ob Sie vielleicht seine Katze füttern? Im Schrank seien Dosen.«

»Was ist denn mit ihm los?«

»Keine Ahnung. Muss man erst noch untersuchen.«

Um Mitternacht kam Kieran Goodalls Mutter Lianne schließlich nach Hause. Obgleich ihr wegen ihrer Abwesenheit gar keine Vorhaltungen gemacht wurden, war sie offenbar der Ansicht, Angriff sei die beste Verteidigung. Zuerst teilte sie den Beamten mit, sie sei gar nicht Kierans Mutter, sondern seine Stiefmutter, könne für sein Benehmen also nicht verantwortlich gemacht werden. Seine Mutter habe sich schon vor Jahren aus dem Staub gemacht, und sein Vater sei, nachdem er Lianne geheiratet hatte, ebenfalls abgehauen. Sie und Kieran hätten hier die letzten fünf Jahre zusammen gewohnt, ohne gegenseitige Ansprüche. Vielleicht war sie seine Erziehungsberechtigte, aber niemand habe sie dazu ernannt, es habe sich einfach so ergeben. Die Antwort auf ihre Frage »Was hat er denn ausgefressen?« hatte sie gar nicht erst abgewartet, sondern gleich eine Schimpftirade gegen das Sozialamt vom Stapel gelassen, das ihn ja nur zu gern bei ihr »abgeladen« und nicht mal den Versuch gemacht habe, seine leiblichen Eltern ausfindig zu machen. Als sie erfuhr, dass aus Eileen Drings Reisetasche Geld fehlte, das man bei Kieran und Dillan gefunden hatte, sagte sie, solchen verrückten Alten solle man doch verbieten, große Geldsummen mit sich rumzuschleppen. Das sei doch eine Versuchung für die Kids. Dann wurde Kieran nach dem Messer gefragt. Er habe es in einen Abfallkorb geschmissen, sagte er und kreischte dabei vor Lachen.

»Wenn du eins von meinen Messern genommen hast, Kieran«, sagte seine Stiefmutter, »dann kriegst du von mir aber so was von den Arsch voll.«

Eine halbe Meile weiter in der Kensal Road hatte Dillon Bennett seine Bemerkung widerrufen, sie hätten das Messer in einen Gully geworfen. Mittlerweile saß er, eng an seine Schwester gequetscht, die den Arm um ihn gelegt hatte, in einem der lädierten Ledersessel und teilte seinen Befragern mit, Eileen Dring sei schon tot gewesen, als er und Kieran auf sie gestoßen seien.

»Woher wusstest du denn, dass sie tot war, Dillon?«

»Sie war doch voller Blut. Eimerweise. Da musste sie ja tot sein.«

Sein Kopf fiel zur Seite, und er schlief ein.

30

Michelle hatte den Eindruck, dass sie Mr. Gewaltverbrechen vergeblich erzählt hatte, sie und Matthew würden den Ort kaum kennen, an dem sich der Mord ereignet hatte. Dieser Teil von London war für sie unbekanntes Territorium. Wie alle Londoner hatten sie von dem Friedhof gehört, aber das war auch alles.

»Und ziehe ein ins Paradies«, zitierte Matthew, »über den Friedhof von Kensal Green.«

Sie lächelten etwas verlegen zu ihm hinüber, doch hatte Michelle den Eindruck, die Beamten glaubten ihr nicht. Ein Alibi? Das hatten sie für diesen Mord genauso wenig wie für den im Kino. Wie immer konnten sie sich gegenseitig eines verschaffen, doch was nutzte das? Sie hatten im Bett gelegen und geschlafen.

Als die Polizei diesmal kam, war Matthew gerade aus dem Studio zurückgekehrt, wo er die erste Folge der neuen Staffel für seine Sendung aufgenommen hatte, und Michelle war dabei, in der Küche Minze für die Sauce klein zu hacken. Matthew hatte solche sagenhaften Fortschritte gemacht, dass er – obwohl er natürlich kein Lamm essen würde, wozu Minzsauce normalerweise gereicht wurde – diese Beilage immer lieber auf Kartoffeln mochte und letzte Woche sogar einen klitzekleinen Yorkshirepudding verspeist hatte. Mit starrem Blick fixierte Mr. Gewaltverbrechen das Messer in Michelles Hand, ein gewaltiges Ding wie ein Fleischerhackmesser, mit dem man jemanden nur töten konnte, indem man ihm den

Kopf abhackte. Trotzdem hatte sie es gleich hingelegt und zusammen mit der Minze mit einem Stück Küchenkrepp zugedeckt, als fühlte sie sich des Verbrechens schuldig, dessen man sie offenbar bezichtigte.

Wie meistens in letzter Zeit hatte sie in dem Essen, das sie zubereitet hatte, nur ein wenig herumgestochert. Matthew hatte für seine Verhältnisse dagegen bei den Kartoffeln und der Minzsauce herzhaft zugegriffen, dazu mehrere Scheiben Hühnchen und danach noch Crème Caramel verspeist. Vor einem halben Jahr hätte er sich beim Anblick von Crème Caramel noch übergeben. Er erzählte von der Sendung und dass sich die erste Folge darauf konzentrierte, welch wohl tuende Wirkung es auf einen Magersüchtigen ausüben konnte, wenn er eine neue Aufgabe im Leben fände, Geld verdiente und Leute kennen lernte, und führte sich selbst als Beispiel an. Obwohl Michelle ihn immer noch mit den gleichen Augen ansah wie damals den dünnen jungen Mann, in den sie sich verliebt hatte, war doch auch ihr bewusst, wenn sie sich bemühte, ihn von außen zu betrachten, dass er ganz anders auftrat als noch vor einem Jahr. Die Frage nach dem Bild, das sich eine Frau von anderen und auch von sich selbst machte, interessierte sie. Ihr war inzwischen klar, dass sie sich immer als dick wahrgenommen hatte, als Kind, als Teenager, all die Jahre hindurch, in denen sie eine normale Figur gehabt hatte, und selbst jetzt, wo sie doch so viel abgenommen hatte. Hatte Matthew sich immer so ausgemergelt gesehen?

Sie ging nach oben und stieg auf die Waage. Die zeigte einen so drastischen Gewichtsverlust an, dass es bei jemandem, der den Grund dafür nicht kannte, beängstigend gewesen wäre. Sie stieg herunter und betrachtete sich im Spiegel und versuchte, den »Blick von außen« auszuprobieren. Bis zu einem gewissen Grad gelang es ihr auch, und für kurze Zeit blickte sie die Frau von vor zwanzig Jahren an, eine Frau mit nur einem Kinn, mit Taille und einem Bauch, der zwar nicht gerade flach war, mit dem sie aber auch nicht mehr aussah, als wäre sie im siebten Monat schwanger. Sobald sie sich abwandte, war die dicke Dame wieder da. Doch was machte das schon? Das war doch alles nichts gegen die Tatsache, dass sie in zwei Mordfällen als Verdächtige galten.

Matthew war beim Geschirrspülen. Besser gesagt, er war bereits beim Abtrocknen. Die Frau im Spiegel, auch wenn sie nicht mehr so ganz an sie glaubte, als ihr Spiegelbild wieder verschwunden war, hatte Michelle dennoch die Art von Selbstachtung vermittelt, die sie schon lange nicht mehr gekannt hatte. Sie erbebte förmlich, als ihr klar wurde, was es war: Vertrauen in die eigene Sexualität. Sie legte von hinten die Arme um Matthew und schmiegte ihre Wange an seinen Rücken. Er wandte sich lächelnd um. Seit Jahren hatte sie diesen besonderen Ausdruck nicht mehr in seinem Gesicht gesehen. Er legte die Arme um sie und küsste sie so wie damals bei ihrer zweiten Begegnung, und mit einem freudigen und doch schmerzlichen Zittern begriff sie, dass er ihr nach all den Jahren des Schreckens wieder den Hof machte.

Jims hatte alles arrangiert, vom Schreiben seines Anwalts mit der Aufforderung, Zillah habe Abbey Gardens Mansions bis zum Ende der Woche zu verlassen, bis zu dem Umzugswagen, der am Freitagmorgen Punkt acht Uhr vor der Tür stand. Ein weiterer Brief, diesmal von Jims selbst und im kühlsten Ton gehalten, teilte ihr mit, dass sie den Wagen behalten könne. Er würde für Jordans Privatoperation in einer Kinderklinik in Shaston aufkommen. Sir Ronald Grasmere würde ihr aus alter Freundschaft gestatten, Willow Cottage schon vor dem endgültigen Verkaufsabschluss zu beziehen. Den Vertrag habe er bereits unterzeichnet.

Ein Mann, der sich als Jims' Assistent bezeichnete (er schien wirklich viele zu haben) kam herein und etikettierte jedes Möbelstück in der Wohnung mit »ins Lager« oder »für Long Fredington«. Sogar Zillah musste zugeben, dass Jims sie höchst großzügig ausgestattet hatte. Inzwischen hatte sie sich damit abgefunden, dass ihre Träume vom Ruhm als Fernsehstar und vom feinen Leben zu Ende waren, von Gartenpartys im Buckingham-Palast, von der königlichen Loge in Ascot und Kreuzfahrten auf der Yacht eines Adligen. Es war vorbei, und nun ging es hart auf hart. Diesmal würde es jedoch anders laufen. Ihr angeborener Optimismus meldete sich zurück: Sie hatte das Auto. Sie hatte eine riesige Garderobe mit lauter neuen Sachen. Willow Cottage war nicht mehr vom bösen Gutsherrn gemietet, sondern gehörte *ihr.*

Als sie mit den Kindern das Haus betrat, fand sie es sogar noch besser, als man es ihr beschrieben hatte. Im ganzen Haus gab es Teppichboden und Vorhänge, in Bad und Küche war alles neu mit goldenen Armaturen und Arbeitsflächen aus Marmor, in sämtlichen Zimmern waren Einbauschränke, und es gab einen riesigen Fernseher mit Videogerät. Mit einer gewissen Begeisterung arrangierte sie die Möbel und bezog die Betten. Sie ging ans neue Telefon und rief ihre Mutter an.

Eugenie beäugte das Ganze ziemlich unbeeindruckt. »Mir hat es vorher besser gefallen.«

»Mir aber nicht«, erwiderte Zillah.

»Ich will Titus.« Durch die Schmerzmittel war Jordan zwar etwas benebelt, hatte aber aufgehört zu weinen. »Ich will Titus und Rosalba und Daddy.«

Zillah und Eugenie sahen sich an wie zwei gleich alte Frauen. »Vielleicht bringt Annie Titus und Rosalba später vorbei.«

Annie kam später zwar nicht vorbei, dafür aber jemand anderes. Um acht klopfte es hinten an der Küchentür, kurz nachdem Zillah Jordan ins Bett gebracht hatte. Sie hatte keine Ahnung, wer dieser hoch gewachsene, recht gut aussehende Mann Mitte Fünfzig sein könnte, und starrte ihn verlegen lächelnd an.

»Ronald Grasmere. Ich wohne in dem großen Haus oben, bin ein Kumpel vom alten Jims.«

Zillah stellte sich nur mit ihrem Vornamen vor. Sie war

sich etwas unsicher, wie ihr Nachname nun eigentlich laute-te. »Sir Ronald, bitte kommen Sie doch rein.«

»Sagen Sie ruhig Ronnie zu mir. Das machen alle. Ich habe Ihnen ein paar Erdbeeren aus dem Garten mitgebracht und die letzten Spargel. Nicht mehr so wie vor einem Monat, aber immer noch essbar.«

Das also war ihr Bösewicht, der Slumvermieter, der Armeleuteschinder, das Faschistenschwein, wie Jerry Leute seines Schlages zu ihrer Studentenzeit immer genannt hatte. Die Erdbeeren, die er mitgebracht hatte, waren leuchtend rot, glänzend, taufrisch und fest, ganz anders als das, was in den Geschäften in Westminster verkauft wurde. Eugenie erschien in ihrem Bademantel.

»Es ist nichts zu trinken da«, sagte Zillah. »Sie könnten eine Tasse Tee haben.«

Sir Ronald lachte. »Ich glaube, da irren Sie sich, meine Liebe. Schauen Sie mal in den Schrank da.«

Gin, Whisky, Wodka, Sherry, mehrere Flaschen Wein. Zillah schnappte nach Luft.

»Schauen Sie nicht mich an! Ich habe damit nichts zu tun. Dieser Knabe vom alten Jims hat das organisiert, als er letztens hier war. Na, wie gefällt es Ihnen? Nicht übel, was, auch wenn ich das selbst sage.«

Der Bettelbrief, der zusammen mit dem Werbeprospekt eines Restaurants in der West End Lane und ihrer monatlichen Abrechnung von American Express bei Fiona durch den Briefschlitz flatterte, war von einer Frau, von der sie noch nie gehört hatte, einer gewissen Linda Davies. Sobald sie begriff, worum es sich handelte, knüllte sie ihn erschrocken zusammen und wollte ihn schon wegwerfen. Da fiel ihr der Entschluss aber wieder ein, den sie gefasst hatte, als sie in der Zeitung über Jeffs Vergangenheit gelesen hatte. Langsam und mit gewissem Missbehagen fischte sie ihn wieder heraus, strich ihn glatt und las ihn vollends zu Ende.

Linda war eine der Frauen, mit denen Jeff zusammengelebt und die er ausgenutzt hatte. Sie nannte es »ausgeplündert«. Sie habe eine Hypothek auf ihre Wohnung in Muswell Hill aufgenommen, schrieb sie, damit sie zusammen ein Geschäft gründen könnten. Bald nachdem sie ihm das Geld ausgehändigt hatte, war er verschwunden. Dann folgte der Bericht über eine Serie von Katastrophen: Linda Davies verlor ihren Job, kämpfte sich ab, um ihre inzwischen enorme Hypothek abzahlen zu können, erkrankte am chronischen Erschöpfungssyndrom. Über Fiona hatte sie in der Zeitung gelesen und dass sie mit Jeff zusammengelebt hatte, als er gestorben war, dass sie wohlhabend und erfolgreich war. Das Einzige, worum sie bitte, seien eintausend Pfund, damit sie ihre Schulden bezahlen und neu anfangen könne.

Fiona wurde förmlich schlecht, als sie es las. Jeffs Niederträchtigkeit schien keine Grenzen zu kennen. Wie vielen Frauen hatte er sonst noch Unrecht zugefügt? Eine davon hatte womöglich den Mord an ihm verübt. Während der polizeilichen Ermittlungen hatte sie nie darüber nachgedacht, wer Jeff getötet haben mochte. Sie hatte der Polizei die Namen einiger möglicher Feinde genannt, aber ohne große Überzeugung. Es war ihr gleichgültig. Wenn sie sich die Frage überhaupt gestellt hatte, dann hatte sie sich irgendeine zwielichtige Gestalt als Schuldigen vorgestellt. Inzwischen dachte sie, es hätte vielleicht eine von diesen Frauen sein können.

Doch als es einen zweiten Todesfall gab, eine alte Frau, die auf die gleiche Art umgebracht worden war, änderte sie ihre Meinung. Es musste jemand gewesen sein, der oder die beide Opfer gekannt hatte. Und auf wen passte diese Beschreibung besser als auf eine Frau aus seiner Vergangenheit? Auf wen besser als auf sie selbst? Unverzüglich rief sie Mr. Gewaltverbrechen an, sobald sie darauf gekommen war und bevor er Gelegenheit hatte, sie ins Visier zu nehmen. Linda Davies erwähnte sie aber nicht.

Inzwischen hatte die Polizei Kieran Goodall und Dillon Bennett als Eileen Drings mögliche Killer ausgeschlossen. Sie waren allerdings nützliche Zeugen. Ihre Lügengeschichten über die Art, wie sie das Messer losgeworden waren, mochten voneinander abweichen und sich stündlich ändern, doch das, was sie über den Zeitpunkt ihres Eintreffens am Schauplatz des Mordes und das dort Gesehene getrennt erzählt hatten, stimmte bis ins Detail überein. Sie waren Samstagnacht um halb zwei dort eingetroffen, eine Tatsache, die beiden bekannt war, da Dillon seine neue Armbanduhr trug. Diese Uhr bot Anlass zu weiteren Spekulationen, die vorerst jedoch außen vor bleiben mussten, da es Wichtigeres zu verhandeln gab. Sie war, wie wohl nicht extra erwähnt zu werden brauchte, gestohlen, obwohl Dillons Stiefmutter schwor, sie hätte sie ihm vor einem Monat zum Geburtstag geschenkt. Woher die Uhr auch stammte, jedenfalls hatte sie genau halb zwei Uhr angezeigt. Beide Jungen hatten darauf geschaut. Durch die vielen Videos hatten sie gelernt, wie wichtig es war, am Schauplatz eines Verbrechens die genaue Uhrzeit festzustellen, und dass es sich hier um ein Verbrechen handelte, wussten sie, wenn sie sich auch nicht fürchteten. Ein weiterer interessanter – und erschreckender – Aspekt war, dass keiner von beiden etwas dabei fand, mitten in der Nacht auf der Straße unterwegs zu sein. Nächtliche Streifzüge waren für sie ganz normal. Den halben Tag über schliefen sie, und die Schule schwänzten sie meistens.

Nachdem Kieran und Dillon Eileen Drings Kopf angehoben und gemerkt hatten, dass er sich warm anfühlte und nicht steif, hatten sie die Tasche hervorgezogen, sie auf den Gehweg entleert und sich den Inhalt unter den Nagel gerissen. Das Geld war ein unverhoffter Glücksfall. Sie nahmen alles außer Eileens Strickjacke, für die sie keine Verwendung hatten, und schafften ihre Beute in den verlassenen Laden, wo sie einen Unterschlupf hatten, den sie als ihr »Lager« bezeichneten. Wenn sie in jenen frühen Morgenstunden irgendjemanden auf der Straße gesehen hatten, hatten sie nicht darauf geachtet oder wollten es nicht sagen. Die Polizei war fertig mit ihnen. Jetzt war das Jugendamt am Zug.

Die beiden Polizeibeamten saßen bei Fiona im Wohnzimmer und ließen sich von den Begegnungen erzählen, die sie im Lauf der Jahre mit Eileen Dring gehabt hatte. Zu spät begriff Fiona, was sie anrichtete, indem sie freiwillig Informationen preisgab, die andernfalls wohl unentdeckt geblieben wären. Allmählich schien diesen beiden Beamten zu dämmern, dass hier eine Hauptverdächtige vor ihnen saß, eine Frau, die mit dem einen Opfer zusammengelebt hatte und Freundin und Wohltäterin des anderen gewesen war.

»Sie wollen damit sagen, sie hat manchmal in Ihrem Garten geschlafen?«

»Nein, ich hab ihr aber meinen Schuppen angeboten. Bloß – mir war dabei ganz schrecklich zu Mute. Ich dachte, vielleicht hätte ich sagen sollen, sie soll hereinkommen und im Haus schlafen, und das sagte ich ihr dann auch. Aber sie meinte, sie hätte ja ein eigenes Zimmer, wenn sie eins wollte. Drinnen zu schlafen passte ihr aber nicht, und meinen Schuppen wollte sie auch nicht.«

»Warum haben Sie ihr diese Angebote gemacht, Miss Harrington?«

»Sie tat mir eben Leid.«

»Haben Sie ihr je Geld gegeben?«

»Sie war doch keine Bettlerin.«

»Das vielleicht nicht, aber hat sie je versucht, Geld von Ihnen zu bekommen?«

Wollten sie damit etwa andeuten, Eileen habe sie erpresst? Fiona fühlte sich in einer Falle gefangen, die sie sich selbst gestellt hatte. Sie konnte sich an verschiedene Anwandlungen von weltfremdem Idealismus erinnern, hier und da eine Hand voll Kleingeld oder einen Fünfpfundschein, und wie entrüstet Jeff gewesen war.

»Obwohl Jeff sagte, ich solle ihr nichts geben, tat ich es manchmal doch. Ich versuchte, es nicht hier in der Nähe zu tun. Ich gab ihr Geld, wenn ich ihr irgendwo begegnete – bei einem Blumenladen oder so. Sie hat mir viel von sich erzählt. Ihre Kinder waren bei einem Feuer ums Leben gekommen. Sie selbst hat man retten können. Darüber hat sie wohl den Verstand verloren. Seither war sie wunderlich.«

An den Mienen der beiden erkannte sie, dass sie damit nichts Neues sagte. Sie wollten wissen, ob sie über ihre Aktivitäten in der Nacht von Samstag auf Sonntag Rechenschaft ablegen könne, doch sie konnte bloß sagen, sie habe im Bett gelegen. Mit Jeffs Tod, sagte sie, habe das lange Aufbleiben und abendliche Ausgehen für sie aufgehört. Sie sagten, sie solle in ihrer Bank anrufen und Bescheid sagen, dass sie nicht käme, dann forderten sie sie auf, mit aufs Polizeirevier zu kommen. Sie war zu entsetzt, um sich zu wehren, zu verdattert, um auch nur eine Erklärung zu verlangen. Dort saß sie dann einige Stunden lang auf einem harten Stuhl in einem Vernehmungsraum, beantwortete eine ganze Latte von Fragen und überlegte dabei hin und her, wie sie beweisen konnte, dass sie Samstagnacht zu Hause gewesen war.

Dann kam sie auf die Antwort – oder jedenfalls eine Antwort. Sie hatte nicht schlafen können. Seit Jeff gestorben war, schlief sie nicht mehr gut und sorgte sich allmählich wegen ihrer Abhängigkeit von Schlaftabletten. Nacht für Nacht versuchte sie ohne eine auszukommen und musste fast immer nachgeben. So war es auch am Samstag gewesen. Irgendwann nach Mitternacht, fast eine Stunde später musste es gewesen sein, war sie aufgestanden und ans Fenster gegangen und hatte, während sie durchs Zimmer ging, gehört, wie im Nachbarhaus eine Tür geschlossen wurde. Das war alles, was man je hörte: wenn eine Tür geschlossen wurde oder ein Licht ein- oder ausgeschaltet wurde. Und als sie einen Vorhang beiseite schob, sah sie das Licht in Michelles und Matthews Schlafzimmerfenster ausgehen. Es hatte ein helles Rechteck auf den Rasen vor ihrem Haus geworfen, ein Licht, das dann abrupt gelöscht wurde, sagte sie zu Mr. Gewaltverbrechen.

Und merkte sofort, dass man ihre Worte anzweifelte. »Wir wollen mal sehen, ob uns das jemand aus der Nachbarschaft bestätigen kann.« Damit wären Sie und diese Jarveys aus dem Schneider, konnte sie sie förmlich denken hören. Sie verschränkte die Hände, fast wie zum Beten. Wenn sie den Schaden wieder gutmachen könnte, den sie Michelle und Matthew zugefügt hatte, wäre sie so glücklich, als hätte sie sich selbst entlastet.

Nebenan einen Besuch zu machen, nachdem man sie hatte gehen lassen, weckte neue, ungerechtfertigte Schuldgefühle. Sie hatte den Verdacht, dass sie von der Polizei beobachtet wurde. Wer zum Beispiel war dieser Junge auf der anderen Straßenseite? Er schien nicht älter als achtzehn, war aber vermutlich fünfundzwanzig. Er saß auf einem Gartenmäuerchen und war anscheinend in die Lektüre des *Standard* vertieft. Fiona dachte, er könnte ein Polizist sein, der dazu abgeordnet war, ihr nach Hause zu folgen und zu sehen, was sie machte. Sie sah über die Schulter zu ihm hinüber, als Michelle die Tür aufmachte. Bestimmt dachte er, sie und die Jarveys heckten zusammen irgendeine Verschwörung aus.

Als Michelle hörte, wie es Fiona ergangen war, verspürte sie eine klammheimliche Freude darüber, dass ihre Nachbarin, die ihr und Matthew so viel Ärger eingebrockt hatte, nun in der gleichen prekären Lage war wie sie. Und schon während sie es dachte, schalt sie sich wegen ihrer Gemeinheit. Es war so völlig anders als das Gefühl, das sie noch vor einem Monat für Fiona gehegt hatte. Michelle nahm Fiona bei der Hand und küsste sie tröstlich auf die Wange, doch es war kein Trost. Matthew machte eine Flasche Wein auf, und Fiona trank ihr Glas gierig aus.

»Das ist sicher ein Beschattungspolizist.«

Michelle trat ans Fenster. Dabei merkte sie, wie leicht es ihr inzwischen fiel, sich von den weichen Kissen zu erheben und leichtfüßig zu schreiten. »Das ist kein Polizist«, sagte sie. »Das ist der Neffe von der Frau, die dort wohnt. Er hat keinen Schlüssel und wartet darauf, dass sie heimkommt.«

»Ihr glaubt doch nicht, dass ich Jeff oder Eileen was angetan habe?«

Michelle gab keine Antwort. Matthew war es, der immer tapfer und frei von der Leber weg sagte, was er dachte. »Du hast geglaubt, *wir* hätten es getan.«

Fiona sagte nichts. Sie trat zu Michelle ans Fenster und blickte nachdenklich auf die Straße hinaus. Plötzlich wirbelte sie herum und sagte: »Ich hab einen Bettelbrief bekommen. Von einer Frau, die Jeff – der Jeff Geld abgeknöpft hat.« Michelle legte ihr sanft die Hand auf die Schulter. »Ach, ich weiß ja, wie er war. Ich hab viel gelernt, seit er tot ist. Sie will tausend Pfund.«

»Du gibst es ihr doch hoffentlich nicht«, sagte Matthew. »Schließlich bist du nicht für sie verantwortlich.«

»Ich *tu's* aber. Das hab ich gerade eben beschlossen. Ich kann's mir leisten. Ich werd's nicht mal merken.«

31

Im Juli war die Mill Lane ganz anders als damals im Dezember. Vielleicht lag es auch daran, dass Zillah sich verändert hatte, denn an sich war das Wetter für die Jahreszeit recht kalt, und es war so ein Tag, an dem ein Hochdruckgebiet genauso gut kühles Dunstwetter wie warmen Sonnenschein hervorbringen konnte. Sie war gerade auf dem Rückweg vom Old Mill House, wo sie Eugenie und Jordan bei Titus zum Spielen auf dem neuen Klettergerüst gelassen hatte, um in den Supermarkt zu fahren. Jordan, der inzwischen nur noch weinte, wenn er hinfiel, sollte in vier Tagen operiert werden. Zillah trug den neuen Hosenanzug aus naturfarbenem Leinen, den sie in einer Boutique gekauft hatte, und obwohl ihr darin nicht warm war, wusste sie: Schönheit muss leiden.

Vorsichtig auf die flachen Steine in der Furt tretend, damit ihre Riemchensandalen nicht nass wurden, hob sie den Blick und sah Ronnie Grasmere die Dorfstraße herunterkommen, begleitet von einem riesigen Hund, der aussah wie ein beweglicher schwarzer Kaminvorleger. Erst dachte sie schon, der Hund würde an ihr hochspringen beziehungsweise – noch schlimmer – an ihrem Hosenanzug. Ronnie, ein Gewehr in der Hand, sagte ruhig, aber sehr bestimmt: »Platz«, ein Befehl, dem das Tier umgehend Folge leistete und sich, die Vorderpfoten ausgerichtet, den Kopf gereckt hinsetzte. Zillah war schwer beeindruckt und sagte es auch.

»Hat doch keinen Zweck, einen Hund zu haben, wenn er einem dann nicht folgt.«

Zillah nickte. Noch nie hatte sie eine so sonore, nach alter Schule klingende Stimme gehört. »Wohin des Weges, schöne Maid?«

Dem Impuls widerstehend, ihm zu sagen, sie würde melken gehen, verriet Zillah es ihm.

»Wie, müssen Sie Ihre Einkäufe denn selber machen? Ein Jammer.«

»Das tun aber doch die meisten Leute, oder?«

Seine Antwort war herzhaftes Gelächter. »Können Sie schießen?«

Sie wurde sich plötzlich des Gewehrs bewusst, das er sich so seltsam abgeknickt über den Arm gelegt hatte. Gebrochen, hieß es nicht so? »Ich hab's noch nie versucht.« Und weil sie das Gefühl hatte, er würde es von einer Frau gern hören, fügte sie hinzu: »Ich hätte ja solche Angst.«

»Aber Sie doch nicht. Ich bring's Ihnen bei.«

»Wirklich?«

»Also, ich muss mit diesem Untier jetzt Gassi gehen, muss Sie also leider verlassen. Aber hätten Sie Lust, abends mal mit mir essen zu gehen? Heute Abend?«

»Heute Abend kann ich nicht.« Sie hätte schon gekonnt, aber es war nie verkehrt, sich ein bisschen zu zieren.

»Dann also morgen?«

»Das wäre nett.« Es wäre ihr achtundzwanzigster Geburtstag.

Ronnie sagte, er würde sie um sieben abholen. Sie würden in ein kleines, einfaches Lokal außerhalb von Southerton namens Peverel Grange gehen. Zillah wusste, dass es als bestes Restaurant von South Wessex galt. Sie ging zum Willow Cottage zurück und fühlte sich so wohl wie seit Monaten nicht mehr. Annie würde vermutlich für sie auf die Kinder aufpassen oder wüsste sonst jemanden.

Von den Nachbarn in der Holmdale Road hatte keiner Fionas Geschichte bestätigen können. Als echte Londoner nahmen sie von dem, was die Leute nebenan oder gegenüber taten, kaum Notiz. Sie verlangten von ihren Nachbarn lediglich, nachts keine laute Musik zu spielen, ihre Kinder im Zaum und ihre Hunde unter Verschluss zu halten. Nur ein Paar kannte die Jarveys überhaupt mit Namen. Über Fiona wussten sie etwas besser Bescheid, deren Bekanntheit daher rührte, dass sie die Lebensgefährtin des Ermordeten gewesen war. Doch wo sie in jener Samstagnacht gewesen war, ob zu Hause oder unterwegs, konnte niemand sagen. Zum Thema Autos meldeten sie sich etwas lautstärker zu Wort. Mr. Gewaltverbrechen und Miss Delikt hatten mit Kraftfahrzeugen nichts zu tun, außer mit denen, die sie selbst chauffierten, und interessierten sich nicht dafür, dass die Benutzer der beiden U-Bahnstationen die Straßen in West Hampstead mit ihren Autos zuparkten. Wann die Verwaltung von Camden denn Anwohnerparkplätze einführen würde, war die Frage, die vier von fünf Hausinhabern stellten. Mr. Gewaltverbrechen hatte keine Ahnung und scherte sich auch nicht darum. Der Antwort auf die Frage, wo die Jarveys und Fiona Harrington sich in jener Nacht aufgehalten hatten, waren sie kein bisschen näher als am Anfang.

Die Zeitungen fragten inzwischen schon, wann der Kinoschlächter wohl erneut zuschlagen würde. Für sie wäre es einfacher gewesen, wenn die beiden Opfer keine so grundverschiedenen Typen gewesen wären, wenn es sich beispielsweise um zwei junge Frauen gehandelt hätte. Dann hätten die Storys, die sie gebracht hätten, Warnungen enthalten können, dass auf Londons Straßen kein Mädchen sicher sei. Doch was hatte ein junger, gut aussehender, wohl etablierter Mann mit einer älteren Stadtstreicherin gemeinsam, außer dass sie beide kein Geld hatten und nicht über Grundbesitz verfügten? Man wusste nur, dass dieser Killer oder die Killerin nicht rational vorging, keinem Aktionsplan folgte und es anscheinend auf keine bestimmte Kategorie von Opfern abgesehen hatte. Keine Politiker oder Anhänger der Vivisektion, Prostituierte oder reiche, alte Frauen, Kapitalisten oder Anarchisten. Welchen Profit zog der Killer aber daraus? Keinen finanziellen Vorteil, keine sexuelle Befriedigung, wiederhergestellte Sicherheit oder Befreiung von Drohungen. Die Zeitungen nannten den Mörder inzwischen schon den »blinden« oder »ziellosen« Killer.

Die Nachbarn in der Holmdale Road kannten Michelle und Matthew nur so gut, dass sie (je nach Alter) mit »Guten Morgen« oder »Hallo« grüßten, und Fiona als die Frau, die ihren Verlobten auf ganz schreckliche Weise verloren hatte. Als sie nun über das Tun dieser Leute in der Nacht von Eileen Drings Ermordung befragt wurden, veränderte das ihre Haltung gegenüber diesem nicht länger harmlosen Ehepaar und dieser nicht länger unbescholtenen jungen Frau.

Zwar wurde keine konzertierte Ächtungskampagne und keine drastische Ausweichaktion veranstaltet. Doch die Frau, deren Neffen Fiona fälschlicherweise für einen Detektiv gehalten hatte, schaute nun in die andere Richtung, wenn sie vorüberging, und der Nachbar neben ihr, der immer vom Unkrautjäten aufgeblickt und eine Bemerkung übers Wetter gemacht hatte, behielt den Kopf jetzt unten. Das rote Graffito, das plötzlich auf Fionas Torpfosten auftauchte, hatte vielleicht gar nichts zu tun mit den Morden, stand vielleicht rein zufällig dort, doch in dem Fall war es wirklich erstaunlich, welch passenden Spruch der Sprayer gewählt hatte, als er *Töte, töte* auf den Verputz sprühte.

Fiona dachte, es wäre wieder die Polizei, als es am Samstagvormittag um zehn bei ihr läutete. Sie hatte gute Lust, ihnen zu sagen, sie sollten sie doch verhaften, damit endlich Schluss sei. Sie hatte einen Punkt erreicht, an dem sie allmählich begriff, dass manche Leute falsche Mordgeständnisse ablegten, nur um in Frieden gelassen zu werden. Als sie die Tür aufmachte, stand ihr eine Frau etwa in ihrem Alter gegenüber. Sie war nicht Miss Delikt, ähnelte ihr jedoch in Figur, Alter und Kleidung. Wieder eine Polizeibeamtin?

»Guten Morgen«, sagte die Frau. »Mein Name ist Natalie Reckman. Ich bin freie Journalistin.«

Ziemlich unhöflich für ihre Verhältnisse sagte Fiona: »Und was wollen Sie?«

»Die haben Ihnen ja die Torpfosten ganz schön versaut, was?«

»Hirnlose Idioten sind das! Ich glaub nicht, dass es persönlich gemeint ist.«

»Nein? Darf ich reinkommen? Ich möchte nicht über Jeffs Ermordung reden oder was wer wem angetan hat. Ich war auch mal seine Freundin.«

»Wann?« Fionas Mund war plötzlich wie ausgetrocknet. Plötzlich durchfuhr sie eine furchtbare Angst.

»Ach, keine Sorge, das war lange vor Ihnen. Zwischen mir und Ihnen war da noch eine Frau aus Kensal Green.«

Das musste Fiona unbedingt erfahren. Sie konnte nicht widerstehen. »Kommen Sie rein.«

Obwohl das Feature über die Frauen in Jeffs Leben vorerst auf Eis gelegt worden war, hatte Natalie es sich nicht so leicht aus dem Kopf schlagen können, wie sie gehofft hatte. Es kam immer wieder hoch. Und als sie eines Morgens aus einem Traum erwachte, in dem sie dem vermissten Jims Melcombe-Smith in Guatemala hinterherjagte, fiel ihr der Name ihrer Vorgängerin wieder ein. Da war er plötzlich, absolut klar und deutlich, als wäre er ihrem Gedächtnis gar nie entfallen: Nell Johnson-Fleet, und sie arbeitete für eine Wohltätigkeitsorganisation namens Initiative Kriminalitätsopfer International oder IKOI. Da der Name Johnson-Fleet natürlich relativ selten vorkommt, fand Natalie ihre Adresse und Telefonnummer recht bald im Telefonbuch.

Irgendetwas wollte ihr dadurch vielleicht sagen, dass die Zeit reif war, sich auf diese Story zu konzentrieren. Sie rief sich jenes letzte Gespräch wieder in Erinnerung, das sie mit Jeff damals geführt hatte. Im Christopher's in Covent Garden war es gewesen, und als sie gefragt hatte, wer denn nach ihr gekommen sei, hatte er gesagt: »Ein komisches kleines Ding, wohnte gegenüber vom Friedhof von Kensal Green. Wie sie hieß, sag ich dir lieber nicht. Ich hab sie Polo genannt ...« Hatte sie eine Chance, diese Frau zu finden, weil sie Jeff so gut kannte und sie nun im Besitz dieser spärlichen Informationen war? Zunächst einmal hatte er vermutlich nicht gemeint, dass sie direkt gegenüber vom Friedhof wohnte, sondern auf der anderen Seite der Harrow Road in einer der Straßen dahinter. Natalie holte ihren Londoner Straßenatlas hervor und schlug Seite 56 auf. In der Gegend war ein heilloses Gewirr von kleinen Straßen. Statt sie der Reihe nach aufzulisten, fotokopierte sie die Seite aus dem Straßenatlas. Für zweihundert Pfund konnte man sich eine CD kaufen, auf der alle Namen und Adressen verzeichnet waren und dazu Daten über jeden einzelnen Bürger des Vereinigten Königreichs. Hatte sie jedenfalls in einem Cyberspace-Magazin gelesen. Ob ihr das etwas nützte? Sie bevorzugte immer noch das altmodische Wählerverzeichnis.

Wieso hatte er die Frau wohl Polo genannt? Er hatte diese merkwürdige Sucht nach Polo-Minzbonbons gehabt, alle paar Tage lutschte er eine Rolle weg, diese Frau musste also irgendetwas mit ihnen gemeinsam haben. Unwillkürlich musste sie an Jeffs Begräbnis denken und an den Kranz aus weißen Gartennelken, den sein Vater und diese Beryl geschickt hatten. Der hatte genau wie die Riesenausgabe eines Minzbonbons mit einem Loch in der Mitte ausgesehen. Minzbonbon, dachte sie, nicht vergessen, Minzbonbon, während sie die Wählerliste des Londoner Stadtbezirks Brent durchforstete.

Vielleicht sollte sie nach einer Frau namens Minton Ausschau halten. Konnte man »Peppermint« heißen? Sie blätterte eine Seite nach der anderen durch. Wahlberechtigte sind im Wählerverzeichnis nach Straßen, nicht nach Namen gelistet. Wenn sie sehr jung oder geisteskrank oder adlig war, stünde sie nicht drin, aber unter achtzehn konnte sie wohl nicht sein, oder doch? Jeff war ganz bestimmt nie scharf auf blutjunge Mädchen gewesen. Und wenn sie keine britische Staatsbürgerin war, stünde sie auch nicht drin. Natalie hielt dies für eine Möglichkeit, während sie mit dem Finger am Seitenrand entlangstrich. In dieser Gegend siedelten sich eine Menge Einwanderer an, von denen viele auf ihre Einbürgerung warteten. Als er kurz von »Polo« gesprochen und gesagt hatte, wo sie wohnte und dass er ihr Geld schuldete, hätte er es doch sicher erwähnt, wenn sie Asiatin war oder Afrikanerin oder aus Osteuropa stammte.

Sie hatte ganz hinten angefangen, fast an der North Circular Road, der Bezirksgrenze, und hatte sich auf ihrer Suche nun der Harrow Road und dem Friedhof genähert. Nach der Syringa blieb nur noch die Lilac Road übrig, dann müsste sie sich eingestehen, mit dieser Art der Ermittlung gescheitert zu sein. Ihr Finger verharrte plötzlich am linken Seitenrand. Hier, bei Nummer 39, war etwas. *Knox, Araminta K.* Offenbar wohnte sonst niemand dort. Nur diese eine allein stehende Frau.

Vermutlich nannte sie sich »Minta«. Das wäre ein gefundenes Fressen für Jeff, dem sofort seine Polos eingefallen wären. Sie konnte es ihn förmlich sagen hören: »Ich werd Polo zu dir sagen.« Polo, Polo, Rick-Stick Stolo, Rundschwanz, Stutzschwanz, bravo, Polo. Sie lebte allein, also gehörte ihr vermutlich das Haus. Natalie erinnerte sich daran, wie Jeff sie dazu hatte bringen wollen, eine zweite Hypothek auf ihre Wohnung aufzunehmen, damit er irgendein Geschäft aufmachen konnte, von dem er ihr vorschwärmte. Inzwischen kannte sie ihn aber gut genug, um zu wissen, dass er mitnichten dieses vorhatte, sondern das Geld für Pferdewetten oder andere Frauen verprassen würde. Schuldete er dieser Polo deswegen tausend Pfund? Weil er sie dazu gebracht hatte, ihr Haus zu belasten?

Es war vielleicht ein wenig weit hergeholt. Bestimmt war

eine Frau, die in so einer Gegend wohnte, in der Syringa Road, nicht wohlhabend und konnte es sich nicht leisten, so eine Summe zu verlieren.

»Ich will das gar nicht wissen«, sagte Fiona. Sie wünschte, sie hätte diese Reckman nie hereingebeten, und war fest entschlossen, Linda Davies nicht zu erwähnen.

»Hm, nein, für mich ist es auch nicht sehr angenehm. Ich hab Jeff auch sehr gemocht. Aber ich weiß, wie er war.«

Wie ein Kind, dem man Dinge erzählt, die ihm Angst machen, hielt Fiona sich die Ohren zu. Obwohl sie sonst nicht ängstlich oder schüchtern war, fand sie diese Frau irgendwie erdrückend. Das Problem war, dass sie trotz der zugehaltenen Ohren immer noch hören konnte.

»Es waren tausend Pfund. Hat er mir selbst erzählt. Wie Sie bestimmt wissen, hat er an dem Tag, an dem er getötet wurde, mit mir zu Mittag gegessen. Ich bin sicher, diese Araminta Knox konnte sich nicht leisten, so viel Geld zu verlieren. Wohnt in einer kleinen Seitenstraße, praktisch in Harlesden. Hat er Ihnen auch Geld abgeluchst?«

»Wir hatten vor zu heiraten!«

»Glaub ich kaum, meine Liebe. Er war mit Zillah Melcombe-Smith verheiratet, geborene Watling, ehemalige Leach. Ich sag Ihnen ganz ehrlich, solange er bei mir war, hab ich alle Rechnungen bezahlt und ihn auch meinen Wagen benutzen lassen. Und ihm Taschengeld gegeben. Er nannte es zwar Darlehen, aber ich hab mir da nie irgendwelche Illusionen gemacht. Ich nehme an, bei Ihnen war es genauso. Wann dachten Sie denn, dass Ihre Hochzeit stattfinden sollte, wenn ich fragen darf?«

»Im August«, entgegnete Fiona, »und nein, dürfen Sie nicht. Und jetzt möchte ich bitte, dass Sie gehen.«

Dazu war Natalie gern bereit. Sie hatte eine Menge mitbekommen: die Einrichtung des Hauses, die Teppiche und Gemälde, Fionas Kleider und ihr allgemeines Auftreten sowie jede Menge Bekenntnisse, was sie für Jeff empfunden hatte.

»Sie sollten sich wirklich freuen«, sagte sie als letzte boshafte Bemerkung beim Abschied. »Er hat diese Araminta offenbar wegen Ihnen verlassen.«

»Wegen meines Geldes«, sagte Fiona verbittert und wünschte gleich, sie hätte es nicht gesagt.

Kaum war Natalie gegangen, fing sie an zu weinen. Seit Jeffs Tod war sie ihrer Illusionen, wie diese Frau sie genannt hatte, nach und nach beraubt worden. Bald wäre nichts mehr übrig außer ihrer nackten Liebe, so beschädigt und verletzt sie auch war. Nach einer Weile trocknete sie ihre Augen, wusch sich das Gesicht und schlug diese Araminta Knox im Telefonbuch nach. Da war sie, oder jedenfalls jemand mit dem Namen Knox, in der Syringa Road 39 in NW10. Warum sind wir eigentlich so neugierige Geschöpfe, dass uns selbst in großer Verzweiflung und Kümmernis die Neugierde dazu verführt, nach Antworten zu suchen, die alte Wunden wieder aufreißen?

Sie ging nach nebenan und kam dabei natürlich an den abstoßenden Torpfosten vorbei. Mit der informellen Benutzung der hinteren Tür war es vorbei, sicher für immer, und so musste sie eben wieder an der Haustür läuten. Sie und Michelle gaben sich zwar immer noch einen Kuss, streiften dabei aber kaum flüchtig die Wangen. »Ich wollte eigentlich nur fragen, ob ihr vielleicht auf einen Drink rüberkommen wollt. Ich muss euch was erzählen. Kommt doch!«

Das hatten sie schon lang nicht mehr gemacht. Nicht seit sie wie eine Riesenidiotin hergegangen war und der Polizei erzählt hatte, dass sie Jeff nicht leiden könnten. Michelle zögerte. Vielleicht war es etwas in Fionas Gesicht, ein flehender Blick, kaum getrocknete Tränen, was sie schließlich sagen ließ: »Also gut. Aber nur ein halbes Stündchen.«

Als sie Fionas Wohnzimmer betrat, fiel Michelle als Erstes auf, dass sich auf dem Kaminsims etwas verändert hatte. Eine teuer aussehende Urne aus Alabaster und Silber hatte sich zu der Standuhr und den Kerzenleuchtern gesellt. Sie sagte nichts. Fiona hatte Champagner kalt gestellt. »Gibt's denn was zu feiern?«, fragte Michelle.

»Nein, nichts. Wenn man richtig down ist, fährt man erst recht alle Geschütze auf, stimmt's?«

Geschickt entkorkte Matthew die Flasche, ohne einen Tropfen zu verschütten. Indem sie ihr Glas erhob, sagte Fiona: »Ich will euch um einen Rat fragen.« Sie erzählte ihnen, was sie über Araminta Knox wusste.

»Hast du der Polizei von ihr erzählt? Und von der anderen, die dir den Bettelbrief geschrieben hat?«

Fiona sah Matthew überrascht an. »Wieso sollte ich?«

»Das ist doch noch eine Verdächtige, oder? Jemand anders, die sie statt uns verfolgen können.«

»Ich hab das gemacht, was ich euch schon gesagt hab: Ich hab Linda Davies das Geld geschickt. Dadurch ist mir jetzt wohler, ein bisschen wohler.«

Während sie auf das Glas in ihrer Hand hinuntersah, in dem die Luftbläschen hochstiegen, sagte Michelle, um einen ausgeglichenen Tonfall bemüht: »Du hast ihr tausend Pfund geschickt? Du hast ihr einen Scheck geschickt?«

»Weil ich dachte, sie hat vielleicht kein Bankkonto, hab ich Scheine geschickt, Fünfzigpfundscheine, in einer gepolsterten Versandtasche. Und ich hatte das Gefühl, ich würde, äh, das Unrecht wieder gutmachen, das Jeff angerichtet hat. Ich hatte damit schon angefangen. Ich weiß nämlich jetzt, was er für einer war. Ich weiß« – sie benutzte Linda Davies' Ausdruck –, »dass er Frauen ausgeplündert hat.« Ihre Stimme schwoll an: »Und keinerlei Gewissensbisse dabei hatte. Reiche Frauen, arme Frauen, es war ihm ziemlich egal, Hauptsache, sie haben ihn ausgehalten und ihm ein Dach über dem Kopf geboten. Sein Tod war meine Rettung, nicht wahr?«

»Ach, Fiona, es tut mir ja so Leid …«

»Vielleicht war das mein Motiv, ihn umzubringen. Was meint ihr? Eine Art Rettung, zu der ich anders nicht den Mut gehabt hätte. Das Problem ist nur – ich liebe ihn immer noch, genau wie damals, als ich dachte, er wäre ehrlich und anständig.«

Nachdem sie gegangen waren, blieb Fiona noch lange sitzen und starrte die Urne auf dem Kaminsims an. Sie hatte mit dem Gedanken gespielt, Jeffs Asche irgendwo in der Nähe zu verstreuen, vielleicht auf der Rasenfläche von Fortune Green, hatte es sich nach den neuesten Enthüllungen über seinen Lebenswandel dann aber anders überlegt. Die Urne hatte sie ein kleines Vermögen gekostet, was eigentlich ziemlich komisch war, wenn man in der Stimmung war, etwas komisch zu finden. Sie nahm sie vom Kaminsims und stellte sie, auf allen Vieren kriechend, in die hinterste Ecke des dunklen Schranks unter der Treppe.

32

Nachdem Jock und seine Mutter verschwunden waren, wurde Minty etwas selbstsicherer. Die Rückkehr nach Hause geriet immer weniger zur Qual. Wenn sie jetzt nach oben ging, um sich schlafen zu legen oder ein Bad zu nehmen, fürchtete sie nicht mehr, Tantchen oder Mrs. Lewis könnten plötzlich in einem Türrahmen stehen. Tantchens Abwesenheit währte nun schon ziemlich lange. Seit Juni – oder war es Mai gewesen? – hatte sie sie nicht mehr gesehen.

Wie die Anhängerin eines alten Stammes, die ihre Gottheit freundlich stimmen wollte, stellte sie Tantchen treu und brav Blumen aufs Grab, wenngleich sie, seit sie das ursprüngliche mit einem anderen verwechselt hatte, ihre Gaben nun viel freizügiger verteilte. Ihr war jedes Grab mit einem musizierenden Engel darauf recht. Die Toten waren überall, konnten überallhin gehen, und jetzt, wo Tantchen das Haus verlassen hatte, zweifelte Minty nicht mehr daran, dass sie den Friedhof von einer Ruhestätte zur anderen durchstreifte. Allerdings war sie immer darauf bedacht, sich das Grab einer Frau auszusuchen. Tantchen, der die Ehe solches Unbehagen bereitet hatte, würde sich nie nahe bei den Knochen eines Mannes niederlegen.

Solange sie die Gewohnheit beibehielt, jede Woche Blumen zu bringen, Ranunkeln und Zinnien, Nelken und mittlerweile auch Chrysanthemen, ließe Tantchen sich sicher besänftigen. Mit einem leichtem Schaudern rief sich Minty bisweilen in Erinnerung, wie entrüstet diese schon auf diesbezügliche Versäumnisse reagiert hatte. Nie wieder! Ein Leben ohne Geister wäre ein friedliches Leben.

Es war heiß und schwül geworden. Manchmal hing dicker Dunst aus Rauch und Abgasschwaden über der Harrow Road. Alles schien schmutziger und stinkender als im Winter, und zweimal täglich zu baden wurde für Minty zur Gewohnheit. Vierzehn Monate waren vergangen, seit sie Jock begegnet war, und neun seit seinem Tode. Nachdem sie lange Zeit kaum an ihn gedacht hatte, wurde ihr bewusst, dass er ihr wieder durch den Kopf ging, und sie fragte sich, wie es wohl gewesen wäre, wenn er weitergelebt hätte. Wäre sie glücklich gewesen? Wäre sie schwanger geworden wie Josephine? Sie bekam einen ziemlichen Schreck, als sie feststellte, dass sie dann ja auch eine Mrs. Lewis gewesen wäre. Sooft sie badete, musste sie daran denken, dass er ihre Ersparnisse genommen hatte und diese dann bei seinem Tod an seine Mutter weitervererbt hatte. Was wohl inzwischen aus diesem Geld geworden war? Sie war weiter denn je davon entfernt, sich eine Dusche einbauen zu lassen, und wünschte nun, sie hätte das Geld bereits zu diesem Zweck verwendet, damit nichts da gewesen wäre, was sie Jock hätte geben können.

Dann, eines schönen warmen Morgens, der wieder einen heißen Tag ankündigte, als sie gebadet hatte und sich gerade anzog, um zur Arbeit zu gehen, hörte sie seine Stimme. Durch die Badezimmertür hindurch hörte sie, wie er ihr etwas vorsang. Diesmal aber nicht »Walk on By«, sondern »Tea for Two«.

»Tea for two and two for tea.«

Sie war so verängstigt, dass sie sich nicht muckste. Als die Worte sich wiederholten, die nächste Zeile folgte und er mit einem Lachen abbrach, brachte sie flüsternd heraus: »Verschwinde, verschwinde.«

Offenbar nahm er das, was sie sagte, zur Kenntnis, denn anstatt sich wieder an sie zu wenden, begann er mit anderen, ebenfalls unsichtbaren Leuten zu reden: mit einer Gruppe namenloser Freunde, mit Stimmen, die sie noch nie gehört hatte, die sich nicht voneinander unterscheiden ließen und die sich zu einem Gewirr von sinnlosen Wörtern fügten. Dann ging Jock dazwischen, indem er ihnen ein Minzbonbon anbot oder einen seiner merkwürdigen Witze machte, wie sie Minty sonst nirgendwo gehört hatte. Wenn sie ihn jetzt sähe, dachte sie, wäre es ihr Ende, doch sie sah ihn nicht. Sie sah überhaupt keinen von denen, und was ihr den furchtbarsten Schreck versetzte, den sie je erlebt hatte, war die plötzlich klar erkennbare Stimme, die ihm antwortete: die seiner Mutter.

Wie ihr Sohn war sie bloß für eine Weile verscheucht gewesen. Minty erschauerte, klopfte auf Holz, nein, mehr noch, hämmerte darauf wie besessen. Sie hätte wissen müssen, dass man sich Geister nicht so leicht vom Hals schaffen konnte, man konnte sie nicht erstechen und töten, so wie diese Banden echte Leute töteten. So ging das nicht. Würden sie nun ihr Leben lang bei ihr bleiben, diese Männer und Frauen, die sie nicht kannte? Jocks Familie? Diese Exfrau von ihm, seine Verwandten?

Das Eintreffen der Post, das Geklapper des Briefkastens, das dumpfe Geräusch, mit dem etwas auf den Fußabstreifer fiel, und das Krachen der sich wieder schließenden Klappe, lenkte sie ab. Eine willkommene Abwechslung, die sie, während sie sich immer noch das nasse Haar kämmte, nach unten gehen ließ. Sie bekam nicht viel Post. Meistens kamen nur Strom- und Heizungsrechnungen und Reklame von Immobilienmaklern, die ihr Häuser im noblen St. John's Woods verkaufen wollten. Wie Tantchen es gemacht hatte, wenn ein unbekannter Umschlag ankam, verbrachte sie einige Zeit damit, ihn eingehend zu begutachten, die Briefmarke zu studieren, die Handschrift zu entschlüsseln oder den aufgedruckten Text argwöhnisch zu betrachten, bevor sie den Daumen unter die Klappe des Briefumschlags schob und ihn aufmachte. Diesmal waren es wieder die üblichen Postwurfsendungen – und ein mysteriöses Päckchen. Ein dicker, gepolsterter brauner Umschlag, wie sie ihn noch nie erhalten hatte, und auf einem weißen Etikett standen ihr Name und ihre Adresse. Es hatte mehr als eine gewöhnliche Briefsendung gekostet. Vorsichtig schlitzte sie die Umschlagklappe auf und öffnete es.

Es war Geld drin. Zwanzig Fünfzigpfundscheine, mit einem Gummiband zusammengehalten. Kein Brief, keine Karte, nichts sonst. Doch sie wusste, von wem es war: von Mrs. Lewis. Die war zwar tot, doch musste es auf der Welt jemanden geben, den sie dazu gebracht hatte, es für sie zu tun, jemanden anders, den sie verfolgt und zu dem sie gesprochen hatte. Vielleicht hatte Jock noch Geschwister, er hatte nie gesagt, er hätte keine. Minty kam zu dem Schluss, dass die es gemacht hatten, ein Bruder, der das von Mrs. Lewis hinterlassene Geld geerbt hatte. Sie hatte es also nicht ignoriert, dass Minty gesagt hatte, sie solle ihr das Geld zurückgeben. Sie hatte es sich gemerkt, und als sie ihrem Sohn erschienen war, hatte sie ihn gefragt, was sie denn tun sollte.

Womöglich hatten sie darüber gesprochen, die vielen Leute, deren anonyme Stimmen im Schlafzimmer geplappert und gewispert hatten. Gib ihr das Geld zurück, Mutter, hatten sie gesagt, und obwohl sie sich dagegen gewehrt hatte und Jock vielleicht auch, hatten der Bruder und seine Frau ihr gesagt, es sei doch nur recht, das Geld zurückzugeben. Nur so ließ es sich erklären. Es war allerdings nicht alles, was Jock ihr schuldete, es waren bloß eintausend. Minty konnte hören – in Gedanken, nicht die Geisterstimmen –, wie die knauserige alte Mrs. Lewis auf der geringeren Summe bestand und ihren Sohn herumkriegte.

Mr. Kroots alte Katze lag schlafend auf einem von Sonovias Sesseln. Weil sie nie sphinxhaft aufrecht saß wie andere Katzen, sondern schlaff und ausgestreckt dalag, wirkte sie wie tot. Man musste genau hinschauen, um zu erkennen, dass sich ihre magere Flanke kaum merklich hob und senkte.

»Die ist hier eingezogen, meine Liebe.« Sonovia betrachtete die Katze mit distanziertem Blick. »Sie ist auf der Türschwelle aufgetaucht, und damit war die Sache klar. Ich muss sagen, es ist leichter, sie hier zu füttern, als in den Dreckstall rüberzugehen. Oje, oje, was für ein Gestank in der Küche, du glaubst es nicht. Was Gertrude Pierce dort die ganze Zeit getrieben hat, ist mir schleierhaft. Laf hat den alten Kerl übrigens besucht. War im Krankenhaus, mein ich. Ich hab ihm gesagt, lass doch. Was haben die denn je für uns getan, oder? Aber so ist er eben.«

»Die Vergangenheit soll man ruhen lassen«, sagte Laf, der Friedensstifter. »Also, ich weiß ja gar nicht sicher, ob er das wirklich gesagt hat, dass wir alle zurück in den Dschungel gehen sollen. Das hab ich über drei Ecken erfahren. Vielleicht ist es unterwegs verdreht worden. Dem geht's ziemlich schlecht, Minty. Ich hab ihm ein Fläschchen Scotch mitgebracht, den darf er dort drin eigentlich gar nicht haben, aber du hättest ihn mal sehen sollen. Sein ganzes Gesicht hat aufgeleuchtet. Schon schrecklich, wenn man alt und allein ist.«

»Ich bin auch allein.« Als sie es sagte, hörte Minty die Stimmen zurückkehren. Zuerst war es wie das Gemurmel einer weit entfernten Menge, dann drängelten und unterbrachen sie einander und lachten bisweilen so, dass sie kein einziges Wort ausmachen konnte. Als wären Laf und Sonovia überhaupt nicht da oder zählten nicht, sagte sie: »Na ja, eigentlich hab ich immer Leute bei mir. Hätte ich lieber nicht. Das kann einem nämlich manchmal auch zu viel werden.«

Die Wilsons wechselten einen wortlosen Blick, und Laf ging die Drinks holen. Sonovia und Minty traten in den Garten und setzten sich auf die Terrassenstühle, und Minty bewunderte die Hängekörbe ihrer Nachbarin. Der Garten war jetzt voller Dahlien und Stockrosen, und der Rasen war von der anhaltenden Dürre schon ganz gelb. Kein Lüftchen bewegte die Zweige des Kirschbaums. Der Himmel war farblos, mit einer glatten weißlichen Wolkendecke überzogen, in der sich die Sonne wie eine stumpfgelbe Lache zeigte. Laf kam mit einem Tablett heraus, auf dem hohe, mit einer bernsteingelben Flüssigkeit gefüllte Gläser standen, in der Maraschinokirschen und Apfel- und Gurkenstückchen schwammen. Im Sommer war Laf ganz verrückt nach Pimms. Stolz bot er die Getränke an und reichte ein Schälchen mit Macadamianüssen herum.

»Du frierst doch nicht etwa, meine Liebe?«, sagte Sonovia zu Minty, die gezittert hatte. Sie hatte eben Jocks Stimme sagen hören: »Ich seh schon, du bist ein altmodisches Mädchen, Polo. Solche wie dich gibt's nicht viele.«

»Das war wieder so ein Grabeshauch.« Minty scheute sich, es zu sagen. Sie zwang sich dazu, als könnte sie dadurch die Geisterstimme zwingen zu verschwinden. »Vielleicht von Tantchens Grab auf dem Friedhof drüben.« Sie sah Laf und Sonovia wieder einen Blick wechseln, tat aber so, als sähe sie es nicht. Es konnte überhaupt nicht Jocks Stimme gewesen sein, sie hatte ihn doch verscheucht, und er war verschwunden. Sie hatte es sich also entweder eingebildet, oder es lag an dem Drink. Wieder fröstelte sie, dann fiel ihr ein, weshalb sie eigentlich hergekommen war. »Ihr hattet doch letztes Frühjahr die Handwerker da, die irgendwas in der Küche gemacht haben.«

»Stimmt, Minty.« Laf war jedes Mal erleichtert, wenn sie etwas ganz Normales sagte, wenn sie wieder seine Sprache sprach. Er lächelte ihr aufmunternd zu. »Das war, als wir uns die neue Küche haben einbauen lassen.«

»Könntet ihr mir einen Gefallen tun?«

»Kommt ganz drauf an, was es ist«, sagte Sonovia, aber Laf sagte: »Aber natürlich. Das ist doch selbstverständlich.«

»Könntet ihr denen sagen, es soll mal einer nach nebenan kommen und sich mein Bad anschauen und ausrechnen, was es kosten würde, einen Dusche einzubauen?«

»Nichts leichter als das. Und wenn er kommt, lässt Sonny ihn rein und behält ihn solange im Auge.«

Als sie ihn zum ersten Mal gesehen hatte – genauer gesagt, seinen Geist – hatte er nicht gesprochen. Er war stumm geblieben und hatte etwas bedrohlich gewirkt, hatte ihr dadurch Angst gemacht, so wie er ihr im Leben nie Angst gemacht hatte. Sie konnte sich noch gut erinnern, wie sie von der Arbeit nach Hause gekommen war und ihn mit dem Rücken zu sich auf dem Stuhl hatte sitzen sehen, mit dem dunkelbraunen Haar, dem braunen Hals und der schwarzen Lederjacke. Seine Füße hatten sich zurückgeschoben, als ob er aufstehen wollte, und in dem Moment hatte sie die Augen zugemacht, weil sie Angst davor gehabt hatte, sein Gesicht zu sehen. Als sie sie wieder aufmachte, war der Geist zwar verschwunden, doch sie wusste, dass er da gewesen war, denn als sie den Sitz des Stuhles befühlt hatte, war er warm. Sie dachte, er würde ihr womöglich nach oben folgen, doch er hatte es nicht getan, war auch nicht oben gewesen, damals jedenfalls nicht. Später sah sie ihn im gleichen Zimmer wieder und im Flur und in ihrem Schlafzimmer. Sie sah ihn im Laden. Er hatte nie etwas gesagt.

Die meisten Leute würden behaupten, es sei schlimmer, einen Geist zu sehen als ihn zu hören. Sie war sich nicht so sicher. Tantchen und Mrs. Lewis hatten geschwatzt, was das Zeug hielt, und waren deutlich zu sehen gewesen. Wenn Jock zu ihr sprach, geschah es vor einer Kulisse murmelnder und wispernder Stimmen, wobei aber nur seine Worte zu verstehen waren. Der Rest war wie Gezwitscher in einer Fremdsprache, wie bei diesen Iranern von gegenüber, wenn die ganze Bagage aus dem Haus trat. Sie hatte sich Jocks Geist vom Hals geschafft und den seiner Mutter auch, indem sie sie mit den langen Messern erstochen hatte. Von Geräuschen konnte man sich aber nicht auf diese Art befreien. Man musste sich irgendwie die Ohren verstopfen.

So wie die Geister, die sie sehen konnte, waren die Geister, die sie hören konnte, nicht die ganze Zeit über da. Nachts herrschte Frieden. Dann konnte sie in Ruhe nachdenken. Die

Geister zu erstechen hatte vielleicht bloß zur Folge gehabt, dass sie ihren Anblick los war, doch inzwischen wusste sie, dass es nicht für immer war. Eine Weile funktionierte es, aber nur eine Weile, und wenn die Geister wiederkehrten, schickten sie ihre Stimmen vor, um sie zu warnen, dass sie sie bald sehen würde. Blumen auf Tantchens Grab zu stellen war viel wirksamer gewesen als die Messerstiche, denn sie hatte Tantchen nie wieder gesehen oder gehört. Jock musste auch irgendwo ein Grab haben, seine Mutter musste ein Grab haben. Wenn sie herausbekäme, wo diese Gräber waren, konnte sie auch dort Blumen hinstellen.

Als die Stimmen eine Woche bei ihr gewesen waren und Jock all die Sachen gesagt hatte, die er immer zu ihr gesagt hatte – Adam und Eva und Zwickmich, du bist ja ein altmodisches Mädchen, Polo, April, April gilt bloß bis zwölf Uhr Mittag, danach ist es Tailpike Day, bloß zweitausend, Minty, es geht doch um unsere Zukunft –, ging sie durch ihr übliches Tor auf den Friedhof und machte vorher an dem Stand Halt, um bei dem Mann Blumen zu kaufen. Obwohl Samstag war, war kaum jemand unterwegs. Diesmal hatte sie eine Flasche mit Wasser mitgebracht, kalt aus dem Wasserhahn in der Küche, um die Vase frisch zu füllen. Sie kaufte blassgelbe Chrysanthemen, die Sorte mit den kurzen Blütenblättern in der Mitte und den langen außen herum, und weißes Schleierkraut wie Schneeflocken und Alstro-Irgendwas-Blumen, die sie nicht aussprechen konnte.

Maisie Julia Chepstow, geliebte Gattin von John Chepstow, entschlafen am 15. Dezember 1897 im Alter von 53 Jahren. Ruhe sanft in Jesu Armen. Tantchens Großmutter. Minty hatte sich das so oft eingeredet, dass sie es inzwischen glaubte. Sie zog die verwelkten Blumen heraus und schüttete das übel riechende grüne Wasser weg, in dem Blütenblätter und eine tote Schnecke schwammen. Sie hatte genug frisches Wasser, um die Vase vor dem Füllen damit auszuschwenken. Als die gelben, weißen und pfirsichfarbenen Blumen arrangiert waren, kniete sie sich auf Maisie Chepstows Grab und tat etwas, was sie schon lange nicht mehr getan hatte. Sie betete zu Tantchen, sie möge Jocks Stimme fortnehmen und die Stimmen der Leute, die ihn begleiteten, wo immer er war.

Gleich nach der Heimkehr ein Bad! Laf kam erst am späten Nachmittag mit der Zeitung. Seit sie das Gebet emporgeschickt hatte, hatte sie die Stimmen zwar nicht mehr gehört, würde aber trotzdem fragen. »Wie kriegt man eigentlich heraus, wo jemand beerdigt ist?«

»Dazu müsste man wissen, wo derjenige gestorben ist. Vielleicht könnte man den Totenschein bekommen. Viele Leute haben heute gar kein Grab mehr, Minty. Die lassen sich lieber einäschern. Wieso willst du das wissen?«

Die Sache mit dem Totenschein verwirrte sie. Ihr war klar, dass sie so etwas nie könnte, sich an die richtige Stelle wenden, mit den richtigen Leuten sprechen. Vielleicht würde Laf es für sie tun. »Es geht um Jocks Grab, das will ich finden.« Seine Mutter würde sie nicht erwähnen. Vorab jedenfalls nicht.

»Ach ja, richtig«, sagte Laf verlegen.

»Meinst du, du könntest das?«

»Mal sehen«, erwiderte er. »Es ist vielleicht nicht möglich.« Er empfand Mitleid mit ihr. »Minty, meinst du nicht, es wäre eine gute Idee, wenn du – äh, die Vergangenheit hinter dir lässt? Und versuchst, ihn zu vergessen? Du bist doch noch jung, du hast noch deine ganze Zukunft vor dir. Kannst du denn die Vergangenheit nicht vergessen?«

Sie schüttelte den Kopf. »Nein, kann ich nicht«, sagte sie und fügte in einem Anflug von Mitteilsamkeit hinzu: »Ich hör immer seine Stimme mit mir sprechen.«

Nachdem er gesagt hatte, er würde mal sehen, was sich machen ließe, ging Laf nach Hause. Dort war Daniel. Er hatte in der First Avenue einen Hausbesuch gemacht und war zum Tee vorbeigekommen.

»Allmählich sollte man ihr wohl mal die Wahrheit sagen«, meinte Sonovia.

»Das glaub ich nicht, Mum. Ich würd's nicht tun.«

»Sonst schnappt sie uns womöglich noch über.« Laf schnitt sich ein Stück von dem schön klebrigen Bananen-Toffee-Kuchen ab. »Ich meine, was ist besser? Dass sie glaubt, ihr Freund hätte sie geliebt und sei bei einem Zugunglück ums Leben gekommen? Oder dass er sie nach Strich und Faden betrogen hat, lebendig und putzmunter ist und bei einer anderen Frau schmarotzt.«

»Du hast das nachgeprüft, stimmt's, Dad?«

»Ich war mir immer mehr oder weniger sicher. Der Brief, den sie bekommen hat, war offensichtlich Schwindel. Im Mai hab ich es dann noch mal überprüft, als die gerichtliche Untersuchung des Zugunglücks stattfand. Einunddreißig Leute sind gestorben. Erst dachte man, es wären Hunderte, es waren aber bloß einunddreißig. Ich sag ›bloß‹, aber du meine Güte, das war ja schon schlimm genug.«

»Und ein Jock Lewis war nicht dabei?«

»Du solltest an dein Herz denken, bevor du das Zeug isst, Lafcadio Wilson.«

»Und wer hat es auf den Tisch gestellt, möchte ich wissen?«

»Es war für mich gedacht, Dad. Kein Jock Lewis?«

»Kein Jock oder John Lewis. Und darüber hinaus gab es auch keinen, der sich nicht zurückverfolgen ließ. Für jeden Mann auf dieser Liste fanden sich Namen und Adresse und Altersangabe und Angehörige und so weiter, von denen hätte keiner auf ihn gepasst. Und jetzt will sie, dass ich sein Grab ausfindig mache.«

»Sag einfach, du kannst nicht, Laf. Lass es bleiben. Sie wird es bald vergessen.«

»Was will sie denn mit seinem Grab *anfangen?*«

»Was glaubst du denn, Dan? Blumen draufstellen, wie sie es bei ihrem Tantchen treu und brav jede Woche tut.«

Mrs. Lewis hatte ihr nur die Hälfte von dem geschickt, was sie ihr schuldete. Oder Jocks Bruder. Wenn sie seine Adresse gehabt hätte, hätte sie ihm geschrieben und den Rest auch noch verlangt. Trotzdem, sie hatte genug für das, was sie wirklich wollte, für das, wenn man es genau überlegte, Einzige, was sie wollte. Der Mann war zwar noch nicht da gewesen, aber Laf sagte, für tausend Pfund könnte sie es leicht gemacht kriegen und er habe ihr aus einem Baumarkt in Ladbroke Grove ein paar Broschüren mitgebracht.

Als sie sich die Bilder ansah, wurde ihr klar, dass sie sich eine separate, von außen begehbare Duschkabine nie würde leisten können. Da hatte Laf sich geirrt. Trotzdem, wenn sie sich eine Dusche über die Wanne bauen ließ, mit einer Glastrennwand mit Scharnieren, damit kein Wasser auf den Boden spritzte, wäre es fast genauso gut. Eigentlich sogar besser, denn eine Kabine wäre noch etwas, was jeden Tag geputzt werden müsste. Hauptsache, sie bekam keinen unordentlichen Duschvorhang, der überall Spritzer von getrockneter Seife hätte.

Die Stimmen bedrängten sie, während sie sich das Modell ansah, das sie einbauen lassen wollte. Jock und Mrs. Lewis und dann noch eine, die seinem Vater gehören musste. Sein Bruder konnte es nicht sein, der war ja noch am Leben. Sonst hätte er ihr ja das Geld nicht schicken können. Vielleicht war die Exfrau auch tot und die Frau des Bruders. Ob sie deswegen alle gekommen waren, weil sie Jocks Grab nie einen Besuch abgestattet hatte?

Sie gaben zwar nie Antwort, doch sie fragte trotzdem. »Wo liegt er begraben? Wo haben sie Jock hingelegt?«

Schweigen. Es war keine Antwort, eher eine Erkenntnis, die plötzlich in ihrem Kopf auftauchte. Niemand sagte es, denn die Stimmen waren schon wieder verschwunden. Der Gedanke, die Tatsache kam an, und sie wusste unumstößlich, dass es stimmte: Er lag in Chelsea auf dem Friedhof neben dem Fußballplatz.

Dort hatte Edna gewohnt. Als sie klein war und Edna noch lebte, noch zehn Jahre zu leben hatte, nahm Tantchen sie immer mit zu Edna zum Tee. Sie hatte ein kleines graues Haus, eins in einer langen, flachen Häuserreihe, wo die Haustüren direkt auf den Gehweg hinausgingen. Abends nach der Arbeit ging Minty nun hin und nahm ein Messer mit. Eins von den kleineren aus der Schublade. Sie fuhr mit dem Bus, beziehungsweise einer Reihe von Bussen, und landete schließlich im 11er, der sie zum Fulham Broadway brachte.

Jahrelang war sie nicht mehr dort gewesen, seit fünfundzwanzig Jahren. Schon damals hatten die Fußball-Hooligans alles verwüstet, wenn ihre Mannschaft von Chelsea geschlagen wurde. Tantchen hatte auf die zertrümmerten Ladenfronten gedeutet und aus der Anschauung eine Lektion über die Böswilligkeit mutwilliger Sachzerstörung gemacht. Jetzt gab es keine zertrümmerten Fensterscheiben mehr, die alten Läden waren verschwunden. Alles war schick geworden. Sie ging sich Ednas Haus ansehen. Es war jetzt so hell und frisch wie das der Wilsons, mit einer roten Haustür und Kutscherlampen, Rüschenvorhängen in den Fenstern und üppig bewachsenen Blumenkästen davor. Alle Häuser waren so, bloß dass die Blumen unterschiedlich und die Türen blau oder gelb waren. Edna hatte immer eine Schürze mit überkreuzten Trägern und Hausschlappen angehabt, dazu ein straff zum Turban geknotetes Kopftuch wie damals während des Krieges am Fließband. Onkel Wilfred war die meiste Zeit in seiner Dunkelkammer gewesen und hatte seine Fotos entwickelt. Er wollte, dass Minty mit ihm dort hineinging, aber das ließ Tantchen nicht zu, außer die Tür blieb offen, was bei einer Dunkelkammer natürlich nicht ging. Minty wusste nicht, wieso es verboten war, damals nicht und heute auch nicht, erinnerte sich aber noch an die vielsagenden Blicke, die Tantchen und Edna austauschten, wenn Onkel Wilfred sich achselzuckend abwandte.

Sie betrat den Friedhof von der Old Brompton Road her.

Von Ednas Fenstern aus hatte sie zwar oft hinausgesehen – sonst gab es ja nicht viel zu tun –, war aber noch nie dort gewesen. Auch fand sie ihn im Gegensatz zu Kensal Green irgendwie beängstigend. Es hatte mit der achteckigen Kapelle zu tun und den gewundenen Säulengängen, an denen man vorbei oder zwischen denen man hindurchgehen musste, vielleicht lag es auch an der abendlichen Düsternis, dem typischen Londoner Sommerabend mit den schweren Wolken, die die Sonne verdeckten, und der reglosen, dicken Luft, obwohl die Abenddämmerung noch weit war. Dort gab es eine Grabstätte mit einem Löwen drauf wie die Löwen am Trafalgar Square, und auf einem anderen waren schwarze Kanonenkugeln aufgehäuft. Während sie umherschlenderte, war sie sich sicher, dass sie ihren Geistern begegnen würde, oder jedenfalls einigen oder einem. Jock selbst jagte ihr mehr Angst ein als die anderen. Mit alten Frauen, selbst mit deren Schatten, konnte sie fertig werden. Doch bei Jock spürte sie eine Gewalttätigkeit, die sie nie an ihm bemerkt hatte, als er noch lebte. Es war, als ob er im Tode langsam sein volles Potenzial an Grausamkeit und Bosheit ausschöpfen wollte.

Während sie links und rechts nach seinem Grab Ausschau hielt, nach einem frischen Grab, vielleicht nur einem Erdhügel ohne Gedenkstein, versuchte sie sich mit dem Gedanken an die neue Dusche zu trösten, die kommen würde, die Jocks Bruder oder seine Schwägerin dankenswerterweise bezahlt hatten. Doch die Ablenkung wollte nicht so recht gelingen. Mittlerweile war ihr klar, dass es in letzter Zeit keine Beerdigungen gegeben hatte auf diesem dunklen, einsamen Friedhof, dem eine gewisse Atmosphäre der Vergessenheit und Verlassenheit anhaftete. Erst jetzt fiel ihr auf, dass niemand unterwegs war, dass es außer ihr keine Besucher gab. Dadurch schien es, als wäre der Ort nicht wirklich vorhanden, als gehörte er in eine andere Welt, wo es gar nichts gab, weder Männer noch Frauen, noch Tiere, nicht mal Geister. Und irgendwie flößte ihr das noch mehr Angst ein als die Geister selbst, denn sie konnte womöglich darin gefangen werden, für immer eingesperrt in einer zeitlosen, öden Wüste. Sie sah auf die Erde hinunter, zu den Grashalmen, in die graue, reglose Luft und sah nicht einmal einen Vogel, nicht einmal ein Insekt. Dann fing sie an zu laufen, weg von den Säulengängen, den unbeweglichen, ewigen grauen Steinpfeilern, hin, hin, hin zum Tor und zur Straße und zu den Häusern und Menschen ...

33

Im Lauf ihrer beruflichen Arbeit hatte Natalie oft überlegt, wie sie mit der Presse umgehen würde, sollte ein Journalist einmal Kontakt zu ihr aufnehmen. Der Rat, den sie sich selbst gab, entsprach im Wesentlichen dem Rat, den eine Anwältin ihrem Mandanten im Umgang mit der Polizei gegeben hätte. Nichts sagen, oder, wenn man sprechen muss, dann nur einsilbig. Wie den meisten Reportern und den meisten Polizisten begegneten auch ihr selten Angehörige der Öffentlichkeit, die diesen Rat beherzigten. Nell Johnson-Fleet war eine Ausnahme.

Indem sie die Tür ihrer Wohnung in Kentish Town öffnete, blickte sie Natalie direkt ins Gesicht, sagte aber nichts. Natalie, die sie ebenso direkt anblickte, sagte, wer sie war und ob sie sie kurz sprechen könne.

»Nein«, erwiderte Nell Johnson-Fleet.

Wie alle Frauen von Jeff – Zillah war da aus der Reihe getanzt – war sie eine relativ hoch gewachsene, dünne Blondine und so gekleidet, wie er es gern gehabt hatte, in langen Hosen und Pullover. Natalie erinnerte sich noch genau an seine Vorlieben. »Ich war auch eine von seinen Freundinnen. Opfern, wenn Sie so möchten. Es wäre vielleicht hilfreich, darüber zu reden, meinen Sie nicht?«

»Nein.«

»Vielleicht möchten Sie das alles hinter sich lassen? Das Unmögliche versuchen und vergessen, dass es je passiert ist.«

Behutsam machte Nell Johnson-Fleet die Tür zu. Aber so

leicht gab Natalie nicht auf. Sie läutete erneut, und als niemand aufmachte, ging sie um die Ecke, wo sie sich auf ein Mäuerchen setzte und die Nummer der Frau von ihrem Mobiltelefon aus wählte. Es meldete sich eine Stimme mit einem knappen: »Ja?«

Das war immerhin etwas. »Hier ist Natalie Reckman, Nell. Ich hoffe, Sie lassen mich bloß für fünf Minuten rein.«

»Nein.« Der Hörer wurde aufgelegt.

Alle Achtung, dachte Natalie auf dem Rückweg zu ihrem Wagen, dem sich bereits eine Politesse näherte. Es war eine wunderbare Technik. Wie gut, dass die meisten Leute nicht so waren. Andererseits waren Menschen auch stimmungsabhängig, hatten gute Tage und schlechte Tage, und für Nell Johnson-Fleet war heute vielleicht ein schlechter. Vielleicht hatte sie sich mit ihrem Freund gestritten oder ihn mit einer anderen Frau zusammen gesehen, vielleicht ließ sich von der Art, wie sie sich heute Abend gegeben hatte, gar nicht auf ihr normales Verhalten schließen. Sie würde es morgen noch einmal versuchen, ihr Gelegenheit geben, es zu bereuen, dass sie eine Chance verpasst hatte. Und nun auf nach Kensal Green.

Die Polizei hatte sie fast zwei Wochen lang in Ruhe gelassen. Man hatte gedroht wiederzukommen, es aber nie getan. Michelle hatte wieder angefangen zu essen, zwar nicht viel und nur vernünftige Sachen, hatte aber nicht mehr das Gefühl, an jedem Bissen ersticken zu müssen. Ihr Gewicht hatte sich wieder auf den Stand von vor zehn Jahren reduziert. Und während sie sich zum Mittagessen mit einem Salat und einer einzigen Scheibe Brot begnügte, aß Matthew regelmäßig ein Omelett aus zwei Eiern. Er hatte wieder angefangen, Auto zu fahren, erst unsicher, fast wie jemand, der gerade die Führerscheinprüfung bestanden hatte, dann aber mit wachsendem Selbstvertrauen. Als sie lange genug nichts von der Polizei gesehen und gehört hatten, um sich sicher zu fühlen, taten sie etwas, was sie seit ihrer Hochzeit nicht mehr gemacht hatten: Sie fuhren zusammen übers Wochenende weg.

Zum ersten Mal, seit sie sie kannte, bildete Michelle sich ein, in Fionas Blick so etwas wie Neid ausmachen zu können. Das gefiel ihr zwar nicht, es war ein Gefühl, das sie wirklich in niemandem hervorrufen wollte, trotzdem fiel es ihr auf, weil es so ungewöhnlich war.

Fiona beneidete sie darum, dass sie einen Mann hatte, der sie liebte und in einem Hotel auf dem Land mit ihr allein sein wollte. »Ich hoffe, ihr habt's schön miteinander«, sagte sie. »Ihr habt es verdient.«

Das hatten sie. Aber die schöne Zeit miteinander war ganz anders als das, was sich Fiona (oder sonst jemand, der sie sah und darüber nachdachte) vorstellte, die an gemächliche Spaziergänge dachte, an geruhsame Drinks in kleinen Pubs, einen Besuch im Schönheitssalon und vielleicht ein Dinner bei Kerzenlicht. Es war eher so etwas wie Flitterwochen. In Matthews Armen blieb Michelle morgens lange im Bett, versetzte sich in Gedanken zurück in ihre gemeinsame Anfangszeit und fühlte sich nicht älter als vor siebzehn Jahren, im ersten Entzücken ihrer Leidenschaft.

Der Wohnblock in Kentish Town war Natalies Einschätzung nach schon düster gewesen, war aber noch gar nichts im Vergleich zur Syringa Road in Kensal Green. Das hier, war sie sich sicher, während sie ihren Wagen problemlos in der Zone ohne Parkverbot abstellte, musste die Bank sein, auf der Eileen Dring umgebracht worden war. Oder jedenfalls die, die man als Ersatz dort aufgestellt hatte. Sie sah neu aus. Das Blumenbeet dahinter war umgegraben worden, und nun sprießte dort frisch und gesund aussehendes Unkraut. So ein Zufall, dachte sie, dass eines der Mordopfer nur einen Katzensprung von der Stelle entfernt gestorben war, wo die Freundin des anderen Opfers – oder eine von ihnen – wohnte.

Zwei Reihen gedrungener viktorianischer Häuser, mit zumeist verwahrlosten, winzigen Vorgärten, einige davon vollgestellt mit Fahrrädern, Kinderwagen, ab und zu einem Motorrad, Maschendrahtrollen und kaputten Möbelstücken. Unverhältnismäßig große Erkerfenster ragten in den Erdgeschossen hervor, unter den Dachgesimsen waren auf verstaubten Schildern Namen wie Villa Theobald und Salisbury Terrace eingraviert. Lediglich ein Haus war hergerichtet worden, und zwar in einem Maße, das Natalies guten Geschmack beleidigte. Es war die Nummer 37, mit einer neuen Fassade aus (vermutlich künstlichem) grauem Granit versehen, dazu weiß gestrichene Fenster und eine Haustür in kräftigem Pink. Bunte Dahlien und dunkelblaue Astern füllten den Garten. Das Nachbarhaus, Natalies Ziel, war ordentlich, aber hausbacken, der Garten zugepflastert, die Fensterrahmen abgenutzt, wenn auch sauber. Jeff muss auf dem letzten Loch gepfiffen haben, dachte sie, als er sich hier nach Hilfe umgesehen hatte. Doch dann fielen ihr die sprunghaft gestiegenen Preise auf dem Londoner Wohnungsmarkt ein und dass sich das Haus gar nicht weit vom angesagten Notting Hill befand und ein Stück weiter unten an der Harrow Road eine U-Bahnstation der Bakerloo Line war. Wenn er hier in der Gegend ein Haus in die Finger gekriegt hätte …

Sie klingelte. Eine Frau kam an die Tür und starrte sie unwillig an. Es war nicht der Blick von Nell Johnson-Fleet, und sie war auch überhaupt nicht wie Nell Johnson-Fleet, und abgesehen davon, dass sie hellhaarig und dünn war, auch nicht gerade Jeffs Typ. Eine kleine, verhuschte Frau, sehr weißhäutig, mit blassen, farblosen Augen, dünnen Lippen und Haaren wie Babyflaum. Was Natalie jedoch erschreckte, was ihr beinahe Angst machte, war, dass sie wie eine Irre aussah. Natalie hätte dieses politisch inkorrekte Wort nie benutzt, außer in Gedanken. Mit keinem anderen Ausdruck ließ sich Araminta Knox' angstvolles Starren beschreiben, ihre großen Pupillen und das unmerkliche Lächeln, das sich zeigte und gleich wieder erstarb.

»Ms. Knox?«

Ein Nicken und dieses flackernde Lächeln.

»Ich heiße Natalie Reckman und bin freie Journalistin. Ich weiß nicht, könnte ich mit Ihnen vielleicht über Jeff Leach sprechen?«

»Über wen?«

Sie hatte offensichtlich keine Ahnung, wovon Natalie redete. In den glasigen Augen war nicht die leiseste Unruhe oder Erinnerung oder Verärgerung aufgeflackert. Das aber wäre unausweichlich gewesen, denn eine Frau wie sie wäre unfähig, ihre Gefühle zu verbergen, jede Regung würde sich unbewusst in ihrem Gesichtsausdruck offenbaren. Sie war entweder beim falschen Haus gelandet, hatte die falsche Frau erwischt, oder aber Jeff hatte einen seiner nicht besonders originellen Decknamen benutzt. »Hieß er vielleicht Jerry? Jed? Jake?«

»Ich hab keine Ahnung, von was Sie reden.«

»Hatten Sie denn nicht einen Freund, der in einem Kino ermordet wurde?« Natalie machte sich nie groß Gedanken, was sie zu den Leuten sagte. Das konnte sie sich in ihrem Job gar nicht leisten. »Jeff Leach oder Leigh?«

»Mein Verlobter ist bei dem Zugunglück in Paddington umgekommen«, sagte Minty und schloss die Tür sehr viel abrupter als zuvor Nell Johnson-Fleet.

Möglicherweise war sie auf der falschen Fährte. Natalie fiel ein, dass sie nur deshalb angenommen hatte, dies hier sei die richtige Frau, weil Jeff gesagt hatte, sie wohnte in der Nähe des Friedhofs von Kensal Green und weil er sie Polo genannt hatte. Polo war ein Minzbonbon, und die einzige Person in der ganzen Gegend, auf die der Name passte, war Araminta Knox. Allerdings hätte er sie auch aus einer ganzen Reihe anderer Gründe Polo nennen können. Weil sie die Minzbonbons mochte, die er dauernd lutschte, zum Beispiel, oder sogar Polo *spielte.* Trotzdem läutete sie dann noch an dem auffälligen Haus mit der knallrosa Haustür.

Die Bewohnerin war eine stattliche, gut aussehende Frau in engem schwarzem Rock und scharlachroter Bluse, eigentlich eine Schwarze, aber eher mandelfarben mit einer klassischen Nase und vollen Lippen. Natalie sagte, wer sie war und was sie wollte.

»Sagen Sie mir, wie Sie heißen?«

»Sonovia Wilson. Sie können Mrs. Wilson sagen.«

»Haben Sie schon einmal von einem Jeffrey oder Jeff oder Jerry Leach oder Leigh gehört?«

»Nein. Wer ist das?«

»Hm, ich dachte, er war mal der Freund Ihrer Nachbarin.«

»Sie hatte bloß einen, und der hieß Jock Lewis. Hat er jedenfalls behauptet. Er sagte, oder jemand sagte, er wär bei dem Zugunglück umgekommen, aber das stimmt nicht, das weiß ich ganz sicher. Warum suchen Sie ihn?«

»Ich suche gar nicht ihn, Mrs. Wilson. Es hätte auch gar nicht viel Sinn, da er höchstwahrscheinlich der Jeffrey Leach ist, der im Odeon am Marble Arch ermordet wurde. J. L., wissen Sie, es war immer was mit J und mit L bei ihm. Kann ich reinkommen?«

»Da sprechen Sie besser mit meinem Mann. Der ist Ordnungshüter.«

In dieser verzwickten Lage wusste Laf nicht, was er nun tun sollte. Ob er überhaupt etwas tun sollte. Er und Sonovia sahen Natalie Reckman hinterher, die die Straße überquerte und in ihr Auto stieg.

»Das *denkt* die aber doch bloß«, sagte Laf. »Wir haben von Anfang an gewusst, dass Jock Lewis nicht bei dem Zugunglück umgekommen ist. Ihr einziger Beweis für die Annahme, Mintys Freund wäre dieser Jeffrey Leach, ist doch, dass sie die gleichen Anfangsbuchstaben haben.«

»Na, eigentlich nicht, Laf. Sie weiß anscheinend, dass Leach eine Freundin hatte, die hier in der Gegend wohnte und die er Polo nannte.«

»Jock Lewis hat Minty nie Polo genannt, soviel ich weiß.«

»Wir könnten sie doch fragen«, sagte Sonovia. »Das heißt, ich könnte sie fragen. Ich könnte doch ganz locker was sagen, zum Beispiel: ›Hast du mir nicht mal gesagt, Jock mochte Polo-Minzbonbons?‹, oder das Gespräch auf Kosenamen bringen und fragen, ob er einen für sie hatte. Und dann, wenn sie damit rausrückt, würde ich es ihr sagen. Sie sollte es erfahren, Laf, das musst du doch einsehen.«

Laf wandte sich vom Fenster ab, setzte sich in einen Lehnsessel und bedeutete Sonovia, es ihm nachzutun, mit der gebieterischen Geste und dem beharrlichen Stirnrunzeln, die er sich für die sehr seltenen Momente aufhob, wenn er fand, dass seine Frau nun lange genug die Hosen angehabt hatte. »Nein, Sonovia, das muss ich nicht einsehen.« Nur in seinen gestrengeren Momenten nannte er sie bei ihrem vollen Namen. »Kein Wort davon zu Minty. Verstanden? Diesmal müssen wir Daniels Rat befolgen. Du weißt doch noch, was er gesagt hat? Beim letzten Mal, als du gefragt hast, ob man ihr das mit Jock sagen sollte. ›Ich würd's nicht tun‹, hat er gesagt. ›Ich würd's nicht tun.‹ Wir waren beide dabei. Also, als unser Sohn Doktor der Medizin wurde, hab ich beschlossen, mich in medizinischen Angelegenheiten an sein Wort zu halten wie an die Heilige Schrift. Und das gilt auch für dich, klar?«

»Klar, Laf«, stimmte Sonovia ergeben zu.

Als es an der Haustür klingelte, dachte Zillah, die sich gerade für ihr fünftes Rendezvous mit Ronnie Grasmere anzog, es sei die Babysitterin. Sie zog den Reißverschluss an ihrem neuen schwarzen Kleid zu – eng, aber nicht zu eng, tief ausgeschnitten, schmeichelnd –, schlüpfte in ihre Jimmy-Choo-Schuhe und lief die Treppe hinunter. Vor der Tür standen zwei Männer. Selbst wenn der eine nicht uniformiert gewesen wäre, hätte sie gewusst, dass es sich um Polizeibeamte handelte – inzwischen konnte sie sie schon von weitem erkennen. Haarscharf folgerte sie, während ein Ruck durch ihren stretchumspannten Bauch ging, dass sie gekommen waren, um sie wegen Bigamie zu verhaften.

»Mrs. Melcombe-Smith?«

Einen Vorteil hatte die fingierte Hochzeit für sie gehabt: Jeder dachte, sie sei echt gewesen. »Was ist?«

»Polizei von South Wessex. Dürfen wir reinkommen?«

Man hatte Jerrys Auto gefunden. Den Klapperkasten. Den zwanzig Jahre alten Ford Anglia. Es ging nur darum, um seine alte Blechkiste. In Harold Hill.

»Wo?«, sagte Zillah.

»Das ist eine Ortschaft in Essex, in der Nähe von Rumford. Der Wagen war in einem Wohngebiet geparkt, an einer Straße ohne Parkbeschränkungen. Ein Anwohner rief uns an, um sich zu beschweren. Er meinte, es sei ein Schandfleck.«

Zillah lachte. »Und was soll ich da jetzt machen?«

»Nun, Mrs. Melcombe-Smith, wir dachten, Sie wüssten vielleicht, wie er dort hingeraten ist.«

»Weiß ich nicht, aber wenn Sie meine Meinung hören wollen, dann hat Jerry – äh, also, Jeffrey – den dort abgestellt, weil er endlich eine Frau mit einem schönen Auto gefunden hatte, das er ohne Einschränkungen benutzen durfte. Zum ersten Mal im Leben wahrscheinlich.«

Sie wechselten wortlose Blicke. »Er hatte also keine spezielle Verbindung zu Harold Hill?«

Eugenie war ins Zimmer gekommen. »Wer ist Harold Hill, Mummy?«

»Es ist ein Ort, kein Mensch.« Zillah sagte zu dem Polizisten, der ihr die Frage gestellt hatte: »Zu mir hat er nie was davon gesagt. Er hat es wohl einfach als Müllabladeplatz benutzt. So war er eben.«

»Wer war eben so?«, fragte Eugenie, als sie gegangen waren und die Babysitterin gekommen war. »Wer hat einen Ort als Müllabladeplatz benutzt?«

»Ach, ein Mann eben«, erwiderte Zillah.

Keines der Kinder hatte den Vater wieder erwähnt, nachdem Eugenie damals gefragt und keine Antwort bekommen hatte. Wohl geübt in der Kunst, Unangenehmes auf morgen oder auf nächste Woche zu verschieben, fragte sich Zillah manchmal, ob sie es ihnen überhaupt je sagen müsste. Oder wusste Eugenie es bereits aus der Zeitung, aus dem Klatsch oder weil sie gelauscht hatte? Und wenn ja, hatte sie es Jordan erzählt? Vor der Babysitterin würde Zillah sicher nichts sagen, einer Frau, die noch nicht dieses hochnäsige Getue an sich hatte wie Mrs. Peacock damals. Als es diesmal klingelte, war es Ronnie Grasmere.

»Den mag ich nicht besonders«, sagte Eugenie, als Zillah aufstand, um ihn hereinzulassen. »Den willst du doch nicht auch noch heiraten?«

Nachdem die Frau wieder weg war, die an die Tür gekommen war, dachte Minty nicht mehr viel über sie nach. Vielleicht war sie von der Polizei gewesen und wusste, dass Minty oft ins Kino ging. Sie hatte nicht bemerkt, dass die Frau auch noch nebenan gewesen war, und ging zu Laf und Sonovia hinüber, um sich nach dem Mann mit der Dusche zu erkundigen. Obwohl sie bei einem Glas Wein und einem späten Imbiss draußen im Garten gewesen waren, hatten sie die Türglocke gehört. Laf versorgte sie mit chilenischem Chardonnay und Ingwerplätzchen und hieß sie auf einem der weißen Terrassenstühle Platz nehmen – auf dem vierten saß Mr. Kroots alte Katze –, doch sie warfen ihr so komische Blicke zu, fand sie. Sie fragte Sonovia nach dem Mann mit der Dusche, und Sonovia sagte, er habe ihr versprochen, Anfang nächster Woche vorbeizukommen.

»Bei Handwerkern«, meinte Laf, »heißt Anfang der Woche immer Donnerstagmorgen und Ende der Woche nächsten Montag.«

Sonovia lachte, aber Minty behagte es nicht so recht. Auch Jock war Handwerker gewesen, Laf hätte sich daran erinnern sollen. Trotzdem erzählte sie ihnen von ihrer Suche nach seinem Grab. Vielleicht hatten sie ja einen Rat für sie.

»Wie kommst du darauf, dass er in Brompton liegt?«, fragte Sonovia mit jenem breiten Lächeln im Gesicht, das sonst ihrer vierjährigen Enkelin vorbehalten war.

»Ich hatte so ein Gefühl. Nicht, dass Stimmen es mir gesagt hätten. Ich *wusste* es einfach.«

»Du wusstest es aber eben nicht, meine Liebe. Du dachtest es. Ich trau solchen Gefühlen nicht. Es ist das Gleiche wie mit Vorahnungen. Neun von zehn Malen ist das, was man gefühlt hat, gar nicht wahr.« Laf hüstelte warnend, doch Sonovia redete einfach weiter. »Solche Sachen muss man gründlich untersuchen. Mit Urkunden und – und so.«

Minty sah hilflos zu Laf hinüber. »Machst du das für mich?«

Er seufzte, sagte dann aber herzhaft: »Aber natürlich, überlass das nur mir.«

»Was meint sie denn damit, dass Stimmen es ihr nicht gesagt hätten?«, fragte Sonovia, als Laf Minty hinausgebracht hatte. »Sie wird wirklich verrückt, es ist schlimmer denn je.«

Laf schüttelte bekümmert den Kopf, dann nickte er. »Es lässt sich leicht herauskriegen, wo Jeffrey Leach begraben ist, das dauert keine fünf Minuten. Aber will ich das, Sonn? Ich meine, was soll ich ihr denn sagen? ›O ja, er liegt in Highgate oben oder so, er hieß aber übrigens gar nicht Jock, sondern war der Ermordete aus dem Kino, und sein Name war Leach‹? Wie gesagt, das mach ich nicht.«

»Dann lässt du's eben einfach gut sein.«

»Das sagst du immer, aber so einfach ist das nicht. Sie wird mich wieder fragen, oder?« Und soll ich, dachte er, sagte es aber nicht laut, *soll ich dem Detective Inspector davon erzählen?* Immerhin, der Kerl war erstochen worden, ermordet, und sie war seine Freundin, sie war mit ihm verlobt gewesen, oder glaubte es zumindest. Sie ist aber meine Nachbarin, sie ist eine Freundin von mir, das kann ich ihr doch nicht antun.

Sie ist zwar nicht ganz richtig im Kopf, aber was Mord anbelangt, nun, sie würde genauso wenig morden wie ich. Er erschauerte.

»Dir ist doch nicht kalt, oder?«

»So allmählich schon. Und die Stechmücken kommen auch raus.«

Sonovia hob die schlafende Katze hoch. »Lieber Gott, ich hab ganz vergessen, es dir zu sagen. Mr. Kroot ist tot. Heute Morgen ist er gestorben. Ist mir einfach entfallen. Die Katze hat mich gerade wieder daran erinnert.«

»Armer alter Junge.« Laf, der Gütige, sah bekümmert drein. »Wahrscheinlich ist er da, wo er jetzt ist, besser dran. Wir behalten Blackie doch, ja?«

»Ich würd das Tier nicht in Gertrud Pierces sorgende Hände fallen lassen.«

Als Minty aufgeschlossen hatte und hineingegangen war, spürte sie in ihrem eigenen Haus eine gespenstische Stimmung. Vielleicht ist jedes leere Haus in der Abenddämmerung so, bis Lichter brennen, Vorhänge zugezogen sind oder Gelächter ertönt. Kein Gelächter, sondern schweres Schweigen, schwere Stille, ein Gefühl des Abwartens. Das Haus hält den Atem an, wappnet sich für das, was hereinkommen wird.

Anstatt im Hausflur oder sonst irgendwo Licht zu machen, ging Minty langsam umher, forderte das Haus heraus, seine Geister zu zeigen. Ihr war ein wenig bange davor, sich umzudrehen, doch sie tat es und ging den Weg wieder zurück, den sie gekommen war, immer und immer wieder. Am Fuß der Treppe sah sie hoch wie durch einen nächtlichen Brunnenschacht, denn oben brannte kein Licht. Aus dem tiefen Schatten kam Jock herunter. Er war genau der gleiche Geist wie damals, als sie ihn zum ersten Mal gesehen hatte. Es war, als hätte sie ihn sich nie vom Hals geschafft. Es funktionierte nur für eine kurze Weile. Für drei oder vier Monate, dachte sie, als sie seinem bleichen, versteinerten Blick begegnete.

Sie schloss die Augen und drehte sich langsam um, so dass

sie ihm den Rücken zuwandte. Es war vollkommen still. Wenn er sie berührte, wenn er seine Hand an ihren Hals legte oder mit seinem kalten Atem ihre Wange streifte, dachte sie, würde sie sterben. Nichts geschah, und sie drehte sich wieder um, zwang ihre Augen auf, als bedurfte es einer Anstrengung, die Lider hochzuschieben. Keiner war da, er war verschwunden. Von draußen war das Geräusch eines vorbeifahrenden Autos zu hören, aus dessen geöffneten Fenstern Rockmusik dröhnte. Sie dachte: *Er kommt zurück, weil ich sein Grab nicht finden kann, weil ich ihm keine Blumen draufstellen kann wie auf das von Tantchen.*

»Pass auf, Minty«, sagte Laf, als er ihr die Zeitungen vorbeibrachte. »Ich hab die Detektivarbeit geleistet, die du wolltest. Dein Jock wurde gar nicht beerdigt. Man hat ihn eingeäschert und die Asche verstreut.« Bis zu einem gewissen Grad stimmte das auch. Laf bemühte sich immer sehr, nicht zu lügen und nur dann leicht vom geraden, schmalen Pfad abzuweichen, wenn die Wahrheit zu grausam war. Jeffrey Leach war zum Beispiel tatsächlich eingeäschert worden, seine Asche war beim Bestattungsinstitut jedoch von Fiona Harrington abgeholt worden, die einer Polizeibeamtin, einer Bekannten von Laf, gesagt hatte, was sie damit vorhatte. »Irgendwo in West Hampstead«, sagte er und war enttäuscht, als Minty ein langes Gesicht machte.

»Wo kann ich dann meine Blumen hinstellen?«

Vor sich sah Laf einen in Plastikfolie eingewickelten Chrysanthemenstrauß einsam und verlassen auf dem Gehweg in der West End Lane liegen. So, als wäre an der Stelle jemand gestorben. Obwohl er, was die menschliche Natur anging, eigentlich kein Zyniker war, fragte er sich nun, wie lange es wohl dauern würde, bis sich ein Dutzend weitere, ähnlich verpackte Sträuße dazugesellten, wobei die »Trauernden« keine Ahnung hätten, wem sie ihre Ehrerbietung erwiesen.

»Nun, sie sagte, auf dem Fortune Green.«

Ein grünes Dreieck mit Bäumen, dachte er unbestimmt. Er rechnete mit weiteren Bitten oder gar Forderungen von Minty, doch dann kam etwas völlig Unerwartetes.

»Sagst du Sonovia, sie soll die Handwerker noch mal anrufen?«

»Lass ihnen doch Zeit, Minty«, sagte er ziemlich verblüfft.

Sie schien auf irgendetwas zu horchen, während sie starr in eine Ecke blickte. Dann schüttelte sie sich wie jemand, der gerade aus einer Benommenheit wieder zu sich kommt. »Du hast gesagt, Anfang der Woche heißt Donnerstag und Ende der Woche nächsten Montag, aber Montag ist vorbei, und es ist immer noch keiner gekommen. Wenn das so weitergeht, krieg ich meine Dusche nie.«

34

Mit zum letzten Mal wurde Jims im Restaurant Le Tobsil in Marrakesch gesichtet. Ein Parlamentsabgeordneter der Liberaldemokraten, der diese Stadt mit seiner Frau im Rahmen einer Marokkotour besuchte, sah ihn durchs Fenster. Er selbst hätte es sich nicht leisten können, dort zu essen. Es hätte den Abgeordneten nicht gewundert, Jims in Begleitung eines hübschen jungen Mannes anzutreffen, doch er war allein. Diese interessante Begebenheit schilderte er einem Freund in einer E-Mail, und der Freund übermittelte sie einer Zeitung. Es war der Beginn der fortdauernden und unendlich faszinierenden »Schwuler-Abgeordneter-verschwunden«-Story.

Ende August behauptete ein Journalist, ihn in Seoul getroffen zu haben, wo Jims ihm ein Interview gewährte. Wer Jims kannte, zweifelte jedoch daran, da sich keiner vorstellen konnte, dass er je einen Fuß nach Korea setzen würde, während der Text selbst mit seinen Eingeständnissen von Scham, Reue und Zerknirschung überhaupt nicht nach Jims klang. Weder sein Assistent noch selbstverständlich seine Bank waren bereit, irgendwelche Informationen über seinen gegenwärtigen Aufenthaltsort preiszugeben, obwohl sie ihn sicher ungefähr kannten. Es wurden mehrere Versuche unternommen, Zillah die Wahrheit zu entlocken, wobei es einige Zeit dauerte, sie ausfindig zu machen, da sie Willow Cottage inzwischen für ein Jahr an einen amerikanischen Romanschriftsteller vermietet hatte und ins Gutshaus Long Fredington Manor zu Sir Ronald Grasmere gezogen war.

»Ich wollte immer hierher zurück«, sagte Eugenie, »und jetzt ziehen wir schon wieder aus.«

Aber wie gewöhnlich achtete keiner auf sie.

Zillah hatte keine Ahnung, wo Jims war, und es war ihr auch egal. Von nun an richteten sich all ihre Bemühungen auf das Ziel, Ronnie glücklich zu machen und ihn davon zu überzeugen, dass es ein Fehler gewesen war, als er nach seiner noch nicht lang zurückliegenden Scheidung gesagt hatte, von der Ehe habe er ein für alle Mal die Nase voll.

Von Zeit zu Zeit erschienen Mr. Gewaltverbrechen oder Miss Delikt im Fernsehen – der einzige Sendeplatz, den sie ergattern konnten, waren die zwei Minuten im Anschluss an die Nachrichten von *Newsroom Southeast* –, um einer apathischen Öffentlichkeit mitzuteilen, sie würden die Jagd nach dem Kinoschlächter und Killer von Eileen Dring niemals aufgeben. In nicht allzu ferner Zukunft würde man eine Verhaftung vornehmen. Sie verfügten über zahlreiche Spuren und Hinweise, die ihr Ermittlungsteam Tag und Nacht unermüdlich bearbeite. Fiona und Matthew und Michelle schauten sich diese Sendungen manchmal an, aber ohne große Aufregung und relativ unbeteiligt. Ihre Qualen waren beendet. Seit Wochen interessierte sich die Polizei nun schon nicht mehr für sie. Ihre Nachbarn verkehrten wieder mit ihnen, keiner wechselte mehr die Straßenseite, wenn sie näher kamen, und Fiona hatte inzwischen die Schmiererei an ihrem Torpfosten beseitigen und überstreichen lassen.

Mit der Zeit erholte sie sich. Sie rechnete nicht mehr damit, dass es Jeff war, wenn es an der Tür klingelte, oder dass er sie schon erwartete, wenn sie von der Arbeit nach Hause kam. Die Zeiten waren vorbei, als sie aus ihrem durch Beruhigungsmittel herbeigeführten Schlaf erwachte und sich fragte, wieso er nicht neben ihr lag. Mittlerweile konnte sie Freunden, die sie vorher für lieblos gehalten hatte, darin beipflichten, dass sie ihn ja schließlich bloß acht Monate gekannt hatte. Diese Zeitspanne reichte nicht aus, um sich über seine Gefühle klar zu werden. Jetzt, wo sie über ihn Bescheid wusste, hätte sie ihm niemals mehr vertrauen können, da er sie so oft getäuscht und ihr so viele Lügen aufgetischt hatte. Manchmal fragte sie Michelle, ob sie ihr denn verziehen habe, dass sie sie und Matthew als Jeffs Feinde bezeichnet hatte, und obwohl Michelle immer ja, natürlich sagte und sie solle das alles doch vergessen, fragte Fiona immer wieder nach, als zweifelte sie an der Ehrlichkeit ihrer Antworten.

Michelle war in letzter Zeit ziemlich still und nachdenklich, so dass Matthew sie oft fragte, ob irgendetwas los sei. Sie lächelte und sagte: »Aber nein, es ist alles in Ordnung«, und damit musste er sich zufrieden geben. Er wollte ihre kleine Wochenendreise wiederholen, diesmal vielleicht ins Ausland fahren, und Michelle meinte, liebend gern, aber könnten sie es nicht um ein paar Wochen verschieben? Durch seine Sendung hatte er ziemlich viele neue Leute kennen gelernt, und so hatten sie etwas noch nie da Gewesenes getan und eine Dinnerparty für acht Personen gegeben, unter denen auch Fiona war und ein sympathischer Mann in den Dreißigern, bei dem sich Michelle dachte, er könnte vielleicht Jeffs Nachfolger werden. Als Matthew meinte, sie solle doch nicht Kupplerin spielen, das funktioniere nie, versprach Michelle, es dabei zu belassen.

Eines Abends, als sie sich mit ihrer Nachbarin auf einen Drink trafen, hielt Michelle fast so etwas wie eine Dankesrede auf Fiona: »Mit deinen Lebensmittelideen hat Matthew wieder richtig zu essen angefangen. Es waren deine kreativen Einfälle. Und der arme Jeff« – so konnte sie ihn mittlerweile nennen – »hat mich zum Abnehmen gebracht. Er war sich dessen nicht bewusst, aber so war's. Seine spöttischen Bemerkungen haben mich nicht zu dem verleitet, was diese blöden Polizisten anscheinend dachten, sondern mich von einer dicken, unansehnlichen, fetten Frau in eine – na ja, ordentliche Mittelgröße verwandelt.«

»Für mich warst du immer schön«, sagte Matthew.

Sie lächelte und drückte ihm zärtlich die Hand. »Ich hab ihn deswegen eine Zeit lang richtig gehasst. Das kann ich jetzt ja zugeben. Ich glaube nicht, dass jemand was dagegen hat.« Doch obwohl sie Fiona wieder so oft sah wie früher, obwohl sie sie freundschaftlich küsste und sie ständig beschwichtigte, erinnerte sie sich noch gut an das, was sie damals über Fionas Treuebruch zu Matthew gesagt hatte: »Ich werde nie wieder so zu ihr stehen können wie früher, nie.« Das galt immer noch, obwohl sie es verheimlichte und immer verheimlichen würde, selbst vor ihm.

Sie war so gesund, wie sie schon seit über zehn Jahren nicht mehr gewesen war, oder sah jedenfalls gesünder aus. Matthew reagierte deshalb besorgt, als sie ihm um acht Uhr morgens mitteilte, sie ginge jetzt zum Allgemeinarzt in die Sprechstunde. Sie hatte einen Termin und sagte ihm, es würde nicht lange dauern.

Er spürte plötzlich, wie die Angst in ihm hochkroch. »Was ist mit dir, Liebling?«

»Das werde ich erst wissen, wenn ich beim Arzt war, nicht?«

In dem Moment glaubte er einen ganz neuen Ausdruck von Verwirrung an ihr wahrzunehmen, eine gewisse unglückliche Besorgnis. Sie erzählte ihm nichts von ihren Symptomen und meinte nur, es würde bestimmt nicht lange dauern und er solle sich keine Sorgen machen.

Die Story, die Natalie aus ihrer verunglückten Begegnung mit Nell Johnson-Fleet und dem zweiten, fruchtlosen Versuch bei ihr, dem verstörenden Treffen mit Linda Davies, ihrem traurigen Interview mit Fiona Harrington und der unbegreiflichen Konfrontation mit Araminta Knox zusammengestoppelt hatte, war – wie sie zugeben musste – ziemlich misslungen. Keiner der Zeitungsredakteure, denen sie sie anbot, interessierte sich dafür. Andere Geschichten hatten im öffentlichen

Interesse den Platz des Kinoschlächters und der alten Pennerin eingenommen. Es wäre vielleicht etwas anderes gewesen, wenn das ganze Gerede von Spuren und Hinweisen gestern Abend im Fernsehen zu einer Verhaftung geführt hätte, aber sonst ...

Natalie hatte ihr Bestes versucht. Sie hatte sich sogar noch einmal das Wählerverzeichnis vorgenommen und ihre Suche ausgedehnt, vielleicht käme ja noch eine andere Frau zum Vorschein, aus deren Namen etwas mit »Mint« konstruiert werden könnte. Sie war sogar noch einmal bei Laf und Sonovia gewesen und hatte versucht, tief in deren Erinnerungen zu graben, doch die sagten nur, einen Mann, den sie nie gesehen hätten, könnten sie auch nicht beschreiben. Daraufhin stellte sie die Story zurück und speicherte sie auf einer Diskette für den ihrer Meinung nach unwahrscheinlichen Fall, dass der Mörder doch noch gefunden werden sollte.

Die Wilsons hatten sich über diesen erneuten Besuch recht aufgeregt. Laf interpretierte es als Versuch, Minty in eine Sache zu verwickeln, von der sie überhaupt keine Ahnung gehabt haben konnte. Es kam ihm nie in den Sinn, sie könnte die Mörderin sein, die sanfte, stille Minty doch nicht – mit ihrem starken moralischen Empfinden und Abscheu vor jeglicher Gewalt. Wie oft hatten er und Sonovia sie zum Beispiel sagen hören, sie sei für die Wiedereinführung der Todesstrafe? Doch das mit Jock Lewis war schon komisch. Er hatte keinerlei Beweise für eine Verbindung zwischen ihm und Jeffrey Leach finden können, bis die Polizei dann in Harold Hill den »Klapperkasten« fand. In den Zeitungen hatte davon nichts gestanden, das Thema war kaum eine Meldung wert, aber Laf wusste natürlich Bescheid. Ohne Sonovia oder seinen Kindern etwas zu sagen, ohne es seinen Polizeikollegen zu erklären, gelang es ihm, den Wagen selbst in Augenschein zu nehmen. Das Problem war, dass er sich einfach nicht mehr erinnern konnte. Er hatte den »Klapperkasten« mehrmals vor Mintys Haus stehen sehen, aber nie besonders auf ihn geachtet und nur Sonovia gegenüber bemerkt, dass man seit Einführung des Verkehrstüchtigkeitstests viel weniger alte Blechkisten auf den Straßen sah. Er wusste sogar nicht einmal mehr, ob der Wagen dunkelblau oder dunkelgrün oder schwarz gewesen war. Der Wagen in Harold Hill war dunkelblau, aber so schmutzig, so verdreckt mit modrigem Laub, Ruß und zerquetschten Insekten, dass sich – selbst wenn er ihn sich besser eingeprägt hätte – schwer sagen ließe, ob es der Wagen war oder nicht.

»Wenn ich ihn doch bloß aus dem Fenster gesehen hätte«, jammerte Sonovia. »Ich versteh gar nicht, warum ich nicht drangeblieben bin. Sieht mir gar nicht ähnlich.«

Es war Zufall, dass Jeffrey Leach und Jock Lewis beide ein zwanzig Jahre altes Auto besaßen, die gleichen Initialen hatten, beide einmal in Queen's Park gewohnt hatten, aber eben nur Zufall. Jock war vor einem Jahr aus Mintys Leben verschwunden, während Jeffrey Leach erst im April getötet worden war. Er würde es dem Detective Inspector gegenüber nicht erwähnen, der bloß denken würde, er wolle sich wichtig machen. Außerdem war Minty schließlich eine *Freundin.*

Allerdings wurde sie allmählich immer sonderbarer. Vor ein paar Tagen erst hatte Sonovia zu ihm gesagt, wenn man nicht wüsste, dass sie allein wohnte, könnte man meinen, sie sei die ganze Zeit von Menschenmengen umgeben, besser gesagt: von unsichtbaren Menschen. Durch die Wände konnte man zwar nicht viel hören, weil diese alten Häuser gut gebaut waren, egal was für einen Ruf diese Gegend hatte, doch hatte sie Minty schon schreien hören, man solle verschwinden und sie in Ruhe lassen, und als sie letzthin im Garten gesessen habe, sei Minty herausgekommen, um die Wäsche aufzuhängen, und habe dabei wie ein Wasserfall geredet, mit einer alten Frau und einem Mann, den sie Wilfred nannte, und mit Winnie Knox, die schon seit drei Jahren tot war. Als sie sie so reden hörte, war es Sonovia eiskalt den Rücken heruntergelaufen.

Die Polizei war unschlüssig, ob Leach den Wagen nun selbst dort abgestellt hatte, als Fiona sagte, er könne ihren benutzen, oder ob es sein Mörder gewesen war. Im Inneren befanden sich nur seine Fingerabdrücke, seine und die einer unbekannten Frau.

Sechs Wochen waren vergangen, seit Sonovia den Handwerker um einen Kostenvoranschlag für Mintys Dusche gebeten hatte. Als der Mann nicht kam, beschwerte sie sich, und er sagte, er habe an einer »Sommergrippe« gelitten. Sonovia überlegte, ob es überhaupt eine gute Idee wäre, ihn kommen zu lassen, ob ein Fremder in Nummer 39 eingelassen werden sollte, nachdem Minty jetzt so wunderlich war, mit Leuten redete, die gar nicht da waren, ständig über die Schulter guckte und zitterte.

»Sie ist harmlos«, sagte Laf auf dem Weg nach nebenan mit den Sonntagszeitungen.

»Weiß ich doch, mein Lieber. Ich mein ja nicht wegen ihm, sondern wegen ihr. Da kriegen die Leute vielleicht einen falschen Eindruck. Und schon hat die ganze Straße einen schlechten Ruf weg.«

»Lass den nur die Dusche für sie machen. Das muntert sie auf. Holt sie aus ihrer Depression.«

Laf ging nach nebenan. Minty trug noch ihre Gummihandschuhe, sie hatte den Küchenboden geschrubbt. Einem spontanen Einfall folgend, fragte Laf sie, ob sie am nächsten Tag mit ihm und Sonovia ins Kino kommen wolle. Auf ihre typische Art erwiderte sie, na gut, und ob sie ihm vielleicht eine Tasse Tee machen könne? Solange er dort war, schien sie kein einziges Mal Stimmen zu hören, mit unsichtbaren Leuten zu sprechen oder über die Schulter zu gucken.

Sie waren verschwunden. Weil sie es getan hatte. Morgens war sie oben am Fortune Green gewesen, mit einem Blumenstrauß, einer hübschen kleinen Schale, in der Tantchen immer ihren Plumpudding angesetzt hatte, und Wasser in einer Fruchtsaftflasche mit einem Schraubverschluss aus Plastik. Die Flasche hatte sie, nachdem sie den Saft ausgetrunken hatte, ausgewaschen und mit Desinfektionsmittel und heißem Wasser ausgeschwenkt, um sicherzugehen, dass sie auch wirklich sauber war. Von Kensal Rise mit der U-Bahn nach West Hampstead zu kommen war ganz einfach. Die Blumen hatte sie draußen vor dem Friedhof in der Fortune Green Road erstanden.

Warum hatte sein Bruder Jocks Asche nicht dorthin getan? Und überhaupt, wieso eigentlich West Hampstead? Soviel sie wusste, hatte Jock nie dort gewohnt, war überhaupt nie dort gewesen. Die Antwort war wahrscheinlich, dass sein Bruder dort lebte. Die Blumen, die sie gekauft hatte, waren Astern und Goldrute, weil es zu der Jahreszeit nicht so viel Auswahl gab. Nun würde es nicht mehr lang dauern, bis die ersten Blätter fielen. Sie konnte schon einen kalten, scharfen Wind spüren. Auf der Grünfläche stellte sie sich unter einen Baum und blickte sich um, fragte sich, wo die Asche wohl gefallen sein mochte. Sie ging in die Hocke, um den Erdboden zu inspizieren, ohne ihn zu berühren, denn sonst hätte sie sich die Hände schmutzig gemacht, sondern nur suchend um sich spähend. Eine Frau, die mit ihrem Hund vorbeikam, blieb stehen und fragte, ob sie etwas verloren hätte. Minty schüttelte heftig den Kopf, obwohl es ja stimmte, sie hatte tatsächlich etwas oder eher *jemanden* verloren und suchte nun nach dem, was von ihm übrig geblieben war.

Ihre aufmerksame Suche wurde belohnt: Sie sah etwas blasses, über einen Flecken kahlen Erdreichs Gesprenkeltes, wo aus irgendeinem Grund kein Gras wuchs. Dicht daneben war eine Zigarette ausgedrückt worden, die sie nun mit der Schuhspitze wegstieß. Sie stellte die Schale genau auf die Stelle, wo das grauweiße Pulver am dichtesten lag, goss das Wasser hinein und arrangierte die Blumen. Sie sahen sehr hübsch aus. Fast glaubte sie seine Stimme sagen zu hören: »Danke, Polo. Bist ein gutes Mädchen.« Das war aber nur in ihrer Fantasie, was sie sich vorstellte, das er sagen könnte, nicht seine eigentliche Stimme. Die Flasche steckte sie zusammen mit dem Einwickelpapier für die Blumen in einen Abfalleimer und ging zurück zur U-Bahnstation West Hampstead.

Matthew öffnete seine Briefe. Seine Post nahm fast täglich an Umfang zu. Fünfzehn Briefe waren heute Morgen gekommen, einige hatte das BBC-Fernsehen weitergeleitet, andere die Assistentin, die er mittlerweile hatte einstellen müssen. Vieles davon war ganz einfach Fanpost, einige enthielten Fragen zu Gesundheit und Ernährung, die die Schreiber von ihm beantwortet haben wollten, in manchen – ganz wenigen – wurde er beschimpft und gefragt, wer sich denn für einen Mann interessieren sollte, der zu blöd sei, ordentliche Mahlzeiten zu sich zu nehmen, wo die halbe Welt am Verhungern wäre, oder man wollte wissen, wo er eigentlich »die obszönen Freaks« hernehme, die in seiner Sendung auftraten. Eine Einladung von der Gesellschaft für Essstörungen war dabei mit der Frage, ob er nicht bei ihnen Mitglied werden wolle. Er beantwortete alle Briefe außer denen mit den Beschimpfungen; die warf er schnell weg, damit ihr Inhalt ihn nicht weiter quälte.

Heute waren keine gemeinen Briefe dabei. Fast wünschte er, es hätte welche gegeben, denn ein paar Beleidigungen hätten ihn vielleicht von Michelles gesundheitlichem Zustand abgelenkt. Zweimal tippte er ihren Namen statt den des Empfängers ein, und an einen Mann, der wissen wollte, ob er sein Abonnement für eine Diätzeitschrift verlängern sollte, schrieb er statt »cancel«, kündigen, das Wort »cancer«, Krebs. Bevor er die Löschtaste drückte, betrachtete er das Wort und erschauerte. Mit der beschönigenden Wendung, die er bei anderen so verabscheute, fragte er sich, was er tun sollte, »falls ihr etwas passierte«. Den direkten Ausdruck konnte er nicht verwenden, nicht einmal in Gedanken. Und während er den alles verändernden Buchstaben tilgte, jenes r, das ein harmloses Wort in eines voller düsterer Vorahnungen und Befürchtungen verwandelte, sprach er ihren Namen aus, erst flüsternd, dann laut. »Michelle«, sagte er. »Michelle.«

Sie antwortete ihm. Sie hatte in dem Moment die Haustür aufgeschlossen und war hereingekommen. »Hier bin ich, Liebling.«

Ihr Gesicht war gerötet, sie wirkte freudig erregt. »Ich muss dir was sagen. Es ist eine gute Nachricht – merkst du das nicht? Hm, also ich glaube, du wirst sagen, es ist eine gute. Ich hab den Test zu Hause gemacht, vor einem Monat, aber ich hab's nicht geglaubt. Ich dachte, meine Hormone wären durcheinander, ich dachte, bei jemandem in meinem Alter funktioniert es vielleicht nicht, aber der Arzt sagt, doch, und es sei alles in Ordnung. Es müsste alles gut gehen, es gibt keinen Grund, warum nicht ...«

Er war so weiß geworden wie in den schlimmsten Zeiten seiner Magersucht. »Was sagst du da?«

Sie stellte sich vor ihn hin, und er stand auf. Langsam kam sie ihm entgegen und schmiegte sich in seine ausgestreckten Arme. »Matthew, im März kommt es auf die Welt. Du freust dich, nicht wahr? Du *freust* dich doch?«

Er hielt sie umfangen und küsste sie. »Wenn ich es dann glauben kann, ist heute der glücklichste Tag meines Lebens.«

35

Die Menge war zwar unsichtbar, doch es waren wahre Massen. Sie drängten sich durch ihren Kopf, ihre Stimmen wurden hörbar, sobald sie allein war, und manchmal auch, wenn sie es nicht war. Jock war nicht dabei. Minty hatte ihn nicht mehr gehört, seit sie ihm die Blumen auf seine Asche gestellt hatte. Das letzte Mal hatte sie ihn gesehen, als er die Treppe heruntergekommen war, aber seine Stimme hatte sie doch gehört, deutlicher und lauter als die der anderen. Es waren Leute, die sie kannte, und welche, denen sie nie begegnet war und von denen sie nie auch nur gehört hatte. Tantchen nicht, sie war nie dabei, auch Mrs. Lewis nicht mehr, aber Bert, der Tantchen geheiratet hatte, und die Frau von Jocks Bruder, Tantchens Schwestern Edna und Kathleen und deren Männer und andere, deren Namen sie nicht wusste. Noch nicht.

Den Namen von Jocks Schwägerin hatte sie erst erfahren, als Bert ihn Kathleen sagte. »Das ist Jocks Schwägerin Mary, Kathleen«, hatte er gesagt, und Tantchens Schwester sagte, es sei ihr ein Vergnügen.

Dann war Edna an der Reihe, die Bekanntschaft dieser Mary zu machen. Wenigstens war Tantchens Stimme nicht dabei, und Minty wusste, dass es am Beten lag und an den Blumen auf ihrem Grab. Aus dem gleichen Grund fehlte auch Jocks Stimme. Für die anderen konnte sie das nicht machen, sie konnte ja nicht ihr Leben damit zubringen, die Gräber toter Leute aufzuspüren, die schließlich im ganzen Lande, ja überall auf der Welt verstreut liegen konnten.

Unsichtbar waren sie nur vorübergehend. Nach einer Weile begannen sie, Form und Gestalt anzunehmen, zuerst Bert, dünn und unwirklich, nicht viel mehr als eine dunkle Gestalt, die eigentlich gar nicht da sein sollte. Woher wusste sie, dass es Bert war? Sie hatte ihn nie gesehen, nie seine Stimme gehört, sie war noch gar nicht geboren gewesen, als er in Tantchens Leben getreten und wieder daraus verschwunden war, doch sie wusste es eben.

Kathleen und Edna waren schwach und durchsichtig, und manchmal sah sie sie bloß als Schatten. Mary war eine weitere Bewohnerin ihres Lebens, die sie nie gesehen hatte, ja von der sie nicht einmal gehört hatte. Die Schwiegertochter, die Mrs. Lewis liebte und freundlich willkommen hieß, als sie sich zu ihr gesellte. Das Sonnenlicht war durch den Spalt zwischen den halb zugezogenen Vorhängen gedrungen, und auf seinen hellen Schein fielen ihre drei Schatten, doch waren keine Körper da, die diese hätten werfen können.

An dem Abend, an dem sie mit Laf und Sonovia ins Kino ging – es war seit langem wieder der erste Besuch –, blieben alle Geisterstimmen zu Hause oder gingen dahin, wo sie wohnten, wenn sie sie nicht bedrängten, und alle Geistergestalten wurden von der Nacht und den hellen Lichtern geschluckt. Vielleicht weil sie mit echten, lebenden Leuten unterwegs war, ließen sie sie in Ruhe. Andererseits hatte sie Kathleen ein paar Mal gesehen, während sie mit den Wilsons zusammen war, und einmal war Jock ihr ja in Sonovias Schlafzimmer gefolgt, als sie das blaue Kleid anprobiert hatte. Es war schwer zu sagen. Die meiste Zeit war Minty verwirrt und durcheinander.

Sie plagten auch noch andere Sorgen. Josephine hatte letzthin davon geredet, das Geschäft aufgeben und nur noch Hausfrau und Mutter sein zu wollen, obgleich es für die Mutterschaft noch kein sichtbares Anzeichen gab. Man hatte Ken angeboten, Mitinhaber des Lotus Dragon zu werden, und er hatte eingewilligt. Sie hatte es eigentlich nicht mehr nötig zu arbeiten. Minty solle sich deswegen aber bloß keinen Kopf machen, meinte sie. Wer auch immer den Laden übernehme, würde sie sicher weiter beschäftigen. »Niemand bügelt Hemden so wie du, Minty«, sagte Josephine. »Die wären ja verrückt, wenn sie dich wegschicken würden.«

Der Ausdruck »verrückt« machte Minty immer nervös. Im Bus hatte es jemand zu ihr gesagt, als sie der zischenden und wispernden Stimme gesagt hatte, sie solle verschwinden. »Ich weiß nicht«, sagte sie und versuchte dabei, nicht auf Mary Lewis zu achten, die ihre Geisterlippen an ihrem Ohr hatte und gerade sagte, sie bräuchte Computerkenntnisse und eine kaufmännische Ausbildung, damit man sie weiter beschäftigte. Bügelfähigkeiten reichten heutzutage nicht aus. »Ich weiß nicht. Angenommen, die geben den Hemdendienst auf und machen bloß noch chemische Reinigung.«

»Die müssten ja verrückt sein.« Josephine war ziemlich versessen auf dieses Wort. »Keine Sorge. Vielleicht beschließe ich ja, noch ein paar Jährchen durchzuhalten. Bis ich mir ein Baby anschaffe jedenfalls.«

Minty fuhr mit der Hand an dem neuen Messer entlang, das sie immer noch an ihr rechtes Bein geschnallt trug. Mittlerweile käme sie sich ohne das Ding nur halb angezogen vor, obwohl sie sich manchmal fragte, wofür sie es denn verwenden würde. Mary wäre eine gute Kandidatin gewesen, Minty hatte aber bloß ihren Schatten gesehen: eine dünne Frau mit langem Haar und langen Beinen. Sie erschien ihr jedoch nicht mehr in Gestalt eines echten menschlichen Wesens als die Tanten oder die Onkel. Die schwatzten miteinander, als wären sie die besten Freunde, wenn sie nicht gerade auf sie einredeten. Mit Ausnahme von Mary, die sich immer mit Edna stritt.

Minty wusste nicht, was besser war: sie zu sehen und zu hören oder sie bloß zu hören. Sie versuchte Dinge zu tun, die ihnen gegen den Strich gingen, zum Beispiel die Straßen entlangzugehen, in eine rappelvolle U-Bahn einzusteigen, in die Oxford Street zu fahren, wo immer eine dichte Menschenmasse ziellos über die Gehwege schlenderte, so dass man sich im Gedränge leicht verlor. Dann verschwanden ihre Stimmen eine Zeit lang, kehrten aber immer zurück, um sie zu verfolgen. An dem Abend, an dem sie mit Sonovia und Laf ausging, war das Kino recht voll, und zum Glück hatte Laf reserviert, denn es war kein freier Platz in Sicht. Die Geisterstimmen, die zu ihr sprachen, wenn sie allein in die Nachmittagsvorstellung ging, hatten sich verflüchtigt. Jedesmal wenn das passierte, schöpfte sie neue Hoffnung, dass sie nun für immer verschwunden wären. Sie saß da und horchte nach ihnen, genoss die Stille, ohne auf die Geschehnisse auf der Leinwand zu achten, bis Sonovia ihr zischend zuflüsterte, ob sie vielleicht in Trance sei.

Wenn Josephine im Laden war und Ken vorbeikam, wenn ununterbrochen Kunden hereinströmten, war es in ihrem Kopf meistens ruhig. Deshalb ging sie inzwischen über Mittag auch nicht mehr nach Hause. Sie wären bestimmt dort, es wäre, als platzte man in eine plappernde, erwartungsvoll ausharrende Menschenmenge wie damals das Theaterpublikum in *Ein Inspektor kommt,* bevor der Vorhang sich gehoben hatte. Sie wollte denen nicht als Theaterstück dienen oder als Show, hatte darüber aber keine Kontrolle.

Wegen des Essens ging sie an dem Donnerstag um die Mittagszeit nach Hause: Sie hatte ihre Sandwiches vergessen. Zubereitet hatte sie sie schon, Hühnchen mit Salat und Tomate auf Weißbrot, hatte sie in Butterbrotpapier und Frischhaltefolie eingepackt und in den Kühlschrank gelegt. Und im Kühlschrank *liegen lassen.* So etwas wäre bei ihr sonst nie vorgekommen, doch an dem Morgen hatte sie das Haus überstürzt verlassen, um den Stimmen von Mary und Onkel Wilfred zu entkommen. Sie ging zu Fuß, nachdem sie morgens mit dem 18er-Bus zu Immacue gefahren war. Es war ein schöner, sonniger Tag, wenn auch schon etwas herbstlich mit einem kühlen Wind. Vor einem Jahr hätte sie sich darauf gefreut, abends mit Jock auszugehen, und nicht im Traum wäre ihr eingefallen, er könnte in dem Zug, mit dem er aus Gloucester kam, verunglückt und getötet worden sein. Er hatte immer so komische Sachen zu ihr gesagt: Ich ging in den Garten ein Kohlblatt holen, um Apfelkuchen zu backen. Da traf ich eine große Bärin, die sagte: Was, keine Seife?, und heiratete prompt den Friseur. Da – sie hatte es sich Wort für Wort gemerkt.

Zu Fuß war es eine weite Strecke, und dass sie daran gewöhnt war, machte sie nicht kürzer. Am Pub Flora und der Erlöserkirche vorbei, am Osteingang des Friedhofs, der U-Bahnstation Kensal Green, der Autowerkstatt und den mit Brettern vernagelten Läden vorbei, an der Bank und dem Blumenbeet, wo sie sich Mrs. Lewis vom Hals geschafft hatte. Bevor sie das Westtor des Friedhofs erreichte, bog sie von der Harrow Road ab in die Syringa Road. Ihr Schlüssel wurde ins Loch gesteckt und umgedreht, und sie wusste, was sie drinnen erwartete: Stimmen und Geräusche wie von einer sich gegenseitig rempelnden, drängenden Menge.

Im Hausflur war alles still, und einen Augenblick lang dachte sie, das ganze Haus würde schweigen. Sie schloss die Augen und genoss den Frieden. Dann begannen die Stimmen mit ihrem Gewisper, Mary und Edna stritten wie gewöhnlich, Kathleen murmelte irgendetwas von wegen, Jocks Asche läge auf dem Friedhof in Brompton. Bloß weil Laf ihr die Geschichte mit Fortune Green weisgemacht hätte, hieße das noch lange nicht, dass die Asche nicht in Brompton läge. Ganz weit oben in der nordöstlichen Ecke läge sie, sagte Kathleen, sie könne seinen Namen dort geschrieben sehen und sein Geburts- und Todesdatum. Da schaltete sich Edna ein und meinte, es sei doch morbid, neben einem Friedhof zu wohnen, sie wisse, was für eine Wirkung es auf sie gehabt habe. Wenn sie noch mal von vorn anfangen könnte, würde sie woanders hinziehen.

Minty machte ein paar Schritte in Richtung Küche. Dann blieb sie stehen und horchte.

Etwas Schreckliches war geschehen, etwas, von dem sie wusste, dass es nicht geschehen konnte. Von oben hörte sie Jock singen.

»Just walk on by
wait on the corner …«

Seine Stimme war etwas heller geworden und etwas lauter. Das kam vielleicht vor, wenn Geister sangen. Ihre Stimmen wurden wie ihre Körper dünner und verschwommener. Diesmal war sie sicher, dass sie ihn sehen würde. Vielleicht käme er wieder die Treppe herunter, so wie damals. Es hatte nicht funktioniert, dass sie ihm Blumen gebracht hatte, sie hatten ihm entweder nicht gefallen, oder es war die falsche Stelle gewesen. Sie hatte die falsche Stelle ausgesucht, ganze Armladungen von Blumen hätten überall im Gras, auf der Erde, auf den Wegen verstreut werden sollen, denn es war ja nicht wie ein Grab. Sie begann auf Holz zu klopfen, das Treppengeländer, die Türen, die Türrahmen, weißes Holz und rosa Holz und braunes Holz. Ihre Hände zitterten, und sie schluchzte.

Das Singen hörte auf. Er rief aus: »Ist da jemand?«

Seine Stimme hatte sich verändert. Sie war heller und schneller, nicht mehr wie Schokoladenmousse, doch es war seine Stimme. Und endlich redete er auch mit ihr. Als er noch gelebt hatte, hatte sie sich gewünscht, er würde nie aufhören zu reden, sie konnte gar nicht genug kriegen von seiner Stimme, aber jetzt schon. Nicht um alles in der Welt, nicht um den Preis, dann vor all den anderen Stimmen Ruhe zu haben, hätte sie sich dazu überwinden können, ihm zu antworten. Wie konnte man jemanden so sehr lieben und dann so hassen, wo es doch ein und dieselbe Person war? Wenn sie ihm jetzt antwortete, würde sie sterben, oder das Haus würde einstürzen oder die Welt untergehen. Vielleicht war das der Anfang, und er kam wieder zu ihr zurück, sprach mit ihr, nahm Gestalt an, wenn es ihm passte, oder wurde ein Schatten an der Wand, wenn die Sonne schien.

Sie hielt sich mit beiden Händen an dem braunen Balkenwerk fest. Das mit den Blumen hatte nicht funktioniert, nur eins funktionierte wirklich, wenigstens eine Zeit lang. Langsam löste sie die Hände, eiskalt legten sie sich auf die bloße Haut an ihrer Taille. Sie hob ihr T-Shirt hoch, öffnete den Hosenbund und zog das Messer aus seiner Verpackung, hielt es wie einen Dolch. Inzwischen zitterte sie am ganzen Körper.

Vielleicht weil sie ihm nicht geantwortet hatte, rief er wieder. Die gleichen Worte: »Ist da jemand?«

Sie drehte sich um und trat zurück, um sich an den Fuß der Treppe zu stellen, das Messer hinter den Rücken haltend. Diesmal würde sie ganze Arbeit leisten, selbst wenn sie sie alle paar Monate wiederholen musste ... Als er am Absatz oben erschien, war der Schock, obwohl sie mit ihm gerechnet hatte, fast zu viel für sie. Alles verschwamm ihr vor Augen, und sie starrte in den dunklen Nebel hinauf, durch den er die Treppe herunterkam. Und dann, mit zitternder Hand, stieß sie wahllos auf seinen Körper ein, wieder und wieder mit wilden Hieben und schlagenden Streichen. Bei seinem ersten Aufschrei läutete es mit langem, gebieterischem, ohrenbetäubendem Schrillen an der Haustür.

Minty ließ das Messer fallen und stieß einen wimmernden Ton hervor. Sehr rasch wurde ihr bewusst, was sie getan hatte. Der Mann war echt. Er trug Jeans und eine schwarze Lederjacke, war aber nicht Jock. Aus seinem Körper kam echtes Blut, sickerte leuchtend rot durch sein blaues Hemd. Er lag halb auf dem Boden, halb auf den untersten beiden Stufen und hielt sich mit seiner aufgeschnittenen Hand eine Wunde knapp unter seiner Taille. Auf seinem Oberarm war eine weitere zu sehen. Sie hatte versucht, einen echten Mann zu töten. Keine Stimme hatte ihr befohlen, es zu tun, sie hatte es sich selbst befohlen.

Die Hausglocke läutete und läutete, und jemand trat heftig gegen die Türfüllung. Wenn Minty einen Augenblick verharrte, bevor sie die Tür öffnete, dann deswegen, weil sie sich nicht rühren konnte, sie konnte nicht gehen. Dann ging sie doch, taumelte und fiel dagegen, fummelte am Knauf herum, bis die Tür schließlich aufging.

»Was ist hier los? Was ist passiert?«

Dann erblickte Sonovia den verwundeten Mann und das Messer, das ihm quer über die Schenkel gefallen war. Sie stieß mehrere kurze, gellende Schreie aus, die Hände erhoben, als wollte sie Schläge abwehren. Laf kam aus dem Nachbarhaus gerannt. Vor lauter Angst dachte Minty an nichts anderes als an Flucht. Ihre Kraft kehrte zurück, durchströmte sie wie ein Feuertrunk, sie sprang über den niedrigen Zaun zwischen ihrem Garten und dem der Wilsons und rannte die Straße hinunter, gerade in dem Moment, als Laf durch ihr Gartentor kam.

Er forderte Hilfe an. Er rief die Notfallnummer an und seinen Detective Inspector. Ein Glück für den Mann auf dem Fußboden, dass Laf einen freien Tag hatte und zu Hause war, denn die normalerweise so ruhige, praktisch veranlagte Sonovia hatte einen regelrechten altmodischen Hysterieanfall. Was jetzt vonnöten war, mehr als die Polizei, war ein Krankenwagen. Der traf innerhalb von vier Minuten ein, und der Mann, der Minty einen Kostenvoranschlag für ihre Dusche machen sollte, wurde auf einer Tragbahre hinausgeschafft. Dies war eine Routinemaßnahme und eigentlich gar nicht nötig. Der Schreck – mehr noch als seine oberflächlichen Verletzungen – hatte ihn niedergestreckt.

Doch nun wusste die Polizei, wusste Laf, wer für den Mord im Kino und für den an Eileen Dring verantwortlich war.

»Man kann es eigentlich gar nicht Morde nennen«, sagte Laf später am gleichen Tag zu Sonovia, als sie sich wieder beruhigt hatte und sie sich einen Drink gegen den Schock genehmigten. »Eigentlich nicht. Sie wollte schließlich nicht echten Menschen Schaden zufügen. Sie wusste es nicht.«

»Ich hoffe bloß, den Ärzten ist das klar. Gott sei Dank ist dem armen Pete nicht viel passiert.«

»Was hat dich drauf gebracht, bei ihr zu klingeln, Sonny? Irgendeine Eingebung? Der sechste Sinn?«

»Überhaupt nicht, mein Lieber. Dass ich *den* hätte, kann ich nun nicht behaupten. Ich war am Fenster und hab sie ganz unerwartet herkommen sehen, und da dachte ich, ich geh kurz rüber und sag ihr, dass Pete da ist, damit sie nicht erschrickt.«

»Warum ist sie eigentlich nach Hause gekommen?«

»Es bricht einem das Herz, wirklich. Nachdem der Krankenwagen weg war, brauchte ich unbedingt etwas kaltes Wasser zu trinken, und das Zeug aus der Leitung – na, da weiß man nicht, wo das schon überall war, stimmt's? Ich hab in ihren Kühlschrank geguckt, und da lagen ihre Sandwiches, alle schön eingepackt, und haben darauf gewartet, dass sie sie holt. Mir sind die Tränen gekommen, Laf.« An Lafs Schulter gelehnt, begann Sonovia zu weinen und zu schluchzen.

»Sie wird es gut haben«, sagte er. »Für sie ist es doch am besten so«, obwohl er sich da keineswegs sicher war, so wenig wie vor drei Stunden, als man Minty gefunden hatte.

Sonovia hatte ihnen gesagt, wo sie sie wahrscheinlich finden würden.

»Das Grab von ihrem Tantchen ist dort drinnen.« Konnte es gar nicht sein, aber was für einen Sinn hatte es, das arme Ding jetzt noch als Lügnerin hinzustellen?

Inzwischen war Daniel mit Frau und Kind gekommen, um bei Sonovia zu bleiben und sie zu trösten. Also hatte Laf sich mit dem Detective Inspector, einem Detective Sergeant und zwei Polizeibeamtinnen auf die Suche nach Minty gemacht. Am Nachmittag war es sehr warm geworden, schwül und drückend und bernsteinfarben, die Luft schwer und goldbestäubt, wie es im September manchmal ist. Eine halbe Stunde, bevor er geschlossen werden sollte, betraten sie den Friedhof durch das Westtor. Der Blumenverkäufer sagte, er habe Minty schon vor Stunden gesehen, sie sei angelaufen gekommen, atemlos und zitternd, habe ihm aber so viel abgekauft wie noch nie, und dabei sei sie Stammkundin. Chrysanthemen habe sie genommen und Astern, rosarote und violette Astern, und das Teuerste, was er hatte: weiße Lilien und rosafarbene. Er hätte gar nicht gedacht, dass sie sich die leisten könnte …

Es dauerte nur etwa zehn Minuten, bis man sie gefunden hatte. Als es schließlich so weit war, schlief sie tief und fest. Zusammengerollt wie ein Kind lag sie inmitten von Sträußen über Sträußen rasch verwelkender Blumen auf dem Grab einer gewissen Maisie Julia Chepstow, die vor hundert Jahren gestorben war. Keiner wusste, weshalb sie sich dieses ausgesucht hatte. Der einzige Mensch, der es wusste und es ihnen hätte sagen können, war tot, und seine Asche lag vergessen in einer Alabasterurne in der hintersten Ecke eines dunklen Schranks.